丁启清　解　晶
艾新军　黄　鹏　编著

苏州大学出版社

革命英烈传

（下）

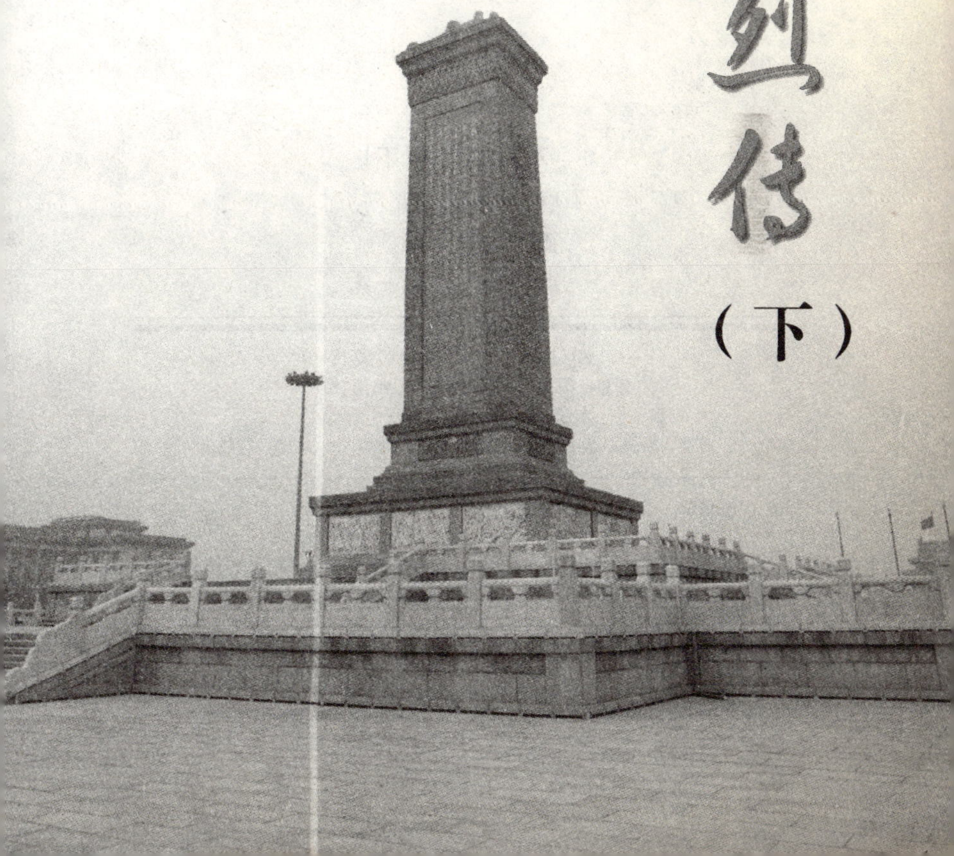

图书在版编目(CIP)数据

革命英烈传. 下/丁启清等编著. —苏州：苏州大学出版社，2010.9 (2013.10 重印)
ISBN 978-7-81137-590-9

Ⅰ. ①革… Ⅱ. ①丁… Ⅲ. ①革命故事－作品集－中国 Ⅳ. ①I247.8

中国版本图书馆 CIP 数据核字(2010)第 191847 号

革命英烈传(下)

丁启清 解 晶 艾新军 黄 鹏 编著

责任编辑 刘一霖

苏州大学出版社出版发行
(地址：苏州市十梓街 1 号 邮编：215006)
南通印刷总厂有限公司印装
(地址：南通市通州经济开发区朝霞路 180 号 邮编：226300)

开本 850 mm×1 168 mm 1/32 印张 16(共两册) 字数 414 千
2010 年 9 月第 1 版 2013 年 10 月第 20 次印刷
ISBN 978-7-81137-590-9 定价：30.00 元(共两册)

苏州大学版图书若有印装错误，本社负责调换
苏州大学出版社营销部 电话：0512-65225020
苏州大学出版社网址 http://www.sudapress.com

目录

抗日战争时期

解放战争时期

抗日战争时期

投江八女不让须眉

——记冷云等八名女烈士

在我国黑龙江省林口县境内，有一条名为乌斯浑的大河。1938 年深秋的某一天，抗联二路军五军西征大军同日伪军在乌斯浑河的岸边相遇，女兵团在成功掩护大部队转移并多次打退敌人的攻击后，她们背起负伤的战友，冒着敌人的炮火与弹雨，冲向了波涛汹涌的乌斯浑河……

1938 年春，日本侵略者集结了大批日伪军向我东北抗日联军进攻。在艰苦的条件下，东北抗日联军并没有向敌人屈服，而是决定向西进行远征，开辟新的抗日根据地。5 月，抗联第五军开始远征。在远征的队伍里，有一个由 30 名女兵组成的抗联妇女团。8 月中旬，抗联第五军在历经重重困难后终于到达了冲河，与那里的抗联第十军会合。但是部队在五常山区活动时暴露了目标，因此遭到了敌人的猛烈攻击。五军一师的战士们不畏强敌，英勇战斗，打退了敌人的多次进攻。最终由于部队伤亡严重，在突出重围后，五军一师决定返回牡丹江下游找到军部，并进行休整。此时，五军一师只剩下不到 100 人。

妇女团在跟随五军行军的途中历经千辛万苦，为了避免暴露目标，她们只能在深山老林里行军。面对敌人，她们毫不畏惧；饿了，就吃野果、野菜；鞋子磨破了，就穿着露底的鞋子继续前行。很多女战士倒在了行军的途中。在到达牡丹江下游时,全团只剩下8个人。

1938年10月的一天,部队终于来到了位于乌斯浑河尽头的柞木岗山下,当晚部队决定在此露宿一宿。深秋的夜晚总是显得格外的寒冷,寒风不断侵袭着战士们原本单薄的身体,不少人开始颤抖。为了抵御寒冷,大伙拾了些树枝,点燃了篝火,围坐在篝火旁。由于长途的行军,大伙疲惫极了,不一会儿,便进入了梦乡。

山上显现的火光给了敌人信号。一名汉奸看到了山上隐隐约约的亮光,当夜便把这个情况报告给日伪军。敌人立即组织兵力,向柞木岗山袭来。

第二天拂晓,战士们整装待发,准备渡河。但这时正值乌斯浑河河水大涨,河床变宽了,战士们发现原来的渡口根本找不到。为了安全起见,金参谋决定让八位女战士先隐蔽起来,自己下河试探从哪条路线渡河最安全。金参谋游到对岸后,正准备用手势告诉女兵们怎样渡河时,突然周围传来阵阵枪声,敌人发动进攻了!部队指挥员一边组织反击,一边组织部队向柞木岗山上撤退。但敌人的进攻非常猛烈,部队的反击遇到了困难。为了能分散敌人的兵力,掩护部队突围,已在河边隐蔽起来的女兵团向敌人发起了进攻。指挥员冷云把女兵团分成三个小组。“射击,让大部队突围!”冷云高声喊着。其他七名女战士明白了冷云的用意,于是,她们用手中的武器开始向敌人发动进攻。

敌人原本作了周密的计划,欲对大部队形成包围之势,却不料河岸边还有一支部队,于是他们分出一小队向女兵团扑来。由于敌人分散了兵力,大部队趁机突围出来。指挥员发现冷云等八名女战士依然据守在河边向敌人攻击,立即意识到她们的处境十分危险,于是大部队想通过猛捉把冷云她们解救出来。这时,冷云意识到了大部队的意图,她知道如果再这样持久打下去,部队的伤亡会越来越大,甚至会有全军覆没的危险。于是冷云通知其他七名女战士齐声高喊“同志们,留住手中枪,抗日到底”。大部队知道女兵们的用意后,仍想做最后一次努力。但是敌人人多势众,火力太猛,大部队在两次冲锋后都没能成功,而我方伤亡的战士却越来越多。为了革命事业的成功,为了民族的解放,战士们只好含着泪向柞木岗的树林里撤去。敌人见大部队已撤回山里,便集中兵力向妇女团攻击。气急败坏的敌人想通过猛攻活捉女战士们,但是他们的如意算盘打错了!八名女战士早在她们参加革命的那一天起,便把生死置之度外。

敌人疯狂地冲了上来。“打!”冷云一声令下,冲上来的敌人顿时倒下了一片。由于摸不清女战士们的虚实,敌人没敢再发动冲锋,只卧倒下来进行射击。这时,冷云轻声地告诉其他的女战士:“要节省子弹,等敌人靠近时再打”,战士们停止了射击。这时周围寂静得出奇,太阳升起了。冷云观察着地形,发现此时的作战环境非常不利,原本还可用于掩护的荒草被敌人的炮火烧着。而周围又无任何掩护物。这时敌人新一轮的冲锋又来了,此时,黄桂清和郭桂琴都负了伤,冷云命令女战士们架起负伤的战友,迅速撤回河沿。女战士们的子弹打光了,只剩下三枚手榴弹。怎么办呢?她们的背后是湍急的河水,而周围又聚满了面目狰狞的敌人。河岸边的金参谋目睹了河对岸的战况,他急忙大声呼喊着让女战士们过河,并告诉她们渡河的位置。由于她们八人都不会游泳,眼前只有两条路:战死或被俘。如果被俘,是何等的耻辱,宁愿战死也绝不苟活!

“指导员说得对!咱们宁可站着死,也不跪着生。过河!”安顺福坚决地响应。

“对!过河!”女战士们一致同意。女战士们将三颗手榴弹向敌人扔了过去,相互搀扶着走向乌斯浑河。就在这时,突然几颗子弹飞了过来,王惠民向前倒了下去,冷云想去抱住她,却被一颗子弹打中了肩。胡秀芝将她扶住,冷云用手捂住伤口,安顺福抱住了王惠民。这时,敌人更加疯狂了,子弹不停地穿梭在女战士们的周围。她们忽而倒下,忽而又搀扶着站起。水流很深很急,但她们依然向着乌斯浑河的深处前行。这时,一颗炮弹落在了八名女战士的周围,激起了很高的浪花。浪花过后,河面平静了下来,但是再也见不到八位女战士的身影……

八位女战士把她们的生命奉献给了民族的解放事业!她们将长眠于乌斯浑河河底!我们应该记住她们的英名:冷云、杨贵珍、安顺福、胡秀芝、郭桂琴、黄桂清、王惠民、李凤善。她们的英雄事迹将永载史册,并且激励着我们一代又一代的人民为了国家的独立、繁荣和富强而奋斗!

浩气长存太行山

——记叶成焕烈士

叶成焕,1914 年出身于河南新县郭家河乡吴河村的一个农民家庭。1929 年参加革命,同年加入中国共产党。1930 年参加鄂豫皖红军,历任连队政治指导员、营政治委员、团政治委员、师长、师政治委员等职。他率部屡挑重担,屡建战功,是红四方面军的一员虎将。抗日战争爆发后,任八路军一二九师三八六旅七七二团团长,1938 年 4 月 18 日壮烈牺牲,年仅 24 岁。

1937 年"七七"事变后,中国共产党和国民党达成协议,把在陕甘宁边区的红军主力改编为国民革命军第八路军(后改称第十八集团军,仍沿用八路军番号)。红四方面军三十一军九十二师奉命改编为八路军一二九师三八六旅七七二团,当时 23 岁的叶成焕由师政委改任团长。从红军改为国民党军队序列,叶成焕总觉得特别别扭。他禁不住常从怀里把那顶破旧的八角帽摸出来,深情地抚摸着……叶成焕是一位党性非常强的人,他很快理解了国共两党合作抗日的伟大意义,于同年 9 月 20 日,按照党中央关于在太行山一带建立敌后抗日根据地的战略部署,带领七七二团随旅部向太行山地区挺进。11 月 2 日,日军十二师团一三五联队经黄岩底向昔阳进犯。叶成焕按照陈赓旅长的命令,率七七二团占领巩家庄以东高地,准备伏击日军。当日下午,日军在三八六旅七七一团扼守的凤居阵地前受挫,向黄岩底河滩一带溃逃。在日军侧翼高地的叶成焕观察到敌人队形不整,人员密集,后退慌张,便果断地放弃原来的伏击计划,命令部队集中火力向后退之敌突袭。霎时间,枪声骤起,打得敌人东躲西藏。鬼子军官驱赶士兵冲击,然而,日本兵的武士道精神终究抵不住子弹的袭击,一会儿,日军官兵约有300人倒地毙命。七七二团初上太行山,在叶成焕指挥下,接连打了长生口、七亘村、黄岩底几个漂亮仗。

刘伯承、邓小平继长生口诱伏战之后,于1938年3月安排了一个更大的打击敌人的计划:以“攻其所必救,歼其救者”的战法,令第三八五旅第七六九团为左翼队,袭击黎城,引诱潞城的敌人来援;以第三八六旅为右翼,在潞城与潞河村之间的神头岭地区设伏,歼灭由潞城向黎城增援之敌。根据勘察,第三八六旅旅长陈赓在神头岭地区给日军布置了一个“口袋”:以第七七二团埋伏于邯(郸)长(治)公路以北、神头岭以东高地及安南岭西北高地,实施主要突击;由辽县、黎城、涉县一带的游击队和民兵组成的补充团设伏于对面的鞋底村一带。3月15日,天渐渐亮了。叶成焕从望远镜里看到公路上尘土飞扬,日军快要接近埋伏区了。他立即向设伏部队发出命令:“注意隐蔽,准备战斗!”9时许,日军先头部队进至神头村集结休息,派出骑兵搜索分队向七七二团一营埋伏地点搜索。不一会儿,日军的大队人马终于大摇大摆地钻进了八路军布好的口袋里。埋伏在申家山的七七二团二营冲过来,将日军队伍切成数段。失去指挥的鬼子四处奔逃,被八路军战士一一围歼。这时,有一股残敌约300多人窜入了神头村。叶成焕见状,立即按旅长的命令先派一个排向敌人出击,随后他亲率一个连扑向神头村。叶成焕指挥八连同约300个鬼子展开了空前激烈的拉锯战。在神头村,残敌顶不住八路军战士的猛打猛冲,被全部消灭。神头岭伏击战,八路军一二九师共歼日军1500余人。

激战两个小时以后,辽县的敌人又派出千余人来增援。师长刘伯承认为眼下要全部消灭这股敌人没有多大把握，为巩固已得的胜利，决定以第七六九团和第六八九团各一部分兵力在前线布成游击网，阻击和迷惑敌人，掩护主力部队撤出战斗。叶成焕按照师、旅首长的命令，及时组织部队撤离战斗，而自己却跟着撤在最后的一个排。他边往后撤，边用望远镜观察敌情。敌人的援兵冲到沟下了，通信员提醒他说："团长，你站在高坡上危险，赶快下来走吧！""等一等再走，我在这儿看得清楚。"叶成焕没有动。一颗日军的子弹"嗖"地从他衣袖穿过，他没有在意。第二颗子弹带着尖叫声飞过来，打中了他的头部，他倒下了……当战士们抬着他后撤时，他留下的最后一句话是："队伍，队伍呢？"师长刘伯承得知叶成焕负伤后，来到担架前，俯身抱着叶成焕的头，连声喊着："成焕，成焕哪！"但是叶成焕再也不能回答他敬爱的师长的呼唤了，刘伯承悲痛的眼泪滴在了叶成焕苍白的脸上。4 月 18 日凌晨，叶成焕的心脏停止了跳动，年仅 24 岁。长乐村战斗，我军共歼日军 2200 余人，是一二九师粉碎"日军九路围攻"中具有决定意义的一仗，使日军第一零八师团遭到沉重打击。不到半个月，各路敌军纷纷溃退，八路军乘胜追击，将敌人全部赶出了晋东南地区。

1938 年 4 月 18 日，朱德总司令专程从八路军总部赶到山西省榆社县郝北村，向叶成焕烈士的遗体告别。这天，八路军一二九师为这位烈士举行了隆重的入葬仪式。烈士的灵柩缓缓地放入墓穴后，师长刘伯承手握铁锹，铲起第一锹黄土，覆盖在灵柩上。接着，副师长徐向前、政委邓小平、旅长陈赓和干部战士代表依次铲土，垒起了一座新坟。

全国解放后，叶成焕烈士的遗骨被迁到河北省邯郸市晋冀鲁豫烈士陵园安葬。

"万代东风吹海隅,一方化雨仰宗师"

——记理琪烈士

理琪,原名游建铎,1908年出身于河南省太康县的一个封建地主家庭。连年的军阀混战弄得民不聊生。理琪十分痛恨封建礼教压在黎民百姓身上的枷锁,他希望有朝一日祖国大地上能到处是光明。随着大革命的浪潮席卷中国,理琪的思想也在悄悄地发生着变化,他意识到只有共产党才能救中国。1925年,理琪加入了中国共产党,随后他回到家乡参加革命活动。

1926年下半年,根据党组织的指示,理琪在国民党军队中从事地下工作。在国民党军队工作的几年里,理琪搜集了国民党诸多情报,并且经常宣传革命,后因被国民党发现,理琪回到中央苏区继续工作。

1936年,理琪来到胶东担任领导工作。由于"一一·四"暴动的失败,这里充满了消极和失望的情绪,同时党组织也遭到破坏,很多同志与党组织失去了联系。理琪到后,着手恢复党组织,并且采取一系列积极措施宣传革命,重新唤起了广大群众对于抗日、对于革命的热情。同年11月,由于叛徒的出卖,理琪被捕入狱。在狱中,理琪受到了惨无人道的刑讯,但无论国民党如何威逼利诱,他都依然坚持立场,痛斥国民党的反动行径。

在法庭上,审判长问理琪:"你在共产党内担任什么工作?"

理琪答道:"担任抗日工作,并且反对内战,一致联合抗日。我所做的一切工作都是为了抗日和救国。”

理琪把国民党用于审判他的法庭变成了自己演讲的场所。国民党并未得到有力的证据，无奈之下只得判理琪五年的监禁。在狱中，经过努力，他与其他被押的人员取得了联系。他们一起学习、一起讨论，关心时事，并没有因残酷的监狱生活而消磨意志，革命的决心反而更加坚定。1937 年 7 月 7 日，日本发动了全面侵华战争。经过共产党的努力，抗日民族统一战线最终形成。1937 年 11 月，在共产党与国民党当局多次交涉后，理琪终于获释出狱并重新回到胶东继续进行革命工作。

此时胶东的形势十分紧张，国民党官员不顾国家和民族的利益，消极抗日，他们害怕日军迟早会占领这里，于是他们中的一部分人便赶紧搜刮民脂民膏，想要逃跑；还有一部分国民党官员则当了汉奸，干起卖国求荣的勾当。理琪与其他领导人商讨后，发动了著名的“天福山起义”和“威海起义”。自此，胶东不仅拥有了自己的抗日武装，而且通过起义，扩大了共产党在胶东地区的影响。

1938 年 2 月初，日军占领了烟台等地，形势十分严峻。为了打击敌人，理琪等人积极侦查敌方的作战方针。在得知敌军的作战意图后，理琪等领导同志决定先行攻打牟平城。经过一夜的行军，理琪率部到达了牟平。由于事先在城内安排了内应，通过里应外合，我军很快攻下了县城。得知这一消息后，百姓无不称快，他们早就十分痛恨这里的汉奸，共产党解放县城后，这些汉奸便没了往日不可一世的嚣张气焰。战争胜利后，理琪率领 20 多人很快撤了出来，来到附近的雷神庙稍作休整并研究下一步作战方略。烟台的日军得知我军攻下牟平城的消息后，极为震怒，立即集结了陆海空三军大量的兵力奔向牟平。

日军通过侦察机的侦查，很快就得知了理琪等同志的所在处。雷神庙被猖狂的日军包围了，他们架起一排排机枪开始对庙里进行扫射。听到枪声的理琪并没有慌乱，而是冲出院子，冷静地向队员们布置作战任务,告诫他们要“坚守庙门制高点,沉着应战,争取突围”。但敌人火力太猛,还是攻进了庙里。在理琪的鼓舞下,战士们毫不畏敌,打退了敌人的多次进攻。但因寡不敌众,还是有不少同志身负重伤或牺牲。这时,没有人注意到理琪也已身负重伤,在他身中三弹,肠子被打断、血流不止的时候,他仍然忍着剧痛向战友喊着“坚持……节约……子弹”。过了一会儿,理琪知道自己不行了,便把队友叫到身旁,把他最心爱的匣子枪交给了身边的队友,希望同志们能够完成他的遗志,继续抗日,打败日本侵略者。

很快,天已接近黄昏,可恶的日军见久久攻不上去,便开始放火烧寺庙。大火点燃了雷神庙的南厅,一时间火光冲天。不一会儿,南厅就塌了。就在这时,我军从背部赶来增援的部队到了,战士们纷纷高呼“冲啊,突围出去”。经过内外配合,战士们终于成功地突围。

战友们把理琪先藏在一处草垛里,等医生赶到时他早已没有了呼吸。人民的好儿女就这样倒下了,带着满腔的爱国热情和革命到底的决心倒下了!

雷神庙战役的胜利,给予日军重大的打击,极大地鼓舞了胶东军民抗战的热情,坚定了他们抗战必胜的信心,在中国英勇抗战的史册上书写了光辉的一页!理琪虽然牺牲了,但却有千千万万个理琪站了起来,为了全民族的解放事业,为了全中国的人民能够获得自由和新生而投入到新的战斗之中!

1962年,郭沫若赋诗赞扬理琪:

天福英雄是理琪,献身革命国忘私。
当年猛打雷神庙,今日高标星宿旗。
万代东风吹海隅,一方化雨仰宗师。
文登多少佳儿女,接力还须步伐齐。

“拼将瘦骨埋锋镝，常使英雄祭血衣”
——记江上青烈士

江上青，原名江世侯，1911 年出生于江苏省扬州市江都县仙女镇，祖籍安徽。

1927 年 9 月，江上青考入南通中学高中部。在高中部学习期间，虽然身处大革命失败后的白色恐怖之中，但他仍然积极参加学生运动，同年 11 月加入中国共青团，这是江上青走上革命道路的开端。

1928 年夏，南通党组织遭受严重破坏，江上青被迫回扬州中学高中部学习。白色恐怖并没有把江上青吓倒，腥风血雨使他更加坚强，更趋成熟。在扬州中学，江上青积极投身学生运动，和同学创办《夜枭》杂志，抨击国民党反动派。江上青的种种活动引起了国民党特务的注意，于 1928 年 12 月在扬州家中被捕。

1929 年 5 月，江上青获释出狱后，其向往民主自由、追求革命胜利的意志更加坚定了。同年 9 月，他考入了上海艺文大学文学系。在此期间，他继续从事学生运动工作，组织地下红色学生会，加入了中国共产党，经常和郁达夫、殷夫等人来往，创作并发表了《新世界底贺仪》等诗作。

1933 年，江上青离开家乡，先后在仪征、扬州等地的中学和师范学校教书。在教学中继续传播革命的火种。在他的影响下，不少学生走上了革命的道路。

“七七”事变前夕，陈素（德铭）从日本留学归来，暂在扬州中学教授历史。江上青与他合办了《抗敌周刊》,得到韩北屏、莫朴、王石城诸同志的大力支持,使刊物办得生气勃勃。由于江上青积极发动青年学生参加救亡工作,终与国民党教育当局彻底决裂。

抗日战争爆发后,沪宁沿线城市相继沦陷。江上青满怀救亡热情,组织抗敌宣传队溯江而上,沿途进行宣传,一直行至武汉。1938 年春夏之交,他遵照党的指示,与陈素同志一起率领工作团前往大别山山区工作。经过长途跋涉,他们到达当时安徽省政府所在地六安。在六安停留期间,得到当时受进步力量控制的省动员委员会的关怀和指导,并与孟超同志领导的徐州青年工作团会合,在寿县、田家庵、颍上、固始、商城、麻城、浠水一带进行抗日宣传。

1938 年秋,由新桂系控制的国民党安徽省军政当局调升六安县县长盛子瑾为第六区行政督察专员兼保安司令。同时,国民党第五战区司令长官部也任命盛子瑾为第五游击纵队司令。当时的第六区地处皖东北,辖泗县、五河、盱眙、灵璧、宿县、嘉山、凤阳、定远、怀远九个县,而这些县城已相继沦陷,津浦铁路沿线的公路和集镇也多被日寇占领。但皖东北地区仍有广大乡村,又有洪泽湖作为依托,可以开展敌后游击战争。

盛子瑾毕业于黄埔军校,精干而有胆识,懂得一些革命道理,也有一定的爱国思想。他接受任命后,很想有一番作为,但又深感在皖东北打开局面不易,所以请求省动员委员会派遣青年骨干随他赴任。工委根据盛子瑾的请求,派遣以江上青为书记的中共皖东北特别支部随盛子瑾同时到达皖东北。江上青的公开身份先是六专署民运科科长,后为专署秘书兼“五游”政治部主任,特支的任务就是团结盛子瑾,开展敌后工作,创建皖东北抗日民主根据地。统战期间,在江上青的积极推动下,盛子瑾创办了皖东北军政干校,政治主任和大队长由秘密党员担任。江上青和他的战友一起在这里培养了一大批抗日青年,并在学员中秘密发展党员,从中挑选一部分派往部队，从事军内党的工作。江上青为促成盛子瑾与八路军、新四军代表张爱萍等人会谈，共商合作抗日大计做了很多工作。与此同时，江上青还推动盛子瑾创办皖东北文化服务社和《皖东北日报》。报社经常收抄延安的广播，并翻印毛泽东的《论持久战》，对宣传抗日和扩大共产党的影响，起了很好的作用。江上青经常抱病为报社撰写社论，宣传党的抗日民族统一战线。他还积极创建由我党直接领导的抗日武装。他所到之处，无不呈现出生动活泼、团结抗日的新气象。

在抗日民族统一战线的旗帜下，我军发动群众，建立抗日武装，打击敌伪武装力量和土匪恶霸。在抗日热潮滚滚向前的形势下，泗县、灵璧等地的地主豪绅异常恐惧，纷纷向国民党省政府控告盛子瑾为共产党所收买。国民党省政府意欲调升灵璧县县长许志远为六区专员，借机除掉盛子瑾。

为了维护皖东北团结抗日的局势，7 月下旬，张爱萍、刘玉柱同志出于团结抗日的诚意，邀请盛、许二人欲进行调解。在三方协商妥当后，盛子瑾在江上青和朱伯庸同志陪同下，前往灵璧赴会。经过张爱萍、刘玉柱同志出面调解并晓以大义，许志远表面上答应团结抗日，暗地里却在策划阴谋。7 月 29 日，盛子瑾与江上青率队返回司令部时，行至泗县东北小湾村，遭到大柏圩地主柏宜生和王铸九反动武装袭击。江上青不幸身中数弹遇难，年仅 28 岁。

“拼将瘦骨埋锋镝，常使英雄祭血衣”，江上青同志用实际行动实现了自己生前的这一誓言。他的一生是短暂的，但他给我们留下了丰厚的精神遗产。他的革命业绩将永远留在人们的心中；他的英名将被光荣地载入革命史册。

战斗到最后一刻的巾帼英雄
——记王根英烈士

王根英,原名王庶心,1906年出身于上海郊区的一个贫苦的农民家庭。自幼过着饥寒交迫的悲惨生活。王根英8岁就跟一个在纱厂做工的亲戚偷偷练习接纱头,后来与11岁的姐姐王根妹和嫂子进了日商开办的恒丰纱厂当童工。在日商开办工厂做工很辛苦,早出晚归,每天工作十几个小时,还经常被工头打骂,整日疲惫不堪,年复一年地度过苦难的童年。在幼小的王根英心里产生了疑问:为什么帝国主义资本家那么狠?旧中国的工人为什么那么辛苦?带着困惑,1919年,王根英进入恒丰纱厂附近一所由革命知识分子办的工人夜校,一边学习文化,一边学习革命道理。1921年,王根英和姐姐转入英商开办的怡和纱厂继续当童工。1923年,中国共产党在上海工人居住区创办了许多平民学校,通俗地讲解马克思主义,组织工人运动,让工人了解帝国主义对中国经济侵略的史实。王根英和厂里许多青年不顾一天的劳累都去学习。王根英19岁时,加入了中国共产主义青年团,并担任怡和纱厂的第一任团支部书记,不久又被推选为纱厂的工会主席。在日商内外棉七厂资本家枪杀工人顾正红后,爆发了全国性的“五卅”运动。王根英在斗争中表现得积极、勇敢,为工人们所称赞。通过斗争的考验,王根英光荣地加入了中国共产党,成为一名无产阶级革命战士。

1926年10月至1927年3月,上海工人在中国共产党领导下举行了三次工人武装起义。前两次因起义准备不足和国民党动摇,在军阀镇压下失败了。1927年3月21日,在周恩来、罗亦农等领导下,上海80万工人举行总罢工,接着举行第三次工人武装起义。在起义中王根英冒着生命危险把自己家中藏着的几支枪和一箱弹药(是周恩来在起义前亲自到沪东区部委了解情况时带来的)分发给工人们。在历次罢工斗争中,王根英都站在最前线,整天机警地与敌人周旋。过了不久,王根英作为上海党的代表前往武汉参加中国共产党第五次代表大会。就在这时经人介绍,认识了陈赓。由于共同的革命理想、革命的深情厚谊,他们就在当时全国的革命中心武汉结为伴侣。结婚后,陈赓即去江西参加"八一"南昌起义。陈赓由于腿部受重伤,1928年转入上海,在上海参加党的特科(情报)工作。在此期间,王根英尽心竭力地掩护陈赓,确保他的安全与健康。1928年年底,王根英生下一男孩,取名知非。慢慢地孩子长大了,能说会跑。王根英按照保密要求,不让孩子知道自己家的街道门牌号,在孩子面前从不谈陈赓的真实姓名和在外地工作的事情。仅仅从1929年到1931年,陈赓和王根英就搬过五次家。

1933年王根英由于叛徒的出卖被捕,被判有期徒刑8年,并被押解至南京老虎桥"江苏第一模范监狱"。在监狱中,王根英认识了熊天荆、帅孟奇、耿建华、何宝珍、夏之栩等同志。在监狱期间,王根英积极参加狱中的绝食斗争,表现得坚决、勇敢,在自己所在的号子(监房)中起了带头作用。在日常生活中她积极主动地帮助难友,和同志们友好相处。王根英在狱中得到了熊天荆、帅孟奇的帮助,学会了加减乘除,还学会了刺绣、挑花等手艺。王根英还给知非绣了个枕头,留作纪念。就这样,王根英在敌人的监狱里被关押了三年。面对敌人的酷刑和监狱生活的折磨,她表现了共产党员的英雄本色,对党忠心耿耿,坚贞不屈。1936年"西安事变"和平解决,国共实现了第二次合作。在周恩来、叶剑英、童小鹏等同志的积极干预下,1937年8月,王根英走出了监狱,但是迎接她的将是抗日战争。王根英出狱不久,周恩来就把她带到西安。1937年8月26日,王根英由西安转到云阳八路军总政治部和陈赓团聚。陈赓在日记中写道:“昨日根英由西安到云阳总政治部,小平同志加菜为我们庆祝,并另辟一室使我们做竟夜之谈……根英在狱达4年,艰苦备尝,在敌威迫利诱下,始终坚持共产党员的立场,不为动摇,使我对她更加敬佩。”第二天,王根英在陈赓率部出师抗日的同时,离开总政治部前往党中央的所在地延安,那是她在敌人牢房中朝思暮想的地方。

王根英到达延安后,便进入陕甘宁边区党校学习。学习结束后被分到《新中华报》社工作。随着华北战局的发展,王根英渴望赴前线体验战斗生活,一再向组织要求到前方工作。1938年10月,党组织批准了王根英的请求,并派她到一二九师供给部主办的财经干部学校担任政治指导员。在那战火纷飞的艰苦岁月里,王根英为了搞好工作,深切地关怀每一个同志,珍惜一点一滴的物质钱财。1939年3月后,敌我斗争的重点逐渐转向山地,冀南反“扫荡”接近尾声,财经学校决定跟随部队主力越过平汉线西进,转入太行山。在南宫附近开始行动时,遭遇日军,人员被冲散了。王根英负责收容伤员,落在后面,她便把这部分伤员带到了一二九师供给部。3月8日,王根英随一二九师供给部驻在南宫县东南的前后王家。这天敌人进攻冀南根据地的中心南宫地区,供给部被敌人包围了。这时王根英把自己的骡子让给了伤员,并招呼同志们先走。虽然自己因在狱中受尽折磨身体不好,她还是徒步随警卫部队一起突围。王根英冲出村外时,伸手一摸,发现装有文件和公款的挎包没带出来,她着急地说:“不好!还有一笔公款没有带出来!”说完,毅然独自向村中奔去。她在驻地将挎包取出,出村时不幸遭遇到了敌人,等到大家组织好队伍,冲到村边来接应她的时候,她已经壮烈地牺牲在敌人的刺刀下。

1939 年 6 月 16 日,一二九师政治部出版《前线报》发表悼念王根英的文章结语写道:“根英同志是忠实于劳动阶级利益的,同时也是最忠于中华民族解放事业的。她为工人阶级与中华民族而奋斗的精神,一刻也未停止过。她的这种精神,是值得我们每一个妇女同志学习的。现在她的肉体虽然被敌寇毁灭了,然而她的精神是不死的,我们在今后的民族解放运动中,学习根英同志的奋斗模范,并在广大群众中,创造出无数英勇奋斗的根英同志来,为根英同志复仇,为争取中华民族的最后胜利而奋斗。”

披肝沥胆为人民

——记黄道烈士

“前进,前进,我们是铁的新四军”,这是新四军抗日不止、勇往直前、浴血救国的真实写照。我党早期革命活动家,新四军的创始人之一——黄道,他的牺牲用血诠释了这句悲壮的新四军军歌歌词。

黄道,江西横峰人,1900 年 4 月出身于一个农民家庭,1919 年进省城南昌读书,1923 年考入北京高等师范学校。黄道很早就从事革命运动,并且在学生运动中结识了陈毅,很快由李大钊、陈毅介绍参加社会主义青年团,1924 年转为中共党员。从此,黄道把一生都奉献给了中国革命事业。

大革命时期和土地革命时期,黄道在家乡与方志敏、邵式平等一起组建中共江西党团组织、开展农民运动以及领导赣东北农民发动了“弋横暴动”,创建了闽浙赣革命根据地。1934 年 10 月,中央红军主力长征,黄道奉命留在闽北,进行了三年极其艰苦的游击战争。

1937 年 12 月 14 日,中共中央政治局作出决定:成立中共中央东南分局和中共中央军委新四军分会。其中,新四军分会以项英、陈毅、张鼎丞、曾山、黄道为委员,项英和陈毅分别为主席、副主席。

1938 年 1 月 6 日,黄道与赶来的八路军驻南京办事处代表顾玉良一起,经铅山到横峰搭火车前往南昌新四军军部。1938 年 1 月，新四军驻南昌办事处成立，黄道任办事处主任，领导抗日救国工作。黄道当时的工作非常繁琐又重要，他不仅要与东南各省的办事机构保持联系，还要以公开合法的身份出现，花大量的精力接待社会各界人士，开展统一战线工作。为了巩固和扩大抗日民族统一战线，反对日本帝国主义的侵略，拯救中华民族，黄道积极支持江西各地的抗日救亡运动。在他的组织和推动下，工人俱乐部、省农民工作团、江西省青年服务团、江西青年救亡学会、省抗敌后援会青年分会等抗日团体相继成立，在全省范围内掀起了抗日救亡高潮。遵照毛泽东关于《为动员一切力量争取抗战胜利而斗争》的指示，黄道身先士卒，积极动员并领导社会力量参加抗日救亡斗争。在妇女界，他创办了《妇声》半月刊，宣传我党的方针、政策和当时的形势，扩大妇女界的抗日统一战线；在文化教育界，他组织了战时文艺社，以话剧、文学、歌咏、漫画等形式宣传抗日；同时，还将许多要求参加抗日救亡斗争的爱国青年介绍到延安、抗大（中国人民抗日军事政治大学的简称）和抗日的最前线，扩大了抗日力量。仅一年多时间，经办事处及黄道输送出去的青年干部多达千余人。此外，黄道还巧妙地利用各方面关系，扩大党在国统区的影响，发展党的力量。当时，南昌有个由国民党黄埔系学生办的《剑报》，黄道利用国民党内部的派系矛盾，为《剑报》写了《纪念抗战一周年》的社论，指出“国家兴亡，匹夫有责”，从而团结了广大的爱国人士。

黄道和新四军驻南昌办事处发动的抗日救亡活动引起了国民党反动派的极大恐慌和仇恨，尤其是他引导爱国青年奔赴中国革命圣地——延安发展抗日爱国力量等措施，深为国民党所恐惧。当时的情况错综复杂，新四军南昌办事处周围布满了特务，许多国民党特务伪装成附近的小店铺掌柜、摊贩、黄包车夫，甚至在与办事处相对的一座房子屋顶上还设了一个小阁楼，专门监视办事处的一举一动。在这种险恶的环境中，黄道仍忘我地工作着。

1939年3月,日军大举进攻南昌。国民党在撤退时,故意不通知新四军驻赣办事处,而且还以军队征用军车的名义,试图控制新四军军部的四辆卡车。但当晚黄道率领办事处同志安全撤离了南昌,这其中有一段鲜为人知的惊险故事。

当时担任国民党军官的黄贤度,是黄道在上饶中学任教时的学生。经过黄道的努力,这个学生最终弃暗投明,接受中国共产党的领导,并于1938年6月经黄道介绍,秘密加入了中国共产党。没过多久,黄贤度当上国民党保安部的一个处长。

这样,在南昌新四军军部,常能见到一位国民党军官不慌不忙地踏进新四军驻赣办事处,他就是秘密党员黄贤度。黄贤度一个星期至少来办事处两三次与黄道见面。时间一长,在办事处外监视的特务就盘问黄贤度为何常出入于此,黄贤度眼一瞪,喝道:“黄道是我老师,我来看老师都不行吗?”

3月25日晚,黄贤度在国民党保安部的办公地点通过电话获知日军即将攻陷南昌,而国民党政府却想趁此机会,借日本鬼子的手除掉新四军驻赣办事处。黄贤度万分焦急,立即赶回办公室。怎么办?如何告知黄道这一消息呢?很明显,黄贤度能从电话中偷听到国民党的这个消息,国民党也能从电话中偷听自己的电话内容,自己的身份一旦暴露不仅有性命之忧,而且对党的事业也有巨大的损失;但是,如果消息送不出去,党组织和新四军军部办事处就有覆灭的危险。黄贤度经过短暂的思考之后,最后还是毅然地拿起了电话。不料,当时的南昌已乱作一团,需通过总机转接的电话总是占线。直到晚上11时多,电话才拨通。当时黄道已经休息,一名工作人员接到电话后叫他明天再打来,黄贤度坚持要当晚就找到黄道。最终,黄道接到了电话,并连夜组织办事处紧急行动,安全撤离了南昌。

黄道从南昌撤离后,东南分局决定将黄道调回中共中央东南分局(皖南新四军军部)工作。3月25日,黄道由吉安经上饶到达

浙江金华。4 月 6 日，黄道陪同周恩来离开金华到上饶、吉安等地了解抗日情况。随后，动身前往皖南新四军军部。

此时，黄道等人的行踪已被国民党特务监视。在南昌新四军办事处工作时，黄道的抗日爱国运动就已经激起国民党的嫉恨。4 月份，黄道在陪同周恩来的 20 余天中，倾心尽力配合中央领导，躲开国民党特务的监视和阻挠，出色地做了许多工作，推动了党的民族统一战线政策的贯彻，扩大了共产党在广大人民群众中的影响。黄道所做的这一切进一步引起国民党顽固派对他的嫉恨。

4 月 20 日，黄道身体患病，难以支撑，不得已滞留于河口镇大同旅社，求医治病。河口距上饶不足 30 公里，黄道住大同旅社医病的情况很快被国民党第三战区的特务头目张超掌握，于是一个罪恶的计划很快在他头脑中形成了。

在张超的指使下，隐蔽在铅山县的特务黄玉成和吕鹤年立即对黄道的治病进行了暗中查访并跟踪监视。一天，那个已被特务分子收买的医生在给黄道打针时，向他体内注射了一剂毒液。5 月 23 日，染病在河口整整一个月的黄道不幸“病逝”，临终前，他敲着床板嘱咐身边战友要“抗战到底，革命到底”！

黄道牺牲以后，小小的河口镇举行了数千人的追悼会，许多群众不顾国民党的禁令，冒着坐牢的危险参加追悼会。黄道的灵柩被运往闽北长涧源时，又有数千名群众来送葬。在途中，人们挨家挨户举行路祭，长涧源的群众还自发地到 30 里外的温林关迎灵。老少哀哭，悲痛欲绝！

新中国成立后，在 1950 年春开展的镇压反革命运动中，群众检举揭发了黄玉成、吕鹤年直接参与毒害黄道的特务罪行，两名凶手先后被逮捕归案。经横峰县人民法院审理，两名案犯于同年 11 月被判以处决。毒害人民英雄的两个恶毒敌人，终于得到应有的下场。而被特务收买利用而犯下罪行的医生已于解放前病死，逃脱了人民的审判。

1950年,黄道的遗骸被运回赣东北。1953年,人民政府在上饶市信江南畔的山坡上修建了黄道墓,近旁矗立着巍峨的上饶革命烈士纪念塔。

黄道同志永垂不朽!

河东群众革命领袖

——记嘉康杰烈士

嘉康杰，字寄尘，1889 年出生于山西省夏县。1911 年，辛亥革命的浪潮席卷了整个中国。是年恰逢晋南的李岐山组建军队，正在夏县县立高小读书的嘉康杰决定报名参军，投身于革命的浪潮。

在山西，说到教育司长解荣格人们个个都恨得咬牙切齿。解荣格到处横行霸道，经常鱼肉百姓。1914 年，嘉康杰领导学生进行了反对解荣格的学潮。不久，这件事便传到了山西军阀阎锡山的耳朵里，阎锡山下令逮捕嘉康杰。是时国内正流行一股“留日热”，嘉康杰被迫远赴东瀛，来到明治大学学习。

袁世凯当权后，为了能成就他复辟帝制的梦想，欣然接受了日本灭亡中国的“二十一条”。一时间举国哗然，消息很快就传到日本，嘉康杰终于坐不住了，他决定立即回国参加反袁斗争。1920 年，嘉康杰决定再赴日本留学。1921 年，阎锡山欲把山西的矿产权卖给日本人，嘉康杰作为留学生的代表再次回国参加反对阎锡山的斗争。此后，阎锡山想委任嘉康杰当县长，用金钱收买嘉康杰，但他不为所动，严词拒绝：“群众说现在是‘当官没好人，好人不当官’。我嘉某不想谋官，只想为国分忧，为民效力。这就是我的态度和脾气。”

在日本留学期间，他目睹了日本在改革后逐渐走上富国强兵的道路，他深知青年是革命的柱石，倘若一个民族一味地愚昧而不知发展教育是没有希望的。1921 年至 1933 年,嘉康杰先后创办了以太小学、平民中学、河东中学、中山中学等学校,积极宣传新思想,传播新文化,培养了一批进步青年。

1925 年,为反对阎锡山征收房产税,嘉康杰领导了万人大游行。同年,他又发动了反对阎锡山增加盐税的斗争。阎锡山恼羞成怒,于 1926 年秋下令查封了平民中学和河东中学,并以莫须有的罪名逮捕了嘉康杰。经过数月的监狱生活,嘉康杰的思想认识提高了许多,他意识到要使广大群众过上幸福安乐的日子,就必须进行革命以推翻反动政权。1927 年 5 月,阎锡山在群众的压力之下不得不将嘉康杰无罪释放。

1927 年大革命失败后,许多共产党员遭到了国民党当局的迫害。就在革命的危急关头,嘉康杰毅然加入了中国共产党。

从 1929 年至 1933 年的几年间,嘉康杰着手于晋南党组织的重建工作,他不辞辛苦,深入群众,经过几年的努力,一片黑暗的晋南大地上又重新显现出了光明。到 1933 年年底,晋南的党组织如雨后春笋般建立起来。

1931 年,嘉康杰来到中条山区开始建立党组织,发动群众,为武装暴动做准备。由于叛徒告密,山西特委遭到破坏,暴动失败了。反动派对于嘉康杰领导的革命活动惊恐不安,他们想尽一切办法抓捕嘉康杰。在与反动派长期作斗争的过程中,嘉康杰经常化装成和尚、道士、长工,一次又一次地躲过了敌人的追捕,当地的群众亲切地称他为“嘉神仙”。

1937 年 7 月 7 日,抗日战争全面爆发,由中国工农红军改编的国民革命军第八路军经河东地区开赴山西抗日前线。此前,嘉康杰由于与组织失去了联系,而长期隐蔽在乡间从事地下活动。当他得知这一消息后激动万分。在与组织取得联系后,他开始在夏县展开抗日宣传。当时,有的群众对于八路军与阎锡山一同作战表示不解,嘉康杰就耐心地向群众解释道:“八路军就是当年的红军，是全心全意为咱们老百姓服务的军队，是坚决抗日的队伍，是我们的子弟兵。"经过嘉康杰的宣传，夏县的青年踊跃报名参军投身抗日。

1938 年，嘉康杰来到延安抗日军政大学学习。期间，嘉康杰学习到不少从未接触过的新知识和新思想，他如饥似渴地学习着革命理论和党的政策，他待人热忱，经常虚心地向别的同志请教。

不久，根据党中央的指示，嘉康杰重新回到晋南从事组建抗日武装力量，同时着手建立抗日根据地的工作。他担任了晋豫特委委员兼军事部部长。不久，中条山游击大队成立，嘉康杰任大队队长。由他领导的游击队作战英勇，与中条山的八路军主力互相配合，粉碎了日军的多次进攻。

1939 年 12 月，在中共晋冀豫区党委第一次代表大会上，嘉康杰当选为晋冀豫区党委委员，并被选为出席中共"七大"的候补代表。12 月 11 日，嘉康杰在动身从夏县去往延安的途中，遭到国民党第三军第七师军统特务的暗杀，英勇牺牲，时年 50 岁。噩耗传来，夏县的百姓无不悲伤落泪，他们心中的英雄就这样牺牲在了反动派的屠刀之下。

嘉康杰以一颗中华儿女的赤诚之心投身于革命运动，并在晋南的大地上留下了他播下的革命火种。他的丰功伟绩将被载入革命史册，激励一代又一代人前进。

“在乡驱虎凶，为国靖烟尘”
——记罗梓铭烈士

罗梓铭，原名罗世华，1907 年出身于湖南浏阳县张家村一个贫苦农民家庭。少年时代的罗梓铭，在裁缝铺当过学徒，在家织过夏布，后来又走家串户给别人缝衣服，过着饥寒交迫的生活，没有丝毫保障。

1926 年，国民大革命的浪潮席卷湖南，湖南的农民运动风起云涌。在如火如荼的工农运动中，浏阳工农组织了纠察队和自卫军，成立了自己的武装。罗梓铭报名参加了农民自卫军，他决心“为工农而战”，保卫劳动人民的胜利果实。

1927 年，国民党反动军官许克祥在长沙发动“马日事变”，残忍地杀害了许多共产党人，湖南的工农运动随后进入了低潮。这年冬天是浏阳大革命失败后斗争最艰苦的日子，敌人对浏阳这块曾经孕育秋收起义的地方进行反复的“清剿”，他们甚至扬言“茅草要过火，石头要过刀”。一时，浏阳笼罩在一片白色恐怖之中。罗梓铭全家都参加了革命。他的大哥和大嫂因为给党传递情报、转运物资，被敌人残忍地杀害，并被挂头示众；他的父亲也因为躲避反动派的“清剿”而病死在深山里。反动派的屠刀并没有让罗梓铭退缩，他强忍着悲痛，继续同国民党反动派斗争着。在革命斗争最艰苦的时候，罗梓铭毅然地加入了中国共产党。在入党誓词上，他写下了这样一句话：“决心为国家和民族的自由解放，为党的路线坚决奋斗。”

1928 年年初，黄公略率领红五军第二纵队来到浏阳，建立革命根据地，罗梓铭参加了苏维埃政府的工作，他带领浏阳的游击队参加了玉皇殿战斗。

当时，敌人在玉皇殿修筑了一个炮楼，这里驻守着敌人大约两个排的兵力，控制着通往苏区的炉烟洞要道。为了拔掉这颗钉子，罗梓铭指挥游击队，前后共组织了三次袭击。前两次袭击，游击队都没有成功。第三次发起进攻时，敌人在炮楼里嚣张地喊：“有本事你们就打上来啊！”罗梓铭听到这话，简直气红了眼睛，他想到了火攻的办法。那天晚上，在当地群众的帮助下，大批柴草被运到了敌人的炮楼下面并被点燃。那个时候正好是冬季，火借着呼呼的北风，很快就把炮楼烧着了。敌人葬身火海，少数逃出来的，也都成了枪下之鬼。

玉皇殿战斗的胜利吓坏了当地的反动势力，以张首生为首的民团头子跑到浏阳县城要求派兵镇压。游击队得知后，决定在敌人返回的必经之路上设下埋伏。不久，张首生由轿夫抬着，在几个团丁的护送下，慢慢地爬上岭来。在他下轿准备休息时，罗梓铭带领游击队员从树林中冲出，捉住了张首生，并就地处决。这件事大大地灭了当地土豪劣绅的威风。土豪劣绅对罗梓铭恨之入骨，多次去抓罗梓铭，但都一无所获。穷凶极恶的敌人竟采取卑劣的手段，把罗梓铭的亲人罗保田抓住杀害了。

在 1933 年召开的全国苏区职工代表大会上，罗梓铭被选为中华苏维埃共和国苏区总工会的委员，留在了中央苏区工作。

抗日战争全面爆发以后，在中国共产党的领导下，全国人民的抗日热情空前高涨。但是国民党顽固派却掀起了反共的高潮，他们指使所属各部，频繁地对中国共产党领导的抗日民主根据地以及八路军、新四军的后方机关进行武装袭击和骚扰。蒋介石密电在湖南的国民党杨森部尽快解决新四军平江留守处，将机关工作人员一网打尽。

1939 年 6 月 12 日,国民党军特务营大约有一个连的兵力,在张绍奇的带领下,来到了新四军平江通讯处。张绍奇谎称接到上级紧急通知,日寇马上就要侵犯平江,请通讯处的同志前去商量抗日事宜。通讯处主任涂正坤和通讯处的其他人听说有新情况,随即跟随张绍奇出来。刚走了几十米,就传来了砰砰的枪声。涂正坤被埋伏在附近的国民党军开枪击中,当场牺牲。

罗梓铭听到连续的枪声,预感到有情况发生,他冷静地把留在身边的机密文件烧毁,把党的活动经费递给了正在窗外的妻子,让她赶快逃走。没过多久,国民党军包围了罗梓铭办公的地方,将通讯处的干部及其家属等全部扣押起来。面对国民党军的暴行,罗梓铭愤慨地说:“你们这些暴徒想干什么,我们要向全国人民控诉你们这种破坏国共合作抗日的罪行!”国民党军要罗梓铭等承认“扰乱后方,破坏抗战”。被捕的人个个临危不惧,罗梓铭大义凛然地说:“你们这群民族败类,将来历史会来审判你们的!”暴徒们随后把罗梓铭等带到通讯处的后院,严刑拷打。暴徒说:“快交代你们的罪行,免受皮肉之苦!”罗梓铭义正辞严地说:“我们抗日,何罪之有?你们破坏抗日,你们才是真正的罪人!”暴徒理屈词穷,将罗梓铭吊起来,用烧红的烙铁往他身上烙。暴徒们折腾了半天,用尽了所有的伎俩,都无法使罗梓铭等屈服。国民党军趁着夜色,把罗梓铭等人押出嘉义镇。罗梓铭等知道暴徒要对他们下毒手了。为了引起周围群众的警觉,他们开始大喊口号,暴徒吓得赶紧用毛巾堵住他的嘴巴。罗梓铭撕掉毛巾后,继续高喊。暴徒用刺刀往罗梓铭身上捅,每喊一声就捅一刀。暴徒们把他们押到了郊外的一座小山上,罗梓铭知道最后的时刻到了,他高喊着“打倒日本帝国主义”、“打倒汉奸卖国贼”,“中国共产党万岁”等口号。暴徒听到雄壮的口号,慌忙将罗梓铭等推进了一个数丈深的坑里活埋了。

惨案发生后,中共中央在延安举行了隆重的“平江惨案”烈士追悼大会。革命者已经逝去,但革命者光辉的名字、临危不惧的精神,将永远留存在一代又一代年轻人的心中。后来,董必武同志写了一首诗来缅怀“平江惨案”中遇难的烈士:

涂罗诸烈士,秉性最忠贞。
在乡驱虎凶,为国靖烟尘。

平倭豪杰花木兰

——记李林烈士

李林，原名李秀若，1915 年出生于福建龙海，自幼随养父侨居海外荷属爪哇。在那里华人的地位是很低的，经常受到统治者的欺压，于是华人自觉地联合在一起，互帮互助。客居他乡的华人对祖国的眷念之情潜移默化地影响着李林，点燃了她内心的爱国火种。

1929 年，爪哇政府当局实施严厉的排华政策，华人的经营受到打压，李林父亲的商铺被严重毁坏，小学毕业的李林跟随母亲回到了中国。归国不久后，李林考上了爱国华侨陈嘉庚创办的厦门集美中学。李林将在集美中学读书的这段时光称为“一生中的黄金时代”。1931 年“九一八”事变爆发，日本强占我国东三省，全国各地民众自发组织抗日救亡运动。李林也不例外，她积极参加了学校组织的抗日募捐和抵制日货等爱国活动。

1935 年秋，李林转学来到上海读书。此时的上海，外国租界密集，社会治安混乱。李林每天都可以见到在租界里耀武扬威的外国人，尤其是那些全副武装的日本兵更加激起了李林的愤怒。一次，李林写了一篇题为《读〈木兰辞〉有感》的文章，写下了“甘愿征战血染衣，不平倭寇誓不休”的诗句，李林的雄心壮志展露无遗。语文老师见到李林的这篇文章，给她打了很高的分数，李林的决心受到很大的鼓舞。

1936 年 8 月，李林考入北平民国大学政治经济系，积极投身于校内校外的抗日救亡运动,并参加了先进青年抗日救国组织——中华民族解放先锋队。这一年12月,社会名流组织的救国会号召抗日,他们前去与政府交涉却被政府无理扣押。北平学校为了抗议政府的此种行为,举行了全市的大规模游行。李林担任游行队伍的红旗手,高呼抗日口号指挥队伍前进。警察前来阻止游行,李林与他们发生冲突,在搏斗中,李林被打得头破血流,但她仍然坚持指挥游行直到游行结束。同一年,李林实现了多年的夙愿,光荣地加入了中国共产党。李林觉得自己的名字李秀若太过文弱秀气,跟她的抱负格格不入。她崇拜的人物是著名的共产主义思想家和俄国"十月革命"的领导者列宁,于是她将自己的名字更改为发音近似的李林。

1936年末,李林响应党组织号召,前往山西太原加入抗日牺牲救国同盟会,投身于军政学习和训练。李林在军事学习中,非常认真和刻苦,光是练习瞄准射击就把双肘磨出血来。女学员练习骑马是很困难的,李林不怕难不怕苦,不怕摔跤和伤痛,经过不懈的努力,不论是什么马,李林总能一跃而上,策马奔驰。李林通过刻苦的学习成为了文武兼备的人才,成为学员学习的模范,受到大家的尊敬。1937年7月7日,"七七"事变爆发,日本占领北平,中国对日宣战。李林听闻之后,热血沸腾,请求上前线。组织批准了她的要求,委任李林为雁北抗日游击队第八支队政治部主任和八路军一二〇师六支队骑兵营教导员。李林来到前线,率领战士驰骋长城内外,横扫千军,屡建战功。每到一处新的地方,李林总是忙着带领宣传队向老乡们宣传八路军抗日杀敌的英勇事迹,揭露日寇烧杀掳掠的恶行,号召大家抗日。李林还经常深入群众中,到处串门,帮老乡挑水做饭,和老乡们亲如一家。

1939年,山西军阀阎锡山召开军事会议,意欲掀起反共高潮,煽动群众,夺取军事权力。李林不顾个人安危,如期赴会。会上,阎锡山派处处刁难我军,李林当即起立,当着军阀阎锡山的面指斥对方。她以一身正气,介绍了八路军及抗日游击队多年来浴血奋战、英勇杀敌的事迹,有力地驳斥了对方的造谣和污蔑。当时的新闻界广泛报导了李林的事迹,在大众的眼里,李林作为一个归国女华侨上阵杀敌是一件很了不起的事。贺龙将军在接见李林时亲切地对她说:“欢迎你,我们的女英雄,鬼子听到你的名字都害怕呢,还出五千大洋要你的脑袋,真了不起!”

1940年4月下旬,日寇调集军队,对革命根据地进行第九次“扫荡”,此次来势凶猛,规模空前。4月25日,雁北抗日组织决议实行战略转移。4月26日,机关人员向山东地区转移,李林率领警卫连殿后掩护大部队。当大队人马走到路口时,遭到敌人的伏击,干部队伍一下子被打乱了。李林处乱不惊,立即指挥队伍掩护,同时寻求反击的机会。见到敌人一步一步进逼上来,李林一马当先,率领一个骑兵排向北边突围,几十匹马掀起漫天尘雾。李林故意发出很大的声音,果不其然,敌军误以为骑兵队伍是我军主力,追了上去。这时,机关干部迅速从南边突围出去。

敌人发现上了当,失望之余更是火冒三丈,集中火力追击李林带领的骑兵队。李林与战友们奋力拼杀,消灭了不少敌人,但是我军也伤亡过半。于是,李林带领残余部队钻进了小山沟。敌人大批涌来,李林带领战士且战且退。在与敌人冲杀了几个回合后,李林的身边只剩下两名战士,而且他们也负了伤。敌人见到他们包围的是被高价悬赏捉拿的李林,嚎叫着“抓活的”围了上来。李林退到一个小庙前,击倒了几个敌人,自己也负了伤,手枪里只剩下最后一颗子弹,于是她举起枪对准了自己的喉咙……

今天,在集美的校园里,一座烈士纪念碑矗立在那里,这是由集美香港校友集资捐建的。碑座上方,有位女英雄的铜像,横刀立马,英姿飒爽。碑座上铸刻着革命家薄一波的亲笔题词:李林烈士,女中豪杰,为国捐躯,永垂史册。这处烈士园就是李林长眠的地方,抗日战争已胜利,烈士的英魂得到了安息。

开滦抗日传奇英雄
——记节振国烈士

节振国，1910年10月9日出身于山东省武城县刘堂村的一个贫苦农民家庭。10岁时，节振国随父兄来到唐山开滦赵各庄矿，14岁便下井做了矿工。节振国还习得一身好武功，精通少林拳和太极拳。

1938年，节振国参加了开滦煤矿抗日大罢工斗争，负责组织纠察队并担任大队长。起初，日本人打出"同情"牌，企图控制工人运动。随着罢工运动的不断胜利，日寇最终撕下虚伪的面具，对罢工积极分子大肆逮捕。由于井下工人夏连凤被捕叛变，供出节振国跟共产党往来密切。5月6日清晨，日寇伍长高野带着十几名日本宪兵和伪警察，赶往赵各庄逮捕节振国。十几名日本宪兵和伪警察闯进节振国家中见到节振德，误以为是节振国当场就捆绑起来，一问才知道是节振国的哥哥。有邻居冒险把这一消息通知已经出门的节振国，并让他不要回家，暂时避一避。节振国却说："好汉做事好汉当，我不能连累我哥。"说完毅然决然地回了家。

此时，节振国家门外已经被日本宪兵和伪警察包围。当节振国来到门前准备进院时，被宪兵拦住，节振国拍拍胸脯大喝一声："我是节振国！"宪兵还没有回过神来，节振国已经进到屋内。进屋后，节振国看到敌人正在殴打哥哥，无比愤怒，大喊一声："住手，我就是节振国。”说完他迅速抄起锅台上的菜刀对准高野的头砍下去，高野连哼都没哼一声就倒在血泊中。这一举动吓呆了在场的日本宪兵与伪警察，节振国趁机又抽出高野的军刀，砍杀起来，敌人慌乱中开枪射击，子弹正中节振国左腿，鲜血汩汩流出。敌人见节振国受伤，蜂拥而上。节振国毫不畏惧，拖着受伤的腿继续砍杀。敌人被杀得退到院子里，节振国顺势割断了节振德的绑绳，示意哥哥抓紧机会赶紧逃跑。节振国成功翻墙逃走，而哥哥节振德在翻墙过程中，不幸中弹身亡。

节振国伤愈后，组织30多名矿工树起了抗日大旗。不久率队投奔中共冀东抗日联军李运昌部。节振国即被编为冀东抗联第二路司令部直属特务第一大队，即工人特务大队，并任大队长。由于表现出色，1939年，节振国光荣地加入了中国共产党。

1939年春节前的一天晚上，赵各庄燕春楼戏院正在上演一台大戏，其中有四个特务分别坐在东西包厢里。此时，节振国率人已经盯上了他们。当戏唱到高潮的时候，节振国发出开始行动的信号，然后头一个闯进东包厢。包厢内的特务被眼前的大汉惊呆了，刚要掏出手枪，就被手疾眼快的节振国一把夺过枪并被一脚踹出包厢。另一个特务扑过来拦腰抱住节振国，也被节振国轻而易举地扔出了包厢。外面看戏的群众被突如其来的一幕吓呆了，四散奔逃。节振国见状，跳上戏台对群众说：“大家不要怕，我是节振国。”台下的很多群众认出了他，在下面也喊道：“老节回来了！”“是老节的队伍！”顿时，下面不再那样乱，群众也不再四散奔逃。节振国接着说：“大家受惊了。我们今天是来捉汉奸的，父老兄弟们让他们坑害苦了，如今该跟他们算账了。”节振国作了简短演讲后，把特务带离了戏院。

1940年5月，节振国在晋察冀分局党校学习结业，在这段时间节振国并无战斗任务。但节振国再三要求上战场，李运昌便命令节振国暂时与十二团一起作战。8月1日，节振国在团长陈群的指挥下率部队夜袭赵各庄敌人的弹药库后，撤退到滦县下尤各庄休整。下午两点，部队遭到敌人的围攻。陈群率部队沉着应战，撤退到上尤各庄。到达上尤各庄后，团长陈群发现节振国没有撤出来，非常着急。正准备派人去寻找的时候，节振国乐呵呵地回来了。他兴奋地说：“敌人集合要跑，我趴在高粱地里撂倒他们十几个。”他还提议乘胜追击，一举全歼敌人。战士们的热情被节振国带动起来，纷纷要求继续战斗。陈群经过考虑，同意了节振国的提议。节振国身先士卒，率先跳到一条沟底，向敌人阵地逼近。这时，节振国附近一个受伤的敌人手拿短枪瞄准了节振国。节振国身后的战士发现后大喊：“队长！危险！”当节振国发现时为时已晚，敌人的子弹已经进入他的左胸膛。节振国就这样英勇牺牲了，年仅30岁。

节振国牺牲后，周恩来在重庆曾指示文艺工作者要创作关于节振国的作品。于是陆定一的夫人严慰冰撰写的节振国事迹在《中国工人》杂志上连载。一时间，节振国成为家喻户晓的英雄人物。

新中国建立后，节振国的英雄事迹以小说、现代京剧、电影等不同的艺术形式展现在世人面前。节振国虽然走了，但他那不怕牺牲、英勇无畏的精神永远激励着后人。

为纪念节振国，每年农历六月二十八至三十，下尤各庄村民家家户户吃斋三天，这个习俗沿袭至今。

白山黑水奇迹创

——记杨靖宇烈士

1905年2月的一天夜里，在河南确山县李湾村一户农民家中，一个小生命诞生了。这使得原本平静的小村子一下子热闹了起来。孩子的父亲，是李湾村老实巴交的农民，淳朴善良，他给孩子取名尚德，而这个尚德就是以后威震敌胆的东北抗联英雄杨靖宇。

1923年，杨靖宇考入开封纺织工业学校。在校期间，他受到党和共青团组织的培养，接受了共产主义的思想，于1925年6月加入了中国共产主义青年团。同年冬，他被党组织派遣到家乡确山从事农民运动。1927年4月，为配合国民革命军的北伐战争，杨靖宇参与领导了确山农民暴动并获得了成功。同年5月，他光荣地加入了中国共产党。后因在河南多次被捕，党组织便将他派往上海从事秘密工作。

1929年，杨靖宇奉党组织之命赴东北任中共抚顺特别支部书记。同年秋被捕入狱。1931年“九一八”事变以后，出狱后的杨靖宇担任东北抗日联军第一路军总指挥兼政委，积极领导东北人民的抗日斗争。当时东北传唱着这样一首民谣：满天星，数不清；东边道，出英雄，抗日英雄无其数，杨靖宇数第一名。杨靖宇率领东北联军，南征北战，在敌人统治严密的地区迂回作战，在东到中朝边境、西到本溪、南到辽南的广大土地上，处处打击敌人。

从那时起，杨靖宇的名字就和东北抗日紧密地联系在了一起，他成为东北抗战的一面旗帜。

日本侵略者一直把东北作为征服中国乃至亚洲的战略基地，杨靖宇率领的抗日联军的存在，像一把插入他们胸口的尖刀，令他们寝食难安。他们不惜一切代价，全力“围剿”抗日联军。为了围困、扼杀抗日联军，侵略者可谓费尽了心机。他们除了在军事上实行所谓的“梳篦式”、“踩踏式”“围剿”的同时，还搞“集团部落”，强迫散居在山上的猎户、采参的农民集体搬到大村子里去，这些大村子，就被称为“集团部落”。侵略者妄图通过这种方式，切断抗日联军和老百姓的联系，断绝抗日联军的经济来源。

由于敌人的严密封锁，抗日联军陷入孤立无援的境地。面对严峻的形势，面对侵略者“聚而歼之”的险恶用心，为了保存实力，杨靖宇作出了“保存实力，化整为零，分散游击，粉碎敌人冬季大讨伐”的决定。1939 年 11 月，他率领直属部队一部分人在濛江境内集结，敌人得知杨靖宇的新动向后，遂派重兵尾随进入了濛江境内。此时的杨靖宇不仅与组织失去了联系，也彻底与抗日联军大部队失去了联系，陷入了孤军奋战的境地。这个时候的东北正值隆冬，气温在零下三四十度，滴水成冰，部队的供给也跟不上，伤亡减员现象特别严重。

1940 年 1 月，杨靖宇率部和敌人作战十几次，部队伤亡很大，剩下不到 100 人。在这危急的关头，警卫旅一团参谋丁守龙和司令部特工排长张秀峰先后叛变投敌，进一步暴露了杨靖宇的行踪。日军派重兵包围了杨靖宇所在的部队宿营地。经过和敌人连续战斗，杨靖宇身边只剩下六个人。为了保护同志，杨靖宇让四名伤员往回走，避开敌人，自己带着仅有的两名警卫员在深山密林中继续前行，吸引敌人。

之后，杨靖宇让两个警卫员出去找食物，自己孤身一人与 600 多名敌人周旋。在战斗中，杨靖宇左臂负伤，鲜血直流，敌人则按着雪地上的血迹和脚印追击。杨靖宇趁着夜色,牵着敌人的鼻子走,转了一圈又回到了原地。趁敌人还在原地打转,杨靖宇摆脱了600多名敌人的追击。

此时的濛江各个路口已被敌人派重兵严密把守,上山砍材的农民不能带午饭,而杨靖宇派出去的两个警卫员也在购买食物时遭遇敌人,壮烈牺牲。

此时的山区,大雪封山,寒风刺骨,杨靖宇已经连续几天没有吃到一粒粮食了。他除了扒开厚厚的积雪,找点枯草、树根之类的东西外,最后只能不断地从衣服上撕下棉絮咽下去。

2月23日,杨靖宇碰到几个上山砍柴的农民,请他们帮忙买点吃的,这其中有一个人是敌伪排长,他下山后就向特务告了密。

下午,敌人包围了杨靖宇,敌人在不断地缩小包围圈,100米、50米、20米,越来越近了。为了活捉杨靖宇,敌人开始劝降,并许以高官厚禄。面对敌人劝降的聒噪,杨靖宇挥舞着双枪,连珠炮似地向敌人射去。敌人知道劝降没有用,所有轻重火力一起射向杨靖宇隐身的地方,杨靖宇身中数弹,倒了下去。英雄的鲜血染红了皑皑白雪,洒落在濛江河畔……

残暴的敌人割下了英雄的头颅,剖开了英雄的肚子,他们想知道,是什么力量支撑着这位英雄战胜严寒和饥饿,一直战斗到生命的最后一刻。他们在英雄的腹中,没有发现一粒粮食,发现的尽是没有消化的草根、棉絮和树皮。在场的敌人全惊呆了。是的,他们永远也不会理解被压迫者、被侵略者为争取自由和幸福生活所作出的巨大牺牲,还有他们那至死不渝的伟大精神。

英雄杨靖宇走了,他走的是那样匆忙,留给我们的只有他那高大伟岸的背影……

他其实没有走,人民记着他,他曾经战斗过的土地记得他,他一直活在我们心中。

镜泊湖畔的一棵青松
——记陈翰章烈士

陈翰章，1913 年出身于吉林省敦化县城西半截河屯一个农民家里。陈翰章 9 岁开始进入私塾读书，他非常聪明好学，考试总是名列前茅，周围的亲戚朋友都夸他是个好学有为的好孩子。

1930 年 12 月，陈翰章从敖东中学毕业，而这个时候，日本帝国主义侵略中国的野心昭然若揭。在毕业典礼上，陈翰章说出了自己的豪情壮志："我立志从事教育事业，目的是为了培养优秀人才，改造国家，使她独立富强。但是帝国主义却不叫我们这样做，想把我们变成他们的附属国！同学们，假如我的理想因为帝国主义的侵略而打破的话，我将毫不可惜。为了祖国，我一定投笔从戎，用我手中的枪和我的鲜血、生命来赶走敌人！"

1931 年 9 月 18 日，日本帝国主义发动了侵略我国东北的"九一八"事变，东北三省几千万同胞惨遭日本侵略军的蹂躏。陈翰章教书育人的梦想破灭了，他决心实践自己"投笔从戎"的誓言，参加抗日队伍，奔赴抗日前线。1932 年 9 月，陈翰章毅然走出家门，参加了抗日救国军。

陈翰章参加抗日救国军之后，工作积极肯干，加上他有文化、有见识、有才干，得到抗日救国军司令吴义成的赏识，担任了司令部的秘书。然而，抗日救国军司令吴义成是土匪出身,军阀思想比较浓厚,抗日也不坚决。为了争取改造吴义成的部队,中共满洲省委派周保中到吴义成的抗日救国军工作,贯彻执行党的团结抗日的主张。就这样,陈翰章很快结识了周保中。在周保中的培养和教育下,陈翰章进步很快。1932年10月10日,抗日救国军攻打宁安城的战斗开始了,陈翰章入伍才一个多月,就担任了这次战斗的战地鼓动队队长。战斗中,为了尽快进城,突击队必须涉水过江。队员们面对着冰凉的江水,在江边有些犹豫。陈翰章见此情况,大声地喊道:“勇士们,冲过去,杀人的枪炮都不怕,还能让一条小河吓住吗?冲啊!”说完,他第一个跳进冰凉的水里,朝着江对面冲去,突击队员看见鼓动队队长跳下去,也纷纷跳下去,他们迎着敌人的枪林弹雨登上了对岸。经过一个多小时的战斗,陈翰章带领的突击队完成了炸毁敌人军火仓库的任务。经过这次战斗,陈翰章得到很大的锻炼,抗日救国军中的党组织根据陈翰章的表现,吸收陈翰章加入中国共产党。

1936起,陈翰章在东北抗日联军第二军第二师先后任参谋长、师长,率部队在宁安、镜泊湖地区开展抗日游击战。1939年,陈翰章任东北抗日联军第一路军三方面军指挥。8月下旬,他与魏拯民一起率领部队采取“围城打援”的战术,派少数部队佯攻安图,主力部队攻打大河镇。经过两天的激战,终于取得了胜利,还缴获300多支步枪和大批军用物资。后陈翰章多次在东北抗日战争中立下赫赫战功,被誉为“镜泊英雄”。

抗日联军的存在,宛如插在日寇胸膛的一把尖刀,令敌人寝食难安。日寇加紧“围剿”抗日联军,妄图将抗日联军消灭在白山黑水之间。抗日联军的斗争环境越来越险恶。1940年10月,陈翰章带领几十人的队伍,到达了镜泊湖南湖头,准备冬季的给养,进入密营休整。由于抗联第三方面军的副官被捕后叛变投降,领着敌人把抗联准备过冬的给养全部搜出并烧毁。这时已是11月下旬,东北进入了漫长的冬季,大雪纷飞、天寒地冻,战士们没粮食,只好剥树皮吃,生活异常艰苦。经过和敌人几次短兵相接的战斗,陈翰章率领的部队只剩下十几人。为了保存这很小的一部分革命力量,陈翰章决定把战士们带到镜泊湖南头小弯弯沟的老密营里去,那里有一部分粮食,以便度过漫长的冬季,准备来年再战。

陈翰章带领战士们向小弯弯沟进发,途经弯沟村时,一个队员趁大家不注意,跑到村子里叛变投敌了。敌人得到了陈翰章的确切消息后,派1000多名日伪军将小弯弯沟团团围住。12月8日,当陈翰章和战士们在小弯弯沟密营歇脚时,敌人从四面围了上来。陈翰章把大家召集起来,指挥大家进行决死战斗。面对数倍于己的敌人,战士们毫不畏惧,每个人以一当百,与敌人顽强地战斗了近两个小时。

战士们不断地倒下去,包围圈越来越小。不远处传来了敌人劝降的聒噪声:"投降吧,陈翰章,给你大官做!""誓死不当亡国奴!"陈翰章怒斥劝降的敌人。他继续向敌人射击,掩护几个战士向树林深处转移。突然,一排罪恶的子弹穿透了陈翰章的胸膛,他倒在了血泊中,结束了自己年仅27岁的生命。

陈翰章生长在镜泊湖畔,为了赶走日本侵略者,他把自己的青春年华、满腔热血洒在了那生他、养他的土地上,他是当之无愧的镜泊英雄。时光远去,人们仿佛又听到了那首熟悉的歌谣:

"镜泊湖水清亮亮,一棵青松立湖旁。喝口湖水想起英雄汉,看见青松忘不了将军陈翰章。"

舍生取义的民族英雄
——记狼牙山五壮士

狼牙山,位于太行山东麓,山势险峻,因其峰状若狼牙而得名,著名的狼牙山五壮士舍身跳崖的壮举就发生在这里。

抗日战争进入到相持阶段后,日本侵略者把进攻的主要矛头指向了我军敌后战场。为达到彻底清除抗日根据地的军民、消灭抗日根据地的目的,从1938年下半年开始,日军对敌后抗日根据地进行疯狂的"扫荡"。根据党中央的指示,我军实行敌进我退的方针。

1941年9月,日寇集结了四倍于我军的兵力,向狼牙山区奔来。为了保存有生力量以便能更有力地打击敌人,我军决定向大连陀实行战略转移。邱蔚团长把七连的战士们叫到身边说道:"你们要把敌人牵制在棋盘陀这里,为主力部队转移争取时间,你们一定要坚守到明天正午十二点,不管用什么办法,一定要拖住敌人。"七连六班和二班的战士欣然接受了团长交付的任务。在安排好一切后,主力部队开始转移。

根据团长的指示,二班战士坚守北面,六班战士坚守东面。待主力部队渐渐远去后,七连的战士们进行作战前的准备。他们知道敌众我寡,要想牵制住这班鬼子,必须利用有利的地势,在高处作战。于是,他们把大部队留下的手榴弹捆成一束一束,一鼓作气在半山腰上埋了很多地雷。经过大半夜的布置之后,连长带着其他战士也离开山头，向主力部队靠拢了，这时山头的东侧就剩下了六班的五名战士。五壮士埋伏在山头，静静地观察着敌人的动态。

不一会儿，枪声四起，敌人开始发动冲锋了，五六百个鬼子从山脚下向山上涌来。这时，五壮士起身对敌人进行射击，敌人见势纷纷向东山口这边进攻。刚行进到半山腰，战士们昨夜事先埋下的地雷瞬时发出“轰——轰——轰”的爆炸声，冲在前面的鬼子倒下了一片又一片。一阵声响过后，几个被吓坏了的鬼子起身战战兢兢地向前行进，等鬼子行进到20米处时，马班长一声令下“打”，战士们开枪射击，鬼子又倒下了。经过几番交战，敌人始终没能攻上山头。

气急败坏的敌人开始集中火力向山头扫射，并使用了炮火攻击，霎时山上硝烟弥漫。一颗颗炮弹落到五壮士身边，激起厚厚的尘土。五壮士心里很清楚，敌人在重火力的掩护下，一定会集中兵力向山上开进，到那时，想要突围就很困难了。于是趁着硝烟未散，五壮士赶紧爬上了另一座山头，转移敌人的视线。敌人依旧朝着山上扑来。马宝玉看了下情况，决定把敌人引上山来，一方面可以有效地打击目标，另一方面也可消耗对方的体力。

五壮士十分熟悉山里的地形，他们一面向山上爬着，一面向敌人射击，伴随着声声清脆的枪声和震耳欲聋的手榴弹的爆炸声，敌人一次又一次的进攻被打退。转眼间，天已接近晌午，主力部队已顺利转移，五位壮士十分开心完成了阻击敌人的任务。就在这时，几颗炮弹落在了五壮士身边，头顶上还有几架飞机盘旋的声音。战士们刚要寻找撤退的路线，赶去与主力部队会合，却发现四周已被可恨的敌人包围了。马宝玉心里明白，此时此刻要突围已经没什么可能了，摆在他们面前的只有一条路，那就是通往棋盘陀顶峰的路，那里四周都是悬崖峭壁，这也就意味着那是一条死路。但是五位战士毅然决然地在班长马宝玉的带领下爬向峰顶。

到达顶峰时,战士们的武器装备都已用完,仅剩下最后一颗手榴弹。此时,在侦察机的协助下,鬼子如潮水般向峰顶这边涌来。等一波鬼子爬到前方不远处,马宝玉果断地拉开弹弦,扔向敌人,顷刻间好几个鬼子被手榴弹炸中。敌人见战士们最后一颗手榴弹也用掉了,变得更加猖狂。这时葛振林搬起身边的一块大石头朝敌人砸去,几个鬼子被大石击中,滚下山去。于是,其他四名壮士也带着愤怒与必死的决心搬起石头砸向敌人。

敌人的这番冲锋被打退了,可是壮士们身边的石头也已被扔完。落日的余晖照在五名壮士的身上,他们知道,坚守的最后一刻到来了。班长马宝玉起身对着葛振林说道:“老葛,我们牺牲——值得——光荣!”“就算牺牲了,武器也绝不能被小鬼子夺去。”说罢,便转身把手中的三把大盖枪扔下山去,其他四名战士也把枪支扔了下去。

这时,冲上来的鬼子已经快要到达山顶。马宝玉对身边的战友喊了声“同志们,跟我来”。五名壮士一起来到了崖边,他们用坚定的眼神看着远方,高喊:“打倒日本帝国主义!共产党万岁!毛主席万岁!”马班长纵身一跃,第一个跳了下去,其他四人紧跟着也跳下了山崖。五壮士跳崖后,班长马宝玉、战士胡德林、胡福才光荣牺牲,副班长葛振林、战士宋学义挂在了半山腰的树上,后在群众的帮助下得以脱险。后来军区司令向葛振林和宋学义颁发了银质奖章,五壮士的义举也成为军区指战员学习的榜样。

狼牙山五壮士表现出的坚贞不屈的民族气节和大无畏的牺牲精神值得所有人学习!

从长江边走出的新四军统帅

——记项英烈士

项英，原名项德隆，1898 年出身于湖北省武昌县的一个职员家庭，工人运动领袖，中国共产党和中国工农红军早期领导人之一，新四军的创建人和主要领导人之一，历任平汉铁路总工会总干事、湖北省工团联合会组织主任、中共中央职工运动委员会书记、武汉工人纠察队总队长、中共江苏省委书记、中华全国总工会副委员长、中共中央政治局常委、共产国际监察委员会委员、中华苏维埃共和国中央执行委员会副主席、中共苏区中央分局书记、军区司令员兼政委、新四军副军长兼政委、中共中央东南局书记。

项英 12 岁那年，父亲不幸早亡，家境迅速恶化。家庭的困难生活、恶人的作威作福、善良劳苦大众的悲惨遭遇给少年的项英思想上以很大的打击，促使他早熟。1919 年的“五四”运动对其产生了很深的影响，随即参加了董必武、陈潭秋等具有初步共产主义思想的知识分子开办的夜校，提高了革命觉悟，接受了马克思主义。次年，项英选择有利时机，在他所在的工厂成功地组织了罢工运动。这为他以后领导工人运动打下了良好的基础。1922 年，项英加入中国共产党。后来他参与领导了 1923 年平汉铁路“二七”大罢工和 1925 年沪西日商纱厂工人二月罢工，推动了全国工人运动的发展。

1934 年,中央苏区第五次反“围剿”失利,中共中央和红军主力实行战略转移,项英临危受命配合陈毅率部牵制国民党军,掩护中央红军主力转移,保卫中央苏区和土地革命的胜利果实,准备在有利条件下配合红军主力反攻。鉴于斗争形势的恶化,项英逐步作出独立自主、坚持斗争的部署。1935 年 2 月,根据“遵义会议”后中共中央的指示,项英组织红军和游击队分路突围,转入分散的游击战。在与中央失去联系、国民党军持续“清剿”的极端困难条件下,他紧紧依靠群众,恢复党的基层组织,及时调整策略,变换斗争方式,领导赣粤边游击区军民作殊死斗争;教育红军游击队提高斗争艺术,巧妙地与敌周旋,灵活地打击敌人;和各游击区指战员共同努力,保持了南方游击区革命支点,保存了革命骨干。

抗日战争爆发后,项英和陈毅一起按照中共中央关于国共合作团结抗日的精神,先后在赣州、南昌与国民党地方当局进行停止冲突、合作抗日的谈判。他用很短的时间将分散在南方 8 省 14 个地区的红军和游击队组编为新四军。接着,派出先遣队赴敌后作战略侦察,陆续组织部队向苏南、皖南、皖中敌后挺进,开展游击战争,并抓紧东南各省中共地方组织的恢复、建立和发展工作,在长江南北地区创建抗日民主根据地。

1940 年前后,国民党制造了一系列反共事件,在长江南北的八路军、新四军成了国民党攻击的目标。1940 年 10 月,国民党第三战区司令顾祝同已布置了“围剿”新四军的方案。国民党方面以 7 个师 8 倍于新四军的兵力,在贵池、宁国、泾县、郎溪等地布成袋形包围圈,企图歼灭新四军。但项英还没有下定决心按时北移和在北移中打破国民党军队的围攻,他还在撤和不撤两者之间徘徊。12 月,皖南的形势日趋严峻,项英还是犹豫不决,急电中共中央,但得到的是毛泽东的严厉批评。最终的突围路线是按照项英提出的方案实施的,全军的序列编组和政治动员也显得很乱。新四军前进到茂林地区时,已经进入国民党军队袋形包围圈内。项英决定,部队按原路折回，改向西南前进，这使得新四军陷入了绝境。最终，叶挺根据中央的电报精神，组织部队分批突围，以保存实力。9000余人的皖南新四军部队经过英勇战斗，激战7昼夜，终因众寡悬殊，弹尽粮绝，最后突围出去的只有1000余人。

副军长项英和副参谋长周子昆突围后来到濂坑村，藏身于蜜蜂洞。一天，项英、周子昆等人点着蜡烛用树枝做的棋子下棋，刘厚总在旁边观看。不料，到了下半夜，刘厚总（1952年8月初，在江西南昌被处决）下黑手，枪杀了熟睡的项英和周子昆。附近的警卫员听到枪声后赶来查看，发现项英和周子昆已经遇害。因为曾遇到慌张下山的刘厚总，警卫员立即追击，但没有追上。随后，在老乡的帮助下，项英与周子昆的遗体被掩埋在附近。（遗骸于1955年6月19日移葬于南京雨花台烈士陵园。）

在"皖南事变"中，虽然项英因处置失当，对新四军皖南部队遭受损失负有责任，但我们不能否定项英其他的丰功伟绩。

塞外"小白龙"的传奇
——记白乙化烈士

在有"华北明珠"之称的密云水库北岸,绿树丛中矗立着一座雄伟的大理石纪念碑,碑上镌刻着八路军冀察热挺进军司令员萧克将军的手书:"血沃幽燕,名垂千古。"这是为了纪念抗日战争时期晋察冀军区冀东军分区步兵团第十团团长,丰、滦、密抗日根据地的奠基人——白乙化。

白乙化,1911 年出生于辽宁省辽阳县,自幼聪颖过人,读书的时候被教师称为"神童"。他吟诗作对、琴棋书画无所不通,被同学誉为"辽东才子"。中学时代的白乙化曾带领同学抵制日货,参加爱国宣传运动。中学毕业后,白乙化立志武装救国并考入了沈阳东北军教导队。1929 年,他因不满军阀混战的现状,离开讲武堂,同年秋天考入北平大学。在此期间,白乙化阅读了大量进步书籍,接触了马列主义。1930 年加入中国共产党。

1931 年"九一八"事变爆发,日本侵占了我国沈阳,东北沦陷了。白乙化满怀激愤,以个人名义向学校提出申请:"大敌当前,还能有心求学吗? 国家兴亡,匹夫有责。吾当先去杀敌,再来求学。如能战死在抗战杀敌的战场上,余愿得偿矣!"学校领导被白乙化的激情所感动,批准了白乙化保留学籍的申请,允许他上阵杀敌。1931 年秋,白乙化返回沈阳,联络有志之士,积攒军事力量,组织起一支抗日人民义勇军,给予日伪军有力的打击。白乙化指挥作战灵活多变，犹如蛟龙一般，再加上他姓白，名字中的“乙”又形如一条龙，于是辽西人民给他取了个“小白龙”的称号。

1933年春，义勇军由于粮食弹药不继，被政府军队强行解散，白乙化又回到了北平大学继续读书。白乙化完成学业后，留校任职做文书工作。利用工作之便，白乙化经常进行抗日宣传，在青年学生中产生了深刻影响。1935年12月9日，北京爆发了爱国学生运动，此次运动声势之浩大，震惊中外。这天，白乙化与学生一起高举横幅标语走在游行队伍前列，途中军警用高压水柱向学生喷射，学生惊慌之下丢掉了横幅。身材高大的白乙化毫无畏惧，一个人举起横幅，迎着水柱前行。军警又举着警棍过来，白乙化毫不退缩，奋然前进。在这场举世闻名的学生爱国运动中，勇猛无畏的白乙化赢得了“虎将”的称号。

“一二·九”运动后，白乙化接受党组织指示，奔赴东北义勇国垦区工作。他一面参加垦荒工作，一面进行抗日宣传。1937年“七七”事变爆发，白乙化积极组织抗日武装，成立了“抗日民族先锋队”，白乙化任总队长，率领这支新生的抗日武装南渡黄河，东进抗日。白乙化对部队进行了严格整顿训练，加强思想政治工作，使部队从原来一支松散的人民武装很快成长为一支能打硬仗的部队。1939年，游击队接受华北抗日联盟改编，成为八路军晋察冀军区步兵第十团，白乙化被任命为团长。此后，十团英勇作战，顺利完成了各种任务。

1940年，为完成“巩固平西，坚持冀东，开辟平北”的战略任务，白乙化奉命率十团挺进平北，创建抗日根据地。平北是最为艰苦的抗日战场，白乙化却满怀信心，因为打回东北是他的宿愿。于是他积极要求担任此项任务。白乙化仔细观察敌情、民情、地理情报后，决意从最为危险的居庸关突破。进入敌占区后，白乙化充分发挥游击战的特点，歼灭了敌人大量据点。有时白乙化故意白天行军，吸引敌军主力，晚上突然甩掉敌人，捣毁敌人的据点。敌人觉得这支部队无处不在,等回过神来,却又失去了白乙化的踪迹。

白乙化还顺利建立了抗日根据地,帮助群众建立抗日武装,又组织训练班,勉励学员"为民族解放事业奋斗到底"。1940 年 8 月,白乙化配合中央百团大战,两次出击均有所收获,他领导的第十团得到了晋察冀军区的表扬。同年 9 月至 11 月,白乙化指挥第十团粉碎了日伪军对丰滦密 78 天的大"扫荡",并在反"扫荡"中率部开辟新区,使丰滦密抗日游击根据地由最初的 4 个区发展到 8 个区,进入了巩固发展阶段。出色的表现使得第十团深受人民爱戴,更把白乙化看成是传奇人物,"小白龙"的故事四处流传。

白乙化待士兵如手足,与士兵在一起生活,平易近人。同时,白乙化也是一个治军极严的人,他的眼里容不得任何沙子,如果查明谁违反了军纪,特别是群众纪律,他都毫不留情地处罚。由于白乙化的严格管理,使得第十团成为一支战斗力强大、广受群众欢迎的部队。

1941 年 2 月 4 日,农历正月初八,人们正沉浸在过年的气氛中,敌人前来进犯,第十团奉命阻挡。战斗刚开始,白乙化为了方便观察敌情和指挥部队,站在山顶的一块大石头上摇旗呐喊。警卫员生怕发生意外,把他拉了下来。敌人被我军暂时击退后又重新发动反击。眼见我军陷入进退两难的困境,白乙化又跳上了大石头,呼喊:"冲锋!"正在此时,一颗流弹击中了白乙化的头部,白乙化应声倒地,警卫员和战士们像疯了一样围了上来……

1941 年 4 月,十团在悲痛的情绪中召开了白乙化的追悼会,战士和群众们泪流不止。追悼会主持人用颤抖的声音宣读了八路军发布的《告全军同志书》,文中对白乙化给予了高度评价,认为白乙化的牺牲"不但是八路军挺进军的损失,而且是中国共产党和中华民族的一个很大的损失!因为损失了一个有着丰富军事经验的优秀指挥员,损失了一个有着长期斗争历史的坚强的党的干部,损失了一个曾为民族独立而不屈不挠、艰苦奋斗的中华民族英雄,损失了一个曾为阶级解放而再接再厉、英勇牺牲的无产阶级的先锋。"

含笑刑场典范留
——记何功伟烈士

何功伟,1915 年出身于湖北省咸宁县的一个书香世家。1927 年,父亲带着何功伟前往武汉定居。1933 年,何功伟以全省初中毕业会考第一名的成绩考入湖北省立武昌高级中学。何功伟不仅成绩优异,还十分同情贫苦人民,经常帮助周围生活有困难的同学。“九一八”事变之后,全国各地掀起了抗日救亡运动的高潮,何功伟开始关注时局的变化。他与同学组织了“读书会”,课余时间里一起畅谈救国救民的道理。何功伟经常光顾汉口的一家“生活书店”,他时常在那儿阅读各种进步书籍,并且第一次接触到了《共产党宣言》等马列著作。日子久了,他的人生观和世界观在潜移默化中产生了重大的变化。一有机会,他便对周边的人宣传日本侵略者的种种恶行,揭露日本妄图吞并中国的野心。

1935 年,“一二·九”爱国学生运动爆发,何功伟得知这一消息后,立即决定以实际行动声援北平学生。他不辞辛劳地奔走于武汉各个学校间,并发表深情激昂的演讲。在他的动员下,省高的学生举行了罢课。12 月 18 日,湖北学联成立,何功伟当选为总干事。在会上他表示:“华北之大,已安不下一张书桌!我们要守护国土,情愿流血,为了国家,为了民族,牺牲是光荣的。”12 月 20 日,武汉共两万余名学生走上街头,进行了声势浩大的示威游行。何功伟领导学生与反动当局展开了激烈的斗争。但随后,国民党政府强制解散学联并下令逮捕何功伟。在同学的帮助下,何功伟离开武汉去了上海。通过这次学生运动,何功伟得到了锻炼,他的革命意志更加坚定了。

来到上海后,何功伟到全国学联参加工作。1936 年 8 月,他光荣地加入了中国共产党,由一个学生运动的领导者转变为一个马克思主义者。从此他的人生开始步入崭新的篇章。1937 年 12 月,根据上级的指示,何功伟重新回到湖北负责农委工作。他深入群众,积极从事党组织的组建工作。1938 年 3 月,何功伟调任武昌区委书记。1938 年 7 月,为响应党中央的有关精神,何功伟回到鄂南从事"领导保卫家乡与反抗暴敌的游击战争"的工作。回到家乡咸宁后,何功伟将当地的群众组织"扶摇社"改造成为抗日救亡的进步团体。随后,他又在群众中开展抗日宣传活动。在他的动员下,乡亲们纷纷慷慨解囊,很快在柏墩乡组建了一支抗日游击队。

咸宁沦陷后,何功伟经常指挥游击队袭击日军。他们经常埋伏在公路旁、密林中,打得日军落荒而逃。但 1938 年年底,国民党的反共高潮席卷而来,何功伟和他的抗日武装力量不断受到国民党当局的打压,鄂南的党组织遭到了严重破坏。由于斗争日趋艰难,何功伟决定分散革命力量,在一切安排妥当之后他转移至重庆奔赴新的工作岗位。

1939 年 9 月,中共南方局派何功伟到宜昌湘鄂西区党委工作。此时的鄂西被一片白色恐怖所笼罩,但何功伟不惧危险,深入农村宣传合作抗日的主张,他还着手培养积极分子,吸收有觉悟的人入党。他经常教育党员同志:不管发生什么情况,都要严守纪律,不能向反动派泄露半点党的秘密,就是被捕,革命的坚定性也决不能动摇。经过不懈的努力,不但扩大了共产党在群众中的影响,而且使鄂西的党组织不断发展壮大。1940 年 6 月,宜昌被日军占领,何功伟被迫转至恩施。

“皖南事变”后，国民党的反共高潮达到了顶峰。由于叛徒出卖，1941 年 1 月何功伟被国民党特务逮捕。敌人妄想以高官厚禄等条件摧毁何功伟的革命意志，诱使其交出共产党地下党组织的名单，但被何功伟严词拒绝。无奈之下狡猾的敌人便请出何功伟的家人劝其投降。何父多次前往狱中探望何功伟，但敌人想借助亲人劝降的诡计为何功伟所识破，他便在狱中写了一封信给他的老父：“当局正促儿‘转变’，或无意必欲置之于死，然揆诸宁死不屈之义，儿除慷慨就死外，绝无他途可循。为天地存正气，为个人全人格，成仁取义，此正其时。”“儿蝼蚁之命，死何足惜！”“儿献身真理，早具决心，苟义之所在，纵刀锯斧钺加诸颈项，父母兄弟环泣于前，此心亦万不可动，此志亦万不可移。”“儿激于义愤，以为家国不能并顾，忠孝不能两全，始终未遵严命。”在何功伟几次说服下，何父终于被他的革命意志所感动。

作为罪行严重的政治犯，何功伟被特务关押在单独的囚房里。他时常高声唱着《延安颂》、《夜半歌声》、《满洲囚徒进行曲》等歌曲来吸引狱中其他战友的注意。

在威逼利诱未果之后，国民党反动派终于对何功伟痛下杀手。1941 年 11 月 17 日，何功伟被杀害于方家坝后山五道洞。

对于名利毫不动心，对于死亡毫不畏惧，何功伟用他短暂的一生向世人展示了一个顽强奋斗、为了民族和人民战斗不止的无产阶级战士形象。他的精神和业绩将照耀着一代又一代中华儿女奋勇前进！

优秀的革命宣传家
——记李竹如烈士

李竹如，原名李贻莩，字世华，1905 年 1 月出身于山东省利津县庄科村一个农民家庭。他是一个遗腹子，从小就和母亲相依为命。在家乡读完小学，又于 1922 年至 1925 年在惠民第四中学读初中。此时，王尽美等在山东各地宣传马克思主义，李竹如开始接触到革命思想。他勤奋好学，通晓历史，胸怀大志，反对封建礼教，时刻关心着国家命运。

有一年过春节时，李竹如在家门上贴了一副对联，写到：

打倒封建地主；

取消苛捐杂税！

他的这副对联震动了村民。从这副对联中可以看出，李竹如已经有了朦胧的革命思想。

1925 年，李竹如到南京东南大学附属中学读高中，后来又来到济南正谊中学，并于 1927 年在正谊中学加入了中国共产党。

1928 年，日本帝国主义为了阻止国民政府北伐，制造了骇人听闻的“济南惨案”。李竹如目睹日军暴行，非常悲愤。从济南回到利津后，他积极发动群众，宣传抗日救国的思想，向人民揭露反动阶级的罪行。国民党反动派下令通缉李竹如，但他在乡亲们的掩护下安全离开了利津。后来，他再次来到南京，考入了南京中央大学政治系读书。

在中央大学读书期间，他对丑恶的社会现象深恶痛绝。他在1929年6月24日的日记中写到："我现在明白人的虚伪，人的残酷，人的刻薄都是在这种不良的社会制度下养成的……我要把妨碍社会的丑恶肃清，叫社会美化！""九一八"事变后，他担任了中央大学地下党支部书记，领导学生积极投入到抗日爱国运动之中。

1932年夏至1935年年初，他在山东平原第五乡村师范任教。他积极利用学校讲坛，宣传马克思主义。1934年，他在济南创办了《新亚日报》，揭露国民党反动派的黑暗统治，赞扬中国共产党的抗日主张，鼓励民众积极参与抗日救亡运动。

1936年夏，因在报社内受到排挤，李竹如离开济南，来到上海。在新闻界、文化界朋友的支持下，他和几位党员一起创办了《文化报》。他在报上发表了大量文章，介绍鲁迅等进步作家，宣传抗日救亡活动。该报发行量大，发行范围广，受到了广大青年读者的欢迎。

1937年"八一三"事变后，日寇侵占上海，李竹如决定离沪奔赴延安。他把《中共中央宣言》、《抗日救国十大纲领》等油印成传单，沿途散发给群众。是年秋天，他到达山西太行山区抗日前线，在晋东南被刘伯承、邓小平带领的一二九师留住，做民运工作。1938年春，党分配李竹如担任晋冀豫区党委机关报《中国人报》社社长，后又任《新华日报》华北版的副总编辑。同年五月，八路军第一纵队奉命前来山东，中共中央北方局调他到第一纵队担任民运部部长。他于1939年6月29日到达山东沂蒙山区。从此，李竹如又回到了山东故乡，开始了他的战斗生涯。

不久，李竹如被任命为山东分局民运部部长。山东各地都留下了他的足迹。他吃在群众家，住在群众家，了解群众的需要，关心群众的疾苦。秋天到了，就组织秋收工作；冬天到了，就利用冬闲时间教人民识字。他善于抓住各种时机，动员和组织群众，为群众的利益而斗争。

1940年,是山东抗日根据地建设取得辉煌成绩的一年。在这一年里,李竹如为建立山东抗日民主政权作出了巨大贡献。他是山东宪政促进会筹备会的发起人之一,具体负责筹备工作。2月10日,他在《大众日报》上发表专论《开展宪政运动的准备工作》。在2月22日召开的山东宪政促进会成立大会上,李竹如被选为执委和常委。在3月2日的第一次常委会上,他又被选为组织部部长,负责促进会的日常工作。

1940年2月,针对当时国民党反动派极力反对我党在华北、华中等地建立抗日民主政权,李竹如在《大众日报》上发表了专论《普遍召集县区乡参议会,建立宪政基础》。他提出,要以参议会为地方最高权力机关,由参议会组织各级政府,他的提议得到了毛泽东的肯定。为了加强对党的理论宣传和文化教育工作,1939年至1942年,李竹如在《大众日报》上发表了许多署名文章。

1940年7月,山东党政军负责人和山东各地区选派的代表共300余人举行隆重盛会,复选国大代表,成立山东省参议会、山东抗日民主政府——山东省战时工作推行委员会,成立山东各界救亡群众组织。李竹如在会上作了《战斗中的山东人民》的报告。在这次会议上,他当选为参议会秘书长、战时工作推行委员会委员和山东文化界救亡协会会长。

在艰苦的战争岁月里,李竹如在组织根据地干部学习理论方面做了许多工作。他要求干部要成为勤奋好学的模范。他每次下派干部去工作时,都要同时安排好出发期间的学习任务,要求干部每天坚持学习两小时。他还组织并指导干部学习了《联共党史》和《新民主主义论》等书。为了培育干部,他还创办了党校,去党校给学员上课。他讲课生动活泼,密切联系实际,受到学生们的热烈称颂。

1941年年初,李竹如被任命为山东省战时工作推行委员会秘书长，负责政府的日常工作。4 月，刘少奇到山东视察工作时指出山东没有放手发动群众实行减租减息。山东分局便委派李竹如根据调查研究的材料，做了山东农村情况的报告。他在会后具体负责有关减租减息、改善雇工待遇等工作。

1942 年秋末冬初，日寇在山东实行大规模“扫荡”。山东省党政军首脑机关迅速转移，但是在转移途中遇到敌人。李竹如在战斗中沉着、勇敢。经过一天的战斗，我军弹药已尽，只好突围。李竹如在突围时被敌人的一颗子弹击中了头部，壮烈牺牲，时年 37 岁。

李竹如牺牲的第二年，山东各界为他举行了隆重的追悼大会，各大新闻报纸均刊登了追悼大会的消息。在李竹如的故乡，每到清明时节，人们会为他扫墓，以祭奠英魂。

虎将战关外，抗倭统雄师

——记赵尚志烈士

东北长白山区有一座名叫尚志县的县城，它是为了纪念一位抗日时期的民族英雄——赵尚志而命名的。提起东北的抗日名将，杨靖宇的大名无人不晓，而赵尚志也是一位与杨靖宇齐名的东北抗日英雄，当时有“南赵北杨”的美誉。

赵尚志，1908 年出身于辽宁省朝阳县的一户农家。他的父亲是个清末秀才，为人刚正不屈，好见义勇为。1916 年，朝阳县民众不堪沉重赋税，由赵尚志的父亲出面，组织了武装抗税斗争，曾一次打死欺压百姓的警察 12 人。斗争坚持了两个月，后来遭到了政府的血腥镇压。赵尚志的父亲随即带领全家离开朝阳县避难，辗转来到了哈尔滨。父亲的这种嫉恶如仇和暴力反抗的性格对少年赵尚志造成了很大的影响。1925 年，赵尚志考入了哈尔滨著名的许公中学，他积极参与学校活动，被选为学生会副会长。在校期间，他阅读了大量进步书籍，接触了马列主义。这一年夏天，17 岁的赵尚志加入了中国共产党。1925 年下半年，赵尚志因为领导学生运动，被学校开除。不久，经中共介绍前往黄埔军校进修。1926 年，组织安排赵尚志回到东北工作。

1927 年至 1930 年，赵尚志先后两次被捕入狱。在监狱里，赵尚志遭受敌人的百般折磨。敌人先是逼迫赵尚志承认“年轻幼稚，误入歧途，悔过自新”，赵尚志义正辞严地回复："青年人爱国有什么罪？难道爱国是误人歧途？"敌人恼羞成怒，对赵尚志施以酷刑，赵尚志坚强不屈，当面指斥敌人，连监狱的看守都对赵尚志钦佩不已："赵尚志真是英雄，有中国人的骨气！"

1931 年"九一八"事变后，赵尚志被组织营救出狱并被赋予中共满州省委军委书记的重任。1932 年，赵尚志参加了抗日义勇军，由于在战斗中展示出卓越的军事才能，被任命为参谋长。1933 年，赵尚志来到珠河县，成立了珠河反日游击队，赵尚志担任队长。从此，赵尚志带领这支队伍南征北战、东征西讨。日渐成熟的游击队接连打了几个漂亮的胜仗，沉重地打击了日寇。敌人登报悬赏捉拿赵尚志，赏金一万大洋，这是一个不小的数目！

1932 年 11 月，根据中共满洲省委的指示，巴彦游击队被改编为中国工农红军第三十六军江北独立师，张甲洲任师长，赵尚志任政治部主任。这支抗日队伍在张甲洲、赵尚志等的领导下，深入敌后，开展游击战争。之后，部队遭到大批日本关东军的包围合击，这支刚刚建立不久的抗日武装被打散了。

1933 年 1 月中旬，赵尚志等突出重围，悄悄潜入敌伪统治下的哈尔滨，准备向中共满洲省委汇报部队失败的原因。不料当时主持省委工作的负责人在不了解部队失败的真正原因的情况下，擅自作出开除赵尚志党籍的决议。省委的这个决议一开始就遭到包括赵尚志本人在内的多数省委委员的反对。然而中共满洲省委在王明"左"倾错误的指导下，仍然顽固地坚持把赵尚志开除出党。意外遭受这次沉重打击并没有使赵尚志消沉下去，他依然坚定地投身抗日战场。1935 年 1 月，在赵尚志的多次请求下，经过调查，新的省委领导了解了赵尚志冤案的来龙去脉，并恢复了他的党籍。

1935 年 1 月 28 日，赵尚志被任命为东北人民革命军第三军军长。之后，还任东北民众反日联合军总司令。1936 年，赵尚志任东北抗日联军第三军军长。他指挥部队，在半年多时间里就参加了大小百余次战斗,歼灭敌人1000多人。

然而由于党组织对于东北游击队的问题产生了意见分歧,赵尚志遭受了不公平的对待。1938年1月,赵尚志与苏联联系,商讨抗日计划,却被苏联诬陷为假代表关入监狱,1939年6月后才得到释放。就在赵尚志在苏联被关押期间,中共北满临时省委内部展开了一场反对赵尚志"'左'倾关门主义"的斗争,错误地认为赵尚志是"'左'倾关门主义路线的推行者",并在1939年4月的省委第二次执委会议上撤销了赵尚志中共北满临时省委执行委员的职务,给予赵尚志严重警告处分,并且还撤销了他联军司令以及第三军军长的职务。由于中共北满省委和赵尚志的联系中断,加上又听信了原抗联六军二师代师长陈绍滨的不真实汇报,中共北满省委在1940年1月作出了"永远开除赵尚志党籍"的错误决定。1940年3月,赵尚志得到了这一消息,马上给中共北满省委写了请求书,请求党组织重新考查材料,改变决议。与此同时,周保中、冯仲云也给北满省委写信,要求重新研究对赵尚志的处分。3月底,赵尚志从苏联返回了东北,担任了东北抗联第二路军副总指挥。然而始料不及的是,中共吉东省委认为赵尚志在第二路军工作期间有严重错误的言论,撤销了他第二路军副总指挥的职务。赵尚志党籍被开除了,职务被撤销了,但他的革命意志仍然没有丝毫的动摇,他向同行的战友表示:"我死也要死在东北战场上!"

1941年10月,赵尚志回到了东北。赵尚志又回来了,日伪军和民众纷纷传递这个令人恐惧和欣喜的消息。恐惧,是对日伪军而言;欣喜,是对民众而言。在民众的支持下,赵尚志很快组织起了一支游击队伍,日伪军也加大了搜捕的力度。漫山遍野的搜查、断绝粮食等手段都无法阻挡赵尚志的决心。赵尚志面临着粮食、弹药缺乏的困境。他一面恢复原先的部队,发展抗日力量;一面开展游击战,寻找各种机会打击敌人。

敌人无法找到赵尚志,就派特务刘德山设法打入了赵尚志的小分队。刘德山和赵尚志认识，他伪装抗日，骗取了赵尚志的信任，1942年2月12日，他诱骗赵尚志前去袭击梧桐河警察署。夜幕降临，赵尚志一行人加速前进，在距警察署两公里处，一个人影悄悄接近赵尚志，突然从背后偷袭了赵尚志，赵尚志腰部中弹，流血不止。他忍住疼痛，回头就是一枪，将来人击毙，却发现此人竟是刘德山。赵尚志意识到中了敌人的埋伏，但是已经无力撤退，昏迷了过去。日伪军见到赵尚志倒地，才敢上前将赵尚志捆绑起来。期间赵尚志一度清醒过来，见到被日寇包围着，他难掩胸中的浩然正气，怒斥日本人和汉奸，然后体力不支又昏迷过去，再也没有醒过来。

1982年6月8日，中共黑龙江省委作出决定，恢复赵尚志党籍，为烈士平反，恢复其名誉。赵尚志为抗日含冤而死，但历史证明他的事业是正义的，人民的眼睛是雪亮的。人们也许不能记住每一个英雄，但是这种为国牺牲的精神将代代流传，永远不会被人遗忘。

“赤心献革命,决然无反顾”
——记刘英烈士

刘英,原名刘声沐,1903 年出身于江西瑞金凤岗乡竹岗村一个贫苦农民家庭。9 岁进入本村群德小学学习,1916 年小学毕业后进入瑞金县城读高小。1924 年,刘英到松山小学(原群德小学)任教。在那里他接触了许多进步刊物,如《新青年》、《向导》、《改造月刊》等,受到了新思想的影响。1927 年,刘英离开松山小学,同两个青年一起开了一家米店,借此谋生。在此期间,刘英结识了瑞金地下党组织负责人之一的邓生文。在邓生文的帮助下,刘英的觉悟不断提高,对革命的认识也更加深刻。

1929 年 4 月 1 日,毛泽东、朱德率领中国工农红军第四军进驻瑞金县城。由于刘英之前受邓生文影响,早已对革命充满了渴望,因此毅然决然地参了军。为此,还写了一首诗以表达自己献身革命的决心:“幼时不知路,今日上坦途。赤心献革命,决然无反顾。”刘英参军后,先在军部担任会计,不久担任了军供给部出纳股股长。1929 年 9 月,他光荣地加入了中国共产党。在毛泽东、朱德的指导下,刘英成长得很快,先后担任红军的连指导员、营政委和团政委。1932 年,刘英在第三次反“围剿”后被调到红五军团第十五军四十四师任政委。1933 年,刘英先后任红九军团第三师、第十四师政委。不久又被调往七军团任政治部主任。

抗日战争全面爆发后,刘英历任中共浙江省委书记、中共中央华中局委员、华中局特派员等,积极开展宣传和组织抗日救亡斗争、巩固和发展抗日民族统一战线等工作,受到各界爱国人士的瞩目。

1941年1月,蒋介石发动了震惊中外的"皖南事变"。随着"皖南事变"的发生,浙江的形势持续恶化。1942年年初,形势更加紧张,国民党到处搜索中共浙江省委、特委和县委机关。恰在此时,浙南武装工作团团长李小金在天台叛变投敌,向国民党浙江中统室提供了中共浙江省委、浙南特委、台属特委等组织的人事情况以及中共浙江省委秘密机关设在温州城内、以"恒丰盐店"和一个百货店为掩护进行活动等情况。国民党浙江中统室根据李小金等提供的线索,于2月初派中统特务陈家壁率叛徒李小金等到温州活动,密切注意我党的一举一动。

2月8日晚,叛徒李小金首先在"恒丰盐店"外发现了刘英,主动上前打招呼。这时,埋伏在周围的中统特务陈家壁率人一拥而上包围了刘英并将其逮捕。刘英深知自己身上还带有重要文件,一旦被敌人发现,后果将不堪设想。刘英绞尽脑汁思考如何将文件毁掉,不落入敌人手中。在行进过程中,经过一座小桥,刘英灵机一动,趁敌人不注意,将藏在口袋里的文件扔进了河里。随后,刘英被押解到永嘉县警察局,关进了永嘉看守所。刘英被捕后,敌人对中共浙江省委办事处进行了大搜捕,致使中共浙江省委机关被彻底破坏。

刘英的被捕,对敌人来说,无疑是一个好消息,因为他们知道刘英在党内的地位及其重要性。国民党浙江省第八区行政督察员张宝琛得意地说:"刘英在浙闽两省边境活动多年,今一旦被捕,胜俘敌十万。"张宝琛还曾亲自到看守所"看望"刘英,给他送去请帖。国民党温(州)台(州)防守司令肖冀勉也曾亲自到看守所"探望",但都被刘英拒绝。敌人无计可施后,决定将刘英由温州押解到永康方岩国民党浙江省政府所在地。2 月底,刘英被押解到永康方岩后,国民党特务陈家壁几乎每天都对刘英进行审讯,每次审问时,刘英总是说:“我的情况均在档案里,再没有什么东西可说了。”为了表达他渴望冲出牢笼、渴望战斗的心情,他在看守所内写下了“十年征尘到如今,偷生弹雨息枪林。战死沙场堪自乐,图圄室内何我分”的诗句。

刘英在方岩被关押了两个多月,敌人从刘英那里没有得到任何情报。1942 年 5 月 17 日,蒋介石亲自下命令,要求迅速处决刘英。5 月 18 日清晨,特务陈家壁带人来到关押刘英的地方,谎称日本人来了,要求刘英跟他们走。刘英看着眼前荷枪实弹的特务们,明白敌人要对他下手了。他冷冷地对陈家壁说:“把话说明白一点,不必遮遮掩掩,我自从被捕的那天起就作好了这种准备。”说完,敌人就把刘英带到了汽车站后面的山坡上。特务们怕刘英呼喊口号惊动群众、带来不必要的麻烦,慌忙向刘英射击。就这样,刘英倒在血泊中,为新中国的革命事业献出了宝贵的生命。

坚贞不屈的新四军女战士
——记施奇烈士

施奇,1922年出身于浙江平湖县的一个贫苦家庭。施奇不甘心就此向命运妥协,年幼的她只身一人前往上海。迫于生计,施奇进入一家工厂做童工,但无情的资本家总是不停地压榨着工人的劳动,施奇对美好生活的憧憬很快被现实击得粉碎。后来,施奇勇敢地加入到罢工的行列,在党组织的悉心教育下,她逐渐懂得了只有站起来反抗才能不受压迫,才能获得自由。

1937年抗日战争爆发后,全国各地相继开展了轰轰烈烈的抗日救国运动,施奇参加了中国红十字会煤业救护队(中国共产党的外围组织)。由于没有学过护理也没有接受过系统的教育,刚参加工作时施奇甚至连药品的名称都不认识,更谈不上帮助伤员处理伤口。但施奇相信勤能补拙,她夜以继日地埋头学习,经过努力,她不但克服了这些困难而且还会开些简单的处方。看到前线的将士为了民族解放奋勇杀敌甚至流血牺牲,施奇打心眼里佩服他们,她渴望着拿起武器为民族的解放贡献自己的一份力量。

1938年秋,施奇毅然报名参加了新四军,被分在教导队第八队学习,并担任第九班的班长。在教导队学习期间,她政治、文化、军事门门功课都取得了优异的成绩。生活中她时常关心身边的战友,总是尽可能地帮助他们。她活泼开朗的性格感染着身边的每一个人。不久,施奇光荣地加入了中国共产党。

从教导队毕业后,施奇被分配到军部速记班工作。对只有初中文化水平的施奇来说,这是一项富有挑战性的工作。半年后,由于工作需要施奇又被调到军部机要科工作。没过多久施奇就熟知了新工作的内容和流程并且很快上手,周围的同事纷纷夸赞她聪明能干。

1940 年,国民党掀起了第二次反共高潮。10 月国民党当局强行要求黄河以南的新四军和八路军在限定的期限内撤至黄河以北。我党为顾全大局,同意将皖南的新四军部队转移至长江以北。为了安全起见,党组织决定让部队的女同志先行转移。但施奇认为这正是一次考验和锻炼的机会,于是她向党组织请示希望能够留下和大部队一同转移。经过再三考虑,党组织答应了她的请求。1941 年 1 月 4 日,震惊中外的“皖南事变”爆发了。按照事先商定的结果,新四军皖南部队约 9000 余人由泾县出发,准备向长江以北转移。当部队行进至茂林地区时,蒋介石集结了七个师的兵力对我军进行了包围和袭击。在战斗中施奇始终冷静地和战友向党中央发着电报。经过七天七夜的激战,我军虽奋力突围但终因寡不敌众,除 2000 余人成功突围外其余的战士大多阵亡或被俘,还有一小部分走散。施奇在突围时与部队失散了,她隐蔽到山下的一户农家,但还是被搜山的国民党士兵发现。几个禽兽不如的匪兵竟将施奇玷污了,随后便把她送往三战区政工队。在那里施奇不断地向进步青年宣传新四军的抗日活动,但她惨遭蹂躏后已身患重病,身子一天天垮下来。敌人不得不将她送进医院接受治疗,随后因慑于施奇的宣传影响,反动派又把她关进广丰监狱。

在狱中,不论敌人用什么样的手段,施奇都未屈服于敌人的淫威之下,她坚决不在敌人拟好的悔过书上签字。不久,敌人又将她关进了上饶集中营。几个月后,狱中有位同志听说这个已经病得不成人样的女犯人就是施奇,并将之告诉了其他战士。战士们得知这一情况后无不愤慨,但是集中营大队禁止他们看望施奇。认识施奇的一个战友十分担心施奇的处境，于是她装病前往医务室并趁机溜进关押施奇的小房间。这位同志被眼前的一幕惊呆了：这间屋子四周没有窗户，只有一点亮光透过明瓦折射进来，床上躺着一个披头散发的女人，她脸色苍白，颧骨突出，已经瘦得不成人样，床上只有一条破棉被和几根稻草勉强遮体，屋内散发着阵阵腐臭的气息。这位同志的心中像是有无数把尖刀在刺痛着她的心脏，这还是她当初认识的那个激情洋溢的施奇吗？她的眼眶湿润了。施奇黯淡的眼神突然显露出一丝亮光，望着伤心的战友她安慰道："别难过，革命是要付出代价的，甚至包括自己的生命。我们虽然暂时失利，但国民党的阴谋和它的反动本质已经在全国人民面前暴露无疑，个人的得失算不了什么！虽然我的肉体被玷污了，可这些野兽却动摇不了我的意志，玷污不了一个共产党员的心，只要我的心脏还在跳动，就不会停止对敌人的斗争！他们想我在投降书上签字，他们做梦，绝不可能！"随后的日子里，不断有同志前去看望施奇，他们时常把党的有关消息告诉施奇，每当这时施奇的脸上总是露出欣慰的笑容。

在狱中党组织的领导下，拯救施奇的行动开始了，同志们纷纷抗议并要求狱方给施奇治病。迫于各方压力，狱方只好每天给施奇几片消炎药，他们还散播有关施奇病情的谣言，企图掩盖自己的罪行。施奇虽凭借着顽强的意志忍受着病魔的折磨，但她的眼窝一天天凹下去，已经奄奄一息。

1942 年 5 月，日寇进逼江西，国民党军队节节败退。在他们到处搜刮钱财准备溃逃的前夕，对囚禁在上饶集中营的新四军战士进行了血腥屠杀。一天，敌人将施奇抬到茅家岭的一处山脚下，并把她推进了事先挖好的土坑内，匆匆地填上土将施奇活埋了……年仅 20 岁的施奇就这样离开了我们。

施奇牺牲了，但她献身革命的精神和崇高的品德永远不会为黄土所掩埋，她的英雄形象将永远留在我们的心中！

身俭清廉的红军之肺
——记毛泽民烈士

毛泽民，字润连，1896年出生于湖南湘潭，是伟大革命领袖毛泽东的胞弟。毛泽民受到毛泽东影响后投身革命，专管红军的财政工作。毛泽民一生屡任要职，但他公私分明，有人这样评价他："身俭自持节，清廉掌财政。"抗战爆发后，毛泽民担任新疆财政厅厅长，1943年被新疆军阀盛世才下令秘密杀害。毛泽民将一生奉献给了光荣的革命事业，他从来没有因为自己是领袖的兄弟而要求什么特权。如果说党的总书记是红军的灵魂，司令是红军的心脏，担任财政部部长的毛泽民则是红军的肺。

毛泽民的少年时代是在老家度过的，兄长毛泽东很早就离家外出求学，毛泽民与父亲一起担起了家庭的重任。1919年10月、1920年1月，毛泽民父母相继去世，毛泽民意识到日子还要继续过，从悲痛中走了出来，掌管了整个家庭。在这样的日子里，毛泽民养成了勤俭持家的本事。

1921年，毛泽东回到家乡，兄弟团聚。这天晚上，毛泽东召集全家人，说起自己出去后的所见所闻：军阀的混战、官僚的腐败和外国的侵略与掠夺。这些触目惊心的事实让毛泽民深感震撼，他感到只有自己有饭吃是不行的，要使全国人民都吃上饭，要舍小家为大家。第二天，毛泽民就与兄弟几人跟着哥哥毛泽东离开了韶山,向着革命事业走出了第一步。

1921年秋,毛泽民参加了大哥毛泽东在长沙创办的自修大学。毛泽民的悟性很高,通过观察社会问题,加上与同学的讨论,思想上转变为一个无产阶级革命者。1922年,毛泽民通过大哥毛泽东的介绍加入了中国共产党。下半年,毛泽民即接受党组织指派前往安源煤矿领导工人运动。安源是当时江南工人运动的中心,毛泽民来到安源后深入群众,发现工人的工钱少得可怜,而且就连这一点可怜的工钱也被任意抬价的奸商剥削了去。毛泽民认为,要组织团结群众,就必须首先解决他们的经济困难。于是,他向组织提议开办一个工人消费合作社。1923年2月7日,安源路矿工人消费合作社成立,毛泽民被推举为合作社经理。合作社在一定程度上解决了工人的消费问题。毛泽民带人从城市大批量地直接进货,避免了当地奸商的层层盘剥,满足了工人的消费需求。合作社在工人的支持下越办越红火。

1925年,毛泽民来到广州农民运动讲习所学习,结业后到上海、武汉、天津等地从事印刷出版工作,历任中共中央出版发行部经理、《民国日报》社总经理、天津新华印刷厂经理等职务。1931年至1938年,毛泽民发挥自身所长,从事红军的财政管理工作,巩固革命政权的发展,先后担任闽粤赣军区经济部部长、中华苏维埃国家银行第一任行长、红军先遣工作团副团长、总供给部副部长和中华工农民主政府国民经济部部长等职务。

毛泽民掌管财政,公私分明,从来不滥用一块钱。他自己的生活也很节俭,大部分工资都上缴给了组织,他还经常自掏腰包救济家境困难的同志,绝不挪用公家一分钱。

抗日战争爆发后,组织派遣毛泽民来到新疆从事建立抗日民族统一战线工作,担任新疆财政厅代理厅长。毛泽民任职期间,全面整顿腐败的新疆财政,创立财经学校,改革货币制度,制定经济法规,控制通货膨胀,大为改善了新疆的财政状况,间接地支援了抗日战争。

毛泽民到任新疆时,新疆的市场极为混乱,当地军阀政府拼命印制钞票,而各地私人银行不买政府的账私下印发内部通用货币,市场上流通的货币种类就有很多种,并且通货膨胀严重,工人们刚拿的工资上午还能吃一顿饭,到了下午可能就成了一堆废纸。军阀政府通过这种行为欺诈百姓,搜刮钱财,工人们甚至都不能养家糊口,成了新时代的奴隶。毛泽民在政府的工作报告会议上,一针见血地指出:“滥发钞票等于饮鸩止渴,再这样下去,新疆的财政就完蛋了!”接下来,毛泽民回收市面上的旧钞票,统一了流通货币的种类和面值。这一手让原先的利益集团傻眼了,他们试图贿赂毛泽民来重新稳固自己的地位,但是这一套在毛泽民那里是行不通的。在毛泽民的心里,群众利益高于他个人的利益。很快,百姓们发现市场又稳定了,全家又能吃上饭了,不由自主地赞扬起新任的财政厅厅长来。

有一天,毛泽民特意邀请了三位看似与会议无关的人——公安机关财会科科长、法院财经负责人和部队粮秣被服处处长前来参加在财政厅召开的企业财经会议。三个人望着一屋的私营企业家,不明所以,心怀鬼胎地相互交流起来。这时,毛泽民说:“你们三个人应该认为自己是事业单位的,不该参加此次会议,但是我请的就是你们三个人。据我所知,法院有一笔变卖没收赃物的钱,公安局有一笔违章罚款,部队粮秣被服处有一笔卖马尾和骆驼毛的钱,这些钱你们应该上交到财务处,由财政厅统一分配到各市政部门中。”三个人一听到是钱的事,而且这些款项的一大部分早就落入了他们自己的腰包,赶忙解释说这些钱已经充公,各项开支也已经相抵了。毛泽民不急不慢地说:“我这里有一个清单,是你们这些年这笔款项的记录,如果你们自己记不得了,需不需要我派人帮你们清查一下账面的事?”三个人一听要派人查账,立即向毛泽民表示三天之内把资金如数交上。毛泽民见目的达到也就放过了这三个人。

1942年9月,新疆军阀盛世才倒向蒋介石。为了表示与中共决裂的决心,他下令逮捕了在新疆政府工作的许多共产党员,毛泽民作为毛泽东的弟弟更是首当其冲。毛泽民在监狱里遭受了非人的对待,双手被打得鲜血淋漓。毛泽民整日整夜地被折磨着,一睡着就被化学药品熏醒。后来军阀盛世才下定决心投靠蒋介石,一不做二不休,于1943年9月27日下达秘密指令,将狱中的毛泽民杀害。

天网恢恢,疏而不漏。解放后军阀盛世才得到了人民的清算,毛泽民等烈士的灵柩被重新安葬。和平年代的今天,新疆人民常去位于乌鲁木齐北郊的革命烈士陵园里祭拜毛泽民同志,感谢他为新疆人民作出的贡献,纪念这位道德修养与工作精神都无可非议的英雄。

血洒青天扬正气

——记林基路烈士

林基路,原名林为梁,1916年出生于广东省台山县。1933年在上海求学期间加入了中国共产主义青年团。1934年春,经团组织同意,赴日本留学。1935年,林基路加入了中国共产党,并担任中共东京支部书记。1937年"七七"事变之后,林基路毅然回国参加抗日战争,并于1937年10月初到达延安,进入中央党校第十二班学习。

1936年"西安事变"和平解决,中国共产党与国民党建立了抗日统一战线。1937年,中国共产党与新疆地方实力派盛世才也建立了统战关系,盛世才要求中共派干部去协助他。1938年,党中央从延安抽调部分干部,分两批从延安出发,到新疆担任各种职务。林基路主动要求前往新疆。经过党中央的仔细考虑和慎重安排,林基路随任弼时一起于1938年3月10日来到新疆迪化(今乌鲁木齐)。

1938年4月至1942年9月,林基路先后任新疆学院教务长、阿克苏教育局局长、库车县县长、乌什县县长,所作所为无不尽心尽责,充分显示了共产党人实事求是的办事方式和负责任的工作作风。尤其在任新疆学院教务长和库车县县长期间,林基路完美地展示了共产党人所具有的精神面貌。

1938年4月8日,林基路被新疆省政府任命为新疆学院教务长，主持学院工作。新疆学院是当时新疆的最高学府，但学校规模很小，只有教育、经济、文学三系，而且校舍破烂，设备简陋，教员仅十六七名，学生不到200人，纪律松弛，校风不正。林基路参照延安抗日军政大学的办学方针，首先制定了“教用合一”的教育方针，提出了“团结、紧张、质朴、活泼”的八字校训，并决定以“生活革命化”和“新工作作风”作为建设新校风的基本方向。为了创造一个良好的学习环境，林基路亲自带领学生粉刷教室、改建礼堂、翻建球场、垫铺道路、栽种树木，使学校面貌焕然一新。同时，对学院的教学内容进行了更新，设置了《新哲学》、《政治经济学》、《中国革命史》、《世界革命史》、《抗日游击战争的战略问题》、《社会结构论》等课程。林基路亲自讲授马克思主义理论课，他的讲课深入浅出，联系实际。在他的倡议下，学院规定每周周末为“抗日救国日”。每逢这天，他都要上台发表演说，向学生讲解国内外形势、《抗日救国十大纲领》、党的抗日民族统一战线的方针，以及毛泽东的《论持久战》等重要著作。

在林基路等中共党员和进步人士的努力下，新疆学院发生了深刻的变化，由一所还未脱离旧式学塾状态的学院转变成培养进步青年的殿堂，学院内学习马列主义和科学文化知识的气氛日益浓厚。许多青年懂得了革命道理，并坚定地走上了革命的道路。各族青年学生把林基路当做“良师益友”，在林基路离开新疆学院时，新疆学院举行了盛大的欢送会，师生们送给他一块金质纪念章，不少同学流着眼泪同林基路依依惜别。

1939年1月，林基路被盛世才调任为阿克苏教育局局长。同年5月，林基路又被调任为库车县县长。

平冤狱是林基路任库车县县长后的一大政绩。当时有不少人来申冤告状，说他们的亲人被巴依（地主）诬陷，关入监牢。林基路耐心地听取了申诉，立即让县政府秘书找司法科科长把在押犯人的案卷全部拿来，认真翻阅，并告诉秘书：“群众的来信或到县衙申冤的人,你都要告诉我,我要亲自审理。”经过调查研究,他认为多数人是遭陷害而坐牢的。查清之后,林基路把一批无辜的受害者释放了出来。

兴修水利、发展生产是林基路的又一大政绩。每逢汛期,库车城东的赤哈河常淹没农田,冲毁道路。1939 年 8 月,赤哈河发大水,冲毁了库车县城乡的许多桥梁、田园。为化水害为水利,林基路带人沿河实地考察,调查研究了水文资料,制订了水利工程计划,并于 1941 年 4 月正式动工,在上游修筑北山龙口大坝。全部工程于当年完成。库车人民为怀念林基路,称北山龙口大坝为“林基路大坝”。此外,林基路还带人在九区修建了博斯唐托克拉克大坝。这两座大坝的建成,发挥了防洪灌溉的作用,扩大了下游的耕地面积,使为害多年的赤哈河水患在长期内未再出现。

在修坝治水的同时,为了便利交通,林基路还带人修建了 4 座桥梁。库车龟兹古渡大桥连接南疆的南北交通,位置极为重要,且在该县市街之内,行人车辆往来频繁,自 1928 年修建后,已历 13 年之久,屡经山洪冲击,桥梁倾斜,即将腐朽倒塌。林基路遂决定重新修建。他组织了各界人士参加建桥委员会,工商会还自愿捐出了全部工程费 17000 余元,邀集能工巧匠建成了具有民族风格的新桥。经林基路提议,桥头写上了“龟兹古渡,团结新桥”的题词。1940 年春至 1941 年秋,库车还建了“进步桥”、“大涝坝桥”和“哈郎沟桥”。此外,还铺了库车至轮台、库车至新和的两条公路,整修扩建了 4 条街道,改善和便利了库车境内及南北疆的交通运输。

林基路十分重视发展少数民族地区的教育事业。1939 年 8 月,他主持召开工商界人士会议,动员他们助资办学。林基路任库车县县长期间,教育事业有了较大发展。林基路到库车县之前,全县只有小学 16 所,而到 1941 年 9 月林基路离开库车县时,全县的学校已发展到 49 余所,学龄儿童大部分都入了学。

林基路热爱少数民族人民,尊重少数民族的风俗习惯,和各族群众亲密无间。他在库车县期间，尽力为各族人民多办好事，亲自为贫苦农民解决放水浇麦的问题；严厉惩办盘剥百姓的地主巴依，鼓励农民开垦荒地发展生产；自己出钱买缝纫机，为贫苦百姓免费缝补衣服；为70多岁的维吾尔族老大娘找回被冲走的水桶并提水送到她家；帮助维吾尔族老大爷赶出陷进泥潭的毛驴等，这些事情都反映了林基路和劳动人民心连心。人们都亲切地称他为库车人民的好县长、新疆库车县的“林青天”。

林基路治理库车县被公认是全疆成绩最好的。可是盛世才对林基路不放心，1942年1月，又将林基路调任为乌什县县长。

1942年，盛世才反动面目终于暴露，公开反苏反共。9月17日，林基路被盛世才软禁在三角地。1943年2月7日，盛世才又将在三角地的林基路等17人投入第四监狱。在狱中，林基路表现了共产党人顽强的战斗精神。入狱第二天，被关在第四监狱东排5号牢房的林基路等6人自发成立了狱中党小组，林基路被选为组长。他们研究了斗争策略，做出三条规定：(1) 要求盛世才公开审判，利用公审在法庭上揭露敌人。(2) 无论在什么情况下，坚持要求盛世才将我党同志集体送回延安，个人单独出狱是叛变行为。(3) 要有共产党人的革命气节，宁可牺牲个人，也不能损害党的利益。

正是在这间牢房里，林基路在大家轮流放哨配合下，先用黑烟灰，后来用香灰，最后用偷偷弄来的铅笔芯写成了共产党人的正气歌——《囚徒歌》，被狱中同志们广为传唱：

“……囚徒，新的囚徒，坚定信念，贞守立场！砍头枪毙，告老还乡；严刑拷打，便饭家常。囚徒，新的囚徒，坚定信念，贞守立场！掷我们的头颅，奠筑自由的金字塔；洒我们的鲜血，染成红旗，万载飘扬！”

这首歌是林基路坚定信念和高贵品质的写照，对鼓舞狱中同志的斗志起了很大的作用。

1943年3月11日,林基路被传审讯,由于他大义凛然,拒绝承认敌人的诬陷,第一次审讯就受了重刑。敌人用针刺他的指尖,十指连心,疼痛万分,但他毫不屈服。这样连续审讯了三天三夜,林基路被折磨得多次昏厥过去,但敌人仍一无所获,只得把他押到第二监狱的一间黑牢房里。正如后来方志纯向党中央写的《在新疆监狱中反法西斯斗争经过报告》中所说:"林为梁(林基路原名)等同志的宁死不屈精神,创造了新疆法庭上受审者的新模范,抑压了特务分子无计不酬的气焰,打破收罗刘希平等叛徒后的新幻想——对于全党的荣誉,对于全体同志的战斗鼓舞,对于特务继续审讯的遏止,都有重大意义。"

1943年9月27日,盛世才下令在狱中秘密将林基路杀害。林基路以短暂的一生为中国人民和新疆各族人民的解放斗争献出了宝贵的生命,为共产主义的崇高理想谱写了一曲壮丽的共产党人的正气歌。

淮阴八十二烈士墓碑记

1943年是苏北抗战最艰难的时期。对于独立支撑长江两岸敌后抗日的新四军,是生死存亡的关键一年。面对太平洋战场每况愈下的战局,日军急于巩固中国占领区,集中兵力对长江两岸的新四军进行“扫荡”。新四军军部为了便于领导整个华中敌后的战争,转移到了淮南。为了巩固苏北抗日根据地,部队实行了“地方化”,除了少数机动的主力部队外,都化整为零地分散开,在各个地区和群众紧密结合,由地方党委领导斗争。而苏北的日寇更加疯狂地进行“治安肃整”,全面的“清乡”,编户口,成立伪保甲。

在这种主客观环境都在变化的艰难时日里,一桩惊天地、泣山河的事件发生在江苏淮阴。3月17日夜,在淮海区,日寇分头出动。沭阳的敌人南下,泗阳的敌人东进,东海、灌云的敌人进入淮海区腹地高沟、杨口,涟水的敌人越过盐河向西进。各路敌人都慢慢聚集到六塘河北岸张圩子一带的淮海区党委和军分区领导机关。日寇合围越来越小,最危险和进军最快的一路是从淮阴城出来的一支敌队——日寇六十五师团的三个步兵大队和一个骑兵大队,共3000余人,配备有野战炮、重机炮。眼看就要到达张圩子,敌人万分猖狂,张圩子处在紧张状态。离淮阴城北50华里的刘老庄正值春天。傍着土地庙,站着持枪的哨兵。在这里驻扎着新四军第三师七旅十九团二营四连,又叫刘老庄连。

从连长白思才、指导员李云鹏到司号员、炊事员一共 82 人。得到日寇将要来“扫荡”的情报后,为了使领导机关安全转移,刘老庄连决定在这里阻击敌人,与敌人决一死战。他们论武器装备、论人数都无法和日寇的部队相比,但全连做好了战斗准备,战士们将子弹推上枪膛、机枪脱下枪衣、把手榴弹顶盖打开,揣在身上……全连队伍沿着交通壕伸展开来,进入交通壕准备抗敌。

很快敌人奔了过来,“砰!砰!”哨兵以连续的发射代替宣告,战斗打起来了。日本鬼子人喊马叫,发起了冲锋,步兵、骑兵一起围了上来。霎时间,枪声、炮弹声、手榴弹声、敌人的狼狈呼号声,各种声音乱成一团。日已过午,双方仍对峙着,激战着。敌人无数次冲锋都没效果,就转而炮轰,集中所有的小炮、野炮、重机炮等连续发射。连队阵地烧起大火,一时间分不清哪里是战壕,哪里是平地。在连队最为艰苦的时候,敌人再次发起冲锋,一次,无效;二次,无效;三次,无效;四次,无效。敌人认清了我方连队不能退却的客观现实,集中火力,上百门炮向着蜿蜒的交通壕猛烈地轰击。敌人炮击一开始,白思才同志就被炸伤了,一只手失去了活动能力,昏迷过去。当他苏醒过来后,马上挣扎着爬起来,来往在交通壕内指挥战斗。一次,炮弹落在他附近,烟尘土过去后,他发现身旁的一个战士被炮弹炸断了一条腿,便用仅有的右手,扯开被单,将伤员的腿裹住。这位战士已经站不起来了,嗓子也哑了,但他用期望的眼光注视着白连长,两手比划着,请求让他在弹坑里瞭望敌人,坚持战斗。白思才同志含泪拥抱了一下断腿的伤员,迅速回到机枪阵地,又亲自指挥战斗,准备给敌人以更大的杀伤。但弹药所剩不多了。连队的战士尉庆忠首先站了起来,他曾经验收过弹药,有经验。于是他率队前去取回敌人尸体上的弹药,却在最后一次行动中被敌人击中,再也没有站起来……

最后刘老庄连的弹药耗尽了,而兄弟部队又被敌人层层阻隔不能前来支援。白连长命令战士们把轻重机枪、步枪全部拆毁,只留下步枪枪身，安上刺刀和敌人进行最后的决斗。李云鹏指导员大声疾呼："所有共产党员和全连战士们，绝不作敌人的俘虏，和敌人进行最后一次的肉搏！"

刘老庄连，82 人，从拂晓到黄昏，度过了那极端紧张、残酷、饥饿、悲壮的 12 个小时，期间只有鲜血、挣扎和死亡。绝望的牺牲，也是英勇的牺牲。

等到一条交通壕都寂静下来时，敌人才敢迟疑地踏向交通沟的边沿。顺着交通沟，错乱地躺着 1 个、2 个、3 个……82 个中国人民的战士的遗体，每一个都染洒着透红的中国人民的鲜血。在交通壕里，没有一支完整的短枪、步枪、机枪，全部被折断了、炸碎了，弹药都射尽了，手榴弹也掷光了。敌人想要，但是不能拿走一支还像样的武器作为他们"胜利"的代价。他们亦无可奈何地搬回他们二百几十具极丑陋的黄色罩衣包裹着的腐臭的瘟尸，这便是他们在新四军面前应有的"缴获"。就在这时，六塘河北岸的领导机关跨过河网，自张圩子安全转移了。

三年后的 3 月 18 日，刘老庄依然是春天，就在那交通壕旁边，已经长起了一个方圆几里的嫩黄的柳围。在柳围的中心，高高地堆起了奉安中国人民烈士的山陵。在山陵的正门，洞开着一个大书"八十二烈士之墓"的墓门。无数的鲜花和挽联衬托着墓地，周围栽满了松柏，意味着烈士们永垂不朽！当时淮海区领导人之一苏北行署主任李一氓同志的一副挽联"由陕西，到苏北，敌后英名传八路；从拂晓，达黄昏，全连苦战殉刘庄"镌刻在陵墓上。新四军代军长陈毅撰文表彰："烈士们殉国牺牲之忠勇精神，固可以垂式范而励来兹。"

这是一个可歌可泣的战斗故事，是一章英雄的诗篇。烈士们留下了永垂不朽的抗日功勋，他们慷慨地为国捐躯的精神，与日月同辉！淮阴八十二烈士永远是我们后辈学习的榜样！

十六年革命如一日
——记符竹庭烈士

在山东省抗日山烈士陵园内,远远望去,在青松环抱的第五坡段中,有一座肃穆的六角亭式建筑,由清一色灰色花岗石砌成。走近一看,原来这是一座特殊的陵墓,墓的南面镶有一座铜像。这座墓的主人就是抗日战争时期为国捐躯的八路军优秀将领符竹庭同志。翻开历史尘封的旧页,我们才知道符竹庭是何许人也。

符竹庭,原名符接宗仔,江西省广昌县头陂乡曹家边村人,从名字上便可以看出父母寄予其传宗接代的重担。符竹庭7岁时父母双亡,便与年迈的老祖母相依为命。11岁时他在头陂街上一家杂货店当学徒。1927年8月中旬,"八一"南昌起义部队南下广东,途径广昌头陂宣传革命,15岁的符竹庭毅然投身革命,参加地方游击队,加入了共青团。1928年,符竹庭加入了中国共产党,同年参加红军。在第一至第五次反"围剿"战斗中,他打仗勇猛、顽强、机智,因此获得红军总司令朱德的亲切接见。他曾与徐向前、杨得志、宋任穷、罗荣桓、肖华、杨勇、陈士榘、谷牧、曾国华等开国将军一起并肩战斗,深受领导、战友们的赞扬和战士们的爱戴。刘少奇曾夸奖他"军政兼优",罗荣桓曾称赞他"是一个很有能力的优秀干部",战士们把他看做是力量、胜利的象征。

1930年10月,符竹庭任红三军七师一团政治委员，他十分重视对共产党员进行党性教育。他常说："没有坚强的党性，就没有坚强的革命意志。"他所带领的部队中的共产党员都能发挥模范带头作用，不怕艰难困苦、不怕流血牺牲，从而带动整个部队能攻善守，敢打硬仗。在第五次反"围剿"雪山嶂、猫嘴峰守备战中，符竹庭率团打退了数倍于己、装备精良的敌人，顺利完成了守备任务，中央革命军事委员会授予他率领的团"顽强守备"的荣誉称号。1934 年 2 月，任红一军团一师一团政委的符竹庭亲自率领部队在黎川县三岬嶂与国民党军第九十四师进行了闻名全军的三岬嶂战斗。从 2 月 23 日起，国民党九十四师用飞机、大炮轮番猛烈地轰炸，敌步兵向我方阵地展开了多次进攻，但均被红一团奋勇打退。期间，符竹庭率二营在主阵地顽强抗击敌人。战斗打得异常残酷，全营约 1000 人打得仅剩 100 人，但是我军阵地仍屹立不动。经过三天三夜的激战，在友军部队的援助下，终于击溃敌人，取得了三岬嶂战斗的胜利。战斗结束后，红一军团政委聂荣臻称赞了三岬嶂一仗红军牵制部队抗击和击溃数倍敌人的光辉战绩，并亲自在《红星报》撰写《把第一团顽强抗战的精神继续发扬起来》的社论，号召军团指战员学习红一团英勇顽强、敢打敢拼的战斗精神。而且，红军总司令朱德也亲切接见了符竹庭并检阅了英雄红一团。

1937 年 7 月 7 日，抗日战争全面爆发后，符竹庭任八路军第一一五师三四三旅六八六团政治处主任，参加了著名的平型关战役。平型关战役是抗战中具有重要意义的一次伏击战。八路军经过激烈战斗大获全胜，歼敌 1000 人左右，打破了日军不可战胜的神话。战斗将要打响前，为了打好这一仗，符竹庭在六八六全团大会上作了令人鼓舞的战斗动员，激昂的话语长久地鼓舞着八路军战士们："国家兴亡，人人有责。人民的子弟兵，要有中国人的骨气。要消灭日本法西斯，打出八路军的威风，为中华民族雪耻，为受苦受难的同胞报仇！"这段慷慨激昂的话语，极大地激发了全团指战员高昂的战斗热情,为夺取战斗胜利奠定了坚实的思想基础。

1938年10月,为响应和贯彻党中央“洛川会议”制定的“深入敌后,建立抗日根据地,发动人民战争”的战略方针,符竹庭(时任八路军一一五师东进抗日挺进纵队政治部主任)与肖华一起率领部队挺进敌后,经过激烈的战斗和流血牺牲,成功开辟了冀、鲁边区抗日根据地,建立了津南、鲁北两个民主专员公署和15个县的民主政权,八路军武装力量发展到2万余人。1941年,他率部东进滨海地区,与日军激战三日,创建了滨海抗日根据地。滨海抗日根据地的创立,严重威胁日军华中路上交通线,引起日军极度仇视。日军发动一波又一波的“围剿”和“扫荡”,企图“蚕食”抗日根据地。符竹庭率部队奋起反抗,连续打退日军的疯狂进攻。1942年春,符竹庭指挥反“蚕食”战役,6天内歼灭、俘获日军近千人,收复了被日寇“蚕食”的三个半区;1943年1月,为配合苏鲁边区反“扫荡”,他率部队攻克了郯城,毙伤日伪军千余人,生俘日军指挥官多田幸雄,缴获了大批粮食、布匹、武器,摧毁了日寇的兵站基地,有力地配合了冀鲁边、青河区的反“扫荡”斗争。

最著名的要数1943年11月的赣榆战斗。为解放赣榆,他与陈士榘共同制定了“主攻部队外攻,地下工作内应,共同解决赣榆城”的三套攻城方案。19日深夜,他亲率突击队和6000名战士埋伏在赣榆城外。城内地下工作者打开城门后,他带领突击队冲进城内,迅速攻占了伪警察局和伪军三营营部,俘虏伪军300余人。然而城中敌人指挥系统尚未被打掉,敌人仍在继续顽抗。他命令战士使用了罗荣桓司令员特地批给的三发九二步兵炮弹。第一发炮弹发射后,符竹庭就向敌人喊话,限三分钟内投降;三分钟刚过,他又下令打出了第二发炮弹,稍后敌一副官举着白旗假装投降,但未见旅长出来投降;他即刻下令打出了第三发炮弹,并指挥部队集中各种火力攻击。在我军强大火力的威慑下,敌伪71旅旅长带领官兵2000余人向我军缴械投降。20日下午,赣榆城宣告解放。这一仗是我军以极小代价换取极大胜利的范例,当时延安《解放日报》以显要位置报道了这一辉煌战果。

日伪军在赣榆城惨败后,十分恼怒。凶残的敌人于11月26日晨纠合新浦、青口之兵600余人,偷偷地向滨海军区机关驻地——赣榆县西北的黑林乡马旦头村扑来。当时,符竹庭正带领警卫员检查下属部队工作,与日军援兵遭遇,因寡不敌众而身负重伤,经抢救无效牺牲,年仅31岁。

为纪念符竹庭,1945年至1950年,山东省人民政府曾将赣榆县改名为竹庭县。赣榆人民创作了题为《纪念符竹庭》、《打下赣榆城》的歌曲,以纪念和缅怀这位为国捐躯的八路军优秀将领。开国元帅罗荣桓评价符竹庭是"军事上政治上都比较强,很有能力的优秀干部"。1983年11月,赣榆、广昌两县人民隆重举行纪念符竹庭牺牲四十周年大会,在广昌县还修建了符竹庭烈士纪念亭。其生前战友、中国人民解放军原总参谋长杨得志曾赋诗悼念:赣南闽西初相识,万里长征风雨同;君赴敌后驱日寇,血洒赣榆留英名。谷牧副总理亲笔题词:在千百万人民的心里,符竹庭同志永远活着!

天地有正气,一一垂丹青

——记陈潭秋烈士

陈潭秋,1896年出生在湖北黄冈东弦乡的一个农家大院里。陈潭秋的父辈非常重视对子女的教育,虽然家里不怎么宽裕,他们还是坚持让孩子读书。陈潭秋也非常争气,在学校里勤奋好学,成绩一直名列前茅。1915年,陈潭秋从湖北省立一中毕业,在填报升学志愿的时候,他选择了武昌高等师范学校英语部。在陈潭秋的心里,要改造落后的世界,必须要有先进的思想,而要学习先进的思想文化,必须能与世界沟通,而英语就是一种沟通世界的工具。

1919年5月,爆发了伟大的"五四"爱国运动,即将从武昌高等师范学校毕业的陈潭秋再也坐不住了。他联络武昌高等师范学校的代表,商定上街游行。在游行队伍中,陈潭秋走在了最前列。他们高喊口号,反对帝国主义的侵略,痛斥卖国贼的卖国行为。这年6月,陈潭秋和其他同学一同来到了上海,在那里,他认识了董必武和李汉俊。从他们那里,陈潭秋阅读了《资本论》、《共产党宣言》等马克思主义著作,他开始认识到,只有马克思主义才能救中国,只有接受了马克思主义,中国才会有希望。从此以后,陈潭秋开始向一个马克思主义者转变。

1920年秋,湖北第一个共产主义小组——武汉共产主义小组在董必武、陈潭秋等人的精心筹备下成立了。1921 年 6 月，作为武汉共产主义小组的代表，陈潭秋和董必武一起，参加了党的第一次全国代表大会，从而走向了为理想奋斗的道路。湖北早期的革命者都把陈潭秋视为自己的榜样，亲切地称呼他为“革命的领路人”。

信念对于每一个人来讲，可以说是巨大的精神动力，陈潭秋从决定为共产主义奋斗的那天起，就不知疲倦地工作着，哪里有危险、哪里最艰苦，哪里就会看到陈潭秋的影子。

1934 年 1 月，在中华苏维埃共和国第二次全国工农兵代表大会上，陈潭秋被选为中央执行委员和中央政府粮食部部长，负责当时苏区的粮食筹集工作。革命战争年代，粮食的重要性可想而知，在蒋介石的不断封锁和“围剿”下，中央苏区根据地面积迅速缩小，苏区的粮食供应越来越困难。为了解决粮食困难，陈潭秋几乎每天都头戴蓝布帽、脚穿草鞋，奔走在群众之中。他白天在群众中走访调查，晚上回去伏在昏黄的灯光下奋笔疾书。为了筹集更多的粮食，陈潭秋带头节约粮食，他本来一天只吃两顿饭，现在又从两顿饭中节约出二两米，或者以瓜代饭，每天经常是饥一顿饱一顿。在长征的前夕，他更是夜以继日地筹集粮食，动员男女老少把谷子碾成米，解决了红军战士长征需要携带的粮食，又给根据地游击队和群众准备了一定数量的粮食，他被根据地人民称为“人民的好粮食部部长”。

红军开始长征之后，1935 年，陈潭秋奉党的命令，到苏联参加共产国际第七次代表大会。

1939 年，陈潭秋从苏联回国工作，当他走到新疆乌鲁木齐时，党中央指示他留在新疆工作。当时新疆的情况特别复杂，新疆地处我国的西北边陲，是我们党和苏联联系的陆上通道，也是国际支援中国抗战的交通要道。抗日战争爆发以后，新疆军阀盛世才为了摆脱困境，巩固自己的地位，他伪装进步，打起了“亲苏”、“拥共”的招牌，暗中仍然看蒋介石的眼色行事。陈潭秋到达新疆时，正是盛世才态度开始变化的时候,他由原来标榜的“亲苏”、“拥共”,开始转变为打击和排斥共产党。1942年,国际形势巨变,新疆的形势也开始恶化,这年3月,心狠手辣的盛世才亲手将倾向于共产党的弟弟杀害,并嫁祸共产党,挑起事端。山雨欲来风满楼,陈潭秋的处境越来越危险。7月5日和8日,中央电令陈潭秋,令当时在新疆工作的中共党员,除留下郑振生等四个人之外,其余的全部撤退。陈潭秋一方面按照党中央的指示,沉着冷静地将在新疆工作的党员一批批撤回延安,另一方面机智勇敢地继续和盛世才作斗争。当大家劝他先撤离新疆时,陈潭秋说:“党交给我的任务,就是安全地把大家撤回去,只要这里有一个同志,我就不能回去。”在陈潭秋的组织下,大家有条不紊地做着撤退的准备工作。

1942年8月,盛世才动手了,他把还没有撤走的共产党员和八路军办事处工作人员全部软禁起来。1942年9月17日,他又以“共产党阴谋暴动”为借口将陈潭秋、毛泽民等逮捕。盛世才先是引诱,说只要陈潭秋等发表一个“脱党声明”,就一切好说。

陈潭秋严词拒绝,盛世才看到这招不好使,便对陈潭秋施以酷刑。“坐飞机”、“坐坦克”、“灌辣椒水”等,无所不用其极。陈潭秋仍然坚贞不屈。敌人又使用“车轮战术”,接连数十昼夜审讯,不让陈潭秋休息,这一切都没能使陈潭秋屈服。盛世才黔驴技穷,于1943年9月27日,将陈潭秋残忍地杀害了,一起遇难的还有毛泽民、林路基等共产党员。

陈潭秋等牺牲后,在狱中的战友集体创作了《追悼歌》,歌词这样写道:

……

你们临死不屈的意志,

将永远活在千万人的心中。

……

你们的牺牲,

更显示八路军伟大的精神！

你们的英明，

将永垂不朽！

它激励着后继者的我们，

向黑暗作英勇的斗争！

“天地有正气，一一垂丹青”，陈潭秋宁死不屈的精神和高尚气节，将永远鼓舞着我们前进！

鲜血灌成胜利花
——记许权中烈士

许权中,原籍山东临淄许家终村,1889年,山东遭遇大旱,许权中的父亲许文会带着一家老小,背井离乡逃难流落到陕西临潼。1895年,许权中在临潼交口镇出生了。

1911年,武汉三镇首先响起了辛亥革命的枪声。深受辛亥革命影响的许权中,毅然剪去辫子,投笔从戎,参加了由当地同盟会会员曹印候组织的敢死队,他们杀死知县,光复了临潼县城。但是不久,敢死队失败了,曹印候也被杀。

1918年,许权中参加了靖国军,由于许权中比其他士兵多读了几年书,在军中他也算是一个文化人,于是被该军保送到广东韶关云南讲武分校炮科学习,毕业后返回军中。这时,军中安排他的任务是负责训练新兵。许权中就和所有的新兵战士一样,每天清晨冒着严寒跑20多里路,到沟底河中破冰沐浴,由于许权中训练成绩卓著,他很快就升任连长。1925年,经史可轩的介绍,许权中在北京见到了中国共产党北方区委负责人李大钊。李大钊热心诚恳地培养他,促使许权中的世界观、价值观发生了很大的变化。他迫切要求加入中国共产党。党组织经过考察,接受了许权中的请求。北京一行,可说是许权中人生的一个转折点,从此以后,他真正走上了革命道路。在靖国军于京西及绥远攻打军阀的战斗中,许权中战功连连,被破格升为旅长。

1928年,许权中所在的旅参加了“渭华起义”。这次起义沉重地打击了西北反动统治阶级的嚣张气焰,但以失败而告终。后来党中央安排许权中赴苏联学习。许权中先后进入莫斯科中山大学和红军大学学习。在苏联,许权中如饥似渴地阅读了大量马列主义原著和军事科学著作。他还联系自己的个人经历,认真总结经验教训,经常与叶剑英、张仲实等交流、讨论学习体会。

许权中从苏联学习回来,党中央派他到天津工作。刚到天津工作没多久,由于叛徒出卖,许权中被捕入狱。在狱中,敌人对许权中进行严刑拷打,但他严守党的机密,敌人每次审问他,他只回答:我是徐广斌,从山东来的皮货商人,到天津来做皮货生意。每次受刑回到监牢,许权中都鲜血直流,血肉模糊,狱友们关切地问他:“不要紧吧?”许权中总是神情淡定地说:“不要紧,这点苦算不了什么。”这充分展示了他一个共产党人的高风傲骨。1931年冬天,有一次狱警用破报纸包着咸菜来送饭,包咸菜的破报纸上有江西瑞金召开全国工农兵第一次代表大会,成立中华苏维埃共和国,毛泽东当选为中央工农兵民主政府主席的消息。许权中看到了以后,激动得跳起来,并把这张报纸送给其他狱友看。在狱中为了抗防敌人的酷刑摧残,许权中坚持锻炼身体,他常对狱友说:“只有有强健的体魄,才能更好地从事革命工作。”1932年夏天,经党组织营救以及友人的出钱保释,许权中重获自由。

许权中出狱时,正值日寇全面侵华的前夜。为了挽救民族危亡,他主动向党中央请示,要求去西北军杨虎城部队开展统一战线工作,宣传共产党停止内战、一致对外的主张。

许权中到达西安,被杨虎城任命为十七路军独立旅旅长。“七七”卢沟桥事变以后,面对日益严重的民族危亡,许权中主动请缨,要求奔赴抗日前线,杀敌报国。他是西北军中第一个率部出征抗日的将领。1937年8月,许权中率领部队东渡黄河,到华北战场参加抗战。后来他又率部参加了忻口会战,许权中率领的3000多名将士不怕牺牲,奋勇杀敌,虽然伤亡惨重,最后撤下前线时,已经不足300人,却没有一个人逃跑,连国民党的高级将领都不得不称赞许权中部队的英勇顽强。每次作战,许权中总是亲临前线指挥,带头冲锋,身先士卒。一次战斗中,日寇的一颗炮弹在许权中的身旁爆炸,他当场就被炸昏了过去,醒来之后,他在一尺多长的炮弹壳上写下了一行小字,作为自勉:"落于吾右,而未使吾成仁,岂其有意留吾以救国耶?抗战将四月,失地犹未还,吾之勉之。"

许权中抗日有功,却激怒了国民党顽固派,他们不但不论功行赏,反而撤掉许权中一七七师参谋长的职务,代之以少将参议。长期的戎马生涯严重损害了许权中的健康,1938年冬天,他因胃病发作,回到家乡养病。

在家乡养病期间,许权中利用自己一七七师少将参议的身份,继续同国民党顽固派进行斗争,参加革命活动。国民党顽固派对许权中的革命活动恨之入骨,千方百计进行破坏和威胁。他们一方面派特务监视许权中的行动,另一方面,胡宗南、蒋鼎文等国民党要员出面找许权中谈话,劝说只要登报声明脱离共产党,就可以高官厚禄、衣食无忧。许权中义正词严地说:"你们想怎么办就怎么办好了,这是人格问题,我死也不会去做这样违心的勾当。"

面对当时的险恶环境,大家考虑到他的安全,劝他及早离开,许权中平静地说:"一个革命的志士应该具有牺牲的精神,革命不能怕死,怕死就不能革命!"1943年12月,许权中在和自己的老师会面交谈返回的路上,被胡宗南指使的特务暗杀,时年49岁。

全国解放之后,中共西安市委、陕西军区在西安举行了许权中遇难追悼大会。西北军区送的挽联上写着"革命先驱,人民功臣"八个大字。西安各界群众写下了"一生为党为国家,誉满天下众人夸。武装起义闹革命,鲜血灌成胜利花"。这是对这位抗日英雄戎马生涯的最好诠释,也是人民对许权中的深切缅怀。英雄杀敌救国的理想,终于在他的身后开出了绚烂的花朵。

山沟里走出的司令

——记黄骅烈士

黄骅，原名黄金山，1911年2月2日出身于湖北省阳新县一户农家。1937年他改名为黄骅。1943年6月30日，由于叛徒出卖，年仅32岁的黄骅在冀鲁边区的新海县遇刺。山东军区为了纪念黄骅，将新海县改名为黄骅县。

黄骅年幼时就失去了父母和兄弟，促使他很小就学会了独立生存。10岁左右的黄骅进了学堂读书，黄骅学习刻苦，成绩优异，但是家里无法再供他继续读书。黄骅在老师的建议下在学校里当炊事员，工作之余挤到班上去旁听，回到家自学。之后，黄骅跟着一位木匠师傅学木工，走出了穷乡僻壤。走街串巷、东奔西跑的生活使黄骅增加了不少见识，见到了民众的疾苦，明白了许多道理。

1926年，北伐军攻克了阳新县，黄骅听说北伐军劫富济贫，没收地主财产分给贫苦大众，就立即赶到部队里，要求参加革命。党部负责人于是把这些参加革命的孩子们组织起来，建立了儿童团，黄骅被选为儿童团团长。1930年5月，彭德怀率领红军途经湖北，黄骅带头参加了红军，开始了他的戎马生涯。经历过战火纷飞、硝烟弥漫的战斗后，黄骅的作战能力和军事素养提高很快；经历过红军二万五千里的战略大转移——长征后，黄骅的意志力锻炼得更加顽强。他从司号员、勤务员做起,后来成为了班长、排长、连长、营长、团参谋长和团总书记。

1937年,抗日战争打响,黄骅接受组织任务,前往山西开辟敌后根据地。黄骅指挥作战果断灵活,在友军的援助和地方抗日武装的配合下,黄骅打得敌人抱头鼠窜。在战斗中,黄骅往往身先士卒,带头冲锋,激发了战士的作战决心。1939年12月初,黄骅听闻山西国民党军阀阎锡山的反动言论和他的阴谋活动后,告诫军队事变即将到来,并命令军队作好战斗准备。果然第二天敌人就展开了进攻,有所防范的我军击溃了敌军,粉碎了敌人的反动计划。

1940年,黄骅调任鲁西区副司令员,一年后又调任至冀鲁边区,领导军队作战。1942年春,日军意识到在自己的后方有着一群不屈服的战士,他们领导着人民斗争,于是便颁布了更加残忍的“三光”政策,要求日本军队对占领区实行烧光、杀光、抢光。局势一下子严峻起来,敌后部队开始逐渐转移阵地,黄骅带领部队且战且退。在一次突围中,警卫连的机枪突然坏了,失去了火力掩护的部队撤退是很危险的。黄骅不顾个人安危,拔出随身携带的手枪就向敌人射击。一边发射一边大喊:“机枪快撤,我掩护!”部队最终得以脱险,摆脱了敌人的纠缠。

1943年1月,由于汉奸告密,休整的部队被敌军追击并包围。大敌当前,黄骅镇定自若,安排骑兵队往西北角突围,负责吸引敌军火力,同时,黄骅亲自率领一支预备军向东北方突围。黄骅的指挥挽救了部队,经过一番浴血奋战,我军杀出一条血路,突出敌军的重重包围。

1943年6月30日,军区司令部在新海县召开军事会议,讨论下一步进攻计划。大家在会上各自谈了个人的想法,相互交流军事情报,会议如火如荼地进行着。下午6时左右,一行12人匆匆忙忙赶至会场,声称受一一五师教导六旅旅长邢仁甫指示,有紧急情况汇报。警卫员核实了他们的证件后,让他们进入了会场。随后,会场里传来了一阵阵震耳欲聋的枪声和呼喊的声音。原来，旅长邢仁甫早已被收买，背叛了革命，当他听闻此次军事会议司令员全体到会，于是指使土匪袭击会场。

黄骅遇难的噩耗传遍了整个边区，战士和人民悲痛万分。然而黄骅的牺牲并不是无谓的牺牲，他的斗争精神已经传给每一个民众，他们也将一直与敌人战斗下去。

胶东抗日战斗英雄

——记任常伦烈士

在胶东抗日烈士纪念碑左侧,花圈簇拥着一尊八路军战士的高大的全身铜像,铜像手握钢枪,英姿勃勃地雄视着远方。这位八路军战士,就是当年曾参加过120多次战斗、9次负伤、使日寇闻风丧胆的山东军区一等战斗英雄任常伦。

任常伦,黄县孙胡庄人,生于1921年。6岁时,一场重病夺去了父亲的生命。10岁时,母亲又辞别了人世。后来,叔父收养了他,并送他入学读书。特殊的身世,使他变成一个早熟的孩子。14岁时,他不忍心让叔父一家节衣缩食供他上学,毅然中途辍学,帮助叔父挑起生活的重担。此后,他就加入了打短工扛活的行列。随着年龄的增长,特别是经历过一段被剥削、受压迫的艰难生活之后,加深了他对现实社会的认识、对邪恶势力的憎恨、对苦难同胞的同情。

1937年7月7日卢沟桥事变以后,在中国共产党领导下,抗日的烽火在胶东遍地燃烧起来。1938年5月,黄县抗日民主政府建立。同年冬天,孙胡庄成立了自卫团,任常伦当上了村里第一批自卫团员。他机智勇敢,曾多次与同志们一起埋地雷、抓"舌头"、打伏击、掐电线、破坏道路,给日伪军以沉重的打击。

1940年8月,19岁的任常伦实现了多年梦寐以求的愿望,光荣地参加了八路军,开始在地方武装黄县抗日大队当战士。同年 10 月又升级到八路军山东纵队五旅十四团二营五连。在战斗频繁、激烈的胶东抗战中，任常伦表现突出。每次战斗，他都冲锋在前，英勇善战，不怕牺牲。在一次袭击敌人的战斗中，他左胳膊挂了彩，但不愿意退下火线包扎，他说："为了党和人民的利益，该流血的时候就毫不顾惜地去流血！"任常伦不仅作战勇敢，而且还能团结同志、关心战友。连队编班，战友们都愿和他编在一个班里；战时划分战斗小组，战友们更愿同他划在一起。战友们都说，他关心别人胜过关心自己。

由于受到革命战争的洗礼，任常伦由一个怀有朴素爱国热情的青年农民成长为无产阶级先锋战士。1941 年，他光荣地加入了中国共产党。从此，他牢固地树立起为人类求解放而奋斗终身的人生观。

1944 年 8 月，任常伦出席了山东军区战斗英雄代表大会，被选为主席团成员，并荣获山东军区一等战斗英雄称号。

会上，军区首长作了关于抗战大好形势和今后任务的报告，许多英雄介绍了他们为打败日寇而不怕流血牺牲的英雄事迹，任常伦激动万分。代表大会虽然为期很短，但却使任常伦在成长的旅途上迈开了新的一步。他不仅明确了今后的奋斗目标和任务，而且领略到了各路英雄的光辉思想，从而使其革命斗志更加昂扬。

代表大会刚刚结束，他得知敌情后，日夜兼程赶回部队。此时，他的伤口还没有完全愈合，肩膀里还嵌着敌人的弹片，部队首长考虑到任常伦的身体状况，本打算不让他参加这次反"扫荡"战斗，但他坚决要求参战。在他再三要求下，首长批准了他的请求。

部队很快进入战斗。此时已任副排长的任常伦，带领九班的战士坚守在阵地前沿的一个高地上，连续两次击退敌人的凶猛进攻。敌人再次炮火轰击后，日军指挥官挥舞战刀指挥一群日军嚎叫着冲上来。任常伦沉着地端起大盖枪，一扣扳机打倒了指挥官，接着又连发 3 枪击中 3 个日军。九班战士在他的带领下，斗志昂扬,以一当十,英勇抗击着十倍于我军的敌人,连续打退了日军5次疯狂反扑。激战中我军子弹打光了,但增援部队还未赶到,敌人又开始反扑。任常伦高高举起手中的枪,坚定地对战友们说:"同志们,我们没有子弹,有刺刀,人在阵地在!"说着就带领九班战士冲入敌群。3个日军从左、右、前三面围攻任常伦。迎面日军窜到任常伦面前,朝他左肋就是一刺,来势凶猛。任常伦面对强敌,毫不畏惧,他用力防右反刺一枪,把日军刺来的枪磕了出去,紧接着一个向前猛刺,刺透了敌人的胸背。他刚拔下刺刀,左右两边的日军已经靠拢过来,左边日军猛地刺向任常伦的左胸,他机警地往后一闪,敌人扑了个空,一头栽倒在地。任常伦趁机飞起一脚,把敌人踢下山坡。此时右边日军见正面对付不了任常伦,窜到他背后,向任常伦后面刺来。任常伦听到身后的声响,猛地180度大转弯,以迅雷不及掩耳之势,用枪尖拨开敌人的刺刀,用枪托狠狠地砸向敌人的头部,接着一刀结果了敌人。

他一人连续刺死5名日军,终于带领战友们守住了阵地。当天傍晚,日军对小高地进行反扑,任常伦不幸被子弹击中,他吃力地对战友们说:"别管我,守住阵地要紧,守住阵地就是胜利!"

战友们义愤填膺,怒不可遏,个个如下山的猛虎,一齐扑向了敌人。鬼子逃窜了,可是任常伦这个身经百战、遍体伤痕的优秀共产党员、山东军区一等战斗英雄,却因伤势过重,流血过多,未及医治就停止了呼吸,年仅23岁。

为人民服务的模范
——记张思德烈士

“人固有一死，或重于泰山，或轻于鸿毛。”毛泽东曾在《为人民服务》一文中写道：“为人民利益而死，就比泰山还重；替法西斯卖力，替剥削人民和压迫人民的人去死，就比鸿毛还轻。张思德同志是为人民利益而死的，他的死是比泰山还要重的。”

张思德，1915 年 4 月出身于四川仪陇县六合乡韩家湾一个佃农家庭里。在张思德出生 7 个月后，母亲就撒手人寰了。张思德的大哥张思成、二哥等也均因累、饿而死。张思德从小就被交由其叔叔张行忠、婶婶刘光友抚养。1933 年红军来到他的家乡，成立了革命政权，创建了川陕革命根据地。同年 10 月，张思德参加了红军，不久又加入了中国共产主义青年团。1937 年 10 月，张思德加入了中国共产党。

1935 年，张思德随红四方面军参加了长征。1936 年，张思德跟随红四方面军沿草地北上，这已经是红四方面军第三次过水草地了。进入草地仅仅半个月，部队就出现了严重的供粮困难，出现断粮现象。无奈之下，首长的坐骑被杀着吃了，连战士们的皮带、枪背带也被煮着吃了，只要是能吃的东西都被战士们吃了。但这些也只能挨过一时，远不能解决问题，要想熬过去，最有效的办法，就是挖无毒的野菜吃。张思德深知，挖野菜是最好的办法，但也是最危险的办法。很多野菜都是有毒的,人根本无法食用。辨别野菜最直接的办法,就是亲自尝试,但尝试者却有可能付出生命的代价。因此每次采摘野菜,张思德都抢在最前面尝试,把危险留给自己。

一天中午,张思德随部队来到一片水草丰盛的沼泽地。在大家都休息的时候,张思德和一名小战士去寻找野菜。当来到一片死水塘前时,小战士突然兴奋地喊道:“班长,快看水萝卜。”说完就准备去采摘。张思德闻讯,立刻赶过来制止了小战士。为了保证战士们的安全,张思德采了一些叶子含在嘴里,刚放进去有微微的甜味。但过了一会,张思德就感到腹内疼痛,豆大的汗珠从脸上滑落下来,于是赶紧冲小战士喊道:“这菜有毒,告诉战士们不要吃!”说完就失去了知觉。小战士着急地喊道:“班长!班长!”战友们听到呼喊声,纷纷赶过来。见张思德脸色铁青、神志不清,便知道他中了毒。于是战士们从卫生所找来解毒药给他服下。张思德慢慢地醒了过来。正是张思德的这一尝试,使部队战士避免了一场无谓的牺牲。事后,类似的事情还发生过多次。

1943年,张思德被调到枣园内卫班,给毛泽东作警卫战士。张思德到内卫班后,工作一丝不苟,处处谨慎小心。他常说:“毛主席是我们革命的带路人,热爱领袖就是热爱革命。”为了使主席生活更方便,工作更有效率,张思德全身心地投入到照料主席生活和警卫工作上。毛主席有个习惯,写文章一写就是一夜,天亮的时候才休息一会儿。张思德为了不打扰主席休息,尽量排除一切可能影响主席休息的因素。每次天不亮就到主席的窑洞边查看,如遇到早起觅食的鸡、狗就悄悄把它们赶走。听到树上有小鸟叫的时候,他就向树上扔石子,把它们惊走。

有一次,张思德接到任务,需要将毛泽东起草的紧急文件送交有关部门。当时的天气非常恶劣,雷声隆隆,暴雨倾盆,延河水位上涨,过河是一件非常困难的事情。张思德并未在困难面前低头,他说:“就是天上下刀子,河水万丈深,我也要把毛主席的公文送过

河去。”于是他找了一根长绳，把绳子的一头牢牢地拴在河边的一棵大树上。又在绳子上套了个环，环上面拴上细绳，把公文牢牢绑在环上。随后张思德抓紧绳子的另一头，一头扎进急流中。张思德在急流中，奋力前进，虽已精疲力尽，但最后还是渡过了延河，顺利从绳子的另一头拿到文件，及时送到了有关部门。

1944 年，延安边区的大生产运动搞得热火朝天，组织上派张思德带领 4 名同志去安塞县石硖谷村烧炭，以解决枣园机关的冬季取暖问题。到村后，为了加快烧炭进度，张思德把同志们分成两组，一组负责挖炭窑，一组砍伐青冈树备料。

9 月 5 日，身为副队长的张思德和队长商量后，决定再组织一个临时突击队，由张思德负责，再多挖几个窑，多烧些炭。张思德和另外一个同志小白分到一个组。张思德钻到窑的最里面，拼命挖着。挖到中午的时候，突然洞顶掉下几块碎土。正在全力挖洞的张思德发现情况后，迅速转身用尽全身的力气将身后的小白推了出去。就在小白被推出去的一刹那间，只听“轰隆”一声，窑顶坍塌了。小白得救了，张思德却被埋在了里面。朱旭明当时正在旁边砍柴，他第一个冲到现场救人，亲手把张思德从窑里扒出来。当时镢把顶着张思德的胸腹部，鲜血从嘴里流出，年仅 29 岁的张思德就这样牺牲了。

当毛泽东听到张思德牺牲的消息后，沉痛地说：“思德是个好同志，他是为人民的利益而牺牲的。”对事情的经过了解后，毛泽东批评相关人员说：“打仗死人是难免的，生产出事故是不应该的。”他还指示机要科长叶子龙把张思德的遗体从安塞县运回延安安葬。

张思德的一生虽然平凡，但平凡中见伟大！他那全心全意为人民服务的精神将永放光芒！

抗日回族英雄
——记马本斋烈士

马本斋,我国抗日回族英雄,经名叫尤素夫·马本斋。马本斋原名马守清,1901 年 10 月出生于河北省献县东辛庄。自小家境贫寒,经常随母亲到子牙河盐碱地去扫碱土熬盐,听母亲讲《岳母刺字》、《苏武牧羊》等故事。他 10 岁入私塾读书,聪明伶俐,好学上进。

13 岁那年,家乡遭遇大旱,为了生活,他只能跟随父亲到张家口、内蒙古等地谋生,到处颠簸,受尽凌辱。17 岁时投身东北军,由于他品行端正,办事认真,1924 年被送到"东北讲武堂"学习。在讲武堂毕业后,先后升任排长、连长、营长,后转调山东升任奉军独立二十一师第四团团长。但他对军阀混战、百姓贫困的现状十分不满,对官场的荒淫无耻、尔虞我诈更是切齿痛恨,为自己不能实现一腔抱负而陷入深深的痛苦之中。在 1931 年"九一八"事变后,因不满蒋介石的不抵抗政策,毅然弃官还乡务农。

1937 年"七七"事变,日本大举进犯华北。二十九军英勇抵抗 20 余日,最终因得不到国民政府强有力的支持而从平津败退。驻防河间、献县一带的国民党军也望风而逃。面对亡国灭家的危险,马本斋回村里率领弟弟和本村 70 余名回族青壮年,组织了"回民抗日义勇军"与敌人展开斗争。1937 年年底,日本人在北平成立了回教总会,在回民聚居地成立回教分会或支会。

他们利用回民的宗教信仰进行挑拨离间。针对支队里的部分同志受到挑拨的迷惑，马本斋说出了一段朴素而深刻的话："'七七'事变后，是谁烧毁我清真寺，杀我阿訇？是汉奸、回奸、特务，而不是汉族。是谁在领导我们抗日救国？是毛主席、朱总司令。毛主席、朱总司令是汉族而不是回族。绝大多数汉族人民和绝大多数回族人民是阶级兄弟。我们是革命战士，不要当敌人的义务宣传员。"

马本斋等人的抗日行动受到了孟庆山领导的"河北游击军"的支持。1938年3月，马本斋率队来到河间，参加了孟庆山领导的河北游击军。这支游击军队伍很快扩充并改编为"河北游击军回民教导队"。1938年9月，部队在河间整编时扩大到六七百人。同年马本斋加入了中国共产党，他表示："我决心为回族解放奋斗到底，而回族的解放只有在中国共产党的帮助和领导下才能实现。"

1939年日寇"扫荡"华北，马本斋领导的回民支队在河间、青县、沧县地区转战，开展敌后游击战争。回民支队在马本斋的带领下采用"磨盘战术"、"牛刀子钻心战术"，不断重创敌人。1941年，冀中军区通报要各部队"向回支看齐"，并奖给他们"无攻不克，无坚不摧，打不垮、拖不烂的铁军"的锦旗，中共中央革命军事委员会也颁令嘉奖了马本斋。

1940年，日军驻河间的山本联队与马本斋的回民支队展开激烈的战斗。经过几番交手，山本联队被打得丢盔卸甲。最后敌人在叛徒哈少甫的帮助下得知马本斋是个孝子，决定利用其母亲来威逼利诱、招降马本斋。1941年9月25日，山本联队的500多名骑兵在大队伪军配合下包围了献县东辛庄。敌人把马本斋的母亲抓走并押至河间县城，连夜审讯马母。审讯室森严而恐怖，当日本人问马母有几个儿子，叫什么名字时，马母昂首回答："他们都叫'抗日'。"翻译官崔丰久利诱马母说要是让儿子到日本军中，定会有高官厚禄。马母反唇相讥："你们不是要找我儿子吗？他就在河东，有本事和他打去，抓一个老婆子算什么能耐！"日本人被气得吹胡子瞪眼,但看老太太丝毫不畏惧,只好草草收场。为了不让敌人利用自己牵制儿子,马母决心以绝食进行抗争。10 月 4 日,绝食 7 日的马母壮烈殉国,时年 68 岁。

马母牺牲后,马本斋及回民支队全军戴孝。马本斋眼含泪水,强压怒火,在母亲遗像前肃立许久,然后奋笔疾书写下“伟大母亲虽死犹生,儿定继承母志,与日本人血战到底”、“宁为玉碎洁无瑕,烽火辉映丹心花。贤母魂归浩气在,岂容日寇践中华”的壮语。

1942 年 6 月,马本斋任八路军冀鲁豫军区三分区司令兼回民支队司令。他运用毛泽东的战略战术,作战机动灵活。在他的率领下,冀中回民支队打遍了冀中平原,并转战于冀鲁豫边区,创造了辉煌的战绩。一时间,只要听到马本斋的名字,日伪军就会不寒而栗。他勇谋兼备,注意贯彻抗日民族统一战线和民族平等政策,在冀鲁豫地区为粉碎日军“扫荡”、建立巩固的抗日政权作出了重要贡献。

1943 年冬,国民党反动派掀起了第三次反共高潮,胡宗南秉承蒋介石的旨意,纠集几十万大军进逼中国共产党的大本营延安。1944 年 1 月,中共中央军委命令杨得志司令员率领包括回民支队在内的冀鲁豫军区主力开赴陕北,保卫党中央,保卫毛主席。马本斋激动得彻夜难眠,他一生最大的愿望就是见到毛主席、朱总司令。然而,由于长期的战争生活使马本斋营养不良,就在这多年的夙愿即将实现的时候,他积劳成疾,突发急性肺炎,于 1944 年 2 月 7 日在山东省莘县冀鲁豫军区后方医院不幸病逝,终年 43 岁。

马本斋同志虽然离去了,但他对党的事业无限忠诚和坚贞不屈的英雄形象,永远活在全国人民心中。毛泽东主席亲笔写下挽词:“马本斋同志不死”。1984 年 2 月,献县人民政府改本斋人民公社为本斋回族乡。他的伟大献身精神,正在并将永远教育和激励着一代又一代人。

永不飘零的枫叶

——记彭雪枫烈士

在永城县城，至今还流传着这样一首歌谣：

“彭司令，真是强，谁提起来谁夸奖。

生活艰苦又朴素，关心群众像爹娘。

你种地，他帮忙，你打麦子他扬场。

日本鬼子大“扫荡”，抗敌拿起刀和枪。

军民团结一条心，打跑鬼子保家乡。”

歌谣传唱的彭司令，正是我军的著名将领彭雪枫。

彭雪枫，曾名彭修道，1907 年身于河南省镇平县一个贫苦农民的家庭里。幼年时，彭雪枫就跟随老祖父苦心练武，骑马耍枪，养成了不畏强暴、敢于斗争的性格。在投笔从戎的过程中，他把自己的名字改为雪枫。雪，是洁白无瑕的象征；枫叶，越是在寒霜里，就越红得深沉；而红色，象征着红色革命。雪枫，就是鼓励自己在黑暗的社会里也要保持洁白无瑕的品格，坚持红色革命的信念，至死不渝。

第一次国内革命战争时期，彭雪枫受到进步思想的熏陶，积极参加各种学生运动和工人运动。1926 年，彭雪枫光荣地加入了中国共产党。入党之后，彭雪枫工作更加积极努力，他从一名默默无闻的红军战士，逐渐成长为著名的红军将领。

1927 年大革命失败以后，在一片白色恐怖之中，彭雪枫仍然抱着坚定的革命信念顽强地工作着。他先后在北京、天津、上海等地从事党的地下工作。1930 年,彭雪枫来到了工农红军第五军中工作,后来,红五军扩编为红三军团,彭雪枫担任了红三军团红八军第一纵队政委。1931 年,彭雪枫跟随红三军团进入了中央苏区,他积极参加了红军的反"围剿"斗争,在第五次反"围剿"斗争失败后,他和红军战士一起,爬雪山、过草地,进行了二万五千里长征,胜利到达陕北。到达陕北后,为了促进抗日民族统一战线的早日形成,他受党中央的委托,和叶剑英一起到西安开展统战工作。

1937 年,抗日战争全面爆发以后,中国工农红军被改编为八路军,彭雪枫担任了八路军总部参谋处处长兼驻晋办事处主任。他在周恩来的领导下,开展统战工作,扩大了抗日民族统一战线,团结了抗日爱国力量,对推动华北,特别是山西的抗战工作作出了重要贡献。

1938 年春,彭雪枫奉党的命令,率领部分驻晋办事处的工作人员从山西到达河南确山竹沟镇,担任了河南省委军事部部长。他加紧训练武装,成立了教导大队,扩大了抗日武装。这年秋天,彭雪枫在竹沟创建的抗日武装整编为新四军游击支队,彭雪枫任司令员兼政委。他率领游击支队高举抗日大旗,挺进豫东抗日前线,与抗日先遣大队和豫东游击第三支队在河南省西华县胜利会师。之后,他对部队进行了合编,仍用新四军游击支队番号,并任司令员兼政委。彭雪枫和地方党组织密切合作,先后创建了津浦西路豫皖苏边区根据地和津浦路东的皖东北根据地,为以后创建新四军第四师和建立淮北抗日民主根据地打下了良好的基础。

新四军游击队的发展和壮大,获得了豫皖苏人民的热情赞扬,他们称颂"新四军的兵是人民的子弟兵",老百姓还在书案店西门外竖了一块"彭公雪枫德政碑"。这块碑虽然后来被国民党反动派破坏了,但是彭雪枫树在人民群众心目中的丰碑是永远不会倒的。

1944 年夏,日军为打通大陆交通线,发动了豫湘桂战役,国民党军队一溃千里。党中央为打击日寇嚣张气焰，同时也为了阻击敌伪对我抗日根据地的进攻、保护人民生命财产安全，决定派新四军一部到河南敌后发展抗日根据地。当地老百姓听说人民的军队要回来了，无不欢欣鼓舞，热情地欢迎子弟兵的到来。人民群众迫切需要人民子弟兵解救他们脱离苦难的愿望令彭雪枫和在场的其他官兵都为之动容。彭雪枫率领新四军第四师主力挺进宿水边，一路上都有群众的路标引路。在人民群众的大力支持下，1944 年 9 月 5 日，新四军成功摧毁了刘子仁、刘瑞岐等结成的所谓“路西防线”，彭雪枫还采取了一系列巩固根据地的措施，大力恢复地方政权，发动群众，建立地方武装，实行减租减息，豫皖苏抗日民主根据地初步得到巩固。

新四军第四师主力西进的节节胜利引起了国民党顽固派的极大恐慌，他们想乘新四军立足未稳，集中优势兵力向肖永宿根据地发动进攻。彭雪枫率领新四军第四师主力进行了反对顽固派的斗争并取得胜利，同时，彭雪枫决定消灭盘踞在夏邑八里庄的敌伪李光明的部队。1944 年 9 月 11 日凌晨，收复八里庄的战斗打响了，彭雪枫亲自指挥新四军第四师主力，乘着夜色，包围了八里庄等四个据点，于拂晓时分顺利地攻下了八里庄的大圩子，接着又突破了八里庄敌伪李光明家的小围子。敌伪李光明有一个营的 500 多人在我军到达时自动反正，北面小张庄的一个营也全部缴械投降。李光明和他的副司令以及警卫营营长全部被生擒活捉。这次战斗打得非常干脆、漂亮，一共俘虏敌伪 1000 多人，毙伤 200 多人，缴获了大批军用物资。

而当彭雪枫登上大圩子城墙指挥这场即将胜利的战斗时，不幸被流弹击中，英勇殉国，献出了自己年仅 37 岁的生命。

彭雪枫在战斗中牺牲的噩耗传出后，党和军队为失去这样一位优秀的指挥员感到无限悲痛。陈毅元帅作了一首诗，深深悼念自己曾经的战友：淮北哀音至，灯前意黯然。生平供忆想，终夜不成眠。

1945年2月,淮北军民在洪泽湖畔迎接彭雪枫的灵柩,成千上万的群众自发地站在路旁,扶老携幼,主动为彭师长送葬。短短的几里路,群众自发设路祭达128处,他们不约而同地摆一张桌子,上面放一炉香、一碗清水、一面明镜,这是淮北人民对待逝者的最高礼节,象征着彭雪枫一生清如水、明如镜。在延安举行的彭雪枫的追悼大会上,毛泽东亲笔写了挽联:"为民族,为群众,二十年奋斗出生入死,功垂祖国;打日本,打汉奸,千百万同胞自由平等,泽被长淮。"在彭雪枫生前战斗过的泗洪县,还修建了彭雪枫烈士陵园,以纪念这位功勋卓著的新四军将领。

爆炸大王威名扬

——记马立训烈士

马立训，山东淄博人，1920 年出身于一个贫苦的矿工家庭。马立训的祖父和父亲都惨死在矿难中，为求生计，年幼的马立训不得不又踏上祖辈走过的路来到矿上干苦工。几年后，刚刚脱离了资本家压迫的马立训被国民党部队抓去当了兵，谁知这帮匪兵竟欺压百姓，无恶不作。马立训被抓去不是修工事就是干苦力，稍有不慎便遭当官的责骂和鞭打。马立训恨透了这帮土匪似的强盗，他日夜盼望着有一天能够离开。

1940 年 1 月，马立训所在的部队在博山小田庄一带被八路军消灭。4 月，马立训加入了八路军并被编入山东纵队四支队三营十二连。5 月，马立训所在的十二连被整编为四支队三团一营一连。

1940 年 12 月，马立训所在的部队调到了沂蒙山区。日伪军在我根据地边缘设下了许多据点，这些据点对我敌后根据地的危害极大，于是上级决定采取偷袭战术袭击日伪军。马立训报名参加了这次战斗。经过与日伪军数日的激战，我军顺利地清除了这些障碍，马立训在战斗中作战英勇，机智过人，受到领导和战友的称赞。1941 年 5 月，由于在朱宝庄战役中的出色表现，马立训升为机枪班班长。

1941 年 7 月，我军决定挺进蒙山，粉碎日伪军对我军的封锁之势。岳家庄战役首先打响。由于马立训以前在煤矿干苦工时接触过爆破工作,这次战斗中他主动担任了部队爆破任务。经过不断总结战斗经验,他用破军毯扎成炸药包,用手榴弹引芯作为导火线,成功地炸掉了多个敌人"坚不可摧"的据点。

1942 年春,在孙徐战斗中,马立训身背 50 多斤重的炸药包,冲在部队最前面,在战友的掩护下顺利地炸开了一个突破口。随后他越战越勇,爆破了四座碉堡,60 多个敌人跟着一起升了天。马立训屡建奇功,领导和战友纷纷夸赞他是部队的"开路先锋"。

1943 年 11 月,我军发动了对日伪军刘桂棠部的攻击,刘桂棠在鲁南柱子村修筑了两道围墙,并且四周均有炮楼掩护,我军决定采取远距离奔袭的战术。马立训所在的三团是这次战斗的主力部队。15 日晚,我军包围了柱子村,刘桂棠部负隅顽抗、拒不投降。战斗一打响,只见马立训拎着炸药包迅速向敌人的第一道围墙冲去,突然围墙上枪声四起。日伪军发现了前来执行任务的马立训,顿时,一颗颗子弹飞驰而来,但马立训没有丝毫畏惧,而是纵身一跃滚进围墙下不远处的一处沟子里等待作战时机。由于日伪军火力太猛,马立训决定选取一处切口作为爆破点。在观察了地形之后,他抱起炸药包在战友的掩护下来到围墙下面,他迅速把炸药包竖在爆破点处后拉开导火线,立即返回沟子里。只听"轰"的一声,火光冲天,敌人的第一道围墙被炸开了一道口子,我军随即发起冲锋。经过一阵激战,敌人全部退守到第二道围墙里去了。为了对敌形成包围之势,团长命令马立训前往东门实行爆破。接到任务的马立训立即匍匐行进到东门处。不一会,东门被炸开,这时一帮刘桂棠部的士兵叫嚷着冲了出来。马立训随即点燃炸药包扔了过去,只听阵阵惨叫,冲过来的敌人倒下了一片。我军乘胜追击,敌人被四面响起的爆炸声吓破了胆,溃不成军。此役,我军取得全胜,鲁南人民纷纷走上街头奔走相告,庆祝战争的胜利。1944 年 5 月,马立训光荣地加入了中国共产党,并升为一连二排排长。1944 年 7 月,马立训被山东军区授予"特等战斗英雄"和"山东爆破大王”的称号。

1945 年 2 月,我军开始攻打泗水。敌人闻讯全都躲进了县府的一座大碉堡内。上级经研究决定实施爆破,为冲锋部队开辟一条道路。不料,我军的爆破员刚刚冲到碉堡附近就被敌军击中,马立训立刻上前接过炸药包冒着敌人的炮火迅速来到敌人的碉堡下。一声巨响过后,敌人的碉堡被炸开了一个大洞,我军趁着硝烟发动攻击,日军的一名指挥官被我军击毙,其余的汉奸也全都被俘。泗水终于解放了。

离泗水不远的庞庄据点中的伪军听闻“神炮”攻克泗水的消息后被吓得闻风丧胆。他们赶忙在庄外设了一道三丈多高、一丈多厚的“土围子”,并在外围挖了一条大壕,但这难不倒马立训和他的战友们。5 月的一天,马立训和他的爆破小组趁着夜色迅速来到“土围子”下面,放好炸药,待一切部署完毕之后,敌人的炮楼随着一声声的爆炸声被炸得粉碎。此前还对自己修筑的防御工事洋洋得意的伪军这时都成了“丧家之犬”。

庞庄战役刚结束,马立训所在的营又立刻投入到沙沟崖战役。这次的敌人十分狡猾,把炮楼筑在了斜坡上,马立训运用空爆的办法,把炸药包放在了炮楼的半腰处,一举炸毁炮楼的东南角,伪军顿时傻了眼,纷纷向四处逃窜。部队迅速突了上去,取得了沙沟崖战役的胜利。

1945 年 8 月,四支队三团奉命攻打阎村,马立训所在的爆破班再次担任爆破任务。在成功炸毁敌人一处炮楼后,马立训遂带领二排全体战士冲向敌人的阵营,不料被一颗飞来的子弹击中倒下,鲜血染红了他的衣服。战士们听到马立训牺牲的消息后都十分伤心,他们纷纷高呼着:“冲啊,为马立训报仇。”经过与敌人的一番厮杀,我军歼敌 1200 余人,并缴获了大量的轻重武器。战斗虽然大获全胜,但马立训却永远地离开了我们。

马立训用自己的身躯为战友炸开了一条冲锋的道路,他用生命和鲜血谱写了一首英雄的赞歌!

解放战争时期

津浦前线的第一爆破英雄
——记陈金合烈士

在山东南部微山湖畔有座“金合山”,“洛阳营”里有个“金合班”,这两个光荣称号诉说着一位英雄的名字和他所创造的可歌可泣的英雄事迹。这位英雄就是陈金合。

陈金合,1921 年出身于山东省滕县(现滕州市)姜庄一户贫苦农民家庭。陈家世代过着穷苦的日子,陈金合一出生,父亲就对他光耀陈家寄予厚望。陈金合小时候生活曲折、苦难颇多。年幼的陈金合想念书,却因为家里穷而与读书无缘。

为了给家里减轻负担,陈金合去给一个财主家做长工。陈金合在财主家受到百般折磨,过着牛马不如的生活。在财主的虐待下,小金合咽不下这口气,回家不干了。

抗日战争爆发前夕,陈金合决定沿街乞讨,但是内心很不平静。他想来想去,没有其他出路,只好狠了狠心,出家为僧。“七七”事变后,日本帝国主义发动了全面侵华战争,不久便占据了山东省。日寇所到之处,到处烧杀抢掠,无恶不作。受革命思想影响,陈金合不甘心当财主的牛马,也不甘心做神佛的弟子,更不甘心做亡国奴,他萌生了弃佛从戎的念头。

1939 年,陈金合参加了八路军。少年时的诸多磨难造就了陈金合强硬的个性。他刚到部队时不愿学习,经过首长们的教育,他不但自己努力学习各种知识,苦练射击技术,而且还热情的帮助其他战友。入伍后,他仍然保持了艰苦朴素、吃苦耐劳的作风。

陈金合在党的培养教育下,思想进步很快。1940年,陈金合光荣地加入了中国共产党。后来,又担任了机枪班的班长、党小组组长和党支部委员。他参加过数十次战斗,屡建奇功,展现了一个战士英勇顽强的革命精神。

1945年7月,抗日战争进入全面反攻的最后阶段,陈金合所在的团接受了攻坚王海子日伪据点的任务。这个据点是敌人的重要指挥部、后勤补给站和交通枢纽,工事十分坚固。要想切断敌人的补给线、开辟沭河地区的根据地,就必须把这个据点消灭掉。战斗从下午3时打响。他们首先占领了王海子的外围据点,然后向据点发起了攻击。此时天色已晚,战士们乘着夜色勇敢地冲向敌人,枪声、冲杀声响彻沭河河畔。尽管战士们冒死前进,但由于敌人工事坚固、火力凶猛,我军损失惨重,几次下来都没有攻破据点。

陈金合这时急了。他看到这么强的火力仍然压制不住敌人,顿时生出一股怒火,他大喝一声,端起冲锋枪,冲向敌人工事,“和他们拼了”。陈金合巧妙地避开敌人的火力,很快迂回到离敌人据点只有30米的地方,端起冲锋枪猛烈地向敌人射击。敌人顿时慌乱,纷纷逃命。我军乘机攻取王海子据点。在这次战斗中,陈金合表现非常勇猛,受到了称赞。

日本帝国主义投降后,全国人民期待着和平建国。但是国民党反动派却玩弄“两面派”手法,一面假惺惺地要进行国共和谈,“共商国是”;另一方面又抓紧进行战备工作,不断进攻解放区,妄图消灭我军,抢夺抗战胜利果实。

在山东,蒋介石命令陈大庆指挥十九集团军于10月间沿津浦铁路向我微山湖根据地临城一带进犯。我军为了和平,顾全大局,向根据地人民和部队做了耐心的说服工作,忍痛撤离了这个地区。

但是陈大庆军占领临城一带后，烧杀抢掠，无恶不作，根据地人民对他们深恶痛绝。

面对国民党反动派的疯狂挑衅，我军战士和广大群众义愤填膺，希望通过军事手段打击一下敌人的嚣张气焰。陈金合把牙咬得咯咯直响，他对班里的战友说："宁肯掉脑袋，也决不让敌人把我们的胜利果实夺走！"山东指挥部遵照毛泽东的指示，果断命令部队自卫反击，对来犯敌人给以迎头痛击。陈金合所在的营承担了歼灭敌人柏山据点的任务。

柏山，是这一带的制高点。山上古柏茂密，山下是一片平原，易守难攻。敌人以一个营的兵力驻守柏山，并在柏山顶上修筑了坚固的工事。我军攻坚任务非常艰巨。

1945 年 11 月 11 日深夜 11 时，我军向敌发起突然攻击，经过 4 个多小时的激战，柏山守军大部分被歼，最后剩下几十个残匪，龟缩在碉堡里，不断向我军射击，企图等待增援。我军几次发起攻击，但因炮楼高十几米，没有梯子和炸药，攻击都没有成功。

凌晨 4 点钟，临城增援的敌人快到了。若在敌人增援部队到来之前攻不下柏山，我军将处于两面受敌的不利局面。团长卜达了死命令：限 10 分钟打下炮楼，结束战斗。营长也急得头上直冒汗，命令道："二连准备上，组织火力，准备冲锋！"

"连长，这里的路我熟悉，我先去侦察一下情况。"陈金合向连长请求道。连长信任地点了点头。

陈金合提着四颗手榴弹迅速摸了上去。他侦探到炮楼底层是实心的，十分坚固，立即跑回来向连长建议道："连长，只能爆破，有一包炸药就能解决问题。您就把这个任务交给我吧！"说完就迅速带上爆破工具，弯腰抓起手雷冲出了战壕。连长亲自指挥火力进行掩护。战士们的神经都绷得很紧。不到两分钟时间，陈金合就从敌人的炮火下冲了回来。随着连长"炸"的命令，陈金合双手抓着绳索用力一拉。几秒钟过去了，手雷没有爆炸。这时炮楼的敌人疯狂叫骂起来。

敌人的叫骂声激起了陈金合的满腔怒火。他把头上的帽子猛摘下来,斩钉截铁地说:“连长放心,我陈金合炸不掉敌人这个炮楼,我就不回来见你!”没等连长回答,他就冒着敌人的炮火冲向了炮楼。

时间已经很紧了,在离炮楼只有十几米的时候,敌人的一颗子弹打中了他的左肩。他加速来到炮楼下,下定决心要与敌人同归于尽。他右手抓住手雷的弦,向战友们高喊:“连长,同志们,冲啊!”

随着高昂的呼喊声,火光之中“轰隆”一声巨响,敌人的炮楼被炸塌了。我军乘势全歼残敌,战斗胜利结束。可是陈金合却光荣地倒在了血泊之中。

战斗结束后,我华东野战军司令员陈毅得知陈金合的英勇事迹后,高度赞扬他“是实际战争的领导者,是彻头彻尾的共产主义英雄”。陈金合所在的机枪班被命名为“金合班”。当地政府为了纪念这位英雄,将柏山改名为“金合山”,并为他修建了纪念碑,以供人民瞻仰。

英雄血染滕县城

——记王麓水烈士

“身是萍乡一雇工，参加革命显英雄，鲁南解放开新局，痛惜滕郊未竟功。”这是董必武同志为王麓水烈士陵墓所题写的诗词，它高度地概括了王麓水烈士战斗的一生。

王麓水，原名王培岳，1913 年出生于江西萍乡县宗里村。他为减轻家里的负担，从私塾辍学回家，白天跟哥哥耕田，夜晚兄弟俩一起在灯下读史书。

北伐战争时期，王麓水开始踏上革命道路。1927 年，在达成师范学校加入共青团。当刘少奇到萍乡、安源等地开展革命运动的时候，王麓水经常与党组织接触，受到党的教育和启迪，思想逐渐成熟，毅然加入了革命队伍。秋收起义后，毛泽东率领队伍上井冈山，王麓水也在队伍之内，正式参加了中国工农红军。1932 年，他光荣地加入了中国共产党，后随红军长征到达陕北。从此，王麓水就没有脱离过队伍。1945 年，日本侵略者刚刚投降，国民党妄图抢占胜利果实，派兵进入山东解放区。党和人民的军队遵照指示，对敢于进攻的国民党反动派军队发动坚决的反击。1945 年 12 月 12 日，王麓水率部发起解放滕县的战斗。战斗中，他亲临前沿阵地指挥，一颗炮弹正好落在他身边，不幸身负重伤，英勇的人民子弟兵就这样壮烈牺牲了。

在王麓水十几年的革命生涯中，所经历的大小战斗不计其数，其中有几个战斗故事非常有名。

智斗敌军,展露军事才能

在秋收起义后,毛泽东率领部队上井冈山,辗转至萍乡地区,国民党军便尾随到萍乡,像一条割不掉的尾巴,时刻威胁部队的安全。见到这种情况,王麓水向党支部建议用“空城计”来迷惑和拖住敌人。党支部采用了他的建议,发动群众割敌人的电话线,破坏他们的必经之路,沿途写上各种吓敌的标语,并署名“萍莲赤卫总队”、“红军第三纵队”等,使敌人误以为我红军大部队在此,便不敢轻举妄动。当敌军经过时,群众便点燃松树炮和油桶里的鞭炮,巨大的声响使敌人胆战心惊,狼狈地退回萍乡城。

1928 年 9 月,毛泽东率领红军先后取得了遂川城、龙源口等战斗的胜利,逐渐收复了“八月失败”时丢失的根据地。国民党反动派日益恐慌,加紧了对井冈山的封锁。为支援井冈山的红军,萍乡地下党组织开辟了一条地下交通线,并建立了莲花红军独立团。敌人除了盘踞县城的正规部队外,在农村聚集着一股股地主武装,协助反动军队镇压革命群众,实在非常可恨。为打击地主武装,压制敌人的嚣张气焰,党组织又再次采用了王麓水的建议,利用莲花赤卫队仅有的两支枪,在除夕的夜晚,偷袭陆公坡地主武装。大年三十家家户户都在过年,吃年夜饭,地主放松了防备,正好给了赤卫队绝好的机会。敌人哪里能预料到在大年三十还有人来偷袭,早就目瞪口呆,乖乖地投降。此次战斗共缴获步枪 30 多支,子弹千余发,狠狠打击了地主武装的嚣张气焰,壮大了革命武装力量,鼓舞了人民的斗志。

残酷的斗争环境,磨炼了王麓水的意志,使他更加坚强机智。1930 年后,王麓水参加了井冈山斗争和苏区反“围剿”以及二万五千里长征,历任班长、排长、连长、连指导员、团直机关总支书记、团特派员、团政委、团长等职。

松林伏击战，打击国民党顽固派气焰

抗日战争爆发后，王麓水参加了平型关战役，在战斗中不幸负伤，头部伤势严重，一度不省人事。伤势好转后，他写信告诉家人，表示自己“要为民族，为人民做一个完整的人”，表现了一个革命者的崇高理想。

1939年春，他被调到晋西支队担任政治部主任。他和支队司令员陈士榘并肩作战，在晋西打了很多胜仗，扩建了两个团，曾荣获延安总部的通报表扬。1940年春，王麓水按照党中央的指示，率领这支英勇善战的部队，越过太行山，迈出山西省，沿着黄河北岸，冲过日寇无数道封锁线进入山东。这年秋天，王麓水被调到一一五师教导二旅任政治部主任，与符竹庭政委等开创了滨海抗日根据地。1943年春，王麓水奉命从滨海来鲁南，任中共鲁南区委书记兼鲁南军区政委，期间指挥了有名的松林伏击战。

1943年，日军调兵遣将，发动“大扫荡”，对鲁南抗日根据地进行分割“蚕食”。与此同时，国民党又掀起反共高潮，制造了骇人听闻的“银厂惨案”，杀害了中共鲁南区党委书记赵镈。国民党反动派与日军勾结，占据滕峰边联地区，惯匪刘黑七也从鲁中返回鲁南，大肆骚扰破坏。敌伪、顽匪勾结成一体，加上严重的春荒，群众生活艰苦，军队供给困难，国民党军队见势转而趁火打劫，第二十八集团军总司令李仙洲奉蒋介石面谕“入鲁反共”。李部第九十二军气势汹汹，由皖北经鲁西，向鲁南抗日根据地逼近。

最初，为了争取团结抗日，鲁南抗日军民始终持克制态度。但反动派军队竟得寸进尺，屠杀我根据地群众，奸辱妇女，抢掠民财。当时，王麓水来到鲁南不久，鲁南军区的主力和地方武装总共不到4000人，既要对付10倍于我军的日伪和土顽的进攻，又要面临李部第九十二军的步步紧逼。军区机关被迫撤到天宝山南的大顶山岗。人民背井离乡，扶老携幼，跟着部队辗转上山，眼望着国民党军在家乡抢劫放火,战士们和乡亲们恨得咬牙切齿,纷纷要求与九十二军决一死战。军区领导在分析了敌我双方的形势后,也决定狠狠地教训一下九十二军。

战斗爆发的前天晚上,鲁南军区所有部队快速向天宝山集中。第二天早晨,鲁南军区部队和地方部队、抗日武装已在松林以东的山坡上、青纱帐里、沟旁岩石后秘密埋伏完毕。

1943年8月13日早上8点多,九十二军一四二师果然出现了。经过研究,部队决定放过先头部队,集中力量吃掉敌军的主力。到了中午,一四二师指挥部到了沙滩,进入我军伏击圈。王麓水当机立断,向参谋长点了点头。参谋长一声命令:"打!"顿时枪声、喊杀声响彻云霄,吓得敌军魂飞魄散。这一仗正打准一四二师的师部,敌人溃不成军,仓皇退守四开山。这时,王麓水果断地命令道:"我军士气正旺,应尾追穷寇,不给敌人喘息之机。"经过一昼夜的激战,敌军一四二师大部分被歼或被擒,正副师长刘春岭、牛乐廷当场被击伤,其余八百残兵撤返安徽阜阳,蒋介石派李仙洲入鲁反共的阴谋也彻底失败了。

消灭刘黑七,为人民除大害

松林伏击战,击溃了国民党第九十二军,打掉了鲁南根据地土匪、顽固派的顶梁柱,极大地鼓舞了抗日军民的斗志,全军士气大振。为了乘胜进军,军区召开会议,研究下一步进攻方向。大家各抒己见,人人献计献策。王麓水集中了大家的意见后,决定先消灭混世魔王刘黑七。

刘黑七,原名刘桂棠,惯匪出身,枪法很好,习惯夜战,手下多是亡命之徒,十分狡猾。他投靠日军、当上伪军师长后,更是无恶不作,老百姓对他恨之入骨。民间流传着这样一句话:"刘黑七来了,小孩吓得不敢哭。"

为了消灭刘黑七,王麓水与军队其他同志共同商量,制定了详细的作战方案，定于1943年11月15日用两个团的兵力，向离根据地约60里远的匪巢李瑞柱子山奔袭。

午夜时分，八路军向柱子山发起进攻，山上的土匪开枪抵抗，但庄里的土匪以为又是“土八路来捣乱”，没当回事。随后，八路军布下四道包围圈，从几个方向向柱子山发起猛攻。战斗进行得十分激烈，王麓水坐镇前线亲自指挥。忽然，一颗从附近飞来的炸弹将王麓水炸昏，但当他醒来后，依旧站在原地不动，沉着地指挥着战斗。王麓水的沉着冷静使战士们增强了必胜的信心。经过一天的激战，终于全歼这股匪徒，刘黑七则被通讯员郝荣贵击毙。胜利的消息极大地鼓舞了军队和人民。为此，延安《解放日报》发表了专题报道。

壮志未酬身先死

1945年8月，日本侵略者投降。为抢夺胜利果实，1945年9月17日，蒋介石派重兵进入山东，逼近济南。为保卫解放区，把住山东南大门，山东解放军在陈毅的统一指挥下，连战连胜。为继续扩大胜利，彻底粉碎国民党军北上发动内战的阴谋，王麓水率第八师接受了攻打滕县的任务。

滕县属济宁地区，地处津浦铁路中段，战略地位十分重要。国民党共有9000余人驻守这里，他们凭借城墙高大、粮草充足、武器精良等优势企图固守。12月初，我军八师在王麓水的指挥下，很快扫清了外围据点，迫使国民党军完全龟缩到城内。12月12日夜，八师分别从城东、西、北三面同时向国民党军发起进攻，王麓水发扬他一贯身先士卒的传统作风，冒着枪林弹雨深入前线指挥所，来到前沿哨所东门外马神庙房家坑外观察敌情。13日拂晓，他不幸被一颗炮弹炸伤胸部，鲜血直流。当把他抬上担架时，他睁开眼断断续续地说了一句“同志们……战斗……胜利……”后就停止了呼吸，年仅32岁。

为人民解放事业牺牲的英雄王麓水，永垂不朽！

忠贞酬国

——记吕惠生烈士

1945年11月13日,阴云密布,狂风怒号。此时在南京郊外江宁县的一个偏远地方,一名刽子手狞笑着向一位遍体鳞伤的共产党员问道:“你已被判处死刑,今天就要执行,你会有遗憾吗?”尽管满身创伤,这名共产党员仍高昂着头颅,面对着前方,正声答道:“为革命而死,为真理而死,是最大的光荣,绝无遗憾!遗憾的是坚持敌后抗战八年,有很多宝贵的经验没有来得及总结,有很多文章没有写成。”在生命的最后一刻,他更加坚定自己的信念,向面前的敌人投去蔑视的眼神。

终于,刽子手举刀向他砍去,在寒风呼啸之中,在“中国共产党万岁”、“中国和平民主万岁”的雄壮口号中,英雄倒在了血泊之中。

这位英勇就义的共产党员就是一生“忠贞为国酬”的吕惠生。

吕惠生,1901年出身于安徽无为县的一个贫寒家庭。一家仅靠父亲教书的收入维持生活,常常入不敷出,有时甚至落到没有饭吃的地步。尽管贫寒,但吕老先生生性耿直,待人宽厚,重视子女教育。父亲的言传身教和家庭影响,培养了吕惠生正直耿介、宽厚与人的品格。

由于目睹中国农业原始落后且日益凋敝,吕惠生便立志学习国外先进的农业科学技术,发展中国农业。

1922年夏,他以优异的成绩考入了北京国立农业专科学校,在校期间刻苦用功,努力学习。

随着大革命的蓬勃发展,吕惠生时刻感受着时代潮流,他认识到"平生只习自然科学,自是才开始看社会科学,为首一书,乃三民主义……三民主义论民族篇中其精彩之处,使我流泪"。就这样他迅速地接受了资产阶级民主革命思想,随后由同学黄人祥、卢光娄介绍,加入了中国国民党。

1926年,吕惠生大学毕业。学成归来的他被选为无为县党部秘书,参与革命事业,并结识了无为县早期著名的共产党员宋士英、邓逸渔等,开始接触比三民主义更光明、更合理想的新思想——共产主义思想。不久蒋介石叛变革命,下令各地"清党",无为县的革命形势急转直下,反动势力不断膨胀。

随着"九一八"事变的爆发,国土大片沦丧,国民党反动派对外不抵抗,对内镇压抗日救亡运动。面对国事日下、民不聊生的状况,吕惠生对国民党彻底绝望,愤然退出国民党,更加认识到只有共产党才是中华民族的希望,思想上完全倾向于共产党。此后,他主动寻求与共产党、新四军的联系,为新四军江北游击纵队的发展、壮大作出了重要的贡献。

全面抗战后,吕惠生常以地方绅士的身份协调地方抗战大局,坚决维护进步和团结,反对倒退和分裂,与共产党、新四军风雨同舟、安危与共。他先后被任命为皖东津浦路东各县联防办事处文教科长、半塔联合中学副校长,随后又调任无为县县长、皖中行政公署主任。

1942年,他终于实现了自己的夙愿——加入中国共产党,之后更以高昂的革命精神,全身心地投入工作,实现自己"鞠躬尽瘁,死而后已"的誓言。在当时残酷恶劣的环境中,他经常冒着生命危险来往于敌伪据点之间,为人民群众解决了很多实际问题。他经常轻装简从,深入乡下。在他的家乡无为县,只要听说是"吕三爷"

(排行老三,当地敬称)来了,人们无不奔走相告,争相而来。

皖中根据地最大的一项水利建设工程——黄丝滩长江大堤工程,就是在他的领导之下兴建的,它保护了无为、巢县、和县、含山、舒城、庐江、合肥七县200余万人民的生命财产,使300万亩良田免遭水患,老百姓又亲切地叫它“惠生堤”。吕惠生工作兢兢业业,谦虚谨慎,他曾在1945年2月13日的日记中写道:“我深深知道我是很不够格地来担任这么一个职务的,党和首长对于我算是特殊又特殊,我再不加紧报以工作,我就是没有心肝……三更灯火五更鸡,累断命根也不迟疑了。生命只是一条在此,干吧!鞠躬尽瘁,死而后已。”正是由于吕惠生的努力工作,皖中抗日根据地欣欣向荣,形势大好,被称为“烽火江南鱼米乡”。

1945年抗日战争胜利后,吕惠生随新四军撤出皖江根据地,但因病不便陆路行军,只能带家属等10余人从水路驶往江苏六合。不料,船行至和县西梁山江面时,被原日伪无为县县长胡正纲部拦截。当被认出时,吕惠生不顾危险,大义凛然地谴责其卖身投敌和残害百姓的罪行。恼羞成怒的胡正纲将他们押到狱中,百般折磨。最后吕惠生和新四军独立旅参谋王惠川被关进了国民党南京郊外的陆郎桥监狱。

在狱中,敌人对他进行各种威逼利诱、严刑拷打,但吕惠生意志坚定,不为所动。当有叛徒来劝降时,他马上就严加唾骂,并拿洪承畴来规诫自己,让自己的人生“清洁明白,死而无臭”。随后在法庭上,面对敌人的多方诬陷,他大义凛然,慷慨陈词,据理力争,多次让敌人无言以对,狼狈而散。当敌人凶横地发出死亡威胁时,吕惠生昂首回答:“共产党员是不怕死的。”说着,往外就走。最后敌人黔驴技穷,向吕惠生伸出了毒手。

吕惠生在狱中曾留下遗诗:

忍看山河碎?愿将赤血流!

烟尘开敌后,扰攘展民猷。

八载坚心志，忠贞为国酬。

且喜天破晓，竟死我何求？

皖江子弟获悉吕惠生牺牲的消息，无不痛哭失声。原皖中行署副主任张凯帆赋诗悼念：

故国昔日忆初逢，正是山河破碎中。

执手嘘唏肝胆赤，丹心照耀海天红。

艰难敌后开新宇，慷慨江头尽厥忠。

汉贼未除遗恨在，长河幽咽钦英风。

全国解放后，吕惠生的遗体被送回安徽无为县，家乡的人民将其葬在无为县绣溪公园，让皖江人民世世代代瞻仰怀念。青山有幸埋忠骨。吕惠生，这位“党的优秀干部”、“皖江人民的骄傲”将永远活在人民的心中。

“愿以我血献后土,换得神州永太平”
——记车耀先烈士

1929年,当他从困境中回到祖国,加入中国共产党时,他胸怀万丈,踌躇满志,并赋诗一首:“投身元元无限中,方晓世界可大同。怒涛洗净千年迹,江山从此属万众。……愿以我血献后土,换得神州永太平。”在接下来的时光中,他以超常的斗志、顽强的精神,实现了自己的人生誓言。抛头颅、洒热血,最终在重庆松柏坡为自己的人生画上悲壮的句号,留下英名供世人传唱。

他,就是“愿以我血献后土,换得神州永太平”的优秀共产党员——车耀先。

车耀先,原名车荣华,1894年出身于四川大邑的一个小商贩家庭。车耀先幼年家境贫寒,甚至没钱去读私塾,十几岁便要承当家庭重担,到一家商号当学徒,饱受店主虐待。车耀先深知贫苦大众的艰辛。他身上没有半点旧社会的不良习气,平时粗布麻衣,长衫布鞋,勤俭持身,把毕生的经历和积累下来的钱财都用于文化教育和宣传活动。生活的艰辛并没有将他打垮,反而锻炼了他坚韧和坚强的性格。

1912年,由于生活实在艰苦,18岁的车耀先投入川军。在部队里,他一不怕苦,二不怕死,奋勇向前,多次负伤,曾因战功得到北洋政府颁发的“文虎勋章”。在短短的几年里,由一名名不见经传的新兵破格升为连长。虽然当了官,车耀先却没有旧军阀的陋习,他不抽鸦片、不醉酒，唯独酷爱读书写字，也算是弥补童年时的遗憾。

1926年，轰轰烈烈的国民大革命开展起来，川军刘湘部改编为国民革命军第二十一军。随着一批共产党员的到来，车耀先深受影响，在共产主义思想中找到了人生的新方向。但好景不长，1927年3月，刘湘勾结蒋介石，在四川制造了残杀共产党人和革命群众的“三三一”惨案。面对国民党反动派制造的白色恐怖，车耀先深感理想的破灭，绝望之下，愤而离开川军，东渡日本，在那里度过了空虚无聊的两年。

尽管身在异国他乡，车耀先始终胸怀祖国。1929年，怀着赤子之情的车耀先回到祖国的怀抱，不久便实现了人生的一大转折——加入了中国共产党。从此在党的领导和关怀下，车耀先满怀希望地投入新的工作，开始新的人生路程。

在城里，他创办了“努力餐”饭馆。“努力餐”的名字来源于“努力加餐饭”，也体现了他劝勉行人保重自己的深情厚谊。车耀先以“努力餐”饭馆为掩护，利用同乡关系，在军阀刘立辉的军队中发展党的组织，参加策动了1930年的“广汉暴动”。

作为曾经的基督教徒，车耀先还积极在成都基督教徒中从事统战工作。1931年，他发起组织“中华基督教改进会”，提出了“自立”、“自传”、“自养”三大口号，使教会摆脱了帝国主义的控制，有效地团结了广大爱国教徒。

“九一八”事变后，日本加紧对中国的侵略。面对这种情况，车耀先转变了工作重点，积极从事抗日活动。1937年1月，他在成都创办《大声周刊》，并担任社长。从此，车耀先以《大声周刊》为战斗舞台，大力宣传抗日救国的道理，号召人们奋发图强、救国图存。一大批爱国青年在他的影响下，奔赴延安，寻找革命的曙光。

随着抗日战争的持续，他又积极协助罗世文在四川上层人物中开展统战工作，有力地巩固和壮大了抗日民族统一战线，被人们称为统一战线的“线长”。

正是由于车耀先的巨大影响,国民党反动派对其又恨又怕,将其视为眼中钉、肉中刺,欲拔之而后快。尽管已经意识到了危险,但车耀先毫不在意,还幽默地说:“如果爱国硬是有罪,抓我去坐牢,正好还我的书债。我买了这些书,还没时间看呢。”于是他更加抓紧时间努力工作,为革命积蓄更大的力量。

1940年3月17日,雷电交加,阴风怒号。大批国民党特务包围了车耀先开的“努力餐”饭馆,他们砸了餐厅,赶走了客人,用枪指着伙计喝道:“你们老板车耀先呢?”所有的工人此时都闭口不说,怒视着特务们,只听见特务们在无耻地叫嚣。车耀先在楼上听到了枪声,知道是来抓自己的,他明白自己一旦被捕,就会有性命之忧。但为了不祸及他人,他披衣下楼,镇定地说道:“我就是车耀先,放了他们,我跟你们走。”就这样,车耀先被特务们带走,关进了重庆军统望龙门监狱。

敌人以为抓到了一条大鱼,想从车耀先身上找到更大的线索,一举摧毁四川共产党组织。军统头子戴笠亲自出马,对车耀先进行严刑拷打,百般折磨,但还是敲不开车耀先的铜牙铁齿。敌人见硬的不行,又假意对其优加款待,并承诺投降后,让他出任四川省民政厅厅长。车耀先不为所动,坚贞不屈,并对敌人严辞斥责,让他们羞愧难当。

在狱中,车耀先早就做好了为革命牺牲的准备。他一面团结狱中难友,与敌人进行坚决的斗争,一面争取时间为子女留下了万言遗书。在遗书中,他谆谆告诫道:“出身贫苦,不可骄傲;创业艰难,不可奢华;努力不懈,不可安逸……以‘谦’、‘俭’、‘劳’为立身之本;以‘骄’、‘奢’、‘逸’三字为终身之戒……”慈爱之情,教养之意,溢于言表。

1946年8月18日,敌人终于伸出了残酷的毒手。车耀文和罗世文一起被残忍地杀害于重庆松林坡。凶恶的敌人还倒满汽油,毁尸灭迹。后人有诗赞曰:

共产党员车耀先，成都地下举明灯。

立志为民求大同，愿以热血洒征程。

办报引导众青年，奔赴延安求新生。

临终教子留遗言，永生永世追党踪。

烈士已然牺牲，但他们的身躯已化作千千万万，飘往祖国四方，见证了蒋家王朝的灭亡和新中国的诞生。

车耀先烈士，正义常在，浩气永存。

山河英雄

——记罗世文烈士

1946年8月18日下午3时,在松坡林刑场上,两个年轻的共产党员迈着沉重的步伐走到了刑场中央。这时,不远处响起了悠远的钟声,此起彼伏,似乎在宣告着蒋家王朝的灭亡。后面的刽子手朝他们大声喝道:“跪下!”面对敌人的屠刀,两人不为所动,挺起了胸膛,其中一人高声吟诵:“故国山河壮,群情尽望春。英雄夸统一,后笑是何人?”无情的刽子手被激怒,向他们扣动了扳机,两人应声倒下。万恶的刽子手仍不解恨,又从车子上搬来汽油浇在他们身上。熊熊大火燃烧起来,仿佛在诉说着英雄悲壮的历史。

牺牲的烈士就是优秀的共产党员罗世文和他的战友车耀先。

罗世文,1904年8月2日出生于四川威远县观音滩罗家大院。祖上经商,在当地也算富有。但在他3岁时,罗父一时不慎,生意破产,被人告进官府死在狱中,只留下孤儿寡母相依为命。罗世文幼年时,其母对他苦心培养,加上他天资聪颖,从小又刻苦学习,受到老师和亲朋好友们的喜爱。年长后,他向外求学,在重庆青年会的教会学校补习了一年英语,最终考进了重庆甲等商业学校。这个时期,新文化运动已经兴起,“五四”运动的浪潮席卷全国。罗世文也投身于这一历史潮流中。他广泛阅读了《新青年》、《少年中国》等进步书刊，迅速接受了西方资产阶级革命思想。后来，他又认识了吴玉章、萧楚女等共产党员，自觉学习马克思列宁主义，从俄国“十月革命”的经验中探索到了救国的方向。1923 年，罗世文加入了社会主义青年团，先后担任重庆团地委宣传部部长、学委书记、重庆团地委书记。

随着第一次国共合作的建立，轰轰烈烈的大革命开展起来。罗世文经党的安排，到苏联学习。出国前，他终于实现了人生的夙愿——加入中国共产党。在莫斯科东方劳动大学学习期间，他认真研习马列著作，和其他同志讨论了“十月革命”和共产主义运动的历史经验与教训，为他以后的工作打下了坚实的基础。1928 年年底，罗世文回到重庆工作，不久被调到四川地方军队第二十八军第七混成旅从事兵运工作。在日常工作中，罗世文积极向士兵们进行革命斗争宣传，很快他就将这支部队改造成人民的武装，并将其命名为中国工农红军四川第一路军。他带领着这支部队打土豪、斗地主、分田地，深受当地穷苦大众的欢迎。但由于反动势力的强大，这支武装很快被镇压。尽管形势严峻，但罗世文没有气馁，继续领导人民顽强战斗。

1933 年 10 月，罗世文受党的派遣，与廖承志一起前往川陕苏维埃工作。但这一时期，张国焘主导着党政军工作，无视中央苏区的领导，大力培植自己的势力，排除异己。面对这种情况，罗世文不顾自身安危，与其进行坚决斗争。由于在各种场合揭露其阴谋，罗世文遭到了张国焘的敌视，被其非法逮捕关押。

1936 年，红军三大主力会师甘肃会宁后，罗世文才重获自由。抵达延安后，罗世文被任命为红军大学教授，向红军将领讲授革命理论，并受到了毛泽东的亲自接见。

1937 年，日本全面侵华，抗日民族统一战线建立起来。为了壮大抗日力量，党中央将罗世文派往四川，先后任中共四川临时工作委员会书记、川康特委书记。罗世文积极开展抗日民族统一战线工作,并在之后的两年取得了显著的成效。很多进步青年受他影响,不远万里奔赴延安,寻找救国的真谛。正是由于罗世文的出色表现,他很快被列入蒋介石特务的黑名单。

1940 年 3 月,特务头子康泽亲自前往成都,暗地策划"抢米事件",企图栽赃共产党,妄图将成都共产党一网打尽。在这紧要关头,罗世文不顾个人安危,坚守战斗岗位,秘密转移党的机要文件。然而,在国民党特务的多次搜捕之下,罗世文最终落入了他们的圈套中,同时被捕的还有车耀先等一批共产党员。由于罗世文身份特殊,反动派欣喜若狂。军统特务头子戴笠命专机将罗世文、车耀先等押到重庆,亲自审问。在狱中,戴笠软硬兼施、威逼利诱、日夜审问,使尽了各种手段,妄图从他口中套出四川共产党人的机密。尽管遭受到万般折磨,牙被打掉,手臂被打断,但罗世文依旧傲然挺立,绝不吐露半点机密,并严辞呵斥戴笠,令其羞愧万分。

面对心比磐石的罗世文,特务们无可奈何,只好将他押解到了贵州息烽监狱。在监狱里,他将身边的难友团结起来,以各种方式与反动派斗争,并秘密成立了临时党支部。由于罗世文的巨大影响,国民党反动派依然想拉拢他为自己服务。一次端午节,监狱长大摆宴席,隆重邀请罗世文、车耀先赴宴。在宴席上,狱长堆着满脸的笑容,请他们上座。面对美酒佳肴,罗世文毅然说道:"这些都是你们搜刮来的民脂民膏,我们共产党为人民奋斗,绝不拿群众的一针一线。"说完,与车耀先决然而去,只剩下狱长呆坐在那里。

敌人看到无法诱降罗世文,便决定将其秘密处决。1946 年 8 月 18 日,敌人谎称要把罗世文、车耀先送到南京接受法庭审判。罗世文清醒地认识到这是敌人的骗局,自己即将被杀害。他连夜把自己和党支部多年储蓄下来的钱秘密交给狱中难友老宋,作为党的活动经费,并写下自己的遗言:"据说将押往南京,也许凶多吉少。面对一切困难,高扬我们的旗帜。老宋处尚有一万元,望兄等分用。心绪尚宁,望你们保重,奋斗。"之后,他从容地告别狱中战友，无畏地踏上了通向死亡的囚车。

后人有诗赞曰：

革命路上坎坷多，世文无比坚忠。领导兵变向前冲。不顾生与死，一心为革命。

冤释接受新任务，继续革命征程。敌人施计进牢笼。坚持与敌斗，拼搏到命终。

红色特工首脑

——记邓发烈士

邓发,是我国革命时期的著名领导人物,曾用过邓八、邓英铭、杨鼎华、方林等名字。1906年3月7日出身于广东省云浮的一个贫苦农民家庭。兄妹十人,因其排行老八,乳名“八仔”,邓发这个名字是后来参加海员工会时改的。

邓发从小生活贫苦,10岁时入私塾读书,后进入学校学习。邓发学习刻苦努力,学习成绩始终名列前茅。1921年,邓发离开云浮到广州去打拼。由哥哥介绍在一家旅店当招待员,并在这里结识了香港海员工人领袖苏兆征。正是在苏兆征的引领之下,邓发开始一步一步走向革命的征途。

1921年冬,邓发随苏兆征来到香港,在太古轮船公司船坞当学徒。在苏兆征的介绍下,他加入了“中华海员工业联合会”。1922年,邓发参加了香港海员大罢工,使他认识到了工人阶级力量的强大。1925年6月,邓发参加了震惊中外的“省港大罢工”,积极号召各界人士声援反帝爱国大罢工。1925年,他经苏兆征的介绍,加入了中国共产党。

1927年12月,中共广东省委书记张太雷和叶挺、恽代英、叶剑英等发动广州起义,建立了广州苏维埃政府。邓发也参加了广州起义,并且担任广州工人赤卫队第四联队队长兼五区副指挥。后由于敌人的反扑,起义失败。邓发服从组织的安排，到乡下隐蔽起来。

1928年春，邓发奉命到香港，任中共太古船厂党支部书记，后任中共香港市委组织部部长，并于秋天被补选为中共广东省委委员兼全国总工会南方代表、市委书记和香港工人代表会议主席。1929年任中共广州市委书记，不久又改任中共香港市委书记，在中共广东第二次党代表大会上当选为省委常委，仍兼市委书记。

1928年夏，香港有几名反动资本家利用商店橱窗和广告漫画进行反苏、反共宣传，影响恶劣。革命群众对此非常气愤。邓发亲自召集十几名工人和党的积极分子，并进行了周密部署。中秋节晚上，正当这家食品店门前人来人往时，邓发在橱窗前压低帽檐，使了个手势，刹那间，酒瓶和瓦瓮纷纷砸向商店门里和橱窗，柜台和橱窗玻璃被击碎了，反动漫画被砸烂了，继之而来的是一片乱哄哄的喊闹声。这次行动是对反动资本家最有力的教训。

1929年7月，邓发担任中共广东省委工委成员兼香港工人代表会议党团书记。1929年秋的一天下午，邓发在香港油麻地被一个特务跟上了，周旋半天仍无法脱身。邓发见天色已晚，便心生一计，于是离开了市区，径直走向人迹稀少的九龙塘铁桥。当走到僻静处时，邓发突然从裤兜里掏出一截甘蔗朝叛徒头上打去，叛徒以为邓发手中拿的是枪，撒腿便跑，邓发趁机脱身。

1929年11月，邓发任中共广东省委组织部部长，并继续担任中共香港市委书记。1930年夏，帝国主义和国民党反动派相互勾结，在香港贴出悬赏五万大洋布告捉拿邓发。为了安全及工作需要，邓发转移到福建省继续工作。这年下半年，邓发被任命为闽粤赣边区特委书记兼军委主席。

1931年夏，邓发出席第一次全国苏维埃代表大会，并当选为大会主席团常务主席。大会的举行宣告了中华苏维埃共和国临时中央政府的成立。邓发被任命为国家政治保卫总局局长，同时被选为苏区中央局委员。

1933 年 9 月至 1934 年 10 月,蒋介石向革命根据地发动第五次军事"围剿"。红军和革命根据地遭受重大损失,被迫于 1934 年 10 月开始长征。长征期间,邓发先后任军委二纵队副司令、司令。他工作认真负责,有魄力,而且能吃苦耐劳,组织上配备给他的那匹马,只有遇急事才骑,平时则让给身体不好和生病的同志骑,有时还用来驮东西。他那坚定的革命信念和革命乐观主义精神,影响和鼓舞着同志们去战胜长征中的各种困难。

1935 年 10 月,长征胜利结束后,邓发继续担任政治保卫局局长。1936 年 6 月初,邓发化名杨鼎华离开瓦窑堡去苏联,代表中共中央向共产国际汇报中国革命的情况并请示工作,还参加了中共驻共产国际代表团的工作。

1937 年 9 月,邓发由莫斯科回国后,担任中共驻新疆代表,负责领导八路军驻新疆办事处和西路军总支队的工作。邓发自接任中共驻新疆代表以来,根据党中央的指示,为支持抗日战争和建设新疆做了大量工作。同年 12 月,邓发被委任为中共中央政治局委员。在新疆工作期间,他还请求党中央从延安选派林基路等大批共产党员来新疆协助工作。在党代表邓发的领导下,这批党员都做出了出色的成绩,为新疆的政治、经济、文化等事业建设作出了巨大的贡献。

1939 年夏,邓发返回延安,任中共中央党校校长。在党校工作期间,他忠于职守,认真负责。1940 年 2 月,邓发在延安创办了《中国工人》月刊,毛泽东为刊物写了《〈中国工人〉发刊词》,邓发给创刊号题词:"中国工人阶级只有在中国共产党领导之下,一致团结起来,才能完成其在民族解放与社会解放的先锋任务。"

1945 年 9 至 10 月,邓发成为中国劳动协会代表团成员,出席了在巴黎召开的世界职工代表大会,任世界职工联合会理事会理事和执行委员会候补委员。会后,邓发访问了英国、法国、德国、意大利、埃及、印度、菲律宾。他这次国外之行,为增进中国工人和世界各国工人的相互了解、团结和友谊作出了贡献，出色地完成了党交给他的任务。1946 年 1 月回国后，到重庆协助中国劳动协会负责人朱学范的工作。

1946 年 4 月 8 日，邓发在和王若飞、叶挺、秦邦宪以及教育家黄齐生先生等乘机从重庆回延安时，在山西兴县黑茶山遇雾失事。邓发等全部不幸遇难。邓发殉难时年仅 40 岁。

听闻王若飞、邓发等遇难的消息，解放区各界人士悲痛不已。延安各界 3 万余人为邓发等人举行了隆重的追悼大会，哀悼遇难烈士。英雄逝去，精神长存，邓发崇高的革命精神永远铭记在人民心中。

一切为人民着想的革命家
——记王若飞烈士

王若飞,我党早期的无产阶级革命家。1896年10月11日出生于贵州安顺。原名运生,字继任。曾化名黄敬斋。王若飞年少时期的生活和思想深受其舅父黄齐生的影响。7岁时随舅父移居贵阳,8岁时就读于贵阳达德学校,开始接触西方科学,接受民主思想的教育。他自幼崇拜岳飞,他的名字就是读到《木兰辞》“万里赴戎机,关山度若飞”的诗句,有感而发,遂改名为若飞。

王若飞青年时期在舅父的带领下,参加过辛亥革命和“反袁运动”。1917年,王若飞在达德学校任小学教员时,考取了官费留学日本东京的资格。在日本留学期间,接触到了马克思主义,开始倾向于社会主义。1919年“五四”运动爆发后,国内形势骤变,王若飞毅然回国,进行反帝反封建宣传。

1919年10月,王若飞随黄齐生等人一起赴法勤工俭学,进一步学习了马克思主义。在法国,王若飞加入了“社会主义研究会”,并组织一部分留法勤工俭学的学生成立了“工学互助社”。1922年6月,他和周恩来、赵世炎、李维汉等人在“工学互助会”的基础上创建了“旅欧中国少年共产党”,并担任中央执行委员会委员。同年秋,经胡志明介绍加入法国共产党。

1923年4月,王若飞到莫斯科东方大学学习,在此转为中共党员，并担任东方大学中共党支部负责人。王若飞在东方大学里系统地学习了马列主义的理论和“十月革命”的经验，并联系实际，经常与同志讨论中国革命的问题，极大地提高了政治理论水平。

1925年3月归国后，王若飞被调到河南担任中共豫陕区委书记，大力发展以中原为中心的党团建设，积极开展以工人运动为中心的各项工作，并亲自到京汉铁路和陇海铁路工人中间进行宣传组织工作。后调回上海，任中共中央第一任秘书长。

1927年大革命失败后，王若飞先后担任中共江苏省委常委、农民部部长和宣传部部长、临时省委书记。党的“八七”会议以后，他开办了江北农民训练班。10月，他亲自领导了无锡暴动。起义失败后，他继续在实践中探索和积累革命经验。

1928年6月，王若飞参加了在莫斯科举行的中国共产党第六次全国代表大会。会后王若飞留在苏联，进入列宁学院学习。并加入了苏联共产党，参加中共驻共产国际代表团的工作。1931年7月回国后，按照共产国际东方部的通知，他乔扮成商人，化名黄敬斋，于9月来到归绥，担任中共西北特别委员会特派员，负责开辟陕甘宁绥一带的农村革命根据地，指导西北地区的农民运动和少数民族工作。后转至包头传达党对这个地区建立根据地的指示。之后因叛徒出卖，不幸被捕。面对敌人的严刑拷打，王若飞泰然自若，宁死不屈。敌人只好把他押送到归绥，投入监狱。自此王若飞开始了将近6年的牢狱生活。

王若飞在狱中仍然坚持斗争，他把监狱视为自己工作、战斗的场所，而且不断地激励自己和其他同志，始终坚信中国革命一定会胜利，表现出了一个共产党员的崇高气节。在狱中，他团结难友，关心帮助他们，了解他们的思想状况，给他们讲革命道理，帮助他们正确对待生活和斗争；组织党员和政治犯学习马克思主义理论，使不少同志提高了思想觉悟，增强了斗争的信心和勇气；并在狱中秘密发展党员,壮大了党的队伍。1937 年 8 月,经中国共产党北方局和山西省委的营救,王若飞被释放回到了延安。

1937 年 9 月,王若飞回到延安后,马上投入到紧张的工作当中。他先后担任陕甘宁边区党委宣传部部长、中共华北华中工委秘书长,并兼任八路军副参谋长。1940 年任中共中央秘书长。

在抗日战争时期,王若飞工作认真,兢兢业业,把“整个生命都埋在工作里”。他不断地运用马列主义来研究中国革命实际。他认真地研究总结华北地区游击战的经验,发表了《华北游击战争的展开》一文,在许多问题上阐述了自己的独特见解,这些见解对八路军敌后武装斗争的开展、发展群众以及各抗日军队之间的团结等问题有重要的理论意义。

在他主持中共中央党务研究室工作时,参与了根据地各项政策的制定,成为毛泽东的得力助手。并参与起草了著名的《中央关于抗日根据地政策的决定》。这个决定对于巩固抗日民族统一战线、争取抗日战争的胜利起了重大的推动作用。对根据地的经济发展也产生了深远的影响。而且王若飞也是我党较早关注中国少数民族问题的领导人之一,他为争取少数民族群众参加抗日斗争,特别是实现蒙汉联合抗日付出了艰辛的努力,写出了《今天如何实现蒙汉联合抗日》等文章。

1944 年 5 月,王若飞成为共产党驻重庆首席代表。他还协助董必武主持中共南方局的工作,后担任南方局工作委员会书记,全面负责日常工作,广泛团结各民主党派和无党派民主人士,共同与国民党顽固派进行斗争,扩大了我党的影响。1945 年 6 月,王若飞当选为中共“七大”中央委员。8 月,王若飞随毛泽东、周恩来飞抵重庆,参加国共谈判。经过 40 多天的艰苦谈判,终于迫使国民党承认和平建国的基本方针,并于 10 月 10 日签订了“双十协定”。1945 年 12 月,王若飞又作为中共代表团成员随周恩来赴重庆参加政治协商会议,为扩大中国共产党领导的人民民主统一阵线积极工作。

1946年4月8日上午，王若飞同秦邦宪、叶挺、邓发和黄齐生等，乘飞机离开重庆飞往延安，向中国共产党中央汇报和请示工作。在途经山西兴县黑茶山时，飞机失事坠毁，机上人员全部遇难。王若飞时年50岁。他在临行前说的“一切要为人民打算”这句话，成了他一生革命的实践总结，也成了他对党和人民的最后遗言。

王若飞虽然已经离开我们，但是他热爱祖国、坚定信念、顽强斗争的革命精神，他努力学习、追求真理的开拓精神，他为人民服务的奉献精神，是永远值得我们学习的！

在烈火与热血中永生的将军

——记叶挺烈士

叶挺,原名叶洵,字希夷,中国人民解放军的创建人和新四军的领导人,杰出的军事家,1896 年 9 月 10 日生于广东省惠阳县周田村,先后毕业于广东陆军小学堂、武昌陆军第二预备学校和保定陆军军官司学校。早年追随孙中山参加革命,参加援闽粤军。1924 年,叶挺赴苏联,入莫斯科东方劳动者共产主义大学和红军学校中国班学习,同年 10 月加入中国社会主义青年团,12 月转入中国共产党。1925 年 5 月回国后,叶挺参与组建了北伐军第四军独立团,任团长。1926 年,叶挺在北伐战争中率独立团为先遣队讨伐北洋军阀,屡建战功,被誉为“北伐名将”,所部被称为“叶挺独立团”,为四军赢得了“铁军”称号。此后,“叶挺独立团”被先后改编为国民革命军第五纵队、中国工农红军第一师、红四军二十八团、红四军第一纵队。

南昌起义时,叶挺担任前敌总指挥。广州起义时,叶挺担任红军总司令。广州起义失败后,为了躲避追捕,叶挺来到香港。后来,又到了日本。当他接到上级通知来到莫斯科之后,马上向组织汇报了广州起义的经过和教训,并且坚持队伍应该向农村发展的看法,但王明等人却斥责叶挺“政治动摇”。由于受到王明等人的大肆攻击,叶挺与党脱离了关系,被迫离开了莫斯科,奔赴德国,开始了流亡生活。

1931 年“九一八”事变之后，日本侵占了整个东北，叶挺恨不得马上回国参加抗日，于是他从德国回到了澳门居住，但当时的国民党政府采取不抵抗政策，这令叶挺十分气愤。与此同时，他多次和共产党人联系，发表对时局的看法，表示自己为革命事业献身的志向并没有改变。

1937 年“七七”事变以后，抗日战争全面爆发。为了打败日本侵略者，国共两党进行了第二次合作，建立了抗日民族统一战线。在南方坚持游击战争的红军游击队被改编成国民革命军陆军新编第四军。这个时候，刚刚回国、要求参加抗日的叶挺成了新四军军长的合适人选。这样，流亡国外长达十年之久的叶挺终于又回到了军队，带领新四军在南方坚持抗日战争。

1940 年秋，日本出动军队 5000 多人，在飞机的掩护下，向皖南泾县云岭新四军军部袭来。面对日寇的嚣张气焰，叶挺决定亲自上前线指挥，迎头痛击日本侵略者。叶挺指挥军队在日寇必经之路上修筑工事，层层设防。然后把新四军化整为零，组成若干小分队，分头狙击、袭扰日寇。日寇找不到我军的主力，却到处挨打，被折磨得筋疲力尽，20 里的路，他们整整走了六天。叶挺命令部队乘日寇疲惫之际发起攻击。在叶挺的亲自指挥下，毙伤日寇数百人，打退了日寇的这次突袭。

新四军在南方坚持抗日战争，蒋介石却害怕新四军发展壮大，就想方设法限制新四军的活动，他要求在南方坚持抗日的新四军全部撤到黄河以北。为了顾全抗日大局，中共中央决定在江南坚持抗日的新四军撤到长江以北。1941 年 1 月，叶挺奉命率领新四军军部和皖南的新四军军队 9000 余人，从安徽泾县云岭出发，向长江以北转移。行至茂林地区时，遭到国民党军队的包围和袭击，新四军除 2000 人突围出去外，其余人大部分壮烈牺牲，叶挺在和敌人谈判时被扣押，副军长在突围途中被叛徒杀害。这就是震惊中外的“皖南事变”。

叶挺被扣押之后，最初被关在上饶集中营，后又被关到重庆中

美合作所白公馆。面对敌人的威逼利诱,叶挺始终心如磐石,毫不动摇。他在狱中写下了著名的《囚歌》:

为人进出的门紧锁着,为狗爬出的洞敞开着,
一个声音高叫着:爬出来吧,给你自由!
我渴望自由,
但我深深地知道——
人的身躯怎能从狗洞子里爬出!
我希望有一天,
地下的烈火,
将我连这活棺材一齐烧掉,
我应该在烈火与热血中得到永生!

这首诗充分表现了叶挺作为一个革命者大无畏的英雄气概和高尚的情操,是叶挺革命精神的真实写照。

1946 年 3 月 4 日,在多方面的努力下,叶挺获释。历经五年多的牢狱之苦,叶挺头发已经花白,但精神特别饱满。1946 年 3 月 5 日,他就要求再次加入中国共产党,"我已于昨晚出狱。我决定实行我多年的愿望,加入伟大的中国共产党,在你们的领导下,为中国人民的解放贡献我的一切。我请求中央审查我的历史是否合格,并请答复",他的这一请求很快就得到了批准。1946 年 4 月 8 日,他乘飞机由重庆回延安,但飞机在山西兴县黑茶山失事,不幸遇难,享年 50 年。噩耗传出后,毛泽东在《解放日报》上发表悼词:"为人民而死,虽死犹荣。"朱德题词:"为全国人民和平民主团结而牺牲。"周恩来在《"四八"烈士永垂不朽》的悼文中说:"希夷!你是人民队伍的创造者,北伐、抗战,你为新四军奠下了解放人民的基础,辛劳四年,流亡五年,牢狱里苍白了你的头发,但更坚强了你的意志。"

叶挺虽然远去了,但他虽死犹生,就像他在《囚歌》中说的那样,他将"在烈火与热血中得到永生"。

甘洒热血践伟志

——记李兆麟烈士

朔风怒吼，大雪飞扬，
征马踟蹰，冷气侵人夜难眠。
火烤胸前暖，风吹背后寒，
壮士们！精诚奋发横扫嫩江原。
伟志兮，何能消减，
全民族，各阶级，团结起，夺回我河山。

这是早年在东北抗日联军中传唱的《露营之歌》。这首歌的作者之一，就是著名的东北抗日联军第三路军总指挥、中共北满省委和东北党委员会的领导人之一的李兆麟。这首历史歌曲正是李兆麟和抗联战士浴血奋战和艰苦斗争环境的真实写照。

李兆麟，原名李超兰，1910 年出身于辽宁省辽阳县小荣官屯一个农民家庭。李兆麟 6 岁进入学堂读书。他勤奋好学，成绩优异，又特别懂礼貌，深受家长和老师的喜爱。他利用课余时间，阅读了许多经史古籍。我国古代传说中的大禹治水的故事，给李兆麟留下了深刻的印象。他当时还精心绘制了一幅大禹治水事迹图，憧憬着自己将来也能像大禹一样为老百姓干出一番大事业。

1931 年，日本发动了蓄谋已久的“九一八”事变，侵占了我国东北大片国土。年仅 20 岁的李兆麟亲眼目睹东北大片土地被践踏，几千万同胞被蹂躏。他心里暗暗发誓,就是死也不能当亡国奴,一定要反抗日本侵略者的暴行。正在这个时候,已经在北平参加了抗日救国会的李兆麟的同乡好友张一吼写信给李兆麟,希望他能去北平参加抗日活动。母亲舍不得唯一的儿子离开自己,李兆麟非常理解母亲的心情,他耐心地对母亲说:"日本鬼子今天占领了奉天省,明天就要吞掉东三省,然后就会灭亡我们全中国,没有国,怎么会有家啊!古人尚知道,天下兴亡,匹夫有责。我是个青年人,怎么能眼睁睁地看着侵略者宰割我们的领土而不挺身而出呢?"李兆麟的母亲是一位深明大义的农村妇女,她听到了儿子的这番话,终于同意了儿子的要求。就这样,李兆麟把家里刚收获的一车大豆卖掉作路费,离开了家乡,走上了革命道路。

1932 年春节刚过,李兆麟就和东北民众抗日救国会常委冯基平来到了辽阳,他们的任务是积极联络抗日武装,组织义勇军。李兆麟在组织义勇军的同时,还在小堡一带成立了农民抗日救国会。1932 年 5 月,他加入了共青团,不久转为中国共产党党员。

1933 年 8 月,李兆麟来到了哈尔滨,担任了中共满洲省委军委的领导工作。李兆麟受中共满洲省委的派遣,以省委巡视员的身份,先后到东三省北部的巴彦、海伦巡视工作,帮助当地组织建立抗日游击队。这年 10 月,珠河反日游击队正式成立,赵尚志任队长。为了加强对游击队的领导,中共满洲省委派李兆麟担任了游击队的副队长。为了打击敌人,扩大游击队的影响,赵尚志、李兆麟决定西进攻打宾州城。

1934 年 5 月,游击队攻到宾州城下。被围困在城里的敌人惊恐万分,数次打电话向哈尔滨方面的日军求援。随后,敌人从哈尔滨派来飞机四五架和近千人的增援队伍。我军和敌人展开了激烈的战斗。这次战斗,游击队共打死打伤敌人七八十名,还击落了敌人飞机一架,在宾州被传为了抗日的佳话。根据形势发展的需要,在珠河反日游击队的基础上,我军于 1934 年 6 月建立了东北反日游击队哈东支队，赵尚志任司令，李兆麟任政委。

1935年1月，东北人民革命军第三军成立以后，李兆麟被调到团里担任政治部主任。5月，敌人向我抗日部队组织了夏季“大讨伐”，对我游击区进行反复“扫荡”，给游击队的活动造成了极大的困难。9月，中共满洲省委决定第三军主力远征汤原一带。李兆麟由二团调到一团，率部队活动于依兰一带。在这里，李兆麟认真学习了党中央的《八一宣言》，进一步领会了党的抗日民族统一战线政策，他们和第四军协同作战，胜利地拔掉了南刁翎镇这颗“牙”，伪警察营长在我军“中国人不打中国人”的口号声中全部投降。

1937年抗日战争全面爆发以后，东北抗日联军各部奋勇出击，不断破坏敌人的仓库、交通、通讯等军事设施，给日军以沉重打击。日本侵略者视东北抗日联军为“满洲治安之癌”。为此，敌人调集了十几万日伪军，对东北抗日联军各部进行“讨伐”和经济封锁，东北抗联的斗争进入了最困难的时期。由于形势的急剧变化，抗联与敌人几次激战后损失很大。为了应对日军加紧进攻的严重局面，开辟新的游击区，保存和发展抗日力量，1938年冬，抗联第三、六、九、十一军进行西征。大雪覆盖了山林，李兆麟和战士们行走在茫茫林海雪原，他们白天分为小股行动，晚上集中住宿。粮食吃光了，只能找些干蘑菇充饥，有时甚至把皮带煮了吃。李兆麟和战士们克服重重困难，终于在1938年年底与先头的西征部队胜利会师。

1939年4月，在中共北满临时执行委员会第二次会议上决定成立东北抗日联军第三路军及总指挥部，李兆麟担任总指挥。从此，抗日各部队在李兆麟的领导下，在黑嫩平原纵横驰骋，把这里的抗日斗争推进到一个崭新的阶段。

1945年8月15日，日本侵略者无条件投降，李兆麟和抗联战士们盼望已久的“夺回我河山”的愿望终于实现了。此时的李兆麟又投入到紧张忙碌的工作中。他不仅要和苏联军队一起接管日伪政权,收缴敌伪物资,恢复社会秩序,安定人民生活,还要负责中共中央派到东三省北部、西部开辟工作的干部接待、转送,联络等工作。国民党反动派对奔走在和平民主事业上的李兆麟恨之入骨,穷凶极恶的国民党特务,多次策划暗杀李兆麟。1946 年 3 月 9 日下午,伪装进步打入中苏友好协会的国民党特务邀请李兆麟去水道街九号,诡称要和李兆麟商量"国大"代表事宜。下午 3 点左右,李兆麟来到了约定地点。李兆麟刚一坐下,女特务孙格玲假装殷勤地端上一杯茶水,说:"李先生大老远过来,一定累了吧,来,先喝杯茶歇一会儿。"李兆麟毫无防备,端起来就喝,刚喝了几口,他发觉味道不对,就问:"这茶水里放了什么!"女特务知道事情已经败露,就对里面喊:"你们还等什么,还不快出来动手。"这时候,室内潜伏的特务跳了出来,身材魁梧的李兆麟只身同特务们搏斗,但因为寡不敌众,加上药性发作,昏倒在地。凶残的敌人在他头部和胸部连捅数刀。抗日民族英雄李兆麟就这样惨死在国民党特务的手上。

1946 年 3 月 24 日,哈尔滨市人民把李兆麟的遗体安放在松花江畔一座公园内,为了纪念李兆麟,公园的名字被改为兆麟公园。4 月,东北联军进入哈尔滨,这座美丽的冰城成为全国解放最早的城市。血债要用血来还!杀害李兆麟的凶手,在镇压反革命运动中,得到了应有的惩处。

“忠心耿耿，为党为国”
——记关向应烈士

关向应是中国共产党的优秀党员，人民军队的卓越将领，杰出的共产主义战士，八路军一二〇师政治委员。他为壮丽的共产主义事业贡献了自己的一生。他在党的领导下坚持革命斗争，率领革命部队南征北战，历尽艰险，为中国人民解放事业建立了不可磨灭的功勋。他忠于党，忠于人民，坚定不移地执行党中央的正确路线，反对错误路线，维护党的团结，直至生命的最后一刻。

关向应，原名关致祥，满族人，1902 年生于辽宁省金县大关家村。关向应的父亲关成贵是位织布匠，终年劳动，却不得温饱。母亲文氏，是一位勤劳俭朴、温和善良的乡村妇女。在母亲的影响下，关向应在幼年就养成了俭朴的习惯，也正是这种勤劳俭朴的生活锻炼了他后来在长期的革命斗争中不辞劳苦、坚韧不拔的革命精神。虽然关家并不富裕，但是关向应的父母仍节衣缩食供孩子读书。关向应深知父母的良苦用心，学习很刻苦，白天在学校里认真听课，放学回家，除帮助父母干活以外，就看书、练字和学画。

1918 年 4 月，关向应考入普兰店公学堂。在这期间，他学习更加努力，兴趣也更加广泛。他不仅爱好书画，而且酷爱读历史和武侠小说，如《三国演义》、《列国志》、《水浒传》、《西游记》等，后来对《论语》、《古文观止》等古书也深感兴趣。他经常被书中那些豪杰们的反抗强暴、杀富济贫的英雄行为所吸引,也深深受到这些书的思想影响,常为当时世道的不公平而愤慨。

1920年4月,18岁的关向应考入大连伏见台公学堂附设商业科,开始接触新思潮,积极参加反日爱国活动。1922年3月,关向应被分配在日华兴业社株式会社。他只干了几个月就辞职了,宁可回家帮助父亲种地,他也坚决不为日本帝国主义服务。1922年夏秋之交,关向应托人在泰东日报社找到工作。报社虽然也是日本人办的,但报馆里有各种各样的报纸、杂志,他可以有更多的学习机会,按自己的心愿去寻找救国救民的真理。从那以后,关向应就和工人阶级处在一起,开始了新的生活。为了宣传革命道理,唤起工农,关向应和几个进步青年在报社后院办起了一所"三一"学校。这所学校白天教三十几个学生,晚上就开工人夜校,给工人讲革命道理。

1923年秋,关向应和几个同志一起到铁岭创办了《铁岭日报》,进行革命宣传。1924年,关向应来到上海后不久,党就派他前往苏联求学。1925年1月,他在莫斯科东方共产主义劳动大学加入了中国共产党。"五卅"运动后,关向应回国并在上海沪东共青团部委工作。1926年到山东共青团省委工作。1927年"四一二"事变后,关向应先后到汉口、中共河南省委工作,后又返回上海,任职于共青团中央组织部。1928年,在党的第六次全国代表大会上,关向应当选为中央委员,会后任共青团中央书记。1930年以后,关向应参加了中共红军军事委员会及武汉的中共中央长江局工作,并于1931年,到上海工联工作。"九一八"事变后,关向应的家乡被日本帝国主义侵占,这更加激发了他对日本侵略者的仇恨,激励了他的革命热情。1931年4月,关向应在上海被捕。面对敌人的酷刑,他坚贞不屈。在敌人的法庭上、牢狱中,他始终保持了崇高的革命气节,表现了无产阶级战士的高尚品质和坚定立场,不但没有泄露组织的秘密，自己的身份也没有暴露。

关向应于1931年底被党营救出狱后，便被派到湘鄂西红色根据地工作，开始了他的戎马生涯。1932年1月，关向应来到湘鄂西根据地，任军委分会主席、中央分局委员、红三军政治委员，与贺龙同志一起率领红三军的主力部队转战沙场。1932年1月至3月，红三军连续歼灭敌人两个旅、两个团、三个营，根据地也扩大了一倍。1932年春至1934年秋，由于王明"左"倾冒险主义的破坏，红三军不得不离开洪湖根据地，转战到豫鄂川陕边区。在此期间，贺龙、关向应等同志坚定地站在党的正确路线一边，对王明"左"倾冒险主义的政策进行了抵制，保护了大批革命干部。但是因为"左"的错误没有根除，以致原定的发展与巩固根据地的计划未能实现，红三军只得继续在湘鄂川黔边境地区打游击战。1933年底，红三军已锐减到3000余人。1934年6月，中央分局在贵州的枫香溪举行会议。这次会议使"左"倾冒险主义到处碰壁，并确认恢复红军中的党组织和政治机关，发展黔东根据地，关向应同志任黔东特区革命委员会委员。经过两三个月的斗争，关向应与同志们共同创建了纵横200余里的黔东根据地。

1934年10月25日，红三军和任弼时同志率领西征的红六军团在贵州省松桃县木黄胜利会师。原红三军政治委员关向应同志改任二军团副政治委员。中共中央还决定由贺龙、任弼时、关向应同志统一指挥二、六军团。会师后，红军的力量增强了。遵照中共中央电令，成立了两军团总指挥部，建立了以贺龙、任弼时、关向应同志为核心的领导机关，统一指挥两个军团的行动。他们坚决执行党中央的正确路线，纠正了"左"倾冒险主义的错误，集中兵力打运动战，接连打退了敌人多次进攻，在根据地建立了民主政权，实行了土地改革，建立了湘鄂川黔边区。1935年11月19日，红二军团和红六军团奉命北上抗日，开始了万里长征。长征途中，关向应和贺龙、任弼时等同志一起，坚决执行中央北上抗日的正确路线，对张国焘分裂中央的罪恶行动作了坚决的斗争。1936 年冬,关向应任二方面军总政治委员。1937 年,抗日战争爆发以后,关向应担任八路军第一二〇师政治委员,与贺龙师长一起率领部队创建晋绥边区抗日根据地。1940 年,关向应担任晋绥军区政治委员。1942 年 8 月,任中共中央晋绥分局书记。1945 年 4 月,在中国共产党第七次全国代表大会上,他继续当选为中央委员。

然而,在敌人监狱里受到的摧残和长期的艰苦斗争,损坏了关向应的身体。抗日战争爆发后,他又在战火纷飞的抗战前线英勇战斗,日夜操劳,积劳成疾。1940 年从冀中回到晋西北后,他已患肺病,但因战斗和工作繁忙,没有治疗。这年 10 月,他曾在延安休养,但他放心不下前方工作,病情一有好转,就回到了晋西北。1941 年,他的病情再度加重,他不得不放下手里的工作,回到延安养病。在病重期间,他仍然关心党、关心祖国,始终把人民装在心间。关向应以惊人的毅力与病魔作斗争,顽强地战斗到生命的最后一刻。

在与病魔抗争了五年后,1946 年 7 月 21 日关向应病逝于延安。毛泽东同志在挽联中高度评价了关向应的一生:忠心耿耿,为党为国。这正是关向应毕生革命经历的光辉写照。

“戎马三十载，将军滇之雄”
——记罗炳辉烈士

罗炳辉，1897 年生于云南彝良县，早年参加了滇军，曾经参加过护国、北伐等革命战争。大革命失败以后，罗炳辉加入了中国共产党。1929 年，罗炳辉领导了江西吉安靖卫大队起义，毅然率部加入工农红军，他先后担任过工农红军团长、师长、军长，率部参加了二万五千里长征。抗日战争爆发以后，他又率领新四军开辟了苏皖边抗日民主根据地，给日寇以沉重打击。长期戎马倥偬的战斗岁月使罗炳辉积劳成疾，1946 年，他由前方返回临沂休养，突发脑溢血，不幸逝世。刘少奇用“志在革命，功在人民”高度评价了罗炳辉的一生，陈毅赞誉他：“戎马三十载，将军滇之雄”。在淮南地区，至今还流传着许多罗炳辉将军可歌可泣的战斗故事。

那是在 1939 年 8 月，这个时候的罗炳辉，已经是新四军第五支队的司令员。根据党中央的指示，他率领新四军第五支队，越过津浦铁路，一路东进，到淮南地区建立抗日根据地。这个地方的战略地位非常重要，北依淮河，南靠长江，东面是古老的京杭大运河，西面就是津浦铁路。如果能在这里扎下根来，那么，对于宣传党的主张、发动民众抗日是非常有帮助的。

罗炳辉带领新四军的到来令国民党顽固派十分恐慌。他们勾结起来，四处造谣说：“新四军不是来抗日的，他们是来抢地盘的。”更有人造谣说：“罗炳辉长得这样胖,是因为每天都要吃一个小孩。”一时间谣言四起,人心慌乱,老百姓难辨真假。这个时候,驻守在滁州的日军,为了防范罗炳辉带领部队进攻津浦铁路,乘新四军立足未稳,派兵侵占了来安城。

面对复杂的形势,罗炳辉决定带领部队攻打来安城,用实际行动戳穿国民党顽固派制造的谣言。1939 年 9 月 2 日晚上,罗炳辉带领部队连夜赶到舜山集南的梁庄集结。来安城的日军闻讯后,兵分两路前来侵犯。罗炳辉指挥部队占据有利地形,做好了伏击准备。中午,日伪军进入了新四军的伏击圈。罗炳辉一声令下,说:“狠狠地打。”猝不及防的日伪军被拦腰截断,经过半天激战,日伪军丢下一路尸体仓皇地逃回了来安城。晚上,趁着夜色,罗炳辉派一小队人马穿便衣武装进城。进城后,新四军战士分头在日军和伪军中间骚扰,之后立马出城。已经吓昏了头的日伪军以为新四军大部队已经攻进了城里。他们之间互相残杀了起来,枪炮声砰砰地响了一夜。天亮时,日伪军在城中连新四军的影子都没看到,这才知道上了当。当天下午,罗炳辉率领部队占领了来安城,打开了津浦路东的抗日局面,开辟了以来安县半塔为中心的津浦路东游击根据地。为了开辟新的根据地,罗炳辉带领部队从来安作战略转移。一小队日军和汉奸王国六带领的伪军 400 多人,又重新侵占了来安城。日伪军在离来安城 10 多公里的八仙山设伏,妄图伏击前来收复来安城的新四军。罗炳辉带领新四军巧妙地避开日伪军的伏击圈,派小部队趁着夜色拆城墙入城,然后内外夹击。日伪军在付出了伤亡 200 余人的惨痛代价后,狼狈地逃回滁县。1940 年 5 月,正值麦收时节,日伪军 1000 多人带着大量运输工具,趁夜到来安城抢夺粮食。当地老百姓立刻把这一重要情况报告给罗炳辉。罗炳辉马上召开会议,决定用火攻战法保卫归仓的粮食。结果,有 100 多名日军、300 多名伪军在这次战斗中葬身火海,剩下的日伪军也没有得到一粒粮食,他们慌慌张张地跑回了滁县。经过几次战斗,日伪军知道了新四军的厉害,再也不敢轻举妄动。新四军在来安威名大震。在群众庆祝胜利大会上，罗炳辉风趣地说："有人说我长这么胖是因为一天吃两个小孩，我来到这里已经有三个月了，算起来也该吃掉一百七八十个了，请问哪位老乡家里丢了孩子？"就这样，关于新四军的谣言不攻自破。罗炳辉更以喜欢孩子出了名，每到一个地方，他的肩上、背上、怀里都趴满了孩子，根据地的老百姓都亲切地称呼他为"福将"。

长期的南征北战，终使罗炳辉积劳成疾。1946 年 6 月，为了给发动内战的国民党反动派迎头痛击，保卫革命胜利果实，罗炳辉抱病指挥了枣庄战役。枣庄战役是他参加的最后一战，正如战前他对自己的妻子和儿子说的："我从十六七岁离家，参加了革命。始终驰骋在战场上，为人民的革命事业贡献了我的一切。我受党的长期培养和爱护，这次重上前线，为党和人民捐躯，也是值得的。我毕生没有打过败仗，在我有生之年再打一个胜仗，算是我对党、对人民的最后交代。"在罗炳辉的亲自指挥下，枣庄战役取得了胜利。国民党第十九集团军副参谋长王纲、专员鲍国良以及 3000 多名士兵被俘。新四军还缴获了大量军用物资。

1946 年 6 月 21 日，罗炳辉在从前线返回临沂休养的途中，因病情恶化，不幸逝世，时年 49 岁。

将星陨落，举国哀悼。6 月 23 日，数万军民怀着悲痛的心情在临沂举行罗炳辉葬殓典礼。陈毅流着热泪，在罗炳辉墓前发表了长篇演说，悼念自己挚爱的战友。送葬回来，他泪湿衣襟，写下了著名长诗《罗炳辉将军追忆诗》：

戎马三十载，将军滇之雄。
反袁到北伐，起义赣江红。
将军风仪最，与我称师友。
患难共朝夕，进德君不朽。

后来，罗炳辉生前战斗的天长县，改名为炳辉县，并建立了纪念碑，纪念这位为革命事业立下赫赫战功的将军。

陕西农民运动先驱

——记王尚德烈士

王尚德,又名王璋峰,1890年出身于陕西省渭南县一户贫苦的农家。1918年,王尚德前往武汉武昌中华大学求学,在这里他结识了董必武、恽代英、萧楚女等具有进步思想的革命先驱,并加入了恽代英、林育南创办的利群书院。1922年,王尚德加入中国社会主义青年团。受到马列主义熏陶的王尚德逐渐转变为一个革命主义者。同年8月,大学毕业的王尚德接受组织安排回到陕西创建陕西社会主义青年团组织。

回到陕西的王尚德为了建立一块革命阵地,邀集朋友在渭南县赤水镇创办了赤水职业小学。王尚德为传播马列主义和革命思想做了大量的工作,他把家产几乎都用来购买进步书刊,以丰富学生的知识,拓展学生的视野。1924年,经过王尚德一年多的努力,社会主义青年团赤水支部正式成立,王尚德被推举为支部书记。1925年,王尚德又指导群众建立了陕西省第一个农民进步团体。同年12月,王尚德加入了中国共产党。1926年,军阀刘镇华带着十万大军进入陕西,割据一方,民不聊生。王尚德发动群众开展驱逐军阀的斗争,结果被军阀下令通缉,王尚德被迫离开陕西。

1926年5月,辗转来到广州的王尚德,经人介绍在黄埔军校政治部工作,担任政治部宣传科科员,协助黄埔军校总教官恽代英的工作。同年7月,党组织安排王尚德跟随军队北上至陕西，并任命他为陕西省党部执行委员兼农民部长。在王尚德的组织下，全省60多个县建立了农民协会，陕西一跃成为全国农民运动最兴盛的省份之一。王尚德同时身兼陕西省印刷局局长，利用职务之便，他出版了大量马列主义著作和革命报刊，推动了陕西地区革命的发展。

1927年，陕西军阀接受南京国民政府方面指示，执行“清党”政策，白色恐怖一下子笼罩了整个陕西。王尚德被迫回到家乡渭南县转入地下斗争。隐居的王尚德仍然积极从事革命宣传和农民运动工作，于1928年春天参与组织了渭华起义。起义失败后，王尚德前往河南，继续从事革命活动，历任中共豫南特委委员、南阳中心县委委员、鄂豫边特委委员和鄂豫边革命委员会委员等职务，并与人一起编办了《宛南日报》。

1933年冬，王尚德返回家乡，继续从事办学工作。他克服了种种困难，筹建了赤水农业中学。王尚德对学校实行军事化管理，进行军事训练，筹建抗日军事武装。与此同时，王尚德还在家乡兴办实业、建立工厂、兴修水利、修筑河堤，深受群众欢迎。

王尚德的革命活动引起了国民党的注意和恐惧。1941年5月，国民党特务没有经过任何司法程序就逮捕了王尚德并把他关押起来，想要逼迫王尚德说出陕西一带党组织的情报。在监狱里，王尚德经受了种种严刑拷打，他不屑一顾地看着敌人，义正词严地说：“我什么也不知道。枪在你们手里，要杀就杀，何必猖狂！”特务们眼见酷刑不能撬开王尚德的嘴，于是他们请出国民党高官胡宗南。亲自出马的胡宗南见到遍体鳞伤的王尚德，马上命令士兵将王尚德松绑，拿出食物和水让人好好照顾老先生。他对王尚德说：“在陕西，您老先生威望极高，老先生还是自首的好。年岁高了，政府给你应得的高官厚禄，颐养天年嘛。”王尚德见到胡宗南的殷勤相待就知道他定是来劝降的，于是针锋相对地说：“政府应该奖赏那些上前线打日本人的年轻小伙子，而不是养着我这样的老家伙。

我在家乡办教育、办实业难道有罪？有罪的恐怕是你们这些贪污腐败的官僚吧！"胡宗南被说得面红耳赤，灰溜溜地走了。

王尚德在监狱里一关就是4年，当他得知抗战即将胜利的消息后，欣喜若狂。在多方压力下，通过党组织的营救，国民党终于被迫释放了王尚德。1946年下半年，国民党公开撕毁《停战协定》。重见光明的王尚德并没有退缩，他不顾个人安危，坚持斗争，毅然留在家乡渭南管理学校。

1946年8月13日，56岁的王尚德照常来到学校指导工作，几个陌生人向他围了过来。这几个化装起来的军统特务把王尚德带到水渠边。这一次他们没有再期望能从王尚德这里得到些什么，见四下无人便掏出了手枪……

1987年的清明节，渭南市矗立起一座烈士丰碑，这不仅是王尚德的纪念碑，也是一座象征着自由和民主的纪念碑，它代表着人民反抗权势的精神。这座丰碑不仅矗立在人民眷念的这片土地上，也矗立在人民的心中。

特级侦察英雄
——记杨子荣烈士

在解放战争时期，对敌情报的侦察对取得军事胜利起着重要作用。每一次重大军事行动的背后，都有着侦察兵的影子。虽然他们没有直接开赴前线与敌人面对面地交锋，因而其贡献往往受到忽视，但他们仍然默默无闻地为党的事业奉献，许多人也为此献出了宝贵的生命。杨子荣就是其中的一个。

杨子荣，原名杨宗贵，字子荣，1917 年出身于山东省牟平县嵎岬河村的一个贫苦农民家庭。1929 年，12 岁的杨子荣随父母迁居辽宁丹东，在一所私人开办的缫丝厂当童工。18 岁时，与人结伴到鸭绿江放木排。颠沛流离的生活使他饱尝了人间的辛酸疾苦，结识了不同的社会下层人物。1943 年，杨子荣被日军抓"劳工"流放到深山采矿，因不愿忍受日本人欺侮，带头打了无故毒打工友的工头，被迫从东北回到山东老家。

当时，嵎岬河村正在开展抗日游击活动，杨子荣秘密地加入了民兵组织。在党的关心和培养下，他的思想进步很快，积极投身在抗日斗争中。1945 年 8 月，他参加了解放牟平和烟台的斗争，作战十分勇敢。

抗日战争胜利后，国民党反动派企图抢夺抗战胜利果实，发动了内战。为了保卫人民的利益，1945 年 9 月，杨子荣毅然报名加入了人民解放军。10 月，遵照中央"向北发展，向南防御"的战略方针，他所在的部队奉命开赴东北。杨子荣再次踏上了东北土地。

杨子荣在北上途中表现得非常优秀,并在1946年年初加入了中国共产党。不久,杨子荣被编入牡丹江军区二团三营七连一排一班,开始了新的战斗生涯。

杨子荣的部队主要担负剿匪、保卫土改的重任。他胆大心细、果断机灵,多次出入林海侦察,追击顽匪。一天拂晓,部队在密林中与"姜左撇子"部遭遇。杨子荣智擒姜的副官,并逼其喊话。匪徒们误以为是自己人,就毫无防备地走过来,结果匪首"姜左撇子"及100多名匪徒全部被擒获。后来,部队在开往八面通时,火车在途中遭土匪袭击,3节车厢脱轨翻在河里,其余车厢倾斜在路基上,土匪用机枪不停地向火车这边扫射。我军战士随即与土匪展开对攻。杨子荣临危不惧,隐蔽在车厢一侧,端起枪瞄准土匪射手,打哑了土匪的机枪。接着,他绕过车厢,飞身冲上山崖,抛出手榴弹,乘势冲进敌阵,歼灭了土匪。

1946年3月20日早晨,杨子荣随部队在杏树沟追击李开江匪部。敌人早已在那儿构筑了工事,易守难攻。杨子荣建议部队佯攻,摸清敌人的火力。他则带领一班战士迂回到敌人侧后,示意战士们隐蔽好,独自纵身跳进围墙大喊:"缴枪不杀!"敌人吓呆了,忙问杨子荣:"你是什么人?"杨子荣哈哈大笑说道:"我是民主联军的代表,你们被包围了,放下武器是唯一的出路。"李开江部乖乖地投降了。这次战役共歼敌400余人,缴获各类枪支300余支。杨子荣在此次战斗中表现得非常勇敢,被评为"团战斗模范"。

经过1946年一年的频繁激烈的剿匪战斗,大部分土匪被消灭了,只剩下些残匪。入冬以来,二团对匪帮"座山雕"张乐山部进行了多次搜剿,歼灭了大部分,但潜藏在海林县北部的"座山雕"老巢却一直找不到。组织上决定把消灭"座山雕"匪帮的任务交给杨子荣率领的侦查小分队。

"座山雕"名叫张乐山,此时已经70多岁,非常狡猾,行踪诡秘，即使张作霖和日本侵略者都对他无可奈何。二团曾派出一个营的兵力搜捕“座山雕”的老巢，也未发现任何踪迹。1947 年 1 月中旬的一天，海林镇农会办公室收到一封“座山雕”的恐吓信，从这封信中可以推断出，“座山雕”的老巢仍在海林北部山区，且人数不多。

杨子荣接到任务后，准备化装打进“座山雕”的老巢。他选取了几名优秀的侦查员共同完成这项任务。他自己扮作土匪副官，孙大德扮作土匪排长，其余人扮作匪兵。他们于 1947 年 1 月 26 日晚上来到一个木棚，那里只有十几名伐木工人。孙大德打听到这里的把头姓孟，便主动用黑话与他说话，但姓孟的不予理睬。于是，杨子荣有意在旁边用黑话与孙大德交谈。没多久，姓孟的就上钩了，他把杨子荣引进木棚交谈，但两只眼直盯着杨子荣的军鞋。杨子荣便解释道：“这是在八里沟伏击共军，从尸体上扒下来的，穿着倒挺合适。”姓孟的觉得有道理，便放心了。他带着一些吃的，带领杨子荣等来到二三十里外的一个窝棚，嘱咐说：“共军不会来这里，你们在这里等消息吧！”说完就走了。

杨子荣等了五六天，孟把头终于来了。他见杨子荣他们没吃的，就让他们到夹皮沟去取粮。杨子荣猜出这是土匪在“考验”他们，便说：“只要有粮咱就去。”孟把头彻底相信了杨子荣，便向杨子荣交了底：“我是‘座山雕’的联络副官，愿意引荐你们入伙。”

第二天，从山里来了两个土匪，他们用黑话盘问了杨子荣一番，杨子荣对答如流。两人对杨子荣的表现很满意，并说以后再来。两个土匪走后，杨子荣火速派人回部队报告，请求支援，并带回了联络信号。但是那两个土匪并没有按时回来，杨子荣猜测“座山雕”对他们仍有疑虑。

1947 年 2 月 6 日下午，两个土匪回来了。杨子荣故意愤怒地说：“你们两个太不讲义气，让我们饿了这么多天！你们是不是把‘座山雕’拨给我们的给养独吞了？”土匪忙分辩道：“这是考验你们……”随后,便答应带他们立即进山。

他们经过三道关卡,才来到“座山雕”的匪巢门前。杨子荣一脚将门踢开,大喊一声:“不许动!”“座山雕”赶忙伸手摸枪,杨子荣上前踩住他的脚,然后用黑话责问:“你们为什么不肯为我们借条生路?为什么想把我们饿死?”“座山雕”连忙解释:“误会!误会!我想考验你们是不是共军。”杨子荣讥讽道:“我们要是共军,早就打进来了!好了,既然这里留不住,就先委屈你们一下,把我们送出你们的地盘。”“座山雕”连忙答应道:“一定奉陪!”

就这样,杨子荣等与包括“座山雕”在内的13名土匪一起踏上了返回部队的路程。当遇上前来接应的二团时,杨子荣当即公开了身份,“座山雕”等顿时瘫软在地。杨子荣出色地完成了这次任务。

1947年2月23日,杨子荣在“围剿”孟老三、郑三炮等残匪的战斗中,胸部中弹,壮烈牺牲。他的遗体被安葬在海林县烈士陵园。为了纪念这位英雄,1981年海林县建起了杨子荣纪念馆,在杨子荣的老家牟平还建有杨子荣广场。他的英雄故事还被拍成电影《智取威虎山》。

智勇双全的人民战士

——记王克勤烈士

1947年7月10日晚，英勇的人民解放军发动了著名的定陶战役。顿时，炮弹齐发，硝烟弥漫。在炮火中，一位年轻战士高喊一声："冲！"随即一跃冲出战壕，奔向敌堡。此时炮火连天，子弹在他耳边呼啸而过。这时，一发炮弹落在他身边，战士应声倒下了，鲜血大量地往外涌，但他咬紧牙关，一次次地组织进攻，直到部队登城成功。当他被后面的战士抬回急救时，他颤抖着身子，断断续续地说："我革命到底了……请报告毛主席，我临死到头也要为劳动人民服务……再告诉同志们，要团结……要互助……好好打老蒋，为民立新功……"尽管有许多的不舍，但英雄流尽了最后一滴血，最终闭上了双眼。而此时，他才27岁。

他，就是在我国解放战争时期被称为"智勇双全的人民战士"——王克勤。

王克勤，安徽省颍上县六十里铺高莱园村人。从小家境贫寒，其父在其出生时因被财主打断腿，失血过多而死。柔弱的母亲只得带着他讨饭，平时以给人补鞋为生，受尽人世欺凌。生活的艰辛使他不能像有钱人的孩子一样去读书识字，却锻炼了他结实的身板和坚忍的性格，为他以后的革命工作打下了良好的基础。

1939年，国民党三十军在阜阳城东招兵抗日，王克勤眼见国破家亡，加之一家生活无着，便以低廉的工价卖壮丁，加入了国民党军队。在五年的时间里，他亲身经历了国民党军队的腐败和黑暗，曾多次设法逃跑，但每次都被抓回，并被打得半死。

1945 年日本投降后，蒋介石发动了内战。王克勤在邯郸战役中被俘，听了解放军的宣传教育后，他主动要求加入解放军，并获得批准，被编入中国人民解放军第六纵队步兵十八旅第五十二团一连三排当战士。从此以后，王克勤找到了新的人生方向，那就是为劳苦大众而奋斗。由于王克勤的出色表现，1946 年 9 月，他光荣地加入了中国共产党。在党的关怀和培养下，他更加快速地成长起来，先后九次立功，被评为“一级杀敌英雄”、“模范共产党员”。

王克勤来非常关心其他战士，还经常帮弱小的战士扛枪、背包，因此深受战士们的爱戴。他不但作战勇敢，而且虚心学习。他深刻领悟毛泽东的军事思想，总结了自己的作战经验，创造性地提出“三大互助”（思想互助、生活互助、技术互助），让战士们互相结合，互相学习，互相帮助，取长补短，共同进步。这些经验的总结空前提高了全班的凝聚力和战斗力。在山东巨野县徐庄阻击战中，他带领全班团结互助，面对数倍于己的敌人，沉着应战，打退敌人猛烈的进攻，歼敌数百，圆满地完成了党的任务，获得党中央的高度评价。

1947 年，刘邓大军强渡黄河天险，发动鲁西南战役，揭开了战略反攻的序幕。而鲁西南战役的重要一战便是定陶战役。王克勤所在的连队参与了此次战役，并担任定陶北门攻坚突击任务。当听到这个消息时，王克勤非常兴奋，连夜和战士们准备作战工具。但由于长期作战，王克勤的身体已明显大不如前，一天天消瘦下来。

大战前夕，王克勤在组织战士们扎云梯、投炸弹时，突然感到一阵眩晕，随即失去知觉，一头栽了下去。战士们赶紧抬他去看病，但不一会儿他又出现在阵地上。一个战士就对他提出“意见”，让他回去治病。王克勤摇摇头说：“没事，一点小毛病。这是我们大反攻的第一战,我不能不去。"

晚上7时整,定陶攻坚战开始了。我军万炮齐发,烟尘和火光顿时吞没了整个城墙。随着一颗红色信号弹腾空而起,王克勤大喊:"冲啊!"率先冲出了战壕,全班战士紧随其后。冒着枪林弹雨,他跑到了城墙缺口下面,第一个登上梯子。这时一发炮弹落在他的身边,王克勤顿时血满全身。但他似乎已忘记了自我,死死抓住梯脚,用尽全身力气命令道:"同志们,赶快登城。冲啊!"战士们看到这些,都强忍泪水,前仆后继地登上了城,打退了城墙上敌人的数次进攻。这时,王克勤见城墙已破,颤抖地从怀中掏出信号枪,两发白色信号弹冲天而起,顿时划破漆黑的星空,发出胜利的光芒。此时后面部队看到信号,发起了全面进攻。听着那嘹亮的进攻号角,王克勤的嘴角露出了久违的微笑。这时他再也坚持不住了,身子一歪,重重地摔了下来,而地上早已淌满了他的鲜血。

总司令刘伯承接到王克勤牺牲的消息后,扼腕叹息道:"蒋介石一个旅也换不来我一个王克勤。"随即召开王克勤追悼大会,并发唁电称其"树立了战斗与训练、技术与勇敢相结合的,为我军可学习的新的进步的范例……"

王克勤虽然牺牲了,但他的精神、他的品质深深地植入了他所在的连队,为全军树立了"尊干爱兵"的榜样。1991年11月21日,江泽民总书记亲临该连队视察,亲笔题词"尊干爱兵,团结奋进"。

后人有诗赞曰:

共产党员王克勤,爱动脑筋有建树。

思想生活与技术,提倡军人三互助。

三大互助作用多,取长补短军魂铸。

士气旺盛素质高,推动全军齐进步。

幸福的人们,当你们正在沐浴和煦的春风时,请不要忘记正是千千万万烈士的鲜血,才换来今天的美好生活。

誓死不屈的巾帼英雄

——记解文卿烈士

在解放战争时期,涌现了许多英雄人物,其中也不乏女英雄,解文卿就是其中的一位。

解文卿,山东莱西人,1928年12月1日出身于义谭店村一个贫苦农民家庭。解文卿9岁时,患重病的父亲被强拉去修碉堡,惨遭毒打,含恨而终。11岁时,母亲也因贫困交加而去世。解文卿只好依靠年迈的奶奶一起生活,从小就吃尽了苦头,白天去挖野菜,晚上纺线织布。艰苦的生活铸就了解文卿吃苦耐劳、刚毅的性格。

解文卿是个懂事的孩子,在她10多岁的时候,就跟着奶奶学纺棉花。她常常一边摇着纺花车,一边轻声唱着:

“天上有块黑云彩,
聚在当头老不开,
我要让它散开去,
让红红的日头照出来……”

1945年秋,八路军解放了莱西。解文卿从旧社会的枷锁中被解放出来,她高兴地跑回家,在奶奶的耳朵旁大声地说道:“毛主席派人来啦,咱们的苦日子到头啦!”这个在苦难中成长起来的姑娘,接触到革命思想后,马上投入党的怀抱之中。村里打算成立青妇队,解文卿第一个报名参加。由于她工作积极,很快就被选为村里青妇队队长。

当时,驻村干部和村党支部书记经常对她讲一些革命道理。解文卿听了这些道理后,思想进步很快,工作也更加积极了。1946年秋,在解放平度的战役中,她组织村里的青壮年妇女抬着担架去支援前方。时值雨天,路又不平,但她还是顽强地坚持着。在一个下雨天的夜里,解文卿和一位青年妇女抬着担架往山坡上走,突然,远处响起了枪声,她的伙伴害怕了,小声地问解文卿:"文卿,你怕不怕?"解文卿鼓励她说:"别怕,解放军伤员流血牺牲都不怕,咱更不应当怕。快走吧! 别淋坏了伤员。"就这样,在解文卿的鼓励下,她们在枪林弹雨中一直坚持抬到天亮。

1947年2月17日,解文卿光荣地加入了中国共产党。她激动地说:"我这个从小受苦的穷孩子,想不到能有今天,能在人前站起来,能站在毛主席的光荣队伍里,有了党,我就有了母亲。"

入党不久,解文卿就担任了村妇救会会长。义谭店村的情况很复杂,土改困难很大。但是解文卿和同志们信心十足,斗志昂扬,准备着土改的战斗。

村里的头号恶霸四瘸子,地多财多势力大。开会时,解文卿先组织好啦啦队,然后领着大伙儿到四瘸子家把他揪到会场,大伙儿群情激奋。四瘸子老奸巨猾,不肯认罪,解文卿走上前去,揭发他剥削农民的条条罪状,而且每项罪名都是铁的事实。群众也纷纷声援解文卿,四瘸子不得不在群众面前低头认罪。

阶级敌人见大势已去,就千方百计地阴谋发动暴乱,但在解文卿的组织领导下,暴乱很快就被平息了。

正当人民欢庆胜利的时候,国民党反动派开始向胶东解放区进攻,地主也配合国民党军进行反扑。群众们担心解文卿的安全,纷纷劝她说:"这几天风声很紧,你快出去躲躲吧!"解文卿回答:"不能,越是紧张的时候,党和群众越需要我,我不能走!"

敌人在向义谭店村逼近。随着情况的进一步紧张,党支部决定,村干部随部队一起转移。解文卿对党支部书记说:"你领着大家先走一步,村里还有一些工作需要处理,我暂时留下,等办完了我马上去追你们。"

1947年农历8月14日,敌人窜进了义谭店村。匪首解保国等在村里到处捕人,解文卿只好暂时避在邻近村子里。匪徒们用严刑逼迫群众说出解文卿的下落,还说若交不出解文卿就要屠杀群众。为了解救群众,解文卿不顾自己的安危,挺身而出,被敌人逮捕。

解文卿被捕那天,匪首解保国装出一副伪善的面孔说道:"文卿!把你们的事情说出来吧!咱村里到底谁是共产党员,党支部书记到底在哪里?这里没有人,你说了不要紧,我给你保守秘密。"她指着匪徒厉声骂道:"你们这群强盗,凭什么叫我向你们坦白!我领导群众斗争了你们这帮狗东西,这是我应该做的事。你们等着吧!人民解放军马上就会回来的。"

敌人还用活埋与解文卿一起从事革命工作的干部的手段,企图胁迫解文卿投降。她对着敌人说道:"党组织的秘密我知道,但这些事我决不能对你们这群匪徒讲。我来了,就没打算回去,要革命,就不怕死!"敌人被激怒了,他们将解文卿吊在梁头上,用木棍朝解文卿身上狠狠打去,但解文卿始终保持着一个共产党人的高贵气节。敌人用尽了各种卑劣手段,阴谋都没有得逞。

最后,凶狠的敌人将解文卿捆在院子里,围上谷草,点着了火。19岁的解文卿在烈火中高呼:"中国共产党万岁!毛主席万岁!"

解文卿牺牲了,但她的精神永远值得后人学习。她牺牲后不久,人民解放军解放了莱西县。莱西县人民政府公审了杀害解文卿同志的罪犯,并对解文卿同志的革命事迹给予了高度评价。至今,义谭店村的乡亲们仍对解文卿烈士表示无限的崇敬和怀念。

“生的伟大，死的光荣”

——记刘胡兰烈士

“生的伟大，死的光荣。”这是毛泽东主席对刘胡兰烈士的高度赞扬。

刘胡兰，1932 年 10 月 8 日出身于山西省文水县云周西村的一个农民家庭。她的童年是在抗日战争的暴风骤雨中度过的。1945 年 11 月底，刘胡兰从中共文水县委在贯家堡举办的妇女干部训练班结业，并担任云周西村妇救会秘书。经过革命的洗礼，1946 年，14 岁的刘胡兰成为了一名中国共产党候补党员。

抗日战争结束后不久，国民党反动派在美帝国主义的支持下，发动了全面内战。1946 年 9 月，阎锡山的七十二师二一四团、二一五团、二一六团占领了刘胡兰的家乡山西省文水县。为了迎接敌人的进攻，中共文水县县委积极部署，组织群众备战，并且转移大批干部上山，以保存实力。刘胡兰就是被转移干部中的一员。但刘胡兰却积极申请留下来继续开展工作，她表示：“我要求上级把我留在平川坚持斗争，我人熟地熟，能够坚持。”由于刘胡兰的再三请求，上级党委经过研究，同意刘胡兰留下继续开展工作。县委书记还亲自找到刘胡兰对她说：“胡兰子，留下来坚持工作是危险的，要时刻准备应付恶劣的情况。假如被敌人抓住，决不能出卖同志，暴露组织。党相信你是能够坚持的。”刘胡兰向党表示：“我一定听党的话，战胜一切困难，不怕流血牺牲。”在随后的工作中，刘胡兰遵照上级指示为附近村庄的地下党组织传达上级指示，送发标语、传单，并配合武工队镇压了敌人委派的云周西村村长石佩怀。石佩怀被镇压后，敌人安排在云周西村的坐探张德润很快把这一情况报告给了敌军，称“新派云周西村石村长忽被暗杀，其致死之因，系共匪区长陈德照和妇救会秘书刘胡兰在村潜伏，破坏政权，该村开展工作颇为困难”。敌人对此事颇为恐惧，伺机报复。1947 年 1 月 8 日，阎锡山军连长许德胜带领部下突袭云周西村，抓走了区长陈德照的舅舅石三槐、民兵石六儿和石玺玉(后叛变)等五人。

刘胡兰的处境越来越危险，许多群众劝刘胡兰撤退到山上。但刘胡兰却坚持认为作为一名共产党员，面对困难决不能退缩，而是要勇往直前。在如此严峻的形势下，刘胡兰没有听乡亲们和父母的劝告，而是选择留下来听从组织安排。

1 月 11 日深夜，刘胡兰接到上级党组织的通知，要求她撤离云周西村，退回山上。刘胡兰连夜安排工作，准备撤离。但未及撤退，第二天拂晓，敌军突然包围云周西村，并封锁了村里的各个路口。敌人进村后，把之前抓到的石三槐、石六儿等人押往村南观音庙，并命人鸣锣把村民都集中到庙前广场上，每户只留一人在家。刘胡兰一家听到锣声后，知道事情的严重性。刘胡兰的妈妈为了保护女儿，想了一个办法，让她去正在坐月子的金忠嫂家，装作是伺候产妇的。当刘胡兰来到金忠嫂家后，发现金忠嫂的外甥女已经在那里侍候了。为了不连累这一家人，刘胡兰看了看襁褓中的孩子，转身走出屋子。此时，村子已经被敌军围得水泄不通，撤退已经不可能了。于是，刘胡兰混杂在人群中，一起来到观音庙前。此时，敌人已经从人群中抓到陈德照的父亲陈树荣、干部家属刘树山和回乡八路军战士张年成等人。这时，敌人也发现了人群中的刘胡兰，并把她抓了出来，推进庙里。敌人起初想通过威逼利诱来迫使刘胡兰自白，但这一切手段无法吓倒刘胡兰。最后气急败坏的敌人吼道:“你不怕死吗?”刘胡兰斩钉截铁地回答:“怕死不当共产党!”

敌人见刘胡兰软硬不吃,于是便动了杀机,在观音庙前设下刑场。刑场周围架着机关枪,中间堆放着一堆木棒和两口铡刀。被抓到的群众站在木棒和铡刀旁。敌人强迫群众出来打人、铡人,但是,乡亲们没有一个人动手。敌人只好让叛徒石玺玉等人出来,打我同胞、铡我同志。石玺玉先把石三槐等人用木棒打晕,然后再用铡刀铡死。他们的鲜血染红了铡刀和大地,群众不忍再看下去,纷纷跑开。敌人冷笑着问刘胡兰:“你怕不怕?‘自白’不‘自白’?”敌人的血腥屠杀,并没有吓倒刘胡兰,面对敌人,她怒吼道:“你们这群牲口,我什么也不怕,我决不投降,只要还有一口气,就要为人民干到底!”说完,刘胡兰望了一眼自己朝夕相处的乡亲们,然后猛然向敌军官喝道:“我咋个死法?”

敌人吼道:“一个样!”

敌人从人群中拉出几个群众要他们打刘胡兰,但是,没有人动手。敌人见状,嚎叫道:“把机枪调过来,把这个‘小延安’的人全部扫光!”

刘胡兰闻听厉声喝道:“要杀要砍我顶着,不准残害乡亲。”

说完,她从容地走向铡刀……

中华民族的好儿女,中国共产党的优秀党员,年仅15岁的刘胡兰就这样走完了她短暂而伟大的一生。

1947年8月1日,中共中央晋绥分局追认刘胡兰为中国共产党正式党员。毛泽东同志为刘胡兰题词:生的伟大,死的光荣。

1959年9月19日,朱德同志为纪念刘胡兰题词:刘胡兰同志为人民解放事业而英勇地牺牲了自己的生命,她将永远活在人民的心里,她的精神永垂不朽!

1962年邓小平同志题词:刘胡兰的高贵品质,她的精神面貌,永远是中国青年和少年学习的榜样。

生生不息,战斗不止

——记朱克靖烈士

一颗为民心,万古终不泯。
壮士非无泪,不为断头流。
身心许党国,一死何足愁!
——朱克靖狱中遗诗《示儿》

朱克靖,1895 年 10 月 29 日出身于湖南省醴陵县的一户农家。朱克靖自幼聪明好学,机智过人,在家乡顺利念完书之后考取了北京大学。这期间,他常与进步人士接触,参加过多次学生运动,逐渐转变为一个共产主义者。1922 年,朱克靖加入了中国共产党,由此开始了他的革命事业。

1923 年,组织批准他前往苏联共产主义大学求学。来到苏联后,朱克靖刻苦学习俄文,并很快熟练掌握了俄语。在苏联,朱克靖抓住一切机会向他人请教,了解俄国"十月革命"和国际共产主义运动的历史,这使得他的思维能力和知识水平都得到了很大的提高。

1925 年,广州国民革命军政府成立。革命军的建立得到了苏联方面的支持,苏联不仅派出领导骨干和军事顾问,而且在武器军需方面也大力支援北伐军。这一年夏天,组织安排朱克靖就任国民革命军第三军党代表兼政治部主任。第三军的前身是滇军,军长原为割据一方的军阀,部队鱼龙混杂,军队依然是按照传统的家长制进行管理。朱克靖来到军队,了解了军队的实际情况后，向组织请示增派人手。朱克靖将新到任的共产党员层层分派，指导他们进行政治工作；接着，他又开办第三军军官学校，向中、下级官兵传授革命思想。朱克靖处处以身作则，官兵们都很佩服他的工作水平和道德修养，第三军也在朱克靖的指导下改造成了一支现代的军队。1925 年 10 月，第三军奉命南下，清除反叛革命的海南军阀。朱克靖充分发动群众，激励士兵，使南伐很快取得了胜利。

1926 年 3 月，在“中山舰事件”发生后的几天，蒋介石的亲信第三军军官学校教育长带人包围了第三军政治部，企图逮捕政治部工作人员。事情发生时，朱克靖和第三军军长正在陪同苏联顾问视察部队。朱克靖听闻消息后，据理力争，向军长控诉教育长滥用职权，目无军纪，要求立即撤销其教育长职务，军长没有办法，只得听从朱克靖的。朱克靖趁此机会向军长建议联合抗议蒋介石整治军队的行为。第三军军长平时就对蒋介石的独裁行径颇为不满，于是在朱克靖的建议下，联合第二、四、五、六军，向蒋介石请愿，迫使蒋介石收敛其行为，避免了问题的扩大。

1926 年 7 月，国民革命军誓师北伐。朱克靖跟随第三军向湖南进发。朱克靖严格要求士兵遵守军纪军规，不得抢夺百姓财物。他常常与政治部工作人员赶在军队之前来到县城上进行革命宣传，发动和组织群众开展革命。各地军阀不战而逃，朱克靖功不可没。

1927 年 10 月，第三军开赴南昌。据守南昌的北洋军阀孙传芳负隅顽抗。第三军久攻不下，部分官兵的决心开始动摇。军队指示前线部队撤退的时候，这部分官兵早已按捺不住率先逃跑，场面一度十分混乱。朱克靖带领政治部工作人员挺身而出，一面组织后援部队抵挡敌人反扑，一面组织前线部队按秩序撤退下来。事后，第三军军长对朱克靖感叹道：“我的这帮军官身经百战，倒不如你带领的学生娃娃（政治部工作人员多半是大学毕业生）。”

北伐军攻下南昌后,武汉国民政府任命朱克靖为江西省省政府秘书长,朱克靖利用职务之便,开展土地革命宣传工作。1927年4月12日,蒋介石在上海发动了"四一二"反革命政变,大量共产主义者被捕,武汉革命政府表示抗议但是没有采取任何行动。朱克靖眼见武汉政府内部暗流涌动,秘密离开南昌,来到武汉,进一步了解事态的发展。之后,中共安排朱克靖回到南昌,计划发动南昌起义。起义当天,朱克靖带领第三军一千多名官兵和朱德一起,里应外合,攻占了南昌市公安局。起义军旋即南下,但被早有防范的军队击退,起义部队陷入困境,各自开始突围。在这样一个混乱的局面中,朱克靖同组织失去了联系,开始了十年颠沛流离的生活。

死里逃生的朱克靖潜入广州,寻找组织无果后,便只身一人回到武汉,后又偕同妻子一起前往北京。1932年,朱克靖接受他人邀请,来到桂林教书,后来学校被当地军阀关闭。1937年7月,抗日战争打响,朱克靖得知中共在南昌设立了南方游击队办事处,令他喜出望外,匆匆安置了妻儿后,立即来到了南昌。新四军军长叶挺与叶剑英见到朱克靖后,感慨万千。朱克靖在日记中把这一天称为:"十年契阔,南昌邂逅。"

1938年,朱克靖被任命为新四军政治部顾问兼直属战地服务团团长,主要负责宣传和发动民众运动。朱克靖对团队进行军事化管理,教育战士们要"脱得西装,穿得军装"。由于服务团经费困难,朱克靖以个人身份出面,在上层人士里利用自身影响,筹得一笔不菲的费用后,在大江南北积极开展抗日宣传,创作和演出大量文艺作品,鼓舞了军民的士气。

抗战胜利后,全国各地人民要求停止内战,呼吁和平。1945年国民党军官相继起义,得到了人民群众的一致赞扬。为了争取更多的起义官兵,中共指示朱克靖前去说服国民党军官郝鹏举。郝鹏举原属北方军阀冯玉祥部,后投靠蒋介石,抗日战争时期参加了汪伪政权,抗战结束后通过四处活动,摇身一变成为国民党行政长官；在全国反战的声势中，他又堂而皇之地宣布“退出内战，拥护民主”。从他的履历就可以看出此人反复无常，是个典型的现实主义者。

朱克靖来到郝鹏举部后，和郝鹏举积极会谈。他发现郝鹏举同时又和南京方面保持秘密联系，于是他将调查情况汇报给了军长陈毅。陈毅与郝鹏举在临沂会面，当面指斥郝鹏举的两面派行径，郝鹏举阴谋被揭穿，吓得痛哭流涕地向陈毅保证绝不再犯，但暗地里却嘲笑陈毅和朱克靖的单纯。

1947 年 1 月 27 日晚，朱克靖接到郝鹏举邀请，商讨工作事宜。朱克靖意识到此行危险，就给大家分析了事态发展的可能性，要求大家不要慌张，提高警惕，准备应付突发事件。果不其然，朱克靖刚来到郝鹏举的住所就被对方扣押了，其他同志得到消息后立即武装自卫。郝鹏举不敢久留，天一亮就押解着朱克靖向南京方向逃跑。

朱克靖被关押后，国民党为了重新树立军队形象，宣称是在战场上活捉了朱克靖。国民党当局还派人前去说服朱克靖投降。朱克靖面对敌人的威逼利诱，坚贞不屈，大义凛然，大声指斥对方痴心妄想。国民党当局黔驴技穷，将朱克靖反复折磨后，秘密处死。

朱克靖十年流离，但没有放弃自己的理想；被俘虏后受尽酷刑，也没有放弃自己的信念，这就是一个真正的共产党人具有的崇高气节！

大丈夫马革裹尸,好男儿忠贞事国

——记张漫萍烈士

张漫萍,原名张复礼,河南省荥阳县人,1910 年出生。中学时期,张漫萍参加过几次学生运动,接触到马列主义,并加入了共青团。少年张漫萍身上就有一股英雄气概,热心助人,爱打抱不平。不到 20 岁时,张漫萍只身前往北洋军阀冯玉祥的司令部,指斥军阀混战,军阀首脑则是反社会反革命的代表。同学们听说后,一方面对张漫萍的行为钦佩不已,一方面则担心他的处境,连夜帮助他离开学校。张漫萍中学毕业后来到北平大学求学,和同学一起探讨中国工农的苦难现状。张漫萍认识到只有革命才能解救贫苦群众,才能打倒特权阶级,让中国富强起来,不再受国际列强的欺侮。革命愿望就这样在张漫萍的心里埋下了种子。

1931 年 9 月 18 日,“九一八”事变爆发,日本侵占了我国东北,但是国民党当局却对此不闻不问,这下激怒了爱国群众。张漫萍眼见国难当头,义愤填膺,便投入学生请愿运动,高呼抗日口号、参加游行示威、散发抗日传单……一天,警察驱散了游行群众,不由分说地抓走了正在散发传单的张漫萍,随即把他关押在北京草岚子监狱。

在监狱里,张漫萍遭受到了惨无人道的对待。狱警使用了各种酷刑逼迫张漫萍写悔过书。张漫萍义正词严地回答:“我抗日无罪,无过可悔!”在监狱里,他遇见了很多志同道合的朋友。1932年冬，他在狱中加入了中国共产党，得以结识更多的仁人志士，这也促进了张漫萍自身的发展。

全国各地的抗日救亡运动此起彼伏，政府当局在民众的压力之下，释放了关押的爱国学生。张漫萍并没有感激政府的“礼遇”，相反，他更加坚定了革命的决心。他已不再是当年那独自一人对抗军阀的张漫萍了，他现在已经有了革命的伙伴和组织，还有放手一搏的勇气。

出狱后，组织分配张漫萍到其家乡河南荥阳从事革命活动。张漫萍在荥阳中学建立根据地，联合地方上的开明人士，组织武装部队，出版宣传抗日杂志——《救亡》。在张漫萍的组织和领导下河南的革命工作蓬勃发展，声势蔚为大观，各阶层群众组成抗日救亡统一战线，开辟了抗日根据地。

1939年秋天，张漫萍服从组织安排离开荥阳，来到敌后抗日根据地豫皖苏边区，作为新四军的一员参加了部队的工作。张漫萍被任命为营长，随后又调任为参谋。张漫萍于1943年担任县宣传部部长，1944年担任中共蚌埠工作委员会书记。在这里，张漫萍迎来了抗日战争的胜利，但他并没有完全沉浸在胜利的喜悦中，他知道很快又会有另一场战斗等着他。

1946年，国民党部队大举进犯安徽地区，形势危急。淮北的党政机关大部分撤离。张漫萍的身体一向不太好，很多人劝他撤离安徽，但是他仍然带病工作，常常不顾个人安危，冒着危险潜入蚌埠，执行上级指示，召开党员会议，指导斗争方案。后来在国民党反复搜查的压力下，张漫萍被迫转移到洪泽湖地区开展工作。

1946年11月，张漫萍准备好通行证，和另一名女同志离开洪泽湖，前往淮南一带工作。他俩乘着小船，连夜出发。不料当天晚上刮起大风，小船逆风而行，湖面上的搜查大队见到小船便前来检查。张漫萍连忙驶向岸边，这引起了搜查大队的疑心。但是小船行得迅速，张漫萍得以顺利登岸。两人在路上没走多远，就被陆上的搜查大队扣留,并被查出通行证是造假的。两人情急生智,扮作夫妻蒙混过关。逃离搜查大队后,两人分头行事约好会面地点。张漫萍心系工作,选择了危险的近路,结果又被另一支搜查大队扣押,幸亏遇到组织的秘密工作人员解救,才得以脱险。张漫萍交代完工作后连夜赶回了洪泽湖。

1947 年,张漫萍又化装成商人,再次从洪泽湖出发。这一次他安全到达了目的地。他向蚌埠的地下党员分配了工作,并且叮嘱他们:“大军很快就要南下,在对敌斗争中不要暴露自己,要注意保存力量”。这年 8 月,张漫萍冒着危险又来到蚌埠,被虎视眈眈的反动势力逮个正着。张漫萍没有反抗,他担心他的反抗将引来其他同志身份的暴露,于是张漫萍就这样被逮捕了,但是他对革命的事绝口不提,对方没有办法,只好交给地方政府处置,把张漫萍送上了开往徐州的火车。在火车上,张漫萍趁看守不注意,从疾驰的火车车窗里跳出来,摔在地上,满头是血,看守无可奈何地望着重新站起来的张漫萍向远方奔赴。张漫萍还没来得及处理伤口就匆匆赶路,坚持了数十里后,被国民党收买的土匪抓住。土匪把他绑在树上,严刑拷打。张漫萍坚贞不屈,怒斥土匪:“共产党是杀不完的! 革命是一定会胜利的!”土匪见张漫萍不屈服,于是决定勒死他,后来又将张漫萍的尸身装入麻袋,丢到河里。

张漫萍的死,给敌人带来的是更大的恐惧,他们害怕的是将面对无数个坚强不屈的共产党人;张漫萍的精神,也将随着河水流传下去:这里曾经有个不屈的共产党人,为了自己的革命信念而活,为了广大群众的利益而死。

刘胡兰式女英雄
——记尹灵芝烈士

尹灵芝，1931年3月12日出身于山西省寿阳县赵家垴村一个农民家庭。

1940年百团大战后，抗日工作开展到了赵家垴村一带。尹灵芝的父亲尹尔恭受到了革命教育，秘密地加入了中国共产党，并担任赵家垴村抗联主任，领导村民进行抗日活动。也就是从那时起，尹灵芝通过父亲了解到了许多关于党的事情，对革命也有了更深的认识。

尹灵芝13岁的时候进入村里的抗日小学学习，并担任儿童团团长。她领导小伙伴们站岗、放哨、送情报、监视汉奸，同时她还学打霸王鞭，学唱革命歌曲。那时候唱的最多的一首歌就是《"五不"（不告诉敌人一句实话，不告诉谁是干部和八路军，不要敌人的东西不上敌人的当，不报告窑洞和粮食，不给敌人带路）运动歌》，这使小灵芝懂得了在任何时候都要坚守革命立场。

14岁时尹灵芝被推为村妇救会副主任，领导妇女们做军鞋、送军粮，还带领乡亲们上火线给战士们送饭、运送伤员等。1946年9月，阎锡山的军队"水漫"太平沟，区、村干部大部分撤离寿阳，退至盂县。11月18日，在汉奸李凤翥和地主高凤保引领下，阎军包围了赵家垴村，尹尔恭和几个村干部被捕牺牲。父亲的牺牲并没有使尹灵芝心生畏惧而退缩不前,相反这更加激起了她的斗志。此后,尹灵芝曾独自一人到阎军占领区张贴“打倒阎锡山”的标语,也曾乔装改扮去散传单、探情报,这充分显示了小灵芝的勇敢与机警。1947年5月寿阳县解放,尹灵芝参加了区委组织的“反奸清算训练班”。回村后,她积极领导反奸清算斗争,并大义灭亲,清算了自己的伯父尹尔温(富农)和堂兄尹政。1947年7月6日,由于她的出色表现,组织上破格吸收她为中国共产党党员。

1947年7月,出于战争形势的需要,驻扎在寿阳县的人民解放军奉命赶赴其他战场作战。阎锡山军队见有机可乘,于是卷土重来,重新占领了寿阳等地。为了躲避阎军和地主反动武装的频繁进攻,全村群众转移至盂县山中。为了响应区委“不让敌人抢走一粒粮”的号召,尹灵芝带领群众深夜返回村中抢收粮食,由于粮食太多无法搬运,于是将粮食掩埋在村头的麻地沟。10月19日,尹灵芝又一次带领村民回村抢收粮食。堂兄尹政发现了尹灵芝的行踪,并向阎伪太平乡公所告密。当地叛徒李凤翥带领反动武装“自卫队”、乡警并勾结阎军四十九师一个营400多人的兵力,突袭赵家垴村。尹灵芝得知后,迅速组织群众向山上撤退。撤出村后,发现村粮秣员罗世宽等还在村里,于是二次入村,此时的赵家垴已经被阎军团团围住,尹灵芝率领罗世宽等人躲进龙头窑洞内。阎军发现后,在窑洞口外鸣枪威胁,逼迫尹灵芝等人出来。尹灵芝见状,回过头对罗世宽说:“你保管着一万多斤公粮,千万不能露面,我一人去顶。”就这样尹灵芝毅然决然地走出窑洞,落入了敌人的魔爪,并被押送至南堙村。深夜时分,尹灵芝被内线人员释放逃走,但因天黑路生,再次被抓,次日被押往驻扎在宗艾的复仇自卫队。

在宗艾,尹灵芝被整整关了15天。复仇自卫队匪首王维俊亲自审讯尹灵芝。起初,王维俊假惺惺地先给她松绑并倒茶,企图通过尹灵芝了解到埋藏公粮的地点。尹灵芝看出了王维俊的鬼把戏，声色严厉地说："有话就说，别来这一套。"王维俊见软的不行，恼羞成怒，命令手下对她施以各种酷刑。敌人对她钉竹签、坐老虎凳、用水蘸麻绳打、用开水浇、用火柱烫、用烙铁烙，王维俊还亲自拿红火柱朝尹灵芝的耳朵里捅。尹灵芝在敌人十几种酷刑的折磨下，右眼被挖，浑身血肉模糊，但她硬是咬牙坚持，未向敌人泄漏一个字。

1947 年 11 月 3 日，北风呼啸、乌云翻滚，阎军在宗艾镇瑞像寺设下刑场，场中放着一口铡刀，并把镇上百姓驱赶到刑场参加所谓的"自白转生"大会。敌人把尹灵芝和几位难友带到刑场，刽子手先用刺刀刺死了几位不肯自白的共产党员，目的是妄图以死来威胁尹灵芝，逼其说出埋藏公粮的地点并交出共产党员的花名册。阎军四十九师政治部主任罗迅指着刚被杀害的烈士遗体，笑着对尹灵芝说："看见了吧，你说不说，共产党员的名单在哪里？隐藏起来的粮食在哪里？"早已怒不可遏的尹灵芝猛地抬起右手，狠狠地给了他两个耳光。气急败坏的罗迅命人将尹灵芝押到铡刀前，恶狠狠地说："不投降就铡了你。"尹灵芝斩钉截铁地说："趁早死了你们的心吧！我活是共产党的人，死是共产党的鬼，共产党员你们是杀不完的！"她猛地扭回身，对周围的群众高声说："大爷、大娘、叔叔、姐妹们，咱们的队伍已经开始反攻了！大家不要为我难过，会有人来给我和同志们报仇的"。

敌人气急败坏地喊道："给我铡、铡。"

尹灵芝被敌人铡断了双脚，依然高呼："中国共产党万岁！毛主席万岁！"最后敌人残忍地将其腰斩为三截，鲜血顿时染红了大地。中华民族的好儿女、党的好同志尹灵芝就这样英勇就义，年仅 16 岁。

一直以来，人们都没有忘记这位小英雄。1965 年 3 月，山西省人民委员会批准尹灵芝为"革命烈士"。寿阳人民为了纪念她，先后修建了尹灵芝烈士陵园、纪念馆和纪念亭。1970 年，寿阳县革命委员会将尹灵芝的家乡赵家垴村所在公社芹泉公社命名为尹灵芝公社，赵家垴大队命名为尹灵芝大队。英雄已去，精神永存！

视死如归的好干部
——记苏林燕烈士

苏林燕,原名苏连庚,1908年出身于河北省丰润县苏庄的一户农家。在丰润县师范学院学习期间,他接触了大量进步书籍,接触了革命思想。1928年,苏林燕毕业后曾在多个学校任教,秘密从事革命宣传活动。

1931年,正在丰润县黄昏峪学校教书的苏林燕,组织了村民反对村长杨文印的斗争。杨文印利用村长之职欺压百姓,用重租和高利贷剥削村民,某些贫苦不堪的农民稍有反抗,他就上报上级政府惩罚民众。此外,杨文印还利用其学校董事的特权经常贪污公款,学校里的工作人员对村长的种种行为敢怒不敢言。苏林燕利用校董高层之间的矛盾,搜集杨文印的罪证,并将之公布于众。忍耐许久的群众群情激愤,苏林燕于是带领群众进行斗争。最后,杨文印的村长和校董职务终于被革除,人民取得了对霸权斗争的胜利。

1933年,苏林燕光荣地加入了中国共产党。1934年,苏林燕参与领导了小学教员联合会的请愿示威活动。后来活动遭到政府的镇压,苏林燕也被迫离开学校。之后,苏林燕继续从事革命宣传工作。他利用一切机会接近贫苦民众,揭露地主剥削的罪恶,通俗地讲解马列主义思想,提高群众的阶级觉悟。在这段时间里,苏林燕通过个人的努力,发展了一批新党员,这些党员后来都成了河北抗日的骨干。1936年"西安事变"

后,苏林燕积极执行中共中央建立抗日民族统一战线的政策,主动与地方上层爱国人士接触,向他们宣传中共的抗日主张和政策,鼓励他们参加抗日。苏林燕的活动改变了地方开明人士对于中共抗日政策狭隘的偏见,开始配合中共地方组织开展抗日活动。

1937年,苏林燕的教师职务被政府解除,从此,他把全部精力投入到了建设抗日武装中。这一年,苏林燕带病坚持组织了两次小规模的武装起义。起义失败后,苏林燕主动把一些无法回家的民众安顿在自己家里,并教育他们不要气馁。在之后的抗日起义中,这些群众有的成了抗日联军的军政干部,谈起苏林燕对他们的教育,都感动不已。

苏林燕做工作最大的一个特点就是平易近人。他先后担任过县委组织部部长、县委组织书记、丰滦边委书记、冀热边区第二地委书记、冀热边区特委组织部长、冀东区党委组织部长等,但无论担任什么职务,苏林燕从来都不以职务来压人。对于犯了错误的同志,他耐心开导,用道理来说服对方,帮助对方改正错误。苏林燕因为这种特点得到了广大群众的好评,从贫苦民众到地方上层人士,从小孩到老人,都愿意与苏林燕交流沟通。

1940年,苏林燕带领干部前往平西开会。会议结束后,在返回冀东途中遭到敌人的袭击,与大部队失去了联系。干部部队赤手空拳,而且人生地不熟,又携带着重要的会议文件,如果被敌人俘虏,那带来的损失将不可估量。这时,苏林燕毫无畏惧,动员大家团结一致行动,遵守党纪党规,准备接受残酷的考验。苏林燕严肃地对大家说:“如果我们不幸被敌人围住,一定要无愧于共产党员的光荣称号,至死不投敌叛变!手里没有枪,就拿石头跟敌人拼;石头打光了,就用牙咬,用拳打,用脚踢,决不让敌人抓住一个活的!”大家都被苏林燕视死如归的精神打动了,抱着必死的决心上路。行军途中,部队与敌人反复周旋,攀悬崖、爬陡壁。在苏林燕的带领下,艰难跋涉了十几个小时后终于与大部队会合,脱离了险境。

1947年5月,中共冀热辽分局在热河省林西县召开第一次党员代表大会,苏林燕组织冀东代表团参加了会议。5月21日,会议顺利结束,苏林燕带领冀东代表团返程,途经热河省林西县柴胡栏子村时,遭到国民党军队的袭击。冀东代表团被敌人的火力打散了,苏林燕带着一批干部集中在一间小屋子里。敌人的部队迅速包围上来。在生命的最后时刻,苏林燕仍然不忘指示其他干部,"全力突围,决不当俘虏"。突围过程中,苏林燕被一颗流弹击中了头部。苏林燕的牺牲激怒了屋子里的每一个共产党员,他们奋起顽抗,战斗到了最后一刻。

苏林燕虽然牺牲了,但他坚贞不屈、视死如归的高尚品质和顽强的斗争精神在冀东人民中永远流传。

能文能武的共产主义战士
——记陈振先烈士

陈振先，1922年出身于福建省福清县斗垣村的一个革命世家，其父母、兄长都为共产党员。每当哥哥给他讲述红军英勇作战的故事时，他总是听得津津有味。在家庭环境的熏陶下，陈振先也逐渐走上了革命的道路。1935年，陈振先加入了中国共产主义青年团。经过一段时间的磨砺和考验，1936年，年仅14岁的他光荣地加入了中国共产党。

1937年，日本发动了震惊中外的“卢沟桥事变”，全面侵华战争由此爆发。眼看祖国山河被外敌肆意践踏，陈振先的心早已像离弦的箭一样飞到了抗日的前线。他向组织道明自己想去前线参加抗战的想法，但因为他年纪尚小，组织没有批准。不久，在组织的安排下，陈振先来到福清私立明义中学学习。陈振先学习刻苦，各科成绩十分优异。在明义中学，他结识了不少要求进步的同学。陈振先与他们畅谈古今，议论时局，还经常向他们讲述革命真理，号召同学们投身到抗日的伟大事业中去。在此期间，他建立了“福清原野读书会”，并组织出版《原野》一刊，旨在宣传抗日、团结同学，并揭露反动当局的丑陋行径。《原野》一出版就受到广大青年志士的欢迎，不少同学深受其鼓舞。但随着《原野》的影响越来越大，陈振先在学校的活动受到反动当局的注意。不久《原野》被迫停刊，读书会也遭解散。无奈之下,陈振先只好离开学校回到家中。

1940年秋,陈振先参加了闽中游击队成功伏击日军琅尾港汽艇一战。陈振先作战英勇,毫不惧敌,受到了银质奖章的嘉奖。9月,陈振先来到省立福州一中(省福高)就读,同时开展学生运动。由于抗战的缘故,省福高内迁至沙县。这里为一片白色恐怖所笼罩,学校里布满了国民党反动派的爪牙。陈振先在学校组织了读书会和文艺研究所,他还经常撰写文章,以自己的亲身经历激发广大师生的爱国热情。遇到生活有困难的同学,他总是慷慨解囊,尽自己最大的努力帮助他们,他的行为受到老师和同学的称赞。学校里的领导、教官常常限制学生们的进步活动,还时常发布反共言论。他们竟无耻地克扣学生的伙食费,让学生只吃盐巴黄豆和掺了沙子的米饭,这让学生们忍无可忍。为了捍卫自己的权利,陈振先和省福高的同学们进行了一次反对校方的学潮,并取得了胜利。但这也引起了校领导的记恨,陈振先被留校察看。鉴于身份已经暴露,经党组织批准陈振先离开沙县回到福清从事党的地下工作。

之后,陈振先来到福州学院和省立医院进行宣传活动,在青年学生中吸收了一部分思想觉悟高的人入党,扩大了党在知识分子中的影响。

1947年,为了适应不断变化的形势,党组织决定派陈振先回到福清担任福(清)长(乐)平(潭)县委书记。来到这里后,陈振先着手发动群众恢复我党抗战时期的一些老据点。由于常年奔波劳累,此时的他已身患重病,但他全然不顾一天天恶化的病情,把心思全放在了工作上。

在艰苦的条件下,陈振先组建了一支100多人的武装力量。在他的领导下,游击队镇压了一批特务和叛徒,鼓舞了当地人民的士气。福建的国民党当局闻讯后恼羞成怒,下令"围剿"游击队。1947年4月初,游击队在转移途中遇到前来"围剿"的国民党军队。由于敌我力量悬殊,战斗失利,但陈振先与部分同志顺利突围了。

回到福州的陈振先积极联络同志,后由于叛徒的出卖,1947 年 5 月 10 日被军警逮捕并押往国民党保安司令部。敌人妄想从陈振先的嘴里获知中共的相关机密,但他们的如意算盘打错了。从踏上革命这条路的那一天起,陈振先就从未想过要中途放弃。敌人开出各种优厚的条件都被陈振先严词拒绝。利诱不成,敌人便对陈振先动刑,妄想能够屈打成招,但残酷的刑罚仍动摇不了陈振先的革命意志,敌人得到的始终是那愤怒的眼神。尽管遭受了非人的折磨,但陈振先始终没有忘记作为一名党员应当担负的使命。他没有被反动派的伎俩所吓倒,而是努力与狱中的同志取得联系,并继续与敌作斗争。

5 个月后,敌人依旧没能得到他们想得到的东西,就决定将陈振先押赴福清处决。行刑的地点是福清的长乐蕉岭。陈振先观察了四周的环境,决定与敌殊死一搏。他奋力一跃,从敌人手中挣脱出来。敌人丝毫没有想到陈振先会逃跑,刽子手们随即一阵乱枪扫射。陈振先的胸膛被敌人的子弹打穿,倒在了血泊之中。残忍的敌人见此情况仍不罢休,他们挥舞着手中的刺刀一起刺向了陈振先……年轻的共产主义战士就这样惨死在了敌人的屠刀之下,为全国人民的解放事业英勇地献出了自己宝贵的生命。

炮兵先勋

——记朱瑞烈士

朱瑞又名敦仲，江苏宿迁人，1905 年出身于江苏省宿迁县（现宿迁市）的一个书香门第家庭。父亲是一个农村的医生，在朱瑞 8 岁时去世，之后家境每况愈下。长兄为了让朱瑞求学，自己放弃了学业，并且用“抱恨终日为多读，百般心事笔难书。劝弟努力竿头进，莫把时光空自负”的诗句勉励他。

1924 年秋，朱瑞考入国立广州大学，被编在法学院预科班学习。经过一段时间的学习和研读，他的思想有了新的飞跃，确立了对马克思主义的信仰，开始自觉地向党组织靠拢，并参加了新学生社。后经莫斯科中共粤区学委的推荐，朱瑞于 1926 年 2 月 24 日抵达莫斯科，进入中山大学学习。朱瑞全身心地投入学习，同时加入共产主义青年团。1927 年夏毕业后，因国内大革命失败，回国困难，再加上朱瑞自己感觉知识匮乏，于是留在了莫斯科。鉴于中国革命失败的教训，他想学点实际的本领，尤其是军事，于是被送进步兵野营学校。经短期学习，他选择了炮兵，并进入莫斯科克克拉辛炮兵学校学习。后来，苏联军校建立了中国连，朱瑞任司务长，主持中国连的行政管理工作。1928 年，他加入中国共产党，走上了为共产主义事业奋斗的革命道路。1929 年，朱瑞从军校毕业，正值中共中央要从苏联派几位得力的中国同志到东北组织东北军委和游击战工作。几经辗转，1930年，朱瑞终于和中共中央组织部接上了联系。在党组织的安排下，朱瑞开始了他的红色革命生涯。1936年，他同邓小平一起带领第四师到东北进行统战工作，为后来“西安事变”的爆发和停止内战全面抗日的局面奠定了基础。后来党中央批准成立山东军政委员会，朱瑞任书记兼山东分局书记。1939年到1943年，朱瑞一直是山东敌后抗战的主要负责人，为山东抗日民主根据地的建设和发展作出了卓越的贡献。

1945年，朱瑞参加完中国共产党第七次代表大会后，根据抗日战争即将胜利的形势需要，决心干炮兵工作。他在毛泽东面前表示要终身为炮兵服务，做炮兵发展的桥梁。党中央和毛泽东赞赏他的决心，并给予极大的鼓励。党中央决定让朱瑞负责延安炮兵学校的工作。抗战胜利后，为建设东北革命根据地、建设人民炮兵，延安炮兵学校的大部分人员由朱瑞带领奔赴东北。由于客观条件的限制，朱瑞制定了“分散干部、收集武器、发展部队、建立家业”以便逐步组建炮兵的方针。朱瑞和大家一起分赴各地收集火药及器材，不管是城市还是农村，不管是人烟稀少的山沟、森林还是土匪时常出没的、冰天雪地的荒野，只要发现哪里有火炮和器材，连日寇丢在湖泊里的炮，朱瑞都亲自组织人员打捞。1946年5月，总共收集了各种火炮700多门、炮弹50余万发以及大批火炮零件和其他器材。朱瑞还组织建立了修械厂，在他的领导下，修械厂拥有了炮弹厂、机械厂、器材厂。

朱瑞在东北指出了发展炮兵的现实并作了长远规划：东北炮兵建立以来，只有一个基本方针，即“靠天办事”，所谓这个天，一指日军遗留下来的武器，二指缴获的仓库。从长远来看，这不是人民炮兵发展的百年之计。之前在东北的努力为炮兵的发展创造了一些条件，但这不是永久的办事规律，现在必须强调统一和分工。朱瑞一心扑在了炮兵建设事业上。1946年5月，炮校由通化迁往牡丹江，并改名为东北炮校。10月，东北军区成立了炮兵领导机构，朱瑞任炮兵司令员。

朱瑞是身经百战的战士,他为炮兵部队参加的每一个战斗而操心。三下江南时,炮兵连续出发,重炮有时没有汽车牵引,他会亲自借汽车牵引大炮,在后方出发时,他甚至组织人力把大炮装上火车、卸下火车。尽管条件艰苦、设备简陋、装备不是很齐全,炮兵们仍然在战斗中得到了锻炼。1948 年 7 月,朱瑞回到哈尔滨,参加东北军区对辽沈战役的准备工作。东北军区原决定让他留在后方工作,但是朱瑞坚决要求奔赴铁岭前线,要在最后解放东北的决定性战役中亲自指挥炮兵作战,取得炮兵作战的经验。经过再三考虑,最后东北军区还是批准了他的请求。9 月 10 日,朱瑞离开哈尔滨。东北炮兵奉命配合三纵队、二纵队五师为攻取锦州外围的义县作后期攻势的准备。10 月 1 日我军发起总攻。朱瑞为了观察突破口的实况以便更好地总结炮兵作战经验、了解敌情,他从设在一个山头上的指挥所下来,走向突破口。在途中误触敌人埋伏的地雷,不幸牺牲,时年 43 岁。中共中央惊悉朱瑞牺牲的噩耗后,在给东北军区发出的唁电中说:"朱瑞同志在中国人民解放军的炮兵建设中功勋卓著,今日牺牲,实为中国人民解放事业之巨大损失。"为了纪念朱瑞同志,1949 年东北军区炮兵学校改名为朱瑞炮校。

朱瑞同志是中国共产党的优秀党员。他对党的事业忠心耿耿,在人民解放军的炮兵建设事业中建立了卓著的功绩。他永远是我们学习的榜样!

忠胆义肝入虎穴，一腔热血报党国

——记晋夫烈士

晋夫，原名吕守成，1917 年出身于河南洛阳的一户农家，由于家庭贫寒，小晋夫直到 14 岁才上了小学。晋夫的学生时代正是中国面临内忧外患之时，国内的特权集团肆无忌惮地搜刮、剥削人民，割据一方的军阀各自混战不顾百姓，对岸的日本对中国广大的领土虎视眈眈。1937 年“七七”事变后，晋夫揭竿而起，毅然离开了学校，投身到全国人民抗日斗争的洪流中去。1938 年 5 月，晋夫加入了中国共产党，立志为共产主义事业而献身。

1948 年，晋夫接受组织任务，前往太原东郊一带，与国民党第三十军讨论起义事宜。是年夏天，中国人民解放军在山西境内展开全面攻势，国民党阎锡山部被打得落花流水，丢盔弃甲，争相逃命，我军以迅雷不及掩耳之势包围了太原城。太原城被包围后，阎锡山负隅顽抗，四处求援：请求南京方面提供空军支援，恳请美国第七舰队司令出兵，与日本战俘策划组织同盟军……9 月下旬，南京方面下令第三十军开赴太原，救援阎锡山。第三十军到达后，阎锡山为笼络第三十军军长黄樵松，给予其优厚的待遇，暗地里却担心黄樵松阵前起义，于是派人监视第三十军的一举一动。

黄樵松来到前线，见到官兵普遍厌战，又见到解放军人心所向，决定弃暗投明，多次派遣亲信前来我军联系起义事宜。时任兵团政治部主任的胡耀邦于是派遣晋夫上前线与黄樵松取得联系,再三交代他任务的重要性。

1948年11月4日清晨,大雾尚未完全消散,四个身影借着浓雾,穿越战线,向着国民党第三十军的司令部走去。晋夫边走边思考此次任务的艰巨性与重要性:艰巨,深入敌军,危机四伏;重要,如果第三十军顺利起义,太原和平解放,部队和人民不会遭受太大的损失。

四个人来到团部,坐上了前来接他们的汽车,刚一下车,就被几个身穿便服的人劫持了。晋夫义正词严地说:"我要见你们的黄军长,我是人民解放军的全权代表。"但对方不听,将四个人捆绑起来,装上了一辆大卡车。晋夫明白事情有变,决心一定严守军事秘密,哪怕付出生命的代价也在所不惜。

晋夫的猜测是正确的,之前第三十军军长黄樵松召开部队会议宣布起义,但第二十七师师长戴炳南不愿参与。于是,在黄樵松派人与解放军接洽时,戴炳南将黄樵松的计划向阎锡山汇报,阎锡山立即扣押了黄樵松,又不动声色地用自己的亲信替换了布防的官兵,告密有功的戴炳南则被任命为第三十军代理军长。

晋夫被捕后,遭到严刑拷打,敌人试图从晋夫的嘴里套出解放军的军事秘密,但是徒劳无功。这一天,晋夫和黄樵松一起,被押进了汽车,被告知即将执行死刑。汽车在一处荒无人烟的地方停下,敌人将晋夫等人一起推下车。晋夫嘲笑敌人:"哪用得着这样辛苦,在哪里还不是一样,我们为人民死在哪里都是光荣的,共产党万岁!"晋夫高声的呼喊惊吓了敌人,他们慌忙又将晋夫等人推进汽车。原来敌人企图以死亡来威胁、逼迫晋夫开口,没想到晋夫早已将生死置之度外,这样的气度无人能及,连敌人也不禁佩服他。

阎锡山拿晋夫没有办法,只好把他押解到南京,让他接受更为残酷的审讯。晋夫等人乘飞机到南京后转乘汽车前往监狱。汽车路过南京新街口与大行宫之间时，被饥饿的群众拦住，群众以为是运送粮食的汽车，围上来抢米。看守向群众解释这是押送犯人的囚车不是粮车，群众不相信。晋夫乘机将头伸出窗外，大喊：“同胞们，我们不是犯人，是中国共产党党员，是人民解放军战士，国民党发动内战，搜刮民财，逼得你们没饭吃；解放区实行耕者有田，人人饱暖。如今东北已经解放了，南京解放指日可待，国民党就要彻底垮台了。同胞们，团结起来，与国民党反动派斗争到底！”囚车看守听到晋夫的呼喊，驱散了围观群众，开车飞快地驶离。

1948 年 11 月 17 日，经过草草的两次开庭审讯，法庭随即宣判，被押解到南京的五人均被处以死刑。宣判后，晋夫立即对“莫须有”的罪名进行驳斥。敌人又问军长黄樵松为何叛变，黄军长厉声说：“我不是叛变，我是不愿意打内战，你问问我的官兵，哪个愿意打？如果不愿意打内战就该杀，那么我该杀，别的我都没有罪！”晋夫接着说：“黄军长，你也无罪，有罪的是他们（指审判席上的国民党军官），该杀的也是他们。死，吓不倒我们！会有人替我们报仇的！全国即将解放，南京也一定要解放的！”

晋夫牺牲后不久，阎锡山在太原的统治也越来越不得人心。解放军发动猛烈的攻势，解放了太原城。在人民群众的帮助下，解放军抓获了第三十军代理军长戴炳南，并在人民的声讨中对这位罪魁祸首进行了审判。天网恢恢疏而不漏。违背人民意志的戴炳南之流最终将遭受人民的清算，而晋夫之名将永远铭刻在人民不屈斗争的历史上。在人民心中，他不仅是一位高尚的共产党员，而且是一位为国捐躯的英雄。

文萃英烈

——记陈子涛、骆何民、吴承德三位烈士

1945年8月抗日战争胜利后,国内形势发生了巨大变化。在这时迫切需要一个反映人民要求和代表人民呼声的报刊。为此中共中央根据客观形势的发展变化,决定争取在上海、南京出版《新华日报》和《群众》周刊。但由于国民党当局的阻挠,这类杂志一时无法出版,只有争取创办民间的报刊来适应形势的需要,上海《文萃》周刊就应运而生。《文萃》虽以民间刊物的面貌出现,但在党的领导下,其内容在国统区传达了党的声音,反映了广大群众的意志和呼声,对宣传群众、组织群众、打击敌人、团结朋友、引导民主运动走向正确道路、反对美帝国主义等起到了不可磨灭的作用。在当时,像这样的刊物成了国民党当局的眼中钉、肉中刺。1947年春,国民党当局彻底撕下了和平民主的伪装,大量的革命报刊被迫转移,《文萃》是硕果仅存的进步刊物,也被迫转入地下。

在《文萃》转入地下之前,黎澍等负责同志已经考虑到印刷问题。像这样具有革命性质的刊物,一般商办的印刷厂是不敢承印的,因此急需一个既能承印、又安全可靠的印刷地点。恰巧这时骆何民从福建监狱(因革命入狱)中出来,他之前就和黎澍在湖南《开明日报》一道工作过。骆何民一到上海就寻找党组织,为《文萃》写稿。当他得知《文萃》因印刷困难将无法出版

时，主动肩负起了筹办印刷厂这项光荣而艰巨的任务。当时，他几乎是赤手空拳，但他满怀信心地对同志们说："不要紧，群众里有的是人才，有的是资本，只要我们和他们联系就能办起印刷厂来。"果然经过短期的努力，在1947年3月，他们办起了一所印刷厂，取名"友益"。骆何民担任这个厂的经理，承印了地下《文萃丛刊》。刊物的发行工作，由原在《文萃》经理部工作的吴承德担任。这就形成了"文萃"三人的团队。这三位同志就是历史上的"文萃三烈士"。

《文萃》杂志转入地下后，《文萃周刊》改名为《文萃丛刊》，成了不定期的刊物。陈子涛在此时加入了中国共产党。他没有自己的办公室，随身带着前任主编移交给他的大皮包，走到哪，哪里就是办公室。他总是夜以继日地工作，因为工作环境险恶，在与上级领导联系时，他总是抓住这难得的机会，除了汇报工作外，还把遇见的若干问题提出来征求意见。他处事机警、谨慎认真。为了便于读者收藏、可以夹在书里阅读，他把《文萃》由原来的16开本改为32开本。到7月份被查封为止，共出了《论喝倒彩》、《台湾真相》、《臧大咬字传》、《人权之歌》、《烽火东北》、《新畜生颂》等共约十期，都是当时读者关心的问题。在第一期原拟用《失踪人物志》这个题目，在即将出版时，陈子涛想到，在我军主动放弃延安时，国民党当局将会"打肿脸充胖子"地大声喝彩叫好，用来欺骗、蒙蔽群众。于是他请一位朋友赶写了《论喝倒彩》。陈子涛在最后看清样时说："用这篇精彩的文章点题，新的读者一定会懂得我们在喝谁的倒彩。"还说："不是我办刊物，而是党交给我的任务，我不能使党因我而蒙受错误。"恰巧在这一期发行的日子——1947年3月20日，正逢新华社宣布，我人民解放军已完成主动撤出延安的任务。蒋介石的叫嚣声，遇到了这个"喝倒彩"。几天内，这一期杂志全部售空。

《文萃丛刊》在陈子涛、骆何民、吴承德三人的分工下成功地运转着,但也引起了国民党特务的注意。他们三人从上级那里得悉,反动派已指定几个特务,专门追寻《文萃》编辑部的踪迹。陈子涛住无定处,印刷厂的排版桌就成了他修改文稿的地方。到了7月,风声愈来愈紧,骆何民毫不犹豫地把陈子涛隐藏在自己家中。1947年7月23日,在骆何民的住处,两人同时被捕,而吴承德在装订最后一期《文萃》时也被捕,他们落入了中统特务的魔掌。在上海关押期间,特务对他们施以种种酷刑,绞他们的舌头,用钢针钉入他们的十指,用香火烙嘴唇、舌头,坐"老虎凳",灌辣椒水,他们受尽了惨无人道的摧残,但身残志更坚。

特务们软硬兼施,把骆何民的爱人费枚华抓去,妄图利用妻子的感情动摇他的意志。费枚华主观上拒绝了,但当她见到骆何民满脸伤痕、行动艰难时,忍不住哭了。骆何民却笑着安慰爱人说:"枚华,这里蚊子多了!"接着又说:"不要难过,抓破了皮,涂的红药水。死并不可怕。望你好好把孩子抚养长大,告诉孩子,爸爸希望她做个好人。"在狱中,陈子涛、骆何民、吴承德一面对敌人进行坚强不屈的斗争,一面加紧学习。他们利用一切通信机会,寻找学习的素材。吴承德买通了一个看守,为他们提供方便。他们在狱中传纸条向家里要东西,在狱内传看书籍,学习英语。监狱的看守不得不说:"这些文化人真麻烦,在他们的影响下,监狱都要变成学校了。"他们还积极关怀狱中的同志们,带领他们进行抵抗斗争。

1948年春节,吴承德参加了陈子涛和骆何民等组织发动的狱中绝食斗争。4月,他们被押往南京瞻园路宪兵司令部。12月27日深夜,敌人声称"提审",把陈子涛、骆何民、卢志英三人押了出去。刽子手把他们三人拉到西安兵司令部饭厅,把倒有麻药的毛巾强塞到他们嘴里,还紧紧按住他们的腿,乘昏迷期间,连夜用汽车运到雨花台把他们活埋了。1949年1月,吴承德从南京被押到上海,2月3日,又被押到杭州。他在杭州托战友写信转告父亲:希望父亲将爱儿子的心转到爱孙子身上,并转告未婚妻:"应该好好地活下去，不要为他颓伤，尤其在这黎明的前夕。”5月初，敌人把吴承德押到宁波，在宁波南门外薛家山的大坟堆上枪杀了他。

新中国建国后，南京为“文萃三烈士”建立了纪念碑，1950年在上海虹桥公墓为“文萃三烈士”修建了衣冠冢，并举行了隆重的安葬仪式，后移至龙华烈士陵园。

“文萃三烈士”将永垂不朽！他们的英勇事迹将永存史册，他们的光辉形象将永远活在人们的心里，他们执着的革命精神和爱国情节将是我们永远学习的榜样！

誓死如归的英烈
——记汤景延烈士

汤景延,1904 年出生于江苏如皋县陆庄。15 岁时适逢“五四”运动,汤景延深受启迪。1924 年,汤景延从上海东亚体育专科学校毕业后加入中国国民党;1927 年任国民党如皋县党部监察委员和宣传干事。这一年冬,在国民党的“清党”中,由于所谓的言论过激、和共产党接近,汤景延遭解职并被排挤出县党部,于是他愤然离开了国民党。1928 年,他回到母校陆庄小学任体育教员。执教期间,他参加了如泰地区农民暴动,以及农民赤卫队、红十四军的革命活动,多次发表反帝反封建演讲。“卢沟桥事变”发生后,全国燃起抗日烽火。汤景延怀着赤诚的爱国心到驻海门县的国民党江苏省第四行政专员公署军事谍报处工作。后来汤景延转驻泰州鲁皖苏边区游击指挥部二纵队任中校机炮营长,驻军江都,与新四军挺进纵队相邻。此时,汤景延结识了挺进纵队三团团长梅嘉生,使汤景延对中国共产党和党所领导的抗日武装有了进一步的认识,对党坚持抗战的方针政策深以为然,曾以弹药支援新四军。1940 年 6、7 月间,汤景延所在的二纵队反共媚敌,汤景延决心弃暗投明,乘机回到家乡,寻找新四军。在如皋西乡,他找到了陶勇、梅嘉生等率领的苏皖支队,从此参加了新四军。1941 年 2 月,国民党鲁苏皖边区游击指挥部副总指挥李长江投敌,孟宪平尾随效尤,公开叛变。在此关键时刻,汤景延登高一呼,带回了一部分人枪,转战他方。同年秋,通海行署成立,汤景延调任通海人民抗日自卫团团长。1942 年,屡经考验的汤景延,由苏中四地委社会部部长陈伟达介绍,加入中国共产党。1943 年春,由崇明撤驻通海地区的崇明县警卫团并入通海自卫团,汤景延任团长(通海自卫团因此简称“汤团”)。当时,日伪正准备对苏中四分区实行“清乡”,斗争日趋紧张、尖锐。为了应对这种困难,中共中央华中局、中共苏中区委从对敌的策略考虑,同时考虑到汤景延在抗战初期曾参加过国民党地方部队,与伪军一些上层人物有过“旧交”,决定让汤景延率部打入伪军,伺机配合反“清乡”斗争。汤景延毅然接受了这个特殊的战斗任务。

1943 年 3 月底,汤景延与特工总部江苏省实验区南通分区区长蒋颂平、苏北“清乡”公署主任张北生进行接触,而后又与日军代表谈判,达成协议。4 月 16 日,“汤团”接受伪军“外勤警卫团”的番号,分驻海门、姜灶港和张芝山一线。汤景延打入伪军后,巧妙地周旋于日伪之间,利用日伪之间和汪伪内部的矛盾,兢兢业业地为党工作。虽然身在虎穴,却威武不屈,富贵不淫,出淤泥而不染,经风雨而弥坚。他紧紧依靠党组织,领导同志们挫败了日伪一次又一次企图同化掉、吃掉“汤团”的阴谋,始终维护部队的独立,牢牢掌握领导权。9 月下旬,苏中区党委审时度势,决定让“汤团”举行军事暴动,破腹而出,狠狠打击日伪。汤景延与团部对此制订了周密的计划。29 日夜间,他们击毙了金沙特工组组长翟光耀等人,摧毁了伪行动大队和伪区公所,其他据点也同时暴动。汤景延在南通县警卫的接应下,把部队拉出敌战区,重返根据地,受到群众的热烈欢迎和粟裕、陶勇等领导同志的表扬。

此后,汤景延率部以新四军一师独立团的番号,参加二分区反对日伪“扫荡”的战斗。同年,汤部被编入苏中军区联抗部队,随后配合苏中主力部队讨伐日伪。1945 年 9 月 21 日如皋县城解放,汤景延任城防司令。

解放战争开始后,汤景延任华中军区海防纵队司令员,竭尽心力组建"海纵"机关和海防第一、二、三大队。当时"海纵"以开办贸易公司为掩护,在东台三仓、如东兵房、启东吕四和上海浦东等地设立鱼行、商行,为解放战争作出了贡献。1948 年年初,中共华中工委、华中军区组建中国人民解放军苏浙边区游击纵队,汤景延任党委书记兼政委。他召集 1945 年新四军被撤时留下的一批分散的游击队员,配合我大军正面战场开展对敌战斗。后来,汤景延再次接受党组织交给的重任。他与丁锡山率领部属 65 人,于 2 月 9 日(农历初七)下午,升帆船从大丰县斗龙港出发,12 日夜在奉贤登陆。此时敌人已获悉丁锡山、汤景延将南下,便动用了两个旅的正规军和奉贤、松江、青浦等六县的地方武装,谋划进行"兜剿"。汤景延与丁锡山率部行军五个昼夜,突破了敌人的层层堵截。18 日上午早晨,一场激烈的生死决战终于发生了。在由青浦境内向淀山湖进军途中,汤景延又陷入重围。为了避免损失,汤景延指挥众人舍舟登岸,且战且退,准备坚持到天黑再行突围。可是敌人兵力越聚越多,已形成包围圈,汤景延等全体指战员面对几十倍于己的敌人,毫不退缩,一次又一次击退敌人的轮番进攻。当时天空阴沉,微雨蒙蒙,激烈的血战持续了 8 个小时,终因敌我力量过于悬殊,丁锡山等人牺牲。汤景延当机立断,指挥大家销毁武器。被俘后的汤景延被关押在青浦警察局。不久被押至警备区看守所,由淞沪警备司令部军法处、参谋处同稽查处对汤景延进行审讯,想从他口中获取华东、上海党政军情报,但敌人的梦想很快就破灭了。汤景延将个人安危全然置之度外,任凭敌人软硬兼施,始终守口如瓶,丝毫没有暴露纵队的内情及个人的党内职务和党员身份。

在狱中,汤景延继续坚持战斗。他从政治到生活,无微不至地关心着狱中的难友。他的存在,成了难友们的一种慰藉。面对死亡的威胁,汤景延充满着革命的乐观主义精神。他深情地对难友们说:"如果我的死能够引起你们对敌人的仇恨,我死得安心。"和汤景延同一间牢房的王孝和是因参加工人运动被捕的上海电力公司的工人。看见敌人对王孝和严刑拷打，汤景延对王孝和说："革命是一定要流血的。就是在革命胜利前的一秒钟，也还会有一批为革命流血的同志……我们就是在上海快要插红旗前流血的人，这是光荣。"汤景延的话就像清醇的泉水，润泽着王孝和的心田。汤景延又说："你还没有被最后宣判，更应该积极斗争！决不允许任何不健康的思想在我们身上停留一分钟。"这些话以及汤景延的身体力行，更坚定了王孝和与敌人斗争的信念。

1948 年 5 月 14 日，上海军警当局和南京国民党反动政府决定对汤景延处以极刑。汤景延愤然摆脱刑警的推拉，从容地向大家告别。下午 3 时他被押往江湾刑场，面部毫无畏惧之色，高呼"人民万岁"、"民主万岁"、"毛主席万岁"、"国民党总要垮台"等口号。罹难时，他虽然下跪，但身体仍直立不倒。一位对党的事业无限忠贞的共产主义战士，屹立于天地之间。千秋万世，永受敬仰！

“为了新中国，前进”

——记董存瑞烈士

1929年深秋的一天，在河北怀来县南山堡的一个农家小院里，伴随着清脆的啼哭声，一个新生命呱呱落地了。这家男主人董全忠是个忠厚老实的庄稼人，耕种着村子里的几亩薄田。因为出生的是自己的第四个孩子，董全忠给这个孩子起了个乳名叫“四蛋子”。四蛋子的降生，给这个贫苦的农家带来了吉祥瑞气，于是又给他取了个大名——董存瑞。

由于家境贫寒，董存瑞没有机会读书，从六七岁开始，董存瑞就跟着父母和姐姐下地干活，间苗、拾谷穗儿、拣秫秸。就这样，董存瑞风里来，雨里钻，长得敦厚结实。他机灵、顽皮、胆子大。

1937年“七七”事变以后，日本侵略者占领了怀来县城，村子里的地主刘大肚子当了汉奸，经常带日伪军到村子里要钱，群众苦不堪言，这在董存瑞幼小的心灵上埋下了仇恨的种子。他痛恨日本侵略者，痛恨那些汉奸。

1940年，八路军在平北地区建立了抗日民主政权。不久，新上任的三区区委书记王平来到董存瑞所在的村子做群众工作，董存瑞很快和他交上了朋友。王平经常给孩子们讲打土豪、分田地的故事，并教他们唱歌、识字。

1942年秋，日本侵略者加紧“扫荡”，斗争变得更加残酷。一天傍晚，王平来到南山堡做工作，不料遇到了前来“扫荡”的日军。日本鬼子包围了村庄，董存瑞把王平藏在了自家的卷席后面。很快，四五个端着明晃晃的刺刀的鬼子兵来到了董存瑞家中。“这个有没有？”一个鬼子军官伸出拇指和食指比划着，董存瑞知道鬼子问的是八路，他故意假装说：“什么啊，手枪啊，没有。”鬼子军官说：“八路八路。”董存瑞镇定地说：“没有。”鬼子把屋里搜遍了，什么也没找到。这时，鬼子把目光扫向了院子里的那卷破席，冷笑着向他走过来说：“你是不是把八路藏到那里了？”董存瑞随手抓起一把苇席子，丢在鬼子面前说：“这是屯粮用的苇席子，怎么藏人？”鬼子见席子又脏又臭，料定没有八路，就悻悻地走了。事后，人们都称赞董存瑞是掩护八路军的小英雄，是南山堡的王二小。

1945年8月，19岁的董存瑞参加了八路军，在战斗中逐渐成长为一个机智勇敢的战士，并于1947年3月光荣地加入了中国共产党。

1948年5月，解放隆化的战斗打响了，董存瑞所在的连队肩负着攻击隆化中学的任务。隆化中学周围炮楼林立，暗沟暗堡遍及每个角落，敌人鼓吹隆化中学的工事“固若金汤”。战斗打响以后，董存瑞担任这次外围爆破任务的小组长，董存瑞带领爆破组的战士们，一鼓作气，接连炸毁了敌人的四座炮楼、五座碉堡，顺利地完成了任务。董存瑞的战友们跳出壕沟，冲了上去。这时，从隆化中学外围的一座桥上，突然喷出六条火舌，拦住了部队冲锋的道路。敌人在紧靠围墙外围的旱河上，用钢筋混凝土构筑了一个伪装得十分好的暗堡，向前冲锋的部队被压在一个小土坡下，冲在最前面的战士倒下牺牲了。二班、四班接连两次对暗堡实施爆破都没有成功。这时，董存瑞挺身而出，他对副连长说：“副连长，还是让我去炸掉它吧！”另一个战士郅顺义也说：“连长，我也去。”“不，另外派人去，你们班已经出色地完成了任务。”董存瑞听到这话，急得快跳了起来,他说:“连长,我是一个共产党员,共产党员就要发挥率先模范的作用。我的任务不只是炸几个碉堡,而是要解放全中国,现在,连小小的隆化城都没解放,怎么能算完成任务了呢?”指导员听到这番发自肺腑的话,和副连长商量了一下,决定让董存瑞去完成炸碉堡的任务。

董存瑞激动地说:“保证完成任务。”他接着从上衣口袋里掏出一个小包,郑重地交给指导员,说:“如果我牺牲了,奖章交给党组织,钱就算是我交的最后一次党费。”

董存瑞毅然抱起炸药包,又回头看了看连长和战友们,跳出了战壕。董存瑞和郅顺义两个人相互配合着,郅顺义打一阵手榴弹,董存瑞就前进几米。离碉堡越来越近了,敌人的火力也越来越猛。眼看就要冲到桥下面,突然,董存瑞左腿中了一枪,鲜血直流。他强忍着剧痛,继续匍匐前进。接着在郅顺义扔出的手榴弹烟尘的掩护下,董存瑞猛地一下子跳到干河沟里。董存瑞在桥下面,向四周环视了一下。他想找一个合适的地方放炸药包,可是这座桥离地有一人多高,两边是光滑的墙壁,炸药包放到高处没地方搁,放在地上引爆又炸不毁碉堡。董存瑞想把炸药包放在桥沿上,可是那里既没有边儿,也没有沿儿,他连续放了两次都滑了下来。董存瑞弯下身子四周打量了一番,想找个什么东西作支架,可周围别说木棍,就是秫秸秆儿也难找啊。急得董存瑞握紧了拳头。

就在这个时候,嘹亮的冲锋号声响了起来,惊天动地的喊杀声响彻云霄。

面临灭亡的敌人进行最后的垂死挣扎,暗堡上的砖头被敌人捅开了,桥头上又多了很多个暗枪眼,枪口从那里伸了出来。

董存瑞看见冲上来又倒下去的战友,一个崇高的念头在心中产生了:为了胜利,就是自己粉身碎骨,也要把敌人的碉堡炸掉。

董存瑞挺起胸,昂起头。走到了桥中央,他用左手托起炸药包,紧紧贴着桥底,右手从容镇定地拉开了导火索,导火索“嗞嗞”

冒着白烟，急速地燃烧着。

郅顺义看到这一幕，惊呆了，他不顾一切地向董存瑞跑去。董存瑞说："你快卧倒、卧倒！"紧接着，他用尽全身力气高喊着："同志们，为了新中国，前进！"

伴随着天崩地裂的巨响，碉堡在瞬间变成了平地。董存瑞左手托着炸药包，右手拉导火索的伟大形象，深深印在了每个战士心中。

董存瑞牺牲后，他所在的部队追认他为"战斗英雄"、"模范共产党员"。为了纪念这位英雄，隆化中学改名为董存瑞中学。

隆化城外，巍巍青山，仿佛在向人们诉说着董存瑞这个伟大的战士不朽的英雄故事。

永不消逝的电波

——记李白烈士

李白,幼名华初,1910 年 5 月生于湖南省浏阳县张坊区白石乡板溪村。参加革命后改名李朴,化名李霞、李静安等。

由于家境贫寒,李白直到 8 岁才进小学读书。课余时间,他就帮父母砍柴除草,烧水做饭。乡亲们都夸李白是个懂事、聪明又能干的好孩子。

13 岁那年,因为家里无钱支付学费,李白不得不辍学到附近的染布坊当学徒工,奴隶般的学徒生活,使李白深深体会到了劳动人民生活的艰辛,他深感世道的不公。

1925 年,在党的领导下,湖南各地的农民运动风起云涌,斗争的浪潮激荡着李白那颗热血奔腾的心。他积极参加农民协会和儿童团,冲进土豪劣绅家中贴标语、烧地契。昔日骑在人民头上作威作福的地主老爷被吓得跪地求饶。李白深深感受到了人民群众的力量,经过革命思想的熏陶和实践的锻炼,李白日渐成熟起来。这一年,他光荣地加入了中国共产党。

1930 年,李白参加红军,当了一名通信员,从此以后,他便与红色通信事业结缘。从那时起,一直到 1949 年被捕遇害,李白一直活跃在通信战线上。小小的红色电波见证了他对党的事业的无限忠诚。

1946 年,全面内战爆发以后,李白根据党组织的安排，再次来到上海，继续从事党中央的秘密通报工作。在国民党统治严密的上海开展党的情报工作，犹如与狼共舞，其危险性可想而知。曾经两次被捕的李白更清楚自己随时都有牺牲的可能，但他毫不畏惧，机智勇敢地战斗在党的情报战线上。

为了避免引起国民党反动当局的注意，李白凭借自己精湛的无线电技术，在国民党善后总署救济复兴岛渔业管理处谋得了一份公开职业。白天，他和其他普通人一样，坐车到复兴岛工作，晚上回到家后，再进行通报。

1947 年下半年，李白被复兴岛渔业管理处裁退了。失去职业掩护的他处境更加危险。此时的上海，风声越来越紧，党为了积蓄力量，一大批干部陆续从上海撤退，电台的领导工作则交给了刘人寿。

1948 年秋，解放战争进入战略决战阶段，活跃在隐蔽战线上的情报人员把获取的大量军事情报连连转到李白手上，李白再发送给党中央。这个时候的上海，国民党特务密布，上海笼罩着一片恐怖气氛。凭借多年积累的经验，李白知道自己已经处于危机四伏之中，但他没有惧怕，依旧顽强地工作着。他预感到自己难免被捕，便向刘人寿提出建立预备电台的建议，并主动承担了收报机的组装工作。11 月中旬，电台组装基本完成。然而，国民党反动当局利用美国提供的设备和技术，侦测出了电台的具体方位。敌人深夜包围了李白居住的那幢楼房，凌晨两点钟，敌人挨家挨户开始搜查。李白迅速拆除天线，收藏机器。这一切刚刚结束，敌人就进来了。他们开始严密搜查。由于房子太小，没过多久，他们就在壁橱里找到了那只装有电器零件的木箱子，当他们发现这堆零件里有一只亮光光的电键时，他们仿佛已经知道了一切，不由分说地对李白拳打脚踢，鲜血从李白的鼻孔处流了出来，他再一次被捕了。

在警备区司令部，敌人对李白严刑拷打，连续刑讯逼供长达 30 多个小时，妄图从他那里得到关于情报工作的机密。李白数度昏厥,但他坚贞不屈,没有透露半点机密。敌人见严刑拷打摧毁不了他的意志,又将他的妻子和孩子抓来诱供,但这一招还是失败了。李白后来被押解至蓬莱路警察局关押。在这里,他度过了生命中的最后半个月,他写信给妻子说:“我在这里一切自知保重,尽可放心。家庭困苦,望你善自料理,并好好抚养小孩。”

在狱中,李白鼓励难友们要坚持到胜利的那一天。1949 年 5 月 7 日,他对前来探望的妻子说:“天快亮了,事情到如今,对个人的安危,不必太重视。如果我能出去,更好,如果不能,你们将和全国人民一起,过上幸福自由的生活。”儿子张开双臂,说:“爸爸,抱抱我。”李白用爱抚的眼光看着自己心爱的儿子,说:“乖孩子,爸爸以后会抱你的。”这是烈士留给我们的最后一句话。当天夜里,毛森根据蒋介石的“坚不吐实,处以极刑”的批示,将李白秘密枪杀于浦东戚家庙。

20 天后,上海解放了。烈士若有知,可以告慰于九泉了。

李白烈士遇难后,中共上海市委、市政府、市总工会为其举行了隆重的追悼大会。李白的一生是短暂的,但他那坚定的信念、崇高的革命理想,就像那永不消逝的电波,留在每个人的心中。

隐蔽战场谱传奇
——记卢志英烈士

卢志英，原名宗江，字子江。又名卢涛。少年时期随人闯关东谋生，后来他参加了冯玉祥的国民联军，参加了北伐革命，1925 年加入了中国共产党。大革命失败以后，卢志英根据党的安排，一直在南京、上海从事地下情报工作。

1933 年秋，蒋介石调动大军准备对中央苏区发动第五次“围剿”，并从德国请来了军事代表团，制订详细的“围剿”计划，想把中国革命扼杀在摇篮之中。当时党中央密切注视着敌人的动向，迫切需要得到这方面的情报。正在这个时候，与地下党建立了联系的江西第四区行政督察专员兼保安司令莫雄前来报告，说国民党刚刚委任他为保安司令，希望地下党能给他配备得力的干部，以便更好地开展工作。就这样，在南京从事地下工作的卢志英奉命回到了江西，担任了莫雄的参谋长。

卢志英上任之后，马上和当地的红军和苏维埃政权取得了联系。根据党的指示，他们协助莫雄作出“剿共”胜利的假情报，以取得蒋介石的信任，然后再相机行事。卢志英对“围剿”红军的军事行动做了巧妙的安排，他提前把“围剿”计划告诉了红军，让红军根据计划转移到其他地方。然后他带着莫雄去“围剿”。就这样，当地的红色苏维埃政权全被“消灭了”，甚至整个区内的红军都“绝迹”了。莫雄因为“剿共”有功,不断受到传令嘉奖和通报表扬。他所在的德安专区也在全省“考绩第一”,成为远近闻名的治安“模范区”。莫雄也因此受到了蒋介石的青睐和重视,使他有机会参加国民党召开的“剿共”会议。作为莫雄参谋长的卢志英也能经常去汇报情况。不久以后,获取国民党第五次“围剿”红军情报的机会终于来了。

1934年10月,国民党在庐山召开了“围剿”红军的绝密高级会议,研究部署如何“围剿”中央苏区的红军。这次会议上公布了由德国人塞克特制订的并已经部分开始实施的“围剿”中央苏区红军的“铁桶计划”。所谓“铁桶计划”,就是国民党出动100万大军对红军进行“围剿”,其中50万军队以瑞金为中心,在距离中心300里的地方进行包围,包围圈一日推进1.7里,每前进1华里,就围上一道铁丝网,每10里筑一道碉堡线,计划半年内“围剿”红军,全歼红军的首脑机关。

德安区的保安司令莫雄因为“剿共”有功,被破格允许参加了这次会议。

莫雄从庐山参加完会议后回到德安专区,为红军即将到来的灭顶之灾感到担忧。他在房间里踱来踱去,尽量放松自己紧张的神经。就在此时,隐隐约约传来了敲门声,卢志英走了进来。

“子江,这么晚了,有什么重要的事情吗?”莫雄问道。

“司令,这次庐山会议有什么新的情况吗?”卢志英开门见山地问。

“还是‘围剿’红军那事,不过这次不太一样。”莫雄神色凝重地说。

卢志英看了看莫雄,又看了看放在莫雄身边厚厚的文件,他意识到这次会议非同寻常。

卢志英顺手拿过来一份绝密文件,里面密密麻麻地写满了“围剿”计划的具体部署、各军进军路线、战斗序列等。

他说："司令，我必须把这份计划想方设法捎出去！"

莫雄说："你现在是一名军人，军人就应该为国家、为人民着想！"

"我就是为国为民才这样做的啊，司令和我一样，都是身在曹营心在汉的人，如果司令觉得我做得不对，那么，请司令处置我好了，我也算为我自己的事业尽忠了。"

莫雄站起来，看了看卢志英，然后说："快进去把文件抄一份，速度要快，我莫雄也是个有良心的人。"

就这样，卢志英拿着这份绝密文件，把文件的内容用密码详细写在小学生用的字典上，派人火速送往中央苏区。

周恩来看到这份计划的具体内容后，督促中央作了最后的决定：撤出中央苏区，作战略大转移。10月底，中央红军在敌人完成彻底包围之前，奇迹般地跳出包围圈，开始了举世闻名的二万五千里长征。长征途中，毛泽东带领着红军战士，巧妙地摆脱了敌人的围追堵截，胜利到达陕北。到达陕北后，毛泽东不止一次地说："红军得以生存，卢志英同志功不可没啊！"

卢志英得到的这份情报是极其重要的，它一定程度上改变了红军的战略部署，保存了红军的有生力量。蒋介石自始至终都没弄明白，他的"铁桶计划"是怎么泄露出去的。

抗日战争胜利后，卢志英奉党的命令，继续在南京、上海一带从事情报工作。1947年，在中共代表团撤离上海前，周恩来考虑到卢志英长期在这一带从事地下工作，容易被敌人察觉，建议他早日离开，并作了安排。不幸的是，由于叛徒出卖，卢志英还没来得及撤离，就被国民党特务逮捕了。

当特务知道卢志英是中共在沪、宁、杭一带地下组织的领导人时，欣喜若狂，千方百计地威逼利诱他，想从他这里得到党的机密。对卢志英上了"老虎凳"、"电刑"等酷刑，妄图使他屈服。卢志英数次昏厥过去，但他坚贞不屈，没有透露半点秘密。1948年，就在上海快解放的前夕,国民党特务将被打昏了的卢志英装在麻袋中,深夜将他秘密地活埋于雨花台。卢志英就这样英勇地牺牲了。

卢志英生前曾说过:“世界上唯有为解脱奴隶的命运,才是伟大的斗争;唯有作了自己弟兄们的先锋,才是铁的英雄!”卢志英是这么说的,也是这么做的,他用自己的生命实践了自己的诺言。

舍身炸碉堡的特等功臣

——记梁士英烈士

锦州战役中有着这样一位战士，他用自己的身躯死死地顶住了用来炸毁敌人碉堡的爆破筒，用自己的生命为反攻的战友们打开了通往胜利的道路，他就是特等功臣——梁士英。

梁士英，1922 年 11 月 13 日出生于吉林省扶余县梁家窝堡屯。地主的压榨使得这个原本就贫苦的家庭日子过得更加艰难。梁士英 12 岁那年父亲患上了重病，不久便去世了，对于这个困苦不堪的家庭来说真是雪上加霜。1944 年，为了躲避国民党到村里抓丁，梁士英带着母亲以及妹妹一起投靠了大舅，两家人相互偎依着勉强过日子。

1945 年，日本宣布无条件投降，经过八年艰苦卓绝的斗争，中华民族终于取得了抗战的胜利。是年冬天，正在地主家里干活的梁士英突然听到阵阵整齐的脚步声，他探出脑袋望了望，是一群士兵。见这些当兵的精神抖擞，毫无当官的架子，更不扰民，与平日见到的那些当兵的不太一样。带着疑问梁士英跑上前去问道："你们是什么部队？"连队的指导员笑着答道："小日本倒台了，但还有国民党反动派啊！广大的劳动群众还在受着压迫，我们就是为了解放广大劳动人民而来的。"这天夜里，梁士英辗转反侧琢磨了一夜。第二天，梁士英兴冲冲地跑到连队找到指导员说："我能不能参军啊？""好啊，我们十分欢迎，但你得找个'保人'替你担保才行。"梁士英回去后立即把当兵的想法告诉了舅舅,舅舅听了梁士英的想法后坚决不同意:"你要是走了,你妈跟你妹妹谁养活?"但此刻的梁士英已经铁了心,他偷偷盖了舅舅的印章,就这样梁士英开始了部队生涯。

1946 年春,梁士英由独立团调到二纵五师十五团三营机枪连当战士。在战争的锤炼以及党组织的悉心教诲之下,梁士英逐渐成熟起来。由于在部队表现优异,1946 年冬天,梁士英光荣地加入了中国共产党。

由于平日里训练刻苦,梁士英的枪法总是为战友们所称道。他曾经用一顶机枪横扫敌人两个排的兵力,是个名副其实的"特等射手"。梁士英不但作战英勇,而且在战场上能沉着冷静地应对种种突发情况。在攻打彰武的战役中,正是由于梁士英在紧要关头发起左侧进攻,为部队冲锋打开了突破口,最终彰武才得以解放。

1948 年 7 月,全国解放战争的局势发生了根本性的变化,蒋介石的国民党军队由全面进攻转为重点防守的态势。9 月,中共中央在西柏坡召开政治局扩大会议,决定抓住这一有利时机,同国民党展开战略决战。

1948 年 10 月 10 日,锦州战役正式打响。锦州战投是辽沈战役的关键之战。梁士英所在的二排是这次战役的尖刀排。临行前,梁士英代表全排战士向首长表示:"一定完成任务,打进锦州城,保证尖刀不折,死也要死在突破口里!"14 日凌晨,梁士英所在的连队到达了冲击出发地——东王家屯。

上午 10 时,东北野战军总部一声令下,第二、三、七、八、九纵和六纵十七师一同发起冲击。11 时,在坦克的掩护下,梁士英和战士们纷纷高呼"冲啊",勇猛地冲向敌人的阵营。

当行进到距离城墙几十米远处时,尖刀排被守城的敌军发现了。见此情形,战士们立即隐蔽在壕沟里。敌人架起一挺挺机枪对准尖刀排扫射。战士们也毫不示弱,把一颗颗手榴弹扔向守城的敌军。在我军机枪、炮火猛烈的攻击下,自乱阵脚的敌军欲弃城而逃。八连的战士们想趁胜发起反攻,涌入突破口。突然,刚刚被战士们打跑的敌军又重新组织了反扑。敌人在前方一处碉堡内架起了两挺重机枪疯狂地扫射着。敌人的火力太猛,八连不少战士都倒下了。见此情形,战士们都心急如焚,恨不得这碉堡立马就被炸得粉碎。连长于是决定对碉堡进行爆破。梁士英听闻立刻跑到连长面前说:“连长,我是爆破组组长,请把任务交给我,我保证完成任务。”“那好,我们用机枪掩护你,你自个儿要当心。”梁士英拿了两个爆破筒以及两枚手榴弹向着敌人的碉堡缓慢地匍匐前进。突然敌人的枪声停了,梁士英趁势冲到离碉堡不远处的一个小土坎上。他先是扔了两颗手榴弹作掩护,借着激起的浓烟冲到了敌人的枪眼跟前,梁士英敏捷地拉开了爆破筒的底座,把两个爆破筒朝着敌人的枪眼处扔了过去。不料,爆破筒被狡猾的敌人给扔了出来,梁士英又果断地捡起爆破筒重新扔进了敌人的碉堡。梁士英刚想松手,爆破筒却又被敌人给推了出来。此时爆破筒开始冒起了黄烟,在这千钧一发之际,梁士英伸出手臂用自己的身躯顶住爆破筒。连长见此情况急忙喊道:“梁士英,我命令你赶快回来!”梁士英听到了连长的喊声,侧过身说道:“我——不——能!”只听“轰”的一声巨响,碉堡爆炸了,梁士英的身影也与炸毁的碎石一起消失在了战士们的视线之中。此时,冲锋号响起,战士们纷纷冲进锦州城。解放军经过31个小时的战斗终于解放了锦州。

梁士英用自己的鲜血和生命谱写了一曲革命的赞歌,他用自己的身躯为全中国的解放开辟了一条胜利的道路!

燃烧的红棉树

——记李振亚烈士

海南岛万宁县有一株高三丈、年逾百岁的红棉树,春天红花盛放的时候,宛如一个挺立的火把。海南的黎族人民称呼解放军为“父母军”,称呼首领则为“奥雅”。在这一株红棉树下,就静静地躺着一位“父母军奥雅”,他的名字叫李振亚。

李振亚,身材魁梧、军姿挺拔、不怒自威、英勇果敢、久经沙场、屡立战功,生前为中国人民解放军琼崖纵队第一副司令员。他原名李伯崇,又名李荣,1908 年出身于广西藤县的一户农家,幼年时父母双亡,由祖父抚养长大,1926 年参军,1929 年参加起义,1930 年加入中国共产党。

1930 年,红七军奉命北上,李振亚被任命为五十八团副官,负责部队的后勤工作。当时,部队的给养极为困难,每逢部队作战前夕,李振亚就上上下下逐一核查,从枪支弹药到草鞋、雨笠,一旦发现缺漏立即想方设法补足。食盐是一种很重要的补给,也是副官李振亚最怕缺少的东西。在行军途中,经常可以见到李振亚弯腰背着沉甸甸的袋子,里面装的全是食盐。

1931 年,红七军强渡乐昌河,被粤军截击,两军展开对战。李振亚发现粤军另一团从陆路向我军袭来,李振亚立即将情况报告军部,但是我军主力正在河中与敌军激战,无法抽身。李振亚于是带领炊事班隐蔽地接近敌人并埋伏起来。李振亚发现敌军一名指挥官正在用望远镜观察我军情况，立即举起枪瞄准了就是一下，敌军军官应声倒地。敌军一片混乱，纷纷趴下，寻找掩护，一动也不敢动。过了一会，另一名指挥官见没有动静，又站起来重新组织部队，这时李振亚抬手又是一枪，敌军官的帽子被打飞了。敌人大惊，以为我军早有埋伏，急忙撤退。事后，红七军军长会见李振亚，对他说："你真不简单，两枪就打跑敌人一个团。"

1934年，红军开始长征。李振亚担任军委纵队干部团一营营长，负责侦查敌情、清除障碍，保证党中央机关安全。在红军突破湘江天险、四渡赤水河、攻占娄山关、抢渡金沙江、强渡大渡河等著名战役中，李振亚屡立战功。

抗日战争初期，李振亚调任中共中央长江局军事部参谋，同时担任军事学校教官，主讲游击战略战术课和政治工作课。李振亚亲自编写教材，讲课时绘图讲解、深入浅出，平易近人的授课风格深受学员欢迎。课后他还经常主动辅导学员，与学员同吃同住。李振亚的工作作风和才华深深地吸引了归国女华侨王超，他俩于1940年举行战地婚礼，结成革命伴侣。

1940年，李振亚夫妇奉命前往琼崖工作。李振亚到任后，与琼崖的同志一起建立了琼崖纵队机关，李振亚担任参谋处处长，亲自拟制了作战、训练、侦查、通讯等各项工作条例，建立了一个精悍的军事指挥机构。李振亚请示领导，要求创办军事学校，培养高素质的干部，并且自告奋勇要求担任校长。在琼崖的工作尚未完全开展起来的情况下，连吃和住都成问题，创立学校并不是什么好差事，但是李振亚还是坚持了下来，将学校办得红红火火。李振亚在教学中遇到的最大的困难就是语言关。为了能更好地与学员们沟通，李振亚一有空就学习海南话，学员也对李振亚的刻苦钦佩不已。

1945年8月，日本宣布无条件投降。国民党蒋介石为了抢夺抗战胜利的功劳，命令各级军队接受日本投降，缴获武器和军需。琼崖游击队面对国民党的“清剿”，临危不惧，打起了游击战，四处伏击敌人，将敌人的“清剿”计划扼杀在摇篮之中。

1948 年 9 月中旬，秋季攻势打响。李振亚指挥 5 个支队从祖关村出发，向陵水县开进，以卷席之势横扫敌军。在不到十日内，接连拔除港坡、乌石、兴隆、李宅塘、米瑞塘、中兴等地的敌军据点。1948 年 9 月 27 日，李振亚率部围攻万宁县敌军据点。这天，天色昏暗，雨不住地下，李振亚来到前线指挥战斗。前方视野一片模糊。为了弄清楚敌人的火力分布状况，李振亚来到一棵红棉树下，拿起一支机枪点射了几下，想诱使敌人暴露自身的位置。突然，一处暗堡里射出一串子弹，其中一颗子弹穿透了李振亚的心脏，李振亚昏迷了过去。翌日凌晨，李振亚经抢救无效死亡。

得知李振亚去世的噩耗后，纵队领导、普通战士、当地百姓无不失声痛哭。十几个战士跋山涉水，经过七天七夜，终于将李振亚的遗体抬回了司令部。10 月 15 日，琼崖纵队为李振亚召开了万人追悼大会，百姓纷纷前来悼念他们的英雄李振亚。中共中央发来唁电：“李振亚同志于陵万战役攻势行动中英勇牺牲，实为中国人民解放事业中之大损失，特致悼念，并望琼纵全体同志，继续努力，为坚持解放琼崖而奋斗，以纪念李振亚同志永垂不朽。”

地雷威震平汉线

——记李混子烈士

1924年4月25日,河北省新乐县北李家庄的一户人家传来阵阵婴儿的啼哭声,李混子出生了。

1937年冬天,日军洗劫了北李家庄,一路烧杀抢掠,无恶不作。李混子看着敌寇嚣张跋扈的气焰,愤怒之情油然而生,心想将来一定要好好地教训这帮鬼子。于是,在中国共产党的领导下,李混子开始积极参加各种抗日活动,站岗、放哨、搜查汉奸……他还常常用自行发明的"自火枪"拦截特务,打击敌人。1938年底,由于李混子的优异表现,还未成年的他加入了中国共产党。

日子久了,李混子总觉得光靠几杆子"枪"还远远不够,要想狠狠地打击敌人必须要有威力更大的武器。于是他对地雷产生了浓厚的兴趣,随后他在村里组织了一支爆破小组并自任组长。1940年,造雷已小有名气的李混子被选拔前往县里的爆炸培训班学习。在这里,李混子对各种雷的种类、特性以及构造有了更为深刻的了解。学成归来后,李混子便接到上级交予他的任务:切断敌人铁路运输路线以配合主力部队的反"扫荡"斗争。北李家庄距离平汉铁路不过十几里远,李混子和同伴经常看到一列列来来往往的运输货车经过。眼看着大量用于侵略中国的军用物资和武器弹药被运往敌人的手中,爆破小组的成员们都十分愤懑。但光凭几句咒骂敌人的言语是无济于事的,必须造出威慑力大的武器才行。

一天夜里,爆破小组带着自制的三枚地雷来到平汉铁路的铁轨边,此刻队员们的心情既激动又紧张。他们趁着夜色把地雷摆好。不一会儿,一辆火车徐徐开了过来。李混子抓准时机拉动了手中的引线。只听"轰"的一声,烟雾散开之后,那火车晃了晃又开走了。在精心准备之后他们竟然让火车逃脱了!大伙都十分沮丧没能完成任务,李混子也气得不作声,反复地琢磨着各种原因。突然,李混子起身说道:"大家不要泄气,打鬼子嘛要有点耐心,我看这次任务失败主要是炸药量小导致地雷的威力不够大,另外地雷放的位置也不对,搁在铁轨边上很难发挥预期的效果。"找到失败的根源方好对症下药。第二天,队员们从铁路支队领了两箱炸药,制作了四个巨型地雷。是日,李混子得知当晚有火车要途经这里,便带着爆破小组前往。这次他们吸取上回的教训把地雷摆在了枕木中间,上面用石子儿铺好作掩护,一切准备完毕就等小鬼子过来了。他们在铁轨旁的杂草丛中找了个地方隐蔽起来。几个小时之后,一辆火车慢慢地朝这边开过来,李混子目不转睛地盯着火车头想:这一次可不能再放跑了它。当火车驶到地雷的埋伏点时,"拉"!李混子一声令下,火车被炸得粉碎,几个小鬼子也跟着升了天。这时队员们的脸上终于露出了欣慰的笑容。

在以后的斗争中,李混子等人又研制出硫酸雷、弹性地雷等新式地雷。李混子还经常用假地雷来混淆敌人的视线,搞得鬼子昏头转向。任凭敌人采取什么样的防御措施都阻止不了爆破小组的行动,敌人只能眼睁睁地看着铁路运输被切断。

1945 年,在军分区召开的爆破展览会上,鉴于抗战中的战绩卓越,李混子被党组织授予"爆破英雄"的称号,并且他还扛回一面"敌人遇见骨碎,火车遇见翻身"的锦旗。

1946 年,内战爆发,李混子带领他的爆破小组又投入了新的战斗。反动派十分狡猾,为了避免遭到解放军的袭击,他们把火车头夹在车厢中间。在几次爆破后,敌人的火车头毫无损伤,只报废了几节车厢。根据这个情况，李混子想了几天几夜，终于研发出一种新的地雷：延发雷，两三天内就炸毁敌人好几个火车头。国民党当局对此十分恼火，并扬言要活捉李混子。反动派的恫吓当然不能吓住爆破英雄。李混子在群众的掩护下总是顺利地逃过敌人的追捕。在同反动派斗争的四五个月里，李混子连续炸死敌人150名，炸翻火车7个，车皮29节。

1948年的冬天比往年显得更为寒冷。12月8日晚，西北风大作，漫天的雪花恣意地飞舞着。由于接到上级的指示，李混子正在给队员们布置作战任务。望着屋外飘落着的雪花，他告诫队友们认真做好地雷的布置工作，要注意到每个细节。同时，他强调鉴于恶劣的天气，如无特殊情况，不要随意上房。

突然，房顶传来响声，李混子担心事先安装的地雷出了问题，独自一人拿了杆枪就爬上房顶。不料风太大了，李混子的旧棉衣被风刮起勾住了雷线。还没等他反应过来，"轰——轰"地雷爆炸了。巨响过后，李混子倒在了血泊之中。得知李混子受了重伤，各级领导都十分关心他的伤情，并表示："只要李混子还有一口气在，一定要把他治好。"但李混子伤及腹部，失血过多，终因伤势过重而壮烈牺牲，享年23岁。

一个李混子倒下了，冀中千千万万个李混子却站了起来，激情洋溢地投入到解放战争之中。李混子虽然已经离我们远去，但他的精神将永远留在我们每个中华儿女的心中！

狱中三口之家

——记宋绮云烈士

宋绮云，原名元培，字复真，江苏邳县（现邳州市）人。1920年宋绮云在家乡高小毕业后，考入江苏省立第六师范学校，开始受到马克思主义的影响，立志革命。1925年6月，师范毕业后返回家乡，在县立高小任国文、历史教员。1926年前往武汉，进入中央军事政治学校武汉分校学习。1927年3月，在军校学习期间加入中国共产党。5月，参加叶挺指挥的讨伐夏斗寅叛军的战斗。7月，汪精卫集团叛变革命后，他由组织派遣到南京从事党的地下工作。随后，根据党组织的安排，打入国民党内，担任南京市伪警察局大队长，掩护党的地下活动。1928年春，南京党组织遭到破坏，宋绮云回到家乡，参加中共邳县特别支部的领导工作。不久中共邳县县委成立，宋绮云任书记。在宋绮云等人的领导下，邳县的革命力量迅速加强。1928年10月，宋绮云与他的战友、邳县县委委员、妇女会会长徐林侠结婚。后由于邳县党组织遭到破坏，奉上级指示离开家乡潜赴北平。

1929年冬，宋绮云经中共党组织批准，由北平赴河南，投往杨虎城部队，任《宛南日报》主编。1930年11月，随杨虎城部到西安，主编《西安日报》。1931年夏，杨虎城接收《西北文化日报》，宋绮云担任副社长兼总编辑。在西安，他以报社为阵地，采取公开或隐蔽的斗争形式，宣传党中央的主张，激发西北地区民众进行抗日救亡运动的热情和发展抗日民族统一战线。随后根据中共中央指示，宋绮云当选为中共陕西临时省委委员。1938 年初，宋绮云到河北省临时政府任政治处副主任兼组织科科长，负责和八路军总部的联络工作。1939 年年底，按照党的指示，宋绮云重返杨虎城旧部第四集团军，任少将参议兼总部干训班政治教官。

1941 年 9 月，宋绮云一家隐蔽在西安南郊的蒲阳村，继续从事党的秘密工作。一天，几名军统特务突然闯进屋中，逮捕了宋绮云。特务押着宋绮云走出门来，正巧碰到徐林侠，她的怀中还抱着不满一岁的儿子宋振中(小萝卜头)。宋绮云深情地看了一眼妻子和几个赶出门来的孩子，话也没有来得及说一句，就被特务连推带拉地押走了。两个月后，特务利用徐林侠想念宋绮云的心理，也把她骗到了监狱，这样宋绮云一家三口都落入了军统的魔掌。宋绮云被捕后，蒋介石以"宋绮云在西北军民中能起作用"为由，妄图把他拉拢过去。一个特务头目在审讯时对宋绮云说："你是黄埔军校的学生，是校长(蒋介石)的学生，应该尽忠校长。"宋绮云反过来对特务晓以"兄弟阋于墙，外御其侮"的大义，弄得这个头目十分狼狈。最后蒋介石只好批示："宋绮云和杨虎城案一并处理。"

此后宋绮云一家三口分别由西安经重庆，转押于息烽集中营。到了息烽，他们夫妇才得以见面。宋绮云在险恶的监狱环境里，胆大心细，有智有勇，对一些特务和看守做了工作。宋绮云有丰富的知识和社会经验，懂得心理学，而当时息烽监狱的看守、特务大多迷信，他利用所谓的看相，拉拢他们为自己提供方便。

小萝卜头不满周岁就和父母进入监狱，由于营养不良，造成身体发育畸形，经常去医务室。由于小萝卜头是个孩子，再加上监狱中难友们的坚决斗争，才被特许可以见到自己的父亲，这为宋绮云的革命活动提供了方便。在抗战胜利前不久，中共四川省委书记罗世文患了一场瘰疬病。在监狱恶劣的环境下，病情发展很快，从脖子蔓延到胳肢窝,如果再蔓延到腿,那就没法治了。集中营内的医务室徒有其名,除了在病人中捞取不正当的利益以外,对重症患者置之不理。宋绮云告诉难友们,他以前认识一个这样的重症青年依靠一个偏方膏药贴好了。宋绮云凭借自己的记忆,回忆出十几味药方配成的传世丹方,经宋绮云的组织安排,通过凑钱、高价托看守买药等一系列环节将药方配好了。可是怎么熬好药并送到罗世文那儿呢? 正好小萝卜头来看父亲,头上长了疖子,父亲灵机一动,便和徐林侠商量演出了一个"瞒天过海"的妙计。徐林侠回到牢房和小萝卜头悄悄地耳语了几句之后,便把小萝卜头头上的疖子弄掉,又用水洗了洗。俗话说"疖子破了头,大如牛"。小萝卜头头上红肿得吓人,还发高烧,痛得呻吟着。徐林侠通过女监的看守(宋绮云曾经给此人相过面),把小萝卜头的病情告诉医务室。宋绮云对这个女看守说:"不要紧,用几味中药熬成药膏,贴上就好了",同时要女看守帮忙熬药,女看守满口答应了。在其他难友的帮助下,药膏也被送到了罗世文处。不久小萝卜头和罗世文都慢慢地好了起来。这正是宋绮云机智地运用自己的儿子和爱妻的帮助拯救革命同志的英勇表现。

在漫长的监狱生活中,宋绮云曾安排罗世文、车耀先、黄显声、张露萍等革命同志给小萝卜头讲授文化知识,使小萝卜头懂得了爱和恨,但是这些革命同志都相继被杀害。小萝卜头慢慢明白,他喜欢革命的叔叔阿姨们,就是恨那些狗特务。1949 年 9 月 6 日,杨虎城将军和幼子杨拯中被害,可是宋绮云和妻子以及小萝卜头、杨将军的幼女杨拯贵对外界的情况一无所知。两个孩子在一起玩时,突然两名刽子手闯进来,宋绮云和徐林侠看到情况不妙,愤怒地对刽子手说:"你们不能杀这两个孩子!"可是灭绝人性的刽子手一言不发,逼向宋绮云夫妇,劈胸就是几刀,两个孩子被吓哭了,特务们一边杀害了大人,一边嚎叫着不让孩子们哭。刽子手对准杨拯贵的胸部捅了一刀,小萝卜头紧紧抱着血流如注的伙伴,高声呼喊:“我没有罪,我要出去……”话音未落,就被刽子手杀害了。他就这样走完了9年的革命斗争人生。

在长期的囚禁生活中,宋绮云完全将自己的生死置之度外,充满着革命乐观主义精神。他经常用从狱中国民党报纸上看到的革命胜利的消息鼓舞难友们坚持斗争。他多次受到敌人的严刑拷打,但决不屈服。他受酷刑后吟诗明志:

我决不能弯下腰,只有怕死才求饶。

人生百年终一死,留得清白上九霄。

就是这样的一个有着优良革命传统和良好教育的三口之家英勇地为革命事业牺牲了,但是他们的英勇事迹将永存史册,他们的精神将永远激励着我们!

红岩英雄
——记杨汉秀烈士

她曾是养尊处优的富家大小姐,衣来伸手,饭来张口。但抗日战争爆发后,她受到党的感召和教育,毅然抛家别子,怀着赤诚的爱国主义热情,远赴延安,寻求救国的真理。在这一路上,她历经种种磨难,家庭的阻拦、同志们的猜忌、战争的炮火、国民党军的逮捕,但最终她以顽强的意志、不屈的精神来到革命圣地延安,为中国的革命事业作出了巨大贡献。

她,就是优秀的共产党员——杨汉秀。

杨汉秀,1913 年出身于四川广安县的封建豪门大家族,是当时赫赫有名的反动军阀杨森的侄女。杨汉秀从小受到堂兄杨汉忻的影响,追求进步,提倡男女平等。后来,一位姓朱的共产党员化名进入杨家当一名家庭教师,他经常对她进行爱国教育,宣传革命理想。在他的教育下,杨汉秀的思想发生了巨大的变化,毅然决定放弃优裕的家庭生活,去延安寻找光明的人生道路。

历经千辛万苦,1940 年她终于来到了革命圣地延安。在这里,她改名吴铭,不断学习革命理论知识,学习生产实践,成为了一名合格的人民战士。1946 年,她终于实现了人生的夙愿——加入中国共产党。

抗战胜利后,杨汉秀因为与杨森的关系,被推荐回到四川,做杨森的工作。在一次家庭聚会上,杨森曾半开玩笑地说:“听说共产党是不要老人的,改天你会不会杀你的大伯呀?”杨汉秀正言道:“为人民做好事,为中国谋利益,共产党是不会忘记的。”随后她转达了朱德总司令的问候,但杨森依然不为所动。

1947 年,国民党反动派悍然发动内战,并派特务大肆捣毁各地的共产党组织。由于杨汉秀的出色表现,早就被列入了四川省特务机关的黑名单。6 月,反动特务出动大批军警,在渠县逮捕了杨汉秀,先将其关在渠县警察局,后又转送到成都将军衙门监狱。由于杨汉秀的特殊身份,杨森家人出面活动,特务机关只好将她释放。从此以后,特务们对其密切监视,妄图找到机会再将其逮捕。1948 年 8 月,杨汉秀再次被捕。这一次,特务们直接将她关进了被称为“活棺材”的重庆中美合作所集中营。在狱中,她和江竹筠、左绍英等战友在一起。面对敌人的严刑拷打、威逼利诱,她们坚贞不屈,团结一致,与敌人斗志斗勇。1949 年的春节,杨汉秀积极组织战友排练节目,还带头扭秧歌,并不顾反动军警的阻拦,高唱了“一心拥护朱德总司令,一心拥护解放军”的革命歌曲,让特务们又恨又怕。

1949 年 4 月,国民党军队大部分被歼灭,南京国民政府打出求和的幌子,争取最后的时间,作垂死的挣扎。杨森借保外就医为名,将杨汉秀接出集中营,将她软禁在市民医院特等病房楼上。借此机会,杨汉秀不顾身上的创伤和敌人的监视,多次找到空隙向杨森转述了解放军的政策,讲述革命大义。见杨森冥顽不灵,她又巧施妙计,溜出医院,潜回广安老家,并以此为基地,向贫苦大众宣讲解放军的政策,号召农民奋起反抗,打倒蒋家王朝。

随着南京国民政府的最终覆灭,解放军开始向西南进军,解放全中国。此时,杨森的二十军已被歼灭,在绝望之余,他任用次子杨汉烈为师长,企图重建二十军,恢复自己在四川的反动统治。

面对这种情况,杨汉秀毅然决定去重庆杨森公馆,想利用自己的特殊关系,对杨汉烈晓以大义并策动他们反正。当她把这个决定告诉身边的朋友时,所有朋友都非常吃惊,极其担心她的安危,劝道:“你也不看看现在是什么形势,全国已快解放了。你就乖乖呆在广安乡下,等到全国解放,岂不更好,何必要冒这个险?”杨汉秀不以为然,说:“要革命怎么能怕牺牲呢?解放军攻城略地,难道就不牺牲战士吗?我去找杨森,就是要减少更大的牺牲,所以就是知道杨森要杀我,我也要去。”

就这样,杨汉秀以无畏的精神直接去重庆,住进了飞来寺杨汉烈公馆。但此时杨森已与蒋介石狼狈为奸,妄图以重庆为据点作垂死挣扎。在蒋介石西窜重庆后,杨森策划要搞一次大规模的“九三反共大游行”,以此取悦蒋介石。但就在游行的前一天,在重庆的两江汇合的金融繁华之处突然起火,火借风势,蔓延极广。反动特务意图栽赃共产党,转移注意力。火势刚起时,几个特务匆忙抓住一个小孩和劳福医院的一位药剂师,没有经过任何审讯,就以“共党纵火犯”的罪名,当场在街头枪杀。杨汉秀得知后,异常愤怒,大声痛斥杨森是反动军阀、人民的罪人,将来必将受到人民的审判。杨森恼羞成怒,密令张明选逮捕杨汉秀,以“共产党纵火犯的罪名”处决。

9月17日深夜,张明选带着反动爪牙在飞来寺公馆逮捕了杨汉秀,连夜对其审问。由于不敢正视杨汉秀,审讯时一直蒙着她的双眼。在审讯无果后,残忍成性的杨森密令将杨汉秀押往郊外处决。

深夜,特务们将杨汉秀押上车,沿着成渝公路驶行。当开到僻静地段时,一个特务残忍地用绳子勒住了杨汉秀的脖子,另一个扑上去卡住她的脖子。杨汉秀在车中进行了激烈的抵抗,并将一人的牙齿打落,但最终失去了气息。

在新中国成立的前夕,杨汉秀用自己的生命完成了党和人民的重托。如今青山依旧在,英名万古传。在重庆烈士墓陵园,让我们深情悼念杨汉秀烈士。

革命电台的忠实守护者

——记秦鸿钧烈士

1911 年，“武昌起义”爆发，中国历史上 2000 多年的封建帝制被推翻，并于 1912 年成立了中华民国。国内仁人志士欢呼雀跃，以为推翻了帝制就可以实现民主自由，可以实现国家的繁荣。但是以后 38 年的历史证明，辛亥革命并不是一场成功的革命，并没有解决中国的问题。此后，北洋军阀、国民党反动派相继统治中国，中国仍面临着艰巨的革命任务。

也就是在 1911 年，秦鸿钧出身于山东省沂南县世和庄一个贫苦农民的家庭。不平凡的出生年代注定了他不平凡的人生经历。

由于家庭贫困，秦鸿钧直到 10 岁才入学。此后，他一边帮助家里劳动，一边给地主打短工。亲身经历使秦鸿钧很小就对未来的新社会充满了期待，也对社会现实中压迫的一面产生了强烈的不满。

大革命兴起后，秦鸿钧于 1926 年在家乡组织了农民协会，同年加入中国共产主义青年团。1927 年，经葛德孚介绍，秦鸿钧光荣地加入了中国共产党。大革命失败后，秦鸿钧继续从事革命工作。1929 年，秦鸿钧参加了莒、沂两县的农民暴动，不幸被捕入狱，后经多方积极营救，才安全出狱。经过这次考验，秦鸿钧对国民党反动派有了更清醒的认识，革命意志更加坚定。

1932 年起，秦鸿钧开始担任中共沂南党支部的领导职务。1936 年,组织上委派秦鸿钧去苏联学习无线电技术。无线电技术是一项科技含量较高的技术,秦鸿钧只读过几年私塾,不懂外文,也没有学过代数,要在短短的半年内掌握无线电知识与技术,其难度可想而知。但为了革命需要,秦鸿钧没有退缩,他坚持每天早起晚睡,加紧学习。在一次实习课上,苏联同志拿了一套破旧的发报机让秦鸿钧拆装。这可难坏了秦鸿钧,他想:明明有好机器,为什么要拿一台破旧的机器让我拆装呢?苏联同志热情地告诉他:“不是没有好机器,更不是不愿给你好的机器学习。现在让你多使用旧的器材,碰到的困难和障碍会更多,对你回国之后,在困难条件下掌握技术有好处。”秦鸿钧恍然大悟,连连点头称是。在他的刻苦努力下,他在短短的半年内就掌握了一套完整的无线电技术,并于 1937 年夏回国。

回国后,秦鸿钧奉命到上海建立秘密电台,并于同年与小学教师韩慧如结婚。婚后,他们开了个糖果店。秦鸿钧以糖果店老板的身份到各地购买电台安装材料。经过七拼八凑,终于完成了一套收发电报机的组装。但电线的安装确是一个难题,装在户外很容易被敌人发觉。经过反复思考,秦鸿钧将天线嵌在房子的天花板内,然后在房顶顶端弄开了一个很小的洞,使天线头露出一点。这样,一台真正意义上的无线电电台就建成了。此后,秦鸿钧每晚坚持工作,为保证安全,韩慧如经常坐在窗户旁边负责警备工作。

抗日战争胜利后,国民党反动派掀起了新一轮的反共浪潮,并引发了长达四年的内战。白色恐怖笼罩全国,上海作为国统区经济最为发达的城市,形势更为严峻。为了安全,党中央指示上海的电台只保持与中央的联系,与华东局等地的联系一律停止,并将秦鸿钧亲自接送文件的任务转给韩慧如。秦鸿钧把这个决定转告了妻子,并说:“你所传递的都是党内的机密文件,稍有疏忽,后果将不堪设想!”

有一次,秦鸿钧将一份重要文件交给韩慧如,要她尽快寄出。

当她走到同孚路时，看到敌人在搜查过路行人。韩慧如想起了秦鸿钧经常交代的“冷静”。她马上镇定下来，不紧不慢地走过去。一个警察上来检查，她举起双手，把文件握在拳头里。警察没有搜出什么东西，就放她过去了。韩慧如巧妙地冲破难关，把文件按时送到了指定地点。

1948 年至 1949 年年初，随着三大战役的依次展开，蒋家王朝面临着覆灭的绝境，解放军已准备好渡江作战，上海解放指日可待。面临灭亡的国民党反动派依然在作垂死挣扎。他们疯狂搜查、逮捕地下工作者，秘密枪杀进步人士，不断从空中、地面对我地下电台进行侦查。

1948 年底，革命形势异常严峻，秦鸿钧随时面临着被敌人发现的危险。此时此刻，为了祖国和人民的解放，秦鸿钧不顾个人安危，对可能发生的一切情况都已经做好了准备。他对韩慧如说：“搞革命嘛，总要流血牺牲的。你记住，我们自己也有随时被捕、随时脑袋落地的可能，我们应该时刻准备着！”在敌人加大侦查和搜捕力度的情况下，他依然按时收发电报。但是，秦鸿钧的电台终因收发时间太久，被敌人侦查到了。

1949 年 3 月 17 日深夜 11 时，像往常一样，秦鸿钧在小阁楼里工作。韩慧如在二楼的窗台上观察外面的动静。突然，楼下传来一阵急促的敲门声，韩慧如心中一惊，立即向小阁楼发出警报。不一会儿，十几个特务破门而入，朝天开了几枪，直向小阁楼扑去。秦鸿钧听到警报后，立即镇定和快速地发出最后一组电文，并通知对方停止发报，以最快的速度拆毁了机器，烧毁了刚收下的电文。面对着狼嚎般吼叫的敌人，秦鸿钧泰然自若，表现了共产党员临危不惧的气概。他和韩慧如同时被捕了。

国民党上海市警备司令部第二大队特刑庭对他进行了秘密审讯。秦鸿钧在法庭上大义凛然，坚贞不屈。国民党还有意安排他与韩慧如见面，妄想从他们会面中获取情报。秦鸿钧识破了敌人的阴谋诡计,一再叮嘱韩慧如,一定要坚守党的机密,保持一个共产党员的革命气节。敌人一无所获,便对秦鸿钧使用酷刑。他们扒去他身上的衣服,捆绑在“老虎凳”上,一块块加砖,直至腿骨被压断,昏厥过去。敌人还往他鼻子里灌辣椒水,仍然没有得到半点口供。敌人无奈,只好将秦鸿钧转押到上海四川北路警备司令部。

敌人的各种阴谋诡计施尽后,决定对秦鸿钧下毒手。1949 年5月7日,秦鸿钧和李白等十二位难友被提出监狱,由汽车押送到浦东戚家庙。敌人问他们有什么话要讲,他们坚定地回答:“用不着讲什么话,少数人倒下去,千万个人会站起来继承我们的事业!”临刑前,他们高唱《国际歌》,高呼“中国共产党万岁!”之后英勇地倒在了血泊之中。20 天后,烈士们的鲜血终于换回了上海几百万人民的解放。

中华儿女革命的典型
——记江竹筠烈士

你是丹娘的化身，
你是苏菲亚的精灵，
不，你就是你，
你是中华儿女革命的典型。

这是何雪松同志代表全体渣滓洞难友送给江竹筠的诗。

江竹筠，原名竹君（人们都亲切地称她为江姐），1920年8月20日出身于四川自流井（今自贡市）大山铺朱家沟一个贫苦农民家庭。1939年夏，江竹筠加入中国共产党。1945年上半年，江竹筠与中共重庆市委委员彭咏梧结婚。

1948年川东暴动爆发，起初战事连连告捷，但最终因敌强我弱，寡不敌众，我军被敌军四面合围。1月16日，彭咏梧率领的队伍在鞍子山与国民党正规军五八一团遭遇，突围时，彭咏梧不幸英勇牺牲。当敌人得知彭咏梧是起义部队的领导者时，残忍地将他的头颅割下来，并挂在奉节县的竹园坪镇上“示众”。身在重庆的江竹筠得知彭咏梧牺牲的消息后，悲痛万分，但她并没有因此被击垮，而是更加激起了革命斗志，决定沿着老彭未走完的路走下去。彭咏梧牺牲之后，党组织认为江竹筠再下川东的话，势必非常危险，因此决定让江竹筠留在重庆，另派他人前往川东继续开展工作。但江竹筠坚持要自己去,她说:“这条线的关系只有我熟悉,别人代替有困难。我应该在老彭倒下的地方继续战斗。”由于她的坚持,党组织也就同意了她的要求。

江竹筠再下川东来到万县后,在县法院会计室做职员。不料中共重庆市委书记冉益智和中共川东地工委书记涂孝文先后被捕并叛变,出卖了万县、开县以及湖北宜昌的地方党组织。6月14日上午,江竹筠在万县法院被捕。之后,江竹筠等人被押上轮船,由万县解往重庆“中美合作所”渣滓洞,在轮船上,江竹筠大骂涂孝文“你这个狗,乱咬人,平白诬赖别人是共产党……你没有好下场”。江姐这样做的目的是想把叛徒出卖共产党的消息传出去,让党组织有所提防。

到渣滓洞后不久,敌人了解到江竹筠是彭咏梧的妻子,对她格外“重视”。特务头子、西南行辕第二处处长徐远举亲自审讯江竹筠。徐远举一连提了十几个问题,江竹筠全部回答“不知道”、“不认识”。

徐远举非常恼火,喝道:“给我把她的衣服全剥下来!”

江竹筠见状怒斥道:“我是连死也不怕的人,还怕你用剥掉衣服这种卑鄙的手段来对待我?”“我问你,你妈妈是不是女性?你老婆是不是女性?你女儿是不是女性?你这种可耻的侮辱我的手段,是把你妈妈、你老婆、你女儿都一起侮辱了!”徐远举被说得十分尴尬,恼羞成怒,命令士兵拿来一把特制的筷子,放在江竹筠的手指之间,双手紧握住筷子的两头,用力在手指上猛夹,痛得江姐满头大汗,昏厥过去。特务用冷水把她浇醒后继续夹。在这种情况下,江竹筠仍未吐露一个字,顽强地与敌人作斗争。

此后的日子里,江姐又几次受到刑讯。特务们对她用尽了各种刑具,但是这些东西在江竹筠面前完全失去了效力。

特务们见无法让江竹筠交待,只好收手,放她回了大牢。

此后江竹筠还和曾紫霞、黄玉清三人凭记忆默写了《新民主主义论》和《论共产党员的修养》两书的主要内容，供狱中同志们学习。

1949 年 11 月，重庆解放前夕，蒋介石曾两次飞到重庆，亲自部署对渣滓洞关押同志的大屠杀计划，以便随时逃往台湾。11 月 14 日上午 9 点左右，敌人通知江姐、李青林等人准备转移。此时，江姐已经意识到生命到了最后的尽头，敌人要采取行动了。江姐没有畏惧，而是从容地换上自己的旗袍和李青林等人走出了牢房，准备随时为革命献身。

傍晚时分，敌人将江姐等 30 名同志押往电台岚垭。江姐等人自知为革命献身的时候到了，于是一起高呼："中国共产党万岁！""打倒反动派！"口号声响彻天空，打破了夜晚的宁静。敌人被这掷地有声的口号惊呆了，他们慌了手脚，还未到达目的地，就残忍地将 30 名同志枪杀。江竹筠等 30 名红岩志士为了革命、为了新中国的解放事业献出了宝贵的生命。

向往新生梦北疆
——记许晓轩烈士

许晓轩,学名永安,字小轩,江苏江都县人,曾任中共川东特委青委宣传部部长,1949年重庆解放前夕,被国民党反动派残忍地杀害于重庆白公馆集中营,年仅34岁。

和当时很多贫苦家的孩子一样,许晓轩的童年也是在贫穷、颠沛流离中度过的。看到富人过着灯红酒绿、衣食无忧的生活,而穷人一年到头辛苦地劳作,到头来还是吃不饱、穿不暖,他深深感受到旧社会的不公,便萌生了为穷苦人寻找活路的志向。于是他发奋读书,希望能从书中找到答案。

1935年,年仅20岁的许晓轩经哥哥介绍,进入无锡公益铁工厂做事。由于读过几年书,许晓轩进厂便当上了会计。他平时寡言少语,特别稳重,显示出与自己20岁的年龄不相称的成熟。由于工作认真负责,一丝不苟,一年以后,他就被任命为厂财会的主要负责人。

1937年,日本侵略者发动了"八一三"事变,上海军民奋起抗战。因无锡毗邻上海,为了防汉奸、防空袭,工厂以许晓轩为首,组织了"大刀队",日夜巡逻以保护工厂的正常生产。为了支援上海人民的抗战,工厂开始承接军需产品的生产,以支援前线。许晓轩觉得这正是宣传抗日救国、唤起民众觉醒的好机会,于是,许晓轩就在工人中宣传"国难当头,匹夫有责"的道理。

他说："我们要想国富民强，只有赶走日本侵略者，工人自己当家做主，那个时候，才有可能真正的实现。"在他的感召之下，全厂工人同心协力投入军需生产，支援了上海人民的抗战。不久之后，由于上海沦陷，工厂随之转移到重庆。在重庆，许晓轩的人生发生了重大的转折。

许晓轩经救国会领导人沙千里的介绍，认识了青年职业互助会的领导人杨修范。之后，许晓轩经常参加互助会的活动。职业互助会是共产党领导下的组织青年学习理论、宣传抗战、促进统一行动的社会团体。随着革命形势发展的需要，党组织决定在互助会发展党员。经杨修范的介绍，1938 年 5 月，许晓轩光荣地加入了中国共产党。这是他终生难忘的时刻，他心潮澎湃，决心把一生交给党。

许晓轩入党之后，工作上更加积极。他平时非常节俭，把剩下的钱全部用在了革命事业上。在许晓轩的影响下，他的妹妹最终也走上了革命道路。

许晓轩任中共川东特委青委宣传部部长后，经常深入群众，领导和发动群众斗争。由于叛徒的出卖，在一次开会的过程中，许晓轩被埋伏在会场周围的国民党特务逮捕。

许晓轩入狱之后，亲人们千方百计营救他。当他得知这一消息后，在薄薄的香烟纸上写下了"宁关不屈"四个字，托人从监狱带出。这四个字，表达了他坚贞不屈的革命意志和与敌人斗争到底的坚强决心。许晓轩还在狱中赋诗一首，表达了他对国民党黑暗统治的蔑视和对未来生活的美好向往：

不悲身世不愁乡，百结愁成铁石肠。
止水生涯无节日，强颜欢笑满歌场。
追寻旧事伤亡友，向往新生梦北疆。
慰罢愁人情未已，低徊哦诵"惯于"章。

1946 年，许晓轩等被国民党反动派从息烽集中营转移到白公馆看守所关押。在这里,许晓轩度过了自己人生历程中的最后三年。在白公馆看守所,为了斗争的需要,他们成立了临时党支部,领导在押革命者的对敌斗争。一天,敌人在狱中毒打一名革命者,追问道:“快说,这纸条是从哪里来的,是谁写的?”接着又是一顿毒打,大家都注视着凶残的敌人,每打一下,就像打在自己的身上一样难受。

“住手,那纸条是我写的!”声音从楼下一间牢房传来。

“又是你,许晓轩,快说,那消息是从哪里来的?”

“消息是从你们那里得到的,有次放风的机会,我看见办公室的门开着,就进去从报纸上看到了这消息。”

“你好大的胆子。”看守气急败坏地说。

当敌人的皮鞭正要落到许晓轩身上的时候,整个监狱响起了“不准打人”的抗议声。看守怕事态闹大,追查下来,会处罚他们失职,只好无可奈何地宣布:“今天停止放风。”许晓轩这种临危不惧、舍己为人的精神感动着在白公馆集中营中的每一个狱友,而他却因此被戴上重镣、关进地牢,受到更重的折磨,但他从未屈服,以惊人的毅力和坚定的信念迎接更为严峻的考验。

1949 年 10 月 1 日,中华人民共和国诞生了。许晓轩和难友们仿佛可以听到解放军前进的步伐声。他对难友们讲:“天就要亮了。”此时的反动派却加紧了对白公馆集中营数百名革命者的屠杀,制造了震惊中外的“一一·二七”大血案,300 多名革命志士被杀害,连婴儿也未能幸免。

许晓轩在国民党反动派的牢狱中度过了九个春秋,早已把生死置之度外。当刽子手叫他出来的时候,他知道最后的时刻到来了,他把自己身上的棉衣脱下来,披在一个难友身上,说:“穿上吧,它对你有用的。”随即大步走出牢房,从容不迫地走向刑场。在这舍生取义的最后时刻,许晓轩怒斥敌人:“你们这些狗东西也活不了几天了,人民就要来审判你们了!”他高喊着:“中国共产党万岁!”随后,倒在了血泊中。

1949 年 11 月 30 日,重庆解放了,在党和政府的关怀下,许晓轩和其他 300 多名革命者的遗体被安葬在巍峨的歌乐山下,墓前耸立着高大的纪念碑。他们的故事激励着一代又一代的年轻人。

以生命唱响国际歌

——记张困斋烈士

步入上海烈士陵园,这里安睡着为新中国的建立而牺牲的英雄。虽然烈士们并没有等到他们翘首企盼的光明,但正是因为无数烈士的光荣牺牲,才换来了广大人民解放后的幸福生活。张困斋就是一位在解放前夕遇难的烈士。

张困斋,又名昆者,1914 年出生于浙江宁波。1926 年,张困斋全家迁至镇海县城居住。这一年年底,镇海县成立了党组织,组织领导人多数在县上的中学担任教师,张困斋受到这些进步教师的影响,开始阅读革命理论书籍。1927 年,各地开始进行对共产党的追捕,张困斋眼见学校的校长和教师遭到当局的迫害,他感到绝望的同时也产生了推翻反动政权的想法。革命的愿望在少年张困斋的心里萌芽。

中学毕业后,张困斋跟随哥哥一起前往上海谋生。1931 年“九一八”事变爆发,日本侵占沈阳,接着占领整个东三省,引起了大多数民众的强烈反应。张困斋对政府的外交政策极为不满,与哥哥一起加入左翼联盟,积极投入抗日救亡运动。

1935 年,张困斋和哥哥发起组织了“职业青年救国大同盟”,张困斋亲自制作和传递传单,旨在发动像他们这样的青年工作者联合起来,反对内战,一致抗日。不久,张困斋又参加了“上海职业界救国会”。这一年

12 月 24 日,上海数千人来到南京路游行示威,呼喊口号“停止内战,一致抗日”,租界的巡捕见到游行群众,不由分说拿起警棍就打。张困斋毫无畏惧,向游行民众高呼:“中国人不打中国人!”巡捕听到这句话呆住了,也不好意思再动手。游行群众听到张困斋的口号,情绪高涨,坚持至游行结束。此后,“上海职业界救国会”多次举行了游行,并且任命张困斋为纠察队长,负责维持游行治安,阻止敌人破坏。1937 年 10 月,张困斋加入中国共产党,实现了他多年的愿望。

1939 年 2 月,党组织安排张困斋前往无锡参加抗日根据地的工作。张困斋和部队政治工作人员开始了对部队的改造,以革命的思想武装部队。不久,党组织将张困斋调至机关刊物《江南》编辑部,从事抗日和革命的宣传。《江南》编辑部共有 4 人,白天在村庄里办事,晚上则背着油印机四处流动。张困斋的工作负担最重,他不仅要审阅每一篇稿件,设计刊物布局,还要自己动手写稿,工作十分辛苦。在夜以继日的工作中,张困斋的身体状况越来越差,组织知道张困斋的健康情况后,决定将张闲斋调同上海。

抗战胜利后,张困斋奉命负责掩护党组织转移。他在上海延安中路 916 号开设了“丰记米号”。米店对面就是国民党宪兵司令部,来往政府车辆不绝,戒备森严。张困斋认为最危险的地方就是最安全的,于是坚持在米店落脚。在三年多的时间里,张困斋既要负责掩护工作,又要领导上海的秘密电台,可谓是每天都在钢丝上跳舞。张困斋同时刻苦学习,学会了日语和俄语。为了更好地领导无线电台工作,又钻研起了无线电来。解放战争转入反攻后,张困斋的工作更加繁忙,身体每况愈下,从他的卧室里常常传来剧烈的咳嗽声,有时声音断断续续直到天亮。

1949 年 3 月 19 日,临近上海解放的前夕,国民党发现了这个不停传递信息的秘密电台,立即派出士兵和特务包围了秘密电台。情报员藏好电报机器后就被抓住了。张困斋按照约定来到秘密电台,一看情况不对,即转身离开,可惜走到路口时也被一帮特务逮捕。国民党在监狱里对张困斋等人施尽酷刑,试图从他那里打听到点什么,但张困斋坚贞不屈。

人民解放军横渡长江后,向上海进逼。敌人惶惶不可终日,生怕他们出去之后吐露监狱虐待囚犯的罪行,害怕他们的罪行遭到人民的清算。敌人于是疯狂地屠杀监狱里关押的共产党员。

1949 年 5 月 7 日,一辆囚车开到浦东戚家庙停下,囚车里关押的 11 人是上海的革命工作者。“起来,饥寒交迫的奴隶! 起来,全世界受苦的人……这是最后的斗争,团结起来到明天……”突然间《国际歌》的歌声响彻天际,士兵们的手颤抖起来,竟无法扣下手中的扳机。特务们抢过士兵的机枪开始扫射。这是烈士最后的呼喊,也是敌人最后的疯狂。同年 5 月 27 日,中国人民解放军解放上海。中共上海市委为在解放前夕牺牲的英雄举行了隆重的追悼会,“你们为人民解放事业而战斗到最后一滴血,你们的英名永垂不朽”。

"高唱凯歌埋葬蒋家王朝"
——记陈然烈士

任脚下响着沉重的铁镣，任你把皮鞭举得高高；

我不需要什么自由，哪怕胸口对着带血的刺刀！

人，不能低下高贵的头，只有怕死鬼才乞求'自由'；

毒刑拷打算得了什么？死亡也无法叫我开口！

对着死亡我放声大笑，魔鬼的宫殿在笑声中动摇；

这就是我——一个共产党人的自白，高唱凯歌埋葬蒋家王朝。

这是陈然同志在中美合作所的白公馆里完成的《我的"自白书"》一诗。这不是一首简单的诗篇，而是一个共产党员在艰苦的环境中对敌发出的战斗誓言。陈然把自己的一生献给了党的革命事业，并用自己的实际行动履行着对党的忠诚。

陈然，原名陈崇德，1923 年 11 月 11 日出身于河北省香河县的一个普通职工家庭。陈然的童年是在跟随父亲辗转于上海、杭州、芜湖等地中度过的，他目睹了帝国主义侵略者欺压中国老百姓的卑劣行径。

1938 年，因为陈父工作的关系，陈然一家搬到宜昌。不久，陈然参加了中共地下组织在宜昌创办的"抗日剧团"。虽然年纪小，但陈然虚心好学，认真对待每一项工作，剧团内的人都十分喜爱小陈然，很快他就加入了中国共产党。

1939 年，国民党掀起了第一次反共高潮，剧团的处境十分危险。为了安全起见,剧团内一部分同志将被转移至延安,另一部分则被转往重庆继续活动。上级决定派陈然去延安。去延安一直是陈然的梦想,由于途中没有找到预定的联络人,陈然没能顺利去往延安。一心想找到组织的陈然又与转移至重庆的同志取得了联系,但重庆的同志此时正准备转至湖北,去延安的计划再次成为泡影。此后,上级要求他以与组织暂时断绝关系的身份去江津。但来到江津后陈然的处境变得十分的困难。一方面去延安已经几乎不可能,另一方面自己的组织关系也断了,同时由于亲人都在重庆,所以他对于重庆方面的情况十分惦念。没过多久,陈然决定离开这里,回到重庆继续干革命。陈然在二姐夫的介绍下来到重庆中粮机器厂工作,陈然终于有机会与码头运输工人直接接触,他十分高兴。他不怕苦、不怕累,很快与工人打成一片。闲暇之时他还经常向工人们讲述国民党反动派的恶行,提高工人们的思想觉悟。

失掉党组织关系的陈然并没有因此而气馁,他经常通过《新华日报》了解党的相关动态。1946 年夏天内战爆发后,国民党反动派在国统区疯狂地迫害民主人士,闻一多、李公朴等都惨遭杀害,重庆的局势变得十分严峻。陈然与周围的一些进步青年一起计划筹办《彷徨》杂志,以求对外联系进步青年。这一计划立刻得到党组织的批准。《彷徨》一经出版就反响强烈,很多读者都给报馆来信讲述他们对于时局的看法以及自身的亲身经历等。

1947 年年底,陈然终于重新入党。当时中共重庆市地委开始发行《挺进报》,陈然承担了最为重要的印刷工作。由于白天忙于工作,印刷的工作只能在晚上进行。出于安全考虑,他把蜡纸用图钉钉在桌子上,用一块竹板代替橡皮滚,在蜡纸上刮印,印完之后便将蜡纸烧掉,不留下任何证据。同时,陈然还要想方设法将这些报纸投递出去。由于印刷量大,陈然经常要通宵工作。为了使自己不打瞌睡,他经常低声吟唱《国际歌》。理想与希望支撑着陈然度过了一个又一个漫长的黑夜。

《挺进报》的影响越来越大，陈然等同志感到十分欣慰，但这也引起了国民党反动派的注意。1948 年 4 月中旬，形势越来越恶劣，不少地下党员被捕。上级组织通知陈然转移，但陈然不忍置最后一期《挺进报》于不顾，他决定印完这期后再走。但就在紧张印刷的时刻，几名特务闯进了陈然的家中，他们终于找到了几个月以来不断搜查的“证据”。见特务要逮捕自己的儿子，陈然的母亲上前试图阻止，却被特务推倒在地。陈然随即大声对特务喝道：“你们干什么？走就走，慌什么，我要和娘说几句话。”陈然拉起母亲的手告诉她：“娘！你不要难过，你的儿子没罪，胜利一定是属于正义的事业的，您要保重身体等着我回来。”说完，陈然走出家门，他看了看前方，他知道新的挑战在等候着他。

陈然被押送到中美合作所的白公馆后不久，便与狱中的党组织取得了联系。敌人无论采用何种方法威逼利诱，都没有从他身上获得任何有关共产党的信息。在狱中，陈然运用一张香烟纸向狱中的战友传递着一个个振奋人心的消息。1949 年 10 月 1 日，中华人民共和国成立了，蒋家王朝已彻底覆灭，但部分国民党的残余分子仍旧在作垂死的挣扎。就在胜利的曙光来临之际，反动派们对关押在渣滓洞、白公馆的政治犯进行了血腥屠杀。

1949 年 10 月 28 日清晨，重庆的天空显得格外的阴沉。陈然和其他几位同志被特务押往大坪。走出监牢的陈然淡定自若地向狱中的其他同志告别。在驶往刑场的路上，陈然不断地向路旁的市民宣布革命的喜讯：“人民政府已经成立啦”、“蒋介石完蛋了”、“中华人民共和国万岁”……到了刑场之后，望着一排排手持机枪的刽子手，陈然毫不畏惧，仍然高呼着“中国共产党万岁”、“毛主席万岁”。敌人的枪声响了，陈然倒在了血泊中。

陈然的一生是短暂的，他始终没有忘记自己在入党那一刻对着党旗发出的誓言：“为共产主义事业奋斗终生！”正是英雄用自己的鲜血和生命铸就了新中国的诞生！

主要参考文献

1. 胡华主编. 中共党史人物传(1卷). 陕西:陕西人民出版社,1980.
2. 胡华主编. 中共党史人物传(2卷). 陕西:陕西人民出版社,1981.
3. 胡华主编. 中共党史人物传(3卷). 陕西:陕西人民出版社,1981.
4. 胡华主编. 中共党史人物传(4卷). 陕西:陕西人民出版社,1982.
5. 胡华主编. 中共党史人物传(5卷). 陕西:陕西人民出版社,1982.
6. 胡华主编. 中共党史人物传(6卷). 陕西:陕西人民出版社,1982.
7. 胡华主编. 中共党史人物传(7卷). 陕西:陕西人民出版社,1983.
8. 胡华主编. 中共党史人物传(8卷). 陕西:陕西人民出版社,1983.
9. 胡华主编. 中共党史人物传(9卷). 陕西:陕西人民出版社,1983.
10. 胡华主编. 中共党史人物传(10卷). 陕西:陕西人民出版社,1983.
11. 胡华主编. 中共党史人物传(11卷). 陕西:陕西人民出版社,1983.

12. 胡华主编. 中共党史人物传(12 卷). 陕西:陕西人民出版社,1983.
13. 胡华主编. 中共党史人物传(13 卷). 陕西:陕西人民出版社,1984.
14. 胡华主编. 中共党史人物传(14 卷). 陕西:陕西人民出版社,1984.
15. 胡华主编. 中共党史人物传(15 卷). 陕西:陕西人民出版社,1984.
16. 胡华主编. 中共党史人物传(16 卷). 陕西:陕西人民出版社,1984.
17. 胡华主编. 中共党史人物传(17 卷). 陕西:陕西人民出版社,1984.
18. 胡华主编. 中共党史人物传(18 卷). 陕西:陕西人民出版社,1984.
19. 胡华主编. 中共党史人物传(20 卷). 陕西:陕西人民出版社,1984.
20. 胡华主编. 中共党史人物传(21 卷). 陕西:陕西人民出版社,1985.
21. 胡华主编. 中共党史人物传(22 卷). 陕西:陕西人民出版社,1985.
22. 胡华主编. 中共党史人物传(23 卷). 陕西:陕西人民出版社,1985.
23. 胡华主编. 中共党史人物传(24 卷). 陕西:陕西人民出版社,1985.
24. 胡华主编. 中共党史人物传(25 卷). 陕西:陕西人民出版社,1985.
25. 胡华主编. 中共党史人物传(26 卷). 陕西:陕西人民出版社,1985.

26. 胡华主编. 中共党史人物传(27 卷). 陕西:陕西人民出版社,1986.
27. 胡华主编. 中共党史人物传(28 卷). 陕西:陕西人民出版社,1986.
28. 胡华主编. 中共党史人物传(29 卷). 陕西:陕西人民出版社,1986.
29. 胡华主编. 中共党史人物传(30 卷). 陕西:陕西人民出版社,1986.
30. 胡华主编. 中共党史人物传(31 卷). 陕西:陕西人民出版社,1987.
31. 胡华主编. 中共党史人物传(32 卷). 陕西:陕西人民出版社,1987.
32. 胡华主编. 中共党史人物传(33 卷). 陕西:陕西人民出版社,1987.
33. 胡华主编. 中共党史人物传(34 卷). 陕西:陕西人民出版社,1987.
34. 胡华主编. 中共党史人物传(35 卷). 陕西:陕西人民出版社,1987.
35. 胡华主编. 中共党史人物传(36 卷). 陕西:陕西人民出版社,1988.
36. 胡华主编. 中共党史人物传(37 卷). 陕西:陕西人民出版社,1988.
37. 胡华主编. 中共党史人物传(40 卷). 陕西:陕西人民出版社,1989.
38. 胡华主编. 中共党史人物传(41 卷). 陕西:陕西人民出版社,1989.
39. 胡华主编. 中共党史人物传(44 卷). 陕西:陕西人民出版社,1990.

40. 胡华主编. 中共党史人物传(45 卷). 陕西:陕西人民出版社,1990.
41. 黑龙江社会科学院地方党史研究所、东北烈士纪念馆编. 东北抗日烈士传(第一辑). 黑龙江:黑龙江人民出版社,1980.
42. 黑龙江社会科学院地方党史研究所、东北烈士纪念馆编. 东北抗日烈士传(第三辑). 黑龙江:黑龙江人民出版社,1981.
43. 邓伟志、朱崇儒主编. 现代中国著名人物. 上海:上海人民出版社,1987.
44. 中华全国妇女联合会、妇女运动历史研究室. 中华女英烈(第一集). 北京:人民出版社,1981.
45. 中华全国妇女联合会、妇女运动历史研究室. 中华女英烈(第二集). 北京:人民出版社,1984.
46. 甘肃师范大学政治系中国党史教研室、资料室编. 中国共产党英烈小传(第一集). 甘肃:甘肃人民出版社,1980 年 11 月.
47. 甘肃师范大学政治系中共党史教研室、资料室编. 中国共产党英烈小传(第二集). 甘肃:甘肃人民出版社,1982.
48. 人民出版社编. 不屈的共产党人(第一册). 北京:人民出版社,1980.
49. 人民出版社编. 不屈的共产党人(第二册). 北京:人民出版社,1982.
50. 人民出版社编. 不屈的共产党人(第三册). 北京:人民出版社,1984.
51. 王永均、刘建皋编. 中国现代史人物传. 四川:四川人民出版社,1986.
52. 李剑白编. 东北抗日救亡人物传. 北京:中国大百科全书出版社,1991.
53. 星火燎原编辑部编. 解放军将领传(第二辑). 北京:解放军出版社,1985.

54. 中共广东省委党史研究委员会办公室、广东省中共党史人物研究会、广东省民政厅合编. 南粤英烈传(第一辑). 广东:广东人民出版社,1983.
55. 王一楠,李一星编著. 红小鬼——打开尘封半个多世纪的红色档案. 北京:中共党史出版社,2007.
56. 王春江著. 叶挺. 北京:中国青年出版社,1992.
57. 晓北、姜伟著. 邓中夏. 北京:中国青年出版社,1994.
58. 魏巍、钱小惠著. 邓中夏传. 北京:人民出版社,1981.
59. 董十里编著. 杨靖宇. 北京:中国青年出版社,1994 年.
60. 陈瑞云、张留学、宋世章著. 杨靖宇将军传. 河南:河南人民出版社,1985.
61. 衡阳市革命烈士事迹编写组编. 夏明翰. 湖南:湖南人民出版社,1979.
62. 吕芳文、蒋薛编. 夏明翰. 北京:人民出版社,1984.
63. 侯枫编著. 彭湃烈士传略. 广东:广东人民出版社,1959.
64. 蔡洛等著. 彭湃传. 北京:人民出版社,1986.
65. 华南农学院马列主义教研室、广东海丰县红宫纪念馆、《彭湃传》编写组编写. 彭湃传. 北京:北京出版社,1984.
66. 冯文纲等著. 彭雪枫. 北京:中国青年出版社,1994.
67. 王辅一著. 罗炳辉将军传. 北京:解放军出版社,1986.
68. 朱永来著. 寻淮洲将军传. 北京:解放军出版社,1991.
69. 王辅一著. 项英传. 北京:中共党史出版社,2008.
70. 金风编. 瞿秋白. 北京:新华出版社,1991.

后 记

几十年前，面对着国家和民族的危难，无数革命先烈不畏强暴，挺身而出。为了推翻腐朽的反动统治，为了抵御外敌入侵，他们义无反顾地走上了革命的最前线；为了让人们过上幸福美满的生活，他们抛头颅，洒热血，用自己的鲜血和生命捍卫着自己崇高的革命理想，为我们换来了一个繁荣、昌盛的新中国。

如今，战争的硝烟早已远去，历史又进入了崭新的时代。作为祖国的未来和希望，青少年朋友应珍惜今天来之不易的幸福生活。尤其是广大农村的青少年，不要因为出身贫寒而自暴自弃，应树立远大的理想，奋发图强，努力学习科学文化知识，做一名出色的社会主义事业的建设者和接班人。

为了激发青少年读者的爱国热情，我们选取了140多位革命志士的英勇事迹，并根据烈士牺牲的时间将本书划分为建党初期及国民大革命时期、土地革命时期、抗日战争时期和解放战争时期四个部分。我们相信，青少年读者读完之后，心中定会升起一股热情、一股强大的使命感。

但由于文章篇幅所限，还有许多革命先烈的英雄事迹没有收录进来，这不得不说是本书的一大遗憾。同时，由于时间仓促，加上我们的水平有限，书中不足之处在所难免，恳请读者朋友批评指正。

丁启清　解　晶
艾新军　黄　鹏　编著

苏州大学出版社

革命英烈传

（上）

图书在版编目(CIP)数据

革命英烈传. 上/丁启清等编著. —苏州：苏州大学出版社，2010.9（2011.11 重印）
ISBN 978-7-81137-590-9

Ⅰ.①革…　Ⅱ.①丁…　Ⅲ.①革命故事—作品集—中国　Ⅳ.①I247.8

中国版本图书馆 CIP 数据核字(2010)第 191832 号

革命英烈传(上)
丁启清　解　晶　艾新军　黄　鹏　编著
责任编辑　刘一霖

苏州大学出版社出版发行
(地址：苏州市十梓街 1 号　邮编：215006)
南通印刷总厂有限公司印装
(地址：南通市通州经济开发区朝霞路 180 号　邮编：226300)

开本 850 mm×1 168 mm　1/32　印张 16(共两册)　字数 414 千
2010 年 9 月第 1 版　2011 年 11 月第 8 次印刷
ISBN 978-7-81137-590-9　定价：30.00 元(共两册)

苏州大学版图书若有印装错误，本社负责调换
苏州大学出版社营销部　电话：0512-65225020
苏州大学出版社网址　http://www.sudapress.com

序

历史就像蜿蜒的河流，在我们身边静静地流淌，它见证着我们这个伟大民族的繁荣与富强，也记载着她曾经的沧桑。

在新中国建立的过程中，中华民族在中国共产党的领导下经历了二十几年的硝烟战火。有这样一群人，他们没有闪光的勋章，也没有耀眼的金杯，为了民族的独立和富强，为了人民的幸福和安康，他们英勇不屈地奋斗和拼搏着。面对着外敌的入侵，面对着内战的绵绵战火，他们义无反顾地走上了最前线，用自己的鲜血和生命谱写了一曲曲华美壮丽的乐章。

我们仿佛听到了董存瑞那“为了新中国，前进”的呼喊声，听到了刘胡兰那“怕死不当共产党”的视死如归的声音，听到了邓中夏“敌人可以捉住我，但他们无法打败我”的豪言壮语；我们也仿佛看到了瞿秋白高唱国际歌走向刑场的从容与淡定……

是怎样的一种力量让他们选择了这样一条充满着崎岖和坎坷的道路，又是怎样的一种力量让他们无怨无悔地奉献着自己的青春乃至生命？

是信念的力量！

是信念的力量，让英雄们为了摆脱饥寒交迫的日子发愤图强；

是信念的力量，让鲜艳的红旗在祖国的大江南北高高飘扬。

今天，那个刀光剑影、腥风血雨的年代已经渐渐远去，历史又翻开了新的一页。生活在和平年代的我们，无疑是幸福的，我们远离了战火，更没有刻骨铭心的外敌入侵之痛。但是我们不应也不会忘记，如今的幸福与安宁是那些英雄先烈们用鲜血和生命换来的。就让我们用文字去留住那段历史；让我们用文字去记忆那一段永远都不会褪色的流金岁月……

目录

建党初期及大革命时期

土地革命时期

建党初期及大革命时期

头可断，血可流，工不可复
——记林祥谦烈士

在福州东南的乌龙江畔，有一座巍峨壮观的枕峰山，山上郁郁葱葱，布满了青松翠柏。青松翠柏丛中，长眠着一位英雄烈士，他就是在“二七”大罢工中壮烈牺牲的林祥谦。英雄已经远去，只有这呜咽的河水，青葱的松柏，向我们诉说着英雄的故事和那不屈的精神。

林祥谦出身于福建闽侯一个贫苦农民家庭。和所有贫穷的农家孩子一样，林祥谦从一出生就饱尝了劳动人民的贫寒疾苦和种种不公。少年时代的林祥谦，就开始痛恨那个不平等的旧社会，向往自由美好的新生活。

1911 年，林祥谦进京汉铁路江岸机器厂做工。他深入工人群众，了解群众疾苦。很快就明白了穷人受苦的原因和一些浅显的革命道理。他认识到穷苦老百姓要改善自己的生活，改变自己被压迫、被奴役的地位，就必须勇敢地站起来，和帝国主义作斗争，和封建军阀作斗争，和骑在人民头上作威作福的官老爷们作斗争。从那以后，林祥谦常把自己认识到的那些浅显的革命道理说给自己的亲戚和工友们听。随着自己知识面的不断扩展，林祥谦懂得的革命道理也越来越多，他向工人们宣传的内容也越来越丰富。在林祥谦的积极宣传下，工人的觉悟也不断提高。林祥谦在党的教育下，政治上开始逐渐成熟。经过实际斗争的锻炼，

1922年夏,他光荣地加入了中国共产党。

1922年下半年,京汉铁路主要路段都成立了工会,林祥谦当选为京汉铁路工会江岸分会委员长。他继续深入工人群众,在工人中进行广泛的宣传,深受工人群众的信任和爱戴。随着我党领导的工人运动的不断发展,特别是安源路矿工人大罢工和粤汉铁路工人罢工的胜利,对全国其他地方的工人运动产生了深远的影响。在这种形势下,我党决定在郑州成立"京汉铁路总工会"。"京汉铁路总工会"成立时,遭到反动军阀吴佩孚的疯狂阻挠和种种破坏,吴佩孚命令郑州警察局全力阻止大会的召开。1923年2月1日,就在"京汉铁路总工会"成立的那天,郑州警察局局长黄殿辰派出大批军警,在郑州全市实行戒严,但是工人代表们在敌人的恫吓面前,无所畏惧地走向会场。接着,反动军警又冲入会场,对工人代表进行了镇压,这激起了工人代表和社会各界的强烈抗议。为了制止敌人的镇压,京汉铁路总工会决定举行京汉铁路总同盟罢工,用实际行动回击反动派。

2月4日中午12点,随着林祥谦一声令下,江岸铁路工人罢工正式开始了。罢工引起了敌人的恐慌,反动军阀吴佩孚在帝国主义的支持下,先后在汉口、郑州等地对罢工工人进行血腥镇压。罢工工人的处境越来越危险。2月7日,湖北督军府参谋长张厚生带领大批军队,从江岸车站分三路包围京汉铁路工会江岸分会会所。林祥谦得知敌人分路包围工会的消息之后,命令纠察队副队长曾玉良率众迎敌,并亲自销毁工会的秘密文件。那些守卫在江岸分会会所的纠察队员们,面对着凶残的敌人,毫不退缩,他们拿着铁棍、木棒同全副武装的敌人殊死搏斗。面对着敌人的血腥镇压,铁路工人们高喊着:"为争自由而战,为争人权而战。"枪声大作,敌人扑了过来,曾良玉在和敌人的战斗中英勇牺牲了。疯狂的敌人又到处搜捕,林祥谦在和敌人的搏斗中不幸被捕。

晚上,天空飘着雪花,整个江岸笼罩在一片白色恐怖之中。林祥谦被敌人绑在车站站台的灯柱上。反动军官张厚生在京汉铁路南段段长的带领下，提着马灯来到林祥谦面前，他问："此人是不是林祥谦？"手下回答说："对，就是他。"张厚生先让刽子手给林祥谦松绑，然后假惺惺地说："林会长，受委屈了，你现在唯一的出路是下令工人赶快上工，这样做，我保有你的好处；要不然的话，你就性命难保。"

林祥谦愤怒地看了他一眼，没有理睬他。

张厚生气得面暴青筋，暴跳如雷。他命令刽子手向林祥谦左臂猛砍一刀，恶狠狠地说："上不上工？"

林祥谦斩钉截铁地说："不上！"

张厚生又命令刽子手向林祥谦的右臂猛砍一刀，恼羞成怒地问："你到底下不下复工的命令？"这时，鲜血染红了林祥谦的上衣，不断地滴落在飘着雪花的站台上，林祥谦忍着剧痛，坚定地说："上工要有总工会的命令，我的头可断，血可流，工不可复！"

此时的张厚生就像疯狗一样，疯狂地命令刽子手向林祥谦身上连砍数刀。林祥谦顿时血流如注，昏了过去……

当林祥谦苏醒过来，张厚生面带狰狞，杀气腾腾地问："现在怎么样？"林祥谦用尽全身的力气，怒斥敌人："现在还有什么好说的，一个好好的中国，就断送在你们这群军阀走狗手里……"他的话还没说完，就被敌人残忍地杀害了。

林祥谦为革命流尽了最后一滴血，他用自己鲜明的爱和恨，在工人运动的舞台上写下了壮丽的一页，鼓舞着千千万万的革命者和后来人。

解放之后，为了纪念林祥谦，党和国家在他的家乡乌龙江畔、枕峰山下，修建了雄伟壮丽的烈士陵园。枕峰山松涛呼啸，乌龙江流水呜咽，世世代代向人们诉说着那段英雄赞歌。

劳工的律师
——记施洋烈士

施洋,原名吉超,字伯高,湖北竹山县人,1889 年出生。由于家境逐渐衰落,施洋很小的时候就开始参加劳动,对劳动人民的悲惨生活有很深的感受。1915 年,施洋进入了武昌湖北法政专门学校读书,1917 年毕业之后,他留在了武昌做律师工作。施洋爱憎分明,伸张正义,受到人们的尊重,被选为律师公会的副会长。

1920 年,施洋和恽代英等组织的"利群书社"有了一定的接触,开始和陈潭秋、恽代英等人结识。他参加了马克思主义研究会,接受了马列主义的理论,并积极参加工人运动。

1921 年,当时汉口租界的人力车有 2000 多辆,人力车工人有 6000 多名,每班的工人要交 800 文车租,黑心的资本家不顾人力车工人的死活,提出每班再增加租金两百文。人力车夫忍无可忍,奋起抗租,举行罢工斗争。罢工发生之后,武汉党组织派施洋具体指导罢工工作。施洋到了罢工现场,给罢工人力车夫当了义务律师。他一方面鼓励罢工工人要坚持到底,另一方面他又草拟文章,揭露资本家压榨工人的罪行。同时,为了扩大影响,争取罢工斗争的胜利,施洋和人力车夫代表组织了一次声势浩大的示威游行。在游行过程中,有两个罢工工人被逮捕,工人们更加愤怒了。他们把法国巡捕房和领事馆围了个水泄不通,强烈要求释放被捕的罢工工人。法国领事和资本家狼狈不堪,不得不答应工人提出的条件,释放了被捕的两个罢工工人,并且允许成立人力车工人工会。由于施洋和罢工工人的不断努力,罢工获得了胜利,施洋被聘为刚刚成立的人力车夫工会的法律顾问。

1922 年夏,施洋经过工人斗争的锻炼,政治上开始成熟起来。这年 6 月,经许白昊、项德隆介绍,施洋光荣地加入了中国共产党。也在这一年,施洋担任了湖北工团联合会的法律顾问,他利用自己律师的合法身份,深入工人群众,积极从事工人运动,工人们热情地称呼他为“劳工律师”。

1923 年年初,在京汉铁路总工会筹备的过程中,施洋对总工会的宣传工作提出了很多宝贵的建议,他还担任了京汉铁路总工会的法律顾问。在总工会成立的当天,面对反动军警的阻挠,施洋毫不畏惧,高喊着口号走向会场。成立大会结束之后,施洋等乘火车从郑州返回汉口。在途中,他发表了慷慨激昂的演说,他对工人们说:“我们向封建军阀要自由,要民主权利,就像同老虎商量着扒它的皮一样,他们不会乖乖答应的,唯一的办法就是斗争、斗争、再斗争!”

1923 年 2 月 4 日,京汉铁路工人总同盟罢工开始以后,施洋以饱满的热情投入到战斗中去,他英勇顽强地战斗在罢工的第一线。他不畏艰险的革命精神,使封建军阀对他恨之入骨。在“二七”大罢工中,吴佩孚等反动军阀在镇压铁路工人罢工的同时,也把屠刀举向了施洋。2 月 7 日晚上,天空布满乌云,当施洋从汉口地方审判厅阅卷完回家不久,突然有十几个便衣警察破门而入,冲进了他的卧室。其中一个凶神恶煞地说:“敝厅长请先生有几句话谈,赶快跟我们走一趟吧!”施洋藐视地看了那警察一眼,冷静地问:“贵厅长是谁?”那个警察恶狠狠地说:“敝厅长就是汉口警察厅厅长,奉督察的命令来请你的,还不明白吗?不必多说,赶快跟我们一起走!”

在警察厅,施洋质问看守:“我并没有犯什么法,为什么把我带到这里?”那看守说:“大约是为了罢工的事情,请你来商量一个解决的办法。”

“那实在是太看得起我了,罢工潮流遍及世界,我是什么人,就能解决?”施洋气愤地说。紧接着,他慷慨陈词,讲了罢工的原因。“工人们为什么要罢工,不外乎四种:一、工厂待遇恶劣;二、言论出版都不能自由;三、工资太低;四、工作时间太长。解决了这些问题,罢工问题自然解决,何必请教于我呢?”看守被施洋辩驳得哑口无言,狼狈不堪。随后,敌人将施洋押去武昌。

到了武昌之后,施洋把敌人的法庭当成了战场。当审判官问他为什么要参加“五四”爱国运动和各界联合会时,施洋理直气壮地说:“我作为国民的一分子,爱国为国民天职,为什么不能参加呢? 救国运动为非常行为,工农商学各界既先后参加运动,律师又为什么不可以参加呢?”当审判官污蔑他替工会或工人撰写诉讼状是煽动工潮的犯法行为时,施洋据理反驳说:“我在法律范围之内,行使律师应有之职权,有何犯罪可言? 你们秘密地逮捕我,侵犯我的自由,你们这是犯了法,应当负法律上的责任!”审判官瞠目结舌,不知道如何对答,只好草草退庭。

施洋被捕之后,武汉党组织千方百计组织营救,社会舆论也深表不平,痛斥军阀无理;但反动军阀竟然不顾社会舆论,吴佩孚电令肖耀南,秘密杀害施洋。临刑前,执法官假惺惺地问:“要不要写家信,有没有遗嘱?”施洋厉声回答说:“中国就是我的家,我有什么信可写,我只希望中国的劳动者早点起来,把军阀、官僚资本家和你们这些替他们卖命当走狗的人,一起食肉寝皮!”他怒视着敌人,接着又说:“我不怕人,我不怕事,我不怕死,堂堂做人,反对强暴,你们杀了一个施洋,还有千百个施洋……”敌人恼羞成怒,连声吼叫开枪。施洋高喊“劳工万岁”、“中国共产党万岁”,倒在了血泊中。

年仅 34 岁的施洋,为工人运动献出了自己宝贵的生命,为劳工事业流尽了最后一滴血,他的精神将永远激励着我们前进。

勤劳简朴、英勇不屈的共产党人

——记黄静源烈士

黄静源，1900 年出身于湖南省的一个农民家庭。聪明的黄静源自幼勤奋好学，以优异的成绩考入了湖南省立第三师范学校。在那里，黄静源结识了当时在三师已颇具影响力的人物——蒋先云，两人一见如故，随后他加入了由蒋先云发起组织的学友互助会。

1919 年，由于中国在巴黎和会上的外交失败，著名的"五四"爱国运动爆发了。"五四"精神顿时传遍了祖国的大江南北。当黄静源得知反动政府与日本帝国主义签订了卖国的"二十一条"后，内心十分激愤，他早已痛恨反动政府的卖国嘴脸，于是接连写了十几张爱国传单和标语，他的举动受到了老师和一些进步同学的赞扬。

1921 年 10 月，毛泽东来到衡阳了解这里的青年运动。他给进步青年作了有关中国农民斗争问题的演讲。听了毛泽东的演讲，黄静源深受启发，他觉得自己应该投身于革命的浪潮之中，带领广大人民冲破封建统治的枷锁。黄静源找到毛泽东，向他表达了渴望加入党组织的愿望。同年，在毛泽东的介绍下，黄静源、蒋先云等加入了中国共产党。

入党后，黄静源不忘毛泽东的嘱咐，积极领导进步运动，与反动军阀作斗争。1923 年春天，黄静源与湖南省立第三师范学校的党内骨干领导了一次较大规模的学潮,这次学潮取得了一定的胜利,但反动派联合校方将黄静源等53名学生强行开除。不久后,他在党组织的介绍下来到长沙第一女师当教员。

1924年春,经中共湖南省委派遣,黄静源来到安源煤矿从事工人运动。毛泽东、李立三、刘少奇等人都先后在这里工作,在他们的领导下,这里的工人组织蓬勃发展。震惊中外的"二七"惨案发生后,全国的工人运动转入低潮,安源煤矿的工人组织遭到一定程度的破坏。在这极其困难的时刻,黄静源担任了安源路矿工人俱乐部副主任。他在路矿工人俱乐部总部的帮助下,开始着手工人组织的恢复工作。他制定了相关的规章条例,严格组织纪律,同时还加强对工人们的思想政治教育,经过他的努力,俱乐部达到了空前的团结。在生活中,黄静源丝毫没有领导的派头,生活十分简朴,他还经常与工人们交谈,倾听工人的声音,了解工人的想法。黄静源真心为工人谋福利,深受工人们的拥护。

从1924年7月起,安源矿局就拖欠工人工资数月,年底时又想取消工人的年终双薪。工人们得知这个消息后十分气愤,工人俱乐部曾多次与安源矿局交涉,要求补发工人工资并实行年终双薪,但都无功而返。1925年1月,在中共安源地委领导下,安源路矿工人举行了第二次大罢工。黄静源带领工人前往安源矿局谈判,他据理力争。在罢工工人的压力下,安源路矿局答应了工人提出的条件,并补发了欠饷。罢工取得了胜利。

1925年"五卅"惨案发生后,黄静源带领工人掀起了声势浩大的声援斗争。安源路矿工人的行动引起了帝国主义军阀和资本家的恐惧。他们阴谋对安源路矿工人进行镇压。1925年9月,黄静源在工人俱乐部开完会并准备离开时,被敌人逮捕。

黄静源被捕后被关在萍乡镇守使署,反动派试图在他身上找到线索,妄想将党组织一网打尽,但黄静源坚守正义,不管敌人用什么手段都没有透露半个字。

反动派狡猾地对黄静源说道:"黄先生是聪明人,何必跟着共产党胡闹呢?"

黄静源听了怒斥敌人:"请问我犯了什么罪,为什么要逮捕我?"

"黄先生在安源组织乱党活动,这个大家都知道。"

"俱乐部是为工人谋福利,是为工人服务的,根本不存在什么乱党。"

"黄先生是聪明人,只要黄先生答应不再跟着共产党胡闹,我们便可放了你。"

"笑话,今天你们放了我,明天我便继续搞工人运动。"

反动派听后气急败坏,嚷着动刑,但皮肉之苦并不能使坚贞不屈的共产主义战士屈服,黄静源坚决不向反动派低头,在敌人的面前,他没有露出一丝痛苦的神情。

经过20多天的威逼利诱,反动派未能从黄静源身上得到一丝线索,他们生怕夜长梦多,决定提前处决黄静源。黄静源被反动派押送到了工人俱乐部门前的大操坪上,这时刑场周围早已围满了眼含热泪的工人兄弟们。饱含一腔热血的黄静源对敌人的枪杆毫不畏惧,他对工人们说道:"工友们,不要难过,革命总是要有流血牺牲的,杀了一个黄静源,会有千千万万个黄静源站起来。"反动派的枪声响起,年轻的黄静源就这样倒下了。他是工人的好领导,是优秀的共产党员,在他倒下的前一刻,他仍不忘作为一名共产主义战士的使命,高呼着"打倒帝国主义!""打倒军阀!""工人万岁!"牺牲时,他年仅25岁。

黄静源牺牲后,敌人为了掩人耳目,捏造了大量的"事实"作为污蔑黄静源的罪证。反动军阀担心杀害黄静源的行为会引发工人新一轮的暴动,于是他们增调了很多兵力来镇守安源煤矿,并且安排守卫看守黄静源的尸体,不许工人将其收殓安葬。群情激愤的工人群众半夜里冒着生命危险抢走了黄静源的遗体,并且连夜运往长沙。沿途各处的工人见到英雄的灵柩,无不伤心落泪。10月26日,长沙各界群众为黄静源烈士举行了追悼大会。会后,黄静源烈士的遗体被安葬在了岳麓山上。

洒遍劳工神圣花
——记刘华烈士

1899年，刘华出身于四川省宜宾县的一户佃农家庭。少年时代的刘华就饱受生活的煎熬，努力寻找着出路，他因为家境贫寒，刚读完小学就被迫辍学了。刘华曾当过兵，他想用武力来改造中华。但是军阀的混战和军队的腐败，使他不堪忍受，于是他毅然脱离军队，1920年启程去了上海。

到上海之后，刘华进入了中华书局印刷所绘石制版科当了一名学徒。繁重的体力劳动、恶劣的生活环境，使刘华开始认真思考一些问题：穷人的活路究竟在哪里？这黑暗的社会哪天才能完结？这些问题经常萦绕在刘华的脑际，但他茫然不知所答。

刘华在每天艰辛劳动之后，仍然刻苦读书，寻求真理，他把节省下来的钱几乎都用来购买进步书籍和革命刊物。1923年8月，刘华经过党组织的介绍，进入了上海大学中学部半工半读。上海大学是我党为了进行马克思列宁主义的宣传教育和培养干部而创办的一所大学。在上海大学，我党早期的著名领导人蔡和森、邓中夏等经常给学生授课，系统地介绍马克思主义的基本原理，介绍中国革命的现状。他们深入浅出地分析问题，启发学生思考。刘华在课堂上认真地做笔记，课后孜孜不倦地刻苦学习《共产党宣言》等马克思主义著作。刘华那种刻苦学习的劲头，使同学们深受感动。

由于刘华在学校里是半工半读，每天都要做一些刻钢板、印讲义之类的活，学习时间比其他的同学少。为了不耽误功课，他常常学习到深夜，有的时候为了弄懂一个问题，甚至通宵达旦。经过刻苦学习，刘华的政治觉悟和理论水平提高得很快，他逐渐成为一个坚定的马克思主义者。进校不久，刘华就加入了中国共产主义青年团，后来，他又当选为上海大学学生会的执委。

在上海大学的一年，是刘华政治思想迅速成熟的重要阶段。经过实际斗争的锻炼和对马列主义的学习，他为共产主义奋斗的决心更加坚定，更加渴望成为一名为党冲锋陷阵的战士。1923 年 11 月，中共上海地委审查并批准了中共上海大学支部提出的刘华等人为党员的要求。刘华实现了自己多年的愿望。面对鲜红的党旗，他庄严地举起右手，满腔激情地向党表达了这样的决心："为党的事业，为工人阶级的解放，为中华民族的解放，战斗到流尽最后一滴血！"

1924 年秋，刘华主动向党组织请缨，到工人群众当中开展工作。党组织接受了刘华的请求，并派他到沪西协同邓中夏、恽代英在工人中开展运动。这年 9 月，刘华到沪西以后，马上协助邓中夏等人在小沙渡原有的沪西工人补习学校的基础上，组织了沪西工友俱乐部。他通过学文化，举办演讲会、游艺会等多种形式的活动，对工人进行阶级教育。

俱乐部刚成立时，刘华选择了附近的日本资本家开办的内外棉第七厂作为工作重点。他白天到厂里当勤杂工，广泛地接触工人，向工人传播革命的道理。那些遭受资本家压迫的工人把刘华当做知心朋友，经常在一块诉说衷肠。对工人们的处境，刘华除了同情和鼓励之外，还经常因势利导，启发他们的阶级觉悟。在刘华的悉心帮助和教育下，很多工人很快就参加了俱乐部的活动，有的还成了俱乐部的骨干。在邓中夏、刘华的努力下，到 1924 年年底，短短三个月的时间里，沪西工友俱乐部的会员已接近 2000 人，在

19个厂建立了俱乐部小组。在此基础上,党在沪西一部分工厂中还建立了党、团组织,一支坚强的工人骨干队伍迅速形成了。

1925年5月,第二次全国劳动大会在广州召开,成立了中华全国总工会,刘华被选为中华全国总工会执行委员。5月15日,内外棉第七厂的资本家无理杀害了共产党员顾正红。面对日本资本家的反动气焰,内外棉纱厂的工会发表宣言,揭露日本帝国主义的暴行,号召全上海工人、学生、市民联合起来,进行反帝斗争。在这种情况下,中共中央召开会议,决定于5月30日在上海租界组织反帝国主义的示威游行,刘华不知疲倦地在工会办事处进行紧张的准备工作。5月30日,几千名工人和学生组成示威队伍,浩浩荡荡地向租界行进。面对上海人民的示威游行,租界巡捕房竟出动大批军警,逮捕了演讲的学生100多名,并开枪打死了在巡捕房门前抗议的群众13人,并有几十人受伤,酿成了震惊中外的"五卅"惨案。

旧仇未报,又添新恨,这激起了工人们的无比愤怒。刘华以内外棉纱厂工会负责人的名义召集了沪西各厂工会干部100多人开会,积极准备发动更大规模的斗争。为了促成全市的"三罢"斗争,刘华带领几百名工人向上海总商会进发,督促总商会下罢市令。总商会在群众的压力下,终于在"六月一日起实现全市罢市"的文告上签了字。上海人民联合起来反对帝国主义的"五卅"运动轰轰烈烈地开展起来了。

1925年9月,军阀政府在帝国主义的支持下,对罢工群众加紧进行了武力镇压,他们查封了上海总工会,并下令通缉刘华等上海总工会领导人。11月19日,由于叛徒出卖,刘华在途经公共租界时不幸被捕。第二天被引渡到了军阀孙传芳处。孙传芳采取软硬兼施的方法,妄图使刘华屈服,但刘华始终坚贞不屈。孙传芳秉承帝国主义的旨意,对刘华执行"秘密枪决,灭尸不宣"。11月27日深夜,南市蓬莱路附近的荒地上响起了罪恶的枪声,年仅26岁的刘华,为工人运动、为共产主义事业献出了年轻的生命。

一个刘华倒下去了,更多的工人立下了庄严的誓言:“继他平生未尽志,个个争做革命党。”响亮的誓言,划破了黑夜的长空,指引着人们继续前进。

愿生如闪电之耀光
——记高君宇烈士

我是宝剑，我是火花，
我愿生如闪电之耀亮，
我愿死如彗星之迅忽。

这是高君宇生前写在自己照片上的一首言志诗，他的一生，就像他诗中所说的那样，如闪电般耀亮。

高君宇，1896 年出身于山西静乐县一个地主家庭。1909 年高君宇考入了静乐县高等学堂，辛亥革命之后，他又考入了设在太原的山西省立第一中学。当时的省立一中可以说是山西新思潮的中心，高君宇在这里阅读了大量的进步书籍，受到了进步思想的熏陶。他经常和进步同学讨论国事，发表自己的见解，深受师生的称赞。

辛亥革命虽然推翻了清政府的统治，结束了中国两千多年的封建帝制，但是它并没有完成反帝反封建的任务，中国依旧处在黑暗之中。1915 年，袁世凯同日本帝国主义签订了旨在灭亡中国的“二十一条”，激起了全国人民的极大愤慨，高君宇以极大的义愤投入了反对袁世凯卖国条约的示威游行。他们走上街头，发表演说，号召人们起来进行反袁斗争。袁世凯称帝失败后，中国又陷入了军阀混战的局面，人民群众陷入了更深重的灾难。为了寻求救国救民的道理，高君宇毅然离开家乡，奔赴北京，1916 年他考入了北京大学。高君宇进入北大之后,广泛阅读了宣传新思想和新文化的各种刊物。在那些进步刊物的影响下,高君宇的思想开始变得成熟起来。

1918 年 5 月,为抗议段祺瑞政府与日本签订《中日共同放敌军事协定》,留日学生在日本举行集会,遭到日本军警的殴打和拘捕,但他们不畏强暴,组织救国团,后罢课回国。这种行动得到了北京爱国学生的同情和支持,高君宇和邓中夏等北大学生到车站欢迎归国代表。他们还联系组织了北京各高校的学生 2000 多人到总统府进行请愿。请愿失败后,高君宇、邓中夏等发起组织了学生救国会。后来,高君宇还参加了进步社团——少年中国学会。

1919 年,"五四"运动爆发后,高君宇和其他北京大学的学生一起参加了示威游行。当游行队伍来到曹汝霖门前时,他和其他学生冲进了曹汝霖府中,痛打了藏在那里的卖国贼章宗祥,火烧了赵家楼。"五四"运动中,高君宇四处奔走呼号,他也深深地感受到了只有依靠群众的力量才能改造社会。经过"五四"运动的洗礼,高君宇很快成为了一名具有共产主义思想的知识分子。

1920 年 3 月,邓中夏、高君宇等人在李大钊的指导下,秘密成立了北京大学马克思学说研究会,这是我国最早研究和宣传马克思主义的团体之一。当时,马克思主义书籍是被北洋军阀视为"异端邪说"而遭查禁的。高君宇和研究会的成员冒着危险,千方百计地寻找马克思主义著作进行学习研究。同年 11 月,高君宇、邓中夏、何孟雄等在北大成立了北京社会主义青年团,高君宇任书记。他积极领导团员在工人和学生中开展革命宣传和组织活动,在党团的建设工作当中起了比较大的作用。

1921 年 3 月,在北京社会主义青年团第四次会议上,高君宇当选为执行委员。会后,高君宇被派回山西筹建社会主义青年团。他到太原之后,邀请进步青年进行座谈,多次和进步青年商谈建立革命组织的问题。经过他耐心细致的工作,太原社会主义青年团于 1921 年 5 月 1 日正式成立了。高君宇在太原的一系列活动,为马克思主义在山西的传播开拓了道路,也为山西党组织的建立奠定了基础。

1921年7月中国共产党成立之后,高君宇光荣地加入了中国共产党。1922年在党的第二次代表大会上,高君宇当选为中央委员,接着他又参加了党中央8月在杭州召开的特别会议。这次会议决定出版《向导》周报,作为指导群众进行革命斗争的舆论工具,由蔡和森担任主编,高君宇任编辑。在《向导》的编辑工作中,高君宇付出了巨大的精力。为了争取时间把稿子早发出来,他往往只买些芝麻饼和烤红薯,在写字台前边吃边写,有的时候甚至通宵达旦。他在《向导》周报上发表了很多文章,这些文章就像响亮的号角鼓舞着工人阶级和广大群众,在引导和鼓动全国人民斗争方面,起了巨大的作用。高君宇患有严重的肺病,每当劳累过度,就会剧烈地咳嗽、吐血。大家都劝他休息一下、注意自己的身体,他总是一笑置之。当时党的经费很困难,高君宇便把自己的生活费拿了出来,自己过着节衣缩食的生活。

1923年,高君宇参加了党召开的"三大"。会后,他担任了党中央教育宣传委员会委员。之后,他把主要精力放在了建立统一战线的工作上。1924年5月他到达太原,促成了山西地区的国共合作,之后他又南下到广州,担任孙中山的秘书。他那顽强的革命精神和卓越的才能,深受孙中山的赏识和器重。

高君宇本来就有肺病,再加上在广州紧张忙碌的战斗生活,他的病情更加严重了。他在北京住院时,仍一心想着党的事业,当病情略有好转,马上就出院工作。

高君宇出院之后又投入了紧张的工作中。没有想到,他在此时突然患上了急性阑尾炎,1925年3月4日开始腹痛不止,被送进协和医院,经抢救无效,3月5日凌晨离开了人世,年仅29岁。

高君宇远去了,他用29岁年轻的生命火炬,为一代一代的后来人照亮了前进的道路!

南京路上英雄花
——记何秉彝烈士

1925年5月30日,上海南京路上,人山人海,旗帜飞扬。上海各高校三千多名学生联合举行游行示威,抗议日本帝国主义残忍杀害中国工人同胞顾正红。在此悲愤时刻,一位青年学生快步走到人群前面。他操着四川口音,慷慨激昂地向大家痛斥帝国主义的滔天罪行。只见他挥舞着自己的双拳,怒视着不远处的外国领事馆,向人群大声疾呼:"同胞们,我们要团结起来,打倒帝国主义。把帝国主义赶出上海,赶出中国……"在他的带领下,游行群众情绪激昂,抗议的声浪一潮高过一潮,人们高呼"打倒帝国主义!""释放被捕同胞!"这次斗争在中国的近代史上写下了悲壮的篇章。

这位带头的青年学生就是上海大学学生会的领导者、优秀的共产党员何秉彝。

何秉彝,字念慈,1902年出身于四川省彭县一户地主兼商人的家庭。尽管从小家境富裕,但何秉彝并不像其他有钱人家的孩子那样吃喝玩乐、虚度光阴。1922年中学毕业后,他心怀实业救国的理想,考入了成都工业专门学校。他在写给父母的信中写道:"既已插身学界,投躯工业,虽不敢希其大成,学是专家,抑亦自当为此以立足。"但进校后,他很快发现,成都工专师资、设备太差,根本不能满足自己的求学需要。

1923年，何秉彝不顾家人的多方劝阻，怀着对未来的美好希望，离川赴沪，报考了上海大同大学。在上海的这段时间，他眼见中国外遭帝国主义侵略，内受万恶军阀蹂躏，遂改变实业救国的初期理想，弃理从文，考上了上海大学社会学系。在这所学府里，他怀着"为人民谋幸福"的信念，努力学习马列主义和各种文化知识，经常聆听大师们的演讲，时刻胸怀社会时事，积极参加社会实际斗争。

1924年双十节，上海各界在天后宫隆重举行国庆纪念会。何秉彝、黄仁等六位同学作为代表参加了会议。这时，江苏军阀齐燮元与浙江军阀卢永祥正在混战，争夺地盘。会上就有人提出要拥护卢永祥，并称赞他英明睿智，能够为民做主。何秉彝等人奋起驳斥，指出："中国的祸害正是军阀的残忍与混战，我们吃军阀的苦，已经吃够了，我们应当打倒一切军阀。"他们的精彩演说博得与会者雷鸣般的掌声。但这时军阀走狗探得消息，冲进会场，对学生肆意殴打。黄仁勇敢地站出来质问他们，反动走狗恼羞成怒，一起拥上主席台，对黄仁拳打脚踢，最后把他摔在水泥地上。黄仁身受重伤，不久身亡。何秉彝的鼻子被打出血，眼镜也被打碎了。反动军阀的恶行和同学的牺牲，让何秉彝悲愤不已。但他没有就此退缩，正如他在黄仁追悼会上所作的《哭黄仁烈士》的悼词："我的爱友黄仁呀！你死了；作革命之先锋，为青年的模范而死了！我只有将泪珠儿尽洒，眼帘儿揉烂！不，尽我这残生，继你的素志，为革命而战！"

一天下午，一队英国巡警气势汹汹地闯进上海大学，冲进了图书馆。他们不由分说，乱砸一通，把社会科学类的书都装进麻袋，准备运走。何秉彝得到消息，带领一班同学涌进图书馆，拦住了巡警。带队的军官蛮横地训道："这些都是危险书籍，作为学生，应该多看些小说消遣消遣。"说完就要带走这些书。何秉彝见状，守住门口，大声喝道："这是中国人的地方，看书是中国人的自由，你们没有资格干涉。”学生们个个义愤填膺,一边高喊口号:“打倒帝国主义”、“帝国主义滚出中国”,一边与巡警争夺起来。巡警们见势不妙,只好灰溜溜地逃走了。同学们见巡警们夹着尾巴溜走了,高兴得欢呼起来。何秉彝激动地对同学们说:“帝国主义为什么害怕我们学习社会科学,就是害怕我们中国的觉醒。只要中国人都觉醒了,团结起来,我们就能打倒一切帝国主义。”从此以后,何秉彝更加潜心学习社会科学,积极参加社会实践活动。

1925年,历史的天空异常昏暗。上海日商纱厂资本家勾结反动军阀,肆意虐待中国工人,并枪杀了顾正红。面对血的耻辱,上海工人纷纷举行罢工,以示抗议。上海大学等各校学生为支援工人斗争,联合组织游行示威。中国人心中的怒火熊熊燃烧起来了。为了集中力量,抗议帝国主义压迫中国人民的罪行,党中央决定举行一次空前的反帝示威游行,以上海学联为总指挥机关,何秉彝担任总指挥部的联络员。在党的领导下,一场轰轰烈烈的反帝运动开展起来。

5月30日,以学生为主体的演讲队不断穿行于人群中,向听众痛斥帝国主义对中国的压迫,号召同胞们奋起抗争,共御大敌。听者无不同仇敌忾,喧声震天。何秉彝在这场运动中,深深感受到了中国人不屈的战斗精神。帝国主义面对声势浩大的群众示威游行,出动大批巡捕,肆意殴打演讲学生和听众。这时,指挥部决定:“通知所有演讲队都向南京路集中,决不后退。”作为联络员,何秉彝不顾满身疲倦,快速向人们传送这一指示。

到了下午两三点钟,南京路上已聚集了成千上万的人。何秉彝站在队伍的最前面,他带领大家围成钢铁人墙,齐呼口号。面对巡捕的凶暴殴打,何秉彝没有退缩,他愤怒地走上前质问巡捕。对峙一直持续到下午四时,凶恶的帝国主义悍然下令向人群开枪,制造了骇人听闻的“五卅”惨案。何秉彝站在队伍的最前面,胸部连中数枪。他摇摇晃晃,坚持不倒,依然挥舞着拳头,高呼:“打倒帝国主义!”“中国人民万岁!”最终他倒在了血泊之中,年仅23岁。

何秉彝的生命虽然短暂,但他的生命意义十分宽广。让我们在缅怀烈士时,唱起这首歌:“五月的鲜花开遍了原野,烈士的鲜血浇灌了鲜花。为了继承先辈的遗愿,我们勇敢地踏上征程……”

沉雄远略
——记李慰农烈士

1925 年盛夏，在日本帝国主义和反动军阀控制的青岛法庭上，一位青年革命者戴着沉重的镣铐，迈着坚定的步伐，慷慨答道："我是革命党人，正在领着许多穷兄弟推倒你们这一伙日本帝国主义的走狗，我只有头一颗，然而革命党人是斩不尽杀不绝的。"

他，就是青岛工人运动的优秀领袖，"大节傲王侯"的青年革命家李慰农。

李慰农，原名李尔珍，1895 年出身于安徽巢县油坊郑村一个贫苦的农民家庭。由于家境贫寒，只得一边读书，一边从事农业劳动。清贫的生活并没有消磨他的意志，反而促使他勤学上进，并经常以"凿壁偷光"、"悬梁刺股"之类的故事激励自己。

1907 年，革命活动风起云涌。徐锡麟因刺杀恩铭未成，被清廷残酷杀害。消息传来，闻者无不扼腕叹息，悲痛欲绝。12 岁的李慰农随即在镇上登台演讲，历数中国近代屈辱，慷慨激昂，滔滔不绝。演讲完毕，听众报以热烈的掌声，从此，李慰农的名字传遍方圆几十里。

由于身处农村下层，目睹了贫穷的农村面貌，李慰农决心致力于发展农业科技，振兴中国农业。中学毕业后，他以优异的成绩考进了安徽省立第二甲种农业学校，并将自己的名字"尔珍"改为"慰农"，表明了农业富国的志向。在校期间,他努力学习科学技术,希望将来用自己的知识改变祖国农业落后的面貌。

1915 年,新文化运动爆发,李慰农感受着时代的新风貌,不断接受新的文化思想,并进一步学习马克思主义和"十月革命"的经验,从中探索救国救民的真谛。在"五四"运动的浪潮下,李慰农和同学一起,组织罢课和游行,反对北洋政府的卖国政策,促进了芜湖反帝爱国运动的深入发展,成为学界有影响力的领袖之一。

1919 年,李慰农经过新思潮的熏陶,与蔡和森等 50 余人一道赴法学习,先后在巴黎鞋刷厂和蒙达尼胶厂做工。此时第一次世界大战刚刚结束,欧洲各国经受战争创伤,人民饱受苦难,促使李慰农认识到了资本主义制度的腐朽和没落,更加信仰共产主义。李慰农与蔡和森、王若飞等多次组织留法学生发动斗争,反对中法大借款,维护民族利益。1922 年李慰农和赵世炎、周恩来等组织成立了"中国少年共产党",后改为中国社会主义青年团旅欧总支部。同年冬,李慰农转为中国共产党员,后被选送到苏联莫斯科东方劳动者共产主义大学学习,深入研究马列主义科学思想。

随着以国共合作为基础的革命统一战线的建立,轰轰烈烈的国民大革命运动开展起来,李慰农虽身在国外,但时刻心系祖国。1925 年春,李慰农奉调回国,来到当时中国人民反帝斗争的前哨阵地——青岛。很快,他在人口最稠密的四方村建立了中共四方支部,建立了以产业工人为中心的工会组织。青岛的革命斗争得以蓬勃发展起来。

李慰农性格文静,平易近人。他到了四方村后,经常与工人同吃同睡,宣传革命道理。他的生活非常简朴,不浪费,不铺张,省下来的每一分钱都用来帮助有困难的同志,在工人中具有很大的影响力,很多工人都主动帮他印刷和散发宣传品,并时刻保护他的安全。

1925 年 4 月,李慰农领导青岛工人取得了反对日本帝国主义联合大罢工的重大胜利。随后日本帝国主义勾结反动军阀张宗昌对工人进行镇压,制造了著名的“青岛惨案”。惨案发生的次日,日本帝国主义又在上海制造了“五卅”惨案,并称为“沪青惨案”。面对国仇家恨,李慰农没有气馁,他很快就领导成立了“胶济铁路总工会沪青惨案后援会”,大胆揭露日本帝国主义屠杀中国人民的罪行,同时号召青岛各界人民奋起抗争,很快掀起了工人罢工、学生罢课、商人罢市的反帝斗争怒潮。由于李慰农的出色组织,青岛的反动势力遭到了沉重打击。因此,日本驻青岛领事伙同日本资本家勾结奉系军阀张宗昌,企图逮捕李慰农,彻底消灭青岛的共产党势力。1925年7月26日,军阀政府出动大批军警包围了四方村,一家一户进行搜索。这时李慰农想到自己的住所还留着大批党的秘密文件和全市党员花名册,如果这些东西落入敌人的手中,后果将不堪设想。于是,他放弃了最后的逃生机会,急忙回到住所,将所有文件烧毁。当反动军警闻讯赶来时,所有的机要文件已化为灰烬,敌人一无所获,大失所望,便粗暴地将李慰农带走。

敌人认为李慰农是个要犯,于是对他进行严刑逼供,妄图获取重要机密。李慰农坚强不屈,大声地斥责这些反动走狗,公开宣称:“我来青岛的主意,因为青岛是中国的青岛,是山东的咽喉,我要打倒帝国主义,先从青岛开始。我要和青岛人民一道,打倒帝国主义,打倒帝国主义的走狗。”敌人使出各种卑劣的手段,鞭打、铁烙、抽指甲……李慰农的臀部肌肉被打烂,肋骨被打断,但他始终守口如瓶,没有透露半点信息。反动派最后恼羞成怒,决定将其杀害。为了掩人耳目,7月29日深夜,李慰农被秘密押赴青岛东南的团岛海滨沙滩。此刻,迎着那海边的徐徐清风,仰望着那日出东方的晨曦,李慰农嘴角露出坚毅的笑容。临刑时,他目视前方,高呼“打倒帝国主义”、“中国共产党万岁”,最终倒在了血泊之中,时年30岁。

新中国成立后,青岛人民在李慰农牺牲的不远处为他塑造了雕像，让他永受后人敬仰。伴随着烈士的英魂，称颂烈士精神的诗作也流传后世：

浩浩长江天际流，风吹乐奏送行舟。
问谁敢击中流楫，舍却吾侪孰与俦。

工人阶级的先锋战士
——记顾正红烈士

顾正红,1905 年出身于江苏省盐城阜宁县獐沟区篆河乡(今盐城滨海县正红乡)一个贫苦农民家庭,在这个贫苦家庭中,顾正红是长子,下有两个弟弟,四个妹妹。由于父亲早年为生活所迫去上海谋生,顾正红很小就扛起家中的重担。1921 年 10 月,江苏阜宁一带发大水,母子八人辗转逃荒来到上海,因父亲工资微薄,无法维持全家生计,顾正红的二弟被饥饿夺取了生命。1922 年经多方周转,17 岁的顾正红进了日商内外棉九厂做工,“六进六出”(早晨六点进厂晚上六点离厂),忍受着剥削和压迫。

在日商企业中存在这样一个潜规则:凡新进厂的工人前几个月的工钱,要作为工头“酬谢金”。顾正红为此与工头作斗争,被工厂开除。在其他工人的帮助下,他进了内外棉七厂。1924 年,党为加强工人运动,把沪西工人区列为工作重点,先是开办了工人补习学校,后又组织沪西工友俱乐部。当时,邓中夏、恽代英、项英、李立三、刘华、杨之华等都在沪西工友俱乐部给工人上课或演讲,给工人们灌输革命的思想。顾正红在工人补习学校认真学习,并经常向工人宣讲从俱乐部学来的革命道理,教工人们唱革命歌曲,组织和发动工人起来斗争。

1925 年,内外棉八厂厂主制造事端,殴打女工,开除男工，指使巡捕房逮捕工人代表。在党的教育下已经觉醒的日商工厂的工人们一致要求起来斗争。党组织决定抓住这个时机，发动一次大规模的罢工运动，动员全上海的工人投入这次斗争。由于工人们坚持斗争，终于迫使日本资本家签订优待工人等四项条件，罢工取得了初步胜利。2 月，上海 22 家日纱厂工人先后举行了罢工。顾正红积极投身于罢工运动，鼓励工人们勇敢罢工。罢工胜利结束不久，日商变本加厉，虐待工人，工人稍有不慎，即遭棍击等。目睹这一切，顾正红不顾日本厂方人员对他的嫉恨和监视，总是及时把工会和俱乐部开会的情况传达给工友们，让大家作好准备，继续进行斗争。在这场罢工斗争中，顾正红经受了考验，并光荣地加入了中国共产党。

四五月间，由于棉贱纱贵变成棉贵纱贱，工会和俱乐部决定采取轮流怠工的方法以拖垮日本资本家。日商们以开除、武力压制等方式来对付工人运动。针对日商紧锁工厂大门不开工等情况，顾正红带领七厂夜班工人们到工厂门口进行理论。门口站着三名印度巡捕，手里拿着铁棍、木棒，一个个凶相毕露。然而工人们并不畏缩。日本点名员拦阻工人们说："厂里没有纱做，大班叫你们统统回去。"顾正红领着工人们喊道："叫大班出来说话！""不发工资，绝不回去！""日班有钱资，夜班也应发工钱。"日本职员笑道："告诉你们，日班也不发工钱。"工人们义愤填膺，纷纷冲破工厂大门，呼喊"我们要上工"。凶残的印度巡捕和日本点名员对冲进大门手无寸铁的工人肆意殴打，工人被打得头破血流。顾正红见此情景，一面带领大家高喊"东洋人打伤工人啦"，一面带领一部分工人冲进长料间，拿出一些木棒作为自卫武器。

随后，内外棉副总裁大班原木和七厂大班川村接到巡捕、暗探的急告后，急忙带领一群打手杀气腾腾地奔来，顾正红带领工人们迎面冲了过去。顾正红手持木棒，高呼口号，跑在队伍的最前列。七厂大班看清楚工人的带头人是顾正红，立即向顾正红打了一枪，打手们看到大班开枪,也都用铁棍、大刀对工人们猛打猛刺。川村那一枪正中了顾正红的左腿,鲜血直流,顾正红咬紧牙关,仍高呼:“工友们,大家团结斗争啊!”工人们为顾正红的英雄行为所鼓舞,个个奋不顾身,向日本资本家和他们的一群走狗冲去。这时川村又开了一枪,正中顾正红腹部。顾正红强忍着疼痛,怒视着帝国主义的种种罪行,抓住身旁的一棵小树,站立在人群中,继续鼓舞工人们坚持斗争。川村见顾正红依然不屈,又向顾正红的头部开了一枪,顾正红想拼死一搏,但已力不从心。川村看到顾正红仍在挣扎,于是就向前一步又向他开了一枪,并且用大刀向顾正红猛刺了数刀。顾正红倒在了血泊之中。工人们奋起反抗。斗争持续了一个多小时,附近工厂的工人也赶来支援。后来在巡捕房派来的武装部队的干涉下,斗争才得以平息。

工人们怀着极为悲痛的心情,把顾正红等受重伤的工人抬上人力车,送医院抢救。在途中,顾正红还隐隐地说:“我不去东洋人的医院……”护送的工人们一面护送,一面高呼:“东洋人打死人了,我们一定要报仇!”跟随在车后的人也越聚越多,形成了一支浩浩荡荡的抗议队伍。刘华等闻讯后,立即把顾正红同日本帝国主义的斗争情况向党组织作了汇报。5月16日下午2时,中国工人阶级的先锋战士、年仅20岁的顾正红,因伤势过重医治无效牺牲。他为无产阶级解放事业献出了宝贵的生命!

在顾正红惨案发生后,上海的工人们在党组织的带领下形成了更为团结的斗争队伍,以更加积极的斗争精神同日本资本家作斗争,兴起了一场波澜壮阔的反帝运动。5月24日,在闸北潭子湾荒场,工人们为顾正红烈士举行了公祭大会,大家下定决心踏着顾正红烈士的血迹,继续前进,决不后退。

为党的事业“尽善尽美尽年华”
——记王尽美烈士

王尽美，中国“一大”代表，山东党组织的创建人，中国共产党的创始人之一。王尽美原名王瑞俊，字灼斋，1898 年出身于山东莒县大北杏村的一个佃农家庭。

1918 年，王尽美考入山东省立第一师范学校，临行前挥毫作诗，以抒情怀：“沉浮谁主问苍茫，古往今来一战场。潍水泥沙挟入海，铮铮乔有看沧桑。”1919 年，王尽美积极投身“五四”运动，被选为省立一师北园分校代表，带领同学参加集会、游行，开展宣传活动。1920 年 3 月，他结识了北京马克思学说研究会的罗章龙，并成为该研究会的通讯会员。同年 11 月，他与邓恩铭等发起组织进步学术团体“励新学会”，创办《励新》半月刊并任主编。《励新》半月刊登载了大量有关山东教育和妇女解放及讨论社会改造问题的文章，通过具体事实剖析社会，痛斥反动当局的罪恶，抨击社会时弊，启发青年觉悟，积极宣传新思想、新文化。1921 年春，他与邓恩铭等发起创建济南共产党早期组织。7 月，他与邓恩铭赴上海出席中国共产党第一次代表大会。在中共“一大”召开期间，他和邓恩铭虚心好学的精神以及他们在大会讨论时所发表的对马克思主义的见解，给与会代表留下了深刻的印象。中国共产党的建立，更加坚定了王尽美为实现尽善尽美的共产主义崇高理想而献身革命的信心和决心，为此，他改名王尽美，并写了一首名为《肇在造化——赠友人》的诗:“贫富阶级见疆场,尽善尽美唯解放。潍水泥沙流入海,乔有麓下看沧桑。”从此,王尽美献身于为劳苦大众求解放的无产阶级革命事业,直至献出了宝贵的生命。

王尽美和邓恩铭参加完党的“一大”归来后,同王翔千、王复元、王象午等人,于当年9月在济南发起成立了“山东马克思学说研究会”。这是共产党组织领导的公开的学术团体。马克思主义学说研究会的主要任务是组织会员读书和研讨,学习《共产党宣言》、《马克思主义浅说》等著作。它的成立,推动了马克思主义在山东的进一步传播,为党培养了一大批骨干力量。

1922年1月,王尽美与邓恩铭等6人作为山东的共产党代表与其他革命团体代表出席了在莫斯科召开的远东各国共产党及民族革命团体代表大会。王尽美等从莫斯科返回济南后,积极贯彻大会精神,努力推进了山东革命运动的发展。

1922年6月,根据工人运动发展的需要,中国劳动组合书记部山东分部成立,王尽美任主任,并创建了中国劳动组合书记部山东分部机关刊物《山东劳动周刊》。当时正值军阀政府警察厅通令征收理发业“卫生执照”捐,王尽美趁机组织发动理发工人大罢工,迫使反动当局答应免去“卫生执照”捐、全部释放被捕工人、允许自由组织工会等三项条件。这次罢工的胜利,使广大工人受到很大鼓舞,推动了济南的工人运动,为从理论上武装工人群众、更好地开展工人运动打下了基础。

7月,王尽美被中央调往上海,同邓中夏、毛泽东等人共同起草制定了《劳动法大纲》。同月,王尽美又以山东党代表的身份,出席中共第二次代表大会,向大会汇报了远东各国共产党及民族革命团体第一次代表大会的精神及列宁对中国革命的重要指示,并参与制定了党的民主革命纲领。党的“二大”后,党中央派陈为人到山东指导工作。1922年8月,在陈为人的指导下,建立了中共济南支部,王尽美任支部书记。

王尽美按照党的指示，积极开展工人运动。从苏俄回国后，他深入淄博矿区发动工人，组织矿业工会。后调至北方中国劳动组合书记部工作，随后被派去山海关、秦皇岛等地领导工人运动，并领导建立了秦皇岛地区第一个党小组和京奉铁路总工会及山海关分会。后因敌人通令缉捕，中共中央于1923年2月调他重回山东，负责党的领导工作。

1923年，王尽美根据中共“三大”决议，以个人名义加入国民党，并于1924年1月出席国民党在广州召开的第一次全国代表大会。12月，又以中共山东省地方执行委员会负责人的身份去北京参加李大钊组织的国民会议运动讲演大会。归途中，在天津饭店受到孙中山的接见，并被孙中山委以国民会议特派宣传员的重任。这期间，他正确地贯彻执行党的方针，积极建立与发展国共合作的革命统一战线，并利用国共合作的有利形势，积极扩大中国共产党的影响，发展党的组织，使山东党的工作迅速发展。

1925年3月，中共山东地委建立，王尽美等任委员。

由于长期的忘我工作和艰苦生活，王尽美患上了肺结核。1925年春节前夕，在济南与反动的基督教徒连续进行了三天大辩论后，王尽美因疲劳过度吐血晕倒，住院治疗。时值工人运动蓬勃发展之际，他心急如焚，毅然出院，抱病奔赴青岛，与邓恩铭一起组织领导胶济铁路全线、四方机厂工人大罢工，并取得胜利，随后成立了胶济铁路总工会。4月，王尽美又去青岛和邓恩铭一起领导青岛纱厂工人第一次联合大罢工，迫使日本资本家签订了九项复工条件。同年6月，因肺病复发，在组织的安排下回到故乡北杏村养病，后因病重又回到青岛医院治疗。病危期间，他请青岛党组织负责人笔录了他的遗嘱：“全体同志要好好工作，为无产阶级和全人类的解放和共产主义的彻底实现而奋斗到底。”8月19日，王尽美在青岛医院病逝。

王尽美虽然只活了27年，但他的革命生涯却长达10年。他冒着白色恐怖,奔波于全国各地,时刻有被捕甚至牺牲的危险;他忍受着疾病的折磨,宵衣旰食,呕心沥血,鞠躬尽瘁,作出了不朽的贡献。他践行了他的志向,尽善尽美尽年华。他像一颗璀璨的流星,虽然短暂,却在广袤的天空划出了一道耀眼绚丽的光芒,将永远闪耀在历史的星空和人民的心中。

武昌城下展雄风
——记曹渊烈士

曹渊，1902年出身于安徽省寿县一个贫苦农民家庭。曹渊自幼勤奋好学，深得父母和兄长的喜爱。曹渊的二哥早年在安庆求学，追求进步，深受孙中山"三民主义"的影响。1913年，曹渊的二哥响应孙中山的号召，在家乡起兵讨伐袁世凯。年仅11岁的曹渊跟随在二哥身边，为讨袁军递送信件、传达消息。后来讨袁战争失败了，曹渊的二哥受到通缉。讨袁战争的失败和家庭的不幸遭遇，对年幼的曹渊影响很深，他受到了一次革命洗礼。

1919年冬，曹渊到芜湖求学，进入了芜湖教育界人士高语罕创办的工读学校。他入校后，努力学习科学文化知识，又积极参加工场劳动。他刻苦勤劳，遇事冷静，深得同学们的钦佩。

1921年6月2日，安庆的进步青年和学生发起了"六二"学潮。芜湖学联积极声援安庆学生的斗争，举行了大规模的示威游行。曹渊始终走在最前列，组织游行，散发传单，张贴标语。经过了这次斗争的洗礼，曹渊变得更加成熟。

1921年秋天，曹渊考入了芜湖安徽公立职业学校，入学不久，便被选为校学生会主席。1922年，由于校长李子寿、学监董质坚平日里压迫学生、延长劳动时间，对学生健康漠不关心，致使一名学生病死，激怒了全体学生。学生不顾校方阻挠,决定停课、停工一天,为死者开追悼大会。追悼会上,曹渊登台演说,揭露旧教育制度的弊端,痛斥学校领导人的罪行。最后李子寿和董质坚被赶出了学校。李子寿和董质坚对曹渊等进行打击报复,他们向校董事会报告,要求开除曹渊等人。董事会作出了开除曹渊的决定,这引起了学生的极大不满,他们决定发表宣言,继续坚持斗争。曹渊认为这次行动已经胜利,不要因为他一个人影响同学们的学习,表示愿意离校。离校时,共有几百名师生挥舞着旗帜、高喊着口号为曹渊送行。

1924 年 5 月,曹渊考入了黄埔军校。黄埔军校是当时国共合作创办的一所军事政治学校,教官中的金佛庄、徐成章,第一期学生当中的蒋先云、陈赓等都是共产党员。曹渊进入黄埔军校以后,学习特别用功,训练也非常刻苦。曹渊和陈赓是同学,他们经常到时任黄埔军校政治部主任的周恩来那里请教问题。在周恩来的帮助下,曹渊进步很快。这一年,曹渊加入了中国共产党。1924 年 11 月,曹渊以优异的成绩从黄埔军校毕业后,便被党派往黄埔军校教导团学兵连任党代表。

1925 年年初,盘踞在广东惠州、潮汕一带的军阀陈炯明,在帝国主义的支持下,积极策划进攻广东革命政府。这年 2 月,广东革命政府进行了讨伐军阀陈炯明的第一次东征,这次东征的主力是以共产党员和共青团员为骨干的黄埔学生军。曹渊率领学兵连随教导第一团参加东征军的右翼作战。学兵连在这次东征中,建立了卓越的战功。

1925 年 10 月,革命军举行了第二次东征。曹渊率领第八连奋战于东江,革命军 10 月 15 日攻克惠州,22 日攻占海丰。随后追击陈炯明的部将洪兆麟至河婆一带。洪兆麟见我第一团孤军深入,便率 6000 余人猛扑过来,妄图切断东征军第一纵队和第二纵队之间的联系。曹渊的第八连作为团的预备队,奉命增援前线。曹渊身先士卒,冒死冲锋,全连一鼓攻破敌阵,敌军不支而溃退。第二次东征之后，曹渊因为战功卓著，升任为国民革命军第一军第三师第九团第一营营长。

1926年5月，党派曹渊到国民革命军第四军叶挺独立团工作，担任第一营营长。叶挺独立团受国民政府的派遣，作为北伐先锋队先行开赴湖南、湖北。6月初，叶挺独立团在安仁首次遇到了敌人。当时，第二营在渌田、第三营在黄沙铺分别被敌人包围，形势十分危急。叶挺命令曹渊率领第一营全部投入战斗。在叶挺的指挥下，第一营和团直属部队在黑夜里冒着大雨，跋涉40多里，赶到阵地，将敌人全部击溃。6月5日清晨，独立团占领攸县县城，取得了北伐战争的首战胜利。

叶挺独立团初战告捷后，广东革命政府宣布国民革命军八个军共十万人正式出师北伐。8月下旬，北伐军打响了“汀泗桥战役”。汀泗桥位于湖北咸宁境内，后临高山，易守难攻。军阀吴佩孚亲自布置汀泗桥的防御。因为没有重炮，北伐军苦苦进攻了一天，没有丝毫进展。敌人还挑选精兵组成“奋勇队”，冲过桥直接打到第四军司令部附近。危急之中，曹渊奉命率领第一营增援军部，将出击的敌人击退。叶挺独立团在当地农民的带领下，绕到敌人后面攻击，敌人大乱，望风溃逃，北伐军顺利攻破了天险汀泗桥。

8月30日，北伐军又攻打军事要隘贺胜桥，叶挺独立团担任着正面攻击敌人的任务。许继慎率领第二营首先突破了敌人的第一道防线，但他们却被敌人增援的部队包围了，许继慎受了重伤，不能指挥。曹渊率领第一营赶到，救出了许继慎，接着连续冲锋多次，终于将敌人击溃。独立团随即向敌人展开猛攻，敌人丢盔弃甲，死伤遍野，吴佩孚狼狈地逃回了汉口，北伐军乘胜占领了贺胜桥。

汀泗桥、贺胜桥战斗的胜利，打垮了吴佩孚的主力，在北伐战争史上，写下了光辉的一页，叶挺独立团也为第四军赢得了“铁军”的称号。

汀泗桥、贺胜桥之战以后,吴佩孚在武昌集结了重兵,作最后的挣扎。9月3日,北伐军开始进攻武昌城。由于城墙高厚,北伐军打了一天,没有达到攻取的目的。随后,北伐军重新作出了战斗部署,决定组织攻城奋勇队强行爬城。曹渊率领第一营奋勇队,冒着敌人的枪林弹雨,一直进攻到城下,竖起云梯,开始登城。有几个战士率先登上了城头,和敌人展开了肉搏战。正在攻城战士和敌人浴血奋战的时候,其他部队的攻城奋勇队在敌人猛烈的炮火面前,停止了前进。敌人集中力量,专门对付叶挺独立团。曹渊的奋勇队伤亡惨重,登上城头的官兵和城下的队伍,全部壮烈牺牲,全营只剩下十几个人。天快亮时,曹渊给团长叶挺写了一份报告:“天已拂晓,进城无望。职营伤亡将尽,现存10余人。但革命军人有进无退,如何处置,请指示。”曹渊在报告后面签了自己的名字,刚写到最后一个“渊”字,不幸头上中了一弹,“渊”字的最后一笔,失去了控制,拖了三四寸长。就这样,曹渊把自己的鲜血洒在了武昌城下,为北伐事业献出了自己年轻的生命。

1926年10月10日,北伐军经过浴血奋战,终于占领了武昌城。曹渊的英雄事迹一直被人们传颂着,他的英雄形象永远活在人们心中,激励着一代又一代的后来人。

江西民族革命运动的先锋
——记赵醒侬烈士

赵醒侬，原名性和，1899年出身于江西南丰县城一个贫苦家庭。还在家乡县立高小读书时，他就经常表现出求光明、行正义的胆识：辛亥革命的消息传来，他在全县第一个剪掉了辫子；每遇纨绔子弟仗势欺人，他总是挺身而出，为贫寒同学打抱不平。后因家境日益穷困，高小尚未毕业的他不得不辍学，开始了远赴长沙、武汉、上海等地的学徒生涯。失学、流浪、做小伙计，一路的苦与痛都印在了他心中。就在他苦闷之时，伟大的"五四"运动爆发了。赵醒侬心情激动，从斗争中看到了民族解放的希望。于是他将原名"性和"改为"醒侬"，表示自己觉醒的决心。1921年秋，赵醒侬在江苏省立第二师范附设职业补习学校学习。在党团组织的帮助下，他阅读了一些马列主义书刊，解开了思想上的疙瘩，于1922年加入了中国社会主义青年团，不久便转为中国共产党党员。在投身革命后，他以"醒侬"的姿态实践着"只知尽忠于党，不图稍利于己"的誓言。他的人生历程仅27个春秋，却为民族解放立下了不朽的功勋。

1922年冬，赵醒侬受党组织的派遣，回到南昌开展革命活动。他与方志敏、袁玉冰等15人创办了"南昌文化书社"和"南昌平民图书馆"，秘密销售马克思主义书刊，普及马克思主义思想。通过方志敏的介绍，赵醒侬结识了一些思想进步的学生和向往革命的青年。在赵醒侬的启发和教育下,一些青年有了革命的愿望。在理论、思想、组织等条件基本具备的时候,1923 年 1 月 20 日,包括赵醒侬和方志敏在内的 7 个信仰马克思主义的青年在南昌组建了中国社会主义青年团,并成立了"民权运动大同盟"和"马克思学说研究会"。

然而,江西革命运动蓬勃发展的势头引起了军阀的极度仇视。在马克思学说研究会建立后的第二天,江西督理蔡成勋便逮捕了袁玉冰和民权运动大同盟的一些负责人,勒令《青年声》周刊停止发行;接着,又下令取缔马克思学说研究会和民权运动大同盟,查封文化书社,并通缉赵醒侬、方志敏等人。敌人的白色恐怖迫使赵醒侬离开南昌去上海,方志敏和刘拜侬亦前往南京。但是,军阀的残酷镇压,未能阻挡江西革命运动的发展,相反却促进了江西青年的觉悟。正如赵醒侬所说:"可以告慰的,就是这件事唤醒了好多青年……千百万的传单还没有这样的效果呢!"斗争并没有停止,只是斗争的场所转移到了上海。一段时间后,赵醒侬又回到江西继续开展工作。

1923 年 6 月,在中国共产党第三次全国代表大会上,我党确定了建立革命统一战线的方针。赵醒侬坚决执行党的"三大"决议,并根据中共中央的指示,筹建地方党组织,同时受国民党中央的委派,筹建国民党江西省党部。赵醒侬回到南昌后,立即和南昌团地委的负责人共同研究,从团员中发展一批党员。经赵醒侬的介绍,方志敏、邹努、朱大贞等加入了中国共产党。1924 年 2 月底,中国共产党中央委员会直属江西支部在南昌成立,赵醒侬任支部干事会书记兼组织干事。同时,根据党的统一战线政策,赵醒侬领导了江西国民党组织的改组工作,3 月间,在中共直属江西支部的帮助下,国民党江西临时省党部成立。

赵醒侬在工作岗位上忘我地工作着,他艰苦奋斗、公而忘私的革命精神,使同志们深受感动。在他的带动下,南昌的党员、团员积极开展活动，工作卓有成效，党组织也发展迅速，这为即将到来的革命高潮作好了组织上的准备。

1924 年 11 月，孙中山发表《北上宣言》并离粤北上，北洋军阀江西督理蔡成勋被驱逐出江西，军阀方本仁接任江西督办。由于革命形势的发展和军阀内部矛盾的加剧，方本仁曾和广东国民政府拉过关系。赵醒侬利用这个有利时机，一方面积极开展党团的秘密工作，另一方面通过国民党的组织，进行公开和半公开的活动。他还根据中共中央关于召集国民会议的指示，以孙中山特派员的身份发动和领导江西人民深入开展了废除不平等条约和召集国民会议运动。仅月余，国民会议江西促成会及九江、吉安、临川、弋阳、景德镇等地的分会相继成立。促成会派出宣传员和讲演队深入城镇和农村，散发了大量传单和宣言，揭露军阀的罪恶。

在中国共产党的领导下，革命统一战线进一步巩固，工农运动迅猛发展，这引起了北洋军阀的恐惧和仇视。随着革命和反革命的斗争日益激烈，军阀方本仁更加暴露出反革命的狰狞面目。1925 年 12 月 17 日，赵醒侬一行 3 人前往广州参加国民党第二次全国代表大会，行至南昌北郊牛行车站时，被稽查扣留，即送军法处。赵醒侬在狱中思念同志，曾设法托一个学生秘密带出一张纸条，嘱咐战友说：万一我牺牲，留在南昌工作的同志要继续奋斗，决不能对反动势力妥协。

由于党组织的营救和群众舆论的压力，赵醒侬等在被关押 3 个月之后，被释放出狱。赵醒侬不顾孱弱的身体，又投入了紧张繁忙的革命工作。1926 年 7 月，国民革命军出师北伐，不久便占领长沙，威震江西。北洋军阀孙传芳慌忙命令他的爪牙、赣军总司令邓如琢加紧摧残革命力量。整个南昌处于白色恐怖之中。8 月 10 日下午，赵醒侬在前往办公的路上，被便衣侦探逮捕。赵醒侬被捕后，由稽查处押解到军法处。江西警备司令刘焕臣亲自审讯赵醒侬，对之进行严刑拷打，妄图迫使赵醒侬招认是共产党的宣传员。

赵醒侬严守党的秘密,坚贞不屈,表现了一个共产党员大无畏的英雄气概。敌人无法使赵醒侬屈服,就给他定下了“宣传赤化,图谋不轨”的死罪。

历史永远记下了1926年9月16日这悲壮的一天:在南昌德胜门外芝麻田里,赵醒侬遥望东方微熹,气宇轩昂,高呼着“打倒帝国主义”、“打倒军阀”的口号,英勇就义!

血染赣鄱垂青史。赵醒侬英勇奋斗、不屈不挠的一生,赢得了全国人民无比的景仰。中共中央机关报《向导》称誉他是“江西民族革命运动的先锋”。国民党江西省党部呈文评价道:“赵同志只知尽忠于党,不图稍利于己,无偿典衣节食,以充党费,以是赵同志,益得党员信仰。”

闪耀不灭的启明之星

——记周水平烈士

周水平，又名树平，号刚直，1894 年出生在江苏江阴顾山周东庄。1917 年，周水平赴日留学。1919 年“五四”运动爆发，周水平与在东京的中国留学生举行游行示威，曾两度被捕关押。这一年夏天，周水平回国，先在家乡教书，并创办平民学校，传播科学知识和新思想，此后在铜山师范、川沙师范、浙江五中和上海大学担任教职。1924 年第一次国共合作时期，周水平结识了国民党左派人士柳亚子和主持国民党江苏省临时党部工作的共产党员侯绍裘，后于 1925 年加入中国共产党。是年，周水平从上海回家乡养病。当时江阴大地主章崇治、陈名慎等组织了田业公会，搞了一个沽卖田产的“钱洋折算法”法案，使赎田的农民每元洋银要吃亏 1500 文铜钱。周水平带头反对，中共江阴支部书记孙选在南沙、中兴等地亦发动贫苦农民起来响应，运动波及全县农村，迫使这个法案未能实行。

为了宣传革命思想，周水平和孙选、张庆孚等组织农民合作自救会，以“星社”的名义出版《星光旬刊》，亲自撰写了题为《敬祝世界无产阶级万岁》的文章。在《齐卢交战时江阴遭劫说》一文中，周水平提到了“各尽所能、各取所需”的观点，认为“这是一个最公平、最低限度的人生观”。10 月 3 日，周水平在《新江阴报》报馆举行新闻记者招待会，公布“佃户合作自救会”简章，提出“本会宗旨在减轻租额,改良农业,增进农民生活,发挥互助精神及宣传文化,以期社会改进之实现。”11月,周水平趁顾山沈舍里庙会的机会,散发“佃户合作自救会”章程和传单,并登台演讲,发动群众进行斗争。

面对农民运动,澄、锡、虞三县的地主豪绅惊恐异常,由国会议员、江阴首富沙炳元领衔,张崇治、张寿春、王延贻等33个地主豪绅联名向江阴县署控告周水平“宣传赤化,鼓吹共产”,欲置周水平于死地而后快。之后,县议员贿赂衙役,呈文未到,就在11月18日逮捕了周水平。在第一次开庭受审时,承审员问他为什么要散发传单煽动农民抗租抗粮,周水平回答说:“地主豪绅残酷地剥削农民,我发起组织农民合作自救会,要求减租减粮,不是抗租抗粮。言论自由为人民应享的自由权利,我国约法、宪法均有明文规定,况且合作自救会的宗旨采取合作主义精神,谋人民生活之保障……我组织青年发刊《星光报刊》,是启迪民智,改革社会积弊,难道干这些事有罪吗?”承审员没有再问,就把周水平押进了水牢。

在狱中,周水平撰文痛斥军阀政府对他的非法逮捕,嘲讽民国法律保障人权是一纸空文。他写了一副对联:

拘留二旬,方知国法条条皆废物;奋斗十年,当使民生个个尽登仙。

时值军阀孙传芳向各地预借冬漕,土豪劣绅勾结“清乡”督办沈同午诬称“江阴有乱党周水平煽动佃户抗租,无法筹缴预借冬漕”,借题发挥加害周水平。1926年1月16日,孙传芳签署杀害周水平的密电并发到江阴县署,密电以“托词鼓吹,意图扰乱治安,潜谋不轨”的罪名,决定将周水平“依照军法从严枭首示众”。17日凌晨,周水平被押至江阴桥北。临刑时,周水平大声疾呼:“我叫周水平,并非盗匪,亦非为个人计,为平民而死,死不足惧!”话音未落,刽子手连斩三刀,周水平惨遭杀害,时年32岁。

周水平牺牲后,江阴星社和佃户合作自救会即发表《鸣冤宣言》,揭露周案之真相,痛斥军阀政府倒行逆施之罪行。中国济难会临时全国总会发布通告指出:“周君为真正到民间去之一人,目的在唤醒农民做解放运动。此次军阀协同劣绅杀周水平,绝非杀周水平一人,乃是摧残解放运动。”国民党江苏省党部、全国学生总会、国民党上海特别党部、上海总工会、全国妇联等组织纷纷发表告全国民众书,并致电质问孙传芳。

在中国共产党的领导下,江苏省各地农民纷纷继承周水平烈士的遗志,积极地同地主作斗争。北伐军攻占江阴后,中共江阴独立支部大张旗鼓地发动群众,打击封建势力,组织“办理周案委员会”,为周水平烈士平反昭雪,查封了迫害周水平的33个土豪劣绅的财产,将周案要犯逮捕关押,并在文庙隆重召开了周水平烈士的追悼大会,以纪念烈士的丰功伟绩。周水平烈士的名字,将永远铭记在广大人民的心中!

省港罢工英名传
——记何耀全烈士

何耀全，字永辉，1897 年出生于广州，15 岁时辍学工作。1921 年，何耀全到香港闯荡，在一家电车公司当售票员，只能拿到一点点微薄的收入，经常要忍饥挨饿。何耀全见到海员们组织的中华海员工业联合会影响很大，即受到启发，于是发动电车工人成立了电车工人工会，向电车公司老板们要求改善工作条件和生活待遇。这次斗争让电车公司始料不及，慌忙答应了工人们的要求，也大大提高了何耀全在香港工人中的名声和工人们团结斗争的信心。

1925 年“五一”劳动节前夕，国民党当局组织“劳工反共产救国同盟”，以此来反对由中共领导的全国各级工会。何耀全作为全港工会代表出席了在广州召开的第二次全国劳动大会，他在会上发言时说香港现在成为英帝国主义统治的地方，但是它是中国的神圣领土；香港工人无论是为民族的解放或阶级的解放，都应与国内工人阶级团结一致，共同奋斗。何耀全为香港工人运动规划了蓝图。为了便于集中工人力量，他还建立了统一的香港总工会。

“五卅”惨案发生后，中共中央派遣全国总工会秘书长兼宣传部部长邓中夏来到香港领导工人运动。何耀全带头积极参加了邓中夏主持的全港工会会议。邓中夏在会上传达了中共指示，希望香港工人配合大陆工人共同举行罢工。这个建议一经提出就遭到了反对，有的人害怕罢工会失去工作，有的人害怕坐牢，有的人还在犹豫。何耀全却坚决主张罢工，并说服那些摇摆不定的各行各业的工会领导们。最后，工会领导终于取得一致意见，建立全港工团联合团，指挥罢工。

是年6月，何耀全发动电车工人参加罢工，还协助中共中央发动煤炭、码头、邮差、清洁、木器、建筑、食品、汽车、皮革等各行各业的工人一起走上街头罢工，这就是震惊中外的"省港大罢工"。香港政府十分惊慌，立即宣布戒严令，出动军队逮捕罢工领导人。何耀全机敏地避开警察，带领工人从香港返回广州。

1925年夏，何耀全加入了中国共产党，成为一名光荣的共产党员。中共广东省委决议组织罢工工人纠察队，建立工人自己的武装部队。何耀全迅速组建了一支3000多人的武装队伍，配备了步枪、机关枪，甚至还有小型舰艇。这支队伍把香港封锁起来，使其成为一座孤岛，专门劫走英国的运输物资。

1926年初，香港劳资谈判没有进展，港英政府对于解决问题毫无诚意。何耀全按照中共指示，又一次发动了香港工人罢工。临近春节，香港街头却是寥无人烟，商店关门打烊。随后，何耀全又一次成功领导罢工工人退回广州。各家媒体争相报道，称香港罢工工人为"全国工人阶级的模范"、"中国国民运动的领导"、"革命的一支强有力的队伍"。何耀全读了报道后，十分兴奋地说："我们有中国共产党和国内外广大人民群众的帮助支持，特别是广州举行了援助罢工周，工农商学兵各界群众捐款数万元，我们一定要坚持下去，以夺取最后的胜利。"

港英当局一向对工人运动十分敏感，见到工人运动如火如荼、蓬勃发展更是心生恐惧，便不断制造事端，试图镇压工人运动。"中山舰事件"后，蒋介石派兵包围了香港总工会，想要收缴工人的武装。何耀全沉着冷静，在《工人之路报》上发表通知："本日因军事关系,东园附近被军队扼守。所以本会职员暂时停止办公,大概即日可以解决。查此事与罢工范围并无牵涉,诚恐各工友误听奸人谣言,妄生疑惧,特此通知。"这一通知在旁人看来并无不妥,实则大有文章,一方面保护了工会人员,打消了外人的疑虑;另一方面将军队行动公布于众,通过公众向蒋介石施压。果不其然,军队很快就被撤走了。

何耀全更加关注的是香港工会的统一问题,并经常和工会干部、工人讨论。他认为工会是保障工人阶级利益的武器,是推翻资产阶级、打到帝国主义的作战机关,是工人阶级的炮台。如果力量不统一,各敲各的锣,各打各的鼓,各个工会之间经常闹矛盾,这就不能统一革命力量,就不能夺取革命事业的胜利。为此,必须尽快建立香港总工会,统一领导全香港工会,以便夺取罢工的胜利。经过何耀全的上下活动,香港总工会终于在4月15日成立了。

1926年10月,北伐军攻克了武汉,革命的重心从广州转移到武汉。中共中央和香港总工会经过讨论决议停止罢工,解除对香港的武装封锁。就这样,历时16个月的"省港大罢工"结束了,它是工人运动历史上光辉的一页,也给前赴后继的工人运动留下了宝贵的财富。

1927年4月15日,留在广州工作的何耀全被国民党反动派非法逮捕,遭到了严刑拷打。4月下旬,何耀全与40多位优秀的共产党员一起被秘密枪杀,这时他年仅30岁。

何耀全无私地把自己的一生献给了工人运动事业,他的事迹将永远为人们所铭记。

生为百夫雄，死为壮士规
——记史可轩烈士

史可轩，1890 年出身于陕西省兴平县马堪村的一个封建家庭。虽然史可轩在封建家庭长大，但他并未被迂腐不堪的封建礼教所束缚，他时常感叹清政府的腐败无能，希望有朝一日国家能够变得强大而不受外强欺侮。读书期间史可轩深受孙中山先生的“三民主义”的影响，“革命”一词悄悄地走进了他的生活。

1907 年，从县立高小毕业的史可轩不顾家人的强烈反对，毅然剪去辫子前往太原当兵。不久后，工作的调动使得他有机会了解到军队内部的一些黑幕。为了揭露这些不可告人的秘密，史可轩和几个朋友一起撰写了匿名传单。当局发现后十分恼火，遂将史可轩逮捕。在狱中，他加入了孙中山先生领导的同盟会，后经家人保释得以出狱。

回家之后，祖父一心想把祖业传给这个长孙，但担心他再生什么“事端”，便把他关在家中不许他同外界接触。史可轩虽然顺从了祖父，但是他投身革命的理想并未就此泯灭。1909 年，他再次来到太原进入太原陆军学校学习。辛亥革命爆发后，学校的学生组成了学生军，史可轩任游击营营长，参加了攻克大同府一役。后来史可轩率领一部分武装投靠陈树藩部。1913 年，在陈树藩的推荐下史可轩前往日本“浩然军事学社”学习。后为了开展讨袁运动，1914 年史可轩回到家乡筹划革命活动。

1918 年年初,陕西靖国军在三原成立,史可轩先后任靖国军总指挥部副官长、靖国军四路军司令部副官长、陕西陆军暂编第一师混成旅副官长兼任第一混成旅骑兵营营长。1924 年,他参加了“北京政变”,而后被任命为国民军第二军第三补充团团长。不久后,中共提出国共合作,组成革命统一战线共同反对北洋军阀,任陕西督军的冯玉祥同意了这一主张。随后,我党派了一部分同志前往国民军中宣传党的政治主张,史可轩对此十分支持。

1925 年史可轩奉命驻守新乡,在此期间他结识了中共豫陕区区委书记王若飞,两人时常对时局交换看法并结下了深厚的友情。王若飞经常介绍一些马列书籍供史可轩阅读。在王若飞的帮助下,史可轩在军队里建立了军人俱乐部,向士兵讲述革命的真理。

1926 年,驻守开封的史可轩再次见到了王若飞,他表示:军阀连年混战,国民军不行,国民党也不行;只有共产党才是挽救中国命运的唯一政党。他向王若飞表达了加入中国共产党的愿望。5 月,经王若飞和陈家珍的介绍,史可轩成为了一名中共党员。

9 月 15 日,史可轩参加了冯玉祥领导的“五原誓师”。11 月,史可轩到达三原,任渭北清乡司令,帮助农民自卫军打击当地的土匪,稳定了社会秩序,并且还进一步壮大了农民自卫军的队伍。

1927 年初,在中共的倡导下西安中山军事学校成立,史可轩任校长。史可轩总是耐心地征求广大师生对学校工作的意见,常常和学员一起在操场上进行操练。对学员的教育除了传授必要的军事和政治理论之外,他还注重学员的实践锻炼。这所素有“西北黄埔”之称的学校先后为革命培养了千余名骨干。

蒋介石公开叛变革命后,西安各界人民纷纷走上街头抗议蒋的罪行。4 月 28 日,中共党员李大钊被奉系军阀张作霖残忍杀害的消息传来,群众和党员无不愤慨。在史可轩的主持之下,5 月 16 日,西安人民为李大钊召开了追悼大会。会上,史可轩揭露了帝国主义和军阀相互勾结镇压革命的卑鄙行为，号召人民要将国民革命坚持到底！

6月19日，冯玉祥接受了蒋介石“清党反共”的主张，公开叛变革命。陕西的形势顿时变得紧张起来。经党组织研究指示，史可轩率部离开西安前往陕北，部队由交口镇出发，目的是争取向北山发展。途至国民二军田生春师驻守的美原镇时，为了能让部队顺利到达目的地，史可轩仅带了几名警卫员前去会见田生春。史可轩本以为田春生会念及与他的旧交情顺利放行，岂料田春生是个假情假意的反动派，他一面客客气气地声称要给史可轩接风洗尘，一面又在抓紧吩咐手下逮捕史可轩的事宜。史可轩一到达会客地点，他的警卫即被田春生下令撤去枪械，史可轩意识到自己已身处险境。此时老奸巨猾的田春生终于露出了狰狞的面目，他下令逮捕了史可轩，并威胁史可轩想逼其投降。史可轩面对险境毫不畏惧，拒不投降。他大声痛斥田生春等人：“反共、反人民是没有好下场的，你们迟早会遭到惩罚！”当夜，史可轩被敌人残忍地杀害了，时年37岁。

史可轩牺牲后，他的部队经过改编后又吸收了部分党员、官兵，成为后来“渭华起义”的主力部队。史可轩的精神一直激励着这支部队在革命的道路上奋勇前进！

血染申城垂青史

——记汪寿华烈士

汪寿华，原名何纪元，后改名何今亮，1901 年出身于诸暨县的一户农家。汪寿华在读书时就展现了过人的演说天赋，一举拿下了学校演讲比赛的第一名，并且在体育运动方面也毫不逊色，曾代表县里参加了省一级的运动会。

1917 年对于汪寿华是刻骨铭心的一年。这一年他的父亲和兄弟相继去世，使得家境更加贫寒。来到学校后，他发现经济困难的家庭不只他一人而已，于是对社会的不满在汪寿华的心里开始萌芽，但汪寿华更多地是感到迷茫，他不知道该如何改变这个社会。1917 年，俄国“十月革命”取得胜利，俄国推翻了帝制，工人当家作主。正如毛泽东所说，“十月革命一声炮响，给我们送来了马列主义”，中国的知识分子和部分民众也开始觉醒。汪寿华正是觉醒的一员。他利用假期时间，来到邻村，发动贫穷困苦的农民联合起来，为保卫自身利益而斗争，他给这个组织取名为“十人团会”。

1919 年“五四”运动爆发。汪寿华阅读了大量书刊，在他的眼里，过去那个看不见的敌人开始渐渐清晰，他的视野更加开阔，思想更加激进。在学校的学生会组织里，他指责帝国主义列强的各图私利，痛斥军阀割据一方纵兵作乱，揭露社会上各种不良现象背后的原因。

1920年，汪寿华经人介绍前往上海外国语学社学习俄语，随即加入了社会主义青年团。第二年，汪寿华计划前往苏俄考察学习，途经哈尔滨时，被军阀张作霖下令扣押，通过四处活动得以保释，汪寿华于是改变计划前往西伯利亚一带从事华工教育工作。他在那里组织华工团体，创办远东中国矿工工会，设立工人补习学校，创办工人的文娱场所和共产主义的传播基地“五一俱乐部”。远东地区华工对汪寿华则是交口称誉，无不称颂。

1923年，汪寿华身在苏联却心系中国，毅然加入了中国共产党，随后又作为远东职工代表参加了在莫斯科召开的国际反帝同盟会议。1924年，党组织安排汪寿华到上海工作，担任上海全国学生联合会的领导。是年10月10日，国民党反动分子指示流氓殴打学生。汪寿华听闻后非常愤怒，发表《安慰我们亲友的一封信》，揭露反动势力的罪行。

1925年1月11日，中国共产党第四次全国代表大会在上海召开，汪寿华到会并作了关于工人运动的报告。5月30日，上海爆发“五卅”运动，掀起了一场爱国运动的高潮。汪寿华撰文提出工人罢工斗争是对抗列强的“经济侵略的自卫法”。1926年5月30日，汪寿华组织“五卅”周年纪念活动，发动群众游行示威，散发传单。

汪寿华随后把大部分精力放在了领导上海工人武装起义上。1926年10月24日，根据中共指示，上海工人第一次举行了武装起义。由于准备仓促、宣传不足以及军事力量悬殊等因素，起义失败了。面对日益壮大的工人运动，孙传芳与山东的军阀张宗昌勾结，并寻求上海国际势力的庇护，共同镇压工人运动。然而，汪寿华逆流而上，领导上海总工会发动“倒孙（传芳）拒张（宗昌）”运动。工会联合市民召开了50000人大会，要求上海自治。1926年冬，周恩来也来到上海策划工人运动。汪寿华与周恩来等人一起总结了前一次起义的经验教训后，于1927年2月发动了全市工人大罢工。随着罢工人数不断增加，按照计划，工人罢工转入了武装起义，但是军阀孙传芳再一次扑灭了革命之火。共产党人并没有失去信心,经过层层动员、精心策划和仔细侦查,于3月份再次发动起义。汪寿华亲临前线与周恩来等同志并肩作战。经过30多个小时的激战,击溃了直鲁联军,占领了上海市区。起义胜利当天,市民代表宣布成立上海特别市临时政府,汪寿华被推选为政府委员,并任上海市总工会委员长,负责新政府的筹建工作及领导工人运动。

北伐军到达上海后,在蒋介石的授意下,流氓、帮会组织了“中华共进会”,要求工人解除武装,交由他们的流氓组织来维持治安。汪寿华立即主持了上海总工会会议,明确决议工人武装不可解除,“如要解除上海工人之武装,全上海工人一致罢工,全力对付。”汪寿华不顾个人安危,屡次与上海青帮老大杜月笙交涉。

4月11日,汪寿华接到杜月笙邀请,称有机密大事相谈,请他前去赴宴。汪寿华思考良久,决意前往。工会经过讨论认为此行凶险,试图阻止汪寿华的行动。但汪寿华早已把生死置之度外,仍然按时赴约,却再也没有回来。

26岁的汪寿华生命是短暂的,但他的工作态度和英勇无畏的精神将永远激励工人们前行。

鲲鹏展翅九万里，矢志不渝为革命

——记王鲲烈士

1927年4月11日，也就是国民党发动“四一二”反革命政变的前一天，浙江地区司令部逮捕了《民国日报》社长。宁波总工会委员长王鲲前去司令部交涉，结果也被司令部非法关押。6月22日清晨，法庭经过草草的审判就决定对王鲲处以极刑。随后，受尽酷刑的王鲲被带到刑场。行刑的刽子手喝令王鲲低下头乖乖受刑，王鲲怒目而视：“要杀就杀，绝不低头！”于是，刽子手挥下了手中的刀。这一年，王鲲才刚刚22岁。

1905年，王鲲出身于浙江宁波一个普通的工人家庭，家里共有七口人。王鲲是一名懂事的孩子，虽然家里经常交不上他的学费，但是他仍然勤奋好学，希望能帮父亲分担家庭的重任。16岁时，他进入了教堂开设的免费学堂，在这里他通过英语学习了解到了西方先进的思想。

1923年，王鲲从学堂毕业，随即考入了当地的邮局当拣信工。在那里，他结识了具有共产主义理想的教师杨眉山等人。利用休息时间，王鲲经常向他们请教有关革命的事。1925年“五卅”惨案发生时，王鲲积极参加了示威游行，散发标语传单。他利用工作之便，为中共传递革命刊物，使得革命思想得以在群众中广泛宣传。1925秋，经过党的审核和批准，王鲲如愿以偿加入了中国共产党。

1926年春,经过王鲲的积极筹划,宁波邮政工会成立了。随后,他还经常步行十多里去铁路修配厂和丰纱厂与工人商讨组织工会的事宜。当他得知丰纱厂出现工头殴打工人的情况后,立即决定组织罢工,要求厂方严惩工头,但是工人根据家乡自我划分为了“杭州帮”和“宁波帮”,使得这次罢工效果并不理想。事后,王鲲针对这一情况,号召工人:“革命不分家乡,一个工人的苦难就是全体工人的苦难,全体工人的胜利就是一个工人的胜利!”工人们听了这一席话纷纷表示愿意为了革命消除个人、地域隔阂。60多名工人代表在庙会一起喝下香灰酒,从此成为了一个整体,共同为所有工人的利益而努力。

1926年10月中旬,北伐军一步一步逼近浙江,革命形势一片大好。宁波工会组织借此成立了总工会,并推举王鲲担任总工会委员长。这一年年底,驻绍兴军队为响应北伐宣布起义,中共安排宣传队前往绍兴支援起义军。王鲲毅然辞去了邮局职务,报名加入前线宣传队。他的父亲得知此事后,劝阻王鲲说:“邮局的工作很难找,丢了可惜,不去(前线)为好!”此时的王鲲已不再是从前的王鲲了,他把革命事业看得比家庭更加重要。于是他劝说父亲:“你怕丢饭碗,他怕掉脑袋,那么谁去革命呢?”父亲被王鲲坚定的信念感染了,赞同了王鲲的革命工作。不久,绍兴起义军起义失败,王鲲又回到了宁波继续从事工人运动。

1927年元旦,王鲲在宁波《时事公报》上发表新年献词,呼吁民众用革命手段铲除人民自由平等之路上的障碍。是年2月18日,宁波军阀政府垮台,王鲲即号召工会维护社会治安,安排工会人员接受旧政权的相关工作。第二天,王鲲又组织工人群众一起来到轮船码头,迎接北伐军进驻宁波。宁波总工会随后拟定了《优待工人条例》。该条例的公布大大地鼓舞了工人的斗志,促进了工人运动的发展,使各行各业的工会开展了声势浩大的罢工请愿和示威游行。王鲲一方面组织工人运动,另一方面积极参与了市政府的筹建工作。3 月 2 日，宁波临时市政府成立，王鲲当选为市政府委员兼劳动局局长，并起草了市政府成立宣言。

宁波工人运动的迅速发展引起了反动势力的恐惧，蒋介石安排亲信任浙江地区司令，秘密指示镇压革命和工人运动，并派人与王鲲谈话，以图收买工会领袖来控制工会。王鲲清楚地认识到政府的真实意愿与他革命的理想相差甚远，于是他严词拒绝："我是工人出身，当终身为工人阶级服务。"3 月 20 日，眼见收买王鲲无望，反动势力阴谋制造了火烧总工会和捣毁店员工会事件，妄图使王鲲等倡导革命的人屈服于武力之下。全市 100 多个工会组织、学校和团体立即罢工、罢课以抗议工会遭受的不公待遇。公安局随后抓获了带头寻衅捣乱破坏的八名罪犯，工会人员参与了这些罪犯的公开审判，回击了反动势力的嚣张气焰。

不久，王鲲被关押，工会发动工人罢工设法营救他，但未能成功。王鲲为了避免工人再受到不必要的伤害，在狱中指示工会复工。王鲲在狱中非常乐观，他时常对看守的士兵宣传革命的道理，并教育他们说："资产阶级剥夺的是广大群众的利益，这种利益是不会长久的。"临刑前他还把当时的稀罕物——一块手表送给了一名士兵。王鲲遇难后，宁波工人悲痛万分，他们主动佩戴黑纱三天。

王鲲始终把工人的利益置于自己的利益之上，是一名亲近工人、热爱工人的好领袖。作为一名革命的先驱者，他有着革命的觉悟和革命的信心。在革命之路上，他从来没有迷失，矢志不渝地走到了生命的尽头。他将被宁波工人世代传颂，也将被全国工人尊敬。

向着光明前进

——记谢文锦烈士

谢文锦,1894年出身于浙江永嘉一户农家。虽然谢文锦家里并不富裕,但是他的父母依旧把谢文锦送出去念书。谢文锦在班上成绩名列前茅,被老师视为得意门生。谢文锦随后考入了县城里的中学。不料刚进校不久,他和一些同样来自穷山沟的同学就遭到几位鄙视穷人的先生的冷嘲热讽,谢文锦气愤不已,据理力争,结果被校方以“思想激进”为借口开除。谢文锦并不气馁,经过努力,考入了杭州第一师范学校。

1917年,谢文锦从杭州第一师范学校毕业后,回到家乡创办了一所小学,现今为永嘉县岩头中心小学。虽然谢文锦身在穷山沟,但他时刻关注着全国局势和世界风云。谢文锦为学校聘请了进步教师,购买了大量进步书刊,并经常在师生中宣传革命思想。

1919年,谢文锦离开家乡,奔赴上海,加入了《新青年》杂志社。《新青年》是一本在新文化运动时期具有很大影响力的进步书刊,主持者陈独秀是中国共产党的创始人之一。谢文锦在上海结识了许多志同道合的革命主义者,并于1921年加入了中国共产党。

1921年夏天,谢文锦接受党组织安排前往莫斯科东方劳动者共产主义大学进修。

1923年,谢文锦回国担任中共中央秘书,主要负责翻译和党组织工作。在广州期间,谢文锦协助孙中山改组了国民党。1924 年，谢文锦接受组织安排，返回家乡宣传革命，发展党员。谢文锦访亲会友，组织大会演讲。谢文锦首先介绍了俄国“十月革命”的胜利，俄国人民当家作主，推翻了压制他们几百年的封建专制王朝；然后揭露了军阀混战的原因以及外国列强的叵测居心。谢文锦的演讲生动、有力，一下子抓住了听众的心。经过认真细致的考察，谢文锦发展了大批党员，仅在温州一处他就介绍了三十多名进步青年加入党组织。

温州独立支部成立后，谢文锦被调至上海，负责工会工作，领导工人运动。1925 年 4 月，《新青年》刊登了谢文锦的文章《列宁与农民》。在这篇文章中，谢文锦侃侃而谈，系统介绍了俄国革命领袖列宁对于农民问题的看法，在党内外获得一致好评。谢文锦机智勇敢，坚定沉着，通过领导三次工人武装起义，在群众中树立了很高的威望。1927 年 3 月 24 日，北伐革命军攻占南京，南京光复。谢文锦在北伐军到来之前就赶到南京开展工作，并且组织群众迎接革命军。

之后，蒋介石策划建立独裁专制统治，派遣多名亲信前往南京，计划进行“清党”工作。身在南京的谢文锦敏锐地察觉到不祥气氛，立即召开会议，他对大家说：“暴风雨就要来了，反动派的面貌越来越清楚，我们不能再坐着不动了。在座的都是党团员积极分子，是革命的中坚力量。革命总要付出代价的，总是有牺牲的。我们不怕牺牲，我们要组织力量，和敌人对抗！”谢文锦的话振奋了士气，大家开始积极商讨对策。

1927 年 4 月 9 日上午，蒋介石亲自来到指挥部队，下令逮捕共产党人。当晚，中共南京地委召开了紧急会议。4 月 10 日上午，南京地委按会议决议举行市民大会，游行示威，要求释放共产党人。下午蒋介石就出动武装部队驱散了人群。晚上南京地委又召开会议讨论具体对策。不料南京市公安局侦缉队队长率领 50 多人的武装便衣冲进了会场，谢文锦等人被捕。这群匪徒一样的警察对谢文锦严刑逼供,但是谢文锦宁死不屈。最后,凶残的敌人把他装入麻袋,连捅数刀,丢入了河中……

谢文锦在生命的最后时刻,展现了一个共产党人应有的崇高气节。在谢文锦的心中,牺牲并不意味着死亡,而是带领人民向着光明前进。

血洒临颍的北伐骁将
——记蒋先云烈士

蒋先云，又名湘耘，1902 年出身于湖南省新田县一个贫苦农民家庭。1916 年，蒋先云刚刚初小毕业，因为家里穷，没有钱继续供他读书。这时候，他听说湖南第三师范学校可以免费读书，他便提前报考，没想到居然被破格录取，成为当时的奇闻。

进入湖南第三师范学校后不久，蒋先云就在各项活动中崭露头角。特别是“十月革命”以后，马列主义和新文化开始传入学校，蒋先云带头办起了刊物，宣传进步思想。1921 年 10 月，毛泽东到湖南第三师范学校建立了湘南最早的党组织。政治上追求进步的蒋先云，首批加入了中国共产党。

1924 年 4 月，蒋先云在 1000 多名考生中脱颖而出，以优异的成绩被黄埔军校录取为第一期学生。一入黄埔，蒋先云就显露出了出色的革命才华。他才思敏捷，辩论激昂，而且特别具有实干精神，他用自己的行动，影响着周围的很多同学。很快蒋先云就被誉为“黄埔三杰”之一。时任黄埔军校校长的蒋介石对蒋先云非常器重，逢人便说蒋先云是自己的得意门生，而且千方百计地想拉拢他，但蒋先云不为所动，保持了一个共产党员的本色。

1924 年 11 月，从黄埔军校毕业的蒋先云留在了黄埔军校担任政治部秘书。

1926年,蒋介石为了排挤、打击共产党,先后制造了“中山舰事件”和“整理党务案”。一天,蒋介石在广州召开军事会议,简单地讲了“整理党务案”,然后大声说:“有谁退出共产党,有谁跟着共产党?”话音刚落,坐在蒋介石一旁的蒋先云站了起来,用宏亮的声音坚定地回答:“我是共产党员,永远跟着共产党!”

顿时,会场一片哗然。蒋介石故作镇定地说:“安静、安静。”接着他对蒋先云说:“先云你先坐下,我们的问题会后再谈。”

接下来,蒋介石命人发给与会者一张党籍声明表,他想通过这种方式,迫使共产党员退出共产党,加入国民党。出乎蒋介石的意料,蒋先云当众把党籍声明表撕得粉碎,接着说:“头可断,共产党籍不可丢!”说完,就离开了会场。不久,蒋先云便离开了黄埔军校。北伐战争开始之后,蒋先云又回到蒋介石身边担任了侍从副官。蒋介石再一次抓住机会,用尽了各种手段,企图感化他,还用高官厚禄作诱饵,但蒋先云不为所动,不愿意跟随蒋介石叛变革命。两个人闹得不欢而散。

1927年4月,蒋介石发动反革命政变以后,为了解除反动势力的包围,武汉国民政府决定出师第二次北伐,蒋先云主动请缨,被任命为国民革命军第十一师第十七团团长。

1927年5月,蒋先云率领全团官兵,高唱着“打倒列强,铲除军阀”的北伐战歌,辞别了前来送行的蔡和森、夏明翰等人,离开了武汉,开赴河南。5月28日,北伐军和敌人在临颍展开了激战。临颍是武昌的屏障,奉系军阀在这里修筑了环形防御堑壕,在临颍的南面配置了两个整军据险而守,同时还有一个飞机小队和坦克小队。奉系军阀在临颍前线的兵力达六七万之多,而北伐军在临颍能够投入一线战斗的军队只有二十六师和十二师,战局对北伐军非常不利。

5月28日上午8时许,从临颍东门方向传来了激烈的枪声。蒋先云断定是第十二师单独攻城了,他担心十二师难以支撑,于是命令部队马上投入战斗，前去策应。他先派出尖刀连搜索前进。当尖刀连搜索前进到离辛庄还有六七百米时，发现了敌人的岗哨，尖刀连把敌人全部包围，随后占领了辛庄。在离史庄七八百米处，尖刀连发现了敌人的堑壕，随后发生激战。尖刀连在一片平坦的麦地里，周围没有任何物体作掩护，形势对他们极为不利。这个时候，正面的敌人冲了过来，尖刀连伤亡十分惨重，只剩下连长带着20多名战士在那里拼死抵抗。

正在这千钧一发之际，蒋先云率领后续部队赶了上来，他对尖刀连的官兵们说："不要紧，我来了，狠狠地打！"由于敌人的火力非常猛，尖刀连还没有冲过第二道防线，官兵就伤亡了三分之一。冲在最前面的蒋先云不幸左腿中弹。这时候，士兵们上来扶他下火线，却被他拒绝了。他对战士们说："临颍城就在眼前，我腿伤了，还可以骑马，我一定要杀退敌人！"说完，他解下自己的绑腿带，扎好流血不止的伤口，跨上战马，手拿指挥刀，带领着数百名战士，冒着敌人密集的弹雨，向敌人的阵地猛冲过去。这时候，一颗炮弹带着刺耳的呼啸声，在蒋先云身边爆炸了。炮弹片炸断了他的皮带，穿入腹腔，蒋先云顿时血流如注，鲜血染红了脚下的土地。他艰难地抬起头来，还想继续向前冲锋，可是，当他拼尽最后的力气举起右手指向敌人时，却缓缓地倒了下去……

战士们在蒋先云的鼓舞下，高呼着"为团长报仇"的口号，奋勇地冲向敌阵，攻克了临颍城，击溃了奉军主力，取得了战斗的胜利。

红光闪耀赣水边

——记陈赞贤烈士

陈赞贤,1895年出身于江西省南康县一个农民家庭。

1911年辛亥革命推翻了清政府,但革命果实却被袁世凯篡夺,北洋军阀的反动统治取代了清政府的腐朽统治,民族危机更加严重。刚从高小毕业、血气方刚的陈赞贤,满怀救国救民的理想,毅然离开了家乡,考入了设在南昌的江西陆军讲武堂。他在讲武堂不仅学得了一身军事技能,而且注重时事,阅读了大量进步报刊。然而好景不长,由于江西陆军讲武堂堂长、江西都督李烈钧在追随孙中山的“二次革命”中被袁世凯打败,江西陆军讲武堂也随之解散,陈赞贤只好返回家中。

陈赞贤回家之后,受聘于南康唐江乐群高小,当了一名教员。面对当时政治昏暗、教育腐败的状况,陈赞贤抱着启发民智、教育救国的思想,于1918年在家乡创办了东山高等小学。为筹建校舍,陈赞贤带领师生自己动手,抬木头、挖土方、盖房子、平场地、砌围墙,把整个校园搞得整整齐齐。为了改革教育,陈赞贤废止了一些陈腐的老八股教学内容,引导学生学习科学文化,并把课堂教育和课外活动有机地结合起来。陈赞贤开创了当时南康教育的新风,受到师生和当地老百姓的称赞。

当地的地主官僚对东山高小先是百般诽谤，后来又克扣经费，到第三年的暑假，陈赞贤被迫辞去了校长职务，带领一批进步青年，去南昌升学。1921 年，陈赞贤考入了南昌第一师范学校。第二年，他投笔从戎，到广西参加了国民革命军，随军北伐。由于长途行军，气候炎热，陈赞贤身患重病，无奈只好返回家中治病。

在家治病期间，陈赞贤在家乡南康县创办了义务小学，恢复了自己的教书生活。当时，校舍经常被北洋军阀的军队强占为兵营，为了不荒废孩子们的学业，陈赞贤便借用民房或在露天上课。他对学生极度负责的态度和艰苦办学的精神，使学生家长深受感动，在南康县教育界和人民群众当中树立了很高的声望。1923 年，他被推举为南康县教育会副会长。

1925 年，受中共江西地方委员会书记赵醒侬的邀请，陈赞贤以参观省运动会的名义来到南昌，在赵醒侬的介绍下加入了中国共产党。从此以后，陈赞贤的人生发生了重大的转折，他由一个爱国的知识分子，转变为一个具有共产主义信念的人。

1926 年，北伐军的先遣队叶挺独立团挺进湖南。当时驻守湖南的军阀杨池生、杨如轩、赖世璜彼此之间勾心斗角、争权夺利。党了解到这一情况后，派陈赞贤回到赣州，进行革命统一战线工作。他巧妙地利用了军阀之间的矛盾，策动了赖世璜部起义，有力地配合了北伐军在正面战场的作战，积极地策应了北伐军入赣。

为了加强党对赣州和赣南革命运动的领导，1926 年，陈赞贤被任命为中共赣州特别支部书记，同时，他奉中华全国总工会之命，筹建赣州总工会。陈赞贤来到赣州，立即深入工人群众，访贫问苦，扎根串连，宣传组织工会的意义和作用，发动工人加入工会。1926 年 11 月初，陈赞贤组织召开了赣州工人第一次代表大会，成立了赣州总工会，陈赟贤被选为赣州总工会委员长。赣州总工会成立之后，赣州的工人运动进入了一个崭新的阶段。根据当时赣州工人生活异常困难、职业无保障的情况，陈赞贤领导工人开展了以“保障职业,增加工资,改善待遇,实行八小时工作制”为中心的斗争,要求订立劳资合同。工人的这些合理要求,却遭到了资本家的拒绝。党组织于是决定号召赣州钱业工人首先举行大罢工。罢工开始后,各钱庄大门紧闭,停止营业,给钱业资本家以沉重打击。资本家对钱业工人的罢工采取了种种手段进行破坏。他们一方面对罢工工人进行威胁,另一方面又企图用金钱酒宴拉拢陈赞贤,却遭到陈赞贤的断然拒绝。资本家施尽了所有的伎俩,毫无所获,而罢工工人在赣州总工会的领导下,罢工声势越来越大。资本家迫于形势,不得不接受了工人们提出的全部条件,在劳资合同上签字,罢工取得了重大的胜利。

赣州风起云涌的工人运动使坐镇南昌的蒋介石如芒在背。1926 年 12 月,蒋介石命令国民革命军新编第一师进驻赣州,他们名义上是驻防整训,实际上是武装镇压工农运动。

1927 年 3 月 6 日晚,陈赞贤在赣州总工会召开会议时,新编第一师反动军军官胡启儒闯了进来,他对陈赞贤说有急事相告。陈赞贤刚走出会议室,几个便衣特务就走了出来,不由分说地把陈赞贤绑架出了总工会大门。

到了赣县公署后花厅,反动军军官倪弼向陈赞贤出示了蒋介石“改组赣州总工会严办工会委员长陈赞贤”的密令,并逼迫他签字解散工会。陈赞贤大义凛然地说:“头可断,血可流,解散工会的字我不签!”话音刚落,气急败坏的敌人便向陈赞贤开了枪。陈赞贤身中十八弹,倒在了血泊中。就在他倒下的一刹那,他用尽全身的力气高喊着:“中国共产党万岁!”“赣州总工会万岁!”

陈赞贤倒下了,他用鲜血和生命谱写出了工人运动壮丽的诗篇,他的那种为革命事业抛头颅、洒热血,坚贞不渝的革命精神,将永远激励着我们前进!

为革命而死，虽死无憾
——记宣中华烈士

宣中华，原名钟华，1898 年 7 月出身于浙江省诸暨县牌头镇的一个农民家庭。宣中华的童年正值帝国主义掀起瓜分中国的狂潮时期。国家遭受欺凌、百姓困苦不堪，残酷的现实激发了宣中华无比的爱国热情。

1915 年，宣中华以优异的成绩考入了浙江省立第一师范学校。"五四"运动爆发后，为了声援北京学生的爱国运动，杭州成立了学生联合会，宣中华被推选为理事长。此时正值新文化运动席卷全中国。当时一师的校长经亨颐是一位具有民主革命思想的人，在他的提倡下，一师的学生纷纷订购《新青年》等进步书刊，宣中华也因此有机会接触到进步思想。但经亨颐等人的做法遭到了当时浙江封建守旧势力的仇视，他们指责经亨颐等人的做法是"用以破坏数千年来社会之秩序，似洪水猛兽流毒无穷"。在封建守旧势力的压迫下，一师校长经亨颐以及其他几位提倡新学的教师被撤职。消息传来，一师的学生无不愤怒，纷纷罢课以示抗议。在这次学生运动中，宣中华表现出了杰出的组织才能和领导才能，他亲自前往省公署、省教育厅请愿，在他的带领下，一师的学生走上街头进行示威游行。随着这场学生运动范围越来越广、影响越来越大，反动当局害怕事情会闹得一发不可收拾，赶忙调来军警镇压学生的请愿活动，宣中华等人领导全校师生与反动军警进行了顽强的抗争。通过这次抗议活动,当局的反动本质暴露无遗。迫于社会各界的压力,省议会不得不弹劾了当时的省长,省长被迫辞职,“一师风潮”也由此闻名全国。

1921 年,宣中华前往上海参加马克思主义研究会。这年 10 月他以浙江代表的身份前往苏俄出席了远东各国共产党及民族革命团体第一次代表大会。他亲眼目睹了苏俄在经过“十月革命”之后所发生的翻天覆地的变化,这次的苏俄之行也成为他人生中一个意义重大的转折点。

1921 年,经中共党员沈定一的介绍,宣中华来到萧山衙前农村小学任教。他深入到农民群众当中积极开展革命活动。通过调查实践他意识到,农民群众并不是思想觉悟不高,只是缺乏很好的宣传教育和组织,一旦“有人向他们一招手,一提醒,则如枯草遇火”。不久,宣中华便带领衙前的农民积极开展抗租抗税的斗争。在农民运动的实践工作中,宣中华意识到“唯有唤醒最大多数的劳动群众,中国民族的解放才有希望”。于是他创办了进步刊物《责任》,进一步揭露封建军阀的丑陋面目,但不久后,反动当局勒令查封了《责任》。

1924 年 1 月,宣中华光荣地加入了中国共产党。当时正值国共第一次合作,根据中共中央的要求,宣中华以个人名义加入了国民党,并且出席了国民党“一大”。国民党内部左派和右派的争斗一直以来从未停止过,尤其是 1925 年孙中山先生逝世之后更加激烈。这时,中共党员沈定一背叛革命,他与戴季陶勾结到一起,在衙前会议上公开声称“共产主义不适合中国国情”,宣中华当即予以驳斥:“国民党的路线,必须符合国共两党共同意图,维护工农利益。外对帝国主义,内对地主和资本家,必须进行阶级斗争!”眼见反共的目的没有达到,沈定一于 1925 年 11 月参加了在北京召开的“西山会议”,成为了一名国民党右派人物。他一方面积极地策划反共活动,另一方面又积极地勾结军阀孙传芳。

1926年，在广州召开的国民党第二次全国代表大会上宣中华一一揭露了沈定一、戴季陶等反共、反人民的阴谋。会后，他回到浙江主持了国民党浙江省第一次代表大会，并当选为党部中共党团书记。此时，国民党右派叛变革命的立场并没有改变，反而愈演愈烈。他们采取各种卑鄙的手段制造了一系列暴力事件。1927年4月11日，国民党反动派在杭州发动反革命政变，他们大肆搜捕中共党员和国民党左派人士，省党支部、省政府等都遭到破坏，杭州笼罩在一片白色恐怖之中。

中共杭州地委考虑到宣中华的人身安全，决定派人秘密护送其转移至上海。4月13日深夜，宣中华化装成列车长搭乘火车离开杭州。当车抵达上海近郊龙华站时，国民党特务认出了宣中华并将他逮捕。

得知宣中华被捕的消息后敌人欣喜若狂，他们以为抓了宣中华就可以获得整个江浙地区中共党组织的相关信息。上海警备司令迫不及待地审讯了宣中华。但不管敌人如何严刑逼供，宣中华都拒不回答。无奈之下敌人只好以死威胁他，宣中华冷笑道："我参加革命之日即许身于党，中华为革命而死，虽死无憾。"

4月17日深夜，可恨的敌人将宣中华押到龙华荒郊处决。宣中华高呼"共产党万岁"、"无产阶级革命万岁"，英勇就义，年仅29岁。

"执著"的战士
——记黄竞西烈士

黄竞西,1897 年 12 月 19 日出生在扬州邗江县施家桥黄家庄。黄竞西早年曾在父亲开设的中药店工作。"五四"运动爆发后,他经常阅读《民国日报》,视之为唤醒民众、改造社会的有力武器,后成了《民国日报》丹阳销售地的负责人。他积极参加了丹阳工商界声援"五四"运动的各种爱国运动。在此后的一系列革命活动中,由于黄竞西等进步青年的积极努力,丹阳成为了江苏省革命发展较快的地区,在国民党上海执行部工作的共产党员恽代英、侯绍裘、刘重民等曾多次来丹阳指导工作。1925 年 4 月,经侯绍裘、刘重民等介绍,黄竞西加入了中国共产党。之后,丹阳独立支部成立,黄竞西任第一任支部书记。5 月 29 日,中共上海地委推举黄竞西为我党代表,参加即将成立的国民党江苏省党部工作。同年 8 月 23 日,左派占极大优势的国民党江苏省党部经过长期筹划和斗争,在上海正式成立,黄竞西当选为执行委员兼农工部副部长,与侯绍裘、刘重民、柳亚子等共事。不久,省党部增设商人部,黄竞西当选为商人部部长。

第一次国共合作期间,根据党的指示,黄竞西在南京、上海等地发动群众进行反帝革命斗争。黄竞西还冒着危险回丹阳指导当地革命斗争。他根据中共江浙区委的决定,广泛发动群众,开展打倒军阀孙传芳、反对鲁西军阀张宗昌南下的宣传活动。他因领导丹阳农民运动遭反动当局追捕，秘密来到上海工作。

1927 年 3 月，黄竞西参加了周恩来、罗亦农等同志领导的震惊中外的上海工人第三次武装起义，成为武装起义的指挥者和工人运动的领导者之一。起义前他以商界人士身份作掩护，带着装扮成阔太太的妻子吕楚云，经常乘坐小轿车往来于市区各处，秘密输送装有武器弹药的“大礼包”给有关同志。起义开始后，黄竞西奋不顾身地投入到攻打制造局的战斗中，直至起义胜利。他又根据党的指派，与侯绍裘等将国民党江苏省党部从上海迁到南京开展工作。4 月 9 日“南京事变”后，黄竞西被迫从南京回到上海。其后在上海和南京之间辗转反复。

1927 年，蒋介石在上海发动“四一二”反革命政变。黄竞西很快在上海秘密恢复了江苏省党部（左派）的工作，积极找回被打散的人员，为省党部筹集经费。大革命失败后，黄竞西面对革命低潮，以不屈不挠的精神继续坚持斗争。他曾在妻儿的掩护下散发革命宣传品，并参加群众集会，痛斥蒋介石的滔天罪行。随着斗争的开展，我党又重建了左派党部内的中共党团，黄竞西任党团书记。

6 月 26 日上午，中共江苏省委在上海施高塔路（今山阴路）恒丰里 104 号召开干部会议，王若飞代表中央宣布江苏省委成立，并任命陈延年为省委书记。然而，国民党军警根据叛徒的口供，很快就来到恒丰里 104 号搜捕，黄竞西等英勇拒捕，与敌人展开殊死搏斗以致筋疲力尽、头破血流，衣服等均被军警所撕破。陈延年、郭伯和、韩步先、黄竞西等四人当场被捕。

黄竞西不幸被捕后，被国民党视为“共党要犯”，屡遭严刑拷打，威逼利诱。但无论反动派使用软诱惑，还是硬手段，都没有使黄竞西屈服。

1927 年 7 月 4 日，这名坚强的共产主义战士惨遭国民党反动派的杀害,英勇地倒在上海枫林桥畔,为革命事业献出了他的青春年华和宝贵的生命。黄竞西烈士生前的战友、著名诗人柳亚子满怀悲痛和敬仰之情,写下了这样的悼念诗句:

白首同归侣,侯(绍裘)张(应春)并激昂。
洞胸悲宛(希俨)李(一锷),割舌惨刘(重民)黄(竞西)。
硕果今余几,丰功忍淡忘!
表扬吾辈责,青史有光芒。

为共产主义奋斗到底

——记杨昭植烈士

杨昭植，字君健，1902年11月19日出身于湖南省湘潭县一户农家。杨昭植14岁时因父亲去世而辍学，和母亲一起劳动支撑整个家庭。1921年，杨昭植听说湘潭县立中学增设班级，不收学费，立即辞去工作考取了这所学校。时隔5年，杨昭植又一次回到了学校，他的求知欲望更加强烈了，抓紧分分秒秒的时间学习，阅读了大量进步书籍。

第二年，杨昭植与同学一起组织了“今社”，取意为“以今天奋斗为起点，为创造明天而献身”。他们时常聚集在一起谈论国事，针砭时弊。“今社”的活动让校方知道后，受到了学校领导的指责，要求杨昭植等人向学校承认错误，杨昭植回复校方“大丈夫义无反顾”，拒绝道歉。学校于是将杨昭植强行开除。

之后，杨昭植来到了湖南长沙，考入了长郡公学。他在校外找了一份教书的兼职，利用这一点点微薄的收入办了一份名为《湘影》的油印刊物。杨昭植亲自执笔，用辛辣的文笔揭露湖南政界和教育界的腐败，尖锐地抨击政界和教育界。随着这份刊物在进步学生中的传递，大家逐渐知道了杨昭植，对他的才华学识深感佩服。1924年，杨昭植经罗学瓒、夏明翰推荐，加入了中国共产党。

1924年冬，杨昭植毕业后返回湘潭，与党组织其他人一起筹划创办平民夜校,主要招收木工、搬运工和人力车夫等工人。学校的创建遭到了人称“湘潭王”的大地主恶霸的极力反对。“湘潭王”一面阻挠政府拨发学校补助,一面压制其他商人捐资助学。杨昭植得知是“湘潭王”与他们公开作对,立即带着几个人去找他当面评理。“湘潭王”用耍尽嘴皮子功夫与杨昭植周旋。杨昭植指着“湘潭王”说:“你不要不识时务,没有你那几个血腥钱,平民学校照样办得起来。”说完,杨昭植扬长而去,而他去找“湘潭王”理论的事情很快就变得街知巷闻。支持平民学校的人越来越多,“湘潭王”也无法阻止,学校很快就创立起来,成为工人群众学习和聚集的主要场所。

1925 年“五卅”惨案发生,青岛、上海的工人向日本厂方抗议非法开除员工遭到残酷镇压,全国各地的工人均义愤填膺。杨昭植组织了“青沪惨案雪耻会湘潭分会”,宣布对英日经济绝交公约,凡中国人穿着英日服装者一律标上印记游街。杨昭植带领群众来到县政府,与县长正式交涉,县长被逼无奈,也只能灰溜溜地跟着群众游街。1927 年 2 月,几名调查员调查英国商人的一座油库时遭到拒绝,而且被当众侮辱,民众群起激愤。杨昭植发动数千名工农自卫军聚集到油库前,一把火烧掉了英商油库。杨昭植反抗帝国主义的事迹一时被传为美谈。

随着反帝斗争的展开,杨昭植又带领群众开展反封建的斗争。杨昭植带领群众将大地主“湘潭王”逮捕,随后特别法庭经过公开审判判处“湘潭王”死刑。这一事迹得到毛泽东的高度评价。毛泽东在考察湘潭农民运动时,把这一事件记入了著名的《湖南农民运动考察报告》。

1927 年 5 月 21 日,长沙发生“马日事变”,湖南长沙驻军第三十五军第三十三团团长许克祥等率 1000 余人发动反革命政变,镇压工农运动,湘潭县也被国民党军队所控制。杨昭植根据中共指示,组织农民自卫军奋起反击,5 月 23 日一举攻下湘潭县,有力地打击了军阀的嚣张气焰，轰动了全国。中共湖南省委对杨昭植大加赞扬，进一步要求杨昭植迅速联络湖南各地农民武装，反攻长沙。31日，杨昭植指挥万人农民军队，在云湖桥举行誓师仪式后向长沙进发。敌人半途杀出，杨昭植指挥大军苦战三天三夜后，终因敌我武器装备悬殊而失败，农民自卫军被迫分散转移，杨昭植化装隐居在乡下，秘密组织农民武装。6月3日，杨昭植在去长沙的途中被纠察队逮捕。

杨昭植被关押后，敌人严刑逼供试图撬开杨昭植的嘴，逼他说出农民武装的行踪，杨昭植誓死不从。敌人先用竹鞭拷问他，打得他浑身是血；再用木杆夹断了他的双腿；后又用烧着的木炭在他身上烤，杨昭植疼得昏迷了好几次，但是决不低头。6月6日上午，杨昭植接受了最后一次拷问。敌人见到无法使他屈服，于是决定将杨昭植公开处死以图威吓民众。杨昭植在被押往刑场的途中，民众自发地拥挤过来，向杨昭植告别。聚集的群众越来越多，敌人害怕群众暴动，来不及走到刑场就宣布行刑，并且当众点火焚烧了尸体。之后敌人扬长而去，留下了陷入悲痛的群众。

中国革命的元老
——记熊雄烈士

熊雄,1892年出生,江西宜丰芳溪人镇下屋村人。熊雄是我国老一辈的无产阶级革命家、我党最早从事革命军队政治工作的杰出领导人。1984年8月,聂荣臻元帅亲自写下"熊雄烈士永远活在我们心中"的条幅,以缅怀其辉同日月的生平。

熊雄的一生,是革命的一生,战斗的一生,光辉的一生。他由一个普通的农家孩子,逐步走上革命的道路;由一个普通学子,跨入革命军人的行列;由一个追随孙中山先生的中华革命党人,演变为伟大的共产主义者,最后,为新民主主义革命慷慨捐躯。

农家学生变革命先锋

熊雄有兄弟七人,他排行第四。在他上学读书时,因清朝废科举,办新式教育,熊雄得以成为第一代接受新式教育的人。这对于他此后的成长和教育产生了巨大的影响。

1907年,16岁的熊雄考上瑞州(今高安)中学堂。他如饥似渴地学习新文化,努力吸收新思想和新知识,以优异的成绩毕业。1910年初,熊雄考入了南京优级师范学堂。在南京,熊雄目睹了种种社会黑暗,更清楚地看到了清朝的腐朽,这使他萌生了推翻清政府的念头。

1911 年初，他回到南昌，考入了江西新军的学生军。是年 10 月，武昌起义爆发。熊雄迅速行动起来，积极联络学生军中的其他先进分子拿起武器响应武昌起义，攻占了江西抚台衙门。武昌起义胜利后，熊雄所在的学生军改组为学兵团，20 岁的他成为学兵团中积极的领导成员。1913 年，熊雄英勇地参加了反对袁世凯窃取辛亥革命胜利果实的“二次革命”。革命失败后，熊雄被迫流亡日本。这时，他才 21 岁，自号“铁血书生”，充分显示了他为革命而牺牲的精神。在东京，他见到了仰慕已久的孙中山。在孙中山的影响下，1914 年，熊雄毅然加入了中华革命党并进入浩然军事学校学习。1915 年，袁世凯倒行逆施，竟然要上台当皇帝。孙中山决心再次兴兵讨袁。熊雄与许多中华革命党人和浩然军校学员先后返国参加讨袁护国战争。袁世凯做了 83 天的皇帝，在全国人民的声讨下，被迫取消了帝制，自己也一命身亡。之后，熊雄眼见复国之战演变成了军阀纷争，自己一腔报国之志无处施展，忧愤无奈，遂到西方寻求救国救民的真理。

这段从农家孩子到书生，再到军人的人生经历，对于熊雄来说是莫大的收获。新式教育使他具备了随时接受新思想、新观点的学习态度；亲历推翻清政府、反抗袁世凯独裁统治的军事斗争，使他更加清楚地认识中国社会，积极寻求救国之路。

寻求救国之路，传播革命思想

经历了辛亥革命、“二次革命”、护法战争等一系列的失败教训后，熊雄逐渐产生了对现实状况的疑惑，到底应该怎么革命？

为解决这个疑惑，1919 年冬至 1925 年秋，熊雄先后到法国、德国、苏维埃俄国考察三国的政治、军事、经济、文化，学习西方的社会、自然科学著作，先后进入三个国家的语言学校、农业学校、林业学校和军事学校学习。正是在这个阶段，熊雄接触到了马克思列宁主义，他转而重点钻研马克思列宁主义理论。1922 年，熊雄作出了人生重大的决定,在德国时正式加入中国共产党,成为中共早期的党员,这标志着他实现了由民主主义者到共产主义者的转变。在苏联的莫斯科东方共产主义劳动者大学和伏龙芝军事学院,熊雄除了学习研究马克思主义理论和苏联革命经验之外,还有机会到苏联红军中学习军队的政治工作经验。通过几年丰富多彩的留学生活和生活实践,他大大地提高了马克思主义理论水平,奠定了无产阶级世界观和人生观的基础,并且积累了一定的革命斗争经验。

这期间,孙中山实行"联俄、联共、扶助农工"三大政策,开始了第一次国共合作,并开办黄埔军校。1925 年初秋,熊雄奉命从苏联回国,到黄埔军校任政治教官,肩负军队政治教育工作,不久,任政治部副主任、主任和党团书记,成为军校特委负责人之一。熊雄结合自己早先的参军经历,运用在苏联学到的军队政治工作理论,培养了黄埔军校的二至六期的大批军政干部,成为学员的表率,具有很高的威望。黄埔学生军在第二次东征中英勇善战,使军阀部队闻风丧胆,这种不怕牺牲的革命精神与他出色的政治工作是分不开的。再加上熊雄本人品德高尚,待人诚恳耿直,深受学生爱戴,很多学生在背后称呼他为"熊婆婆"。

革命一生,光辉一生

1927 年 4 月 12 日,蒋介石在上海发动反革命政变,广东国民党反动当局也于 4 月 15 日开始了反革命大屠杀。这一天,军校教育长方鼎英找熊雄谈话,妄图迫其就范。熊雄严斥蒋介石背叛革命是人民不共戴天的仇敌,表示"要将一腔热血洒在黄埔岛上"。方鼎英怕搞下去会引起校内师生骚动,转而要求熊雄出国学习,并答应派艇送他去香港。熊雄于次日对送行师生作了简短讲话,勉励大家恪守孙中山的遗嘱,将国民革命进行到底,然后登艇离去。

然而,反革命敌人是没有信誉可言的。当汽艇徐徐离开黄埔,驶至江心时,突然“机件失灵,停下检修”。这时,监视黄埔的中山舰即派人登艇,将熊雄逮捕。熊雄被关押在广州市公安局,后转囚至河南南石头惩戒场。他在狱中对被捕的同志进行革命形势和革命气节的教育,稳定大家的情绪,号召他们“组织起来,团结群众,巧妙斗争,迎接光明”,表现了共产党人临危不惧、坚贞不屈的革命精神。最终,熊雄牺牲在敌人的屠刀下。

熊雄的一生,始终不渝地追求真理、追求进步,决不畏缩,决不倒退;他胸怀开阔,一心为民,坚持原则,团结同志;他以天下为己任,以马列为指针,鞠躬尽瘁,死而后已。1922 年在德国参加中国少年共产党之后,为便于工作,他为自己取了一个化名:其光,表示“熊熊其光”的意境,也就是要为革命贡献自己的光和热。熊雄还写了一首名为《小照自警》的七言绝句以明心志:“坐悔飞扬误少年,不教成佛不生天,移山填海凭心力,莫付苍苍任自然。”即使在他生命垂危的时刻,也不忘为革命、为党的事业做工作,这种大无畏的革命精神,永远值得我们学习。我们永远怀念他!

浩气长虹烁古今

——记赵世炎烈士

1927年7月19日，白色恐怖笼罩下的上海枫林桥畔，一个年轻的共产党员拖着沉重的脚镣，昂首挺胸地迈向刑场。面对敌人的屠刀，他高喊着“工农兵联合起来”、“中国共产党万岁”的口号，从容就义，献出了年仅26岁的生命。他就是共产党早期著名的理论家和宣传家、工人运动的杰出领袖赵世炎。

赵世炎，号国富，笔名施英，1901年2月出身于四川酉阳县一个小地主兼商人家庭。20世纪初的中国，民族危机日益加重，人民生活在水深火热之中，各地的革命斗争如火如荼、风起云涌。少年时代的赵世炎，在民主革命的洪流当中，不断经历着革命思想的洗礼。

1915年8月，赵世炎考入了著名的北京高等师范学校附属中学。在校学习期间，赵世炎特别勤奋刻苦，每次考试成绩总是名列前茅，英语成绩尤为突出。1917年，赵世炎结识了伟大的革命先驱李大钊。在读了李大钊的《庶民的胜利》和《布尔什维主义的胜利》等文章后，他原有的爱国主义和民生主义思想有了进一步的发展。1919年，赵世炎中学毕业后不久，经李大钊介绍，加入了少年中国学会。为了团结更多的进步青年，赵世炎仿照少年中国学会，在附中创办了少年学会，并且出版了《少年》半月刊。他在《少年》上发表了许多文章，抨击当时的黑暗社会和教育制度。这年秋天，赵世炎进入了吴玉章主办的北京法文专修馆学习，这是留法勤工俭学的预备班。在这里，赵世炎的思想发生了极大的变化，初步认识到了社会主义是改造中国的唯一出路这一道理。

1920 年 4 月，为了寻求救国救民的真理，19 岁的赵世炎踏上了赴法勤工俭学的道路。在法国留学期间，赵世炎一边做工一边学习，努力钻研马列主义、学习欧洲无产阶级斗争的经验，他一直和在柏林的周恩来、张申府等保持着密切的联系，经常与在比利时的李维汉、王若飞等通信，共同商讨筹建共产主义青年团的问题。1921 年 10 月，周恩来、赵世炎、王若飞等开始建立统一的共产主义组织，取名“中国少年共产党”。经过几个月的准备，1922 年 6 月下旬，在巴黎郊外的一个小广场上，正式召开了中国少年共产党代表大会，赵世炎担任书记。不久之后，中国共产党旅欧总支部成立，赵世炎担任法国组的书记。旅欧支部成立后，在宣传教育、开展工人运动方面为革命作出了重要的贡献。

1924 年 7 月，阔别祖国四年之久的赵世炎和任弼时一起秘密回到国内。此时的赵世炎刚刚 24 岁，风华正茂。他不仅用马克思主义武装了自己的大脑，而且熟练地掌握了英、法、德、俄四种语言，迅速成长为党的德才兼备的优秀干部。回国之后，赵世炎先后担任了中共北京地委书记和北方区执行委员会宣传部部长等职务。他还主编了《政治生活》，协助李大钊指导北方党的工作，对北方工人运动和青年运动作出了卓越的贡献。

1926 年第三次全国劳动大会结束后不久，赵世炎来到上海，担任了中共江浙区委组织部部长兼上海总工会党团书记。他对工作一贯雷厉风行，一到上海就深入到工人群众当中去了解情况，并贯彻全国劳动大会精神，积极组织罢工斗争。

1926 年 10 月和 1927 年 2 月，赵世炎和罗亦农、汪寿华等组织和领导了上海工人第一、二次武装起义。虽然这两次起义由于准备不充分，再加上国民党右派分子的欺骗而失败，但使赵世炎积累了丰富的经验。工人们没有被反革命的气焰所吓倒,他们在赵世炎的领导下,以更大的勇气和毅力准备发动第三次武装起义。为了加强党对第三次工人武装起义的领导,起义前夕,党组织派周恩来到上海,参加武装起义的组织领导。在周恩来、罗亦农、赵世炎的领导下,上海工人于1927年3月21日举行了震惊中外的工人武装起义,赵世炎亲自到前线指挥。他以大无畏的精神,率领工人纠察队,在武器装备非常落后的情况下,与武装到牙齿的反动军警血战一天一夜,歼敌5000余名,缴获了大批武器弹药,取得了上海第三次武装起义的伟大胜利。

1927年6月,陈延年、郭伯和韩步先在上海恒丰里不幸被捕,韩步先无耻地当了叛徒,供出了赵世炎的住所。7月2日,敌人根据叛徒的口供,包围了赵世炎的住处。外出归来的赵世炎刚一进门就被敌人逮捕了。此时赵世炎非常镇定,他趁敌人翻箱倒柜找东西时,悄声将王若飞的住址告诉了自己的妻子,让她告诉王若飞赶紧转移。

赵世炎被捕之后,受尽了严刑拷打,敌人把他折磨得死去活来。他镇定地回答自己是湖北人,叫"夏仁章"。赵世炎镇定自若的态度,让敌法官犹豫起来,不能确定抓的到底是不是赵世炎。终因叛徒一再指认,敌人才确定"夏仁章"就是赵世炎。赵世炎被捕之后,就把生死置之度外,他大义凛然地告诉敌人:"你们只能捉到我一个赵世炎,要想从我口里得到半点机密,那是枉费心机。"他满怀信心地说:"志士不辞牺牲,革命种子已经布满大江南北,一定会茁壮成长起来,革命最后必将取得胜利!"赵世炎这种视死如归的英雄气概令反动派非常恐慌。7月19日,他们将赵世炎残忍地杀害。

赵世炎为革命事业献出了自己年仅26岁的生命。他的英名和业绩将永远镌刻在历史的丰碑上,昭示着千千万万的后来人。

碧血丹心留人间
——记刘尔崧烈士

刘尔崧，1899年11月24日出身于广东省永安县（今紫金县）城一个清贫的私塾教员之家。

1918年，刘尔崧高小毕业。时值广东省立第一甲种工业学校招收公费生，刘尔崧以优异成绩考入这所学校的机械科。他勤奋好学，思想先进，富有爱国热情。在这里，他开始接触到《新青年》、《社会主义史》等进步书刊。“五四”运动爆发后，他还积极组织学生参加运动，领导学生举行反帝游行示威。刘尔崧的反帝爱国热情鼓舞了许多人，大家称赞他为“红色的甲工”。

1920年9月，广州成立了马克思主义研究会，刘尔崧加入了该会。1921年，刘尔崧光荣地加入了中国共产党。

1922年5月，中国社会主义青年团第一次全国代表大会在广州召开。会后，刘尔崧任社会主义青年团两广区委员会的执行委员，还成立了社团，出版刊物，积极宣传马克思主义。9月，他从甲种工业学校毕业，党组织派他到中国劳动组合书记部广东分部组织工人运动。

1923年年初，刘尔崧被派到油业工人中开展工作，发展组织。当时，油业工人遭受的剥削非常严重，工作环境恶劣，工人们像奴隶一样被资本家任意驱使。这年5月，在我党领导下，3000名油业工人举行了有史以来的最大规模的罢工,罢工迅速蔓延到广东各地。广州第一区区长控告油业工会理事胡超、侯桂平煽动工人罢工。胡、侯两人被押到公安局受审,后因为没有证据,被无罪释放。胡超、侯桂平连夜向刘尔崧汇报受审经过。刘尔崧坚决支持他们,还组织召开工人大会,号召工人们将罢工进行到底。资本家无计可施,只好请来军队以武力恐吓工人复工。刘尔崧马上通过侯桂平对油铺老板说:"你强迫工人开工,如果发生打死人事件,你要负完全责任。"资本家恐事态进一步扩大,答应了工人的一部分条件。此后工人宣布复工。

1923 年 6 月,中共"三大"在广州召开,刘尔崧作为广东省代表出席了会议。会后,经党组织批准,刘尔崧以个人身份加入了国民党。1924 年 1 月,国民党"一大"召开后,刘尔崧被任命为国民党工人部干事。1924 年 5 月 1 日,广州工人代表会正式成立,刘尔崧被推举为执委会主席。在他的建议下,6 月初成立了工人武装——广州工团军。

1924 年 6 月 30 日,英法帝国主义者颁布了侮辱中国人民的"新警律",无理限制中国人民出入沙面,以打击广州人民的反帝运动。我党决定以广州工会的名义,发动沙面工人进行罢工,刘尔崧受命组织罢工工作。7 月 15 日,罢工委员会成立,并向英法帝国主义者提出了四项要求:(一) 取消新警律;(二) 每天午夜前中国人可自由出入沙面租界;(三) 复工后不得对工人歧视报复;(四) 罢工期内工资照发。英法帝国主义者妄图瓦解、分裂罢工队伍。刘尔崧及时识破了他们的诡计,号召工人团结一致,继续罢工。一个多月后,帝国主义者被迫接受罢工委员会提出的全部条件,罢工取得胜利。此后,刘尔崧又陆续组织领导了多次工人运动。

1925 年,中共广东区委会成立,刘尔崧当选为执行委员兼工人部部长,集中全力领导广东工人运动。此后,他相继组织、领导、参加了平定广州商团叛乱、声援上海"五卅"反帝斗争、支持"省港大罢工”、支持广州国民政府北伐、反对国民党右派斗争等活动。

1927 年年初，国民党右派加紧夺权，在选举国民党广东省第二届省党部委员时，刘尔崧等共产党员被排挤出去，国民党右派还免去了刘尔崧工人部部长的职务。当时国民党右派曾对他说：“只要你公开声明脱离共产党，可以保留你的部长职务。”刘尔崧义正辞严地说：“我是一个共产党员。共产党员为工人阶级的解放而奋斗，是光明正大、无限光荣的事。至于你们部长的职务，那没有什么了不起。没有它，我们共产党人照样领导工人运动。”

4 月 12 日，蒋介石在上海发动反革命政变，广东等地反动派也大肆屠杀共产党员和进步分子，白色恐怖顿时笼罩全国。但刘尔崧仍然像往常一样领导工人运动。他的妻子和其他人都劝他暂避一下，他严肃地说：“我哪里都不去！现在正是需要我的时候。如果我们在这危急时刻跑了，谁来做革命工作呢？干革命就不能怕死！”

革命形势越来越严峻。4 月 14 日，党组织通知刘尔崧立即转移，但他因为还有工作需要布置，没有听从指示。15 日，敌人来到刘尔崧家中将其逮捕。

刘尔崧被捕后，被关押在广州公安局监狱里。次日，妻子去探望他，他深情地对妻子说：“快回去吧！用心把明儿好好养大成人。”妻子早已泪如泉涌，未及开口就被狱卒拉走了。

在狱中，刘尔崧鼓励难友们说：“要坚持斗争，我们的斗争是正义的，革命一定会胜利的。决不能向敌人屈膝投降，为革命牺牲是光荣的。”他还写信给广州工人代表大会的同志们，鼓励他们坚持斗争。

反动派用各种酷刑来折磨刘尔崧，企图让他投降，还引诱他说：“你是国民党‘二大’代表，广东省党部委员、工人部部长，只要你脱离共产党，回到国民党，我们可以让你担任更重要的职务。”刘尔崧斩钉截铁地说：“我是共产党员，誓死不离开组织，你们要杀要斩听便!”敌人的阴谋始终没有得逞。

4月19日深夜,凶恶的反动派便对刘尔崧下毒手了。临刑前,刘尔崧神态自若,昂首走出牢房,一路上高声朗诵:“南八,男儿死耳,不可为不义屈!”并高呼:“中国共产党万岁!打倒国民党反动派!”刘尔崧被敌人秘密杀害于珠江白鹅潭,年仅28岁。

至死不渝的山东汉

——记鲁伯峻烈士

在中国革命史进程中，涌现出无数的革命烈士，他们冒着生命危险为人民大众求解放、为建立新中国而英勇奋斗，许多甚至付出了宝贵的生命。鲁伯峻烈士就是其中一位。

鲁伯峻，原名鲁广德，1895 年 10 月出身于山东济南一个没落的书香门第家庭。父亲鲁佛民是一位知识分子，因家道中落，全家就从济南城关迁到近郊北园居住。鲁伯峻的童年是在农村度过的，他从少年时代，就不断从事体力劳动，练就了高大魁梧的身材，也造就了他忠诚老实的性格和吃苦耐劳的高贵品质，加之父亲对他的教育，在年少时就非常优秀。

1908 年，鲁伯峻考入山东省模范小学。他勤奋好学，乐于助人，因此省立模范小学视他为学生领袖。在临近毕业那年，学校突然宣布取消奖学金及鞋袜补助费，这对贫苦的学生来说是一次很大的打击。鲁伯峻挺身而出，代表学生向校方据理力争。在罢课风潮后，他被学校挂牌开除。这不仅没有让他心灰意冷，反而使他更加认识到国家兴衰直接关系到个人前途，更加勤奋学习。

1914 年，鲁伯峻以优异成绩考入山东师范讲习所，1916 年毕业后被聘为济南北园小学教员。之后，又相继在济南近郊的华山、龙山等地任教。

“五四”运动爆发后,鲁伯峻受父亲的影响,积极参加知识界的各种集会活动。不久,结识了王尽美。他俩先后组织成立了“励新学会”、“马克思学说研究会”。通过反复阅读研究《共产党宣言》、《资本论入门》等书籍,鲁伯峻逐渐成为了一名坚定的马克思主义者。

1923 年春,鲁伯峻组织领导了一个接受党领导的、以反对帝国主义为宗旨的群众性的外围组织——“非基督教大同盟”,开展反帝爱国运动。他经常到街头等公共场所演讲,痛斥日本帝国主义在山东的罪行。这种宣传活动曾轰动济南,引起了中外反动派的恐慌。省议会议长、基督教徒宋传典到省警察局指控鲁伯峻。结果,省教育厅革除了鲁伯峻的教员职务。从此,鲁伯峻成为了一名职业革命家,专门从事革命活动。

1924 年 10 月,鲁伯峻光荣地加入了中国共产党。受党组织派遣,鲁伯峻专门从事职工运动。他立即脱去长衫,经常到工人中去走访,并以鲁丰纱厂为根据地,创办工人夜校,用他自编的《平民千字歌》启发工人,还在工人夜校的基础上组织了工人俱乐部。他根据青年工人的特点,组织纠察队上操,教他们唱《少年先锋队队歌》。他还深入工人宿舍,进行党的秘密工作,物色先进分子。

1925 年,上海发生了震惊中外的“五卅”惨案。当惨案的消息传到济南,鲁伯峻立即组织工人阶级行动起来,发起募捐活动,并在募捐活动的基础上,正式成立工会。鲁伯峻还和一起从事职工运动的宋伯行发动和领导了纱厂工人的罢工斗争。他们向厂方正式提出增加工资、保护女工、逢年过节要“分红利”等要求,但是遭到资本家的拒绝。工人遂宣布罢工。罢工斗争中,鲁伯峻通过《工人周刊》发表文章,揭露资本家的罪行;撰写传单广为散发,大大鼓舞了工人的斗志。他还发表《支持鲁丰纱厂工人罢工的宣言书》、《告各界同胞书》等,声援纱厂罢工工人;同时组织新城兵工厂、津浦铁路大厂和鲁丰纱厂的工人联合举行声势浩大的集会和示威游行，轰动全城。鲁丰纱厂工人的罢工坚持了七天，迫使厂方作出了一定的让步。这次罢工的初步胜利，为济南的工人运动打开了一个新局面。

但是鲁丰纱厂厂长叶新年不甘心失败，在工人复工后不久，他便勾结反动军阀强行封闭工会，捣毁工人俱乐部，解散夜校，查抄《工人周刊》，并宣布通缉鲁伯峻。鲁伯峻当时就在纱厂附近的张家庄一带工作，在军警将要抓捕他的危急时刻，他在工人们的掩护下安全脱险。

1925年，鲁伯峻奉命来到青岛重建党组织。当时，青岛的工运组织遭到了极大破坏，重建工作异常艰难。鲁伯峻到青岛后，以阎家山工人子弟小学校长的名义为掩护，开办夜校，秘密进行活动。通过印发工人小报、训练党员等工作，终于初步恢复了青岛的党组织和工运组织。同年冬，他直接领导钟渊纱厂工人与日本资本家展开“要求增加工资，缩短工时，保障人权”的斗争，还组织宝来纱厂工人与封建把头吕焕智、张鱼古斗争。

鲁伯峻在阎家山的活动引起了反动派的注意，胶澳商埠水道局局长就奉命追查工人小报的印发人。鲁伯峻等运用丰富的斗争经验，巧妙地避开了敌人的耳目，敌人的阴谋始终未能得逞。

1926年，广州国民政府出师北伐，短短半年间已经占领了江南半壁江山，极大地鼓舞了各地的革命者。鲁伯峻在青岛发展革命力量，准备迎接革命高潮的到来。此时，军阀张宗昌也向人民举起了屠刀。1926年12月26日，反动派突然调集大批军警包围了阎家山，封闭了工人俱乐部，鲁伯峻则是他们首先要抓捕的目标。然而，敌人失算了，鲁伯峻早在一天前就得到党内密报，连夜潜回了济南。

1927年春，鲁伯峻开始在济南中共山东省委机关工作，分管近郊农民运动。4月12日，蒋介石发动反革命政变，疯狂屠杀共产党人和进步分子，镇压工人运动，山东军阀张宗昌更是疯狂地搜捕共产党人。5 月中旬,山东省委机关遭到破坏。5 月 21 日,鲁伯峻不幸被捕。在离开寓所时,他态度从容镇定,把随身带的怀表交给妻子,并指着三个孩子对妻子说:“好好照看他们,你们要好好活下去。”于是悲壮地离开了自己的妻儿。

敌人妄图从鲁伯峻口里得到党的线索,对鲁伯峻威逼利诱,严刑拷打,但他们的阴谋始终没有得逞。5 月 23 日拂晓,凶狠的敌人将鲁伯峻从狱中押出,在千佛山下行刑。临刑前,鲁伯峻昂首挺胸,高呼“中国共产党万岁”的口号,高唱国际歌,在敌人的枪口下壮烈牺牲,年仅 31 岁。

鲁伯峻的一生,虽然只有短短的 31 年,却是奋斗的一生,革命的一生。他大智大勇,为革命事业献出了自己宝贵的生命。为了怀念他,新中国成立后,当地政府将鲁伯峻烈士的遗骸移葬于济南英雄山烈士陵园。

工人运动先锋

——记张瑞成烈士

张瑞成又名张达权，1894 年出身于广东新会江门北子村的一个贫农家庭。由于家庭贫困，张瑞成小时候只读过几年私塾，就到广州一间织布工场当学徒，深受资本家的残酷剥削与压迫。随着年龄的增长，张瑞成不禁对工人悲惨的命运产生了深切的同情，对自己身为工人的宿命产生种种疑问。“如何改变工人被剥削的命运”这个疑问一直在他的脑中闪烁。

1919 年“五四”爱国运动爆发之后，马克思主义在广州得到广泛传播。在新思潮的影响下，张瑞成积极行动起来，从事工人运动，并于 1922 年加入了中国共产党，成为广东最早的一批党员之一。鉴于张瑞成积极组织、领导工人运动的出色表现，党组织任命他为中国社会主义青年团广州地委书记，担负起培养更多革命青少年的重任。

1924 年冬，张瑞成受党组织的派遣，到苏联莫斯科东方劳动者共产主义大学学习。在这里，他进一步加深了对工人运动和共产主义运动的认识，提升了自己的理论修养水平。1925 年夏，张瑞成回到广州。这时，广州已爆发了震惊世界的“省港大罢工”。不久，党组织派他到中华海员工业联合总会担任中共海总特别支部的支部书记。他经常与海总特别支部的其他领导成员一起研究工作，深入到工人群众中去调查情况、做思想工作,发展党的组织。到1926年年初,海总特别支部的党员人数已由原来的10多人发展到100多人,增强了党的战斗力,工人运动也取得了巨大的成绩。

鉴于张瑞成去苏联参观学习过,又曾在广州从事工人运动,既具备一定的理论知识,又拥有较强的实践操作能力,1926年4月,张瑞成被调到中华全国总工会省港罢工委员会担任教育宣传委员会主任兼广州土布工会主席。在这里他把主要精力放在了职工教育的工作上。他领导下的教育宣传委员会在很短的时间里就筹办了一所劳动学院(地址在东园)、一所劳动妇女学院(在石室对面的西业工人联合会内)、五所工人宣传学校以及十所工人子弟学校。这些学校先后在1926年6月至7月间开学,对加强职工的教育、培养工人运动骨干和劳动后备军等方面起了积极作用。特别是劳动学院,在当时的影响更大。它是一所培养工人运动骨干的政治夜大学,学员是走读的,多是各基层工会的领导。为了筹办好这样一所学校,张瑞成亲自参加研究招生简章,审查学员条件,制订教学计划,聘请校长、教务长和教员等工作,为学校的开办付出了辛勤的汗水。

张瑞成在从事工人运动的过程中,处处关心工人的利益。他明白,只有站在斗争的最前列,才能获得工人的支持和信任。为了抗议资本家不顾工人的死活,并引起社会各界的关注,张瑞成于1926年10月3日发动土布工会的工人举行了示威游行。当游行队伍路经河南保安卡半隐庐附近时,突然遭到资方收买的打手的袭击。在这紧要关头,张瑞成挺身而出,率领工人与手持凶器的暴徒英勇搏斗。土布工会的工人被打死1人,伤30余人。然而,资本家对这次事件的善后工作不仅置之不理,反而以“参加闹事”为由解雇了一批工人,对要求增加工资的工人进行报复和迫害。面对资本家的倒行逆施,张瑞成非常气愤,继续领导工人群众与资方进行坚决斗争。由于工会领导和工人团结一致,又得到社会各界群众的同情与支持，终于迫使资方赔偿了工人的损失，恢复了被解雇工人的工作。

为报复工人参加罢工运动，1927 年年初，资本家利用吃“无情鸡”（在旧历年初二，老板请工人吃饭，以鸡作送，就意味着工人从此被解雇了）的惯例，解雇了一批工人。中共广东区委和广州工代会为了维护工人的切身利益，就发动各行业的工人分头集会前往广东省政府农工厅请愿，抗议资本家解雇工人，要求政府取消这一惯例。张瑞成亲自参加了这一斗争，每当有工人请愿、集会、游行时，他都走在最前面。结果，政府被迫取消了资本家请吃“无情鸡”这一恶例，恢复了被解雇工人的工作。

张瑞成对工人阶级的革命事业忠心耿耿，日夜操劳，得到工人群众的爱戴，却遭到资本家的仇恨，他们以谋杀相威胁。工人对他的安全感到担心，劝他要回避一下，张瑞成却毫不畏怯地说：“我们搞工会工作，搞革命，就要有视死如归的精神。如果我不幸被敌人杀害了，你们就继续搞下去。大家不要怕，革命是一定会成功的！”这充分表现了共产党员不怕死、革命到底的精神。

1927 年，蒋介石在上海发动“四一二”反革命政变，大肆屠杀共产党人和革命志士。不久，广东的国民党反动派也进行了“四一五”反革命大屠杀。张瑞成不幸被捕，于 4 月下旬被凶残的敌人秘密杀害，年仅 33 岁。

胸怀大志的秣陵秋石

——记张应春烈士

张应春，原名蓉城，江苏省吴江县葫芦兜乡人，生于1901年11月11日，因农谚“十月应春”而字应春，后因仰慕秋瑾又改字秋石。

1919年张应春高小毕业，考入上海两江女子体育师范专科学校。在校期间，她关心时局，经常在日记中表达对反动派的倒行逆施的痛恨以及对国家兴旺、人民自由的渴望。每次假期回家她都会和乡亲们谈心，关心农民疾苦。在柳均权的介绍下，张应春认识了国民党左派人物柳亚子先生，往来十分投机。1923年，张应春在柳亚子的介绍下，到松江景贤女中任教。在松江，她结识了共产党员侯绍裘和国民党左派朱季恂等人，张应春深受教育和熏陶，思想觉悟提高得很快，并在侯绍裘的指引下加入了改组后的国民党。为了反对封建礼教，争取女权，张应春毅然带头剪去了发髻，投身革命。

1925年8月，国民党江苏省党部正式成立，张应春被选为执行委员兼妇女部部长。当时张应春足疾复发，卧床休养。当廖仲恺被刺的消息传来，她怒不可遏，抱病起身，赶赴省党部就职。当时孙传芳和杨宇霆混战江浙，道路阻塞。她不顾危险，星夜兼程，赶到了省党部。张应春常常通宵达旦、全身心地投入工作。国民党右派下令解散妇女运动委员会，张应春却针锋相对，和共产党员杨之华等另行组建了妇运会。在斗争实践中，张应春深切体会到学习革命理论的重要性。于是，她挤出时间到上海大学听课，专心致志地学习马克思主义理论，思想觉悟不断提高。1925年11月由侯绍裘、姜长林介绍，经中共江浙区委批准，张应春加入了中国共产党。

1926年，国民党在广州召开第二次全国代表大会，张应春作为江苏省的妇女代表参加了大会。回来后，为了扩大革命宣传，提高广大妇女的觉悟，张应春决定创办妇女杂志，刊名《吴江妇女》。经过中共江浙区委批准，该杂志于1926年3月8日国际妇女节创办。

北京"三一八"惨案发生后，张应春义愤填膺，四处奔走，公开演讲。她在《吴江妇女》第二期上发表《江苏省党部为反对段祺瑞惨杀北京市民宣言》，指出："革命的事业，没有流血是不会成功的。我亲爱的女同胞，大家起来奋斗吧！我们誓死要从红色的血泊里边，找着光明的道路，建设起光华灿烂的社会来。"张应春还在《悼北京为爱国惨死的女烈士》一文中写道："烈士们！姐妹们！……你们可以算死得其所了。在中国历史上，很少流我们女子的鲜血，虽然在'排满'时代那鉴湖女侠秋瑾已做过一度牺牲……不过是民族革命中间的一小部分，还谈不上世界的革命事业。所以秋瑾女士在轩亭的流血，在影响上恐怕比不上你们这次的大。并且她的流血是单独的，你们的流血是群众……然而北京女烈士的惨死，在意义上可以和德国无产阶级先锋战士卢森堡的被害相提并论。"张迎春把不同的革命性质以及个人与群体两种死难所产生的不同影响区别得很清楚，她已经是一位具有马列主义思想的观点、有政治见解的革命者，而且她也看到了革命可能是要流血的，自己也早已做好了为革命牺牲的思想准备。这份妇女杂志，对当时的妇女运动起了很好的鼓舞作用。

1927年3月，国民党江苏省党部决定由上海迁往南京，张应春被任命为中共江浙区委妇女运动委员会委员、中国济难会全国委员会委员。4月初,积劳成疾的张应春在家休养。“四一二”反革命政变前夕,南京城情况复杂,以蒋介石为代表的新军阀勾结帝国主义和封建买办密谋屠杀革命人士。党组织发了三封急电令张应春速去南京。面对着复杂而危险的形势,张应春不顾家人的劝阻,依然于4月7日赶赴南京。4月9日,国民党江苏省党部和中共南京地委召开革命团体负责人会议,决定第二天上午举行“南京市民肃清反革命派大会”。10日上午9时,四五万群众举行集会,侯绍裘代表省党部谴责蒋介石唆使流氓打手捣毁省市党部、拘留负责人后又进行血腥镇压的行为。当晚省市党部等革命团体的负责人在南京大纱帽巷召开紧急会议。11日凌晨,国民党南京公安局侦缉队便衣特务们包围了会场,张应春等10余人不幸被捕。在狱中,张应春英勇顽强,坚持斗争。张应春被吊打了一天一夜,昏迷过去又被冷水泼醒,可是她除了说“我是一名共产党员”外,没有向敌人透露任何信息。凶恶的敌人恼羞成怒,将张应春装入盛有石灰的麻袋里,用刺刀活活将其戳死,然后秘密地抛入通济桥外九龙桥下的秦淮河中。张应春牺牲时年仅26岁。

后来,柳亚子先生请国民党左派知名人士、画家陈树人画了一幅《秣陵悲秋图》。秣陵是南京的古名,悲秋就是悼念张应春烈士。柳亚子先生在这幅画上题词《绮罗香》一阕:

磨剑难酬,挥戈易折,千载沉冤谁诉!如此江山,不见当年媚妩。吊青溪,空对烟波;殉白练,可怜风雨。猛思量,杀机秋伏,更名城谶错先铸。分湖孤冢无恙,百树玉梅花下,还余香土。环佩魂归,两美雅宜同住。濡大笔,碑碣题来;荷短锸,衣冠埋去。定容我,一棹重寻,宝生庵外路。

1987年,吴江县人民政府为张应春烈士墓新镌一块纪念碑,并在墓园旁建立了烈士事迹陈列室。人们不会忘记英勇的革命烈士,他们将永垂不朽!他们的英勇精神值得我们学习!

头可断，志不可夺
——记杨闇公烈士

杨闇公，又名杨尚述，1898 年 3 月 10 日出身于四川省潼南县(今属重庆市)双江镇一个封建大家族里。杨氏家族在当地是大户人家，拥有数千亩土地。杨闇公在很小的时候就跟随塾师吴仲儒学习"四书"、"五经"。吴仲儒在教学中非常喜欢给学生讲"太平天国"、"义和团"以及《水浒》、《说岳》等故事。这些故事深深地吸引着杨闇公，尤其是岳飞、文天祥等英雄人物的爱国精神深深感染着他。

1913 年，经堂兄杨宝民介绍，杨闇公加入了国民党。不久，杨闇公进入冯国璋在南京开办的军官教导团学习。1915 年，杨闇公参加反袁斗争，因事情泄露，逃往上海。1917 年，杨闇公渡海前往日本留学。留学期间，他接触到了《资本论》和《社会主义神髓》等书，开始学习马克思主义。1919 年 5 月 4 日，国内掀起了伟大的"五四"爱国运动。杨闇公得知后，积极支持"五四"运动，被东京警视厅以违反治安罪逮捕，并判处 8 个月徒刑。服刑期满后，杨闇公被迫回到国内。1922 年，杨闇公加入了成都的社会主义青年团。1924 年 1 月 12 日，杨闇公、吴玉章等人成立了中国青年共产党，简称 C. Y，后改名为中国 Y. C 团。1924 年，杨闇公与在重庆的中国共产党特派员肖楚女建立了联系，不久吴玉章和杨闇公解散了 Y. C 团。Y. C 团成员以个人名义申请加入中国共产党。杨闇公也在这时加入了中国共产党。

1926年2月底,经中共中央批准,中共重庆地方委员会(即中共四川省委)成立,杨闇公任书记。9月5日,英国军舰炮轰万县城,造成中国军民近千人伤亡,近百间房屋被毁。“万县惨案”发生后,中共四川地方委员会发动四川人民掀起反英浪潮。9月7日,成立了万县惨案重庆国民雪耻会,杨闇公为主要负责人。最后,迫使英国兵舰撤离了四川。

1926年12月初,杨闇公、刘伯承等领导万余川军在泸州、顺庆(今南充市)掀起筹划已久的“泸顺起义”。“泸顺起义”的爆发震惊了整个四川,使封建军阀的统治遭到前所未有的威胁。虽然“泸顺起义”最终失败了,但有力地配合了北伐运动。

1927年3月24日,正当北伐军占领南京时,英美帝国主义突然炮轰南京城,造成2000多名军民伤亡。“南京惨案”发生后,杨闇公等党的四川地委负责人决定,于3月31日在重庆打枪坝召开全市群众大会。消息传开后,四川军阀十分恐慌,3月30日,刘湘指使人对杨闇公进行恐吓:“明天的大会最好不要开,外面的大炮已脱了炮衣。”杨闇公并未被吓倒,严词拒绝了敌人的要求。

3月31日,当杨闇公赶到会场时,刘湘已经命令王陵基的部队包围了会场,还有其他军阀的部队扮作工人模样混入人群,时刻监视会场周围的情况。当大会即将开始时,会场周围突然响起了一阵鞭炮声,紧接着枪声四起,埋伏在会场四周的敌人一涌而出,见人就打,见人就杀。顿时,会场一片混乱,死伤无数。杨闇公由于跳墙后藏匿在通远门外一户农民家中,最终得以脱险并转移到江北。

4月1日,杨闇公冒险返回城内,布置善后工作,并决定到武汉向中央报告、请示。家里人劝他暂时躲避一下,杨闇公却说:“敌人虽然十分残酷,但我岂能只顾及个人安危?”2日,杨闇公坐船去武汉,因途中发现有便衣特务跟踪,遂于当晚返回家中。3日,杨闇公经化装后带上妻子及一位党员登上“亚东”号轮船。但由于遭到叛徒告密,4日凌晨,特务们将“亚东”号轮船包围。杨闇公见情况有变,趁敌人不注意的时候,迅速将重要文件吞咽进肚子。敌人将杨闇公逮捕后,关押在城防司令蓝文彬的监狱里。蒋介石派来特务审讯杨闇公:“难道你不怕死吗?”杨闇公大义凛然地说:“只有你们才怕死。你们也必然要死无葬身之地了。你们只能砍下我的头,可丝毫动摇不了我的信仰。我的头可断,志不可夺!”敌人见从杨闇公口中得不到任何消息,于是决定在4月6日深夜,将杨闇公秘密处死。临刑前,杨闇公高呼:“打倒帝国主义!”“打倒军阀!”“中国共产党万岁!”为了阻止杨闇公喊出口号,敌人割去了他的舌头,可杨闇公并不屈服,用鼻子哼,用眼睛怒斥。暴徒们见状又挖掉了他的眼睛,砍掉了他的双手,最后朝他射了三颗子弹。年仅29岁的杨闇公献出了自己年轻的生命。

吴玉章同志后来写诗怀念杨闇公:

锦官城外建红旗,革命潮流卷华西。
为救万民于水火,不辞千里转成渝。
打枪坝上留英迹,扬子江中失健儿。
血沃鹃花红四野,巴山蜀水更神奇。

铁肩担义指光明

——记李大钊烈士

李大钊,中国共产主义运动的先驱和最早的马克思主义者,中国共产党的主要创始人之一,1889年10月29日生于河北省乐亭县大黑坨村。在他还不到1岁的时候,父母就双双离开了人世,由祖父把他养大成人。幼年时期的李大钊聪明好学,非常热爱读书,7岁开始读乡塾,喜欢听老师讲太平天国的故事,十分仰慕农民起义领袖洪秀全。李大钊小小年纪就抒发了立志报国的豪情,他曾说:“欲立其身,先忧其国,国家兴亡,匹夫有责,念书就是为了强国富民,不能只想自己一生锦衣玉食,而忘了民族。”青年时代的李大钊目睹了社会黑暗和国家危亡的局势,深深为民生疾苦担忧,更加激发了他的爱国热忱,立志要为苦难的中国寻找出路。

1913年冬,李大钊东渡日本留学,就读于东京早稻田大学。在那里,他开始接触社会主义思想和马克思主义学说。三年后,他回到祖国,积极参加反对袁世凯的斗争,并加入正在兴起的新文化运动。1918年,李大钊受北京大学校长蔡元培的聘请,担任北京大学图书馆主任兼经济学教授,并任《新青年》杂志编辑。

“十月革命”的一声炮响,给中国送来了马克思列宁主义。俄国社会主义革命的胜利极大地鼓舞和启发了李大钊,他先后发表了《法俄革命之比较观》、《庶民的胜利》和《布尔什维主义的胜利》等大量宣传“十月革命”和马克思列宁主义的著名文章和演说，阐述“十月革命”胜利的意义，旗帜鲜明地批判改良主义，积极领导和推动“五四”爱国运动的发展。

1920年年初，李大钊和陈独秀相约，在北京和上海分别活动，筹建中国共产党。同年3月，李大钊在北京大学组建中国第一个马克思学说研究会，聚集了邓中夏、高君宇等一批具有共产主义思想的青年知识分子，为建党作准备。李大钊还在北京多次与共产国际代表商讨筹建中国共产党的事宜。同年秋，他又领导建立了北京的共产党早期组织和北京社会主义青年团，并与在上海的陈独秀遥相呼应，扩大宣传，发展组织，积极推动建立全国范围的共产党组织。“南陈北李，相约建党”成为中国革命史上的一段佳话。

1921年7月，中国共产党第一次代表大会召开，宣告中国共产党成立。中国共产党成立以后，李大钊代表党中央指导北方的工作。在党的领导下，北方地区先后发动了“开滦大罢工”、“京汉铁路大罢工”等著名斗争。他还受共产党的委托在上海与孙中山进行国共合作的谈判，并到广州参加国民党第一次全国代表大会的领导工作，为建立国民革命统一战线、实现第一次国共合作作出了重大贡献。

1926年6月，奉系军阀张作霖在日本帝国主义支持下进关入京，北方的局势日趋恶化，白色恐怖愈来愈严重。在这种形势下，一些国民党领袖贪生怕死，纷纷弃职南下。我党为了保存干部，也将部分同志调离北京。李大钊同志却像一棵挺拔的苍松，在凛冽的风雪中傲立着。他毫不畏惧，仍坚守战斗岗位，继续领导着北方的革命斗争。

1927年4月6日，清明，天气非常温和，一群如狼似虎的宪兵、侦探和警察闯入李大钊家中，并带来了几天前被捕的阎振山同志。一个侦探指着李大钊问阎振山：“你认识他不？”这位经过党培养教育多年的老工人摇了摇头表示不认识。那个反动派的爪牙说：“你不认识？我可认识他呢!”于是,李大钊以及他的夫人、两个女儿都落入了反动派的魔爪。

李大钊同志铮铮铁骨,一片丹心,在狱中充分展现了一个共产党人崇高的革命气节和对共产主义事业的无限忠诚。在敌人的严刑拷打面前,李大钊同志坚贞不屈,没向敌人泄露党的任何秘密,没说一句有损于革命的话。他在狱中写的《自述》,反映了他坚定的革命原则和高超的斗争艺术,字里行间洋溢着献身于革命、寻求民族解放的志向。通篇《自述》是以国民党人的身份写的,根本没有暴露自己是共产党员。为了保护同时被捕的青年,保存革命力量,李大钊在《自述》中还表示自己“负其全责”,要敌人“对于此等爱国青年,宽大处理,不事株连”,充分体现了一个革命者舍己救人、一心为革命、一心为人民的高贵品质。

1927 年 4 月 28 日,北洋军阀政府不顾社会舆论的强烈谴责和反对,对李大钊等 20 位革命者实施绞刑。行刑时,李大钊第一个走上刑台,他从容镇静,大义凛然。面对反动法官和刽子手,他作了最后一次简短的、慷慨激昂的演说:“不能因为你们绞死了我,就绞死了共产主义！我们已经培养了许多同志,如同红花的种子,遍撒各地！我们深信,共产主义在世界、在中国必然要得到光辉的胜利!”他高呼:“共产党万岁!”英勇就义。

李大钊同志为中国人民的解放事业奋斗了一生,直到今天,人们也没有忘记他的光辉形象和丰功伟绩。为了纪念李大钊,1989 年 10 月 29 日,在他诞辰 100 周年之际,人们把用白色花岗岩雕刻成的李大钊像安放在了河北省唐山市的“大钊公园”里。

为中国革命流尽最后一滴血
——记萧楚女烈士

萧楚女,1893年出生于湖北汉阳。父亲萧康平,早期经营木材生意,破产后肺病复发,在芜湖病逝,从此家道中衰。全家人靠母亲萧罗氏以缝补衣服、替人打零工来维持生计。为了活命,母亲忍痛将女儿顺宝、三宝送给别人做童养媳。经人介绍,13岁的萧楚女到武昌的益丰茶馆当跑堂,艰难的生活迫使萧楚女早早闯进了社会。他目睹了饿殍遍野的惨景,也听到过朱门酒楼的歌舞嬉笑,他尝尽茶馆老板的辱骂,也受过酒鬼茶客的毒打。在偷偷跟别人聊了几个字之后,他便迅速懂得了"压迫"和"反抗"这两个词的含义。不久,他被解雇,流离于街头,奔波于穷乡僻壤,当小贩、做报童、打短工,挣扎在水深火热之中。

辛亥革命时期,萧楚女激于民族义愤,于1911年参加了新军。10月,他在"武昌起义"中作战勇敢,因协助炮兵开炮,把一只耳朵给震聋了。辛亥革命的胜利果实很快被封建军阀袁世凯篡夺了,一些革命党人也为争地盘、抢官位而火拼。对此,萧楚女感到非常失望,愤然退出新军。嗣后,萧楚女到《大汉报》任编辑,又任《崇德报》主笔,开始用"楚女"笔名发表文章,深刻揭露反动政府的腐败,向旧世界发起挑战。

1919年冬,武汉中华大学的恽代英发起成立了革命的团体——"利群书社"。这时,萧楚女在武汉《大汉报》当副刊编辑。他写的抨击时政、改造社会的文章,引起了恽代英的注意。1920 年,恽代英介绍萧楚女加入了利群书社。一天,恽代英把一本秘密印刷的《共产党宣言》交给了萧楚女。

“一个幽灵,共产主义的幽灵,在欧洲徘徊……”

“幽灵”深深吸引了萧楚女,他废寝忘食、如饥似渴地读着。

1922 年,在汉口江汉路的一间简陋的木屋里,一把镰刀和一把铁锤交叉画在一张纸上,萧楚女面对这张纸挺立着,举起了拳头。由恽代英介绍,他跨进了中国共产党的队伍。仪式结束后,恽代英亲切地叫了声“同志”,萧楚女淌下了激动的泪水,这个曾经把天地当摇篮、饥饿作伴侣的穷跑堂,这个苦苦探索真理的青年人,在经历了资产阶级旧民主主义革命失败的痛苦以后,终于找到了光明之路。

萧楚女入党后,被派到四川开辟工作。短短几年,他便凭着在革命斗争中刻苦自修获得的广博知识,在各报刊上发表了 200 多万字的文章,并担任了《新蜀报》的主编。他文笔犀利,文章豪放,喊出了工农的心声。

萧楚女刚到四川时,一些青年正在进行婚姻与制度问题的讨论。萧楚女立即著文参与论争,他尖锐地指出,在封建制度下的婚姻,是买卖式的婚姻,而且还分整卖和零买。父母之命、媒妁之言、门当户对、家长包办,叫整卖。由剥削阶级造成的娼妓制度,国民政府设妓院收花捐,便是零买。在整卖与零买的交易中,受摧残最苦的是女子。女子只有革命,方能摆脱被整卖和零买的命运。

萧楚女精辟独到的见解,在青年中引起极大的震动。随后,他组织女子第二师范学校的学生上街参加反帝反封建的游行,更是震惊了社会。四川督办以为萧楚女是个女人,便派人把萧楚女请来,妄图用威胁手段迫使他屈服,不料见到的却是一个堂堂男子汉,督军老爷又气又恼,下令将他赶出四川。萧楚女离开四川的消息传开后,重庆的工人、学生和店员举行了大规模的示威游行。人们高喊着:“没有萧先生,我们不订报!”“还我萧先生,还我《新蜀报》!”

在军警的秘密押送下,萧楚女登上了江轮。他眺望巴山蜀水,怀着对敌人的刻骨仇恨,奔赴新的战场。

1926年,萧楚女来到大革命的中心——广州,在国民党中央宣传部任干事兼阅览室主任,协助毛泽东编辑《政治周报》。在广州期间,他经常到中山大学、青年训育养成所、劳动学院、政治讲习班等讲课。后来,萧楚女被聘为全国农民运动委员会委员,任第六届农民运动讲习所专职教员。

长期繁重的脑力劳动,加重了萧楚女早已染上的肺病,可是他依然以顽强的斗志,不知疲倦地上课、工作。有一次,他在讲授《帝国主义》课时病发了,每讲几句就偷偷地把血吐在手帕上,手帕都被染红了。学员们一致劝他休息,他却摆摆手,硬撑着身体,大声地讲着。当他讲到“为实现中国的革命,在座的每一位同志都要准备为无产阶级献出一切,以至生命”时,大家看到他手帕里的血干了又湿,一滴滴地落在地上,把他的裤子都染红了。学员们都不禁热泪盈眶。在他们眼前,不正屹立着这样一位甘愿为革命献出一切的伟大革命者吗?

随着萧楚女的病情日益恶化,毛泽东派人把他强行送进了东山医院。1927年4月15日,在蒋介石叛变革命后的第四天,一批反革命匪徒冲进了东山医院。萧楚女刚刚吐过血,可是一股力量却使他挺起身来,眼睛喷射出火一样的光芒。匪徒们吓呆了,谁也不敢上前。

半晌,一个头目才清醒过来,慌忙督促匪徒们下手。这群野兽一拥而上,用刺刀在萧楚女身上乱戳一阵,然后,拖起他上了车子。萧楚女想对着敌人怒吼,但嘴里被塞了木塞。到了敌人监狱后,他终于吐出木塞,竭尽全力,喊出了惊天地、泣鬼神的声音:

“中国共产党万岁!”

萧楚女在狱中英勇就义,时年36岁。

血染秦淮河的年轻英烈

——记侯绍裘烈士

侯绍裘,字墨樵,1896年出身于松江县一个地主兼商人家庭。少年时代的侯绍裘就具有正义感和爱国心,他热爱科学,反对迷信及封建恶习。1918年,侯绍裘考入了南洋公学,攻读土木工程专业。在学校里,侯绍裘如饥似渴地学习科学文化知识,他渴望学成先进的科学技术,改变中国落后的面貌,走实业救国的道路。然而,轰轰烈烈的"五四"运动震醒了侯绍裘的书生梦。

1919年,"巴黎和会"上中国外交失败的消息传来,举国同愤,作为时代先锋的青年学生率先走向街头。反对帝国主义,要求严惩卖国贼的"五四"爱国运动在北京爆发了。侯绍裘所在学校的全校师生召开大会,痛斥北洋政府的卖国行为,上海工业专门学校和圣约翰大学、复旦大学等大专院校联名致电北京政府,声援北京爱国学生,抗议军阀政府迫害学生的行为。侯绍裘满腔热情地投身于这火热的运动中,成为了一名最果断的积极分子和组织者。他在运动中逐渐觉醒、成熟,并主动接受新思想、新文化,开始投身到工人运动中,以"五四"精神探求民众解放之路。

1920年暑假,正当侯绍裘与同学在松江创办《问题周刊》、宣扬"五四"革命精神的时候,却收到学校发来的通知,说侯绍裘"举止激烈,志不在学",勒令其退学。

侯绍裘离开学校后,便走上了为谋求大众解放的革命道路。

1921年暑假之后,侯绍裘和同乡朱季恂等接办了景贤女子中学,侯绍裘担任校务主任。他以大无畏的革命精神,冲破重重阻力,对景贤女子中学进行了大胆的改革。在办学方针方面,侯绍裘提倡妇女解放、婚姻自由。他坚持"五四"精神,以培养学生具有"健全的人格"、"完备的知识",促进妇女解放和社会改造为教育目的。在教学方面,景贤女子中学既重视文化教育,又注意根据办学宗旨革新教育内容,致力于能力的培养。

1923年,侯绍裘等人创办了《松江评论》。《松江评论》以"批评地方时事,唤起革命精神,介绍新的思想,提高民众常识"为宗旨,在松江一带产生了重大的社会影响。侯绍裘先后在刊物上发表了许多热情洋溢的文章,批判军阀政府和帝国主义,宣传科学真理和社会主义。是年秋天,侯绍裘光荣地加入了中国共产党。之后他以更大的革命热情投入到了革命中。此时,中共上海地委为贯彻中共"三大"的精神,决定积极开展以国共合作为中心的统一战线工作。侯绍裘以景贤女子中学为基础,积极在松江建立国民党松江县党部。他还以办学为掩护,秘密地从事地方共产党和青年团组织的筹建工作,在景贤女子中学师生中发展了一批青年团员,并吸收个别优秀分子加入了共产党。

1924年下半年,因江浙军阀混战,危及学生安全,侯绍裘率领景贤女子中学和松江中学师生把学校搬迁至上海。第二年春,他受聘兼任上海大学附中主任。1926年1月,侯绍裘作为江苏省党部代表,出席在广州举行的国民党"二大"。他在大会上和国民党右派进行了顽强的斗争,这对于维护"联俄、联共、扶助农工"三大政策起了积极作用。1926年6月底,中共上海区委委派侯绍裘主持国民党江苏省党部的全局工作。不久之后,侯绍裘又受命担任国民党江苏省党部中共党团书记职务,在党的统一战线工作中,他更加努力地工作着。

1927年3月,正当北伐战争初步胜利的时候,以蒋介石为首的国民党右派却迫不及待地策划反革命阴谋,向共产党举起了屠刀。危难之际,侯绍裘受中共和国民党左派的委派,奔赴南京,负责组建新的国民党省党部。而这个时候,蒋介石的反革命步伐也加快了,他到了南京之后,便唆使流氓打手捣毁国民党江苏省党部、市总工会。面对国民党右派的倒行逆施,国民党江苏省党部和总工会中的共产党人召开紧急会议研究应变措施。敌人获悉后,在会议召开的过程中将侯绍裘逮捕。面对敌人的严刑拷打,侯绍裘坚贞不屈,表现了一个共产党人英勇不屈的革命气概。敌人一无所获,便残忍地对侯绍裘下了毒手。

侯绍裘将其短暂的一生献给了革命事业,他的事迹和精神将永远激励着我们前进。

土地革命时期

愿输血汗改山河

——记潘忠汝烈士

尧天舜日事经过，世态崎岖要整磨。

不肯昏庸同草木，愿输血汗改山河。

——潘忠汝《自勉》

潘忠汝又要离开家乡了，他告别了年老的母亲和新婚妻子，拖着虚弱的身体，迈着艰难的步伐，朝着县城走去。不久前潘忠汝接受党组织任务，负责领导黄麻地区的农民运动，可是他却被伤寒击倒了，不得不在家休息，病情好转后，潘忠汝决定启程，妻子为他送行。夫妻两人来到一座小桥头，潘忠汝从身上掏出一块银元，递给妻子，深情地说："你不要再送了，我这次去黄安，行李都没带，等把事情安顿好了以后，我一定回来接你。家里的事情要你多操劳，与邻里来往，不要怕吃亏上当，我在外面总是找当上。你站在高处望着我，等我走远了再回去……"

党组织为了加强黄麻地区的革命斗争，先后派出多位政治、军事干部来到黄麻地区，组成了革命委员会，统一领导黄、麻两县的武装起义。1927 年 11 月 3 日，中共鄂东特委在黄安县七里坪召开黄、麻两县党团会议。会上传达了中共中央的指示，总结了起义的经验教训，讨论制订起义计划，部署了起义前的准备工作，要求各级干部巩固和发展农民运动，加紧训练农民自卫军。会后成立了起义总指挥部，由潘忠汝担任总指挥。

11月13日,起义总指挥部召开会议,分析敌我状况。大家积极讨论之后,均认为现在是起义的好时机,因为敌人实际战斗力只有几百人,大部分都是未经过军事训练的土匪,只是一群乌合之众,而且敌人远道而来兵困马乏,战斗力可想而知;我军人多气盛,而且斗志旺盛,若进攻可立即夺取黄安县城。起义总指挥部于是决定在11月14日发动起义。

总指挥部先行派遣由20多名农民自卫军队员组成的尖刀班进县城。他们有的化装为卖柴的,有的打扮成做小生意的,有的装扮成说书的,混在赶集的人群中,就这样大摇大摆地进入了县城。尖刀班进城打探敌情,准备里应外合,像一把锋利的尖刀,不知不觉地就插入了敌人的心脏部位。此时,潘忠汝率领70多个精悍的小伙子,组成攻城突击队,早已整装待发。总指挥部又下令黄安县附近的农民武装大约20000人迅速汇集到七里坪,组成攻城主力部队。

11月14日早晨,潘忠汝站在土岗上把枪一挥,高喊:"同志们!总攻开始了!冲啊!"顿时呐喊声响彻云霄,漫山遍野的起义大军以排山倒海之势冲击县城。有的架起梯子、顶着浇了水的稻草和棉被就往城头爬去,有的用锄头挖城墙,有的架起柴火烧城门,有的抬起树干撞击城门……尖刀班与突击队员会合后,一起来到城门边,消灭了守门的匪兵,打开了城门,城门外的起义大军像决堤的洪水一样进了城。

起义军在民众的欢呼声中顺利占领了县城,活捉了贪官污吏数人,缴获大量武器装备,释放了监狱里关押的革命干部。"黄麻起义"取得了完胜。11月18日,黄安县宣布成立县农民政府,潘忠汝被选为县农民政府委员,并将农民自卫军改组为中国工农革命军,潘忠汝任军队总指挥兼第一路军司令。

敌人震惊了,同时他们也惊恐万分,一群手无寸铁的农民攻占了县城，假如全国各地的农民都效仿黄安县的做法，后果不堪设想。敌人立即派出正规军队奔赴黄麻地区，欲将黄麻地区红色政权扼杀在摇篮里。我军由于侦查失误，因此并未作好充分准备，一部分人甚至被胜利冲昏了头脑，决心固守县城与敌人正面对抗。潘忠汝来到战场，听到枪声就作出准确的判断，下令部队突出重围，转移阵地。

潘忠汝临危不惧，沉着镇定地指挥部队转移。我方终因寡不敌众，北方城门失守。潘忠汝立刻率部救援。他机智地避开敌人的锋芒，与敌展开激烈的巷战。潘忠汝一面指挥部队转移，一面反复冲杀敌军，掩护战友突围。潘忠汝护送一部分战友突出重围后，又杀进城里救援还在浴血奋战的战士。他一手提着手枪，一手挥舞大刀，六进六出城门。敌军望而生畏。

潘忠汝第七次率领部队突围时，一颗流弹击中了他的右臂，鲜血淋漓，当下手臂就折断了，接着潘忠汝的腹部又中了一弹。潘忠汝面不改色，仍大声指挥部队撤退……

潘忠汝，1904 年出生于湖北黄陂。1924 年考入武汉中学，毕业后入广州黄埔军官学校，随即加入中国共产党。1927 年任黄安县警察局军事教官。大革命失败后，任黄安县农民自卫军大队长，兼任麻城农民自卫军大队长。1927 年 11 月，任黄麻起义指挥部总指挥。同年 12 月，国民党围攻黄安城，潘忠汝在指挥部队突围时英勇牺牲。

虽然在敌人的“围剿”下，黄安县的革命政府只存在了 21 天，但是黄麻起义的革命火种传遍了祖国各地，点燃了人民心中的革命之火，这是敌人扑不灭的。

"巨雷"惊世界
——记张太雷烈士

张太雷,字泰来,原名曾让、椿年,1898 年 6 月 17 日出生于江苏省武进县(今常州市),8 岁丧父,童年靠寡母做针线活和借债上学。1911 年,张太雷考入常州府中学堂,与著名革命家瞿秋白同学。1915 年 7 月,他因参与闹学潮而被开除学籍。1915 年秋,张太雷考入北京大学法科预科,后因家境困难转入天津北洋大学法科,边读书边搞翻译。参加革命后改名大雷,寓意震醒痴顽,打击强暴之意,立志把自己化为改造社会的"巨雷"。

1919 年"五四"运动期间,张太雷是天津地区爱国运动的骨干,他作为天津学联的代表赴北京结识了李大钊等人,随后接受了共产主义思想。1920 年 10 月,张太雷加入了北京共产主义小组,成为北京共产主义小组的骨干分子。他积极开展工人运动工作,并与邓中夏一起到长辛店组建劳动补习学校,培养了北方铁路工人运动的第一批骨干。1921 年年初,他被派赴苏俄,担任国际远东局中国科的书记,成为第一个被派往共产国际工作的中共使者,也是中国社会主义青年团最早派往青年共产国际的使者之一。他参加了在莫斯科举行的共产国际第三次代表大会,他提交大会的书面报告后来成为研究中共早期历史的珍贵文献。1921 年 8 月,张太雷奉命回国,为刚刚参加完中共"一大"的共产国际代表马林当翻译，陪同马林与陈独秀讨论中国共产党的最低纲领和最高纲领，初步决定了在民主革命阶段中，中国共产党同孙中山领导的国民党建立联合战线的方案。不久，张太雷陪马林会见孙中山，力促并最终实现国共合作，建立了革命的统一战线。之后，张太雷连续参加了中共"二大"、"三大"和"四大"，成为我党早期的主要领导人之一。

1926年3月和5月，蒋介石分别制造了"中山舰事件"和"整理党务案"两起反革命事件。"中山舰事件"后，张太雷认为这是蒋介石的阴谋，并坚决反对蒋介石的反革命活动。"整理党务案"后，张太雷发表《到底要不要国民党》等多篇文章，进一步揭露了蒋介石的反革命阴谋。

1927年4月，张太雷出席了中共"五大"，并当选为中央委员。在这一年的"八七"会议上，张太雷当选为中央临时政治局候补委员，坚决批判了陈独秀的右倾投降错误。之后他前往广东，任中共中央南方局委员、广东省委书记。9月，张太雷到潮（安）汕（头）组织群众接应南昌起义军，并于11月到上海参加制订了广州起义计划。随后不久，他回到广州主持武装起义的准备工作，兼任中共广东省委军委书记。当时在党内还有一部分对张发奎抱有幻想的人反对起义，主张同张发奎谈判。张太雷针对这种思想在11月26日主持召开了中共广东省委常委会议。在会上，张太雷指出坚决不能对张发奎妥协，并坚决主张发动武装起义。在这次会议上还成立了领导起义的总指挥部行动委员会，张太雷任总指挥。然而，就在准备起义的前几天，敌人破坏了我党存放武器的地方。汪精卫得到起义的消息后，马上命令张发奎迅速镇压起义。在如此严峻的形势下，张太雷果断地决定提前两天发动起义。他说："不能取消这次起义。因为这是党中央的决定，而且是革命形势的需要。如果推迟了起义时间，一是给敌人留有充分准备的时间，二是会挫伤起义队伍的锐气。现在唯一的办法就是提前行动，给敌人一个措手不及。"1927年12月11日凌晨,随着响彻广州城的三声炮响,广州起义爆发了。叶剑英率领军官教导团作为起义的主力投入战斗。同时,广州市内的工人赤卫队也纷纷加入到起义队伍中。天还未亮,广州就被起义军占领。当天上午,原广州市公安局的大楼上高高挂起了"广州苏维埃政府"的红色横幅,张太雷高声宣布:"广州苏维埃政府成立了!"

广州苏维埃政府成立后,张太雷任代理主席,叶挺任工农红军总司令,恽代英任秘书长。一直到12日凌晨,张太雷还在主持会议,讨论扩建军队、发动群众、举行群众大会等事宜。12日中午,张太雷获悉敌人从观音山向总指挥部扑来,他立即乘车去大北门指挥战斗。当张太雷经过大北直街(现解放北路)附近时,遭到敌人的伏击,张太雷身中三颗子弹,不幸牺牲,为中国人民的解放事业献出了自己年仅29岁的生命。

张太雷用自己的热血和青春实践了他"愿化作震碎旧世界惊雷"的誓言。"巨雷"声响,业绩永存!

“砍头不要紧，只要主义真”
——记夏明翰烈士

夏明翰，字桂根，湖北秭归人。他出身于一个封建绅士家庭。他的祖父为晚清进士，任过户部主事。父亲曾赴日本考察政务，辛亥革命后倾向于革命，可惜还没来得及有所作为就去世了。夏明翰遂由祖父抚养。在祖父的教导下，夏明翰从小就开始阅读“四书”、“五经”。祖父把继承书香门第的全部希望寄托在夏明翰身上。

1917 年，夏明翰进入湖南省立第三甲种工业学校读书，他受到“五四”运动的影响，开始阅读大量进步书籍，并参加了许多游行和反对军阀的活动，因此和封建守旧的祖父间的矛盾越来越大。1920 年夏天，夏明翰毅然离家出走，与自己的封建绅士家庭彻底决裂，开始走上革命道路。他首先来到了长沙，不久之后，他认识了毛泽东，于是，就跟随毛泽东一起开展学生和工人运动。在斗争过程中，夏明翰逐步确立了共产主义理想，1921 年冬天，经毛泽东、何叔衡介绍，夏明翰光荣地加入了中国共产党。

1922 年 9 月，为了加强对工人运动的领导，党组织派夏明翰到长沙去从事工人运动工作。当时，人力车工人由于车行老板常加车租，加上兵差又多，每天缴了车租以后，就无法维持生活。人力车工人迫切希望党能够领导和组织他们进行斗争。在夏明翰的领导下，人力车工人决定发动罢工,抵制车主加租。这次罢工请愿在夏明翰的领导下,取得了初步的胜利,它给工人们上了深刻的一课:工人们只有团结起来,才能取得斗争的胜利。

1924年年底,夏明翰担任了中共湖南省委委员,负责农委工作,后又兼任组织部部长、农民部部长和长沙地委书记。他认识到农民问题对革命的重要意义,亲自深入到长沙、浏阳、湘潭等地农村调查了解农民的愿望和生活,总结农民运动的特点,发动农民革命,并着手在农村中进行党团组织的建立和创办农民协会。夏明翰把自己的精力全部放在了湖南农民运动上。毛泽东回到湖南后,亲自领导了韶山的农民运动,并多次和夏明翰研究农民运动问题。夏明翰根据党中央和毛泽东的安排,选送了大批党团员和骨干分子到广州农民运动讲习所和长沙政治讲习所学习军事、政治和农民运动方针,为掀起湖南农民运动的高潮培养干部。在夏明翰的影响下,夏明翰几个弟妹也加入到革命队伍中来,他的四妹、五弟还有七弟都被夏明翰派回家乡从事农民运动。

1926年,夏明翰和郭亮筹集召开了湖南省第一次工农代表大会,这是湖南工农运动史上前所未有的盛事。当时毛泽东应邀出席了这次大会并发表了重要的讲话。他强调国民革命的中心问题是农民问题,并高度评价了湖南农民运动的壮举,也为以后的斗争提了指导性的意见,极大地鼓舞了与会代表。大会讨论通过了夏明翰负责起草的农民问题决议案。之后,湖南农民运动得到了突飞猛进的发展。

1927年夏,轰轰烈烈的大革命失败了。1927年8月7日,党中央在汉口召开了紧急会议,会议确立了土地革命和武装反抗国民党反动派的总方针。之后,夏明翰参加了改组后的湖南省委会议,他坚决支持毛泽东"枪杆子里面出政权"的思想,并积极参与了秋收起义的准备工作。会后,夏明翰根据党组织的安排,留在长沙,坚持地下斗争。他及时地将湖南省委及各级党组织转入地下,展开秘密斗争。1928年年初，由于工作需要，夏明翰辗转来到武汉，几经周折，找到了中共湖北省委书记郭亮和中央派去的李维汉。他们研究了当时严酷复杂的形势，决定通知各级党组织转入隐蔽斗争，保存力量，以图继续战斗。当时武汉地区的斗争环境非常险恶，尤其是省委交通员宋若林被捕后叛变，出卖了夏明翰等领导同志。当夏明翰从居住的东方旅社准备转移时，宋若林带着敌人的军警闯了进来。夏明翰不幸被捕。

在狱中，夏明翰充分表现了共产党员的革命气节，坚贞不屈。敌人迫不及待地想从他那里得到党的机密，于是连夜审问夏明翰。

“你姓什么？”敌军官问他。

夏明翰镇定地扫了敌军官一眼，慢条斯理地说：“我姓冬。”

“胡说，你明明姓夏，为什么说自己姓冬？”

“我是按照你们反动派的逻辑和你们说话，你们总是这样：把黑说成是白，把天说成是地，把卖国说成是爱国。我既然姓夏，当然应该说姓冬了，这不正符合你们的逻辑吗？”敌军官无以反驳，只好硬着头皮往下问。

“籍贯？”

“革命者四海为家，我们的籍贯是整个世界。”夏明翰越说越激昂，他接着说：“我相信总有一天，鲜艳的红旗将插满整个世界。”

“你知不知道你们的人？”

“知道。”

“他们在哪里？”

“都在这里。”夏明翰指了指自己的胸口说。夏明翰眼睛一闭，再也不作声了。

“好厉害的嘴巴，用刑。”敌军官咆哮道。

敌人几乎用遍了所有的刑具，但没有任何效果。他们哪里知道，酷刑是不能摧毁一个共产党员的铮铮铁骨的。反动派得不到他们想要的东西，只好宣布将夏明翰“就地处决”。

1928年3月20日,敌人把夏明翰押到了余记里刑场。当行刑官问他还有什么话要说时,夏明翰大声说:"有,给我拿纸笔来!"他接过笔奋笔疾书,在纸上留下了正气凛然的正义诗:"砍头不要紧,只要主义真。杀了夏明翰,还有后来人。"写完之后,他把笔往空中一抛,一位不朽的战士就这样英勇就义了。

夏明翰虽然牺牲了,但是他用沸腾的热血谱写的无产阶级战歌将永远流传下去,激励着人们为追求真理而奋勇前进。

战胜前眼魔，何愁沧海阔
——记于方舟烈士

狂揽四面严相逼，群生彼岸须舟亟。

方舟负荷一何重？方舟遭境一何逆？

努力壮尔神，努力执尔柁。

战胜前眼魔，何愁沧海阔！

这些慷慨激昂的诗句，表达了一个18岁的热血青年决心拯救国家的伟大抱负。这个青年就是天津早期党团组织重要的负责人——于方舟。

于方舟，原名兰渚，1900年8月出身于河北省宁河县的一个农民家庭。于方舟从小在农村中长大，他亲眼目睹农民在地主的残酷剥削和压榨下，过着艰难困苦的生活。他对劳动人民的疾苦有很深的了解，逐渐萌发了解除人民痛苦的思想。

于方舟6岁开始在本村的私塾念书，老师经常给他们讲岳飞、文天祥等人的故事，这些给了于方舟深刻的启示并且激发了他极大的兴趣。他在课后经常翻阅这类书，以英雄们的崇高思想和行为作为自己学习的榜样。少年时代的于方舟勤奋好学，才智出众，而且文章写得特别好，不但含义深刻，而且文笔流畅，深得老师和同学的称赞。

1917年，于方舟考入了设在天津的直隶省立第一中学。那时，天津到处是外国租界，于方舟看到大街上有外国人站岗感到很奇怪，他就问自己的哥哥：“中国为什么还要让外国人来站岗?”哥哥告诉他,这是外国人的租界。于方舟的心情久久不能平静,他暗暗发誓,一定要好好学习和锻炼,改变中国积贫积弱的局面。

面对当时军阀混战、国家被列强肆意欺凌、贪官污吏横行、百姓流离失所的景象,于方舟以天下为己任,把自己的名字改为了“方舟”,他自期自奋,愿作“渡人之舟”,立志把劳苦大众从水深火热中解救出来。他在自己的《方舟歌》后记中写下了这样的话:“佛家谓慈航普渡,而今之最习用语,亦恒以今世为过渡时代,究之茫茫宇宙,林林众生,何时不在过渡,而过渡时代亦何曾有已时乎?以方舟名,盖以渡人之舟,窃自期也。而入世之初,已遭颠扑,瞻望前途,如何自奋乎?吭歌数句,聊以自警……”于方舟为了实现“渡人之舟”的宏伟抱负,进行了不懈的努力和战斗。

1919 年伟大的“五四”运动爆发了,消息很快传到了天津。革命知识青年首先响应,于方舟也马上投入到了这场反帝爱国斗争的革命洪流中。5 月 6 日晚上,天津各中等以上学校推举代表,在北洋大学举行紧急会议,于方舟作为省立一中的代表参加了会议。不久之后,天津学生联合会正式成立,于方舟被选为天津学联会评议会委员。他带领省立一中的学生,冲破反动军警的重重阻挠,积极参加了天津十五所中等以上学校的罢课斗争。在于方舟的带领下,省立一中的学生成为天津“五四”运动的一支骨干力量。

1919 年 10 月 10 日,天津各界联合会举行“双十节”示威游行,揭露日本帝国主义侵犯我国主权的罪行,随后掀起了风起云涌的抵制日货的运动。随着运动的不断发展,斗争也日益激化。反动派对爱国学生的迫害也日益加紧。1920 年 1 月 29 日,周恩来、于方舟等率领天津市几千名爱国学生到直隶省公署请愿,要求省长致电中央驳回日本通牒,拒绝山东问题交涉,坚决维护国家主权,并要求恢复各界联合会和学生联合会,不干涉人民出版、结社、集会等自由。反动政府再次出动军警镇压,酿成了流血惨案,周恩来、于方舟等请愿代表也被捕入狱。

在狱中，于方舟和敌人开展了针锋相对的斗争。在法庭上，当监察厅判他们为“骚扰罪”时，于方舟据理反驳，他质问检察官：“试问省长是中国行政长官，学生是中国学生，以中国学生请愿于中国行政长官，何得谓之触犯刑律？倘省长为日本省长，学生为中国学生，加以骚扰罪名，或可有之。”寥寥数语，把反动军阀亲日卖国的丑恶嘴脸暴露在大庭广众之下。最后，监察厅只有强捏罪名，以“聚众骚扰”的罪名，判处周恩来、于方舟等四人有期徒刑两个月，后用非法监禁的日数与刑期相抵的手法，于1920年7月17日宣布“期满”释放。

铁窗生活，使于方舟经受了锻炼。在“五四”爱国运动的洗礼下，于方舟迅速成长起来。

出狱之后的于方舟，以更加饱满的战斗热情投入到新的战斗中。1922年，于方舟重新组织了天津学生联合会，并被选为执行部部长。1923年，经李大钊介绍，于方舟光荣地加入了中国共产党。这年冬天，党中央派蔡和森来天津指导工作，指示于方舟筹建天津党组织。于方舟接受了这个任务后立即进行工作。1924年春天，中共天津地方执行委员会召开了成立大会，于方舟当选为地委书记。同年3月9日，社会主义青年团天津地方执行委员会也召开了成立大会，于方舟任委员长。

1927年大革命失败以后，全国处于一片白色恐怖之中。在革命的紧急关头，党中央在汉口召开了“八七”会议。会上确立了武装反抗国民党反动派的方针。这年10月，担任顺直省委组织部部长的于方舟到达玉田，传达了省委关于开展土地革命、进行武装斗争的决议，初步总结了暴动的经验，计划以玉田为中心开展土地革命战争。1927年11月初，于方舟率领人民革命军从遵化向玉田进军，行至平安城时，以里应外合的战术，一举攻破了平安城。他们夺取反动武装，召开群众大会，宣布打土豪、分田地。会后，于方舟带领人民革命军继续向玉田进发。当走到鲁家峪时,被数倍于我军的反动民团和地主武装包围。于方舟率领少数人突围以后,到了丰润县沙流河附近与反动民团相遇,不幸被捕。

于方舟被捕的消息传出以后,党组织曾设法营救,但未果。凶残的敌人在1928年1月的一个夜晚,将于方舟押往玉田杀害。于方舟临刑前,从容自若,高喊着“打倒帝国主义”、“打倒军阀”、“中国共产党万岁”等口号,壮烈牺牲。英雄远去了,他那种不屈不挠、英勇斗争的革命精神永远鼓舞着我们前进!

刑场上的婚礼

——记周文雍、陈铁军烈士

1928年2月6日，在广州红花岗畔的刑场上，两个青年男女革命者，面对敌人的枪口，从容不迫地举行了结婚典礼。他们就是广州起义行动委员会负责人之一的周文雍和当时中共两广区委妇女委员陈铁军。

1927年"广州起义"失败后，周文雍和陈铁军暂时转移到香港。革命的暂时失利，国民党反动派最黑暗、最血腥的统治，并没有使他们丧失信心、感到气馁。他们不但自己满怀信心地顽强工作，而且还鼓励撤退到那里的同志坚持斗争，努力为革命事业多作贡献。

这个时候的广州，革命组织遭到严重破坏，几乎陷入瘫痪状态，党的工作必须大力加强。周文雍由于长期在广州工作，对广州的情况比较熟悉，同时他富有做群众工作的经验，于是他决定重返广州，加强党的工作。有人认为周文雍在广州曾经被捕过，目标太大，太危险，最好让其他人去，但周文雍毫不畏怯，他和陈铁军以知难而进的勇气，再次假扮夫妻，返回广州。

回到广州后，周文雍和陈铁军又建立了党的地下组织，他们广泛地联络党团员，深入发动人民群众。他们根据党的指示，准备在1928年春节期间发动一次政治攻势，主要利用大年初一这一天，在广州繁华的路段和公共场所散发革命宣传品。然而，发动春节攻势的传单落到了敌人手里，敌人在全市开展大搜捕。由于叛徒出卖,周文雍和陈铁军在广州华北街的市委机关同时被捕。由于他们事先已把秘密机关里的一切文件收藏或销毁,敌人翻来覆去地搜查,却什么也没找到。

两个重要的共产党人被捕,反动派喜出望外,他们妄图从周文雍、陈铁军两个革命者口里得到共产党地下组织的秘密。但他们两人不论在敌人的监狱里,还是在法庭上,都表现出大义凛然、威武不屈的革命英雄主义气概,没有向敌人透露一点党的机密。

在监狱里,敌人对周文雍使用了惨无人道的酷刑,如“老虎凳”、炮烙、插指心等,使他多次昏厥过去,但周文雍始终坚贞不屈。敌人又用高官、金钱、“自由”等手段进行收买,但都无法达到目的。周文雍在监狱的墙上慷慨激昂地写下“头可断、肢可折,革命精神不可灭。壮士头颅为党落,好汉身躯为群裂”,充分表达了他对党的革命事业的无限忠诚和对敌人的蔑视。

在女监里,敌人用同样的方法对待陈铁军,可他们从陈铁军那里得到的和在周文雍那里得到的是同样的结果。反动派恼羞成怒,只得公开宣布周文雍、陈铁军是共产党,并判处他们死刑。反动派为了达到恐吓群众的目的,决定开庭审判。周文雍、陈铁军就把敌人的法庭当成宣传革命的讲堂,他们慷慨陈词,历数国民党反动派对人民犯下的种种罪行。

法官问周文雍:“你是不是共产党?”

周文雍回答说:“是。”

法官又接着问:“你为什么要加入共产党?”

周文雍说:“为了全国人民的自由和解放。”

法官问周文雍:“哪些人是共产党?”

周文雍轻蔑地看了看法官,说:“太多了,全中国的工农都是,你去抓吧,共产党是杀不完的。”

反动法官恼羞成怒,宣判他们死刑。他们傲然挺立,神情自若。面对当时弥漫全国的黑暗,面对着凶残的国民党反动派,面对着即将到来的死亡，他们是那样的无所畏惧，横眉冷对，从容不迫，充分显示了他们对国民党反动派的蔑视，对党、对无产阶级革命事业的无限忠诚，对革命一定会胜利的坚定信心。

1928 年 2 月临刑的这一天，反动派把周文雍、陈铁军解赴刑场。路过市区时，陈铁军大度不凡地面向群众：“同胞们，姐妹们，我和周文雍同志的血就要洒在这里了。在离开你们的此刻，我还想要说的是……”她满怀深情地看了一眼周文雍，接着说道：“人们都以为我和周文雍同志是一对夫妻。其实，我们完全是为了革命工作的需要，以夫妻的名义在一起工作的。在共同生活、工作和战斗的日子里，我们合作得很好，产生了深厚的感情。然而，由于紧张的斗争，我们还顾不上谈私人的感情，一直保持着同志关系……”

周文雍凝视着自己的战友，明白了她的心情，激动地挽起她的胳膊。陈铁军满腔激情地向群众说：“现在，当我们就要把我们的青春和生命献给党、献给人民、献给革命的时候，我要向大家宣布：我们要举行婚礼。让这刑场作为我们新婚的礼堂，让反动派的枪声作为我们新婚的礼炮吧。同胞们，永别了，你们继续勇敢地战斗吧，未来的世界一定是属于我们的！”

陈铁军深情地把缀着一对红棉花的围巾围在周文雍的肩上，周文雍扶着她的双肩，两人转向敌人的枪口，紧紧地依偎在一起，然后高呼“打倒国民党反动派”、“打倒帝国主义”、“中国共产党万岁”的口号，并高唱《国际歌》。敌人的枪声响了，歌声戛然中断，英雄们中弹倒下了。

两位英雄为了共产主义理想奉献了自己短暂而光辉的一生，他们的无产阶级精神永远留在人民的心中，永远也不会被磨灭，永远激励着后继的人们奋勇前进！

英勇不屈的战士
——记钱振标烈士

钱振标,江苏江阴人,9岁开始在家乡蒙养学堂上学。1921年春,他以优异的成绩被保送至励实中学读书。1914年,他考进省立无锡第三师范学校,并结识了周水平和戴盆天。因三人思想进步,才华出众,在新思潮的影响下,时常撰写文稿,登载于沪澄报刊,被誉为"三师三杰"。1916年从三师毕业后,钱振标先后在江阴、丹阳等地从事教育工作。1919年"五四"运动爆发,他带领学生积极参加爱国运动。

1924年1月,以国共合作为基础的各革命阶级的革命统一战线正式建立。钱振标来到上海国民党执行部,受到毛泽东的接见,并加入了国民党。1925年,钱振标在丹阳由恽代英、侯绍裘介绍加入了中国共产党。之后,钱振标到处散发反帝国主义侵略、铲除军阀、打倒土豪劣绅的革命传单,秘密串联组织工人运动、农民运动及学生运动。当时军阀政府惊呼:丹阳是一座"红色城市"。6月,受李大钊的派遣,钱振标以中共特派员的身份赴张家口冯玉祥部工作。同年秋,他随国民联军第一军第二师远征甘肃,任甘肃省军务督办公署政治处副处长,在甘肃兰州,以国民党左派身份参加国民党甘肃省党部的工作,公开宣传新三民主义和三大政策,并在军官中秘密进行马克思主义宣传。

1927年6月,冯玉祥联蒋反共,钱振标被"礼送"出境，离开甘肃。7月，钱振标回到江苏，和党中央派到江苏恢复省委工作的王若飞取得了联系，被任命为江苏临时省委委员。他以江苏省委特派员的身份，到江阴发动农民秋收起义。回到江阴，他与隐蔽在农村积聚力量的陈叔璇、蒋云等共产党员会合，把在“四一二”政变中表现得坚贞不屈的农民运动骨干蒋学勤等吸收入党。10月10日，中共江阴县委正式成立，钱振标被任命为县委书记。1927年11月和12月，他先后两次在东北乡重镇举行武装起义，并成立了江阴红军。钱振标化名高大鹏，自任江阴革命军司令，蒋学勤化名王天民，担任副司令，拉开了江阴地区轰轰烈烈的农民运动的序幕。

1927年11月15日，钱振标布置城区地下党配合活动，将距县城十里的金童桥的电话线割断。深夜，150多个武装农民在运动指挥所附近集合，钱振标命一部分人守着外围，自己和蒋学勤率领一支队伍把国民党公安局所在地包围起来。钱振标和蒋学勤持枪当先，解决了岗哨。手握刀棍的农民武装蜂拥而上。守在外围的农民制造假象，将鞭炮放在火油箱内点燃，好像是排枪齐发。他们把在黑暗中的敌人吓得不知所措，并缴获8支毛瑟枪。接着又包围了禁烟检验处，营救被国民党拘捕关押的朱松寿等农民运动骨干。钱振标组织近3000名手持大刀、长矛和土炸弹的农民，配备缴获的枪支，分两路发起猛攻，同反动军阀激战4小时，打死警察6人，处决密探2人，缴获毛瑟枪3支，暴动农民还在大街上贴满“农民暴动，夺取政权”、“农民们快快起来”等标语。在暴动中钱振标派人张贴署名“农民革命军司令高大鹏”的布告，用以震慑、迷惑敌人。

江阴红军成立后，钱振标在加强军事训练的同时，为了改善红军装备，一面组织力量加紧制造“土炸弹”，一面亲自筹款到上海购买武器装备。他在上海返回闸北车站时被巡捕发现逮捕，后被营救出狱。之后，钱振标回到江阴，继续领导农民暴动。1928年2月26日，他和新选出的江阴县委书记蒋云，县委委员蒋学勤、陈叔璇、朱松寿等,经过周密部署,组织领导了“杨舍暴动”。江阴红军和武装农民共700人分东、南、北三路猛攻杨舍镇的公安局,缴获长枪8支,且无一人伤亡。占领杨舍镇后,红军在街上列队高呼“苏维埃政府万岁”等口号,并以“红军江阴东北路司令部”、“共产党特委宣传部”的名义张贴布告。

江阴农民暴动使敌人惊恐万状,国民党江阴县县长多次向上告急,要求增派正规部队。国民党在城乡各地建立民团组织,大肆搜捕江阴红军和赤色群众,白色恐怖日益加剧。在敌人的血腥镇压下,农民暴动失败了。钱振标在反动派的日夜追捕下仍然出没在沪宁线上。1928年7月,江苏省委为了使沪宁线各地的武装斗争互相呼应、密切配合,建立了京沪特委,钱振标担任特委委员、军委书记,组织领导沪宁线一带14个县的农民武装斗争。

1928年10月18日下午,钱振标在常州大成旅馆准备参加京沪特委召开的一次重要会议时不幸被捕。钱振标被押到江阴后,国民党江阴县县长喜出望外。先是公安局局长利用在国共合作时期的旧情,企图劝降钱振标,但钱振标大义凛然,不予理睬。之后,县长亲自审问,并让叛徒出场当面对质,要钱振标交出江阴共产党员的名单。钱振标用戏弄的口吻说:“要我交出江阴共产党员的名单,可以,不过,要劳烦县长必须先把江阴的城墙拆掉。”县长不明白什么意思,钱振标回答说:“如果反对你们的都是共产党,那么江阴人民就全都是共产党员。不拆掉城墙,城里站得了吗?”说完仰天大笑。敌人无可奈何,最后提出只要钱振标写张自首书便可以被放出去,还说他是江阴国民党组织的创建者,出狱后仍然可以为党国效力。可是钱振标坚定地说:“我钱振标投了红旗决不投白旗!”几天后,钱振标母校的校长沈文蔚来看他,企图游说他,可是钱振标顿时严肃地说:“你就别来游说了,我对于共产主义的信仰至死不变!”钱振标清醒地知道,敌人不会让他活着出去。在为革命事业献身的那一天来临的时候,他毅然挥笔写下遗嘱:“余以努力中国革命，历年奔南北，无时或息，不治生产，不顾家室。母则双目失明，妻则中途离异，无子无女，断种绝嗣，今切并此孑然一身，亦将为革命而牺牲。革命到如此地步，亦可自问无愧，而荣幸为何如乎？凡我家属亲友，切勿以我死而悲哀，当偕我同呼革命口号也。”

1928 年 11 月 25 日下午，钱振标神色安详地换上一身整洁的衣服，一位记者给他拍了照。钱振标拖着一副 18 斤重的铁镣，被推上黄包车，由几十个军警押到君山陆家坟场。敌人要他转过头跪下，钱振标面对枪口说：“要死站着死！开枪吧！”在一阵高亢激昂的“中国共产党万岁！万万岁”的口号声中，枪声响了，钱振标壮烈地洒尽最后一滴血，时年 34 岁。

碧血洒江城,英名留人间
——记向警予烈士

向警予,原名向俊贤,湖南省溆浦县人,是我党最早的女党员之一,是杰出的共产主义战士、忠诚的无产阶级革命家、党的早期卓越领导人、中国妇女运动的先驱和领袖。1895 年向警予出身在湖南的一个商人家庭。1903 年,向警予入小学学习,开女子入校读书之先河。1912 年,她以优异成绩考入湖南省立第一女子师范学校,两年后转入周南女校,并将名字改为向警予,表示对封建势力的高度警惕和反抗。向警予在这里认识了蔡畅,并通过她结识了蔡和森和毛泽东。1918 年秋,向警予参加了毛泽东、蔡和森等创办的革命团体"新民学会"。同年 10 月,她与蔡畅等组织湖南女子留法勤工俭学会,成为湖南女界勤工俭学运动的首创者。1922 年向警予回国后加入了中国共产党,开始领导中国最早的无产阶级妇女运动。

加入党组织后,通过不断的学习,她懂得了:只有彻底推翻北洋军阀的统治,彻底打倒帝国主义,只有整个民族、整个劳苦大众都获得了解放,中国妇女才能得到真正的解放!这样,她从理论上为中国妇女运动找到了正确的方向。同时,她把更多的精力投入到妇女运动的实践当中,创办了多所女工夜校,为推动上海的工人运动和妇女运动培养了一大批妇女骨干。

1922 年 7 月,在中共"二大"上,向警予当选为第一个女中央委员,并担任了党中央第一任妇女部部长。此后,她全身心地投入到妇女工作中。她根据中国妇女的实际情况,及时总结妇女运动的经验,系统研究妇女运动的理论。向警予还亲自起草了《中国共产党第三次全国代表大会妇女运动决议案》,强调妇女运动应该加入"打倒军阀"、"打倒外国帝国主义"两个国民革命运动口号,以引导占国民半数的女子参加国民革命运动。后又发表了《妇女运动的基础》、《中国最近妇女》、《中国妇女宣传运动之新纪元》等有关妇女运动的文章,为研究妇女运动作出了巨大贡献。向警予在指导妇女运动中,非常重视实践,她经常深入群众,进行宣传、组织活动。1924 年,向警予等领导了上海 14 家丝厂 10000 多名女工的联合罢工,这次罢工有力地回击了资本家的压榨,使女工们的阶级觉悟有了很大的提高。

1925 年年底,向警予根据党的安排进入苏联莫斯科东方劳动者共产主义大学学习。1927 年年初,她回到了祖国。是年 4 月,她参加了中共"五大",之后到汉口市委宣传部工作。

1927 年大革命失败后,向警予不顾生命危险,继续留在汉口坚持斗争。有一次,党中央派人通知向警予赶快转移,但她说:"我知道反动派对我很注意,可是武汉的工人需要我,多留一个人就多一份力量,我请求党中央,让我留下来!"经过反复考虑,党中央同意了向警予的请求,让她担任党的地下刊物《长江》的主编。白色恐怖日益严重,同志们再次劝向警予离开武汉,但她仍然坚持说:"形势越恶劣,我就越不能离开,《长江》一停刊,就等于宣布我们失败了,这是对敌人示弱,我决不能离开!"

1927 年 11 月,桂系军阀胡宗铎等进入武汉,疯狂镇压革命,发动了大规模的"清乡"、"清党"运动,对共产党人实行残酷的捕杀。向警予在《长江》上发表檄文愤怒声讨反动军阀的倒行逆施,并号召人民团结起来与敌人战斗到底。敌人的疯狂搜捕使向警予时刻面临威胁,但她仍然坚持在斗争岗位上,将生死置之度外。

1928年3月,由于叛徒的出卖,向警予不幸被捕。她在牢房中仍不忘自己为妇女谋求解放的责任,坚持向难友们宣传革命,介绍马列主义,讲农村暴动,唱革命歌曲,提高大家的革命觉悟。敌人对她实施了严讯和逼供,但她始终坚贞不屈,严守党的秘密。每次受刑回来,难友们看到她血肉模糊的身体,都难过得哭了,可她仍然打起精神,鼓励大家要斗争到底。最后一次审讯时,敌人恶狠狠地对向警予说:"我们已经查清,你就是向警予,是共产党的重要领袖,摆在你面前的只有两条路,一条是生,一条是死,由你选择!"向警予毫无惧色地回答:"要杀就杀!至于我是不是向警予,没有多大关系,横竖你们都是屠杀人民的刽子手!革命者不会在你们的屠刀下求生。等着吧,你们的末日,就在明天!"敌人恼羞成怒、无计可施,决定对向警予下毒手。1928年5月1日清晨,向警予穿好衣服,轻声提醒难友们:"记得吗,今天是五一,是全世界无产阶级对资产阶级示威的日子!"在生命的最后时刻,她还在宣传革命,推进中国的妇女解放事业。在押赴刑场的路上,向警予视死如归,高唱《国际歌》,高呼革命口号,向广大群众进行演讲。敌人对此极度恐惧,宪兵们殴打她,想使她不再说话,但她仍然坚持地讲下去。残酷的刽子手向她嘴里塞石头,又用皮带缚住她的双颊,街上许多人看了都哭泣起来。向警予被押赴余记里空坪刑场,为中国人民的解放事业英勇牺牲。

向警予牺牲11年后,毛泽东在延安纪念"三八"国际妇女节大会上,高度评价了向警予革命的一生,说:"大革命时代牺牲了的模范妇女领袖、女共产党员向警予,她为妇女解放、为劳苦大众解放、为共产主义事业奋斗了一生。"

中国农民运动领袖
——记彭湃烈士

彭湃,1896 年出身于广东海丰县一个封建地主家庭。澎湃的乳名叫天泉,学名叫汉育。1917 年,21 岁的彭湃为了寻求救国救民的真理,东渡日本,考入了日本早稻田大学攻读政治经济学。为了表明自己的革命决心,他把名字改名为彭湃,立志冲刷旧社会的一切污泥浊水。

进入早稻田大学之后,澎湃爱国救民的思想进一步得到了发展。就在彭湃留学日本的第二年,日本帝国主义和段祺瑞政府签订了《中日陆军共同防敌协定》,公然侵犯中国主权。澎湃和其他留日的中国学生听到这一消息后,无不义愤填膺。

澎湃不但痛恨帝国主义的侵略,而且对那些屈膝媚外的卖国贼恨之入骨。1919 年 4 月的一天,彭湃从驻日公使馆的一位馆员那里得到消息,卖国贼章宗祥即将从东京回国。这天下午,彭湃约上黄霖生等几百名留日学生,早早地来到了东京火车站等待章宗祥。傍晚的时候,章宗祥从地下楼梯走上来准备乘车时,早已等候在那里的彭湃挥拳一击,打在章宗祥的后背上,周围的同学也一拥而上,他们高喊着:“打倒卖国贼!”“还我山东权益!”口号声、怒骂声连成一片。章宗祥被这突如其来的形势吓得面如死灰,在几个随从的搀扶下,匆忙上了火车,狼狈地返回了中国。事后,有人问彭湃:“你怎么敢打章宗祥,他可是驻日公使啊。”澎湃气愤地说:“他名义上是中国驻日公使,实际上却在为日本人做事,当日本人的奴才,置国家民族的利益不顾,卖国求荣。就是把他千刀万剐,也难解我心头大恨。”

1921年,彭湃从日本早稻田大学毕业,乘船返回了海陆丰。不久,他便加入了中国共产主义青年团。之后,他被任命为海陆丰的教育局局长。针对当时海陆丰的教育状况,彭湃决定从教育入手,进行社会革命。他在海陆丰相继成立了“社会主义研究社”和“劳动者同情会”,教育知识分子和工农大众。他还组织学生高举着写有“赤化”的大旗,在“五一”国际劳动节的时候,上街进行游行。这次活动轰动了当时整个海陆丰。澎湃的行为为当时的反动当局所不容,他们很快撤掉了彭湃教育局局长的职务。教育救国的道路走不通,澎湃开始把注意力转移到工农方面上来,他决心发动工农,唤起民众,为此,他创办了《赤心周刊》,作为工农群众的喉舌。澎湃发现,虽然自己在周刊上投入了很大的热情,但工农群众并没有从中受到太多的启示。彭湃意识到,要唤醒工农、发动工农,必须要深入工农,尤其要到农民中去。为此,彭湃迈出了自己人生当中颇为重要的一步,他脱去了制服,换上了农民的衣服,走入工农群众当中。

澎湃迈出了惊世骇俗的一步,意味着他走向了自己家庭的对立面。家人听说彭湃要搞农民运动,除了他的三哥和五弟之外,其他人都对他恨之入骨,他的大哥甚至扬言要杀了他,彭湃终于为家庭所不容,家中兄弟因此分田自立。但是彭湃义无反顾,他说:“川流百折终到海,不怕拐弯,只怕不动,若是永远不歇地动,就一定会成功。”

要发动群众,首先要融入群众,但仅仅是融入还是远远不够的,农民毕竟受了几千年的封建剥削,不是几句话就可以唤醒的。彭湃决心让革命首先从自己家做起。他召集了自己家的佃户,亲自把田契交给他们,告诉他们以后不用再交租粮,可佃户们都不相信。彭湃只有换一种方法。1922 年 8 月的一天晚上，彭湃把耕种自己家土地的佃户召集了起来。佃户们都在小声嘀咕，晚上彭家少爷把我们召集起来，到底想干什么。有的人说："听说彭家少爷要把田契还给我们。"一位年长的佃户点上了旱烟，吸了两口说："我家租种了彭家两亩地，难道彭少爷能白送我不成？我看不大可能。"正在这时，彭湃从屋子里走了出来，他心情激动地对大家说："乡亲们，今天把大家召集起来，就是要当着大家的面，把田契烧了，彭家的田不是彭家的，更不是彭湃的。这些田都是农民兄弟起早贪黑、辛勤劳动的成果。乡亲们，以后你们自耕自食，再也不用交租粮了。"说完，彭湃当着大家的面，把所有的田契全烧了。院子里的佃农们沸腾了，有的人流出了激动的泪水。彭湃用自己的实际行动，燃起了农民心中熊熊的革命烈火。

1923 年元旦，海陆丰总农会成立了，彭湃担任会长；同年，他光荣地加入了中国共产党。

1927 年 3 月，"中华全国农民协会"成立，彭湃作为领导人之一，担负起领导全国农民运动的重任。之后，他又领导海陆丰农民起义，建立了中国农村第一个苏维埃政权。虽然该政权只坚持了四个月，但为后来的红色政权提供了宝贵的经验。

1929 年 8 月，澎湃在上海主持会议时，因叛徒出卖不幸被捕。凶残的国民党反动派对彭湃施行了酷刑，彭湃被折磨致晕达九次之多，但他坚贞不屈。在狱中，他给自己的爱人写了一封遗嘱："从此永别，望妹努力前进，兄谢你的爱，万望保重！余言不尽！"字字情深意重，充分表现了一个共产党人视死如归的革命精神。

1929 年 8 月 29 日，彭湃被国民党反动派杀害于龙华警备司令部。遇害时，彭湃和战友们高唱着《国际歌》，高喊着"打倒帝国主义"、"中国共产党万岁"、"中国红军万岁"等口号走向刑场。为了实现自己的革命理想，为了劳苦大众的解放事业，他们献出了自己年轻的生命。

将肩挑日月,赤胆为将来

——记罗学瓒烈士

湖南第一师范学校位于长沙城南门外,自宋朝创立以来保持着教书育人的传统。辛亥革命推翻帝制后,第一师范学校聘请了具有进步思想的教师来传播西方民主思想,毛泽东曾于1914年至1918年间在此求学,罗学瓒则一直与他同班,毕业后两人都把生命中最好的时光奉献给了革命事业。

罗学瓒的家里相当富裕。罗学瓒读完小学后,父母要他帮忙打理家业,但是罗学瓒渴望继续读书,学习更多的知识。他在家人的强烈反对下参加了考试,并且一举中的。但罗学瓒的祖父依然态度强硬,任凭教师、校长来说情也无用。后来,罗学瓒央求一名具有威望的同族帮他说服祖父。经过反复劝说,祖父才勉强同意他去念书。越是得来不易的东西越是知道珍惜。来到学校后,罗学瓒一心向学,经常与毛泽东一起讨论学习和评议时局。罗学瓒在毛泽东的影响下,革命意志逐渐坚定。

长沙是个藏龙卧虎的地方,罗学瓒在此结识了一批以改变中国为志向的青年。他们经常聚集,政治时局、风土人情等无所不谈,畅所欲言。1918年4月的一天,这一批热血青年创立了"新民学会",罗学瓒成为第一批会员。新民学会成立后,决定组织学生留学法国。刚刚毕业的罗学瓒立即响应,于是他与毛泽东一起来到北京，攻读北大的预备班。

在北京学习期间，罗学瓒亲眼目睹了军阀的所作所为，激起了他对军阀政府的不满。于是，他亲笔写了一副对联来讽刺政府议员和军阀：

名誉我所欲也，金钱亦我所欲也，两者不可得兼，舍名誉而取金钱也；

国家我所欲也，富贵亦我所欲也，两者不可得兼，舍国家而取富贵也。

1919 年，罗学瓒启程前往法国，进入公立学校读书，随后又来到法国南部钢铁总厂工作。由于工厂的工作繁重，中国的工人自己联合起来，互帮互助，生活的标准并不高。

在法国，罗学瓒阅读了一些马列主义的书刊后，他的价值观和世界观发生了变化，他开始重新审视自己曾经的信仰。通过观察周围法国工人的生存状况，他撰写了一篇《法兰西工人》调查报告，后来发表在当时很有名的《少年世界》上，同时翻译了法文著作《共产主义与经济进化》。

1921 年，中国留法学生向中国政府请愿，要求进入即将创办的里昂大学学习，却遭到中国政府拒绝。于是中国留法学生组织了一次示威游行，争取“吃饭权、求学权、工作权”。法国政府和中国驻法大使联合起来驱散了游行学生，罗学瓒等人作为游行的先行队员被关押，后来被法国政府强行遣送回国。

罗学瓒回到中国后，随即加入了刚成立不久的中国共产党。1922 年回到长沙后，党组织安排罗学瓒做人力车工人，同时肩负教育和组织工人的任务。罗学瓒亲力亲为，与每一位工人交谈，他和蔼耐心的态度和过人的见识给工人们留下了深刻的印象。人力车工会成立后，罗学瓒被推选为工会代表。1923 年，人力车车主进行租费改革，工人们起初反应平淡，当罗学瓒揭示车主通过改变币种变相涨价后，工人们群情激奋。罗学瓒向工人们许诺，愿意带领他们向车主请愿。于是他领导人力车工人游行示威。车主看见声势浩大的工人游行后吓呆了,忙不迭地答应了工人减租的要求。罗学瓒告诉工人们,这只是初步的胜利,于是又带领游行工人和群众来到县政府门前要求政府出面管理人力车市场。经过一整天的说理斗争,政府答应了请愿的大部分条件。第二天,《大公报》报道了这次罢工请愿,工人们看着报纸,兴奋地奔走相告。他们将报纸拿给罗学瓒看,罗学瓒告诉喜悦的工人们:"工人阶级团结起来,就有战无不胜的力量。"

1925年,罗学瓒调任中共醴陵县委书记。第二年,北伐军挺进湖南,罗学瓒和醴陵的中共工作人员组织农民迎接北伐军。北伐军到来后,醴陵的反动势力仍然负隅顽抗。罗学瓒发现这一情况后,立即组织工农武装配合北伐军袭击反动势力,使得敌人首尾不能相顾。北伐军乘势击溃了反动势力。北伐军离开后,罗学瓒为了保护其他秘密工作的同志,公开了自己身为共产党员的身份,开始从事土地改革工作。

毛泽东发现了醴陵地区工作开展的佳境,特地来到醴陵考察工农运动。罗学瓒立即召开工农大会。毛泽东以一种家庭聚会的态度向老乡们询问起改革的情况,罗学瓒也向毛泽东汇报了土地改革的一些心得体会。毛泽东随后把醴陵的所见所闻作为生动事例写入了《湖南农民运动考察报告》,赞扬了醴陵的土地改革工作所取得的成就。

1928年,国民党政府注意到罗学瓒的种种行为,于是对身在湖南的罗学瓒等人进行悬赏缉拿。3月的一天,住在罗学瓒隔壁的革命同志因为叛徒出卖被残忍杀害。但罗学瓒没有被吓倒,仍然留在县城工作。一天,十几个气势汹汹的警察包围了组织工作地。罗学瓒察觉后异常沉着,他挽上头巾,系上围裙,脱掉鞋子,两脚在泥地里踩了几下,挎着个篮子若无其事地走了出去。警察看见农民装扮的罗学瓒走出来,狠狠地蹬了他两眼。罗学瓒装作土里土气的样子，警察不以为意。等到脱离了警察的视野，罗学瓒便加快脚步逃脱了魔掌。

罗学瓒随后又被党组织安排到上海工作，不久后，又被派到山东。他一方面在山东齐鲁大学任教，一方面从事地下工作。1929年，中共中央任命罗学瓒为浙江省委书记，领导浙江地区的地下斗争。由于传递员的叛变，抵达浙江不久的罗学瓒即被政府非法囚禁起来。在狱中，罗学瓒仍然以一种独特的方式进行斗争，他秘密手写革命书刊在难友中传递，组织斗争核心小组，以绝食的方式抗议监狱对囚犯的虐待……1930年8月27日，饱受折磨的罗学瓒在经历最后一次严刑拷打后被带到刑场处决，时年36岁。

骄杨挺立上重霄

——记杨开慧烈士

在湖南长沙东北120里处,有一个叫板仓冲的地方,这里山清水秀,四周群峰环绕,板仓溪从前面蜿蜒流过。1901年,杨开慧就出生在这里。

杨开慧出身于一个进步的知识分子家庭,她的父亲杨昌济是位思想进步、满怀爱国之心的学者,杨开慧从小就受到了良好的教育,养成了正直、勤俭、追求真理、爱憎分明的优良品质。杨开慧7岁进入杨公庙小学读书,在学校,她是个好学生,对同学十分亲切和气,也非常乐于帮助别人。

1913年,杨开慧的父亲留学回国,并到湖南第一师范学校教书。杨开慧全家也随之搬到了长沙城,她自己则进入女子师范附小继续读书。这个时候,毛泽东刚好进入湖南第一师范读书,他那远大的抱负、坚韧的意志、勤奋刻苦的精神,给杨昌济留下了深刻的印象。毛泽东课余时间,经常和好友蔡和森、罗学瓒到杨昌济家中请教问题,讨论治学做人之道,探求救国救民的道理。聪颖好学的杨开慧经常被他们热烈的讨论所吸引,有的时候她也参与进来。在这些讨论的启发下,杨开慧开始懂得了许多救国救民的道理。

1918年夏,杨昌济到北京大学任伦理学教授,杨开慧又随家到了北京。这年夏天,毛泽东为了组织青年赴法勤工俭学来到北京,在北大图书馆工作。在毛泽东的帮助和指导下，杨开慧开始阅读《新青年》、《每周评论》、《新潮》等进步书籍。她的思想和见识都有了很大的提高。在共同的革命理想激励下，他们的革命友谊日益深厚。两年之后，杨昌济不幸病逝，杨开慧全家搬回了板仓冲。此时的毛泽东决定在长沙创办“文化书社”，发行马列主义书籍和进步刊物，杨开慧就帮助毛泽东进行前期的准备工作。

当时，毛泽东缺乏办刊物的经费，杨开慧就动员母亲把父亲去世时的奠仪拿出来支持毛泽东。她还经常和毛泽东一块去工厂、农村、街道、学校宣传新思想。在这些活动中她的觉悟不断提高，1920 年冬，她就加入了中国社会主义青年团，成为湖南第一批团员之一。在共同的革命斗争中，杨开慧和毛泽东建立了深厚的感情，这年冬天，他们结成了革命伴侣。

1921 年，杨开慧光荣地加入了中国共产党，此时，她更加努力地协助毛泽东开展农民运动。她帮助毛泽东剪辑报纸、抄写文稿、接待来访者，党组织开会的时候，她就到屋外流动巡逻。她经常和乡亲们在一块拉家常，了解农民的疾苦，启发他们的觉悟。她还协助毛泽东在毛氏公祠办起了农民夜校。毛泽东利用这个夜校，发展了大批农协会员，并且建立了中国共产党湖南韶山支部。

1927 年大革命失败后，杨开慧按照党的指示，回到家乡板仓冲，参与领导以板仓冲为中心的党的地下斗争。当时板仓冲的环境十分险恶，周围除了国民党反动派的军队外，还有民团、大量的土豪劣绅，而杨开慧已经是三个孩子的母亲，她带着三个孩子同敌人进行斗争的难度可想而知。但杨开慧并没有退缩，她利用各种亲戚关系，走访贫农，发动群众，鼓励大家在低潮时坚持斗争。反动派把她视为眼中钉、肉中刺，千方百计地想捕杀杨开慧。杨开慧在当地群众的掩护下，多次化险为夷。

1930 年秋，红三军攻打长沙失利后，国民党反动派对革命群众进行更加疯狂的反扑，大量的革命群众惨遭杀害。这时，福临的土豪劣绅范庆熙向国民党反动派告密,称杨开慧一直在板仓冲一带从事革命活动。国民党湖南省政府主席何键知道后,立即派兵前往板仓冲一带加紧搜捕杨开慧。

10月中旬的一天,杨开慧在家中不幸被捕,凶残的敌人把杨开慧连同保姆一块捆绑了起来,押到了长沙警备司令部。

敌人想从杨开慧那里得到有关毛泽东的消息,于是加紧审讯杨开慧。

"快说,毛泽东现在在哪里?"敌人恶狠狠地说。

杨开慧轻蔑地看了敌人一眼,然后说:"你们的报纸上不是经常刊登他的消息吗,你们又何必来问我!"

审讯之后敌人又对杨开慧用毒刑,抽皮鞭、扎竹签。杨开慧被折磨得遍体鳞伤,但她坚贞不屈。敌人见严刑逼供不行,又用花言巧语耍手段:"杨开慧,你上有年迈的母亲,下有年幼的儿子,你还这么年轻,何苦这么执迷不悟呢,只要你在报纸上发表一个和毛泽东脱离夫妻关系的声明,你马上就可以获得自由。"

杨开慧大义凛然地说:"一个真正的共产党员是不会向他的敌人乞求自由的,你们要打就打,要杀就杀,想让我和毛泽东脱离夫妻关系,那是妄想!"

敌人恼羞成怒,在何键的授意下,刽子手决定对杨开慧下毒手。

1930年11月14日,乌云密布天昏暗,秋风阵阵百花残。刽子手们来到牢房提押杨开慧。毛岸英紧紧抱着杨开慧的腿,撕心裂肺地喊着:"妈妈,妈妈,你不要走。"孩子都是母亲的心头肉啊,杨开慧的心里就像被刀子剜了一样,生死离别的时刻,有说不尽的千言无语。她抑制住内心的激动,深情地抚摸着岸英的头说:"岸英不哭,妈妈死不足惜,但愿革命早日成功。"凶残的敌人还是把杨开慧拉走了。

长沙浏阳门外识字岭的刑场上,杨开慧高喊着"中国共产党万岁”、“打倒国民党反动派”的口号，英勇就义，为革命事业献出了自己年仅 29 岁的生命。

在江西革命根据地的毛泽东听到杨开慧遇害的消息后，悲痛地说：“开慧之死，百身莫赎。”

杨开慧生在板仓冲，遇害后又长眠在这里。她用自己 29 岁的青春年华，为革命事业谱写了一曲可歌可泣的壮美诗篇。杨开慧留下的希望革命早日成功的愿望早已经实现了。她若英灵有知，当会笑得更美吧。

威震川蜀的英豪
——记李鸣珂烈士

天愁地暗，
惨雾凄凉。
千万人声沸腾，
来到杀场，
不觉恨填胸。
我心中含着许多悲愤，
别了！别了！别了！
许多朋友别了，
许多士兵别了，
许多工农及一切劳苦大众别了。
我今躺在血地上，
切莫为我空悲痛，
但愿对准我们的敌人猛攻！猛攻！

这是李鸣珂就义前写的诀别诗，充分表现了一个共产党人大义凛然、视死如归的革命气概。

李鸣珂，化名李春华，李钟鸣，1899年出身于四川南部县一个贫苦农民家庭。当1919年“五四”爱国运动的浪潮波及四川时，正在成都读书的李鸣珂和许多爱国学生积极响应，他们纷纷走上街头，宣传演讲，焚烧日货。在运动中，李鸣珂结识了吴玉章，并受到吴玉章的器重和赏识。从此以后，他开始学习马克思主义，他也渐渐明白，要想救国救民，必须把人民群众组织起来，同帝国主义和军阀作斗争。

1922年，李鸣珂从四川省高等蚕业学校毕业以后，担任了南部县实业所所长，这个时候的李鸣珂，刚刚20岁出头，风华正茂，朝气蓬勃。他决心以争取民主、发展科学为己任。李鸣珂深感到，要想发展蚕桑，仅仅靠政府的一纸空文是行不通的，必须埋头苦干、身体力行。他积极发动群众，培养骨干，在县城创办农业训练班，招收知识青年100多人入学。同时他还特别重视技术革新，专门聘请了两名技师讲解技术，改良蚕种。因为成绩显著，李鸣珂得到了乡亲们的一致好评。

除了传授给乡亲们农业知识之外，李鸣珂还大力宣传革命思想和新文化。他采用人们喜闻乐见的形式，通过话剧的形式，启发人们的阶级觉悟。但李鸣珂的活动，遭到了当地土豪劣绅的嫉恨。李鸣珂因受到诬告而遭到撤职。

1924年，李鸣珂弃文从武，到川军何光烈二十团当了一名文书。当时刘伯承在川军中当团长，经人介绍，李鸣珂认识了刘伯承。在刘伯承的启发教育下，李鸣珂进步很快。1925年，李鸣珂进入了广东熊克武的建军干部学校受训，同年，他光荣地加入了中国共产党，并且进入了黄埔军校第四期步兵科学习。

1926年李鸣珂从黄埔军校毕业以后，到了由叶挺率领的国民革命军第十一军第二十四师，担任该师教导大队第一中队队长。

1927年7月下旬，教导大队开赴南昌，准备参加“八一”南昌起义。8月1日起义打响之后，李鸣珂带领队伍迅速完成了策应朱德领导的军官教育团的任务。南昌起义之后，李鸣珂跟随周恩来绕道香港来到上海，在周恩来领导的中央军委机关工作，他以三洋经济川裕公司负责人的合法身份，机警地同敌人进行周旋。

为了加强四川省委的领导力量，1928年夏，经过周恩来的提议，党中央决定派李鸣珂去四川任省委书记兼省军委书记。李鸣珂到了四川之后，不畏艰险，迅速开展工作，为完成革命事业英勇地战斗着。

当时的四川,大小军阀互相勾结、沆瀣一气,残酷镇压革命运动。李鸣珂化名李春华,他有时化装成医生,出没于大街小巷,宣传、组织群众,指导工作;有时装扮成商人到各地检查工作,组织武装起义。李鸣珂处处身体力行,他经常对干部说:“革命是苦出来的,不但要求革命者本身能吃苦,更重要的是把劳苦大众从水深火热中解救出来。”

李鸣珂还先后组织和领导了万源固军坝起义、潼南双江镇起义等数十次起义,当时著名的“涪陵兵变”就是李鸣珂亲自组织领导的。

涪陵地处四川的东部,当时驻扎在那里的是川军第二十军第五师,该师师长郭汝栋原是军阀杨森手下的一名师长,杨森被刘湘赶出四川之后,他一度担任过军长。此人善于应变,大革命时期,为了培植自己的势力,他曾经派人去黄埔军校受训,同时他还吸收了一批黄埔学生到他的军队工作。我党利用这个机会,先后派出了胡成杰、赵启明等到郭汝栋军中工作。李鸣珂曾经是黄埔军校“青年军人联合会”的骨干,在黄埔同学当中有很高的威望,李鸣珂决定利用这种关系,到郭汝栋军中同胡成杰等商量起义事宜。

1930年年初,蒋介石命令郭汝栋出川到湖北镇守,李鸣珂决定利用调防时机发动第一团兵变。但由于叛徒出卖,敌人加强了戒备,结果只有不到一个连的兵力起义成功,部队与当地农民武装结合,组成了中国工农红军四川省第二路游击队。起义成功之后,李鸣珂又回重庆投入到了新的战斗。

面对蓬勃发展的四川革命形势,反动军阀惊恐异常。刘湘一方面调兵遣将,镇压各地的革命运动;一方面拼凑“特务委员会”等特务组织,收买革命队伍中的叛徒,以种种阴险狡诈的手段破坏党的组织。此时,曾经担任我党忠县县委组织部部长、省委士兵运动委员会委员的易觉先叛变了革命,他带着特务在重庆到处搜捕共产党员和革命者。

1930年4月18日上午，李鸣珂和同志外出执行任务，恰巧在朝天门遇到了叛徒易觉先。仇人相见，分外眼红。易觉先命令特务赶紧捉拿李鸣珂。李鸣珂眼疾手快，掏出手枪，对准易觉先连发数枪，当场击毙了这个可耻的叛徒。敌人随后展开追捕，李鸣珂不幸被捕。

面对敌人的威逼利诱，李鸣珂毫无惧色，他把敌人的审判室当成了革命的大讲堂。敌人理屈词穷，最后决定对李鸣珂处以极刑。

1930年4月19日，在朝天门外，李鸣珂高喊着“全世界无产者联合起来”、“打倒帝国主义”等口号，英勇就义，时年31岁。

好教后世继君来
——记黄公略烈士

毛泽东在他的著名诗词《蝶恋花·从汀州向长沙》中写道:“赣水那边红一角,偏师借重黄公略”,足见他对著名红军将领黄公略的倚重和信赖。

黄公略,1898年出身于湖南湘乡一个农民家庭。他从小就喜欢读兵书,希望长大之后可以成为一个驰骋疆场的军人。怀着这样的梦想,17岁的黄公略告别了父母,独自一人来到长沙,参加了湘军。在湘军中,黄公略碰到了自己一生最要好的朋友——彭德怀,他俩一见如故,经常在一块讨论对时局的看法,以及一些救国救民的道理。1926年之后,黄公略所在的湘军改编为国民革命军第八军,参加北伐革命。

1927年年初,黄埔军校为适应北伐战争的需要,决定在北伐军中培养一批高级军事人才,黄公略经过层层选拔,被黄埔军校高级班录取。这年秋天,黄公略参加了中国共产党领导的广州起义。起义失败后,面对当时的白色恐怖,他毅然加入了中国共产党。

从黄埔军校毕业以后,黄公略又重新回到了军队,担任了随营学校的校长。随营学校和湖南讲武堂有很大的不同,除了讲战术、兵器等课程外,还把政治课放在了很重要的位置,让学员们的觉悟不断地提高。在随营学校第一批招收的200多名学员中,有很多参加了后来的“平江起义”,不少人还成为了红军优秀的指挥员。就在黄公略的工作有一定进展的时候，意外发生了。

1928年7月，中共南华安特委在长沙被国民党破获，他们查出随营学校开给特委购买油印机的通行证。正在长沙开会的独立第五师师长周磐一看通行证就认出了是黄公略的字迹，他马上发电报给副师长，迅速逮捕黄公略。正当周磐发电报时，陈玉成在场，他是我党安插在独立第五师中的秘密情报员，他马上把这一消息告诉了彭德怀。彭德怀大惊，连忙赶往电报局，扣押了这封电报。

7月20日，独立第五师一团团党委和正在平江巡视的省委特派员滕代远紧急磋商，决定于22日发动起义，成立中国红军第五军，并派人捎信给黄公略，请黄公略在三团发动起义，把部队拉到平江来。由于消息走漏，黄公略于21日采取哗变的形式，杀死团长刘济仁的侄子和另外一个反动连长，把部队开到了平江县城。

平江起义之后，黄公略担任了红五军第二纵队队长，在红五军主力跳出包围圈到井冈山寻找红四军的过程中，黄公略担负起了发展湘鄂赣根据地的任务。在黄公略的领导下，尽管留守根据地的红军不到红五军总兵力的一半，但他们顽强地粉碎了湖南、江西、湖北三省敌人的“围剿”，湘鄂赣根据地不仅度过了危机，而且还得到了发展。之后，留守部队改编为湘鄂赣游击支队，队伍也进一步壮大到了2000人以上。

1931年4月，蒋介石集结了20余万兵力，发动了对中央苏区的第二次“围剿”。当时，红一方面军一共才有3万多人，人数处于绝对的劣势。毛泽东主张采取诱敌深入的方针，先往根据地的腹地撤退，在撤退的过程中寻找敌人的弱点，然后集中优势兵力，歼灭敌人。

红军战士边打边撤，很快就到了根据地的腹地。公秉藩一路追来，没有遇到太多的抵抗，他心想，红军不过如此，不堪一击。于是他公然用明码和留守处进行联络：“我们现驻富田，明晨出发去东固。”这个通话刚好被红军截获，红军盼望已久的歼灭敌人的机会终于来了。

红一方面军决定集中全部主力,从敌人郭华宗师和蔡廷锴师的缝隙中穿插过去,然后以两侧包抄的方式,攻击敌人的背后,全歼公秉藩部。按照部署,黄公略率领的红三军,担负着正面攻打敌人的重任。

已经是夜深人静的时刻,黄公略丝毫没有睡意,他伏在一张作战地图前,苦苦地思索着。他知道,从富田到固山,中间的中洞,这里就像麻袋口一样,如果从桥头冈一带攻击的话,敌人从中洞这个麻袋口跑了,这该怎么办?黄公略想,如果可以直插中洞,把麻袋口扎上,敌人就插翅难飞了。可是要在敌人之前赶到中洞,似乎不太可能。如果能从中间找到一条小道直插过去,那就好了。为了这条小道,黄公略在地图上找啊找啊,可就是找不到。就在这个时候,毛泽东走了进来,黄公略把自己的想法告诉了他。毛泽东笑着说:"我们可是英雄所见略同哪,想到一块去了。地图上是不可能有这样的小道的,就是有,也早就让公秉藩控制了。"

"我们找附近的老农问一下?"黄公略说,

"好主意,事不宜迟,现在就去。"毛泽东说。

他们找到老农一问,附近果然有一条小道可以直接到达中洞。黄公略兴奋地给红三军战士们下了命令:红三军改道,沿着小道,快速隐蔽前行。占领中洞附近的制高点,隐蔽待敌。

第二天,公秉藩带领着他的一个师从固陂圩出发,在中洞稍作休息以后,继续向东固进发。当公秉藩师尾部全部脱离中洞时。黄公略一声令下,红三军从山上如猛虎一般冲下来,敌人看到这阵势,顿时惊慌失措,到处乱窜,没作任何抵抗就缴械投降了。公秉藩混在士兵当中当了俘虏,他假称营部书记,领了几块银元的遣散费,匆忙地逃出了苏区。

这次战斗为我军第二次反"围剿"立下了奇功,为日后红一方面军粉碎蒋介石的"围剿"创造了条件。之后,蒋介石的20万"围剿”大军，半个月就土崩瓦解，红军取得了第二次反“围剿”的胜利。

然而，就是这样一位英勇善战的将领，在粉碎敌人第三次“围剿”的战斗胜利后不久，于1931年9月在一次行军途中，因指挥射击吸引敌机，不幸中弹牺牲，年仅33岁。

听到黄公略突然牺牲的消息，毛泽东、朱德等泪如雨下。毛泽东挥毫泼墨，写下了这样的挽联：

广州暴动不死，平江暴动不死，如今竟牺牲，堪恨大祸从天落；

革命战争有功，游击战争有功，毕生何奋勇，好教后世继君来。

一颗罪恶的子弹，打断了黄公略对未来的美好憧憬，他血洒疆场，用全部生命创作了最为壮丽的诗篇。

忠诚印寸心,浩然充两间
——记蔡和森烈士

蔡和森,湖南湘乡人,1895 年出生在上海。蔡和森出身非常贫寒,13 岁那年,迫于生活压力,不得不走上了独自谋生的道路,到一家辣酱店当学徒工。那个时候的蔡和森,虽然个头比较高,但由于常年受到哮喘病的折磨,身体特别虚弱。每天早上天还没有亮,蔡和森就要早早地起床,生炉子、烧开水、煮饭、整理货架,一直忙到开门营业。到了制酱的季节,辣酱店就会更加繁忙,几百缸辣酱的翻晒、捡收,全部都要蔡和森一个人去完成。严酷的环境、艰难的生活,使少年时代的蔡和森少了很多童年的乐趣,他也过早地失去了孩子气,平时沉默寡言,少年老成,有一种超乎年龄的成熟和稳重。蔡和森经常思考这样的问题:为什么穷苦人家到处受到欺负、受到盘剥?但每每都百思不得其解。几年的学徒生活,使蔡和森对他所生活的那个世界充满了万分的憎恶,在他心中埋下了强烈反抗的种子。

1913 年秋,蔡和森考入了湖南第一师范学校,在这里,他认识了毛泽东,两个人无话不说,很快就成了好朋友。他们在长沙创办了《湘江评论》,大力宣传反帝、反封建、反军阀统治的思想,号召人民群众联合起来,走俄国“十月革命”的道路。《湘江评论》对湖南革命运动起了巨大的推动作用,对全国产生了广泛的影响。

1919年秋天，蔡和森和妹妹蔡畅一同，登上了开往法国的油轮，踏上了赴法勤工俭学的道路。当时的法国，在俄国“十月革命”的影响下，工人阶级政党的组织已经建立，宣传马列主义的小册子也随处可见，社会思潮非常活跃。蔡和森如饥似渴地阅读着各种宣传马列主义和“十月革命”的小册子。他还和周恩来、赵世炎等一起筹建中国共产党旅欧的早期组织，特别是在党的建党理论方面，蔡和森作出了突出的贡献，他非常系统地阐述了自己在建党方面的理论、路线、方针和组织原则等问题。在留学法国期间，蔡和森不仅在理论方面刻苦地探索着，而且积极参加留法学生的斗争。后来，驻法公使串通法国当局，以“扰乱治安”的罪名把蔡和森等人强制遣送回国。

1921年年底，蔡和森等人回到了上海。不久在陈独秀等的介绍下，蔡和森光荣地加入了中国共产党。入党后，蔡和森一直在中央工作，从党的“二大”到“六大”，他一直是中央委员。出版一种传播马克思主义的报纸，一直是蔡和森多年以来的愿望。党的“二大”决定将原来出版的《共产党》月刊停刊，出版新的机关刊物《向导》，由蔡和森担任主编。他在《向导》周报上发表了一系列充满革命热情的文章，热情宣传党的方针、政策，讨论研究中国的革命问题。《向导》从1922年创刊到1927年停刊，发行数量从开始的几千份迅速扩大到十几万份，在中国革命运动的过程中，起了极大的指导作用，而这和蔡和森的努力是密不可分的。

蔡和森革命理论的修养和造诣之深，在中国共产党内是有目共睹的。除了理论工作之外，蔡和森还参加了许多革命实践活动，上海爆发的震惊中外的“五卅”运动，蔡和森就是运动的主要领导人之一。

蔡和森短暂的一生当中，经历了很多挫折和磨难，特别是中共“六大”之后，蔡和森因为发表文章阐述自己反对进攻大城市的主张而遭到错误批判，他的中共中央政治局委员和宣传部部长的职务也被撤销。尽管受到了不公正的待遇,但蔡和森并没有消沉下去,他对中国革命的信念依然没有丝毫的动摇。1931 年,刚从莫斯科回来不久的蔡和森被派到香港指导广东省委的工作。当时,广东的党组织遭到严重破坏,省委书记邓发被捕,广州笼罩在一片白色恐怖的阴云中。

蔡和森一到香港,就投入到紧张的工作中。此时,党内的叛徒顾顺章也来到了这里,顾顺章因为过去工作的关系,与蔡和森比较熟悉,这使得蔡和森的处境十分危险。6 月的一天,香港海员工会有一个会议,组织上考虑到当时的险恶环境,事先通知蔡和森不必出席,但蔡和森心里放心不下,于是决定去参会。临行前,他意味深长地对自己的妻子说:“下午一点前我一定赶回来,如果没有回来,那就是出事了。”果然,蔡和森刚到会场,就被埋伏在那里的叛徒顾顺章认了出来,特务们当场就把蔡和森逮捕了。

蔡和森被捕之后,党组织立即采取了营救措施。当时党组织通过一个社会组织和英国香港当局联系,答应给付一笔巨款将蔡和森保释出来。而当筹集到保释金时,蔡和森已经被引渡到了广州。国民党反动派妄图从蔡和森身上获取他们需要的东西,对蔡和森用尽了种种酷刑。蔡和森被打得遍体鳞伤,但仍坚贞不屈,没有暴露党的任何情况。穷凶极恶的敌人把蔡和森拉到监狱的墙边,把几颗长铁钉摆在他的面前,进行最后的威胁。蔡和森毫不畏惧,宁死不屈,残暴的敌人黔驴技穷,使出了最残忍的手段,他们野蛮地用铁钉把蔡和森的手脚钉在了墙上,然后用刺刀将他的胸膛戳得稀烂。为了革命事业,蔡和森就这样壮烈地牺牲了。

蔡和森为了自己的理想,为了劳苦人民的自由和解放,献出了年仅 36 岁的生命。他用自己的鲜血和生命实践了他“忠诚印寸心,浩然充两间”的誓言。他的这种革命精神将永远激励着我们前进!

赤子丹心映洪湖
——记周逸群烈士

“只要我一天活着，我就一天不停止党的工作。”“我们共产党员，要像铁一样硬、钢一样强。”以上的话出自于周逸群，一位中国共产党的优秀党员，杰出的无产阶级革命家，马克思主义宣传家、活动家。他是共产党军队的早期缔造者之一、湘鄂西红军和苏区创建人，毕生为党工作，矢志不渝。

周逸群，字立凤，1896 年 6 月 25 日出身于贵州省铜仁县城关一个比较富裕的家庭。父母早年去世，他从小就开始了独立生活，逐渐养成了刚毅顽强的性格。1906 年，周逸群进入城南小学读书，毕业后于 1914 年考入贵阳南明中学。他学习刻苦认真，成绩总是名列前茅。1918 年中学毕业后，周逸群回到铜仁，被聘为教育会会计。

为了寻求救国救民的道路，1919 年春，周逸群东渡日本，在东京庆应大学攻读政治经济学。此间，他阅读了大量有关马克思主义的著作和有关俄国“十月革命”的书报，思想受到熏陶。他写信告诉亲戚朋友：“中国要想达到大同世界，就得照苏俄的样子办，把资产阶级体系彻底打碎，建立新的无产阶级体系。”1923 年春，周逸群从日本回到上海，开始宣传革命道理。回国后，他在上海参加创办《贵州青年》旬刊，宣传反帝反封建思想。在斗争实践中，他逐渐认识到，要推翻军阀统治，必须进行武装斗争。

1924年,他加入了中国共产党。同年10月,他弃笔从戎,入黄埔军校第二期辎重队学习。在军校学习期间,周逸群一面刻苦钻研军事技术,一面积极从事对青年军人运动的宣传和组织工作。为了把国民党左派人士和进步青年团结在党的周围,在中共黄埔军校特别支部和周恩来的领导下,组织了以共产党员、共青团员为骨干的中国青年军人联合会。仅仅一年多时间,会员就发展到两万多人。周逸群是该会的主要负责人之一。1925年,他在担任中国青年军人联合会主席期间,坚持同国民党右派组织的"孙文主义学会"和"西山会议派"进行斗争。

1926年1月至1927年,他先后任北伐军左翼军宣传队队长、第九军第一师政治训练所所长、国民革命军第二十军政治部主任、第三师师长。1926年7月,北伐战争开始,周逸群担任国民革命军总政治部宣传队队长。当他来到贺龙的部队时,受到贺龙的热烈欢迎。他向贺龙介绍了共产党的政治主张,分析了当前革命的形势。从此,贺龙真正地认识了共产党,不久他第一次向周逸群提出了入党要求。此后,周逸群根据党的指示,着手改造贺龙的部队。首先办起了2000多人的政治讲习所以培养干部,提高他们的政治素质。接着,在军内建立政治工作机构,选配政工人员,成立士兵委员会,积极发展党团员,扩大党的政治影响。他经常深入部队了解指战员的思想,宣传北伐的意义,其工作作风和为人深得官兵的爱戴。在党的影响和周逸群的帮助下,贺龙的部队面貌焕然一新,在北伐战争中,这支部队英勇善战,功勋卓著。

1927年8月1日,"南昌起义"爆发。在起义部队南下的途中,周逸群多次向党组织汇报了贺龙的表现和入党要求。后经周逸群和谭平山介绍,贺龙加入了中国共产党。1928年,周逸群、贺龙奉命到湘鄂边区开辟革命根据地,继续开展革命斗争,周逸群任湘鄂边前敌委员会书记。他们遵照党的指示,恢复、建立党的各级组织，扩大游击武装，成立苏维埃政府，极大地鼓舞了处在白色恐怖之中的湘鄂人民。期间，周逸群在荆江两岸领导了农民的年关暴动，在湖南桑植组织工农革命军，并建立了中共桑植县委和县苏维埃政权。7月，他又回到沙市，组建鄂西特委，并任书记。次年又组建鄂西游击总队，任总队长，继续领导荆江两岸人民群众的革命斗争。

1930年2月，中国工农红军第六军成立，周逸群任政治委员。7月，红六军和红四军在公安县会师，组成红二军团，贺龙任总指挥，周逸群任政治委员兼前敌委员会书记。不久，洪湖、湘鄂边、秭归、巴东、兴山、鄂北、鄂西北等根据地连成一片，组成湘鄂西革命根据地。这一阶段，他多次遭到“左”倾错误领导的严重打击和迫害，但始终以革命利益为重，对党忠心耿耿。1930年9月，受“左”的错误影响，周逸群被迫离开部队，调往地方工作。1930年10月，周逸群再次当选为联县主席。他不仅对李立三、王明“左”倾冒险主义进行了抵制和斗争，而且还领导广大党员和群众粉碎了敌人的“围剿”。在敌人重兵压境、洪湖形势日益危急的情况下，他利用洪湖地区江湖港汊的有利地形，避强击弱，开展机动灵活的游击战，相继取得第一、第二次反“围剿”斗争的胜利，渡过难关，保卫了洪湖苏区，壮大了红军和地方武装力量。

1931年5月，周逸群去洞庭特区检查工作时，在岳阳贾家凉亭附近遭国民党军伏击，在战斗中壮烈牺牲。

时至今日，洪湖人民仍然传唱着这样一首歌谣：“洪湖水上长莲苔，莲苔年年把花开，莲花时开时又谢，烈士鲜花永不败。”他们用这样的方式来表达对这位英雄的无限哀思。

赤胆忠心为革命
——记周维炯烈士

他,虽出生贫寒,却少年聪慧,胸有大志。一次作文课上,老师让学生以"未来理想"为题写篇作文。有的同学写要做官,有的同学说要出国,还有的说要游历世界。他沉思片刻,挥毫而作:"我民族之大,国民之众,举世不二,而今倍受外侮,齐家、治国、平天下,实为吾辈无旁贷之责……"其师阅完作文,拍案而起,提笔批阅"后生可畏"!

他,就是后来叱咤皖西的豫南红军的创建人周维炯。

周维炯,1908年出生于安徽金寨县白沙河的楼房村(原属河南省商城县)。周维炯从小聪慧,胸有大志,对于看不惯的丑习陋规敢于据理力争。

1923年秋,周维炯以优异的成绩考入商城县笔架山农业学校。在校期间,周维炯刻苦学习,同时关心时事。1924年,校董事长廖石甫勾结地方势力,指责罗志刚等进步教师行为过激,并开除了一批老师和学生。公告牌挂出后,全校师生愤愤不平,周维炯带人砸了牌子,然后组织学生去商城县向县长告状。他慷慨陈词,并指出,如果不换掉董事长,挽留进步老师,全校师生都将来城请愿。县长慑于学生的声势,也怕事情闹大,最终罢免了廖石甫的职务,由学校出面向老师道歉。这次斗争的胜利,大大增强了周维炯的声望,也让他认识到团结斗争的力量。在共产党员詹谷堂、袁汉民的影响下,周维炯找到了人生的新方向,不久就加入了中国共产党。

1925年农历3月28日是鄂豫皖边区佛教圣地双河山举行庙会的日子。周维炯为了更好地教育山区百姓,编演了一出话剧,主要讲述贫苦姑娘为逃避地主逼抢,跳塘反抗,被长工救起后一起逃跑,但最后还是被地主抓回,被逼自尽的故事。当故事临近结尾时观众都握紧拳头,愤愤不平。周维炯一看,登上台去,带头高呼"打倒封建主义"、"废除封建礼教"、"反对剥削"等口号。这一下,人们顿时沸腾起来,齐喊口号,声浪一次高过一次。随后周维炯又带领演员在边区连演三天,都获得了很大的反响,极大地教育和鼓舞了当地百姓。

周维炯从农校毕业后,受党调派来到武汉,在黄埔武汉分校(后改为中央军事政治学校)和中央农民运动讲习所学习。轰轰烈烈的大革命使周维炯看到了革命的希望,他以满腔的热情投入到这场运动中。

大革命失败后,周维炯没有气馁。他回到家乡,通过关系打入了大绅士杨晋阶的民团。周维炯的出色表现很快就受到了杨晋阶的器重和民团士兵的欢迎。他经常利用各种机会向士兵讲授革命思想。他意识到当地百姓文化水平不高,于是利用他们容易接受的烧香结拜的形式,组织大家成立兄弟会。平时定期向大家讲岳飞和洪秀全的故事,让他们在不知不觉中知道民族大义和反抗斗争。随后又说到现在穷人受苦,都是因为帝国主义侵略和国民党反动军阀的压迫,最后就号召大家起来反抗。就这样,他在很短的时间内,提高了士兵的觉悟,壮大了革命力量,还发展了多名党员,并建立了党支部。1929年立夏节,周维炯大摆宴席,设计擒住了副队总张瑞生,成功发动暴动。经过宣传教育,这支民团被改编为中国工农红军第十一军第三十二师,周维炯担任师长。这是豫南第一支红军,它的创建掀起了豫南革命运动的新高潮。

拥有了自己的革命武装后，周维炯立即发动群众，打土豪、分田地，深受当地百姓的欢迎。周维炯的舅舅漆藏州在当地作恶多端，还勾结土豪劣绅，迫害革命群众，咒骂共产党是“乱国之寇”，并多次扬言要领导团兵“围剿”红军。周维炯知道后，毫不手软，派人将他逮捕，并不顾家人的多方恳求，当即予以枪毙。百姓知道了，纷纷赞其大义灭亲，铁面无私，他们还编了一首歌谣，多处传唱：“外甥做官，舅舅问斩，大义灭亲，只有共产党。”

1930 年，红十一军被改编为红一军，三十一师、三十二师、三十三师被改编为红一军第一、二、三师，周维炯任第三师师长。由于当时“左”倾路线统治全党，中央责令红一军不惜一切代价，“打到武汉过中秋”。红军走后，皖西根据地遭到敌人的疯狂反扑，数万人被屠杀。红一军决定打回皖西。周维炯亲率第三师奔袭一天一夜，与敌人激战三小时，全歼守敌 1500 余人，迅速地收复和巩固了皖西根据地。随后，敌军岳维峻率三十四师进犯豫南，妄想一举歼灭我军。周维炯深知“兵贵神速”，便抓住有利战机，连夜疾驰，在敌人睡梦中将他们围困在双桥镇。面对敌军的拼死挣扎，周维炯决定擒贼先擒王，组织敢死队，冒着敌机的轰炸和密集的炮火，浴血冲进双桥镇，捣毁了敌军指挥系统。接着，周维炯趁势发动总攻，活捉国民党军第三十四师师长岳维峻，取得了鄂豫皖红军成立以来最大的一次胜利，极大地鼓舞了红军士气。

此后，周维炯又率领红十一师，取得多次战役的胜利，立下了不朽功勋。

1931 年，张国焘来到鄂豫皖根据地，取得了党政军的领导权。他极力推行“左”倾冒险主义，还大搞极权统治，提出了“威逼安庆，震撼南京”等一系列极端冒险口号。张国焘的冒险政策使红军大受损失，周维炯与其他军事将领多次在不同场合对此提出批评。张国焘对此大为不满，大肆撤换党政军干部，排除异己。正好这个时期，蒋介石设计派特务潜入我军，散布谣言。张国焘利用这个名头，以“反革命”、“改组派”等“莫须有”的罪名将周维炯逮捕。

尽管被冤枉，身陷牢笼，但这依然改变不了周维炯对党、对人民的赤胆忠心。最终周维炯被杀害，年仅24岁。临刑前，他望着那郁郁青山，说道：“历史会证明我对党、对人民的忠心。”

周维炯，在其有限的生命里为革命奋斗终生。如今他长眠于大别山上，他的革命精神正如那山上的磐石，历经千磨万击，却永远屹立不倒。

坚贞不屈巾帼志

——记郭隆真烈士

郭隆真,原名郭淑善,1894 年 4 月出身于河北省大名县金滩镇一个回族士绅家庭。其父郭荣柱受当时资产阶级革命风潮的影响,思想较为进步,也是郭隆真的启蒙老师。郭隆真受父亲的影响,自幼便喜爱读书,并富有反抗精神。

1909 年,郭隆真和父亲在自己家里办了一所女子学校,命名为元城县第一女子小学堂。该校是大名县历史上第一所女子小学,也是河北省农村的第一所女子学校。郭隆真在那里任义务教员。1913 年,郭隆真被选送上了天津直隶女师。

1919 年 5 月 4 日,“五四”运动爆发。她积极投身于这场伟大的爱国运动。5 月 5 日晚,郭隆真主持召开了各班代表会议,在会上她说:“国难当头,妇女应当从深渊中跳出来,冲破封建束缚,救国救民。爱国不分男女,救国不能后人!”后她又和刘清扬、邓颖超等一起筹备成立了“天津女界爱国同志会”,成为出色的妇女运动领导人之一。

8 月 23 日,郭隆真作为请愿代表赴京,向徐世昌提出抗议。在抗议过程中,郭隆真被捕。在押解去拘留所的路上,郭隆真大声说:“爱国有什么罪? 能有人卖国就不能有人救国吗?”由于运动的不断扩大,北洋政府感到恐慌,于 8 月底,被迫将郭隆真等人释放。

9月16日，在周恩来领导下，进步团体“觉悟社”在天津成立，郭隆真、刘清扬、邓颖超等都是重要成员。1920年11月7日，郭隆真同周恩来、张若名等100多人一起赴法国勤工俭学。1923年，经周恩来介绍，郭隆真加入了中国社会主义青年团；同年，转入中国共产党。1924年秋，郭隆真与李富春、蔡畅等15位同志被党组织派往苏联莫斯科东方大学学习。

1925年夏，郭隆真回到祖国。当时正值国共两党合作时期，郭隆真被党组织委派到国民党北京特别市党部任妇女委员会委员，协助市党部妇女部开展地下工作。1926年“三一八”惨案后，为了掩护革命工作，郭隆真主持创办了“缦云女校”，将女校作为党的地下活动机关，并且创办了《妇女钟》、《妇女之友》等革命刊物，为妇女运动培养了大批的后备干部。

1927年4月，李大钊同志被奉系军阀抓捕，革命形势非常严峻，但郭隆真依然从容不迫，坚持斗争。她销毁了所有党的机密文件，掩护了其他同志撤退，自己却没有来得及转移，再次被捕入狱，被关在陶然亭第一监狱，并被判处12年徒刑。后经过党组织大力营救，于1928年年底被释放。

1929年以后，山东青岛的党组织不断遭到破坏。1930年秋后，党中央派郭隆真前往青岛，任山东省委委员，青岛市委常委、宣传部部长，负责重建党组织，同时任省委妇委书记。郭隆真与陈少敏等同志共同努力，不仅重建了党组织，而且还连续发动了几次罢工。在此期间，郭隆真先后创办了《红旗报》、《海光报》等革命刊物，使青岛地区的革命面貌焕然一新。

正当青岛的革命形势一片大好的时候，郭隆真却被特务盯上了。1930年秋，郭隆真不幸被捕。1931年，郭隆真被关进了济南第一监狱。敌人对郭隆真进行严刑逼供，但郭隆真都挺了过来，没有交代一个字。国民党山东省政府主席韩复榘见郭隆真宁死不招，决定处决郭隆真。

1931年4月5日,郭隆真被敌人带往刑场。临刑前,敌人再次试图劝降郭隆真:“现在还不晚,只要你说出共产党的机密,便可重新获得自由。”郭隆真冷笑道:“宁可牺牲,决不屈节!”随后她高呼“革命胜利万岁”、“无产阶级革命成功万岁”等口号英勇就义,年仅37岁。一起牺牲的还有邓恩铭等同志。

郭隆真等同志牺牲后,山东省委在给中央提交的报告中这样写道:“他们不仅慷慨就义,而且以百折不挠的革命精神进行斗争,这种光荣的牺牲,是值得我们纪念的。”邓颖超对郭隆真的评价是:“她有火一样的热情,爱护着国家、民族;亦同样以火热的高度,憎恨当时的亲日卖国贼。”“在‘五四’运动中,在她一生的革命工作中,都证明她是一位坚决勇敢、不顾一切、精诚不懈的奋斗者。”

“中国青年热爱的领袖”
——记恽代英烈士

恽代英，字子毅，1895 年 8 月 12 日出身于湖北武昌的一个官僚家庭。恽代英从小就酷爱学习，每当看到一本好书就爱不释手，总要废寝忘食地阅读，直至读完才肯罢休。

1917 年 10 月，恽代英和梁绍文等创办了以“群策群力，自助助人，伺候国家，伺候社会”为宗旨的“互助社”。“互助社”是武汉地区诞生的最早的进步团体，也是中国最早的进步社团之一。1919 年年底，恽代英和林育南等创办了半工半读的“利群书社”，吸引了众多进步青年，成为武汉地区宣传马克思主义新思想的重要阵地。不久恽代英又组建了“利群毛巾厂”，成立了工人补习学校。此后，“利群书社”在社会上产生了很大反响，恽代英见此情况，与林育南商量后决定在黄冈召开一次青年联合大会。这次大会反响很热烈，毛泽东主持的“文化书社”也参加了此次大会。与会代表商量决定成立联合社团，命名为“共存社”，恽代英任社长。1921 年 7 月，中国共产党成立。恽代英获得消息后，便号召书社成员加入共产党。此后不久，恽代英即加入中国共产党，同时解散了“共存社”。

1921 年下半年，恽代英奉命去四川开展工作。到四川后，他成立了社会主义青年团。由于恽代英在四川的活动触怒了敌人，恽代英不幸被捕。后经肖楚女等同志的营救,8 月恽代英被释放出狱。

1923 年年初,恽代英被调到上海任共青团中央委员、宣传部部长兼中央机关刊物《中国青年》的主编。在此期间,他写了很多文章,号召广大青年要深入到工农群众中去。恽代英撰写的文章为我党新民主主义理论的形成作出了贡献。在《中国青年》的舆论引导下,许多青年投身革命运动。

1927 年大革命失败后。党中央吸取教训,决心建立自己的武装,决定在南昌举行起义,由周恩来、李立三、澎湃、恽代英等组成南昌起义前敌委员会。起义成功后,革命委员会成立,恽代英任革命委员会委员兼革命委员会下属宣传委员会代理主席。此后,恽代英同志不分昼夜地工作,事无巨细,亲历亲为,工作非常繁重。周恩来同志见到后,非常担心恽代英的身体,想给他配一个秘书。恽代英认为自己可以承担,并且每个人都有自己的事情,于是婉言谢绝了。

1927 年 11 月 17 日,中共广东省委决定发动广州起义,并成立起义总指挥部。12 月,恽代英被派往广州组织起义。起义失败后,恽代英又去香港从事党的秘密工作。

1930 年,恽代英在上海沪东区任行动委员会书记。5 月 6 日在杨树浦韬朋路老怡和纱厂门前与工人联系工作时,遇到英国巡捕搜查。恽代英因高度近视没有及时看清,未及逃脱而被捕。他立即用手抓破了自己的面部,顿时血肉模糊,使敌人难以分辨清楚他的面目。恽代英被捕后虽受尽各种酷刑,但始终没有暴露自己的真实身份。敌人无法看清他的面目,从而无法确定他的真实身份,最后只得将他判刑 5 年。恽代英先后被羁押于漕河泾监狱、苏州监狱、南京中央军人监狱。在狱中,他常向狱友们宣传革命道理。为表达他的革命豪情,恽代英曾作诗一首:

浪迹江湖忆旧游,
故人生死各千秋;

已摈忧患寻常事，

留得豪情作楚囚。

恽代英被捕后，党组织立即设法进行营救。1931 年，就在他即将被提前释放时，中共中央特科负责人顾顺章在武汉被捕后叛变革命，供出被捕者就是恽代英。蒋介石获悉后，马上派军法司司长王震南拿照片到狱中核对。4 月 28 日，王震南拿着恽代英在黄埔军校时的照片来到他面前。恽代英知道自己的身份已经暴露，便坦然地说："我就是恽代英！"除此之外，他再没有回答敌人提出的任何问题。

蒋介石得知恽代英未交待任何问题后，下令处决他。临刑前，恽代英说："蒋介石走袁世凯的老路，篡夺革命果实，屠杀革命者，献媚帝国主义，处处较袁世凯有过之而无不及，必将自食其果！"1931 年 4 月 29 日，敌人在狱中将恽代英杀害。当狱友得知恽代英被害的消息后，痛哭道："打倒万恶的国民党！""伟大的青年革命领袖恽代英不死！""我们一定继续向恽代英的道路迈进！"

1950 年，周恩来总理对恽代英的一生作了高度的概括："中国青年热爱的领袖——恽代英同志牺牲已经 19 年了，他的无产阶级意识、工作热情、坚强意志、朴素作风、牺牲精神、群众化的品质、感人的说服力，应永远成为中国青年的楷模。"

坚持真理,无私无畏
——记何孟雄烈士

何孟雄,湖南酃县人。1919 年 3 月,何孟雄受以《新青年》为代表的新思潮的影响,积极投身于“五四”爱国运动,成为北京大学学生运动的重要骨干。在李大钊的指导和帮助下,1920 年 3 月,何孟雄加入了中国第一个马克思主义学说研究团体——北京大学马克思学说研究会,并于同年 11 月加入北京社会主义青年团和北京共产党早期组织。

1921 年,何孟雄加入了中国共产党,成为早期中国工人运动领导人之一。1925 年 5 月 1 日,何孟雄任京绥铁路总工会秘书长。1926 年年初,他调任中共唐山地委书记。在此期间,何孟雄参与发动和领导了京绥铁路、开滦煤矿、唐山铁路机车厂、正太铁路和京汉铁路工人大罢工等重大斗争。

1926 年冬,何孟雄被调到当时的革命中心武汉工作,任中共汉口市委组织部部长。1927 年 8 月,他被调往上海工作,任中共江苏省委候补委员。11 月至次年 1 月,为贯彻中共中央全国武装暴动的总策略,何孟雄三次赴淮安组织农民暴动,但均告失败。

1929 年以后,党内“左”倾思想开始泛滥。在中共江苏省委第二次代表大会上,李立三系统地阐述了自己的“左”倾思想,他认为:世界革命已经进入“第三时期”,即资本主义总危机时期,国内统治者也一天天走向崩溃。在新时期面前，我们必须采取积极的进攻策略，推翻国民党，建立工农兵苏维埃，在党内必须反对取消派，必须反对一些同志的右倾思想。并一味强调“职工运动已走入成熟地复兴”，“革命与党的主观力量没有关系”。很明显，李立三的这种思想脱离了中国革命的实际，脱离了马列主义的轨道。何孟雄敏锐地察觉到了这种危险论调，无法控制自己的心情，他在会上作了两次发言，对李立三的言论表示反对，他认为：“报告对革命形势估量过高”，当前“革命还只是开始复兴，而没有成熟地复兴”；“反动派尚未崩溃，而只是处于动摇之中”；“党的路线不应该是直接进攻路线，而应该是准备进攻的路线”。同时他还提到只有把客观条件与主观条件统一起来，才能制定正确的路线，而忽视主观力量的准备是错误的。

然而何孟雄的正确意见不仅没有被采纳，反而多次遭到李立三的点名批评，并在大会结论报告中被扣上了“调和主义路线”、“反对党”的帽子。在随后的大会选举中，何孟雄被免除常委职务。

1930年6月11日，“左”倾思想更加严重。中共中央政治局在李立三主持下召开会议，通过了《新的革命高潮与一省或几省的首先胜利》的决议，对中国革命的形势、性质、任务作了完全错误的估计和主张。在这个决议指导下，制订了以武汉为中心的全国总暴动和集中红军进攻中心城市的冒险计划。如果按这种路线执行，党和军队将面临危险境地。此时，何孟雄不顾个人安危，再次挺身而出，对李立三的冒险计划提出了反对意见，并在9月1日召开的上海区委、产委党团书记联席会上，强烈要求李立三立即停止武汉、南京等中心城市的暴动，否则就会葬送中国革命，扰乱中国共产党的阵脚。李立三很生气，用手指着何孟雄大骂：“你是取消派的暗探！”会后，李立三还把何孟雄在上海区委、产委党团书记联席会议上的发言说成是“反对党中央”，是“破坏中国革命”。

然而真理总会明朗。李立三对何孟雄的批判引起了江苏省委,沪中、沪东区委不少干部的不满,各地相继传来暴动和进攻中心城市失败的消息,红军损失惨重。此时林育南、李求实等联名写信给共产国际,要求停止"立三路线",停止对何孟雄的批判。中共六届三中全会批判了"立三路线"对中国革命的极"左"估计,停止了组织全国总起义和集中全国红军进攻中心城市的计划,恢复了党、团、工会的独立组织和日常工作。然而,何孟雄却没有被平反。何孟雄没有屈服,没有退缩,他对上门劝慰他的同志说:"一个革命战士,就要像暴风雨中的海燕,一往直前,经得起斗争的考验。"

王明上台后,推行了比李立三更加"左"的政策。他强调全国性的"革命高潮"和党在全国范围的"进攻路线",主张夺取一个或几个包括中心城市在内的主要省份的胜利。同时还指责中国当时还没有建立起"真正的"红军和工农兵代表会议政府,宣称党内主要危险仍然是"右倾机会主义"、"实际工作中的机会主义"和"富农路线"。更加离谱的是,他竟然污蔑何孟雄是在"'立三路线'的掩盖下发挥自己一贯右倾机会主义的思想",要求大家"与之进行坚决斗争"。然而,何孟雄始终刚直不阿,毫不妥协,坚决与之斗争。

1931 年 1 月 17 日,由于叛徒告密,何孟雄在上海天津路中山旅社开会时被捕。在监狱中,何孟雄继续遭到王明的诽谤和攻击,但他坚持共产主义信念,在狱中致信中共中央批评共产国际代表米夫处理问题不合中国国情,犯了教条主义和宗派主义错误。

入狱时,何孟雄作好了改名换姓、长期与敌人作斗争的准备。但由于叛徒的出卖,敌人对他的情况了如指掌,这就使得审讯过程变得简单而又残酷。

法官问:"你叫什么名字?"

"陈方。"何孟雄回答说。

"不是,你叫何孟雄。"接着是一阵毒打。

"你到东方旅社干什么?"

“找朋友！”

“又是撒谎，你们是开会！”

何孟雄为之惊异，为什么敌人对情况如此了解？

“是你们党内闹宗派，有人向我们告密的。”

何孟雄厉声痛骂：“无耻！共产党内有分歧、有斗争不足为奇。真正贪赃腐败、争权夺利的是你们国民党。总有一天，你们要被中国人民打倒！”

敌人无奈，继而以挑衅的口吻质问：“你死后，共产党会给你什么处分，考虑了没有。”

何孟雄大义凛然，早已将生死置之度外。他对法官怒目而视，说：“共产党员死都不怕，还怕什么处分！”

1931 年 2 月 7 日，何孟雄、林育南、李求实、柔石、胡也频、殷夫等 23 名同志在龙华慷慨就义。何孟雄时年 33 岁。14 年后，中共六届七中全会通过了《关于若干历史问题的决议》，终于对何孟雄在党的历史上的功绩作出了肯定。

忠贞不渝的共产主义战士
——记李硕勋烈士

李硕勋,原名开灼,四川宜兵市庆符县(今属高县)人,5 岁入私塾,8 岁入初级小学,12 岁入县立高等小学。1918 年,李硕勋考入叙州联合县立中学,后因父丧而停学。之后,李硕勋进入川军骑兵第一师任团部文书。因目睹军阀队伍的黑暗,他毅然辞职再次回到叙州联合县立中学。在这里,他读到了《共产党宣言》和《阶级斗争》等书籍,慢慢接受共产主义思想。

1921 年在成都省立中学,李硕勋同阳翰笙等共同创建了四川社会主义青年团,成为国内团组织最早的创始人之一。

1923 年,李硕勋进入上海大学社会学系学习。在这里,他得以听到瞿秋白、蔡和森、恽代英、张太雷等著名共产党人的讲课,系统地学习了马克思主义。1924 年 5 月,李硕勋由青年团团员转为中共党员。“五卅”运动期间,李硕勋积极组织学生和群众运动,开展罢课、罢工、罢市斗争。由于拥有较强的组织能力,他很快成为群众运动的领导。

1926 年 10 月,北伐军到达武汉时,李硕勋调任中共武昌地委组织部部长,后又接任共青团湖北省委书记。在此期间,他大力组织宣传革命队伍,动员当地青年参加北伐军。1926 年 12 月,李硕勋担任由叶挺独立团扩编成的第二十五师政治部主任。期间,他参与指挥了上蔡、东西洪桥等重要战斗，他深入基层，发挥自己学生时代锻炼出的宣传、动员的特长，在士兵中开展思想动员工作，保证了战斗的顺利进行。

1927 年 8 月 1 日，“南昌起义”的枪声响起。起义当天上午，李硕勋以执行任务为名“紧急集合”，甩开师长李汉魂（系国民党党员），率二十五师主力，沿南浔铁路南下，参加了“南昌起义”。这支部队后来被改编为起义军第十一军第二十五师，周士第任师长，李硕勋为党代表兼师政治部主任。8 月 30 日，会昌战役打响，李硕勋、周士第指挥第二十五师浴血奋战，率先攻入会昌城中。9 月，起义军入粤，第二十五师转归第九军副军长朱德指挥，驻守三河坝。三河坝三面环水，一面靠山，若敌人居高临下发起进攻，起义军只能背水一战。李硕勋请示朱德后，在当地农民和船工的帮助下挥师渡河，在三河坝对岸构筑工事、布设防线，倚仗着奔腾湍急的江河天险，准备迎击来犯之敌。之后，国民党钱大钧部来犯。第二十五师苦战三昼夜，击退敌人数十次进攻，歼敌 3000 多人。但不久，因敌我力量悬殊，且部队严重减员，起义军遂撤出战斗。

10 月 5 日，李硕勋率部到达饶平县，与起义军第二十军第三师和教导团会师。6 日，朱德主持召开了茂芝军事会议，作出了“穿山西进，直奔湘南”的决定，并将这两支部队编为工农革命军第一师。经过半个月的艰苦跋涉，革命军抵达江西会昌县。这时党派李硕勋去上海向党中央汇报工作。此后，李硕勋被留在了上海做地下工作。

在此后的三四年里，李硕勋辗转于上海、武汉、杭州、南京等地，先后被任命为中共江苏省委秘书长、中共浙江省委常委、省军委书记、浙江省委代理书记。1929 年春，他回到上海，任中共沪西区区委书记，同年秋改任中共江苏省军委书记，1930 年当选为中共中央军事委员会委员。他还参与领导了红十四军、十五军、十七军的组建工作，为我党早期武装力量的建设，进行了卓有成效的工作。

为了适应革命形势的发展,1931年5月,中央决定开展两广的武装力量建设,李硕勋再次受命任两广省委军委书记、红七军政治委员。此时,由于海南岛的革命武装斗争快速发展,两广省委决定派李硕勋去海南领导当地的武装斗争。8月,李硕勋抵达海口,住进得胜沙路中民族店。8月13日,正当他与当地党组织接通联系并准备召集军事会议时,由于叛徒出卖,他在旅店被国民党密探逮捕。

在监狱里,他自知敌人手辣心狠,为了不连累家乡亲人,改名李世勋,改籍贯为四川宜宾,并作了牺牲准备。敌人为了从他口中得到党的机密,对李硕勋进行了一次又一次的严刑拷打,但他坚贞不屈,仅坦承自己是共产党员,丝毫没有透露有关党组织的信息。9月5日,失去耐心的敌人将已被打折双腿的李硕勋押赴海口市东校场行刑。李硕勋站不起来,被人用竹箩抬到刑场。他大义凛然,高昂起不屈的头颅,面对国民党宪兵队,大声高呼:"打倒蒋介石!""中国共产党万岁!"英勇就义,时年28岁。

李硕勋烈士的遗书,后来通过难友、狱卒的关系,几经周折,才交到他夫人赵君陶手里。遗书这样写道:

陶:

余在琼已直认不讳,日内恐即将判决。余亦即将与你们长别。在前方,在后方,日死若干人,余亦其中之一耳。死后勿为我过悲。惟望善育吾儿,你宜设法送之返家中,你亦努力谋自立为要。死后是尸总会收的,绝不许来,千嘱万嘱。

1959年,赵君陶将这封遗书捐赠给中国人民革命军事博物馆,作为缅怀先烈、教育人民的珍贵教材。李硕勋烈士的英雄事迹将激励着无数后来人。

英雄魂飘重霄九

——记柳直荀烈士

柳直荀，1898 年出身于湖南一个书香世家。1913 年，他来到杨昌济先生家寄宿，并结识了杨先生的得意门生毛泽东。毛泽东睿智的谈吐以及豪放的革命情怀深深地感染了柳直荀经过与毛泽东不断的接触与交流，革命的种子悄悄地在他心里散播开来。

1920 年，毛泽东在湖南创办了"文化书社"，正在雅礼大学读书的柳直荀经常到那里阅读有关马列主义的著作。通过刻苦的学习，他对共产主义有了更为深刻的认识，思想觉悟有了很大程度的提高。1924 年，经何叔衡和姜梦周介绍，柳直荀加入了中国共产党。

1926 年，根据党组织的安排，柳直荀担任了省农协秘书长，开始着手农民运动的工作。他扎根基层，任劳任怨。北伐战争失败后，国民党反动派对共产党人实行残酷的迫害和屠杀，革命陷入一片阴霾之中。但柳直荀并没有被反动派吓倒，而是与其他同志一起领导群众继续与国民党反动派战斗。

由于陈独秀犯了右倾投降主义的错误，放弃党对革命的领导权，在这危难之际，柳直荀等十几位党员根据毛泽东的意见来到了贺龙的部队参加工作。"南昌起义"失败后，柳直荀来到上海从事地下工作。当时的工作环境十分恶劣，但柳直荀总能巧妙地化解每一次的危机，顺利地完成巡视检查的任务。

1929年冬,受党中央的派遣,柳直荀来到武汉担任中共中央长江局秘书长和中央军委特派员。次年,他到达洪湖参加红六军的创建工作。1930年,红四军和红六军合并,成立中国工农红军第二军团,柳直荀任军团政治部主任。

是年9月,“立三路线”的代表邓中夏要求红二军团从洪湖出发攻打长沙。洪湖距离长沙路途遥远,柳直荀、周逸群等同志十分反对这个带有“左”倾冒险主义色彩的策略。但是由于当时“立三路线”统治着党的领导机关,中央代表仍坚持攻打长沙。在攻下监利县城之后,红一、红三军团均已放弃攻打长沙的计划,但是邓中夏却执意要求“红二军团直捣长沙,以激起一、三军团之反攻。”由于贺龙和柳直荀等人坚决反对且据理力争,部队才得以重返洪湖。

1930年10月中旬,根据党中央要求,红二军团再次离开洪湖根据地开始南征。进军途中,部队遭遇重创,当来到长阳县时,只剩下3000人。1931年1月,王明的“左”倾错误路线开始统治全党,红二军团被改编为红三军。由于当时国民党内部军阀之间的混战已经结束,反动派又将矛头重新指向我党。就在红三军南下期间,洪湖根据地遭到敌人的“围剿”。此时,前委却做出错误的决定,要求红三军进军鄂西北,重新建立一块革命根据地。在进军均州的途中,部队遭遇了红枪会的阻拦。为避免与之发生冲突,根据前委的指示,柳直荀起草了宣传口号,让红枪会认识到共产党的部队是穷苦人民的部队,与国民党的部队不一样,红三军这才得以顺利前行。

1931年6月,红三军突破重重困难终于到达房县。红军到来之后受到了当地群众的热烈欢迎,经过群众的选举,柳直荀当选为房县县委书记,之后,柳直荀领导群众组建了人民自己的武装力量。由于听闻红军要来,当地的土豪劣绅早已逃往他处,留下了大量的田产,因此,土地革命便在房县如火如荼地开展开来。经过一系列的改革,鄂西北革命根据地得到了很快的发展。然而红色力量的壮大使得国民党反动派十分震惊，他们迅速采取措施对根据地进行破坏。在敌人不断的打击之下，根据地损失很大。于是，1932 年 4 月，柳直荀领导的红二十五师以及当地的游击队离开鄂西北革命根据地，返回洪湖。

回到洪湖之后，湘鄂西第四次代表大会正在召开，王明路线的推行者夏曦无理地斥责红三军在鄂西北开辟根据地是逃跑主义，并且又命令红三军向大城市发动攻击。柳直荀得知这一情况后坚决反对夏曦的错误决策，他多次劝阻夏曦。但此时的夏曦根本听不进任何的劝告，相反，他开始打击对他的工作提出反对意见的同志，他甚至还怀疑柳直荀是为了“破坏革命而参加革命”。

这时，蒋介石开始集结重兵力对红军进行第四次“围剿”。由于夏曦坚持分散兵力与敌人正面对抗，我军遭受了很大的损失。但他不但没有认识到自己的错误，反而专注于排除异己，扰乱军心。他还以“红三军离开洪湖是柳直荀等人的阴谋”等捏造的借口逮捕了柳直荀。

1932 年 9 月，国民党军队攻入洪湖根据地腹地，我军只得突围。在突围之前，夏曦却下令将关押的同志通通处决。柳直荀同志因“莫须有”的罪名被害于监利县周老嘴，年仅 34 岁。

全国解放后，柳直荀等被“王明路线”迫害的同志得到了平反。烈士虽已离去，但他的英雄事迹将永远留在我们的心中！

“替身”革命的英雄
——记李天佑烈士

在党的领导下,1932年8月,博兴“八四”农民武装起义爆发。暴动迅速蔓延到各地,但因敌我力量悬殊,起义最终失败了。在党组织转移的过程中,李天佑烈士为了党的利益而英勇就义,谱写了一曲壮丽的颂歌。

李天佑,字惠民,1894年出生于山东博兴县阎坊乡高渡村。1928年,博兴县最早的共产党员张静源由外地回到高渡村,他发动乡亲兴建新式学堂,李天佑便回到高渡村担任新式小学教师。李天佑从张静源那里接触到许多革命思想,思想进步很快。1930年,经张静源介绍,李天佑光荣地加入了中国共产党。由于懂一些医术,他便以教书和行医为掩护,四处奔走开展革命活动。李天佑对人很随和,经常到贫苦农民家走访,给大家讲解革命道理。他还注意发现进步分子,青年教师李相韩便是在李天佑的影响和帮助下入的党。他常对李相韩说:“做一个共产党员,必须具有为党的事业不惜牺牲个人生命的精神,要不,就不算一个真正的共产党员。”

博兴党组织经过很长时间的地下活动,决定发动一场反对封建剥削、反对贪官污吏的农民暴动。1932年8月4日,暴动群众向博兴几个区的反动武装和地主恶霸发起了猛攻。他们高举红旗,冲向国民党反动派的衙门,截击国民党政府车辆,没收地主土地。队伍所到之处，群众夹道欢迎，还贴出“来了共产党，老百姓过好光景了！”等标语。“八四”农民暴动震动了国民党反动派，他们急忙镇压。由于暴动队伍缺乏斗争经验，再加上敌强我弱，武器优劣悬殊，暴动仅维持了五六天就失败了。敌人疯狂反扑，到处逮捕共产党员，白色恐怖笼罩博兴，博兴县党组织与上级党组织的联系也被敌人切断了。

为了保存革命力量，县委决定调整策略，将党组织化整为零，转入地下活动。李天佑是党组织安排保存的人员，他继续以教书为名，从事党的秘密活动。

有一天，李相韩受党组织委派去找李天佑，让他帮助自己冲出敌人封锁区，到胶东找张静源同志汇报党组织被破坏的情况，并请张静源帮助与上级党组织联系。

李天佑一看是李相韩，便赶紧问：“同志们都好吗？”李相韩说：“都好。”接着李相韩便把党组织交给他的任务告诉了李天佑。李天佑坚定地说：“我一定完成这个光荣的任务。”李天佑接着问：“一路上有没有人跟踪你？”李相韩说：“大片高粱地，敌人上哪儿去盯我？”李天佑说：“小李，这可非同小可，千万不能麻痹大意。”李天佑便安排李相韩睡下了。

没多久，外面便传来了急促的脚步声。李天佑低声对李相韩说：“小李，起来，快起来！”李相韩爬起来忙问：“出啥事了？”李天佑说：“赶紧离开这儿，你可能被敌人盯上了！”李相韩半信半疑，李天佑接着说：“学堂周围已发现有民团士兵。不要啰嗦，赶紧转移。”

李天佑把一套破旧的衣服拿过来，让李相韩换上。他还让李相韩化装，以防意外。李相韩觉得没必要化装，但李天佑坚持说：“不行，今天在我面前不管是谁，得听我的。”李相韩便化了装，李天佑又把李相韩带有暗号的衣服塞进一个钱袋里，让李相韩背上。他们俩便从后院翻墙而出，逃出村外。

当逃到敌人封锁区的边缘时，裤脚被露水浸透了，他们便到一个井台旁的水池里去洗。突然,几个敌人围了上来。李天佑果断地让李相韩把枪扔入井内,他自己则迅速地换上李相韩的暗号衣服。他们突围了两次都没成功,最终被敌人抓住关进傅家园子的一个家庙内。敌人来审讯了一次,但是毫无结果。

他俩在庙里商量着如何逃脱。忽然,李天佑大笑起来,李相韩很好奇,便问李天佑有什么好主意,李天佑不紧不慢地说:"敌人现在要的是李相韩。你我谁是,他们还分辨不出来。我打算公开承认我是李相韩,借此掩护你,你要抓住一切有利时机,在我们被押送县城之前脱险,立即去找张静源同志。"

但是,李相韩坚决不同意这么做。李天佑便郑重地说:"现在不是争让的时候,稍有怠慢,就会贻误大事。你得赶紧脱险,不然,等敌人把我们押到县城,被叛徒认出,结果就不堪设想了。""小李,你年轻,你活下来能为党做更多的工作。"

过了一会,敌人又来了,领头的是敌兴福区公所的秘书,他突然冲口喊道:"李相韩!"

李相韩站了起来。那匪徒咬牙切齿地问道:"你就是?"

"我就是!"李相韩坚定地回答道。

那家伙朝李相韩脸上打了两下,吼道:"混蛋!自找苦吃!叫你"老虎凳"上享享福!"说完便拉着李相韩往屋外走。

突然,李天佑大声说道:"真是帮蠢才,眼长到哪里去了!"

敌人又回到屋内发出阵阵奸笑,对李天佑说:"你是真正的李相韩吧!我知道你会跳出来的,够朋友,够朋友!"

"向你们县党部的那些老爷们讨赏钱去吧!"李天佑说完,便大摇大摆地走出门外。

李相韩则被推回屋内。敌人对李天佑进行了审问,但一无所获。

次日,八个敌人押着李天佑和李相韩,要把他们送到县城。当他们走近一片茂密的高粱地时,机警的李天佑示意李相韩逃走。

李相韩便假装口渴，借机要求去高粱地边的井里取水喝。敌人同意后，李相韩趁机钻进了高粱地。为了掩护李相韩，李天佑朝相反的方向跑去，敌人边追李天佑边说：“抓活的！不要打死他！”

最后，已经跑得筋疲力尽的李天佑又被敌人逮捕了，并被押解到区公所。在区公所监狱内，李天佑没有屈服，最终被敌人杀害，就义时年仅38岁。

后来党组织安全地转移了，避免了敌人的一场大屠杀，但是失去了一名优秀的共产党员——李天佑。李天佑这种无产阶级的气节和他惊心动魄的英雄事迹，至今仍被广为传颂。

血洒雨花台

——记李耘生烈士

李耘生,原名李殿龙,字云生,1905年6月2日出身在山东省广饶县西李村的一户中农家庭。

李耘生自幼聪慧,品学兼优,1919年春,以优异的成绩考入益都省立第十中学。这年,"五四"运动在全国掀起风潮,李耘生满怀爱国激情,参加了益都各界人士举行的万人大会和示威游行,随后积极参加了抵制日货行动。

1922年,山东共产党创始人之一的王翔千来到省立十中任国文教员。王翔千善于发掘革命分子,他发现了李耘生等同学的进步倾向,就对他们因势利导,组织他们学习《共产党宣言》和其他革命报刊,后来又鼓励李耘生与王尽美等共产党员通信。1923年,李耘生经王翔千介绍加入了社会主义青年团。同年底,应王尽美邀请,李耘生赴济南从事革命工作,从而正式开始了他的革命生涯。

踏上革命道路的李耘生,在党的关怀和自己的辛勤努力下迅速成长。1924年2月,经王尽美介绍,他加入了中国共产党。

1925年,"青岛惨案"、"五卅"惨案发生后,全国各地掀起了反帝爱国运动,李耘生受团中央指派,赴青岛接任团地委书记兼组织部部长。到达青岛后,他通过组织发动示威游行、召开雪耻大会等实际行动,将反对英、日等帝国主义的斗争推向了新高潮。

1926 年 12 月，为了适应革命发展的需要，中共中央决定从各地抽调一批优秀干部到武汉工作。1927 年 1 月，李耘生奉命由山东来到武汉，任硚口特区区委书记。此时，杜韫章任区委的组织部部长兼妇女部部长。3 月，李耘生兼管宣传工作。

硚口是一个近代工业较发达的地区，在这里，有不少帝国主义国家开办的工厂。工人们在帝国主义和资本家的双重剥削下，过着牛马不如的悲惨生活。李耘生来到硚口后，白天深入这些工厂顶班劳动，进行调查访问，晚上则到工人学校宣传革命道理，用通俗易懂的语言向工人兄弟姐妹们解释马克思主义，并在工人中发展革命队伍。

1927 年春节前夕，李耘生领导发动了一场要求增加工人工资、改善工人生活条件的罢工运动，并且喊出“不答应条件，誓不复工”等口号。在强大的压力下，公司资本家不得不给工人增加工资，罢工运动取得了胜利。在斗争中，李耘生与杜韫章密切配合，擦出了爱情的火花。“四一二”反革命政变后，李耘生与杜韫章正式结为连理。

1927 年，国民党右派篡夺了革命的胜利果实，展开了疯狂的反共行动。在这种险恶的环境下，李耘生临危不惧，依旧保持着高昂的斗志，毅然接受组织任命，调任中共武昌市委书记。同年 10 月，李耘生接到要求在工厂中掀起大规模罢工运动的指示。明知此时罢工不合时宜，但在中央的坚决指示下，李耘生只得照做。罢工运动最终失败了，党在武汉的革命事业也受到严重影响。

在武汉工作一年后，1928 年春，李耘生奉命去南京地委工作。为避免被敌人发现，他在南京化名李立章。由于南京是国民党反动派的大本营，到处充斥着血腥味，李耘生一时很难与党组织接上线。4 月 30 日，李耘生被叛徒告密，不幸被捕，并被控告为中学时代的“赤色分子”，被国民党反动派判处 10 个月徒刑。在狱中，李耘生贪婪地阅读一些政治书籍,思想更为坚定。1929 年 4 月出狱后便赴上海工作。

在李立三"左"倾错误的影响下,南京的地下党组织遭到严重破坏。为了重建南京市地下党组织,中共江苏省委指派李耘生任南京市委副书记兼组织部部长。他在南京的公开身份是南京贫儿教养院的历史教员。他利用讲坛对学生进行诱导,同时亲近具有爱国思想的教师、学生。通过李耘生不懈的努力,在教养院共发展了 7 名党员,并建立了地下党支部。经过半年多的努力,南京地下党组织迅速得到了恢复和发展,并在国民党政权内部成立了党的秘密支部。

"九一八"事变后,南京市委决定展开大规模的抗日活动。李耘生亲自领导并参与了此次活动。

同年 10 月,中共江苏省委决定成立南京特委,任命李耘生为特委书记。为了配合苏区红军的反"围剿"斗争,李耘生在京杭国道沿线建立了党的特别支部,组织起一支近百人的武装游击队。一次,游击队在金坛到丹阳之间抓住了国民党政府外交部部长王正廷的老婆,并以其为人质换回了一大笔钱,补充了游击队的给养。

1932 年 4 月,南京党组织又一次遭到严重破坏,形势越来越严峻。特务们整天盯在李耘生的家门口,李氏夫妇为防意外,经常借宿在外。由于形势继续恶化,李耘生便对杜韫章说:"南京的工作难以开展,我必须到上海找组织汇报,你还是回湖南去好。"夫妻俩就这样分开了。谁也没有想到,这次分离竟然成为了他们的临终诀别。

杜韫章走后,李耘生想找人帮忙照看孩子,然后再去上海。一天晚上,他冒着随时被捕的危险来到过去的房东家,想托他们帮忙。不料,他刚进门,就被特务逮捕,随即被押解到国民党宪兵司令部看守所。开始,他并未暴露自己的身份,以"李涤尘"的化名同敌人周旋。狡猾的敌人便带着叛徒当场指认,又将李耘生年幼的儿子抱来隔窗相认。一见到李耘生，孩子便大声哭喊：“爸爸！爸爸！”在父子相认和叛徒的指证下李耘生的身份才被暴露。

敌人的审讯是异常残酷的。在阴暗潮湿的牢房中，李耘生仍保持乐观的革命精神，经常鼓励战友们坚定斗争信念。他常对战友们说：“为人民，头可断，血可流，志不屈。要在任何斗争中经得起考验。”

为了抗议狱中的伙食条件，他带领战友开展了绝食运动。他代表难友们与敌人谈判，提出了“三不许”条件：不许烧霉米烂菜给大家吃；不许克扣“囚粮”；不许打骂虐待“犯人”。绝食运动开展了两天，敌人怕出问题，于是慌忙答应了李耘生提出的条件。

敌人见劝降仍动摇不了李耘生的革命意识，便对他下毒手。1932年6月8日凌晨，看守所所长直着喉咙喊道：“李耘生！李——耘——生！”李耘生知道生命的最后时刻到了，他镇定地整了整衣服，并将铺旁的书籍叠齐，转身深情地对难友们说：“没有什么珍贵的礼物，这些东西留给你们做个纪念吧！”难友们含着眼泪，目送着李耘生离开。

在雨花台刑场上，在生命的最后一刻，李耘生仍然同残酷的敌人进行了面对面的交锋。执法官假惺惺地问道：“有什么遗嘱？要不要写家信？”他义正辞严地回答道：“我的遗嘱就是盼亲人们与你们斗争到底！”执法官连声咆哮着：“开枪！开枪！开枪！”

年仅27岁的共产党员李耘生，为了中国广大劳苦大众的解放，为了党的事业，以一个共产党员的崇高气节，壮烈地牺牲了。烈士已去，他的革命事迹和精神永远值得我们学习、反思。

革命英雄李耘生同志永垂不朽！

广西农民运动的先驱

——记韦拔群烈士

韦拔群,1894 年出生于广西河池市东兰县。他是中国早期农民运动领袖,广西农民运动的先驱,“百色起义”领导者之一,中国工农红军高级将领,中国工农红军第七军和广西右江革命根据地领导者之一。

1916 年,袁世凯复辟帝制的丑剧遭到了全国人民的反对,心忧国家命运的韦拔群这时在家乡东兰县组织乡友 100 多人赴贵州参加护国军,以自己的实际行动反对袁世凯的倒行逆施。“五四”运动爆发后,韦拔群阅读了《新青年》等刊物,开始接受新的思想,他还以“愤不平”为笔名,在报刊上发表文章,宣传自己的思想。

1921 年 9 月,韦拔群回到家乡东兰进行革命活动。他秘密组织了东兰同志会和农民自卫军,号召当地农民起来“打破不平”、“救家乡、救广西、救中国”。他还组织宣讲团进行反军阀、反土豪劣绅、反贪官污吏、反苛捐杂税的宣传。为了发动当地深受压迫的瑶族群众,韦拔群身体力行,深入到瑶族群众居住的地区,向他们讲述革命的道理。由于韦拔群的大量细致的工作,当地瑶族群众纷纷加入由他领导的农民自治会,同韦拔群一起革命。韦拔群成为广西农民运动的先驱。

1923 年,韦拔群领导了中国现代农民革命运动史上最早的一次武装起义。起义军在韦拔群的带领下英勇作战，三次攻打东兰县城，最终赶走了旧的军阀统治者，在东兰县建立了革命政权，成立了东兰革命委员会。

韦拔群在家乡的革命活动团结了农民，沉重打击了当地的土豪劣绅，同时也遭到他们的疯狂反扑。后来韦拔群受到通缉，被迫离开东兰前往广东，并进入广东第三届农民运动讲习所学习。通过学习，韦拔群增长了见识，加深了对农民运动的了解，这对他以后继续领导农民运动起到了很大的帮助。1925 年 5 月，韦拔群在广东农民运动讲习所结业后回到家乡东兰，继续从事革命活动。在韦拔群的带领下，东兰县的农民运动进行得轰轰烈烈，当地农民的觉悟不断提高，东兰县的各区、乡相继成立了农民协会。1925 年 8 月，东兰县农民协会成立。韦拔群还借鉴了广东农民运动讲习所的先进经验，在东兰也先后开办了三期农民运动讲习所，这成为广西最早的农民运动讲习所，韦拔群任主任。东兰的农民运动讲习所为右江各县培育了 500 多名农民运动骨干，这极大地促进了广西地区农民运动的发展。

1926 年夏秋，中国共产党为了加强对左、右江农民运动的领导，成立了苍梧、镇南、田南三个农运办事处，韦拔群先后任田南农运办事处主任兼一路农军总指挥。韦拔群参加革命活动以来，用自己的实际行动带动了东兰县农民运动的发展。由于韦拔群坚定的革命意志和他对革命事业的贡献，1926 年冬，韦拔群加入了中国共产党。

1927 年 4 月 12 日，蒋介石发动了震惊中外的“四一二”反革命政变。政变发生后，以蒋介石为首的反动南京国民政府肆意逮捕、杀害共产党员和革命群众。桂系军阀和地方反动武装这时也视韦拔群所领导的东兰革命政权为眼中钉，蓄谋对东兰发动武装进攻。1927 年 8 月，桂系军阀和地方反动武装力量开始进攻东兰。韦拔群率领革命群众沉着应战，经过几度交锋反将反动武装围困达一个月之久。这次作战削弱了敌人的力量，打击了他们的嚣张气焰。

但桂系军阀和地方反动武装力量并不罢休,不断积蓄新的反动力量。1927 年 10 月,敌人再次集结兵力进攻东兰。韦拔群这次改变了作战方略,他派一小部分革命武装将敌人引到我军主力已经埋伏好的山地。当敌人进入我军包围区之后,韦拔群率领农民群众武装充分运用土枪、土地雷的威力对敌人迎头痛击。经过 11 个小时的激战,敌军主力大部被消灭,残余敌人落荒而逃。经过这次战斗,韦拔群率领的农民军威望得到了很大提高,在斗争中壮大的革命武装为以后红七军的建立奠定了基础。

1929 年 12 月“百色起义”后,韦拔群在新建立的右江苏区担任右江苏维埃政府委员、中共工农红军第七军前敌委员会委员、红七军第三纵队司令员。1930 年 3 月,韦拔群与邓小平共同领导了东兰武篆地区的土地改革试点工作。1930 年,韦拔群任红七军二十一师师长。这一年 11 月,红七军主力离开右江苏区北上,韦拔群服从党的命令留守在右江根据地。他把二十一师的主力部队和部队给养交给了北上的部队,自己只带了很少的人在右江革命根据地继续进行革命活动。韦拔群发动群众,依靠农民群众的力量使红七军二十一师很快又重建起来。桂系军阀对身在广西的韦拔群的革命队伍恨之入骨,不断组织“围剿”。韦拔群率领的工农红军处于敌人的四面包围之中,没有外部的援助,工农红军的条件极其艰苦。在战斗中韦拔群的 10 多名亲友遭到敌人杀害。但艰难困苦并没有压垮韦拔群坚定的革命意志,他更加沉着冷静,团结广大群众,带领红军战士同敌人作战,使得桂系军阀在 1931 年发动的两次“围剿”都以失败告终。

1932 年 10 月 19 日,在桂系军阀的第三次“围剿”中,韦拔群被叛徒杀害于广西东兰赏茶洞。韦拔群虽然离开了这个世界,但他坚定的革命意志不断激励和鼓舞着广大人民为了国家、民族的未来,为了最终的共产主义事业去奋斗。1999 年 1 月,韦拔群烈士纪念馆,经广西壮族自治区党委、自治区人民政府同意,被定为自治区爱国主义教育基地。2006 年 9 月 30 日，李明瑞、韦拔群烈士纪念馆被国家民族事务委员会定为首批 27 个全国民族团结进步教育基地之一。英雄的精神在一代代青年的继承下必将永存。

永不熄灭的明灯

——记邓中夏烈士

在中国共产党早期的工人运动领导人中,有一位毕业于北京大学的杰出英才,他就是后来牺牲于南京雨花台的邓中夏烈士,他用自己39岁的生命,谱写了一曲壮美的人生诗篇:人只有一生一死,要死得有意义,有价值。

1925年,上海、青岛等地相继发生帝国主义制造的血案,帝国主义以其野蛮的方式镇压中国的工人运动。5月15日,上海日本内外棉七厂资本家枪杀顾正红。紧接着,在5月30日,南京路上又发生血案。上海为之震动,由学生罢课、工人罢工、商人罢市而起的反帝爱国运动迅速扩大到北京、南京、济南、青岛等几十个城市。为了支援全国人民的反帝爱国运动,中共中央广州临时委员会决定指派邓中夏、苏兆征等富有工人运动斗争经验的同志到香港组织罢工。

邓中夏早年参加过"五四"爱国运动,之后又组织过长辛店、开滦煤矿、京汉铁路等工人罢工。到达香港后,邓中夏广泛接触各个行业工会的负责人,对他们晓之以理,并以中华全国总工会代表的名义,召开了几次会议,商讨罢工宣传、罢工要求还有罢工的时期和离港方案等。在此基础上,他们组成了"全港工团联合会",作为领导罢工的指挥机关。他们还向香港英国当局提出了政治自由、法律平等、普遍选举等要求,但遭到了英国当局拒绝。愤怒的工人终于在6月19日晚,发动了举世瞩目的"省港大罢工"。

罢工开始以后,英国香港当局非常害怕,马上宣布戒严,并派军舰在海上不停地游弋,借以恫吓罢工工人。愤怒的工人们纷纷离开香港,与广州罢工工人一起,组成了浩浩荡荡的罢工大军,举行了人数众多的游行示威。当游行的队伍经过沙面租界对岸的沙基时,遭到英帝国主义的枪杀和军舰炮火的袭击,造成多名工人死伤。这引起了工人们更大的愤慨,罢工人数迅速增加到25万人,罢工运动达到了高潮。

为了打击英帝国主义的嚣张气焰,罢工委员会随后组织工人纠察队封锁了香港,禁止所有船只开往香港,切断了香港与外界的一切联系。香港在工人纠察队的严密封锁下,交通断绝,粮菜无法供应,街上垃圾堆积如山,使香港变成了一座死港、臭港。经过几个月的封锁,由于断绝了各国商船与广州的贸易,广州的经济也发生了困难,燃料、日用品出现供应紧张的状况,商人也开始没有生意可做。这时邓中夏显示出其卓越的领导才能,他向当时任中共广东省委书记的陈延年建议,为了解决广州的困难,使罢工斗争能够长期坚持下去,应该实行单独的对英政策,其他各国的商船,只要他们不贩卖英国商品、不经过香港,就允许来广州贸易。这个政策实行以后,很快解决了广东的经济困难,促使广东商人保持了中立,为长期斗争创造了条件。在苏兆征、邓中夏的领导下,省港大罢工整整坚持了16个月。这次罢工运动显示了蕴藏在工人当中的巨大的力量,从政治上、经济上沉重打击了英帝国主义,促进了广东工农运动的蓬勃发展。

轰轰烈烈的大革命失败以后,邓中夏在极为艰险的环境中,担任了中共江苏省委书记,在白色恐怖日益严重的时候,顽强地坚持对敌斗争。此后几年,由于王明"左"倾错误路线日益发展,邓中夏受到排挤和打击,职务被免除,直到1932年,他才被任命为中国赤色互济总会主任,组织营救被捕关押的革命志士,照顾死难者的家属。

1933 年 5 月 15 日,邓中夏去找救济会的林素琴商谈工作,不幸在法租界被巡捕逮捕。

邓中夏被捕后化名施义。当敌人审问他时,他把敌人的法庭当成了宣传革命理想、揭露国民党黑暗统治的讲堂,使敌法官非常狼狈。在狱中他虽然被吊打数次,遭受种种刑罚,但他从未屈服。后来,和他一块被捕的林素琴成了叛徒,暴露了他的身份。蒋介石知道后,派人去法租界花了一万大洋买通了法租界各级官吏,将邓中夏引渡到上海公安局,并且立即押往南京宪兵司令部。

反动派本以为逮捕了邓中夏后可以在政治上打击中国共产党,但是他们错了,一个真正的共产党人是决不会向敌人屈服的。邓中夏用他的实际行动捍卫了党的威信。凶残的敌人无计可施,只好决定杀害邓中夏。

1933 年 9 月的一天,敌人决定最后一次提审邓中夏。

反动法官问:“邓中夏,这是你悔过的最后机会了,你还有什么话要说吗?”

“我一生没做过什么后悔的事,也没有什么话要向你们说。”邓中夏斩钉截铁地回答。接着他转过身来,对那些宪兵说:“对你们这些当兵的人,我倒是有句话要说,请你们睡到深夜时好好想想,杀死了为工农兵谋福利的人,对你们有什么好处?”

“死到临头了,还顽固不化。”反动法官咆哮道,“拉下去!”

邓中夏知道属于自己的时间已经不多了,他在狱中给难友们上了最后一次党课,又满怀深情地给党中央写了一封信:“同志们,我快到雨花台去了,你们继续努力奋斗吧,最后的胜利终究是属于我们的。”

没过几天,刽子手们把邓中夏从狱中绑了出来。邓中夏知道最后的时刻到了,他历数了反动派的种种罪行,高喊着“打倒国民党反动派”、“中国共产党万岁”等口号从容地走向刑场。就这样，中国共产党工人运动的杰出领导人，在雨花台英勇就义。

邓中夏在革命巨浪中整整奋斗了15年，他的鲜血染红了革命的旗帜。多年以后，他的“敌人可以捉住我，但他们无法打败我”的话仍然在很多人的耳边回响，激励着人们为了理想奋勇前进。

傲然绽放的山菊花

——记汪孝芝烈士

她曾有过纷繁的身份:童养媳、赤脚医生、乞丐、地下党员、革命领头人、起义女司令、女英烈……她曾用过无数的名字:汪孝芝、汪林务、汪孝寒……

她就是在六安地区名震一时、被群众亲切地称为“汪三姑娘”的一代巾帼女英雄汪孝芝。

汪孝芝,1890 年出身于安徽舒城县猫儿岭的贫苦农民家庭。小时由于家境实在贫寒,父母只好把她送给同村班姓人家做童养媳。在婆家,汪孝芝从小饱受虐待,每天早起晚睡,还要无端地被打骂。16 岁那年,汪孝芝实在无法忍受婆家的欺凌,在一个漆黑的夜晚,毅然逃出班家,从此在社会上颠沛流离,居无定所。不久,她来到了六安县境埠塔寺附近,终日以乞讨为生,受人白眼。后来,她有幸认识了一位老尼姑,从此跟着老尼姑学习中药治病。学成之后,她就云游乡间,为民治病,过着半乞讨半行医的生活,在村民中有着很大的影响。

大革命失败后,共产党深入六安舒县农村地区,积极发展革命力量。汪孝芝从小生活贫苦,因此更能深刻体会到劳苦大众的艰辛,立誓要为广大的穷苦大众而奋斗。1929 年,汪孝芝通过自己的优异表现,通过了党的审查,光荣地加入了中国共产党。

入党后,汪孝芝以满腔的热情投入到革命工作。

在一年多的时间里，她先后创建了六安草皮塘、舒城张母桥等党组织，积极发展了80多名党员，还鼓励吸收贫苦农民加入农民协会。不仅如此，她还在各乡创办了“红学堂”，组织农民练武学艺，以便日后开展武装工作。

汪孝芝嫉恶如仇、豪爽真诚，其行侠仗义的名声在六安、舒城边境无人不知、无人不晓。当地豪绅地主尊称她为“活仙姑”，平民们把她看成患难与共的朋友，大家亲切地叫她“汪三姑娘”。

1932年，国民党军队对中央苏区发动了第三次“围剿”。为了打退敌人的进攻，红军积极部署，开展外线战事。首先就是东征皖西，发动苏家埠战役。为了更好地完成战略目标，皖西领导决定由汪孝芝领导六安特务队配合红军行动，并在冇牛岗一带组织农民暴动，打击地方反动势力，支持苏家埠战役。

4月25日，手持大刀、长矛等各种武器的赤卫队队员、农会会员整齐地站在台下。汪孝芝气宇轩昂、英姿飒爽地登上讲台。只见她头戴蓝色军帽，身穿黑色短衫，腰别银色手枪，炯炯有神的双眼环顾下面的人群，大声宣布：“今天我们举行武装暴动，成立苏维埃政府！九十铺为二乡，埠塔寺、曹丕塘为三乡，过龙塘为六乡，陈家河为七乡。我们现在的任务就是去打土豪，分田地……”汪孝芝豪情万丈，台下的群众更是群情激奋，不断报以浪潮般的掌声。

大会刚刚结束，汪孝芝正要带领大家分头行动时，反动地主李宾如、刘敬之等人得知消息，带着五六百人气势汹汹地赶来，想要一举摧毁这里的革命力量。在这紧要关头，汪孝芝没有慌张。她一边命人将几十面红旗插满冇牛岗，一边部署队伍，准备迎敌。敌人一看到满山遍野的旗帜，顿时间不敢贸然进攻，一直在山脚下观望。到了午夜时分，汪孝芝通过侦查，找到了敌兵的薄弱处，于是带领队伍冲出了重围，在月牙塘安全会合。会合后，汪孝芝重新布置武装力量，率领队伍连续消灭了多处地主反动武装，并且攻占了张家店镇，正式成立了二区苏维埃政府，大大增强了当地的革命力量。

由于日夜操劳,汪孝芝经常吃不好、睡不好,整个人都瘦了,大家见了都非常心疼,劝她注意身体。她总是不以为然,还开玩笑说:“我可是‘仙姑’呀,我的本事大着呢!”就这样,汪孝芝将自己的精力和心血都奉献给了党的崇高事业。

汪孝芝的出色工作,让六安反动势力既恨又怕。反动派到处张榜悬赏捉拿汪孝芝,打击革命力量,整个六安处在血雨腥风中。1933年4月21日,汪孝芝参加完县上党员代表大会,回到井上庄,马上就被密探发现了。反动头子得知消息后,连夜带人将井上庄团团围住。敌人把全庄人都赶到打谷场,逼他们说出汪孝芝的下落。乡亲们受够了敌人的欺凌,都愤怒地瞪着敌人,不说一句话。敌人气急败坏,当场向几个老乡开枪,并大叫道:“我再给你们几分钟,再不说出汪孝芝的下落,我就把全庄杀得干干净净,一个不留。”顿时人群安静下来,只听到小孩子哭个不停。在这千钧一发的时刻,只听一声巨喝:“慢着!”众人吃惊地回头一看,汪孝芝从草堆里走了出来,她昂首阔步地走到敌人面前说:“你三姑奶奶就在这里,不许伤害乡亲们。”随后,她又走到乡亲们面前,动情地说道:“乡亲们受苦了,总有一天,革命会胜利,一切恶势力会被打倒,那我汪孝芝就死得值了。”

4月26日,汪孝芝在张家店街头英勇就义。乡亲们将汪孝芝的遗体运回草皮塘安葬,并在她的墓前栽满了她生前最喜爱的山菊花。山菊花傲然绽放,似乎在诉说着汪孝芝那不屈的精神。

冲破阻碍寻正道

——记赵博生烈士

“先锋！先锋！热血沸腾。先烈为平等栖牲，做人类解放救星。侧耳远听，宇宙充满饥寒声。警醒先锋！个人自由全牺牲。我死国生，我死犹荣，身虽死精神长生，成仁！成功！实现大同。”这一首《革命精神之歌》充满了豪迈之情，抒发了作者期望成为“警醒先锋”、为人类的自由解放和实现大同而努力奋斗的远大抱负。它的作者正是赵博生。

赵博生，1897年9月7日出身于河北省黄骅县东慈庄的一户农民家中。1917年从保定军官学校毕业后，赵博生踌躇满志，认为可以大展宏图，但在皖、直、奉军阀部队任职后发出了这样的感慨：“中国的政治这样腐败，社会这样黑暗，从军不能救国救民，倒不如去拉洋车谋生！”1923年冬，赵博生转入冯玉祥的西北军，历任团副、参谋处处长、旅长等职。

1926年8月，冯玉祥在共产党人刘伯坚等人的帮助下在五原誓师，宣布接受“三民主义”。此后，赵博生得以与中国共产党直接接触，从而加深了对共产党的了解。1929年，赵博生在西安任十四军参谋长兼特种兵旅旅长，并兼城防司令。

1931年，驻守山东的国民党二十六路军总指挥孙连仲聘请赵博生任二十六路军总参谋长。10月，赵博生加入了中国共产党。“九一八”事变以后，二十六路军广大士兵都要求“回北方,打日本”。由于二十六路军这种空前高昂的革命情绪,党中央决定发动起义,由赵博生负责。赵博生、董振堂、季振同等人对起义的各项工作进行了认真的研究和周密的部署后,于1931年12月14日在宁都举行起义。赵博生等率部迅速控制了电台和指挥机构等重要部门,逮捕了所有反对起义的军官,并包围了第二十五师师长李松昆的师部,替起义扫清了障碍。“宁都起义”成功后,起义部队17000多名官兵,携带2万支枪械,奔赴苏区。到达苏区后,起义部队被中央革命军事委员会授予中国工农红军第五军团的番号,从此,中央苏区红军增添了一个主力军团。

1933年1月,蒋介石派吴奇伟和周至柔带领十几个团的兵力,向金溪、南城一带苏区进犯。为了保障红军主力在黄狮渡歼灭敌人,赵博生奉命率红五军的3个团在长员庙一带山脉吸引和牵制3倍于己的敌人。长员庙是个易守不易攻的小山地,赵博生深感这次战斗的重要和自己责任的重大,他亲临前线勘察地形,指导构筑工事,布置兵力,并告诫、叮嘱指挥员:“这里山脉连绵,利于守,不利于攻。守也要择险扼守。敌人兵力数倍于我,要注意发挥老兵善于挖战壕、筑碉堡的经验。”敌军仗着装备精良、兵力众多,气焰非常嚣张,先是集中炮火轰击我前哨阵地,接着,又向我军阵地发起集团冲锋。战斗打得非常激烈。赵博生充分利用地形、地物实施灵活的指挥。部队连续多次打退敌人的猖狂进攻,牢牢地守住阵地,出色地完成了牵制敌人的任务。然而在战斗快结束时,我军子弹打光了,手榴弹也扔完了,于是便与敌人展开激烈的肉搏战。赵博生在与敌人相距不到百米的地方指挥战斗,不幸头部中弹,为革命献出了自己宝贵的生命,年仅36岁。

赵博生牺牲后,为纪念这位“宁都起义”的领导人和红五军团的缔造者,中华苏维埃中央临时政府决定,将宁都县改为“博生县”,后来又在瑞金叶坪广场建造了博生堡,朱德总司令亲笔题写

“博生堡”三个大字。1962年，叶剑英作诗一首来怀念先烈赵博生：

宁都霹雳响天晴，赤帜高擎赵博生。

虎穴坚持神圣业，几人鲜血染红星。

碧血丹心照井冈
——记毛泽覃烈士

韶山，是湖南湘潭一个偏僻的山冲，这里奇峰矗立，百花争芳。1905年9月，毛泽覃就出生在这里。毛泽覃，号润菊，是毛泽东的小弟弟。毛泽覃出生以后，在韶山度过了自己的童年，他曾先后在清溪寺、瓦子坪等地方读书。他学习非常用功，成绩也特别好，受到老师和长辈的夸奖。少年时代的毛泽覃，在学校里接触的大多数是一些穷苦人家的孩子。社会环境的影响，再加上毛泽东的教育，毛泽覃从小就在感情上和贫苦农民紧紧连在一起。

1918年，毛泽覃跟随毛泽东来到长沙，进入了第一师范附小高十四班学习。在此期间，他光荣地加入了中国共产主义青年团。1922年秋，毛泽覃进入湖南自修大学附设补习学校学习，这是一所为革新社会、造就人才而设立的充满生气的新型学校。学校除了补习中等程度的各门文化课程之外，还十分注意引导学生学习马列主义，经常组织学生到工厂、农村去搞社会调查。

毛泽覃在补习学校读书时，和哥哥毛泽东住在一起。毛泽东经常和毛泽覃在一块谈理想，给他讲解马列主义的经典著作，分析中国革命的实际问题。通过毛泽东的教育和帮助，毛泽覃进步非常快，他心里暗下决心，一定要把自己的热血青春奉献给轰轰烈烈的革命事业。不久,毛泽覃就走上了实践自己理想的道路,满怀豪情地去水口山从事工人运动。

1923年3月,毛泽覃和其他几个朝气蓬勃的青年离开了长沙。临行前,毛泽东再三叮嘱自己的弟弟,到水口山以后,一定要好好地改造和锻炼自己,要学习工人阶级的优秀品质,多向别的同志请教问题。

水口山位于湘江上游的东岸,是铅锌的重要产地,早在几百年之前,我国的劳动人民就在这里开采矿藏。晚清以后,帝国主义国家相继到这里开采矿藏。从此,中外反动势力勾结起来,掠夺资源,压榨人民。采矿工人的生活毫无保障,犹如"处于十八层地狱之下",他们迫切想改变这种状况。到达衡阳水口山之后,毛泽覃担任了工人俱乐部教育股委员兼任工人学校教员,并以此为掩护,秘密地从事革命活动。

在水口山,毛泽覃牢牢记着毛泽东的叮嘱,经常去机器间、矿井里劳动,体验工人的生活。在共同的劳动和生活当中,毛泽覃和工人们结下了深厚的友情。

当时,水口山的工人学校分补习、小学两个部。补习部专为工人业余求学而设,小学部则专为工人子弟上学而设。毛泽覃白天在小学部教书,晚上去补习部上课,向工人宣传马克思主义,提高他们的阶级觉悟。经过实践斗争的锻炼,毛泽覃的思想变得更加成熟。1923年10月,毛泽覃在水口山光荣地加入了中国共产党。毛泽覃刚入党,就经受了一次严峻的考验。这年冬天,湖南军阀赵恒惕派他的亲信带着反动武装突然包围了水口山工人俱乐部,并肆意逮捕和屠杀工人。毛泽覃等临危不惧,迅速处理和转移文件。经过一番斗争,他们被陈梅生等工人巧妙地隐藏起来,继续坚持工作。不久之后,毛泽覃被调回长沙,担任了社会主义青年团长沙地委书记处书记。在长沙,他从工厂到学校、从码头到车间,向工人、青年、学生传播革命思想,在他的宣传和教育下,许多青年学生懂得了革命的道理,并积极投身到大革命的洪流中。

1927年,轰轰烈烈的大革命失败了。毛泽覃从国民军中撤出以后,立刻赶往南昌参加起义。可是,当他赶到南昌时,起义部队已经南下。历经千辛万苦,毛泽覃终于在井冈山找到了红军,找到了毛泽东。毛泽东把毛泽覃留在了井冈山,并派他到乔林开展建党工作。

毛泽覃在乔林的建党工作干得非常出色。他按照毛泽东的指示,深入群众,召开各种调查会,创办农民夜校,恢复农民协会,启发贫苦农民的阶级觉悟。1927年冬,毛泽覃创建了宁冈红色区域第一个党支部——乔林乡党支部,毛泽覃担任支部书记。之后,毛泽覃又领导广大贫苦农民开展打土豪、分田地的斗争。

1934年10月,红军主力长征以后,毛泽覃在中央苏区坚持游击战争。面对敌人的围追堵截,毛泽覃将大队人马分成若干小队伍,机动灵活地与敌人进行斗争。1935年4月,毛泽覃率领的游击队在腊口地区突然被敌人包围。毛泽覃带领部分队伍掩护大部队突围后,转战到瑞金县的深山老林中。由于叛徒出卖,敌人包围了毛泽覃宿营的小屋。听到枪声后,毛泽覃机警地冲到门口,并掩护战士们突围。当战士们突围出去以后,毛泽覃还没来得及冲出去,敌人便冲了进来。毛泽覃一脚把冲进门的敌人踢倒在地。这时候,绕到后门的另一个敌人朝毛泽覃开了一枪,毛泽覃倒在了血泊中,鲜血染红了他的党证。

毛泽覃为了人民的解放事业、为了祖国的美好未来,献出了自己年轻的生命。毛泽覃牺牲以后,人们在毛泽覃生前战斗过的小屋门前的草丛中发现了一枚红星奖章,那是为表彰红军战士而颁发的奖品。那红星,就是毛泽覃光辉一生的象征。他的英名,就像一颗闪闪的红星,在祖国的史册上永放光芒。

大节垂千古，忠勇贯日月
——记吉鸿昌烈士

吉鸿昌，原名恒立，字世五，1895 年 10 月 18 日出身于河南省扶沟县吕潭镇一个贫苦农民家庭。1913 年秋天，不满 18 岁的吉鸿昌弃学从戎，到冯玉祥部当兵。他因吃苦耐劳、有勇有谋得到冯玉祥的赏识，历任班长、排长、连长、营长等职。

1925 年 10 月，吉鸿昌任内蒙特别区绥远都统署直辖骑兵团团长。1926 年 9 月，冯玉祥在五原誓师后，吉鸿昌被任命为第十九师师长。1929 年，吉鸿昌升任国民党第十军军长兼宁夏省政府主席。在这期间，吉鸿昌结识了共产党员宣侠父等人，开始接触革命思想。

1930 年 4 月，“中原大战”爆发。吉鸿昌奉命率部从宁夏出潼关，参加“中原大战”。9 月，冯玉祥的西北军反蒋失败。吉鸿昌被迫接受蒋介石改编，就任第二十二路军总指挥。但因吉鸿昌部不是蒋介石的嫡系部队，蒋介石为了削弱其实力，将其派往鄂豫皖革命根据地进行第一次反革命“围剿”。

由于吉鸿昌本身就对蒋介石的内战、独裁极为不满，因此我地下党员积极与吉鸿昌联系，帮助他认清革命形势。在我地下党员的帮助下，吉鸿昌的思想有了很大变化。1931 年，吉鸿昌因反对“围剿”我革命根据地，辞去了军职。蒋介石出于对吉鸿昌的防备，逼迫他出国“考察”。此时恰值“九一八”事变爆发，吉鸿昌托人转告蒋介石,坚决要求去东北抗日,但遭到蒋介石的拒绝,不得已含泪离开了祖国。出国期间,他是身在异国他乡,却心系祖国安危。吉鸿昌对蒋介石的卖国行径非常不齿,曾写诗道:

“渴饮美龄血,饥餐介石头。

归来报命日,恢复我神州。”

1932 年 1 月,日本侵略者又在上海发动进攻,挑起了“一·二八”事变。吉鸿昌听到消息后,不顾蒋介石的反对,于 2 月底回到祖国。这一年,吉鸿昌加入了中国共产党。8 月,按照党的指示,他召集旧部发动起义。起义后不久,被蒋介石的部队追上,将其打散。吉鸿昌被迫回到天津变卖家产,准备重新组织抗日力量。

1933 年 5 月 26 日,吉鸿昌同冯玉祥、方振武等抗日将领组织西北军旧部及地方武装在张家口宣布成立“察哈尔民众抗日同盟军”,吉鸿昌任前敌总指挥兼察哈尔省政府警务处处长、张家口警备司令。抗日同盟军兵分三路,抗击进犯察哈尔的日军,先后收复康保、宝昌、沽源、多伦等地。这一举动震惊了全中国,给日本帝国主义以沉重打击,使得中国人民的士气大增。但蒋介石千方百计加以破坏,调动十六个师,并勾结日伪军进攻抗日同盟军。吉鸿昌率部与蒋军及日伪军顽强战斗,终因寡不敌众,弹尽粮绝而失败。同盟军失败后,吉鸿昌返回天津继续从事抗日活动。他建立了“中国人民反法西斯大同盟”,并且和宣侠父共同创办了《民族战旗》杂志,宣传中国共产党的抗日救国主张。

吉鸿昌的行动引起了特务的注意。1934 年 11 月 9 日晚,吉鸿昌被特务刺伤并逮捕,后引渡到国民党“北平军分会”,由何应钦亲自审问。当何应钦询问吉鸿昌抗日运动的秘密时,吉鸿昌在所谓的“军法会审”上义正词严地说:“抗日是为了救国,这是中国人的共同事业,哪有什么秘密?只有蒋介石和你们卖国殃民,残内媚外,干着不可告人的勾当,这才有所谓秘密。”

临刑时,吉鸿昌对特务说:“我为抗日而死,为革命而死,不能跪下挨枪，死后也不能倒下，给我拿把椅子来！”吉鸿昌又道：“到前面开枪！共产党员要死得光明正大，决不能在背后挨枪，我要亲眼看着蒋介石的子弹是怎样打死我的！”当特务面对面向吉鸿昌举起枪时，他振臂高呼：“中国共产党万岁！”“打倒日本帝国主义！”“中国革命万岁！”“抗日万岁！”吉鸿昌壮烈牺牲了，年仅39岁。

壮志未酬身先死

——记寻淮洲烈士

他还没有枪高时就参加了儿童团、学生联合会、反日雪耻会和农民协会,积极开展反帝反封建的革命活动。他15岁参加了浏阳工农义勇军,从此走上武装革命之路。他受重伤却不下火线,勇敢而又多谋,三年内从营长升到军团长。他牺牲时依然心系北上抗日。他的生命是短暂的,却演奏了一曲不平凡的革命凯歌。他就是寻淮洲。

寻淮洲,又名寻波,1912年8月29日出身于湖南省浏阳县社港区莲溪乡黄狮塘一个贫农家庭。1926年9月,中共浏阳县委成立,浏阳人民开展了轰轰烈烈的大革命运动。寻淮洲先后在家乡参加了儿童团、学生联合会、反日雪耻会和农民协会等革命团体。1927年初,莲溪乡建立了共产党和共青团的组织,寻淮洲很快成为共青团员。

1927年9月29日,寻淮洲参加了历史上著名的"三湾改编",成为工农革命军第一师第一团第三营的一名战士,不久任班长。1928年2月,年仅16岁的寻淮洲由于作战勇敢,由营长张子清、副营长伍中豪介绍,加入了中国共产党。3月,寻淮洲随部队前往湘南支援湘南暴动。4月下旬,寻淮洲部担任后卫,掩护朱德、陈毅率领的部队向井冈山转移。井冈山会师后,寻淮洲任中国工农红军第四军第三十一团第三营连长,他的军事才能逐渐显现出来。1929年年初，寻淮洲随主力红军转战闽粤赣边界地区。在开辟以瑞金为中心的中央革命根据地的斗争中，他先后参加了三战闽西、九攻吉安的战斗。1930年春，寻淮洲调任红十二军第三十四师第一〇〇团任营长。11月，他率红三十四师第一〇〇团参加了中央革命根据地第一次反"围剿"，指挥部队打退了敌人的18次进攻。第一次反"围剿"作战胜利后，寻淮洲任第一〇〇团团长。1931年3月，在第二次反"围剿"斗争中，寻淮洲再立战功，不久升任红三十五师师长。1933年2月，寻淮洲调任二十一军军长。同年夏初，红二十一军被改编为红三军团第五师，寻淮洲任第五师师长。在1933年2月下旬到3月初的20多天中，他集中兵力打埋伏战，歼敌3个师，缴枪万余支，彻底打破了蒋介石的第四次反革命"围剿"。从此寻淮洲师威名大震，红五师也成为红军主力师之一。在第三、第四次反"围剿"战争中，寻淮洲部因屡立战功而受到中央军委的嘉奖，他本人也荣获二级列宁勋章。1933年7月，寻淮洲率部参加东方军入闽作战。同年秋，被任命为红七军团军团长。1934年1月，在中华苏维埃共和国第二次全国代表大会上，他当选为中央执行委员。

随着日本侵略步伐的加快，为挽救祖国危亡，中华苏维埃共和国中央工农民主政府于1934年7月发布《为中国工农红军北上抗日宣言》，决定派遣抗日先遣队北上抗日。抗日先遣队由红七军团组建，寻淮洲为军团长。先遣队的任务是宣传中共抗日主张，支援皖南农民暴动。寻淮洲率部于7月6日晚从瑞金出发，经过长汀、永安，进入闽中山区。在行军作战中，寻淮洲以身作则，他从不骑马，与战士们一起跋山涉水，同甘共苦。北上抗日先遣队的突然出现引起了国民党当局的极大惊慌，国民党当局急忙调兵遣将围追堵截。寻淮洲率领部队冒着敌机的轮番轰炸，顶着沿途敌碉堡的密集火力，艰难地向闽东挺进。1934年8月16日，寻淮洲部离开闽东游击区，于9月初进入闽北苏区。这时中央军区来电，要求红七军团向浙西进军。之后,这支部队在敌人心腹地区转战两月,在一定程度上牵制了敌人的兵力,有力地支援了中央红军主力战略大转移。1934 年 11 月,寻淮洲率部进入闽浙赣苏区,与方志敏领导的新红十军会合,合编为红十军团,寻淮洲任第十九师师长。

部队整编之后,寻淮洲奉令率队先行出击浙皖边,并连连取胜。然而,就在寻淮洲部屡建战功时,中央军区突然电令寻淮洲立即率队前往太平县汤口与第二十师会师。蒋介石得知后,调兵遣将,以 20 余万人的兵力分四路"围剿"红十军团。1934 年 12 月 14 日,红十军团会合后的皖南第一仗在太平县谭家桥打响。由于各部队都不善于打阵地战,很快陷于被动局面。为扭转战局,寻淮洲亲临火线,率部激战 8 个小时,把乌泥关制高点重新夺了回来,为红十军团向北突围创造了有利条件。就在这时,寻淮洲腹部中弹,血流不止。战士们把他从枪林弹雨中抬了出来并送往茂林医院救治。但寻淮洲由于伤势过重,于 15 日不幸牺牲,年仅 22 岁。

1938 年 5 月,陈毅率新四军挺进苏南创建抗日根据地。途经茂林地区时,陈毅专程登上陡峭的蚂蚁山,为这位红军最年轻的军团长、红军北上抗日先遣队总指挥——寻淮洲烈士的坟墓撰写了碑文:"……寻同志为红军青年将校,以游击战斗著称;毕生为革命利益奋斗到底,在足为抗日战士楷模……"

为真理献身的共产主义战士

——记曾中生烈士

曾中生，原名曾钟圣，1900 年 6 月 10 日出身于湖南省资兴县一个落魄的地主家庭。学生时代的他勤奋好学，喜欢历史和地理，经常与同学谈古论今，深受老师和同学的喜爱。

1924 年，曾中生来到湖南衡阳。这时，革命的号角早已在湖南吹响，曾中生的弟弟曾希圣等人已在衡阳三中积极地宣传共产主义思想。曾中生来到这里后第一次接触了马列主义，同年秋天，曾中生决定南下，来到了当时中国革命运动的中心所在地——广州。1925 年，曾中生顺利考入黄埔军校，正式参加革命。在黄埔军校的日子是曾中生人生的转折点。在这里，他经常聆听周恩来、萧楚女等党在黄埔军校的领导人的演讲、授课，也就是在这里，他最终确定了自己的革命信仰。同年底，他加入了中国共产党，从此投身于革命的浪潮之中。

1926 年，曾中生从黄埔军校毕业后就参加了北伐战争。党组织派他担任国民革命军第八军前敌指挥部政治部组织科科长。随着蒋介石和汪精卫的叛变革命，北伐战争最终以失败告终。为了积蓄革命力量，1927 年，曾中生被派往莫斯科中山大学学习，在那里，曾中生参加了中共“六大”。1928 年冬，曾中生回国并被派往上海工作。

1930年,曾中生被江苏省委任命为中共南京市委书记。在南京工作期间,曾中生坚决地同“立三路线”作斗争,反对当时的冒险主义方针。同年10月,曾中生前往鄂豫皖苏区担任领导工作,开启了他人生中最为重要的篇章。这时,蒋介石正集结大量的兵力对鄂豫皖苏区进行第一次大规模的“围剿”。曾中生面对严峻的形势,沉着冷静地分析了敌人的情况,果断地决定采取游击战术,将敌人各个击破。在正确的战略战术指导下,红军一次又一次顺利地击退敌人,取得了磨家楼、新集、李家寨、柳林河车站等战役的胜利,并且在双桥战役中成功地俘虏了敌方三十四师师长岳维峻,敌人的第一次“围剿”被彻底粉碎了。

1931年1月,在党的六届四中全会上,王明等人夺取了党中央的领导权。4月,张国焘奉命来到鄂豫皖苏区后,积极地推行王明“左”倾错误路线,成立鄂豫皖中央分局和新的军事委员会,曾中生任中共鄂豫皖中央分局委员和革命军事委员会副主席。这时蒋介石正在积极实行第三次“围剿”。曾中生正确分析了敌情,认为敌人在第二次“围剿”后暂居守势,此时我军应抓住这个大好时机,果断地采取主动出击的方针。张国焘却错误地认为这是“立三主义的残余”,不同意采用这个军事方针。然而,曾中生、徐向前等同志依然坚持原则,经过多次的激烈讨论后,大多数同志都同意了这个正确的作战方针,张国焘只好让步。曾中生等领导红四军在一个月内连续攻下四座县城,并且有力地牵制住了敌人的兵力,积极有效地配合了中央苏区反“围剿”的工作。就在红四军连连胜利的大好形势下,张国焘却令部队立即北返,并以诸多“莫须有”的罪名污蔑曾中生。

由于张国焘实行了错误的军事领导方针,敌人的第四次“围剿”未能被粉碎,红四军开始实行战略转移。在克服了重重困难后,红四方面军终于来到川陕,并建立了川陕革命根据地。而后,张国焘认为此时各方面条件已成熟,根据地也已经稳固,他开始处心积虑地对曾经反对和批评他的同志予以报复。他以“右派领袖”等罪名关押了曾中生。在被关押期间，曾中生对于张国焘强加给他的各项罪名拒不承认，并且不管张国焘对他实行什么样的折磨，他都依然坚持真理。在狱中，他以惊人的毅力完成了《与“剿赤”军作战要诀》等军事著作，该书为广大红军指战员提供了宝贵的经验财富。

1935年6月，中央红军和红四方面军胜利会师。曾中生得知这一消息后，激动万分，他决定写信给中央军委阐述过去他在工作中的主要情况，并且表示愿意接受党中央的审查，同时向党表达了希望继续为党、为人民工作的愿望。此时的张国焘十分害怕党中央了解他迫害曾中生这个事实，决定杀人灭口，毁灭证据。1935年8月的一天夜里，曾中生被杀害于川西北卓克基以北的森林里。曾中生牺牲时，年仅35岁。他的离去，是党和人民的重大损失！

1945年，在党的第七次全国代表大会上，党中央为曾中生进行了彻底的平反。

曾中生用他的一生在实践着一个共产主义战士对真理的追求。他的军事战略思想为我党在革命时期作战提供了宝贵的经验。他敢于同错误的作战方针斗争到底的勇气值得我们所有人学习，

为衔春色上云梢

——记瞿秋白烈士

瞿秋白于1899年出生于江苏常州。常州武进瞿氏,是当地的望族,世代读书,也世代为官,但到瞿秋白父亲时,这个封建家庭已经破落了,依靠亲戚的接济和典卖过日子。

瞿秋白一家长期以来一直靠在外做官的伯父寄钱和大姑母送柴米来勉强维持生计。而在瞿秋白14岁那年,在外地当官的伯父被革职,大姑母也在这一年去世。在这种窘迫的情况下,瞿秋白没读完中学就辍学了。母亲为小瞿秋白不能继续读书而感到痛苦,但没有其他办法,她在那个大年初一的夜晚,服毒自杀了,永远地离开了瞿秋白。母亲的死,给瞿秋白的心里留下了深深的创伤。

不久,瞿秋白就为探索和实践真理走上了革命的道路。

1917年春,瞿秋白考入外交部办的俄文专修馆学习俄文。1917年俄国"十月革命"后,瞿秋白开始接触马克思主义,他是《新青年》杂志的忠实读者。在北京大学图书馆,他认识了中国共产党的创始人之一李大钊,有时他会向李大钊请教一些问题。此时的瞿秋白,开始沐浴革命的春风,辩证唯物主义世界观和科学社会主义思想开始在他心中确立起来。他和耿济之、郑振铎组织了一个叫做"北京社会服务会"的社团,开始学习新思潮，探讨改造旧社会的活动，他们还在本校组织“救国会”，团结积极分子。1919 年 4 月底，巴黎和会上传来了中国外交失败的消息，听到这个消息，青年学生被激怒了，瞿秋白也很愤慨，他立即召集郑振铎等“北京社会服务会”的同学，商议对策。大家决定回校召开“救国会”会议，发动同学，并联合北大、高等师范等校的学生，采取统一行动。

5 月 4 日，瞿秋白等俄专的同学和北京大学、高等师范的几千名学生一起，冲破反动当局军警的阻挠，到天安门广场集会。会后举行游行，大家高喊“外争国权，内惩国贼”、“取消二十条”、“还我青岛”等口号，并且火烧了曹汝霖的住宅。军警当场逮捕了几十名学生。之后，北京学生举行罢课，全国各行各业也行动起来，支持学生的爱国行为。在这种情况下，北京政府释放了被捕的学生，并且罢免了曹汝霖、章宗祥、陆宗舆三个卖国贼的职务，出席巴黎和会的中国代表最终也没有在和约上签字。作为新民主主义革命序幕的伟大的“五四”运动取得了胜利。

经过“五四”运动的锻炼和不断地探索真理，瞿秋白从一只彷徨乱飞的“孤雁”，终于成为“五四”时期的一名先驱，走上了革命道路。1921 年 1 月，瞿秋白在莫斯科经张太雷介绍，加入联共(布)党组织，1922 年转为中国共产党党员。

1923 年，瞿秋白从莫斯科回国后，做的第一件事情就是着手翻译《国际歌》。当时《国际歌》在国内有两个译本，但翻译得不是很理想，没能在国内广泛流传。瞿秋白凭借着他出色的俄语，较好地作了翻译，使歌词和曲子完美地融为一体。

1927 年年初，在中共第五次代表大会上，瞿秋白当选为中央政治局常委。这一年，蒋介石、汪精卫先后发动反革命政变，许多革命者惨遭反动派杀害，全国笼罩在一片白色恐怖之中。这年 8 月，瞿秋白主持了“八七”会议，决定开展武装斗争。1931 年年初，从苏联回国的王明等人占据了中央领导岗位，他们对瞿秋白进行排挤打击,瞿秋白从此离开了党中央领导岗位。之后,瞿秋白去了上海,和鲁迅一起从事革命文化运动。

1935年2月,瞿秋白在福建不幸被捕。一开始,瞿秋白并没有暴露自己的身份。后来,由于叛徒出卖,供出了瞿秋白。当凶残的敌人知道被逮捕的是大名鼎鼎的瞿秋白时,喜出望外,想从他嘴里得到关于共产党和红军的秘密。他们对瞿秋白软硬兼施,还派中统的王杰夫来劝降。王杰夫见了瞿秋白,假惺惺地说:"瞿先生,识时务者为俊杰。你还年轻,前程远大,希望你效法顾顺章,和我们合作吧。"

"不要拿他和我比较,我是瞿秋白,我宁愿做一个不识时务的笨拙的人,也不愿做出卖灵魂的'识时务'者。"瞿秋白义正辞严的回答使得王杰夫瞠目结舌,劝降失败了,王杰夫只好回去复命。敌人从瞿秋白那里没有得到任何他们想要的东西,就决定杀害他。

1935年6月18日,瞿秋白从容地穿上衣服,走出牢房,向西门外的罗汉岭走去。刑场就在那里。路上,他高唱着自己翻译的《国际歌》,"起来,饥寒交迫的奴隶,起来,全世界受苦的人……"

来到罗汉岭脚下,瞿秋白找了一块草坪坐下来,对刽子手们说:"此地很好,就这里吧。"

枪声响了,瞿秋白倒下了,他为革命事业流尽了最后一滴血。

“生为中国，死为中国”
——记刘伯坚烈士

刘伯坚，原名永福，1895年出身于四川省龙岗寺镇的一个商业者家庭。他聪明好学，先在巴中县上中学，后又考入万县的川东师范、成都的高等师范学堂（今四川大学的前身）。

1920年6月，刘伯坚从上海乘轮船到法国留学。在这期间他接触到了《资本论》、《共产党宣言》、《法兰西内战》和列宁的《国家与革命》等马列主义经典著作，从而确立了对共产主义的坚定信念。1922年，他与周恩来、赵世炎、李立三、李维汉、邓小平等一起发起组织了中国旅欧少年共产党（1923年2月改名为“中国共产主义青年团旅欧支部”）。1923年年底，刘伯坚被委派到莫斯科学习，并担任中共旅莫支部书记。1926年秋，刘伯坚回国，并到冯玉祥部工作，主持五原誓师。

第一次国内革命战争失败后，刘伯坚到苏联军政大学和伏龙芝军事学院学习，并出席了中国共产党在莫斯科召开的第六次全国代表大会。1930年，他回国任中央军委秘书长和中华苏维埃共和国政府执行委员。

1931年年初，蒋介石对中央苏区发动了第三次反革命“围剿”，他将在“中原大战”中被他打败收编的西北军主力第二十六路军调到江西宁都“剿共”。这支部队本属于冯玉祥部，曾受到刘伯坚等共产党员的影响，觉悟有所提高,对蒋介石颇为不满。在参谋长、地下党员赵博生的领导下,二十六路军准备起义,并与我党取得联系。党派刘伯坚、左权、王稼祥负责起义的领导工作。12月14日,二十六路军17000多人在宁都发动起义并获得成功,此后二十六路军被改编为中国工农红军第五军团,刘伯坚任政治部主任。

1934年10月,中央红军开始长征。中央调刘伯坚出任赣南军区政治部主任,留守苏区坚持游击战争。主力红军撤出后,由于敌我力量悬殊,留下来的红军部队损失惨重。1935年2月中旬,坚守根据地的中央分局、中央政府办事处和赣南省委机关与部队被敌人围困在于都县南部山区。3月4日,刘伯坚在率部突围过程中,为掩护政治部的一些小战士,不幸左腿中弹,落入敌人手中。

敌人知道抓到的人是刘伯坚后,敌团长亲自去劝诱他:“识时务者为俊杰。以你这样的才华,留得青山在,还怕没柴烧?只要你暂时办个脱党手续,便可得到自由和重用,再不要去为共产主义冒这么大危险,去作那种无谓的牺牲了。”刘伯坚听后哈哈大笑:“我干革命就是顺应历史潮流,共产主义事业必定胜利,这是任何人都无法扭转的历史潮流。我们共产党人干革命从来就没有想过怕危险、怕死。没有危险就没有革命,没有牺牲就没有工农大众的解放!”

敌人见劝降不成,便将刘伯坚押解到粤军第一军军部——大余,把他囚禁在大余监狱。

3月11日,敌人将刘伯坚从大余监狱转移到绥靖公署候审室。在那里,刘伯坚写下了著名的《带镣行》:

带镣长街行,蹒跚复蹒跚,
市人争瞩目,我心无愧怍。
带镣长街行,镣声何铿锵,
市人皆惊讶,我心自安详。
带镣长街行,志气愈轩昂,

拼作阶下囚，工农齐解放。

刘伯坚在狱中，为了控诉敌人的罪行，于3月13日清晨，写了一首长诗《移狱》：

大庾狱中将两日，移来绥署候审室，
室长八尺宽四尺，一榻填满剩门隙；
五副脚镣响锒铛，匍匐膝行上下床，
狱门咫尺隔万里，守者持枪长相望。
狱中静寂日如年，囚伴等吃饭两餐，
都说欲睡睡不得，白日睡多夜难眠；
檐角瓦雀鸣啁啾，镇日啼跃不肯休，
瓦雀生意何盎然，我为中国作楚囚。
夜来五人共小被，脚镣颠倒声清脆，
饥鼠跳梁声啧啧，门灯如豆生阴翳；
夜雨阵阵过瓦檐，风送计可到梅关，
南国春事不须问，万里芳信无由传。

3月21日，敌人对刘伯坚下手了。临刑前敌军法处处长问他："我问你，在正法前你还有什么后事？"

刘伯坚说："有，第一，我要写封遗书，交待我的子孙后代要将革命进行到底！第二，死后要把我葬于梅关！"

刘伯坚的这封信是写给妻子王叔振的，信中说："你不要伤心，望你无论如何要为中国革命努力，不要脱离革命战线；并要尽一切力量，教养虎、豹、熊三幼儿成人，继续我的光荣的革命事业。"

十二点快到了，刽子手们想把他架起来走。刘伯坚怒喝一声："不用架，我自己会走！"说完，刘伯坚整整衣冠，趁上车的机会，对群众们高呼："中国共产党万岁！""打倒国民党反动派！""打倒蒋介石！"

敌人把刘伯坚带到大余县城北郊的金莲山。随着三声枪响，刘伯坚壮烈牺牲。

千秋青史永留红

——记方志敏烈士

方志敏,原名远镇,1899 年 8 月 21 日出身于江西省弋阳县漆工镇湖塘村一个农民家庭。8 岁的方志敏入村里私塾读书。17 岁时,方志敏考入弋阳县立高等小学校学习。当时,受新文化运动影响,方志敏在校组织了进步团体“九区青年社”,专与各种恶势力作斗争。1919 年夏,方志敏高小毕业,后考入江西省立南昌甲种工业学校。1921 年秋,方志敏又考进了南伟烈大学,这是一所教会学校。在这里,方志敏用自己所学的英文来阅读《共产党宣言》和《资本论》等马克思主义著作。后由于家贫,方志敏被迫退学。他在给同学的信中这样写道:“读书不成,只为家贫。但因贫而无受教育机会的人,在中国何止千百亿万!无论如何,我是不会相信基督教的,现在,我也不愿再读那些无意义的书,我要实际地去做革命工作了。”

1922 年 7 月,方志敏到了上海,找到了党组织和中共领导机关,并结识了陈独秀、瞿秋白、恽代英、向警予等著名中共领导人。8 月,方志敏加入了中国社会主义青年团。1923 年,方志敏与袁玉冰组织创办了《青年声》周报,宣传马克思主义。从此,方志敏走上了无产阶级职业革命家的道路。

1924 年 3 月,方志敏加入了中国共产党。1925 年“五卅”运动时期,方志敏回到弋阳创建了中共漆工镇小组，并建立农民协会，领导农民运动。1927年2月，方志敏当选为江西省农民协会执行委员兼秘书长。在他的领导之下，全省农民运动进入全盛阶段，农协会员发展至80余万人。之后，方志敏又当选为“中华全国农民协会临时委员会”执行委员。8月，“南昌起义”后，方志敏返回弋阳发动秋收暴动。1928年4月，方志敏任中共弋阳县委书记，领导建立了弋阳、横峰县苏维埃政府，任弋阳县苏维埃政府主席，并于6月主持召开了弋、横两县县委联席会议，确定了反“围剿”斗争的基本战略。1929年，方志敏任中共信江特委书记兼中共贵溪县委书记、信江特区苏维埃政府主席，领导建立了江西红军独立第一团。1930年，方志敏任信江苏维埃政府革命军事委员会主席，多次粉碎了国民党军的局部性“围剿”，并于同年7月领导成立了中国工农红军第十军，后随红十军转战赣东北。1931年11月，在第一次全国工农兵代表大会上，方志敏当选为中华苏维埃共和国临时中央政府执行委员，接着又任第二届中华苏维埃共和国中央执行委员、主席团委员。1932年12月，方志敏任闽浙赣省苏维埃政府主席。1933年1月，红十军与红三十一师合编为红十一军后，方志敏任政委，并组建了新红十军。是年3月，方志敏被中华苏维埃共和国临时中央政府授予红旗章。12月，方志敏任中共闽浙赣省委书记、闽浙赣军区司令员。1934年11月初，中国工农红军北上抗日先遣队到达闽浙赣苏区，与第十军合编为第十军团，方志敏任军团军政委员会主席，统一领导闽浙皖赣边党的组织和革命武装。

1935年1月10日，中央命令红十军团由皖南转向浙西南行动。不料在行至江西境内港头村时，敌浙江保安第二纵队一个团和地方靖卫团将方志敏等率领的800余人的先头部队与刘畴西等率领的2000多人的主力部队割断，主力部队陷入敌人的包围之中。方志敏命令其他人率先头部队先走，他自己则趁天黑，冒着生命危险，回到主力部队中和战士们共同战斗。敌兵越来越多，我军被敌人死死围住。随后,方志敏准备从高竹山方向突围,却遇到敌人阻拦。方志敏率队与敌激战。这时已经是隆冬季节,战士们连日奔波,又冷又饿,已经无力与敌人周旋,大家边打边跑,最后钻进深山老林。此时,与方志敏一起突围的战士只剩下80余人。28日,方志敏等人行至高竹山丛林中,正遇上敌人搜山,无法继续行走,只得分散隐蔽。在搜查过程中敌人抓到了警卫员魏长发。魏长发叛变投敌,告诉敌人方志敏就在山上。敌人获知此情报后,马上倾巢出动,进行更大规模的搜山行动。经过六个小时的连续搜捕,方志敏被两个国民党士兵发现,不幸被捕。

方志敏被捕后,敌人想从他那里获得中共情报。为了对付敌人无休止的审问,方志敏写下了一段文字:“我对于政治上总的意见,也就是共产党所主张的意见。我已认定苏维埃可以救中国,革命必能得最后的胜利,我愿意牺牲一切,贡献于苏维埃和革命。”

在狱中,方志敏受尽了折磨,但他拒不招供,敌人决定对方志敏痛下杀手。在刑场上,方志敏不断高呼“打倒日本帝国主义”、“打倒卖国的国民党”等口号。牺牲时,年仅35岁。

1940年,叶剑英作诗一首,高度赞扬了方志敏的崇高品德:

血染东南半壁红,忍将奇绩作奇功。

文山去后南朝月,又照秦淮一叶枫。

阮誉传岭表，丹心献人民

——记阮啸仙烈士

阮啸仙，名熙朝，字瑞宗，1897年8月17日出身于广东省河沅县义合乡下屯村一个农民家庭。13岁时，开始进本村道南初级小学读书。1914年，17岁的阮啸仙考入县三江高等小学。他学习勤奋，成绩优异，由于耳闻目睹当地地主、官僚欺压贫困百姓的罪恶行径，立志要改革社会。他特别喜欢洪秀全，在一篇《论洪秀全》的作文中，他这样写道："余观秀全固人杰也……秀全以渺小之身，本救民之志，兴兵除暴乱，起金田，夺永安州，出湖南，入武昌，沿江东下，取金陵而都之，所下六百余城，势莫能当，响应遍于全国……事虽未就，功亦足暴于天下而激于后世矣。"

1918年，阮啸仙考进了广东省立第一甲种工业学校机械科。他在学校里接触了《新青年》、《每周评论》等进步刊物，并从中了解到了马克思列宁主义。不久"五四"运动爆发，北京青年学生的反帝爱国行动在阮啸仙心中掀起了层层波澜，他和周其鉴等发起组织了广州中等以上学生联合会，带领同学们游行示威。阮啸仙站在队伍的最前面，振臂高呼"外争国权、内惩国贼"、"废除二十一条卖国条约"、"抵制日货"等口号。

1921年，阮啸仙加入了中国共产党。1922年秋，阮啸仙和冯菊坡、周其鉴、刘尔嵩等人创立"爱群通讯社"，同时任社会主义青年团广东区委委员会书记。

1923年,阮啸仙担任了国民党中央农民部组织干事、中共广东区委农民运动委员会书记,积极领导农民运动。他的足迹遍布广东东江、西江、北江农村,至今广东花县等地上了年纪的农民每当听到阮啸仙的名字时,无不交口称赞。1924年秋,阮啸仙领导的花县农民协会正式成立。阮啸仙给大会书写了一幅对联,上联是"坚忍卓绝为吾人本色",下联是"奋斗牺牲是我辈精神"。成立大会上,阮啸仙向黑压压的人群讲演,号召大家要"乘胜追击,把拳头打出去,以争取更大的胜利"。此后,他还积极筹备农民运动讲习所,为党培养了一批农民运动干部。1925年5月1日,第一次广东全省农民代表大会在广州召开,大会决定成立广东省农民协会,并推举澎湃、阮啸仙等为省农民协会常务委员会委员。

1934年,阮啸仙担任了中央审计委员会主任,领导中华苏维埃的审计工作。阮啸仙初碰审计工作,困难固然不少,但他毫不畏惧,以极度认真负责的态度对待工作。他常常不顾个人安危,带领审计同志们到苏区调查各项财政收支状况,千方百计地节约开支,以增加苏维埃政府的收入。

第五次反"围剿"失败后,我军被迫长征。阮啸仙奉令留在中央苏区,率领赣南军民展开了艰苦卓绝的游击战争。1935年1月,蒋介石纠集大批兵力,在赣南构筑了层层碉堡,妄图在一个月内荡平留在江西的红军游击队。根据中央分局的决定,阮啸仙随省委党政机关于3月3日突围。当阮啸仙带领机关人员到达江西省于都、信丰间的牛岭附近时,与国民党陆军第一军遭遇。阮啸仙和刘伯坚当即率部进行抵抗,一次又一次打退敌人的进攻。但由于敌众我寡,突围的红军又大都为非战斗人员,最终被敌人截为两段,首尾不能相顾,陷入敌人的重重包围。阮啸仙带着严重的哮喘病继续指挥作战,从这个山头到那个山头,左冲右突,浴血奋战了三个昼夜。3月6日,正当阮啸仙冒着敌人的炮火,率部冲出一个山包时,突然一颗子弹飞来,击中了阮啸仙。伟大的共产主义战士、杰出的红军指挥员阮啸仙，就这样为民族解放事业献出了宝贵的生命，这时他才38岁。

陈毅同志为自己战友的牺牲深感悲痛，1935年4月，他写下《哭阮啸仙·贺昌同志》的诗篇：

环顾同志中，阮贺足称贤。阮誉传岭表，贺名播幽燕。审计呕心血，主政见威严。哀哉同突围，独我得生全。

德风沐湘育群英
——记何叔衡烈士

何叔衡字玉衡,号琥璜,1876 年出身于湖南省宁乡县杓子冲一个贫苦的农民家庭。18 岁考中秀才。

1913 年,何叔衡离开家乡,考入湖南第四师范学校求学,一年后又转入湖南第一师范讲习科学习。他是该校年纪最大的学生,但是他积极参加青年人的活动,和小自己 17 岁的毛泽东结为挚友。何叔衡从湖南第一师范讲习科毕业后,到长沙楚怡学校教学。当时,袁世凯篡夺了辛亥革命的胜利果实,阴谋称帝并签订了灭亡中国的“二十一条”。何叔衡常常和许多爱国青年在一起讨论问题,抨击黑暗的旧制度。他们感到有建立一个组织的必要。1918 年 4 月 14 日,新民学会在蔡和森家正式成立,何叔衡是其中年龄最大的一名会员,他处事老练,很快得到大家的认同。毛泽东对他的评价是“叔翁办事,可当大局。非学问之人,乃做事之人”。

1919 年“五四”运动爆发,何叔衡和毛泽东等人以新民学会为核心,积极推动湖南的反帝反封建运动。特别是在 1919 年 12 月到 1920 年 6 月的驱张(张敬尧)运动中,何叔衡认识到了人民群众的重要作用,并从此开始信仰马克思主义。

1920 年 9 月,何叔衡被任命为湖南通俗教育馆馆长,主办了《通俗日报》。在与谢觉哉、周世钊、毛泽东等同志的共同努力下,《通俗日报》办得红红火火,有声有色,成为在湖南影响较大的进步报纸。1922 年 5 月,反动军阀赵恒惕将《通俗日报》查封。之后,何叔衡又与毛泽东等创办了"船山学社"、"文化书社"、"俄罗斯研究会"等进步组织。

1921 年 7 月,他与毛泽东共赴上海参加中共第一次全国代表大会。中共"一大"之后,毛泽东和何叔衡回到湖南,建立中共湘区委员会。为了传播马克思主义,毛泽东、何叔衡等人又发起建立了湖南自修大学,招收文化程度较低的有志青年业余前来学习。由于自修大学迅速发展,人数多时达 200 余人,因而引起了反动派的极度恐慌。1923 年 11 月,自修大学被封闭。

1924 年 1 月,国民党第一次全国代表大会召开,实现了第一次国共合作。1925 年 5 月,何叔衡、李维汉、夏曦、郭亮等人在国民党湖南省第一次代表大会上当选为省党部执行委员。1926 年 4 月,何叔衡等在衡阳成立了国民党湖南省党部特别委员会。此后他先后担任过湖南省法院陪审员、惩治土豪劣绅特别法庭成员、湖南中山图书馆馆长等职。

1927 年"马日事变"后,何叔衡从湖南转移到上海,出任聚成印刷公司经理。这家公司表面是负责印刷商标、账册等物件,实际却暗中印刷中国共产党内部文件及刊物。1928 年,何叔衡同徐特立等人一起去莫斯科学习并出席了中共"六大"。

1931 年 11 月 7 日,中华工农兵苏维埃第一次全国代表大会在瑞金叶坪召开,大会成立了中央工农民主政府,何叔衡历任工农检察人民委员部部长、内务人民委员部部长等职。后因他不赞成过"左"的肃反政策,尤其反对过多地判死刑,被诬为右倾而被撤销全部职务。

1934 年中央红军长征开始后,年近六旬的何叔衡和陈毅等人奉命留在中央根据地。1935 年 2 月 14 日,党派人护送何叔衡、邓子恢等转移。当部队行走至福建长汀武平交界的水口附近一个村庄休息时,被敌人发现并团团围住。在危难之际,同志们保护着何叔衡等同志撤退。因何叔衡年纪大,战士们想用担架架着他突围,但何叔衡不肯坐,坚持自己走。当走到一半时,何叔衡走不动了,为了不拖累其他同志,当走到一处悬崖时,他对同志们说:“我不能走了,我要为苏维埃流尽最后一滴血。”说完,何叔衡便纵身跳下悬崖。不过,当时何叔衡并未死,只是滚落到山脚的稻田中受了重伤。后来敌特务连连长曾起在山脚发现了何叔衡。当他想对何叔衡进行搜身时,被重伤未死的何叔衡抱住了脚。跟随曾起的号兵熊辉见事情不好,打了何叔衡一枪,随后曾起也打了一枪。何叔衡遇害了,时年59岁。

1945年,谢觉哉为纪念何叔衡作诗一首:

叔衡才调质且华,
独辟蹊径无纤瑕。
临危一剑不返顾,
衣冠何日葬梅花。

何叔衡,清朝的一个普通秀才,善于并勇于接受新事物、新思想和新观念,并为其奋斗一生。他虽然没有戎马一生的精彩故事,但是他对党的事业尽职尽责。何叔衡在中共历史上是难得的奇才,是大智大勇的代表,是真正的可当大局的秀才。我们敬仰其精神,佩服其品质,他的精神将永远激励我们前行。

万民永忆女先锋
——记赵一曼烈士

1936年8月的一天，在珠河县的大街上，一辆日本侵略者的军车缓缓驶过，车上绑着一名30岁左右的女子。只见这名女子昂首挺胸，激昂地高唱着《红旗歌》："民众的旗，血红的旗，收殓着战士的尸体，尸体还没有僵硬，鲜血已染红了旗帜……高高举起呀！血红旗帜，誓不战胜，终不放手……"她就是在日本侵略者的屠刀下英勇不屈、壮烈牺牲的抗联女英雄赵一曼。她用自己的鲜血和生命，在白山黑水之间谱写了一曲英雄壮歌。

赵一曼原名李坤泰，1905年生于四川省宜宾县白花镇。1926年进入宜宾市女子中学读书，同年加入中国共产党。1931年"九一八"事变之后，赵一曼遵照党的指示来到东北工作，更名为赵一曼。她被任命为珠河县委委员，负责发动群众，组织武装，支援抗日军队的任务。

队伍很快组建起来了，但当时的斗争环境特别艰苦，军队没有枪支弹药，没有衣服，也没有给养。为了解决这些问题，赵一曼只好带领游击队战士们，冒着生命危险，从敌人手中夺取。一次，东北人民革命军第三军第三团在侯林一带活动，突然被大量的敌人包围。战士们浴血奋战了一天一夜，始终没有突围出敌人的包围圈。再坚持战斗下去，对革命军非常不利。三团长决定从敌人兵力较弱的北侧突围出去,但能不能成功,团长心里也没有把握。晚上,革命军趁着夜色,准备向外突围。夜里三点多,从敌人后方,突然传来了枪声。原来,赵一曼率领游击队杀上来了,她预先侦查好了敌人指挥部所在的方位,命令游击队向敌人的指挥部猛攻,敌人很快溃不成军。这不仅为人民革命军解了围,而且还缴获了一批武器。

日本侵略者对赵一曼领导的抗日游击队恨之入骨,他们就像疯狗一样,几乎年年进行"讨伐"、"围剿",妄图把抗日队伍消灭在深山老林之中。1935 年冬的一天,珠河县的敌伪军又出来"围剿"东北人民革命军,赵一曼和人民革命军二团被困在一个山沟里。敌人的包围圈越来越小,在这千钧一发之际,必须当机立断。赵一曼主动提出,由她带领游击队负责掩护,让二团长带领部队趁着夜色突围出去。就这样,赵一曼带领负责掩护的战士们拼尽全力掩护主力部队突围。他们完成了掩护任务,但赵一曼的大腿在战斗中受了伤,她和另外三个人留在春秋岭附近的一户农民家里养伤。谁知,敌人的密探得知后,将此消息报告了侵略者的"讨伐"队。于是,20 多个全副武装的日伪军包围了赵一曼养伤的农家小院。双方展开了激烈的战斗,赵一曼左腕被打伤,流血过多,昏迷了过去,当她醒来的时候,已经被送到敌滨江省警务厅了。

日本特务头子林宽重亲自审讯赵一曼,他假惺惺地用纯熟的中国话对赵一曼表示"欢迎",然后又训斥自己的下属没有及时治疗赵一曼的伤口。表演还没有结束,他又装作"笑容可掬"的样子问赵一曼:"你们的大部队现在在什么地方?"

"不知道。"赵一曼斩钉截铁地回答。

"你们部队的去向我们已经掌握,现在是给你一个机会,你要好好想想你的命运!"

"还是你好好想想你的命运吧,你们的侵略暴行已经被世人所知,想想你自己会有怎样的下场!"

特务头子林宽重终于揭掉了面纱,他开始对赵一曼用酷刑,用皮鞭抽打,用烧红的铁条烫,用竹签钉指头,一切能用的残忍手段都用上了,但得到的还是“不知道”三个字。敌人的严刑拷打使赵一曼昏了过去。

当赵一曼醒来的时候,发现自己躺在了医院里。原来,敌人想得到抗联的秘密,害怕她死去,就把她送进了医院。

经过一个冬天的治疗,赵一曼的伤情有了很大的好转,她的革命事迹也深深打动了身边的护士和看守,他们决定帮赵一曼逃离侵略者的魔爪。一天晚上,他们趁着医务人员和病人熟睡之际,把赵一曼抬到提前雇好的汽车上,乘着夜色,将赵一曼送走了。

第二天早上,敌人发现赵一曼不见了,就派出军警四处寻找线索。不久,他们从曾经被护士和看守雇佣的司机那里得到了赵一曼的去向,于是派出骑兵追捕。在离游击区还有 20 多里地的地方,敌人追上了赵一曼,随后,又把她抓了回去。

赵一曼被押回去以后,敌人对他用尽了酷刑,从她嘴里得到的仍是“不知道”三个字。敌人就这样反复折磨了她一个多月,还是一无所获。凶残的敌人决定把她押到她曾经战斗过的珠河县“游街示众”。在路上,赵一曼用血和泪,用自己的最大期望,给自己的幼儿写下了遗言:

宁儿:

母亲对于你没有能尽到教育的责任,实在是遗憾的事情。

母亲因为坚决地做了反满抗日的斗争,今天已经到了牺牲的前夕了!

母亲和你在生前是永远没有再见的机会了。希望你,宁儿啊!赶快成人,来安慰你地下的母亲!我最亲爱的孩子啊!母亲不用千言万语来教育你,就用实际行动来教育你。

在你长大成人之后,希望不要忘记你的母亲是为国而牺牲的!

押送赵一曼的车子缓缓地行驶在珠河县街道上。走到北门时,敌人问她:“你还有什么话要说?”

“为抗日斗争而死是光荣的!”赵一曼大义凛然地说。

“乡亲们……”赵一曼要向群众作最后的演讲。敌人把她拉下了车,赵一曼挺直了身躯,高呼:“打倒日本帝国主义,中国共产党万岁!”

珠河县北门响起了敌人罪恶的枪声,英雄的鲜血染红了北门的街口。沿途群众被赵一曼的精神所感动,很多人为失去这样的英雄泣不成声。她的事迹被人们传颂着。正像郭沫若所题写的那样:“四海今歌赵一曼,万民永忆女先锋。”

“高台为你著荣光”
——记董振堂烈士

当“宁都起义”领导人、中国工农红军杰出指挥员董振堂壮烈牺牲的噩耗传到延安时，广大指战员无不为之悲痛。毛泽东等中央领导人亲自参加了为董振堂烈士举行的追悼会。

董振堂，字绍仲，1895 年 12 月 21 日出身于直隶省新河县李家庄村一户农民家庭。在地广人稀的李家庄，董振堂家虽比不上地主、富农那样富足，但日子过得还算殷实。董振堂直到 13 岁才到邻村曹庄进初级小学读书，19 岁高小毕业，考入冀县中学。1917 年 4 月，他考入北京清河第一陆军预备学校。毕业后，他在北洋陆军基层部队实习，后于 1921 年考入保定军校第九期炮兵科。1923 年 8 月，他与保定军校同期同学董升堂、张寿龄、张克侠、王长江、边章五等人被分配至北京南苑冯玉祥陆军检阅使署任基层军官。见习期满后，他任团部参谋、副官等职，不久任炮兵连连长。

1924 年 9 月，他随冯军参加了第二次直奉战争。冯玉祥发动“北京政变”后，所部改编为国民军一军，董振堂任该军一旅二团陆炮营营长，随后率部参加了京津地区抗击直奉联军、直鲁联军的战斗。国民军“南口大战”失利后，董振堂随冯部撤往张家口、绥远五原地区驻防，升任国民一军副团长。1926 年 9 月，冯玉祥自苏联考察回国到达绥西五原县。董振堂率部参加五原誓师后,被冯任命为国民联军第四师十二旅旅长并奉令率部西开陕西,于西安外围击败了围困西安达8个月的刘镇华的镇嵩军。战后,他率军驻防陕西华县。

1927年5月,董振堂奉命随驻陕国民联军开出边关进入中原,参加北伐战争。他率部在河南邓县击败吴佩孚的鄂豫联军后,又于鄂西樊城围歼吴佩孚警卫旅。战后,他被冯玉祥提升为冯部第二集团军第三方面军第三十六师师长。1928年6月,董振堂的军队路经河北深县,时值深县鲜桃丰收,硕大的蜜桃挂满枝头。董振堂深知百姓劳动果实得来不易,深恐士兵摘桃扰民,便下严令:吃桃不留头,留头不吃桃。结果,他的部队所经之处,秩序井然,没有一个士兵私摘百姓的桃子。这段故事在当地百姓中也被传为佳话。1929年3月,他调任冯军第十三师师长,参加了冯玉祥联合桂系李宗仁的反蒋战争。

1930年6月,他率部随冯参加中原大战,于鲁西地区与蒋军陈调元部作战。后因张学良东北军主力入关偏蒋,导致阎、冯失败。董振堂部被编入蒋军第二十六路军,董振堂任七十三旅旅长。1930年年底,在蒋威逼之下,他随孙连仲二十六路军南下江西,参加第二、第三次“围剿”中国工农红军根据地。“围剿”失败后,他部孤军驻防江西宁都。“九一八”事变发生后,他与二十六路军广大官兵要求北上抗日,但遭蒋拒绝。他既不能北上抗日,又不愿与红军打仗,于苦闷中得到了地下党组织的启发和帮助。1931年12月14日,董振堂与二十六路军参谋长赵博生、旅长季振同、旅参谋长边章五等人共同发动了“宁都起义”。起义成功后,该部被编为中国工农红军第五军团,董振堂任军团副总指挥兼红十三军军长。他率部在赣州为红三军团解围后,又攻克了龙岩城、漳州城,连战连捷。1932年4月,他加入了中国共产党,升任红五军团军团长。他率部击败广东军阀陈济棠部后,因屡建战功,被中华苏维埃共和国临时中央政府授予一级红旗勋章。1934年10月,他率部参加艰苦卓绝的二万五千里长征，担任全军的后卫。曾苦战九昼夜，保护一、三军团和党中央安全渡过金沙江，红五军团也因此获得了“铁流后卫”的光荣称号。

1935 年 6 月，一、四方面军会师后，红五军团被编入左路军，在朱德、刘伯承的领导下，董振堂率部抵制了张国焘的反党阴谋。1937 年 1 月，红五军团与红四方面军三十三军合编为红五军，董振堂任军长。12 月，他任中央革命军事委员会委员。1937 年除夕，他率部攻占甘肃临泽县城，夺取高台县城。进占高台后，他带领指战员宣传党的政策，发动群众斗争恶霸，建立了人民政权和武装。正当高台人民庆祝翻身解放的时候，敌马彪、马禄等纠集 8 倍于红军的兵力包围了高台。董振堂指挥 3000 多名战士和全城民众从 1 月 12 日起，与敌奋战九天九夜，终因敌众我寡，弹尽粮绝，20 日高台失守，董振堂及 3000 多名将士壮烈殉难。董振堂牺牲时年仅 41 岁。事后，凶残的马匪竟惨无人道地割下董振堂的首级示众和邀功，引起当地各民族人民的极大愤慨。

新中国成立后，国家民政部授予董振堂革命烈士称号。党和人民为了纪念董振堂，在石家庄的烈士陵园中建立了董振堂纪念碑。甘肃省高台人民也在董振堂牺牲的地方建立了纪念他的碑亭。叶剑英曾作诗怀念董振堂：

英雄战死错路上，今日独怀董振堂。

悬眼城楼惊世换，高台为你著荣光。

怒放的红杜鹃

——记李美群烈士

在江西省兴国县革命烈士纪念馆内,有一座雕塑,名字是“马前托孤”。这座雕塑是根据土地革命战争时期,著名的共产党员李美群在战争危急时刻,不得不舍弃自己刚出生没几天的女儿,在跨上战马前把女儿托给老乡抚养的故事雕刻而成的。多少年来,每当游人站在这座雕塑面前,都会情不自禁地为李美群的英雄事迹所感动。

李美群,兴国县潋江镇南郊李屋塘头人,出身于贫苦农家。1928 年 12 月 20 日,红军在兴国发动了武装暴动,兴国妇女有史以来第一次像男子一样拿起了大刀、梭标,高举着红旗,造了地主老财的反。李美群抑制不住也参加了革命。在此后的革命斗争中,她结识了坝南乡的缝衣工人钟延章,之后他俩结成革命伴侣,双双参加革命活动,并在斗争中得到群众的拥戴。1930 年 4 月,李美群成为了一名光荣的共产党员。

1929 年 6 月,国民党滇军十二师三十五旅窜犯兴国。当时兴国县革命政权初创,敌强我弱,力量悬殊,为保存革命实力,县委和县苏维埃转移至乡村,县城遂被敌军占领。为了做好瓦解敌军的工作,李美群发动坝南、洪门一带的妇女成立了“白军士兵运动委员会”,配合红军游击队向敌军发动宣传攻势,以涣散、瓦解敌军军心。

1930年起，蒋介石调动大量军队，对赣南闽西红军开始了有计划的大规模军事“围剿”，规模一次比一次大。李美群以全部精力投身于反“围剿”的伟大斗争中，筹粮筹款，当秘密交通员和侦察员，同时组织运输队为红军运送弹药、物资和伤员，与男同志相比，革命积极性丝毫不落下风。

1931年，她的丈夫钟延章不幸牺牲于第三次反“围剿”的前线。李美群虽然生性开朗，但夫妻情、战友爱仍然使她痛不欲生。消沉了十几天后，她擦干眼泪，又主动带着妇女慰问队挑着鸡蛋、花生、果物和草鞋奔赴前线。她们冒着炮火送茶送水，到医院驻地照顾伤员。一天，她接到“十万火急”的命令，要她立即抢运一批军粮去兴国县城。她二话没说，组织长冈、上社、坝南一带的妇女全部出动，提前完成了任务，保证了红军的急需，因此得到红军前线总指挥部的传令嘉奖。

反动军队的连续进攻使红军人数不断减少。1932年4月，中央号召扩大红军(简称扩红)。在一次扩红会议上，李美群第一个站起来，同时代表新婚的丈夫报名当红军。之后，她又回到家里，动员了前夫的哥哥和自己的弟弟李启焕加入了红军的行列。李美群送夫、送弟当红军的事迹影响很大，一时被传为佳话，李美群荣获省委“送夫当红军光荣”(奖章上的铸字)银质五角星奖章。

1934年1月15日，李美群在坝南生下一个女孩，并取名为“钟全列”。生下女儿后的第三天，李美群即赶赴瑞金沙洲坝参加第二次全苏大会。会后，正值第五次反“围剿”的前夕。当时，由于“王明路线”造成的多次失误使中央苏区形势万分危急。李美群刚回兴国不久，即接到新的战斗任务。当即，她毫不犹豫，忍痛将新生女儿托付给乡邻，然后依依不舍地跨上了省委送来的战马，驰赴疆场。这一别，竟成为母女的诀别。今天，兴国革命烈士纪念馆内陈列的塑像“马前托孤”展现的就是这一动人情景。

第五次反“围剿”失败后，李美群与中共江西省委书记曾山、省苏维埃主席刘启跃、省军区司令李锡凡等一道组成江西省游击队，奋战于宁都、永丰、乐安、宜黄的崇山峻岭之间。随着斗争环境的日益艰苦，游击队决定化整为零，分散活动。李美群带着百人小分队到达宁都北部小布一带，与敌第九十四师周旋达两个多月。

1935 年 1 月，大雪封山，小分队被敌人困在密林。这时他们已弹尽粮绝，又面临十倍于我之强敌的围攻，李美群毫不动摇，鼓励战友坚持战斗，决不投降，直至受伤被俘。

李美群被俘后，由于叛徒的出卖，身份被暴露。敌人将她作为重要政治犯押送南昌，投入江西第一监狱。李美群自入狱后早已把自己的生死置之度外。她抓住审讯的机会，针锋相对地与敌人展开短兵相接的正面斗争，表现了共产党人的大智大勇、凛然正气。

由于敌人的百般折磨，加上狱中恶劣的环境，李美群不幸染上了肺病，因得不到医治，于 1936 年病逝于狱中，时年 25 岁。

1979 年 12 月，兴国县革命烈士纪念馆的同志在调查李美群烈士的事迹时，找到了李美群的女儿——钟全列。至此，钟全列才知道自己的出身经历。她回到兴国，长跪于塑像“马前托孤”前，从遗照上端详着母亲的面容，热泪滚滚如潮……

李美群在狱中威武不屈，富贵不淫，表现了共产党人的浩然正气与铮铮铁骨，被誉为中央苏区怒放的红杜鹃、巾帼中的英雄。她的动人事迹在家乡被广为流传，教育着一代又一代人。

长使丹心贯日月

——记刘志丹烈士

刘志丹，1903 年 10 月 4 日生于陕西省保安县（今志丹县）金汤镇。18 岁时，刘志丹考入榆林中学。22 岁时，在中学老师李子洲等人的介绍下加入了中国共产党。同年冬，刘志丹考入黄埔军校第四期炮兵科。1926 年秋毕业后回西北在国民革命军中工作。

1927 年 4 月 12 日，蒋介石发动反革命政变，刘志丹被清出了国民党军队。刘志丹按照党的指示，策动国民党新编第四旅起义，后与渭华一带暴动的陕东赤卫队在渭南县的高塘镇会师，成立了“西北工农革命军”，刘志丹任军委主席。刘志丹在“西北工农革命军”成立大会上讲话时，突然有战士向他报告说，蒋介石派部队已从西坡向我军发起进攻。刘志丹思索片刻后，认为敌人是想把我军主力引到西坡，以便集中兵力从东边进攻。于是，刘志丹对部队进行了安排部署，将敌人困在我军的包围圈中。敌人大败而回。但是这场史上有名的“渭华起义”终因敌我力量悬殊而宣告失败。之后，刘志丹返回陕北。在刘志丹的不断努力下，1934 年，陕甘苏维埃政府和革命军事委员会正式成立，此后，又不断壮大势力，发展成为陕甘革命根据地。

1934 年 2 月至 4 月，刘志丹带领部队取得了西华池等战斗的胜利，挫败了国民党对陕甘边苏区的第一次“围剿”。1935 年 2 月 5 日，中共西北工作委员会和西北革命军事委员会成立,刘志丹先后任军委副主席、军委主席。4月下旬,刘志丹率领红二十六军在陕北与红二十七军会师,并成立前敌总指挥部,刘志丹兼任总指挥。此后,在刘志丹的领导下,我军先后粉碎了敌人对陕甘边苏区的第二次、第三次"围剿"。8月,红二十五军到达陕北与红二十六、红二十七军共同组成红十五军团,徐海东任军团长,刘志丹任副军团长兼参谋长。

1935年10月,刘志丹与徐海东指挥了著名的"劳山战役"。后由于王明"左"倾冒险主义的推行者来到陕北,推行一系列的"左"倾政策,遭到刘志丹等人反对,刘志丹等被逮捕关押起来。毛泽东等中央领导人率中央红军到达陕北后,接管了"左"倾冒险主义者控制的保卫局,并解救了刘志丹等人。不久,刘志丹被党中央任命为革命军事委员会西北办事处副主任、红二十八军军长、红军北路军总指挥和瓦窑堡警备司令。在他的带领下,西北红军同到达陕北的各路红军亲密无间,情同手足。周恩来对刘志丹给予了高度评价:"刘志丹同志对党忠贞不二,很谦虚,最守纪律,他是一个真正具有共产主义品质的党员。"

1936年年初,刘志丹跟随毛泽东东征。4月中旬,刘志丹在率部攻打山西中阳县三交镇时,不顾危险,亲临前线指挥,不幸中弹。在弥留之际,他说:"让宋政委指挥,赶快消灭敌人……"接着便停止了呼吸。后来,毛泽东在一次干部大会上语重心长地说:"一个人死了开追悼会,群众的反应怎样,这就是衡量的一个标准。刘志丹同志牺牲后,陕北的老百姓伤心得很,这说明他是真正的群众领袖。"这是对刘志丹光辉一生的最好褒奖。

1943年,周恩来同志为志丹陵园题词:

上下五千年,英雄万万千;人民的英雄,要数刘志丹。

勇当无产阶级战士的女英雄
——记郭纲琳烈士

郭纲琳，1910 年 2 月 11 日出身于江苏省句容县的一个封建大家庭。幼年时期的郭纲琳并不像传统社会的大家闺秀那样，而是十分活泼直爽。在父母的眼中，郭纲琳是个十分叛逆的孩子。从小就对繁缛的封建礼节感到十分厌恶的她总是不停地动员身边的人反对封建思想，她时刻盼望着自己能冲破封建牢笼的束缚，成为一个为自己的理想而奋斗的新时代女性。

1926 年，郭纲琳成为句容县初级中学的第一批学生。这里很多老师都是进步人士，郭纲琳深受影响，逐渐懂得了一些反帝反封建的道理。1928 年 5 月，郭纲琳考入了南京五卅中学，1929 年考入上海中国公学并加入了中国左翼文学研究会，1931 年进入大学部学习。在校期间，除了学好专业知识外，她还花了大量的时间用于阅读进步书籍，丰富的阅读不仅开拓了她的视野，更给予了她无数的革命启迪。

"九一八"事变爆发后，得知日本侵略者侵吞了东北三省的消息后，中国公学的全体师生沸腾了！许多爱国青年纷纷罢课以示抗议，郭纲琳义愤填膺地加入了斗争的行列。她在全校师生面前发表了慷慨激昂的演讲，痛斥帝国主义的卑劣行径，她还号召广大爱国学生以实际行动支持抗日。在中国共产党地下组织的帮助下，郭纲琳和同学终于组建了中国公学学生抗日救国会。1931 年,郭纲琳加入了中国共产主义青年团。同年 12 月,郭纲琳第三次前往南京参加上海学生的请愿示威斗争。不料蒋介石竟下令军队镇压学生的爱国运动。郭纲琳和请愿的同学坚决不放弃自己的立场,继续宣传抗日救亡的道理。反动当局无奈之下只好强制请愿的学生返沪。由于在抗日救亡运动中表现优异,1931 年年底,郭纲琳加入了中国共产党,开始了新的革命生涯。

1932 年 4 月,根据党组织的安排,郭纲琳被调到上海市法南区团委。为了深入群众,郭纲琳化名刘英来到美亚绸厂工作。她经常向身边的女工友讲述反动当局的种种恶行,向她们传播革命的火种,引领她们为了自己的权益勇敢地与资本家和反动派作斗争。在此期间,郭纲琳还深入到上海各个学校积极组建团组织,壮大革命队伍。

1933 年春,郭纲琳担任共青团江苏省委内部交通员。尽管处于白色恐怖的笼罩之下,但郭纲琳总是能机智冷静地完成党交予她的秘密指示。同年 6 月,郭纲琳到无锡任团中心县委书记,领导无锡等地的共青团工作。1934 年年初,郭纲琳返回上海担任闸北区团委书记。此前这里的组织已经两次遭到敌人的破坏,郭纲琳的处境十分危险,但她依然坚守岗位为领导大昌德绸厂罢工运动作准备。1 月 12 日,正在商量罢工事宜的郭纲琳遭叛徒出卖,被国民党当局逮捕。

被捕后郭纲琳化名郭英,敌人将她押解到江苏省高级法院第二分院第一法庭进行审讯。伪法官控告郭纲琳犯有"危害民国"、"破坏睦邻"的罪行。面对这些"莫须有"的罪名,郭纲琳据理力争,伪法官顿时哑口无言。不久后,郭纲琳被引渡到上海市公安局。

敌人用尽各种手段妄想从郭纲琳口中获取党的有关机密,但郭纲琳宁死不屈,任凭敌人如何折磨,也丝毫不动摇她的革命意志。无奈之下,敌人只好判处她 8 年的监禁,随后将她押往南京市老虎桥第一模范监狱。

敌人见威逼不成,便采取利诱的手段。碍于家族的声誉,父亲和兄长纷纷设法营救郭纲琳。家里人时常到狱中看望郭纲琳，并告诉她，只要她愿意在国民党的悔过书上签字就可以被无罪释放，但都遭到了郭纲琳的拒绝。

郭纲琳积极与狱中的战友取得了联系，她已作好长期与敌人抗争的准备。每当家里送来食物和衣服，她立刻把它们分发给其他战友。当身边的战友出现消极情绪时，她又立刻鼓励战友要乐观地看待面临的一切困难，要铭记自己作为共产主义战士的使命。郭纲琳在自己的枕头套上绣了一排整齐的英文“To struggle for truth”（为真理而斗争），表达了她坚定的革命信念和为共产主义事业奋斗终生的决心。她还将两枚铜币磨成两颗红心，并在上面刻上了“健美”、“永是勇士”几个字，表达了她决不向敌人低头和永当无产阶级战士的英雄气魄。

1937 年 7 月 1 日，郭纲琳被敌人关进宪兵司令部看守所“甲所 11 号”，这是关押死刑犯的地方。敌人用“老虎凳”、钉竹签、烙铁、陪斩等酷刑逼供，但换来的只有郭纲琳义正辞严的还击。可恶的敌人甚至还用烂菜叶、马粪堵住了郭纲琳的嘴，饱受折磨的郭纲琳仍坚贞不屈。她在囚室墙上留下了一行血书：“坚持立场，为革命而牺牲！拥护真理，为正义而流血！”

1937 年 7 月的一天，也是郭纲琳人生的最后一天，敌人将她押至雨花台处决。临行前，郭纲琳大义凛然，高唱着《国际歌》英勇就义，年仅 27 岁。